Sophia Money-Coutts ist Tochter eines englischen Barons. Ihre Familie führt die Privatbank »Coutts« – wo unter anderem die Queen ihr Geld anlegt. Sophia ist erfahrene Royal- und Promi-Redakteurin: Sie arbeitete für den *Evening Standard* und die *Daily Mail* und lebte zwei Jahre lang in Abu Dhabi. Heute schreibt sie freiberuflich und ist auch in Deutschland als Expertin für Adelsthemen gefragt – so gab sie *Stern* und *Gala* Interviews zum Megxit. Nach *Kann ich jetzt bitte mein Herz zurückhaben?* und *Darf ich dich jetzt behalten?* ist dies ihr neuer Roman in deutscher Sprache.

Der Roman in der Presse:

»Sprüht vor Leben – man fiebert mit den Figuren mit
und hört nicht auf zu lachen bis zum Schluss.«
Daily Mail

»Eine moderne Liebesgeschichte, bei der man jede Seite genießt.«
Sunday Mirror

»Ein Buch voll kleiner Glücksmomente.«
Woman's Weekly

Außerdem von Sophia Money-Coutts lieferbar:

Kann ich jetzt bitte mein Herz zurückhaben?

Darf ich dich jetzt behalten?

Besuchen Sie uns auf www.penguin-verlag.de und Facebook.

Sophia Money-Coutts

Die große Liebe kann mich mal

Roman

Aus dem Englischen von Ivana Marinović

PENGUIN VERLAG

Die Originalausgabe erschien 2020
unter dem Titel *The Wish List*
bei HarperCollins, London.

FSC MIX
Papier aus verantwortungsvollen Quellen
FSC® C014496
www.fsc.org

Klimaneutral*
Druckprodukt
ClimatePartner.com/14044-1912-1001

Penguin Random House Verlagsgruppe FSC® N001967

1. Auflage 2022

Das Zitat aus William Shakespeares *Cymbeline* auf S. 53
stammt aus der Übersetzung von Dorothea Tieck.
Redaktion: Lisa Wolf
Umschlaggestaltung: Bürosüd
Umschlagabbildung: www.buerosued.de
Satz: Buch-Werkstatt GmbH, Bad Aibling
Druck und Bindung: GGP Media GmbH, Pößneck
Printed in Germany
ISBN 978-3-328-10793-4
www.penguin-verlag.de

Für Vix, meine tapfere Freundin

»Gib acht, was du dir wünschst,
es könnte in Erfüllung gehen.«
So ein Spruch, den Oma immer sagte,
aber eigentlich ist der Verfasser unbekannt.

DIE LISTE

- mag Katzen
- hat einen interessanten Job (kein langweiliger Golf spielender Versicherungsheini wie Hugo)
- hat den Hintern und die sexuelle Kondition von James Bond
- hat eine nette Mutter
- trägt keine spitzen Schnürschuhe
- keine Hawaiihemden
- keine Regenschirme
- liest Bücher, und zwar nicht nur Sportlerbiografien
- bloß keine ekligen Kloangewohnheiten (siehe »Bremsspuren«)
- ist ambitioniert
- und abenteuerlustig
- hat gute Manieren (sagt zum Beispiel Danke, wenn ihm jemand die Tür aufhält)
- ist nicht besessen von Instagram oder seinem Handy
- hat Humor
- antwortet auf meine Nachrichten
- stört sich nicht an meiner Zählerei

1

»Zwei, vier, sechs, acht, zehn …«, murmelte ich und nahm dabei immer zwei Stufen auf einmal. Mist. Elf Stufen. Eine ungerade Zahl bedeutete, dass das Abendessen schlimm werden würde.

Es war jener absurde Abend im Claridge's, an dem die ganze Sache ihren Anfang nahm. So kam die Liste zustande. Als ruhigstes Mitglied meiner lauten, streitlustigen Familie drückte ich mich gerne vor den Abendessen mit ihnen, und heute hatte ich so eine Vorahnung, dass dieses Dinner ganz besonders qualvoll werden würde. Deshalb zählte ich auch akribisch meine Schritte, als ich aus der Hyde-Park-Unterführung in das abendliche Sonnenlicht hinaustrat. Es war ein Spiel, das ich »Konsequenzen« nannte. Falls die Anzahl von Stufen gerade wäre, würde das Abendessen gut verlaufen, ohne Dramen. Meine Familie würde beweisen, dass sie sich ganz normal benehmen konnte. Aber nein … elf verdammte Stufen. Dieses Dinner würde in jedem Fall ein Reinfall werden.

Eigentlich war es ein feierlicher Anlass, da Mia sich mit

Hugo verlobt hatte. Meine Halbschwester hatte sich tatsächlich bereit erklärt, einen Mann mit der Intelligenz und Sensibilität eines Pfannenwenders zu heiraten, und alle sollten sich gefälligst mit ihr darüber freuen. Patricia, meine Stiefmutter, war vor Stolz beinahe explodiert. Immerhin würde ihre Tochter einen Mann ehelichen, der einen Siegelring trug, einen Mercedes fuhr, Mitglied in einem Surreyer Golfclub war und über zweihunderttausend Pfund pro Jahr in einer Versicherungskanzlei namens Wolf & Partners scheffelte.

Ich war weniger entzückt. Ich wusste nämlich, warum Mia Ja gesagt hatte. Heutzutage schienen doch alle Ja zu sagen. Die Leute sagten Ja, im ganz privaten Rahmen, an einem Strand oder auf einem Berggipfel, nur um gleich darauf ihr Handy zu zücken und die sechshundertzweiundfünfzig engsten Freunde auf Instagram daran teilhaben zu lassen, dass sie Ja gesagt hatten – manchmal zusammen mit einem #IchhabeJagesagt-Hashtag. Ein völlig bekloppter Hashtag, da doch sowieso nie irgendwer ein Foto mit dem Hashtag #IchhabeNeingesagt hochladen würde, oder?

Mia hatte vor einer Woche ihr Verlobungsfoto von der Terrasse eines teuren Restaurants in Italien gepostet. Der Schnappschuss zeigte hauptsächlich ihre linke Hand vor ihrer Brust, damit wir auch alle den augapfelgroßen Diamanten an ihrem Finger bewundern konnten. Ihre Nägel waren fuchsiarot lackiert, ihr blonder Bob tadellos frisiert und ihr Gesicht durch eine ebenmäßige Make-up-Schicht geglättet, die ganz natürlich wirken sollte, deren

Auftragen Mia an jenem Morgen aber in Wahrheit eine ganze Stunde gekostet hatte – sie hatte nämlich schon einen Monat zuvor den Verlobungsring in der Unterhosenschublade von Hugo gefunden und kapiert, dass er ihr praktisch jeden Moment einen Antrag machen würde.

Hugo selbst konnte man auf dem Bild gerade so hinter Mias Schulter erkennen, sodass es aussah, als versuche er, sein eigenes Verlobungsfoto zu crashen. Darunter hatte Mia nicht nur #IchhabeJagesagt geschrieben, sondern auch #funkelnd, #Träumewerdenwahr, #HePutARingOnIt, #ShineBrightLikeADiamond, #Freudentränen, #fürimmerzusammen und zu guter Letzt einfach nur #love. Ich starrte eine ganze Weile auf den Post, um zu entscheiden, welcher Hashtag wohl der schlimmste war. Musste man das heutzutage so machen – sowohl Beyoncé als auch Rihanna in einem Social-Media-Post zitieren, um die ganze Welt auf seine Verlobung aufmerksam zu machen? Ich war zweiunddreißig Jahre alt, aber Schwachsinn wie dieser sorgte dafür, dass ich mich wie neunhundert fühlte.

Wieder musste ich den Kopf schütteln, als ich an diese Hashtags dachte. Meine Halbschwestern und ich waren nun mal verschieden. Das war mir schon immer klar gewesen. Mia und Ruby verfügten über ein ausgeprägtes Selbstbewusstsein, Haare, die machten, was sie sollten, sowie ein ausgeprägtes Wissen über jede einzelne der Kardashian-Schwestern. Ich hatte nichts von alldem. Dennoch waren wir zusammen aufgewachsen und lebten bis heute zusammen in dem schmalen, hohen Haus unserer Kindheit in Südlondon. Die beiden hatten ein engeres

Verhältnis untereinander als zu mir, fast so wie eine kleine Zweier-Clique für sich. Es gab Tage, da wurmte es mich, wenn ich sie im Zimmer der anderen lachen hörte oder wenn sie auf dem Sofa vor dem Fernseher ganz selbstverständlich die Beine über die der anderen legten, während ich immer allein in einem Sessel für mich saß. An besseren Tagen sagte ich mir, dass es bloß an der Biologie lag: Sie waren eben richtige Schwestern, da konnte ich nicht mithalten. Aber auch wenn es womöglich nicht in gleichem Maß auf Gegenseitigkeit beruhte, so liebte ich die beiden doch, als ob sie meine richtigen Schwestern wären; außerdem war ich zu dem Schluss gekommen, dass es allemal besser war, mich mit ihren schlechten Angewohnheiten anzufreunden (Wimperntusche auf dem Handtuch verschmieren, nie eine Tasse in den Geschirrspüler stellen, immer meinen Joghurt auffuttern), als woanders einzuziehen und das Risiko einzugehen, an Mitbewohner zu geraten, die noch schlimmer waren.

Ich hätte jedoch nie gedacht, dass eine von ihnen ernsthaft beschließen könnte, den langweiligsten Mann von ganz England zu heiraten. Und doch befanden wir uns nun alle auf dem Weg zum exklusiven Claridge's Hotel, um darauf anzustoßen, dass genau dieses Hotel die Location sein würde, in der in weniger als vier Monaten ihre Hochzeit stattfinden würde. Es schien etwas überstürzt – so als wolle sie Hugo so schnell wie möglich hinter Schloss und Riegel bringen –, doch Mia behauptete, Winterhochzeiten hätten schlicht mehr »Stil« als Sommerhochzeiten. Sie würde kleine rote Beeren in ihren Blumenarrangements haben und beim Empfang der Gäste fein gewürzten Glühwein servieren lassen. Sie hatte zudem beschlossen, dass Ruby und ich ihre Brautjungfern sein sollten, daher rechnete ich in düsterer Vorahnung bereits damit, ein Kleid in Kotzfarben tragen zu müssen.

Und so begaben wir uns an jenem Abend alle ins Claridge's – das heißt, alle bis auf meinen Vater, der britischer Botschafter in Argentinien war und seit nunmehr sechs Jahren in einer edwardianischen Villa in Buenos Aires lebte. Er könne nicht für das Dinner nach Hause fliegen, hatte er mir entschuldigend gemailt, da er ein Treffen mit einem der größten Sojabohnen-Exporteure Argentiniens habe.

Wenn Dad da gewesen wäre, wäre ich voller Freude über den Bürgersteig gehüpft. Obwohl wir uns alle zwei Wochen schrieben (ich gab ihm Updates zu neu erschienenen Geschichtsbüchern; er schickte mir kurze Updates zurück, meist über das Wetter), vermisste ich seine physische Anwesenheit doch und wünschte, er wäre mehr in der Nähe, mehr in meinem Leben. Der Sojabohnenmagnat jedoch hatte Vorrang, und so wären da an diesem Abend versammelt: ich, das glückliche Paar sowie Patricia und Ruby. Wenn sie denn auftauchte. Ruby – gesegnet mit den Wangenknochen einer Kate Moss und den Brüsten einer Barbiepuppe – war Model. Oder versuchte zumindest, Model zu sein. Sie war seit Jahren bei einem Agenten unter Vertrag, bisher jedoch nur für Zeitschriftenreklame für Waschmittel und Zahnpasta gebucht worden. Erst neulich war sie von Dulcolax, der Abführmittelmarke, angefragt worden, eine Plakatserie für die U-Bahn zu machen, doch sie hatte abgelehnt. »Kylie Jenner würde man auch nie bei so einer Kampagne sehen, Flo«, hatte sie mir in unserer Küche erklärt.

Trotzdem betrachtete sie sich als »kreative Künstlerin«, was offenbar bedeutete, dass sie auf einer anderen Zeitskala lief als der Rest von uns – ganz so, als wäre die Uhrzeit ein bürgerliches Konstrukt, mit dem sie sich nicht weiter abgeben müsse.

Einmal, an Weihnachten, kam Ruby erst nach Hause, als wir anderen schon längst den Truthahn verputzt hatten; zu dem Zeitpunkt hatte Patricia bereits eine halbe Flasche Baileys intus und forderte von Dad, einen seiner Kontakte bei der Regierung anzuhauen, um herauszufinden, wo sie steckte. Diese abwegige Idee war erst vergessen, als Ruby irgendwann nach siebzehn Uhr durch die Tür spaziert kam und behauptete, ihr Handyakku wäre leer, die Busse würden nicht fahren und man hätte ihre Kreditkarte gesperrt, was wiederum bedeutete, dass sie ihren Uber-Account nicht nutzen konnte. »O mein armer Schatz«, hatte Patricia gelallt und Ruby an ihre Brust gezogen. »Wir müssen dir umgehend eine neue Kreditkarte besorgen. Henry? HENRY! Kannst du Ruby eine neue Kreditkarte bestellen?«

Wieder schüttelte ich den Kopf. Patricia würde es am heutigen Abend mit ziemlicher Sicherheit übertreiben und eine Flasche Champagner nach der anderen ordern, während über das einzige Thema des Abends diskutiert wurde – die Hochzeit. Zu Hause, in Kennington, war praktisch von nichts anderem mehr die Rede, seit Mia aus Apulien zurückgekehrt war und mit ihrem Verlobungsring in der Küche herumgefuchtelt hatte wie mit einem Miniaturstaubwedel. Es hieß »die Hochzeit« da und »die Hochzeit« dort, als hätte es in der Geschichte der Menschheit noch nie eine Hochzeit gegeben. Sollten Ruby oder ich je beschließen ebenfalls zu heiraten, überlegte ich, so würde in unserer Familie immer noch Mias Hochzeit als »die Hochzeit« ins Feld geführt werden. Nicht dass das sehr wahrscheinlich wäre, rief ich mir selbst in Erinnerung.

Denn obwohl ich zweiunddreißig war und über zwei Arme und zwei Beine sowie ein Gesicht verfügte, dessen Züge sich grob am rechten Platz befanden (ich hasste bloß meine schmale Oberlippe), hatte ich nie einen Freund gehabt. War nie verliebt gewesen. Ja, gut, da war diese fünfwöchige Sache in Edinburgh gewesen, als ich mich in einen Geschichtsstudenten aus dem dritten Semester namens Rich verknallt hatte. Doch das hatte ich gründlich ruiniert. Nach unserer ersten gemeinsamen Nacht war ich davon ausgegangen, dass wir ein Paar waren, ohne zu ahnen, dass Rich das anders sah. Er schlich sich während jener Wochen, in denen ich zum ersten Mal dem Charme eines Mannes erlegen war, zwar weiterhin um zwei, drei oder vier Uhr morgens in mein Studentenwohnheim, aber dann kam da dieser Donnerstagabend gar nicht lange danach, als meine Freundin Sarah mir erzählte, dass sie ihn im Three Witches mit einem anderen Mädchen an der Bar hatte knutschen sehen. Ich nahm all meinen Mut zusammen, um ihm eine Nachricht zu schicken, doch Richs Antwort lautete: »Was bist du? Meine Ehefrau?« Der Schmerz war so heftig, so brennend, dass ich mich wie ein kleines Kind fühlte, das den Finger in eine Flamme gesteckt hatte. Es war das Ende von Rich.

Seitdem hatte ich exakt drei sehr kurze Affären gehabt, eigentlich One-Night-Stands, obwohl mir zu dem Zeitpunkt nicht klar gewesen war, dass es One-Night-Stands waren. Ist es doch nie, oder? Bei jedem dachte ich, es könnte der Beginn von etwas Ernstem sein. Vielleicht würde dieser Mann endlich mein fester Freund werden? Oder der nächste? Oder der danach? Aber sie wurden nie zu festen Freunden, und ich verliebte mich auch nie, denn nachdem sie mit mir geschlafen hatten, schrieben sie mir nicht mehr und riefen auch nicht wieder an. Also versuchte ich, so zu tun, als wäre es mir egal.

Beziehungen waren doch sinnlos, sagte ich mir. Immerhin waren die Zeitungen und Zeitschriften voll von Frauen, die über ihre Partner jammerten. »Liebe Suzy, mein Freund will jedes Mal, wenn wir Sex haben, dass ich ihm schmutzige Dinge sage, aber mir geht langsam das Vokabular aus. Was rätst du mir?« Oder: »Liebe Suzy, mein Ehemann stellt die leere Milchpackung immer in den Kühlschrank zurück, statt sie in den Müll zu werfen. Soll ich mich von ihm scheiden lassen?« Wenn ich je einen Brief wie diesen schreiben sollte, würde ich fragen: »Liebe Suzy, ich bin zweiunddreißig und war nie verliebt, bin aber ziemlich glücklich mit meinem Leben, obwohl ich immer noch mit meinen Schwestern zusammenwohne und ein paar schräge Angewohnheiten habe. Manchmal denke ich, in meinem Alter keinen Freund zu haben macht mich zu einem seltsamen Menschen, aber woher soll man denn wissen, dass der andere einen nicht verletzen wird?«

Ich blieb auf dem Bürgersteig stehen und blickte an der altehrwürdigen Backsteinfassade des Claridge's hoch, während ich mir rasch noch Mut zusprach. Jetzt hör mal gut zu, Florence Fairfax, das hier wird ein netter Abend, und du wirst die ganze Zeit über lächeln. Schau nicht so düster, als wärst du auf deiner eigenen Beerdigung, nur weil deine Schwester einen Mann heiratet, der andere Menschen nach ihrem Golf-Handicap beurteilt. Versuch, überzeugend zu wirken, wenn alle mit ihren Gläsern anstoßen. Und du musst nicht jeden Bissen zählen. Reiß dich zusammen.

Ich blickte auf meine Füße und bemerkte, dass ich die Pumps vergessen hatte, die ich am Morgen in einer Plastiktüte zur Arbeit mitgenommen hatte, und stattdessen meine Arbeitsschuhe trug. Schwarz, mit Klettverschlüssen und dicker Gummisohle. Es war die Art Schuh, die auf der Rückseite der Sonntagsbeilage als Fußbekleidung für ältere Herren beworben wurde. Ich trug sie, weil ich bei meinem Job in einer Buchhandlung in Chelsea den ganzen Tag auf den Beinen war. Wen kümmerte es schon, wenn ich aussah wie eine ausgebüxte Altersheimbewohnerin? Ich stand meist hinter der Kasse oder einem Büchertisch. Nur dass jetzt bei Mias feierlichem Dinner im Luxushotel Claridge's alle denken würden, ich hätte gerade erst eine

Ballen-OP hinter mir und orthopädisches Schuhwerk verschrieben bekommen.

Hoffentlich fiel es niemandem auf. Ich lächelte dem Portier zu, der in seinem Zylinder neben dem Hoteleingang stand, und schob mich durch die Drehtür in die Lobby.

»Florence, mein Schatz, was um Himmels willen hast du da an deinen Füßen?«, fragte Patricia laut genug, damit mehrere andere Tische es hören konnten. Mia und Hugo waren bereits da.

»Tschuldigung«, murmelte ich und beugte mich nach unten, um meiner Stiefmutter einen Kuss auf die Wange zu drücken. »Hab die anderen Schuhe im Laden vergessen.«

»Nun, dann setz dich schnell hin, und niemand wird sie sehen«, fuhr Patricia fort und nickte zu einem leeren Stuhl. »Ich habe Champagner bestellt.«

Patricia war eine Frau mit vogelartigen Gesichtszügen – Hakennase, kleine perlenrunde Äugelchen –, der die richtigen Schuhe und Champagner sehr am Herzen lagen. Vor knapp dreißig Jahren war sie als Sekretärin namens Pat in den öffentlichen Dienst eingetreten und hatte dabei beobachtet, dass diejenigen, die sich am schnellsten hocharbeiteten, einer Art Geheimclub anzugehören schienen. Sie trugen ähnliche Anzüge und Kostüme und hatten den gleichen Akzent. Und sie sprachen über Tennis, als sei es eine Religion, nicht nur ein Sport. Patricia wollte unbedingt Teil dieses Clubs werden, also sparte sie, um sich einen Hosenanzug von Caroline Charles zu kaufen, stufte sich von »Pat« auf »Patricia« hoch und hörte von einem Tag auf den anderen damit auf, »Klo« zu sagen. Außerdem nahm sie meinen Vater ins Visier. Er war damals ein trauernder Witwer, dessen Frau vor nicht allzu langer Zeit bei einem Autounfall ums Leben gekommen war, und außerdem derjenige mit den vielversprechendsten Aufstiegschancen in der Abteilung. Bald darauf zog Patricia bei uns ein. Jemanden aus dem Club zu ehelichen würde ihr den Eintritt garantieren.

Innerhalb eines Jahres hatte Dad ihr einen Antrag gemacht, und von da an lebte sie als seine Ehefrau in unserem Haus in Kennington, in Südlondon. Ich war damals drei und schien diese Veränderungen in meinem Leben in einer Art verblüfftem Schweigen beobachtet zu haben. Mia kam ein Jahr später zur Welt, was bedeutete, dass ich aus meinem Kinderzimmer im ersten Stock flog und eine Treppe höher in ein Zimmer mit Blick auf die Straße umziehen musste. Ruby folgte im Jahr darauf, und ich wechselte auf den Dachboden.

»Hi, Leute«, sagte ich über Mia und Hugo stehend. Sie hatten beide die Köpfe über den Tisch gebeugt. Mia las in einer Broschüre, Hugo tippte auf seinem Smartphone herum.

»Oh, ich weiß nicht. Den Französischen Salon finde ich ganz hübsch, aber da ist nur Platz für hundertzwanzig Leute. Hi, Flo«, sagte Mia, blickte auf und wedelte kurz mit der Hand in der Luft, als würde sie eine Fliege verscheuchen, bevor sie sich wieder in ihre Broschüre vertiefte.

Ich hatte die Abkürzung »Flo« noch nie leiden können. Dabei musste ich immer an eine Tampon-Marke denken. Ich war Florence getauft worden, nach meiner Oma mütterlicherseits, einer schlanken, energischen Französin, die, umgeben von Dorfkatzen und Aprikosenbäumen, in einem alten Bauernhaus vor Bordeaux gelebt hatte. Als ich noch jünger war, verbrachte ich den Großteil meiner Sommerferien dort, wo ich die meiste Zeit damit beschäftigt war, heruntergefallene Früchte aufzuklauben. Wenn ich am Tag mehrere Körbe gesammelt hatte, schenkte meine *grand-mère* mir am Abend ein Glas Weinschorle ein. Das war immer unser kleines Geheimnis gewesen, und ich vergötterte sie dafür, dass sie mich wie eine Erwachsene behandelte, als es sonst niemand zu tun schien. Als niemand sonst mit mir über Mum sprach, wo ich doch solche Angst hatte, dass ich sie vergessen würde. Wenn irgendwer es gewagt hätte, meine *grand-mère* »Flo« zu nennen, hätte sie denjenigen mit einem Schwall französischer Schimpfwörter bedacht. Sie starb, als ich fünfzehn war, und seitdem hing ich an meinem Vornamen, als würde er mich immer noch mit jenen Sommertagen verbinden, auch wenn ich schon vor langer Zeit aufgegeben hatte, meine Schwestern zu korrigieren.

»Hugo, sag Hallo zu Flo«, schob Mia hinterher.

»Hallo, Flo«, sagte Hugo, hob kurz den Kopf von seinem Handy und lächelte matt, bevor er den Blick wieder zum Display senkte.

Ganz ehrlich, ich hatte in meinem Leben schon interessantere Sockelleisten getroffen. Wenn er wenigstens körperlich attraktiv gewesen wäre, hätte ich es ja verstehen können, aber er sah aus wie ein Bleistift in einem Anzug: groß und schlaksig, mit übertrieben zurückgegeltem Haaransatz, der sich zudem schon auf dem Rückzug befand und die Form eines großen *M* auf seiner kahlen Stirn formte.

Ich wandte den Blick von Hugos Kopf zum Tisch, bevor ich mich setzte. Fünf Gedecke, zwei Kerzenleuchter und eine Kugelvase mit acht Rosen, was gut war, weil es eine gerade Zahl war.

»Wo ist Ruby?«, erkundigte ich mich, als ein Kellner mit einer Flasche Champagner auftauchte und sie Patricia hinhielt.

Patricia nickte ihm zu. »Sehr gut. Sagtest du nicht, auf dem Weg von einem Casting, Mia?«

»Sie meinte, sie könnte sich verspäten, aber wir sollen ruhig schon mal ohne sie anfangen.« Mia hielt ihre Champagnerflöte hoch und sah zu, wie der Kellner ihr eingoss, dann erhob sie das Glas. »Alle bereit?«, fragte sie. »Also gut. Auf mich. Und auf Hugo«, fügte sie rasch hinzu. »Auf uns und die beste Hochzeit aller Zeiten.« Sie quietschte und kräuselte dabei ihr gesamtes Gesicht, so als würde die Vorstellung von ihr selbst in einem weißen Brautkleid sie in helle Verzückung versetzen.

»Mein Schatz, ich könnte nicht stolzer sein«, sagte Patricia.

»Wie aufregend!«, log ich, als wir anstießen.

Hugo verzog das Gesicht, tätschelte sich die Brust – er hatte wirklich seltsam dürre Finger – und stellte sein Glas wieder auf dem Tisch ab. »Mia, hast du Rennies dabei? Du weißt doch, dass ich von Champagner immer Sodbrennen bekomme.«

Ruby traf eine Stunde später ein, als wir mit dem Hauptgang fast durch waren. »Entschuldigt, sie haben uns ewig warten lassen«, sagte sie und unterbrach damit eine bereits fünfzehn Minuten andauernde Diskussion darüber, ob die Hochzeitstorte von dem angesagten East-End-Konditor, der auch die Torte für Meghan und Prinz Harry gebacken hatte, aus einem Cheesecake oder einem sizilianischen Zitronenbiskuit bestehen sollte. »Hi, Leute, hi, Flo, hi, Mum«, schob sie hinterher und umrundete pflichtbewusst den Tisch, um jeden einzeln auf den Kopf zu küssen, bevor sie sich auf den Stuhl neben mir plumpsen ließ. »Ich könnte töten für einen Drink.«

»Wir haben gerade über meine Torte gesprochen«, sagte Mia, die Gabel mit einem Happen Fisch in der Luft haltend.

»Unsere Torte«, korrigierte Hugo sie.

»Wofür war denn das Casting?«, wollte Patricia wissen, die davon träumte, dass Ruby mal auf dem Cover der *Vogue* landen würde, damit sie bei ihren Freundinnen im Bridgeclub angeben konnte.

»Eine neue Kampagne für Herpessalbe.« Ruby blickte zu einem wartenden Kellner auf. »Könnte ich einen Wodka Tonic bekommen? Tonic light, bitte.« Sie wandte sich wieder dem Tisch zu. »Es war totaler Mist. Das mache ich nicht, selbst wenn sie mich anbetteln.«

Ruby schien kein Problem damit zu haben, ständig Jobs in den Wind zu schießen. Jede Woche ging sie zu irgendwelchen Castings und tat sie dann achselzuckend ab, überzeugt davon, dass ihr großer Cover-Moment eines Tages schon noch kommen würde. Dabei war es durchaus hilfreich, dass sie mit sechsundzwanzig Jahren immer noch über eine Kreditkarte verfügte, die von unserem Vater gesponsert wurde.

»Oh, na dann«, sagte Patricia bloß. »Was willst du essen?«

»Ähm …« Ruby schaute auf unsere Teller. Hugo kaute auf einem Rib-Eye-Steak herum; Patricia und Mia hatten sich nach einer mehrminütigen Diskussion, ob der Fisch wohl in Butter oder Öl zubereitet wurde, für den Wolfsbarsch an Thymiancreme entschieden; ich aß Hühnchen, hatte jedoch den Trüffel-Kartoffelstampf gegen Pommes eingetauscht, da ich fand, dass Trüffel wie der Schritt meiner Sportleggins müffelten, und nicht verstand, warum irgendwer so etwas essen sollte. Außerdem konnte ich die Pommes beim Essen zählen. Mit ganz kleinteiligem Essen wie Erbsen oder Reis kam ich nicht gut klar, da sie schwer zu zählen waren. Pommes gingen in Ordnung.

»Das, was Florence hat«, sagte Ruby. »Und ich hätte echt unfassbar Lust auf eine Kippe, aber …« Sie sah sich im Raum um, als würde sonst noch irgendwer rauchen wollen.

»Können wir wieder zur Hochzeit zurückkehren?«, verlangte Mia.

Ruby lehnte sich auf ihrem Stuhl zurück. »Ja, entschuldige. Wie ist der Plan?«

»Wir werden die Feier hier abhalten, aber ich mache mir

Sorgen wegen der Gästezahl. Bringst du jemanden mit?« Mia kniff die Augen zusammen. »Wird Jasper dabei sein?«

Jasper Montgomery war Rubys neuester Freund, ein verwegener Playboy und Sohn eines Herzogs, der mal ein Schloss in Yorkshire und Tausende Hektar Land erben würde. Patricia war begeistert; Mia war in letzter Zeit etwas weniger erfreut über die neue aristokratische Beziehung unserer Schwester, weil Jasper immer wieder unangekündigt und sturzbesoffen bei uns zu Hause aufschlug und sich gegen die Türklingel lehnte, bis irgendwer, meist Mia, öffnete, woraufhin Jasper in unseren Flur getorkelt kam.

»Woher um Himmels willen soll ich das wissen?«, erwiderte Ruby. »Die Hochzeit ist erst im Dezember. Das sind …«, sie zählte, indem sie mit den Fingern auf die Tischplatte klopfte, »… von jetzt an noch fast vier Monate. Ich kann nicht vorhersagen, wo ich da sein werde.« Sie pflegte, was ihre Beziehungen anging, einen genauso entspannten Umgang wie mit der Uhrzeit. Und diese Lässigkeit, gepaart mit ihren Sommersprossen und den langen kastanienbraunen Locken (sie hatte bei einer ihrer Porträtaufnahmen mal gesagt bekommen, sie sähe aus wie die »junge Julia Roberts«), bedeutete, dass die Männer reihum vor ihr umfielen wie Kegel.

»Flo, was ist mit dir?«, fragte Mia.

»Was meinst du?«

»Bringst du jemanden mit?«

»Zu deiner Hochzeit?«

»Ja, natürlich zu meiner Hochzeit. Worüber sonst sollten wir reden?«

»*Unsere* Hochzeit«, merkte Hugo an.

Die Frage brachte mich in die Defensive. »Na ja, ich meine, nein … Ich habe nicht … Ich kenne keinen … Ich kann mir nicht vorstellen, wer das sein sollte, also …«

»Florence, meine Süße, ich habe schon darüber nachgedacht«, unterbrach Patricia mich.

Mein Kiefer erstarrte mitten beim Kauen. Patricias Tonfall war schmeichelnd geworden – die Schwarze Witwe, die ihr Opfer einlullte, bevor sie es tötete.

»Ich denke, es ist höchste Zeit, dass du dir Gedanken über dein Liebesleben machst. Du bist zweiunddreißig, Schätzchen. Du hättest mittlerweile wirklich einen Freund haben sollen. Was werden denn sonst die Leute denken? Die Zeit wartet schließlich nicht auf uns. Oder in diesem Fall die Männer.«

Ich schluckte runter, bevor ich antwortete. »Vielleicht, Patricia, werden sie denken, dass ich lesbisch bin.«

»Grundgütiger. Bis du denn les...? Bist du eine von denen?«

Ich nahm eine Pommes und tunkte sie in das Silberschälchen mit Ketchup neben meinem Teller. »Nein, leider nicht.«

Obwohl ich Jahre damit verbracht hatte, so zu tun, als würde es mir nichts ausmachen, dass ich nie einen Freund hatte – Jahre, in denen ich mir sagte, dass es nicht sehr feministisch war, sich um solche Dinge Sorgen zu machen –, störte es mich insgeheim doch. Lag es an meiner flachen Brust? Meinen Füßen, Schuhgröße einundvierzig? Meinem blassen Teint oder dem Muttermal auf der Stirn, das ich versuchte, unter meinem Haar zu verstecken? Merkten die Männer mir an, dass ich so unerfahren war? Verströmte ich eine Art abschreckenden Geruch?

Tief in meinem Inneren wollte ich mich natürlich verlieben. So ging es doch jedem, oder etwa nicht? Ich hatte meine Jugendjahre damit verbracht, Liebesromane zu verschlingen, und träumte davon, so verführerisch zu sein wie Scarlett O'Hara, gepaart mit der kecken Intelligenz einer Jo March und der porzellanartigen Zartheit von Daisy Buchanan. In Wirklichkeit jedoch fühlte ich mich allmählich mehr wie die vertrocknete alte Jungfer Miss Havisham. Und obwohl ich mir an trüben Sonntagabenden gestattete darüber nachzugrübeln, hätte ich das öffentlich nie zugegeben – und schon gar nicht wollte ich das mit meiner Familie ausdiskutieren. Vor allem nicht, wo doch die Anziehungskraft meiner Schwestern so viel ausgeprägter war als meine.

Wir wohnten nun schon seit Jahren als Trio zusammen. Dad war nach Pakistan versetzt worden, als ich achtzehn war. Fünf Jahre später verlegte ihn das Außenministerium nach Argentinien. Das war der Zeitpunkt, als Patricia eine Wohnung in South Kensington bezog. Sie hatte unser Haus in Kennington noch nie gemocht, weil sie fand, dass die Postleitzahl nicht vornehm genug war, also überredete sie Dad, eine weitere Hypothek aufzunehmen und ihr woanders eine Bleibe zu kaufen. Patricia bestand darauf, dass sie damit nur dafür sorgen wollte, dass Ruby, Mia und ich zu Hause wohnen bleiben könnten, doch die Wahrheit war, dass Patricia fand, dass sie es verdiente, in einem eleganten Apartment mit dicken Teppichen, teuren geblümten Tapeten in einer schicken Gegend zu wohnen. Immerhin war sie die Gattin eines Botschafters. Selbst wenn sie die meiste Zeit in London verbrachte. Sie besuchte Buenos Aires alle zwei Monate, und Dad flog hin und wieder zu einem Treffen nach Hause, aber sie waren so häufig getrennt, dass ich mich oft gefragt hatte, wie man ihre Beziehung als glücklich bezeichnen sollte. Über die Jahre jedoch war mir klar geworden, dass sie genau deswegen glücklich waren, *weil* sie so lange Zeit voneinander getrennt waren. Hätten sie rund um die Uhr zusammengelebt, hätte einer den anderen womöglich umgebracht. Patricia war eine überspannte Neurotikerin, die alle Besucher zwang, die Schuhe vor ihrer Tür auszuziehen; Dad hingegen war das stabile Steuerruder. Sie wollte einen Ehemann, der ihr die wöchentlichen Friseurbesuche und Abendessen in teuren Restaurants finanzieren konnte; er brauchte eine Frau, die gerne die Diplomatengattin mimte, wenn sie zu Besuch kam. Patricia wurde es nie müde, bei der Eröffnung einer neuen Textilfabrik das Band zu durchschneiden oder mit der Frau des Sojabohnenmagnaten zu plaudern. Die Wohnung in South Kensington war vollgestopft mit Fotos, die zu diesen offiziellen Anlässen geschossen wurden.

Jedenfalls kamen seit Patricias Auszug die Liebhaber und Freunde meiner Schwestern öfter zu uns nach Hause als der Briefträger. Sie gehörten meist zu Ruby, doch vor Hugo war Mias Abschussquote auch nicht ohne gewesen. Auf jeden Fall traf ich morgens, wenn ich in die Küche kam, regelmäßig auf irgendwelche Männer namens Rupert oder Jeremy, die in den Schränken nach Teebeuteln kramten. Der einzige Mann, der es in mein Zimmer schaffte, war rothaarig, hatte vier Beine und hieß Marmalade – mein treuer siebzehnjähriger Kater.

»Aber wir machen uns Sorgen um dich«, säuselte Patricia weiter, »daher habe ich also beschlossen, dass du bei dieser Frau vorbeischauen solltest, über die ich im *Posh!*-Magazin beim Friseur gelesen habe – sie hat einen lustigen Namen. Gwendolyn irgendwas. Sie ist eine Liebes-Coachin. Oder Guru. Weiß nicht mehr genau. Aber anscheinend ist sie brillant.«

Ich blinzelte sie über den Tisch hinweg an. »Eine Liebes-Coachin? Wie meinst du das?«

»Das muss dir überhaupt nicht peinlich sein, Schätzchen. Stell sie dir einfach als Therapeutin vor, aber für Beziehungen. Du gehst da hin, redest mit ihr über deine Situation und wonach du suchst, und sie hilft dir dabei, all deine kleinen seltsamen Problemchen zu lösen.«

»Wie. Meinst. Du. Das?«, wiederholte ich langsam und artikulierte dabei jedes Wort überdeutlich.

»Ich denke doch nur, dass es ein bisschen einsam sein muss, in deinem Alter noch allein zu sein, wo deine Schwestern jetzt heiraten. Irgendwie … unnatürlich.«

»Moment mal, Mum«, warf Ruby ein. »Ich heirate doch gar ni…«

Patricia hob eine Hand, um ihr zu bedeuten, dass sie noch nicht fertig war. »Willst du denn nicht jemanden kennenlernen, Schätzchen?«, fragte sie und beugte sich zu mir vor. »Willst du nicht auch so einen netten Mann wie Hugo finden und dir mit ihm ein gemeinsames Leben aufbauen?«

Ich schaute zu Hugo, der zum wiederholten Mal mit dem Zeigefinger über den Teller fuhr, um den Steaksaft aufzuwischen, und ihn anschließend in den Mund steckte.

»Patricia«, begann ich, »wir haben das 21. Jahrhundert. Alleinstehende Frauen sind nicht illegal. Wir dürfen Auto fahren, wir dürfen wählen. Wir haben das Recht auf Grundbesitz. Wir können in der ersten Liga Fußball spielen und …« Ich hielte inne und überlegte nach weiteren Punkten. »… wir können mit unserer Körperbehaarung machen, was wir wollen. Wir können uns anziehen, wie wir wollen. Und wir können Sex mit uns selbst haben, wenn wir Lust drauf haben, kein Mann erforderlich …«

»Herrje, Florence, jetzt lass uns nicht in Obszönitäten abgleiten«, erwiderte Patricia und schürzte die Lippen, als hätte sie gerade eine Batterie durch den Mund gesogen.

Doch ich arbeitete auf meinen Höhepunkt zu und genoss es: »Im Grunde können wir machen, was immer wir wollen, und wir müssen ganz sicher keinen Freund haben, nur weil andere das von uns erwarten.«

Ich lehnte mich auf meinem Stuhl zurück und funkelte sie herausfordernd an, doch Patricia war wie ein Maulwurf, den man einfach nicht loswurde.

»Schätzchen«, erwiderte sie, den Kopf zur Seite neigend. »Immer so widerborstig. Was, wenn die Dame dir helfen kann?«

»Ich brauche keine Hilfe!«, entgegnete ich, klang dabei jedoch quietschiger als beabsichtigt, weshalb ich schluckte und noch mal neu ansetzte. »Was ich damit meine, ist, dass ich zufrieden mit meinem Leben bin und keine verrückte alte Schachtel mit einem Packen Tarotkarten brauche.«

»Es klingt alles sehr seriös. Sie hat ihre Praxis in der Harley Street.«

»Oh, in der Harley Street! Dann ist ja gut. Sie muss hochqualifiziert sein, wenn sie in der Harley Street sitzt.«

»Florence, komm schon, du benimmst dich ziemlich albern. Alles, was ich dir anbieten wollte, war eine Sitzung bei jemandem, der dir helfen könnte, die Dinge anders zu betrachten.« Patricia hielt inne und griff nach ihrem Weinglas. »Dein Vater findet auch, dass es eine gute Idee ist. Er macht sich ja *solche* Sorgen um dich.«

Ich wusste nicht, was demütigender war: gesagt zu bekommen, dass man zu einer Liebes-Coachin sollte, oder die Vorstellung, wie Dad meinen Beziehungsstatus mit Patricia diskutierte.

Ich ließ den Kopf hängen und murmelte etwas vor mich hin.

»Was war das?«, fragte Patricia.

»Nichts«, erwiderte ich und riss den Kopf hoch. »Na schön, wenn du und Dad denkt, dass das eine gute Idee ist, dann werde ich auf eine Sitzung vorbeischauen. Eine Sitzung – wenn wir dann in dieser Familie nur nie wieder meinen Beziehungsstatus diskutieren müssen. Abgemacht?«

»Das ist die richtige Einstellung«, lobte meine Stiefmutter erfreut und streckte eine ihrer Klauen über den Tisch, um meine Hand zu tätscheln. »Ich mache einen Termin aus. Geht auf mich. Es wird deinen Vater ja so glücklich machen.«

»Ich finde das eine gute Idee«, fügte Mia hinzu. »Komm schon, Flo, du willst doch nicht für immer allein bleiben.«

»Ja, die Dame kann womöglich helfen«, echote Ruby und sah mich mitfühlend an. Es war diese Art von Blick, mit der man jemanden bedachte, der gerade gesagt bekommen hatte, dass er eine tödliche Krankheit und nur noch drei Tage zu leben hätte.

Hugo wischte immer noch Steaksaft mit seinem Finger auf.

Herrgott, diese Familie …

»Na schön«, wiederholte ich, schnappte mir noch eine Pommes und stocherte damit in ihre Richtung wie mit einem Messer. »Aber wenn ich hingehe, müsst ihr alle daran denken, was ich heute Abend gesagt habe: Wir werden nie wieder mein Liebesleben als Gruppenaktivität diskutieren.«

»Schon gut, schon gut, du Oberemanze«, sagte Mia, »mach dich mal locker. Und könnten wir dann jetzt den Termin festsetzen, wann wir die Kleider kaufen gehen? Da ihr beiden die Brautjungfern seid, will ich, dass ihr das Gleiche tragt. Farblich dachte ich da an Koralle?«

Also hatte ich recht gehabt – die Brautjungfern würden Kotzfarben tragen.

Es war ein strahlender Morgen. Die Sonne wärmte bereits den Dachboden, als ich am nächsten Tag aus dem Bett kroch und mich vor meinen großen Spiegel stellte, nackt, bis auf die Unterhose, um abzuschätzen, wie dick ich mich heute fühlte. Ich wusste, dass ich nicht wirklich dick war. Nicht so richtig dick. Aber ich inspizierte trotzdem jeden Morgen meinen Bauch im Spiegel. Aufgebläht? Nicht aufgebläht? Ich pikste mit dem Finger hinein und beugte mich runter, sodass er sich unterhalb meines Nabels wölbte, dann richtete ich mich wieder auf. Ich begutachtete meine Oberschenkel (ich wünschte, sie wären kleiner), dann meine Brüste (ich wünschte, sie wären größer) und fuhr anschließend mit einer Hand durch mein Haar, das in einem undefinierbaren Schnitt bis knapp über meine Schultern reichte. Ich musste es nach jeder Wäsche glätten, sonst wellte es sich wie bei einem struppigen Spaniel.

Ich duschte kurz und ging dann wieder zurück in mein Zimmer. Aus dem Hängeschrank zog ich eine von vier identischen dunkelblauen Hosen von Uniqlo. Aus der obersten Kommodenschublade nahm ich mir ein dunkelblaues T-Shirt und faltete es auseinander. Ich legte beides aufs Bett und kehrte zur Kommode zurück, um einen BH sowie eine akkurat gebügelte und zusammengefaltete schwarze Unterhose herauszuholen, die ich aus einer säuberlich gestapelten Reihe zog. Ich kleidete mich an, band mein Haar zu einem Pferdeschwanz hoch und machte mein Bett.

»Lass uns gehen, Kumpel«, sagte ich zu Marmalade, hob ihn hoch und zählte im Kopf die Stufen, während ich sie hinabstieg – zwei, vier, sechs, acht, zehn, zwei, vier, sechs, acht, zehn, zwei, vier, sechs, acht, zehn.

Fürs Frühstück schob ich zwei Scheiben Brot in den

Toaster: Toast mit Honig, eine Tasse Kaffee. Danach würde ich mein Mittagessen vorbereiten. Auch das war immer das gleiche: ein Käse-Tomaten-Sandwich mit Butter und sauren Gurken, das bis um dreizehn Uhr gut durchgezogen sein würde, plus einen Haferkeks von der Ladung, die ich jeden Sonntagnachmittag im Voraus backte.

Ich kam schlecht mit Änderungen klar. Mochte ich einfach nicht. Also trug ich jeden Tag das gleiche Outfit und aß jeden Tag das gleiche Mittagessen, weil es mir ein Gefühl von Sicherheit gab. Es war eine Form von Kontrolle – wenn mein tägliches Leben konstant blieb, konnte nichts Gravierendes schiefgehen. Ich mochte eintönige Tage, die damit endeten, dass ich lesend auf dem Sofa lag, während im Fernsehen einen Kochshow lief. Idealerweise eine mit Mary Berry. Ich mochte Mary, weil sie sauber und ordentlich war.

Gelegentlich machte ich mir schon Sorgen, dass so ein ruhiges, unambitioniertes Leben bedeutete, dass ich für immer allein bleiben würde, dass ich nie den Mut finden würde, mich zu verlieben oder ins Ausland zu gehen. Die weiteste Reise, die ich je unternommen hatte, war die zu meiner Oma nach Frankreich – wie ironisch, wenn man bedachte, dass meine Eltern begeisterte Weltenbummler gewesen waren, die sich in Indien kennengelernt hatten. Mum war zu dem Zeitpunkt eine idealistische Dreiundzwanzigjährige, die an einer Schule in einem Vorort von Mumbai Englisch unterrichtete und in einer kleinen Wohnung in der Nähe wohnte, wo sie morgens davon geweckt wurde, dass Esel vor ihrem Balkon schrien. Ich hatte immer an diesem Bild von den lauten Eseln festgehalten, da es eine der wenigen Geschichten war, von denen ich noch wusste, dass sie sie mir erzählt hatte.

Dad lebte zur gleichen Zeit in der Stadt, ein Student, der seine Dissertation über dynastische indische Politik schrieb. Dieses Thema hatte anscheinend wie ein Aphrodisiakum auf Mum gewirkt, als sie ihn eines Abends kennenlernte, nachdem einer ihrer Mitbewohner ihn zum Abendessen eingeladen hatte. Und somit war's um sie beide geschehen. Sie wurden unzertrennlich – bis zu dem Autounfall in London acht Jahre später. Der Unfall, der wie ein Komet in unser Leben donnerte und alles veränderte. Das war der Punkt, an dem ich begriff, dass Veränderungen schlecht waren. Daher: immer die gleichen Klamotten, das gleiche Mittagessen; jeder Montag im Großen und Ganzen wie der vorangegangene Montag und der Montag zuvor. Wenn das Leben gleich blieb, blieb das Leben sicher.

An diesem Morgen aß ich also wie immer meinen Toast und verfolgte dabei die Nachrichten im Radio – ein Minister des Kabinetts war gezwungen worden, sich wegen eines Witzes über Veganer zu entschuldigen – und brachte dann Marmalade in den Garten.

Mia ging als Erste aus dem Haus. Sie arbeitete für eine Mode-PR-Agentur, mittlerweile ziemlich weit oben in der Hierarchie, und war verantwortlich dafür, Frauen zu erzählen, dass sie diese Saison Häkelstoffe und Schottenkaro tragen sollten und dass Animal-Prints so was von out waren. Was mich betraf, hatte sie jedoch längst aufgegeben, da ich mich weigerte, in der Buchhandlung etwas anderes zu tragen als meine selbst auferlegte marineblaue Uniform. Ruby blieb generell bis gegen Mittag im Bett liegen – je nachdem, ob sie ein Casting hatte oder nicht –, um dann eine Spur von Tassen, Bechern und Müslischüsseln im Haus zu hinterlassen, die ich jeden Abend in die Spülmaschine räumte, da sie zu der Zeit immer unterwegs war.

Ich verstaute mein Mittagessen im Rucksack, ein wasserdichtes dunkelblaues Teil, das ich vor mehreren Jahren wegen seiner vielen Fächer in einem Outdoorladen gekauft hatte. Es passten hinein: meine Geldbörse, mein Lippenbalsam, meine Hausschlüssel, ein Ersatzhaargummi, eine Packung Paracetamol, mein Handy, ein Sandwich, ein Haferkeks und das Buch, das ich jeweils gerade las. Ich verstand nicht, wie manche Frauen das Haus mit einer streichholzschachtelgroßen Handtasche verlassen konnten. Wie gelang es ihnen, so selbstsicher durch den Tag zu spazieren, wenn sie doch nur eine Bankkarte und einen Lippenstift dabeihatten? Was, wenn sie Kopfschmerzen bekamen?

Ich griff unter die Konsole im Flur nach meinen grässlichen Schuhen, schlüpfte hinein, schloss die Klettverschlüsse und machte mich zu Fuß auf den Weg zum Laden. Eine Entfernung von exakt 2,6 Meilen, der Großteil davon am Ufer der Themse entlang.

Zu den meisten Orten spazierte ich, während ich dabei »Konsequenzen« spielte. Es hatte angefangen, als ich fünf war, zwei Jahre, nachdem Mum gestorben war. Damals begann ich damit, jeden Morgen meine Klassenkameraden abzuzählen, um sicherzugehen, dass sie alle da waren. Erst wenn ich die Vierzehn erreichte, konnte ich mich entspannen. Alle anwesend. An manchen Tagen waren es nur dreizehn, was mich beunruhigte, bis Mrs. Garber mir versicherte, dass es in Ordnung sei und die Mutter des Fehlenden angerufen hatte, um mitzuteilen, dass er oder sie Bauchweh hatte und am nächsten Tag wiederkommen würde.

Nach den Klassenkameraden zählte ich die Stühle im Klassenzimmer, um sicherzugehen, dass genug für alle da waren. Dann die Stifte in meinem Mäppchen, um zu überprüfen, ob ich auch keinen verloren hatte; die Bilder an den Wänden; die Karottenstifte auf meinem Teller beim Mittagessen; dann wieder die Bücher in meinem Rucksack auf dem Nachhauseweg. Ich zählte die Stufen, wenn ich nach Hause kam, und gab mein Bestes, mich nicht von der Treppe zwischen dem Bad und Mias Zimmer – Mia war damals noch ein Baby – irritieren zu lassen, weil es eine ungerade Zahl war. Nur neun Stufen auf dieser Treppe, dabei bevorzugte ich gerade Zahlen. Sie fühlten sich sicherer an, stabiler. Keine Zahl blieb außen vor, weil jede einen Partner hatte. Für mein fünfjähriges Hirn war es sehr wichtig, dass niemand alleine gelassen wurde.

Meine obsessive Zählerei ließ zwar nach, als ich älter wurde, blieb aber dennoch eine Angewohnheit, die ich nie ganz abschütteln konnte. Dad und Patricia hatten mich über die Jahre zu diversen Spezialisten gekarrt, aber die Sesselpupser-Experten, die mich fragten, wie wütend ich mich auf einer Skala von eins bis zehn fühlte, hatten wenig dazu beigetragen, mich zu heilen. Ich kannte die Anzahl der Tasten auf der schmuddeligen PC-Tastatur bei der Arbeit (hundertvier) und die Anzahl der Kekse in den verschiedenen Packungen, die wir bei der Arbeit zum Tee aßen (Jaffa Cakes: zehn; Schoko-Hobnobs: vierzehn; Orange-Clubs: acht). Ich kannte die Anzahl der Stufen zum Keller des Ladens (dreizehn), die Anzahl nach oben in die Reiseführerabteilung (zwölf) und die Anzahl koffeingefleckter Becher, die an dem hölzernen Tassenbaum in der Büroküche hingen (sieben).

Die Zeit war die einzige echte Hilfe gewesen. Das und die Tatsache, dass ich besser darin wurde, meine Angewohnheit zu kaschieren. Ich trug eine altmodische Armbanduhr mit kleinen Zeigern, sodass ich nie eine verstörende digitale Zeitangabe wie 11:11 sehen musste. Wenn ich zu Hause fernsah, musste die Lautstärke über die Fernbedienung auf eine gerade Zahl eingestellt sein. Jede zweite Woche ging ich zu einer Selbsthilfegruppe gegen Angststörungen namens NOMAD (für: No More Anxiety Disorders. Den unglücklichen Namen hatte der Gründer, Stephen, verbrochen, obwohl die meisten Mitglieder es mit Humor nahmen). Doch mittlerweile dienten die Treffen mehr dazu, mit meiner Freundin Jaz zu quatschen, als aktiv daran teilzunehmen.

An diesem Morgen spielte ich »Konsequenzen«, indem ich die Autos zählte, an denen ich vorbeikam. Während ich das tat, flüsterte mir öfter mal ein leises Stimmchen zu, dass, wenn ein blaues Auto auf einen Bus folgte, es ein schlechter Tag werden würde, aber wenn es ein weißes Auto wäre, etwas Gutes passieren würde. Rein logisch wusste ich, dass das Blödsinn war und ich mir die Regeln selbst ausdachte. Aber ich kam nicht dagegen an. Wenn ein blaues Auto, ein grünes Auto, ein gelbes Auto, oder welche Farbe auch immer mein Gehirn an dem jeweiligen Tag als schlecht ausgewählt hatte, auf den Bus folgte, dann überkam mich eine panische Angst, was passieren könnte. Sie war gnadenlos, diese unablässige Paranoia in meinem Kopf. Das Zählen vermittelte mir ein Gefühl von Ordnung. Ich fühlte mich schlecht, wenn ich Dinge nicht zählte, so wie andere Leute, wenn sie nicht ins Fitnessstudio gingen.

Auf den ersten Blick war Frisbee Books nicht unbedingt der passende Arbeitsplatz für eine von Zahlen besessene Ordnungsfanatikerin. Es lag etwas versteckt, abseits einer geschäftigen Einkaufsstraße in Chelsea, und hätte aus der Kulisse eines Charles-Dickens-Films stammen können. Die hölzerne Fassade war dunkelgrün gestrichen, und in weißen Lettern stand *Frisbee Books Ltd* darauf geschrieben. Darunter befand sich ein großes Schaufenster mit zwei Reihen Büchern, die für die Passanten ausgelegt waren.

Wenn man eintrat, war es, als würde man in die Bibliothek eines extrem chaotischen Einsiedlers stolpern. Sämtliche Wände waren mit Regalen bedeckt, die Tausende von Büchern enthielten, die sich Deckel an Deckel nebeneinanderreihten. Knapp über dreiundvierzigtausend Bücher. Im Verkaufsraum standen mehrere Tische in unterschiedlichen Größen, auf denen sich die Bücher wie Balkendiagramme türmten. Hardcover über Militärgeschichte auf einem Tisch (davon verkauften wir viele in Chelsea), auf dem anderen stapelten sich Memoiren; daneben ein Tisch mit Kochbüchern. Belletristik und Sachbuch waren auf die zwei Hälften des Ladens verteilt – Sachbuch direkt, wenn man durch die Tür spaziert kam, Belletristik hinten rechts. Die Kinderbuchabteilung befand sich unten.

Norris, mein Chef, hatte den Laden von seinem Onkel geerbt, der ihn 1967 eröffnet hatte, als London noch das »Swinging London« gewesen war. Doch damit wollte Onkel Dale nichts zu tun haben und meinte, mit seinem Buchladen Typen wie Jimi Hendrix oder diesem neumodischen Kram wie Miniröcken etwas entgegensetzen zu müssen. Norris übernahm den Laden in den frühen Neunzigern, als Onkel Dale eine künstliche Hüfte bekam und nicht länger den ganzen Tag stehen konnte. Zwei Jahre später starb er im Schlaf und vermachte Norris in seinem Testament den Buchladen.

Frisbee Books hatte sich seitdem nicht sonderlich verändert. Es gab einen zwölf Jahre alten Computer im Keller, den Norris für Buchhaltung und Bestellungen nutzte. Ansonsten lief der Laden so, wie er es immer getan hatte: Treue Kunden schneiten herein, um eine neue Biografie über Churchill zu bestellen, über die sie im *Spectator* gelesen hatten. Frauen mittleren Alters stöberten auf der Suche nach Geburtstagsgeschenken herum. Amerikanische Touristen standen in Shorts und mit ihren riesigen Sonnenbrillen vor der Tür und machten Fotos von dem »süßen

Buchladen«, den sie irgendwelchen Freunden daheim in Arkansas zeigen wollten.

Nach meinem Studienabschluss schrieb ich neun unabhängige Buchhandlungen in ganz London wegen eines Jobs an. In meinem Bewerbungsschreiben erklärte ich, dass ich mich mit acht Jahren in *Anne auf Green Gables* verliebt, ich seitdem meine Nase praktisch nur noch in Bücher gesteckt hätte und es nichts gäbe, was ich lieber tun würde, als anderen Leuten dabei zu helfen, Geschichten zu entdecken, in denen sie sich verlieren können. In meiner letzten Uni-Woche in Edinburgh brüsteten sich meine Kommilitonen, die ebenfalls englische Literatur studiert hatten, mit Praktika in Verlagshäusern oder einer Zusage an der juristischen Fakultät. Mir jedoch schwante, in einem normalen Büro zu arbeiten würde bedeuten, Präsentationen in irgendwelchen Vorstandsetagen zu halten und über Kollegen abzulästern. Nichts für mich.

Ich bekam vier Antworten auf meine Bewerbungen. Fünf wurden komplett ignoriert. Zwei der Antworten baten mich, sie über das offizielle Bewerbungsformular auf ihrer Webseite zu kontaktieren, und in einer hieß es, dass sie nur Angestellte mit praktischer Erfahrung im Einzelhandel einstellten. Norris war meine Rettung, er schickte mir eine Postkarte, auf der er vorschlug, ich solle doch auf eine Tasse Tee im Laden vorbeikommen.

Er war ein Bär von einem Mann, inklusive grauer Haarbüschel, die ihm sowohl von seinem Kopf als auch aus den Ohren wuchsen und ihn aussehen ließen, als hätte er gerade die Finger in eine Steckdose gesteckt. Er fragte nicht nach irgendwelchen Erfahrungen im Einzelhandel. Während er mir eine Führung durch die Buchhandlung gab, wollte er einfach nur wissen, was ich gerade las (ich hatte eine alte Agatha Christie aus meiner Tasche gezogen) und ob ich einen Kindle besaß. Norris knurrte das Wort »Kindle« mit hörbarem Argwohn, und ich gab zu, dass ich mal einen gehabt hatte, bis er mir versehentlich in die Badewanne gefallen war.

Sofort bereute ich das Geständnis mit der Badewanne, weil Norris am *F*-Regal stehen blieb und seine Augenbrauen vor Überraschung ein paar Fingerbreit nach oben rutschten. Aber dann ging er zu den Autoren weiter, die mit *G* begannen, und fragte, ob ich ein Morgenmensch sei, weil mit ihm nicht viel anzufangen sei, bis er seine Thermoskanne Kaffee intus hatte, und ob es für mich in Ordnung wäre, morgens den Laden aufzuschließen. Unser Gespräch dauerte ganze fünfzehn Minuten, und im Anschluss verkündete Norris, dass wir uns am folgenden Montag wiedersehen würden.

An jenem ersten Morgen war ich furchtbar nervös; ich stammelte herum, wenn Kunden mich fragten, wo sie den neuesten Roman von Ian McEwan finden könnten oder ob wir ein obskures politisches Buch von einem skandinavischen Autor dahätten. Beim ersten Mal, als ich eine Zahlung über die Kasse abwickelte, hatte ich solche Angst, es zu vermasseln, dass ich roboterartig sprach wie ein Dalek: »Das. Macht. Dann. 12,99 Pfund. Bitte«, und musste daran erinnert werden, eine unserer Papiertragetaschen rauszugeben, aber danach fand ich schnell in die Routine hinein.

Heute war ich dafür verantwortlich, den Laden aufzuschließen, also traf ich um kurz nach neun ein, machte den Computer hinter der Kasse an und fuhr mit einem Teppichmesser über die gelieferten Kartons. Neue Ware, die ausgepackt werden musste. Obwohl es nach außen nicht so aussehen mochte, herrschte eine Ordnung im Laden, die ich verstand. Wenn ein Kunde hereinkam und nach Virginia Woolf oder einem Reiseführer für die Galapagosinseln fragte, konnte ich ihm exakt die Stelle zeigen, wo sich die Bücher befanden. Ich kannte den Laden so gut wie mein eigenes Zuhause. Wahrscheinlich sogar besser, da ich nur selten Rubys oder Mias Zimmer betrat (zu unordentlich, überall gebrauchte Wattepads).

Ich kannte die Kunden, die jeden Tag vorbeikamen, um zu stöbern, aber eigentlich allein lebten und einfach nur etwas Gesellschaft wollten. Dann gab es die Laufkundschaft, die lediglich ihre Zeit zwischen zwei Terminen totschlug, in mehreren Büchern herumblätterte und sie dann im falschen Regal wieder abstellte. Und in ruhigen Momenten erlaubte der Job es mir, an meinem eigenen Buch zu arbeiten – ein Kinderbuch über eine vom Zählen besessene Raupe namens Zelda, die fünfzig Füße hatte und jeden Tag zu spät kam, weil sie so lange brauchte, um alle Schuhe anzuziehen. Mittlerweile betrachtete ich Norris auch als eine Art verrückten Onkel und kam mit seinen alltäglichen Marotten klar, dazu gehörte: nach dem Morgenkaffee zwanzig Minuten auf dem Klo unten hocken, das Telefon ignorieren, sodass ich immer rangehen musste, unleserliche Post-it-Zettel mit den Kundenbestellungen auf dem Verkaufstresen hinterlassen, die regelmäßig verloren gingen.

Dann war da noch mein Kollege Eugene. Er war ein Schauspieler mittleren Alters, der schon seit einem Jahrzehnt im Laden arbeitete, um seine Miete zu bezahlen, da er nur selten eine Rolle bekam. Er hatte eine Glatze, die glänzte wie ein Bettknauf, trug jeden Tag eine Fliege und ließ mich regelmäßig hinter dem Tresen mit ihm Texte proben, was oft die Kunden verschreckte. Erst neulich gab es eine dramatische Todesszene, in der Eugene, der für eine Nebenrolle in *König Lear* probte, am Ende mitten auf dem Boden der Buchhandlung lag.

Er oder ich waren es, die den Laden öffneten. Norris trudelte immer erst später ein, das Hemd falsch zugeknöpft, die Thermoskanne in der Hand; es war ein spezieller Kaffee, den er zu Hause mahlte und in einer French Press zubereitete, bevor er ihn umfüllte und feierlich in seinem Lederranzen zur Arbeit trug. Nicht lange, nachdem ich meine Stelle angetreten hatte, beging ich den Fehler, ihn zu fragen, was an Nescafé denn so verkehrt sei. Die Wolke, die daraufhin über sein Gesicht zog, war so dunkel, dass ich fast damit rechnete, gleich gefeuert zu werden.

Wenn er ankam, gab es jedenfalls immer zuerst einen mürrischen Kommentar über den Verkehr oder das Wetter, bevor er unten in seinem Büro verschwand, um diesen Kaffee aus seinem Lieblingsbecher zu trinken – *Trinken oder Nichttrinken?* stand drauf. Eine halbe Stunde später tauchte er, deutlich besser gelaunt, wieder im Laden auf und erkundigte sich, ob schon Kunden da gewesen wären.

Aber an diesem Morgen stand ich noch hinter den Kartons mit der Neuware, als Norris gegen die Scheibe klopfte.

»Alles in Ordnung?«, fragte ich, während ich die Tür aufschloss, um ihn reinzulassen. Er sah noch lädierter aus als sonst, Hemd und Hose zerknittert, und er keuchte, als hätte der dreiundsiebzigjährige Norris an diesem Morgen beschlossen, von seinem Haus in Wimbledon bis zur Arbeit zu rennen.

»Lass mich unten meine Tasse holen, dann bin ich gleich oben und erkläre es dir.« Er verschwand die Treppe hinunter.

Ich wandte mich wieder den Kartons zu und fragte mich, ob er wohl wieder versucht hatte, mit der Supermarktkundenkarte in die U-Bahn zu kommen.

Schon kurze Zeit später kam er die Treppe wieder hochgepoltert und stellte seinen Kaffee mit einem Seufzer auf dem Tresen ab.

»Was?«, fragte ich stirnrunzelnd. »Was ist los?«

»Mieterhöhung.«

»Schon wieder?«

Norris nickte und wischte sich mit den Fingern über die Stirn. Die Miete war schon letztes Jahr gestiegen, aber damit hatten wir gerechnet. Onkel Dale hatte lange eine Pachtvereinbarung zu sehr günstigen Konditionen gehabt, eine Erhöhung war also längst überfällig gewesen. Außerdem hatte Chelsea sich seit seinem Tod verändert. Die Gegend hatte zwar schon immer zu den wohlhabenderen Vierteln gehört, doch in den letzten Jahren wurden die Bewohner immer reicher und reicher: Oligarchen aus dem Osten, Amerikaner mit ihren Dollars aus dem Westen, plus den einen oder anderen afrikanischen Despoten, der wollte, dass seine Kinder eine britische Privatschule besuchten. Das führte dazu, dass die Läden sich veränderten. Die kleinen Boutiquen und Cafés verschwanden nach und nach, und stattdessen eröffneten merkwürdige Geschäfte, die Yogaleggins für hundertfünfzig Pfund und Celluliteheilmittel aus Blattgold verkauften – an die Ehefrauen besagter Oligarchen wohlgemerkt. Norris hatte wegen des neuen Pachtvertrags zwar ein paar Wochen lang herumgenörgelt, am Ende aber gemeint, es würde schon irgendwie gehen, und ich hatte ihm geglaubt.

Das Geschäft lief weiter wie gehabt.

Aber das hier war anders. Norris war in Panik.

»Ist es zu stemmen?«

»Ich weiß nicht. Es ist viel«, erwiderte er mit wackliger Stimme. »Ich werde später den Buchhalter anrufen, um die Sache zu besprechen, aber ich wollte dir trotzdem schon davon erzählen. Nur für den Fall … Nun ja, wir werden sehen. Ich gebe dir Bescheid.« Dann, als könne er es nicht länger ertragen, darüber zu reden, wechselte er das Thema. »Irgendwelche Post heute Morgen?«

»Nicht wirklich. Ein paar Bücherlieferungen, aber um die kümmere ich mich.«

»In Ordnung, ich gehe wieder nach unten. Ruf, wenn du mich brauchst.«

»Okay«, sagte ich, bevor ich mich im Laden umsah und versuchte, ihn mir als Luxusapartment mit Fußbodenheizung, Marmorböden und diesen Hightech-Klos, die einem den Hintern waschen und föhnen, auszumalen. Es war eine absurde Vorstellung. Das durfte nicht passieren. Nicht mit mir.

Als ich an diesem Abend heimkam, saßen Hugo und Mia zankend in der Küche. Er war vor sechs Monaten eingezogen, als Übergangslösung, während sie ein Haus in Herne Hill bauten (»das neue Brixton«, erklärte Hugo aufgeblasen jedem, der danach fragte).

Zugegeben, ich hatte gemischte Gefühle, was ihr neues Zuhause anging. Einerseits würde Mia ausziehen, was bedeutete, dass sie, Ruby und ich zum ersten Mal seit einem Jahrzehnt getrennt sein würden. Und auch wenn meine Schwestern sich untereinander näherstanden, so würde ich Mia dennoch vermissen. Andererseits würde Hugo sich dann wenigstens nicht mehr zum Kacken in mein Badezimmer hochschleichen, wenn ich nicht da war. Er stritt es zwar ab, aber ich wusste, dass er log: Er hinterließ unschöne Spuren in der Porzellanschüssel, und einmal hatte ich sogar eine Ausgabe von *Golfing Monthly* auf dem Fliesenboden daneben gefunden.

An diesem Abend zofften sie sich wegen der Gästeliste, und Hugo, die Hemdsärmel bis zu den Ellbogen hochgekrempelt, trommelte mit einem seiner seltsam langen Finger auf der Liste herum.

»Hi, Leute«, sagte ich, während ich zum Kühlschrank ging.

»Es tut mir leid, dass du ihn nicht leiden kannst«, fuhr

Hugo mit quakender Stimme fort, »aber er ist mein Boss, und wir müssen ihn einfach einladen. Ich bin sicher, dass er deinen Hintern nicht absichtlich gestreift hat. Es war ein Versehen.«

Mia seufzte und lehnte sich auf ihrem Stuhl zurück. »Tja, er hat es aber getan, und wir haben hier schon dein halbes Büro versammelt. Sonst noch wer, der unbedingt dabei sein muss? Die Empfangsdame vielleicht? Der Fensterputzer? Jemand aus der IT-Abteilung?«

»Tatsächlich war Kevin mir immer sehr behilflich mit meinem Computer.«

Ich öffnete den Kühlschrank, warf einen Blick hinein und fragte mich zum neunzigmillionsten Mal, warum Mia Ja gesagt hatte. War ein Haus in Herne Hill mit Kücheninsel, Fußbodenheizung in den Bädern und Farrow & Ball-Farbe an den Wänden es wirklich wert?

Sie seufzte erneut hinter mir. »Na schön. Dein Boss kann kommen. Aber das bedeutet, dass wir immer noch um die …«, sie verstummte ein paar Sekunden und tippte mit dem Kuli die Liste runter, »… zwanzig Leute loswerden müssen.«

Ich schloss den Kühlschrank. Es würde wohl auf Rührei mit Toast hinauslaufen. Ich hatte nicht die Energie für was Kompliziertes. Nach Norris' Verkündigung an diesem Morgen war er den Großteil des Nachmittags unten geblieben und hatte Eugene und mich allein oben im Laden gelassen.

Ich hatte am Tresen gelehnt und eine Liste erstellt, wie ich helfen könnte. Eine Petition war mein erster Gedanke.

Die Leute schienen doch ständig irgendwelche Petitionen online zu starten: *Unterzeichnen Sie diese Petition, wenn Sie finden, dass der Premierminister ins Gefängnis gehört! Unterzeichnen Sie diese Petition, damit Zucker illegal wird! Unterzeichnen Sie diese Petition, damit der Regenwurm in die Liste der bedrohten Arten aufgenommen wird!* Ich könnte doch eine Facebook-Seite für den Laden erstellen und die Petition dort ausschreiben, plus eine Papierversion neben der Kasse für unsere weniger computeraffinen Kunden. Mir gefiel die Vorstellung einer Sache, für die ich kämpfen konnte, und ich sah mich schon als moderne Emmeline Pankhurst. Vielleicht könnte ich ebenfalls eine Schärpe tragen? Na gut, das wäre womöglich zu viel des Guten. Aber eine Petition war drin. Das galt es, als Allererstes zu organisieren.

Der Laden brauchte auch einen Instagram-Account. Norris weigerte sich beharrlich, sich ein Smartphone zuzulegen, und bestand darauf, dass Frisbee es ohne Social Media schaffen könnte. Ich hatte lange dagegengehalten, gesagt, dass es nicht mehr die Neunziger waren, aber meine Worte waren auf Norris' taube, haarige Ohren gestoßen. Das hieß also eine Petition und einen Instagram-Account. Plus eine neue Webseite. Das wäre immerhin ein Anfang.

»Wir war dein Tag, Flo?«, fragte Mia.

»Gut. Ich mache mir Rührei. Will sonst noch wer?«

»Nein, danke. Die Brautkleid-Diät startet ab sofort.«

»Eier veranstalten ganz fürchterliche Dinge mit meinem Magen«, fügte Hugo hinzu, aber glücklicherweise konnte niemand von uns allzu lange darüber nachdenken, denn Mias Handy klingelte.

»Hi, Mum«, meldete sie sich.

Ich schlug zwei Eier über einer Tasse auf und griff nach einer Gabel.

»Jepp, jepp, nein, ich weiß, jepp, wir sind gerade dran, jepp, nein, jepp …«, fuhr sie fort, während ich die Eier verquirlte.

»Jepp, sie ist hier, warte kurz«, sagte Mia und hielt ihr Handy hoch, ohne aufzustehen, sodass ich die gesamte Küche durchqueren musste, um ranzugehen.

Ich legte das Handy mit einer unguten Vorahnung ans Ohr. »Hi, Patricia.«

Meine Stiefmutter ging gleich in die Vollen. »Ich habe mit der Praxis dieser Frau telefoniert, und sie hat am Dienstagnachmittag Zeit für dich.«

»Welche Frau?«

»Na die Liebes-Coachin. Sie heißt Gwendolyn Glossop. Passt siebzehn Uhr bei dir?«

»Der Laden schließt erst um sechs, also …«

»Florence, mein Schatz, du verkaufst Bücher und verteilst keine Bluttransfusionen. Ich bin sicher, sie können dich eine Stunde entbehren. Ich habe es deinem Vater erzählt, und er …«

»Schon gut, schon gut, schon gut. Ich werde da sein.«

»Sehr schön, hast du einen Stift da? Hier ist die Adresse. Das ist die …«

»Warte kurz«, unterbrach ich sie und kramte auf dem Sideboard nach einem Kuli. Keine Kulis. Warum waren hier nie Kulis?

»Vierter Stock, 117 Harley Street«, fuhr Patricia fort.

»Okay, ich werde es mir einfach merken.«

»Ich freue mich ja so, Schätzchen, und ich hoffe, dass sie dir helfen wird. Kann ich jetzt wieder Mia haben, ich muss mit ihr noch über die Standesbeamtin sprechen.«

Ich reichte Mia ihr Handy, als auch schon mein Toast hochsprang. Auf beiden Seiten kohlrabenschwarz – ein bisschen wie meine Stimmung, dachte ich und ließ die Scheiben in den Mülleimer plumpsen.

Während Eugene am folgenden Vormittag die Regale abstaubte, erzählte ich ihm von dem Termin. Er war deutlich enthusiastischer als ich.

»Schätzchen, wie aufregend«, sagte er, während er die rosa Federn hin und her schwingen ließ wie einen Scheibenwischer. »Glaubst du, sie wird so eine Kristallkugel haben? Ich habe damals eine Handleserin aufgesucht, nachdem Angus fort war, und sie sagte mir, dass ich schon bald die dritte große Liebe meines Lebens treffen würde.«

»Und? Hast du?«

»Nein.« Er ließ den Staubwedel sinken und hob die Hand vor seine Nase, um sie zu inspizieren. »Es ist diese Linie, die sich vom kleinen Finger runterzieht.« Er blickte auf. »Womöglich ist der Moment einfach noch nicht gekommen. Ich rechne aber damit, dass er jeden Moment auftaucht. Vielleicht wartet er im 345er-Bus auf mich.«

Da war ich eher skeptisch. Ich hatte im 345er noch nie jemanden gesehen, in den ich mich hätte verlieben können, also nickte ich lediglich, und Eugene wandte sich wieder dem Abstauben zu.

Angus war Eugenes Ex-Freund – die zweite große Liebe seines Lebens nach Shakespeare, wie er immer sagte. Sie hatten sich beim Schauspielstudium an der Uni kennengelernt und waren zwanzig Jahre ein Paar gewesen, doch nicht lange, nachdem ich bei Frisbee angefangen hatte, war Angus nach New York gezogen, um bei einer Inszenierung von *Evita* Regie zu führen, und sie hatten sich getrennt. Angus blieb dort wohnen und wurde mittlerweile als einer der führenden Musical-Regisseure auf dem Broadway gehandelt, während Eugene daheim in London ständig für Rollen vorsprach, die er nie bekam. Es verging fast kein Tag, an dem er nicht Angus erwähnte, wie ein stolzer Elternteil, der seinen Spross aus der Ferne aufblühen sah. Er verfolgte seine Inszenierungen, las mir im Laden seine Kritiken in der *New York Times* vor und mailte ihm gelegentlich, um ihn zu beglückwünschen. Ich hatte keine Ahnung, ob Angus darauf antwortete, und ich wollte auch nicht fragen. Dennoch gehörte Eugene zu den Sonnenstrahlen des Lebens, ein positiver Mensch, der bewundernswert optimistisch blieb angesichts all dieser Enttäuschungen, daher überraschte mich seine Begeisterung für Gwendolyn Glossop auch nicht.

»Du findest also, ich sollte definitiv hingehen und mich mit dieser Frau treffen? Ist das nicht etwas … traurig? Oder verrückt?«

Eugene schnaubte. »Absolut nicht. Was hast du schon zu verlieren?« Er hob den Staubwedel in die Höhe. *»Kühnheit, sei mein Freund!«*

»Aus was ist das?«

»*Cymbeline*, erster Akt. Sieh es doch einfach als Chance.« Er drehte sich zu mir um. »Denn, und das soll keine Beleidigung sein, mein Engel, ich glaube, selbst meine Mutter erlebt mehr als du.«

»Wohnt deine Mutter nicht in einem Altersheim?«

»Ja, in Bournemouth, und genau das meine ich.«

Ich wollte gerade widersprechen, aber da hörte ich Norris' schwere Schritte auf den Stufen.

Er blickte von Eugene zu mir, die buschigen Augenbrauen angehoben. »Alles gut bei euch beiden hier oben?«

»Sehr gut sogar«, erwiderte Eugene. »Ich berate deine junge Angestellte hier nur in Herzensangelegenheiten.«

Norris war vor Jahrzehnten mit einer Dame namens Shirley verheiratet gewesen, lebte heute aber allein. An ruhigeren Tagen im Laden spekulierten Eugene und ich manchmal über sein Privatleben. War Shirley mit dem Postmann durchgebrannt, vergrault von Norris' mürrischer Art? War neben dieser Menge an Ohrbehaarung aufzuwachen irgendwann zu viel für sie geworden? Hatte Shirley das Leben in einer unordentlichen Bude in Wimbledon für einen schnittigen jungen Kerl an der Costa del Sol aufgegeben? Eugenes theatralische Ader hatte zur Folge, dass er sich gerne in diesen Spekulationen verlor, und letztlich mussten wir uns damit zufriedengeben, denn Norris war nun mal einfach nicht der Typ, der gerne über Privatangelegenheiten sprach.

»Ich will's gar nicht wissen«, sagte er auch jetzt und wedelte mit der Hand durch die Luft, als müsste er etwas abwehren. »Ich bin nur wegen der Post hochgekommen.«

Ich reichte sie ihm und formte ein stummes »Schhhh!« Richtung Eugene. Je weniger Leute über meinen Termin bei Gwendolyn Bescheid wussten, desto besser.

Am folgenden Dienstag traf ich also in der Harley Street Nummer 117 ein und bekam von einer Empfangsdame gesagt, ich solle den Aufzug in den vierten Stock nehmen.

»Gibt es auch eine Treppe?« Ich hasste das Geruckel von Aufzügen in alten Londoner Gebäuden wie diesem, die rasselten und ächzten wie eine Achterbahn kurz vor dem Auseinanderbrechen.

»Nehmen Sie den Notausgang neben dem Aufzug«, wies mich die Empfangsdame an, ohne von ihrer Zeitschrift aufzusehen.

Ich spielte »Konsequenzen«, während ich die Treppe hinaufstapfte. Wenn die Anzahl der Stufen gerade wäre, würde es eine hilfreiche Stunde werden, die mir das Gefühl gab, nicht ganz so schräg zu sein, nur weil ich nie einen Freund gehabt hatte. Aber was, wenn die Zahl ungerade war? Was wäre das schlimmste Ergebnis dieser Sitzung? Wenn die Zahl ungerade war, würde ich für immer allein bleiben und irgendwann eine dieser alten Omis werden, die man über einen Einkaufstrolley gebeugt im Supermarkt sah, wo sie Dosen mit Fischpastete für ihre einsamen Mahlzeiten kauften.

Die erste Treppe hatte dreizehn Stufen, und ich verspürte einen panischen Krampf. Die nächste hatte elf. Und die letzte neun. Vollkatastrophe.

Ich ging einen Flur entlang, in dem es nach Instantkaffee roch, und blieb vor einer Tür mit einem kleinen Schild stehen, auf dem stand: *Gwendolyn Glossop, Liebes-Coachin und Energieheilerin*.

Ich klopfte.

»Kommen Sie her-rei-ein!«, ertönte eine hohe Stimme.

Ich schob die Tür auf und fand mich in einem komplett lachsrosa Raum wieder. Lachsrosa Wände, lachsrosa Vorhänge, lachsrosa Sofa und Sessel. Auf dem Sofa befanden sich vier Kissen – zwei rote in Herzform und eines, auf dem die Buchstaben *LO* prangten, neben einem, auf dem *VE* stand. Übel.

Die hölzerne Kommode hinter dem Sofa wurde von mehreren Statuen nackter Frauen geziert. Ich ließ den Blick darüberschweifen. Neunzehn an der Zahl, allesamt mit rundlichen Hintern und kecken kleinen Brüsten. Hölzerne Statuen, Bronzestatuen, Statuen aus Speckstein geschnitzt, sogar eine lila Wachsstatue, obwohl die schon angeschmolzen war und keinen Kopf mehr hatte. Gegenüber davon prangte ein Wandgemälde mit Wolken und antiken Gestalten in Togen. Es war, als wäre ich durch die Rückseite eines magischen Schranks gestolpert – von der klinischen Strenge der Harley Street mitten hinein in ein gestörtes Computerspiel.

»Willkommen, Florence«, begrüßte mich Gwendolyn und stemmte sich aus ihrem Lehnsessel hoch. Sie war eine korpulente Frau, die eine lila Latzhose mit Knöpfen in Gänseblümchenform trug. Silberne Ohrringe baumelten von ihren Ohren, und sie hatte so einen geschorenen

Kurzhaarschnitt, den man verpasst bekam, wenn man der Armee beitrat. Die Spitzen ihrer Wimpern waren mit blauer Mascara bedeckt, und der komplette Look wurde von einem Paar grüner Crocs vervollständigt.

Sie zeigte zu einer Frau auf dem Wandgemälde – eine brünette Dame, deren Toga von einer Brust gerutscht war, aber nicht von der anderen. »Das ist Aphrodite, die Göttin sexueller Freuden. Sind Sie mit ihr vertraut?«

»Nein, ich kenne, äh … ihre Werke nicht.«

»Ach, macht nichts.« Wir schüttelten die Hände, wobei eine Reihe Armreife an Gwendolyns Unterarm auf und ab tanzten, dann deutete sie auf das Sofa. »Bitte, setzen Sie sich doch.«

Sie griff sich einen Schreibblock und Kuli vom Beistelltisch, während ich mich gegen die Kissen lehnte und versuchte, mich zu entspannen. Das ganze Rosa um mich herum gab mir das Gefühl, im Darm von jemandem zu sitzen.

»Und? Wie geht es uns denn heute?«, fragte Gwendolyn und blickte mit einem Lächeln von ihrem Block auf.

»Ganz gut.«

»Nicht nervös?«

»Nein«, flunkerte ich. Das hier war doch irre. Dieser Raum war irre. Diese Frau war irre. Patricia war irre. Ich tat so, als würde ich mich an meinem Handgelenk kratzen, damit ich unauffällig den Ärmelsaum hochschieben und einen Blick auf meine Uhr werfen konnte: noch achtundfünfzig Minuten.

»Ich werde Ihnen, gewissermaßen als Vorspiel, einige

Fragen stellen, bevor wir uns in die Arbeit stürzen«, verkündete Gwendolyn, reckte das Kinn und kicherte, bevor sie es senkte und wieder ernst wurde. »Können Sie mir sagen, warum Sie hier sind?«

»Weil ich eine sozial überengagierte Stiefmutter habe, die dachte, die Sitzung könne mir helfen, also habe ich mich überreden lassen, es auszuprobieren, wenn sie mich dann nie wieder über mein Liebesleben ausquetscht«, erwiderte ich. Ich konnte genauso gut ehrlich sein.

Gwendolyn kicherte erneut und machte sich eine Notiz. »Und können Sie mir etwas über Ihre bisherigen Beziehungen erzählen?«

»Da gibt es nicht viel zu erzählen. Vor zehn Jahren war da mal kurz jemand an der Uni. Sehr kurz. Aber das war's dann auch schon so ziemlich.«

»Und niemand sonst?« Gwendolyns Stirn kräuselte sich besorgt.

Ich zupfte an einem Stück Nagelhaut an meinem Daumen, dann begegnete ich ihrem Blick. »Ein paar One-Night-Stands. Aber nichts darüber hinaus. Ich würde mich ja gerne verlieben«, sagte ich und versuchte, ganz lässig zu klingen, so als hätte ich gerade nur gesagt, dass ich gern eine Tasse Tee hätte. »Klar würde ich das. Aber die richtige Person ist mir noch nicht begegnet.«

»Hm«, machte Gwendolyn und blickte wieder auf ihren Block. Sie verlagerte ihr Gewicht, indem sie den rechten Knöchel über ihr linkes Knie legte, sodass ein Croc von ihrem Fuß baumelte. Sie sah blinzelnd auf, so als versuche sie, in mich hineinzublicken, und senkte den Kopf dann wieder über ihre Notizen. »Hm, ja, ich glaube, wir müssen erst einmal Ihre Liebesblockaden ausräumen. Ich kann sie spüren. Ihr Unterbewusstsein ist sehr mächtig. Sie stecken fest. Verletzt. Allein. Wollen Sie denn allein bleiben, Florence?«

Doch bevor ich dazu kam zu antworten und zu sagen, dass ich nicht allein war und es tatsächlich mochte, zu Bett gehen zu können, wann ich wollte, befahl mir Gwendolyn, mich auf dem Sofa auszustrecken und die Augen zu schließen.

»Quer über das ganze Ding?«

»Ja, ja, legen Sie die Füße über die Kante. So ist es gut. Schieben Sie sich ein Kissen unter den Kopf. Jetzt haben wir's.«

Den Kopf auf eines der herzförmigen Kissen gebettet, bemerkte ich erst jetzt ein dickes Engelchen, das an die Decke gemalt war. Ich schloss kurz die Augen, um es zu verbannen, und fragte mich, wie viele Minuten jetzt wohl noch vor mir lagen.

»Ich werde eine Kerze entzünden, um die Mächte der Dunkelheit zu zerstreuen, und dann legen wir auch schon los«, sagte sie. »Mit geschlossenen Augen.«

Ich schloss sie, woraufhin sie begann, mit samtiger Stimme Fragen zu stellen. »An welchem Kummer hängen Sie innerlich noch fest, Florence? Was davon können Sie entweichen lassen?«

Ich dachte daran, mit »Blähungen« zu antworten, bezweifelte jedoch, dass Gwendolyn das witzig fände. Dann roch ich irgendwelche Kräuter, also öffnete ich ein Auge wieder; sie kreiste mit einer Hand vor meinem Gesicht herum, als wäre mein Kopf eine Kristallkugel.

»Was riecht denn da so?«

»Das ist Salbei- und Weihrauchöl zur emotionalen Heilung. Aber vergessen Sie die Kräuter. Schließen Sie die Augen und denken Sie nach – an wem halten Sie in Ihrem Herzen fest? Können Sie denjenigen gehen lassen?«

Die Fragen gingen so weiter, während Gwendolyn mit ihren öligen Fingern über meinem Gesicht herumwedelte.

»Setzen Sie sich ein Ziel für Ihre Heilung. Fragen Sie sich: Was brauche ich gerade jetzt, um mein Herz für die Liebe zu öffnen, die ich verdiene?«

Ich fragte mich, was ich kochen sollte, wenn ich heute Abend heimkam. Ich war am Verhungern. Suppe? Der Gedanke, einen Tag mit Suppe zu beenden, war deprimierend.

»Wir müssen die Mauer um Ihr Herz einreißen«, fuhr sie fort. »Stellen Sie sich einen Bulldozer vor, der die Mauer rammt, Florence, und den Weg bahnt zu wahrer Intimität.«

Eine Ofenkartoffel? Nein, das würde zu lange dauern, und ich hasste es, wenn sie in der Mitte nicht durch waren.

»Jetzt öffnen Sie die Augen und setzen Sie sich auf, und wir können einen Anfang wagen«, verkündete Gwendolyn. »Ich habe die Blockaden geräumt, und Sie sollten sich jetzt klarer und ruhiger fühlen. Weniger abwehrend.«

Ich öffnete die Augen und fühlte mich ganz genauso wie neun Minuten zuvor.

Während sie sich die Hände mit einem Taschentuch

abwischte, erklärte Gwendolyn mir, dass ich eine Liste schreiben sollte.

»Eine Liste? So was wie eine Einkaufsliste?«

Gwendolyn nickte. Die silbernen Tränen an ihren Ohrläppchen schwangen dabei hin und her. »Ganz genau, meine Liebe. Wie eine Einkaufsliste, nur für das, was Sie von einem Mann wollen, nicht vom Supermarkt. Ha, ha!« Sie lachte mit weit geöffnetem Mund über ihren eigenen Witz, bevor sie wieder ernst wurde. »Was wünschen Sie sich von einem Mann, Florence?«

»Ähm …«

»Denn Sie müssen das Universum darum bitten«, sagte sie weihevoll. »Diese Dinge fallen uns nicht einfach so in den Schoß. Sie müssen Ihre Wünsche offenbaren, um die richtigen Schwingungen anzuziehen und sie in Ihr Leben zu dirigieren.« Gwendolyn streckte die Arme vor sich aus und zog sie dann zurück, so als würde sie mit diesen Schwingungen Tauziehen spielen.

»Okay«, erwiderte ich. Ich würde bei dieser durchgeknallten Hippietante einfach gute Miene zum bösen Spiel machen. Nach einer Stunde lang Zähne zusammenbeißen würde ich dann heimgehen und Patricia verklickern, dass sie sich nie, nie wieder in mein Liebesleben einzumischen habe.

Gwendolyn riss ein Stück Papier aus ihrem Block und reichte es mir. »Sie können ein Buch als Unterlage nehmen.«

Ich griff unter den Glastisch nach dem nächstbesten Buch, das die Silhouette einer Katze auf dem Cover hatte.

Die Macht der Muschi – Wie Sie Ihren Mann zähmen lautete der Titel. Ich verdeckte es schnell mit meinem Blatt Papier. *Die Macht der Muschi*, meine Güte – Marmalade wäre entsetzt.

»Nehmen Sie sich einen Stift«, fuhr Gwendolyn fort. »Ich möchte, dass Sie die Charakteristika aufschreiben, die Ihnen wichtig sind, damit das Universum sie erkennen und liefern kann, wonach Sie suchen.«

»Wie viele Charakteristika braucht denn das Universum?«

»So viele, wie Sie mögen, Herzchen«, erwiderte sie und schwang den Arm durch die Luft wie eine Flamencotänzerin. »Aber je spezifischer, desto besser. Schreiben Sie nicht einfach nur ›gut aussehend‹. Das Universum braucht klare Ansagen. Sagen Sie ›verfügt über seine ganze natürliche Haarpracht‹. Sagen Sie nicht ›sportlich‹. Sagen Sie ›geht ein-, zweimal die Woche ins Fitnessstudio‹.«

Ich hätte mir ja gewünscht, sie würde aufhören, über das Universum zu reden. Ich verstummte und blinzelte mein Blatt Papier an. Was sollte ich bloß schreiben? Ich konnte das hier unmöglich ernst nehmen, aber andererseits musste ich irgendwas schreiben, um dieser Irren vorzugaukeln, dass ich wenigstens darüber nachgedacht hatte.

Nach zwanzig Minuten des Seufzens, in denen ich auf dem Bleistift herumkaute, fast den kleinen blauen Radiergummi verschluckte, der sich am Ende des Bleistifts befand, in mich hineinlachte, die Augen schloss und den Kopf schüttelte, bevor ich erneut seufzte, waren mir ein paar Dinge eingefallen. Ich hatte sie zusammengetragen und fühlte mich unbehaglich. Es waren fünfzehn. Ich brauchte noch eines, um eine gerade Zahl zu haben. Ich nagte am Bleistift und überlegte mir einen abschließenden Punkt.

DIE LISTE

- mag Katzen
- hat einen interessanten Job (kein langweiliger Golf spielender Versicherungsheini wie Hugo)
- hat den Hintern und die sexuelle Kondition von James Bond
- hat eine nette Mutter
- trägt keine spitzen Schnürschuhe
- keine Hawaiihemden
- keine Regenschirme
- liest Bücher, und zwar nicht nur Sportlerbiografien
- bloß keine ekligen Kloangewohnheiten (siehe »Bremsspuren«)
- ist ambitioniert
- und abenteuerlustig
- hat gute Manieren (sagt zum Beispiel Danke, wenn ihm jemand die Tür aufhält)
- ist nicht besessen von Instagram oder seinem Handy
- hat Humor
- antwortet auf meine Nachrichten
- stört sich nicht an meiner Zählerei

Ich reichte Gwendolyn das Blatt Papier, die es inspizierte, während ich unauffällig auf die Uhr sah. In zwölf Minuten konnte ich heim zum Abendessen, was auch immer es war. Wieder Rührei? War es schädlich, zu viele Eier zu essen?

»Nun«, sagte Gwendolyn und blickte auf, »Sie haben meinen Ratschlag bezüglich des Spezifisch-Seins offenbar beherzigt. Dieser Punkt über James Bond beispielsweise …«

Ich spreizte die Hände in gespielter Unschuld. »Sie sagten, es sei eine Wunschliste. Also dachte ich mir, warum nicht? Wenn ich wirklich jeden Hintern aufschreiben kann, den ich will, warum nicht gleich seinen?«

Gwendolyns Mundwinkel zuckten verdächtig, als sie wieder auf die Liste sah. »Was stimmt denn nicht mit Regenschirmen?«

»Nicht sehr männlich«, sagte ich. Ich hatte ein Problem damit. Hugo verließ nie das Haus ohne Regenschirm. Dabei war es irgendwie spießig und verweichlicht; Mr. Rochester oder Rhett Butler würde man schließlich auch nie mit einem Regenschirm herumfuchteln sehen.

»Und Sie wollen jemanden, der sowohl ambitioniert als auch abenteuerlustig ist?«

Ich nickte. Das mit den Ambitionen war gedacht, um mich gegen die Sorte Männer zu wappnen, deren Träume bei »Golfclubmitgliedschaft« endeten; und jemand mit Abenteuergeist könnte mich womöglich dazu anspornen, mutiger zu sein, mich weiter in die Welt hinauszuwagen als Südlondon.

»Na schön«, fuhr sie fort, »aber Sie könnten ein paar Persönlichkeitsmerkmale mehr notieren. Wie sieht es aus mit Warmherzigkeit oder Großzügigkeit? Will er Kinder?«

»Keine Ahnung«, erwiderte ich, weil ich keine Ahnung hatte. Ich musste erst mal einen Freund finden, und das schien schon schwierig genug.

»Und was ist das mit Ihnen und der Zählerei?«

»Nichts«, sagte ich rasch. »Nur so … eine schräge Angewohnheit. Wie so ein Tick. Ich zähle Dinge. In meinem Kopf.«

»Hm«, sinnierte Gwendolyn und betrachtete mich aus zusammengekniffenen Augen, als wäre ich hier der komische Vogel im Raum. »Nun, ich möchte von Ihnen, dass Sie sich während der nächsten Woche noch etwas tiefer da hineinbegeben. Sich wirklich Gedanken über die Liste machen und sie verfeinern.« Sie reichte mir das Blatt Papier wieder.

»Okay«, antwortete ich und nahm es an mich. »Und was dann? Soll ich mir so einen Kessel besorgen und sie darin verbrennen?«

»Wie ungezogen!«, erwiderte Gwendolyn grinsend und klatschte dann mit den Händen auf ihre Oberschenkel. »Nein, Schätzchen, bewahren Sie die Liste einfach an einem sicheren Ort auf, damit wir bei unserem nächsten Termin darauf zurückkommen können.«

»Welcher nächste Termin?«

»Ihre Stiefmutter hat ein Paket gebucht. Hat sie Ihnen das nicht gesagt? Wir haben noch drei Sitzungen vor uns.«

Ich stieß die Luft aus. Drei weitere Stunden in diesem

Hubba-Bubba-Raum. Drei weitere Fragerunden mit dieser überdimensionierten Fee. Aber wie sollte ich darauf antworten? Ich konnte wohl kaum sagen: »Auf gar keinen Fall, lieber hüpfe ich splitterfasernackt durch London.«

Sie griff in die Tasche ihrer Latzhose und zog ein Smartphone hervor. »Lassen Sie uns mal sehen … Ich finde es immer am besten, mindestens eine Woche zwischen dem ersten und dem zweiten Termin verstreichen zu lassen, damit Ihnen genug Zeit bleibt, um über Ihre Liste nachzudenken. Wie wäre es also heute in zwei Wochen? Um dieselbe Zeit? In der Nacht ist Neumond, ein ganz wunderbares Timing also.«

Ich erwiderte das Lächeln, meine Lippen zu einer schmalen Linie gepresst, denn sonst hätte ich womöglich einen Schreikrampf bekommen.

Und dann, sobald ich wieder unten auf der Harley Street stand, faltete ich die Liste zusammen und schob sie in die Seitentasche meines Rucksacks. Die sich offenbarende Macht des Universums, na klar. Was für ein Schwachsinn.

2

Gegen Ende der Woche bediente ich gerade Mrs. Delaney und bemerkte daher nicht den blonden Mann, der sich in der Abteilung mit den Biografien herumdrückte. Es regnete, was üblicherweise mehr Leute in den Laden trieb, da es ein guter Ort war, um sich die Zeit zu vertreiben, bis die Wolken vorbeigezogen waren. Ohne Eile. Entspannt. In Buchhandlungen kam nie ein Verkäufer auf einen zu und fragte: »Wollen Sie vielleicht ein Paar Pumps dazu anprobieren?« Die Kunden konnten ungestört stöbern, während es von ihren Jacken und Mänteln lautlos auf die türkischen Teppiche tropfte.

Mrs. Delaney kam seit Jahrzehnten zu Frisbee Books. Sie wohnte in einem großen Haus mit Blick auf die St. Luke's Church, nur einen wackligen Katzensprung mit ihrem Gehstock entfernt, und schaute gerne jede Woche vorbei, um sich über neue Gartenbücher zu unterhalten. Sie begeisterte sich sehr fürs Gärtnern (auch wenn sie es nicht selbst machte; sie hatte einen Kerl namens Cliff, der die Arbeit für sie erledigte), und Eugene und ich wechselten uns damit ab, uns um sie zu kümmern. An diesem Vormittag war ich dran, also blätterte ich mit Mrs. Delaney ein neues Buch über renaturierte Gärten durch. Es lief nicht gut, denn sie erklärte jede Aufnahme eines Gänseblümchens oder Wiesenkerbels zu »einer Schande«.

»Dieser Garten da ist ja noch unordentlicher als der andere!«, empörte sie sich, als ich die letzte Seite mit einem Foto von einem Schmetterling auf einem Grasbüschel erreichte. »Nichts für mich«, beschloss sie. »Ich gehe dann mal wieder.«

Mrs. Delaney wedelte zum Abschied mit ihrem Gehstock, bevor sie in den Regen hinauswankte. Ich trat unter den Holzbalken, der die Belletristik- und Sachbuchabteilung voneinander trennte, um das Gartenbuch in sein Fach zurückzustellen.

»Entschuldigen Sie bitte die Störung«, sagte da der Mann.

Ich setzte mein eingeübtes Lächeln auf und drehte mich um.

»Ich bin nur hier, um ein Buch abzuholen, das meine Mutter bestellt hat.«

Mein Mund klappte auf wie eine Falltür, aber es kamen keine Worte raus. Es war seine altmodische Kleidung, die mir als Erstes auffiel. Über einem weißen Hemd trug er ein Paar blauer Hosenträger, die mit kleinen Knöpfen an seinem Hosenbund befestigt waren. Dann starrte ich sein Gesicht an und fragte mich, ob seine hellblauen Augen und seine beinahe unsichtbaren blonden Wimpern bedeuteten, dass er Skandinavier war.

»Sie meinte, sie habe eine Nachricht bekommen, dass

es eingetroffen wäre«, fuhr er fort. »Wenn es Ihnen also nichts ausmachen würde …«

»Aber nein, natürlich nicht. Entschuldigung«, sagte ich und schüttelte den Kopf, wie um mich aufzuwecken. Er klang nicht skandinavisch. Er klang sehr britisch. »Wie heißt sie denn?«

»Elizabeth Dundee.«

»In Ordnung, geben Sie mir eine Sekunde.«

Ich ging hinter die Kasse, betrat den kleinen Nebenraum und fuhr mit dem Finger die Regale auf und ab, bis ich den Bestellschein fand, auf dem *Dundee* stand.

»Bitte sehr«, sagte ich und trug das Buch um den Verkaufstresen herum nach vorne. Ich hielt es ihm hin und sah erst dann, wie es hieß: *Die Kunst der Erregung: Eine Feier der erotischen Kunst durch die Geschichte*. Auf dem Umschlag befand sich ein Gemälde von einer Frau, die Sex mit einem Schwan hatte.

»Oh«, entfuhr es mir.

»Ah. Ja«, sagte der Mann leise und knapp. »Das hätte ich mir denken können. Das ist Zeus. Er verwandelt sich in einen Schwan, um Leda zu verführen. Recht sonderbar, diese Götter.«

»Sieht ganz so aus«, erwiderte ich, und wir betrachteten das Buch ein paar Sekunden in betretenem Schweigen, bevor er wieder sprach.

»Ich suche noch nach etwas anderem.«

»Was denn?«, fragte ich, erpicht darauf, von dem peinlichen Gespräch über Tiersex mit diesem gut aussehenden blonden Mann wegzukommen.

»Ein Buch mit dem Titel *Kampfansage*. Sie haben es nicht zufällig da?«

»Dürfte da sein, aber es ist ein Roman, daher steht es drüben.«

Ich bedeutete ihm, mir in die Belletristikabteilung zu folgen. *Kampfansage* war ein Buch so dick wie ein Ziegelstein, einer der großen Bestseller des Sommers, weil der irische Autor eine Reihe von Interviews gegeben hatte, in denen er alle anprangerte, nach denen er gefragt wurde. Der Premierminister? Ein Schwätzer. Die Engländer im Allgemeinen? Ein Haufen Schwätzer. Die Queen? Eine reiche Oberschwätzerin.

Suchend beugte ich mich über den Tisch mit den Hardcoverausgaben, als mir siedend heiß einfiel, dass der gut aussehende Mann hinter mir stand und ich meinen größten Schlüpfer überhaupt trug: den mit dem Gummisaum, der mir bis zum Bauchnabel reichte und mir zudem eindrückliche Sliplinien auf die Pobacken zeichnete. Mia hatte mal darauf beharrt, ich solle doch »Tangas eine Chance geben«, und hatte zwei von den Dingern, die sie von einem Modekunden bekommen hatte, unten an meine Treppe gelegt. Doch als ich sie zur weiteren Inspektion in die Abgeschiedenheit meines Zimmers getragen hatte, war ich mir unschlüssig gewesen, durch welche Ausschnitte ich meine Beine stecken sollte, und als ich sie dann endlich anhatte und einen Blick über die Schulter in den Spiegel warf, sah mein Hintern so entblößt aus, so gewaltig und weiß und schwabbelig, dass ich mich fragte, warum überhaupt irgendwer es auf diesen Effekt anlegte. Ich hatte die

Tangas ganz hinten in meine Schublade gestopft, wo sie seither vor sich hin vegetierten.

Ich erblickte den goldenen Rücken des Buchs am Rand des Tisches. »Da ist es«, sagte ich, zog es hervor und reichte es ihm. »Haben Sie schon ein anderes von ihm gelesen?« Ich wollte ihn unbedingt von meinem Riesenschlüpfer ablenken.

»Nein«, erwiderte er. »Sollte ich?«

»Ich habe nur sein erstes gelesen. Dieses hier ist zwar angeblich besser, aber das war auch gut. Eine Coming-of-Age-Geschichte über seine Jugend in Dublin in den Siebzigern. Die Versuche, der familiären Politik zu entfliehen, der tatsächlichen Politik und dann der …« Ich hielt inne. »Na ja, ich will nicht alles verraten, aber doch, es ist gut.« Ich errötete, als er den Blick nicht von meinen Augen löste.

Dann drehte er das Buch um, von dessen Rückseite uns der Autor, Dermot Dooley, finster entgegenblickte.

»Sieht aus, als hätte er kein schönes Leben, oder?«

Ich kicherte. »Stimmt.«

So aus der Nähe roch er frisch, nach einem zitronigen Aftershave. Ohne den Kopf zu bewegen, hob ich die Augen vom Buch zu seinem Gesicht. Es war, als würde ein Teil von mir ihn wiedererkennen. Er kam mir vertraut vor. Aber wenn er schon mal im Laden gewesen wäre, hätte ich mich doch sicher an ihn erinnert, oder? Eugene und ich hätten uns darum gestritten, ihn bedienen zu dürfen, und Eugene war bei den heißen Kunden normalerweise schneller als ich.

Seine Augen begegneten meinen, und ich errötete schon wieder. Erwischt.

»Danke, dass Sie's gefunden haben. Und das Buch für meine Mutter. Sie sind wirklich brillant, äh …«

»Florence«, sagte ich und erwiderte sein Lächeln. »Und nichts zu danken. Das ist mein Job.«

»Ich danke Ihnen trotzdem.«

»Sie interessieren sich also für Gegenwartsliteratur?«, wagte ich mich vor, während ich hinter die Kasse ging und ihm die Bücher abnahm.

»Auf jeden Fall, wenn ich die Zeit dazu finde. Warum?«

»Entschuldigung, das ist neugierig von mir. Es ist nur …« Ich hielt inne. »Na ja, das sollte ich eigentlich nicht sagen, aber die meisten Männer kommen hier rein und suchen die Autobiografie von Wayne Rooney, dem Fußballspieler.«

»Ach herrje«, sagte er und klatschte sich mit der Hand vor die Stirn. »Das war das andere, was ich mir holen wollte. Sie haben nicht zufällig eine Ausgabe da?«

Ich sah von der Kasse auf und lachte.

»Was ist mit Ihnen?«, fragte er.

»Was meinen Sie?«

»Was lesen Sie denn? Ich habe noch nie so richtig darüber nachgedacht, aber muss jemand, der in einer Buchhandlung arbeitet, jedes Buch hier gelesen haben?« Er deutete auf die Regale.

»Nein! Glücklicherweise nicht. Wir teilen es auf. Ich übernehme die Romane. Eugene, das ist mein Kollege, kümmert sich um die Sachbücher und Dramen. Wir haben ein System, mit dem wir jedem, der reinkommt, dabei helfen, ein Buch zu finden, in das er sich … äh, verliebt.«

Es war mir ein bisschen peinlich, es so zu beschreiben, aber er schien es ohnehin nicht zu hören, da er sich auf die Karten vor der Kasse konzentrierte. »Entschuldigung, kann ich die noch dazutun?« Er reichte mir ein Päckchen. Es waren Postkarten mit Vermeers *Mädchen mit dem Perlenohrring* vorne drauf, nur dass das Gesicht der Frau durch das einer Katze ersetzt worden war. Es war Teil einer Postkartenserie, bei der ich Norris breitgeschlagen hatte, sie ins Sortiment aufzunehmen. Und ich hatte recht damit gehabt. Wir hatten *Mona Lisa* als Katze gehabt, ein Van-Gogh-Selbstporträt als Kater und einen anderen Kater, verkleidet als Holbeins Heinrich VIII., aber die waren alle schon ausverkauft.

»Mögen Sie Katzen?« Er sah eigentlich mehr so aus wie ein Hundemensch. Gummistiefel an den Wochenenden, drei Labradore, Tweedmütze.

»Sehr. Meine Mutter hat drei Perserkatzen.«

»Wie süß. Das macht dann zusammen bitte 36,45 Pfund. Möchten Sie eine Tüte?«

Er schüttelte den Kopf. »Nein, keine Umstände.«

»Aber es regnet.« Ich nickte zum Fenster. Draußen wuselten die Leute unter ihren Regenschirmen umher wie riesengroße schwarze Käfer.

Er grinste erneut. »Ein bisschen Regen wird mich schon nicht umbringen.« Er steckte die Bücher und Karten unter den Arm. »Aber ich bin nicht sicher, ob ich mich verlieben werde«, sagte er.

»Hä?«, entfuhr es mir. Mein Blick war an seiner Brust hängen geblieben – ein kleines Dreieck blonden Haars, das oben aus seinem Hemd hervorlugte –, und ich dachte, ich hätte mich verhört.

»In ihn hier«, sagte der Mann und drehte mir die Buchrückseite mit dem Foto von Dooley zu. »Sie haben gemeint, Sie finden Bücher, in die sich die Leute verlieben können.«

»Stimmt«, erwiderte ich und lachte etwas zu laut. Er meinte Dooley. Ganz offenbar redete er nicht über mich. Komm schon, Florence. Die Leute rennen nicht durchs Leben und verlieben sich in irgendwelche Leute, die sie in Buchhandlungen kennenlernen. Das passiert nur in *Notting Hill*.

»Vielen Dank noch mal für Ihre Hilfe«, sagte er.

»Gern geschehen«, erwiderte ich, als er sich auf den Weg zur Tür begab. »Ich hoffe, Sie haben Spaß damit.«

Er tippte sich zum Gruß mit den Fingern an die Schläfe. Dann war er draußen im Nieselregen verschwunden.

Ich verspürte einen Stich der Enttäuschung, als er fort war, hörte jedoch Norris die Treppe hochkommen und gab mir daher Mühe, so zu wirken, als wäre alles ganz normal.

»Gib mir doch mal das Bestellbuch rüber«, sagte er und blieb auf der anderen Seite des Tresens stehen. Ich reichte es ihm stumm. »Alles in Ordnung mit dir?«, schob er hinterher.

»Ja, alles gut. Warum?«

»Du wirkst ein bisschen durch den Wind. Wo ist Eugene?«

»Oben, füllt die Reiseführer auf.«

Norris öffnete das Buch und griff nach einem Kuli.

»Du hast Mrs. Delaney verpasst«, fuhr ich fort.

»Mein Glückstag. Hat sie was gekauft?«

»Nein. Aber jemand ist vorbeigekommen, um eine Bestellung abzuholen, und ich habe noch eine Ausgabe von *Kampfansage* verkauft.«

Norris stieß schwer die Luft aus. »Ich bin nicht sicher, ob ein Hardcover am Tag den Laden am Laufen halten wird. Ach, na ja, wir werden sehen«, sagte er, klappte das Buch zu und reichte es mir zurück.

»Ich habe darüber nachgedacht und mir etwas überlegt.« Ich richtete mich auf, entschlossen, ihm meine Ideen zu präsentieren.

Norris' Augenbrauen zuckten argwöhnisch.

»Wir müssen die Webseite überarbeiten. Und ich dachte an eine Petition. Sowohl online als auch im Laden. Ich werde jeden, der reinkommt, dazu bringen, sie zu unterzeichnen.«

Er erwiderte nichts darauf.

»Und wir sollten uns wirklich eine Instagram-Seite zulegen, Norris. Ich kann mich auch darum kümmern, es ist ganz einfach. Und Twitter.«

»Twitter?«, bellte Norris, als sei das ein schmutziger Ausdruck.

»Es ist Gratiswerbung.«

»Nein, nein, nein«, entgegnete er kopfschüttelnd, während er sich schon der Treppe zuwandte. »Ich kann gerade nicht über den ganzen Kram nachdenken. Ich habe so schon genug um die Ohren.«

Ich streckte seinem Rücken die Zunge raus. »Kann gerade nicht darüber nachdenken« war seine Standardausrede. Es war zum Verrücktwerden. Und außerdem unverantwortlich. Dann erklang das Gepolter von Eugene, der die Treppe runterkam. Er ließ einen Stapel leerer Kartons auf den Boden vor der Kasse fallen.

»Die können da nicht bleiben.«

»Immer mit der Ruhe, Frau Feldwebel«, erwiderte er und stützte sich keuchend auf den Tresen. »Ich bin am Verhungern. Was dagegen, wenn ich die erste Pause mache? Bin nicht sicher, ob ich es bis zur zweiten durchhalte.« Die Mittagspause im Laden war in eine erste (eine Stunde um halb eins) und eine zweite (eine Stunde um halb zwei) Schicht aufgeteilt und wurde jeden Tag aufs Neue zwischen uns ausgehandelt.

»Nein, geh ruhig.«

»Danke dir«, erwiderte Eugene gähnend und streckte die Arme über den Kopf. »Dann bis gleich«, verabschiedete er sich und war schon halb durch die Tür, bevor ich ihn noch mal wegen der Kartons anschnauzen konnte.

»Männer«, murmelte ich in mich hinein. Zu Hause lebte ich mit zwei Schwestern zusammen, die nie auch nur eine Tasse in die Spülmaschine räumten; im Laden arbeitete ich mit Männern zusammen, die ausschließlich daran dachten, wo sie etwas zu essen herbekommen könnten. Ich fragte mich, was mühsamer war. Vor gar nicht langer Zeit hatte Mrs. Delaney mir erzählt, dass Gladiolen asexuelle Pflanzen seien. Klang nach einer viel einfacheren Existenz, so eine Gladiole zu sein.

Als ich mich bückte und gerade die Finger unter die Kartons schob, bimmelte die Türklingel hinter mir, also richtete ich mich rasch auf, wohl wissend, dass ein weiterer Kunde gerade dem Anblick meines Hinterns ausgesetzt war. »Tschuldigung«, sagte ich und drehte mich herum, »ich räume nur schnell die … Oh, hallo.«

Es war der Mann mit den Hosenträgern.

»Hallo noch mal«, sagte er grinsend. Sein Haar war nass und sein Hemd auf der Brust mit dunklen Regentropfen gesprenkelt. »Ich wollte nur … Also, ich hoffe, es macht Ihnen nichts aus … Es ist so, ich renne sonst nicht durch London und sage das zu Frauen, denen ich in irgendwelchen Läden begegne, aber ich habe mich gefragt, ob Sie wohl Zeit und Interesse hätten, einen Kaffee mit mir zu trinken?«

»Einen Kaffee?«, wiederholte ich, als wüsste ich nicht, was damit gemeint sei.

»Oder ein Glas Wein«, schob er hinterher. »Was auch immer Sie mögen. Ich würde mich nur gerne weiter mit Ihnen über Bücher unterhalten, wenn Sie denn interessiert sind?« Er fuhr sich mit der Hand durch seine nassen blonden Haarsträhnen und sah mich erwartungsvoll an.

»Ähm …« Ich war derart überrumpelt von seinem Wiederauftauchen, dass ich die Sprache verloren hatte, so als wäre ich gerade Zeugin eines verblüffenden Zaubertricks geworden.

»Wenn Sie nicht können oder nicht wollen, oder falls Sie schon vergeben sind und aus irgendeinem Grund nur Ihren Ehering nicht tragen … dann vergessen Sie einfach, dass ich gefragt habe, und ich komme nie wieder her. Obwohl das ein Jammer wäre, da es wirklich eine ganz vortreffliche Buchhandlung ist. Aber falls nichts von alldem zutrifft, dann würde ich Sie gerne auf jedwede Art von Getränk einladen – heiß oder kalt, das liegt ganz bei Ihnen.«

»Äh …«, begann ich erneut, während ich mein Hirn nötigte, endlich anzuspringen. »Ja, gern«, sagte ich über den Rand der Kartons hinweg. Es waren nur zwei kümmerliche Wörtchen, aber besser als gar keine.

»Gut. Ich habe gehofft, dass Sie das sagen. Wie ist Ihre Nummer?« Er griff in die Hosentasche und zog sein Handy hervor.

Deine Nummer, Florence, ermahnte ich mich, das schaffst du. Ich sagte sie ihm ordnungsgemäß auf.

»Wunderbar«, sagte er und verstaute sein Handy wieder in der Tasche. »Ich schreibe Ihnen … dir. Vielleicht dieses Wochenende?«

»Ja, gern«, wiederholte ich ganz benommen.

»Wunderbar«, sagte er. »Dann bis bald.«

»Bis bald«, sprach ich nach, obwohl er bereits fort war. Ich ließ die Kartons auf den Tisch mit den Neuerscheinungen fallen und atmete ganz langsam aus, dann betrachtete ich blinzelnd mein Spiegelbild in der Schaufensterscheibe. Sah ich heute irgendwie anders aus? War mein Haar weniger spanielmäßig?

»Florence, du weißt doch, dass die hier nichts verloren haben!« Norris war wieder oben auf dem Treppenabsatz aufgetaucht und deutete vorwurfsvoll auf die Kartons. »Bitte bring die nach unten.«

Ich wies ihn nicht einmal darauf hin, dass es eigentlich Eugenes Schuld war, dass er die Kartons liegen gelassen hatte und ich sie lediglich für ihn wegräumte. Ich tat es einfach.

Erst als ich die Kartons im Lagerraum mithilfe meiner Füße plättete, wurden mir zwei Dinge klar: Erstens kannte ich noch nicht einmal den Namen dieses Mannes. Und zweitens – Gwendolyns Liste! Ich erstarrte und legte mir die Hände an die Wangen, als mir einfiel, was ich aufgeschrieben hatte. Der Typ war groß, unfassbar attraktiv und, allem Anschein nach, ein Mann mit Humor, der Bücher las, Katzen mochte und offenbar nicht glaubte, dass ein Regentropfen ihm etwas anhaben könnte. Aber das war doch ganz bestimmt ein Zufall, oder?

Klar war es das. Ich lachte und schüttelte den Kopf, während ich wieder damit anfing, auf den Kartons herumzutrampeln. Als ob das Universum irgendwas damit zu tun hätte. Das war ganz offensichtlich ein Zufall. Es war völlig ausgeschlossen, dass diese Irre in ihrer Gänseblümchen-Latzhose diesen Mann hier vorbeigeschickt hatte.

Am Nachmittag fand eines meiner NOMAD-Treffen statt, also überließ ich es Eugene, den Laden abzuschließen, und spazierte ein paar Straßen weiter zu der Grundschule, in deren Räumlichkeiten sie abgehalten wurden. Als ich durch die Scheibe in der Tür spähte, sah ich Jaz bereits auf einem der Plastikstühle in Kindergröße sitzen. Ein Mann, den ich nicht kannte, hatte sich auf einen der vorderen Plätze gequetscht und betrachtete finster die

Fingerfarbengemälde. Wir waren eine kleine Gruppe, normalerweise acht oder neun Leute, und hockten an den aufgereihten Pulten, umgeben von bunten Kunstwerken aus Fingerfarben und trockenen Nudeln. Vorne, unter einem großen Whiteboard, bemühte sich unser Leiter, Stephen, eine konstruktive Gruppendiskussion anzuregen, während wir mit Vanillecreme gefüllte Kekse aßen. Stephen brachte sie selbst mit, samt einem Wasserkocher, mehreren Bechern und Teezubehör.

Ich schob die Tür auf. »Hi, Stephen«, grüßte ich und winkte ihm zu.

Er wirbelte von seinem Keksteller herum und strahlte mich an. »Guten Abend, Florence. Alles gut?«

»Alles ganz fantastisch«, erwiderte ich und ließ meinen Rucksack auf den kleinen roten Stuhl neben Jaz plumpsen. Ihr vierjähriger Sohn, Duncan, saß in Pulli und Schuluniformhose im Schneidersitz auf dem Boden; er hatte Kopfhörer auf und schaute sich ein Video auf ihrem Handy an. »Warum ist denn Dunc heute dabei?«

Jaz seufzte. »Weil sein Dad ein echter Mistkerl ist und ihn nicht abgeholt hat.«

Sie sagte es so laut, dass Stephen vorne zusammenzuckte. Dunc war glücklicherweise zu sehr in das Handy vertieft, um es mitzukriegen. Ich wuschelte ihm durchs Haar, woraufhin er aufsah und fröhlich grinste, bevor er den Blick wieder aufs Display senkte.

Jaz' Ex, Duncs Vater, war ein Klempner namens Leon. Er und Jaz waren nur ein paar Monate zusammen gewesen, in denen sie prompt schwanger wurde. Als sie ihm die frohe Nachricht verkündete, hatte Leon ihr gestanden, dass Jaz nicht die einzige Frau war, bei der er hin und wieder ein Rohr verlegte. Sie trennten sich, und Leon hatte sich seitdem als eher sporadische Vaterfigur hervorgetan. Gelegentlich nahm er seinen Sohn zwar mit in den Battersea Zoo, um sich die Kaninchen und die Frösche anzuschauen (Dunc wollte Tierarzt werden, wenn er groß war), aber er und Jaz standen generell auf Kriegsfuß miteinander.

Ihr Sohn war der Grund, warum sie überhaupt anfing, zu den Treffen zu gehen. Jaz arbeitete als Friseurin in einem Salon in Chelsea, und als Dunc noch ein Baby war, entwickelte sie eine Obsession bezüglich seines Essens – eigentlich seines und ihres Essens. Sie bekam furchtbare Panik, dass er irgendetwas zu sich nehmen oder gar verschlucken könnte – seien es Chips oder Trauben –, was sie mit ihren eigenen Händen durch die Chemikalien aus dem Salon kontaminiert hatte. Also aß sie von da an nur noch mit Messer und Gabel, außerdem durfte während des Kochvorgangs nichts mit ihren Fingern in Berührung kommen, was ihren Speiseplan drastisch einschränkte.

Zu der Zeit, als sie auf Anraten ihres Hausarztes zu den Treffen kam, konnte sie nur noch Fertigmahlzeiten zu sich nehmen, da sie für die Zubereitung bloß die Folie von der Packung abziehen musste. Fertiggerichte zum Frühstück, Fertiggerichte zum Mittagessen, Fertiggerichte als Abendbrot. Für Dunc galt dasselbe – ein Zweijähriger, der beinahe ausschließlich mit Käpt'n Iglo & Co aufgewachsen war. Als ich ein paar Monate später zu der Gruppe dazustieß, waren Jaz (und Dunc) von ausschließlich Fertiggerichten zu Fertiggerichten plus Pasta und Gemüse aufgestiegen, solang diese in Gefrierbeuteln daherkamen und Jaz sie vor dem Kochen nicht berühren musste. Mittlerweile ließ sie ihn und sich fast alles essen – außer Obst mit der Hand –, aber sie kam immer noch alle zwei Wochen her, damit wir in der hintersten Reihe tuscheln konnten. Wir hätten kaum unterschiedlicher sein können – ich, der zweiunddreißigjährige Bücherwurm in hässlichen Schuhen, und Jaz, die schicke Friseurin Anfang vierzig, die ständig Animal-Prints trug –, aber mittlerweile verstanden wir uns richtig gut. Obwohl wir nach außen hin sehr verschieden wirkten, wussten wir beide, wie es sich anfühlte, die Kontrolle zu verlieren, als würde man von einem inneren Puppenspieler dirigiert, der einem permanent sinnlose, anstrengende Aufgaben auftrug.

»Alles in Ordnung?«, erkundigte ich mich und sah von Dunc auf dem Boden zu Jaz hoch. Heute trug sie ein weißes T-Shirt über einer Schlangenhaut-Leggins.

Sie seufzte erneut. »Ja, einfach nur hühnermüde.« Jaz verwechselte gerne Worte. Vor zwei Wochen hatte sie sich bei Stephen beschwert, sie würde sich fühlen wie »gekauft und wieder ausgespuckt«.

»Hundemüde«, korrigierte ich sie.

»Eine Komplettfärbung und drei Dauerwellen heute. Drei! Ehrlich, diese Frauen. Was denken die sich bloß? Und dann musste ich zur Schule hetzen, um den hier abzuholen.« Sie nickte zu Dunc, und ich erhaschte einen Blick auf das Display, auf dem er sich eine Tier-Doku anschaute, wo eine Löwin sich gerade im Hinterlauf eines unglücklichen Zebras verbiss. »Aber was ist mit dir los?«, hakte sie nach. »Warum so gut gelaunt?«

Ich antwortete nicht sofort. Ich lächelte sie bloß an.

Jaz beugte sich auf ihrem kleinen Stuhl nach vorne. »Warum guckst du so komisch?«

»Ich wurde heute nach einem Date gefragt.« Ich war den Nachmittag über schier geplatzt, weil ich es unbedingt Eugene erzählen wollte, doch jedes Mal, wenn ich den Mund aufmachte, hatte die Klingel an der Tür gebimmelt und jemand Neues war hereingekommen, um Schutz vor dem Regen zu suchen.

»Was meinst du? Von einem Kerl?«

»Ja! Vielen Dank auch für den überraschten Gesichtsausdruck.«

Jaz jauchzte, sprang auf dem Sitz auf und klatschte verzückt in die Hände. »Ernsthaft? Gehst du hin?«

»Alles in Ordnung, Jasmine?« Stephen schaute von seinen Vanillecreme-Keksen auf. Er war ein Mann, der beinahe so breit wie hoch war und den man leicht für einen Informatiklehrer hätte halten können – kurzes graues Haar, schwarz gerahmte Brille, trug immer kurzärmlige Hemden mit Krawatte. Nerdig, aber nett. Er betrachtete sich selbst als guter Hirte von Chelsea, der versuchte, seinen Schäfchen alle zwei Wochen mit einer neunzigminütigen Gesprächsrunde und ein paar Keksen etwas Gutes zu tun.

»Alles super, Stephen, keine Sorge«, antwortete Jaz. »Hab gerade nur erfahren, dass die Dame hier ein Rendezvous hat.«

»Psssst«, zischte ich und setzte mich rasch, »das muss nicht jeder wissen.«

»Meinen Glückwunsch, Florence«, sagte Stephen. »Und Jasmine, da du heute offenbar Hummeln im Hintern hast, darfst du die Tee-Beauftragte sein.«

Jaz zwinkerte mir zu und ging zu Stephens Wasserkocher rüber, der in der Ecke hinter dem Sandkasten des Klassenzimmers eingesteckt war. Ich angelte mein Handy aus der Tasche. Noch keine Nachricht, aber es war wahrscheinlich zu früh.

Ich legte mein Handy mit dem Display nach unten in den Schoß und schaute mich um, während die anderen allmählich eintrudelten. Die denkwürdigsten Mitglieder unserer Gruppe waren: Mary, eine Buchhalterin mittleren Alters, die eine Knopf-Phobie hatte; Elijah, der einen Waschsalon leitete und besessen war von Verschwörungstheorien; Lenka, eine Krankenschwester, die unter Hypochondrie litt; sowie Seamus, ein Dubliner, bei dem eine zwanghafte Sammelwut diagnostiziert worden war und der in Pimlico in einer Wohnung lebte, vollgestopft mit Zeitungen, die bis in die Sechzigerjahre zurückreichten. Die Wohnungsverwaltung wollte ihn rausschmeißen, aber Seamus fand immer rechtliche Mittel und Wege, sie aufzuhalten.

Das Treffen begann, sobald Jaz die richtige Menge Tee in die richtige Anzahl von Bechern eingeschenkt und sie verteilt hatte. Vor dem Hintergrundgeräusch des Schlürfens stellte Stephen den Neuankömmling, einen Mann namens Peter, vor, bevor er sich erkundigte, wie es allen ging.

Lenka meldete sich sofort. Sie litt oft an irgendeiner neuen Sache, von der sie im Internet gelesen hatte.

»Heute nicht so gut, Stephen«, sagte sie. »Ich schlafe zurzeit nicht besonders.«

Stephen gab einen mitfühlenden Laut von sich. »O Lenka, das tut mir leid. Möchtest du vielleicht einen von diesen hier, während du uns davon erzählst?« Er hielt ihr den Teller mit den Vanillecreme-Keksen hin.

»Ich weiß bloß nicht, warum ich plötzlich all diese Probleme habe«, fuhr sie fort und nahm einen Keks. »Ich glaube, es liegt vielleicht an meinem verspannten Nacken, und dann habe ich mich gefragt, ob es womöglich der viele Kaffee bei der Arbeit ist, also habe ich aufgehört, Kaffee zu trinken. Aber dann habe ich auf meinem Handy gelesen, dass Einschlafprobleme ein Zeichen dafür sein können, dass man diese Krankheit hat – wie heißt sie noch gleich? Die auch dieser Mann hat, der diese Filme gedreht hat?« Sie biss in ihren Keks und schaute sich in der Runde um.

»Alzheimer?«, schlug Mary vor.

Lenka schüttelte den Kopf. »Nein, nein, die andere. Seht ihr? Ich vergesse diese Dinge schon.« Sie biss noch einmal von ihrem Keks ab.

»Parkinson?«, fragte Stephen.

Lenka riss die Augen auf, und ihr Kopf nickte auf und ab wie bei einem Wackeldackel.

»Also gut, Lenka«, sagte Stephen, der immer sehr darauf bedacht war, keine Aussage abzutun, die in diesem Klassenraum gemacht wurde. »Ich denke, wir sollten vielleicht andere Faktoren in Betracht ziehen, die dich vom Schlafen abhalten. Hast du womöglich …?«

»Du darfst nicht so oft auf dein Handy schauen, Lenka«, warf Elijah ein. »Die Regierung kann alles sehen, was du auch siehst. Sie wissen, wonach du suchst, sie wissen, was du liest, und …«

»Ja, vielen Dank, Elijah«, unterbrach Stephen rasch, um die Kontrolle zurückzuerlangen. Was er recht oft tun musste. Bei einer Sitzung letzten Monat hatte Elijah darauf insistiert, dass Prinz Philip die Ermordung von Lady Di befohlen hatte, was dazu führte, dass Seamus, ein strammer Monarchist, drohte den Raum zu verlassen. Die Situation löste sich erst auf, als Stephen das Thema wechselte, indem er mich fragte, wie ich mit meiner Geschichte über Zelda, die zählende Raupe, vorankam – ein Projekt, das ursprünglich seine Idee gewesen war. Da er wusste, dass ich Bücher liebte, hatte er vorgeschlagen, dass ich es mit dem Schreiben einer Geschichte versuchen sollte. Und als mich auch die anderen NOMAD-Mitglieder dazu ermutigten, hatte ich mir eine Idee überlegt und langsam – sehr langsam – damit begonnen, sie aufzuschreiben. Ich fand den Prozess beruhigend. An schlechten Tagen spielte mein Hirn »Konsequenzen« mit allem, was mir vor die Nase kam (wenn das nächste Auto rot ist, wird der heutige Tag richtig schlimm. Wenn da eine ungerade Zahl von Keksen in der Dose ist, wird der heutige Tag richtig schlimm. Drei Tauben auf dem Platz, nicht vier? Schlimm!) Mir eine Stunde Zeit zu nehmen, nur um zu schreiben, half meinem Hirn runterzukommen, und ich schätze, genau das hatte Stephen damit beabsichtigt.

»Wie kam es denn jetzt zu diesem Rendezvous?«, fragte Jaz mich leise.

»Er ist einfach im Laden aufgetaucht«, flüsterte ich. »Aber eigentlich hat er auch nur vorgeschlagen, einen Kaffee trinken zu gehen. Gilt Kaffee trinken als Date?«

»Ein Kaffee mit einem Mann, den du nicht kennst, ist definitiv ein Date.«

»Was, wenn es ein Bewerbungsgespräch ist?«

»Herr, gib mir Kraft … Dann wäre es ein Bewerbungsgespräch. Will er dich denn für einen Job anheuern?«

»Ich denke nicht.« Ich schilderte ihr die ganze Episode detaillierter: das Buch für seine Mutter, seinen interessanten Kleidungsstil, seine Rückkehr nach zwanzig Minuten, um mich auf einen Kaffee einzuladen.

»Na bitte«, sagte Jaz, die Arme verschränkend, »es ist ein Date. Ein Kaffee kann ein Date sein. In Amerika machen sie das ständig. Wie heißt er denn?«

»Ich weiß es nicht.«

»Du *weißt* es nicht?«, erwiderte sie so laut, dass es Stephens Aufmerksamkeit auf sich zog.

»Jasmine und Florence, geht es euch heute gut?«

»Ja, alles prima«, sagte Jaz. »Und überhaupt, tolle Geschichte, Mary. Wirklich fesselnd. Mach ruhig weiter.« Jaz reckte beide Daumen in die Luft.

Mary, die sich zu uns umgedreht hatte, schaute zu Stephen zurück. »Äh …«, stammelte sie.

»Fahr doch bitte fort, Mary«, sagte Stephen und

bedachte Jaz mit einem tadelnden Blick. »Du hast uns gerade erzählt, wie du dich an Humphreys Todestag fühlst.«

»O nein«, wisperte Jaz und sackte über ihrem Pult zusammen. Humphrey war Marys Papagei. Verstorbener Papagei. Er hatte letztes Jahr das Zeitliche gesegnet und war monatelang das Hauptthema diverser Gespräche bei diesen Sitzungen gewesen.

Wir saßen ein paar Minuten in respektvollem Schweigen da, während Mary fortfuhr. Jaz platzte fast vor Neugier.

»Und wann triffst du dich mit ihm?«

»Weiß nicht«, zischte ich.

»Das heißt, du kennst seinen Namen nicht, du weißt nichts über ihn, und er zieht sich an wie ein viktorianischer Leichenbestatter.« Sie hielt inne. »Also, ich weiß nicht so recht.«

»Wie meinst du das?« Ich hatte das Gefühl, als hätte sie gerade die rosarote Blase in meinem Bauch mit einer Nadel durchstochen.

»Sei einfach vorsichtig. Könnte ein Irrer sein.«

»Okay, aber da gibt es noch etwas, das ich dir erzählen muss.«

»Was?«, raunte sie.

So leise, kurz und bündig, wie ich konnte, erklärte ich ihr das mit Gwendolyn und der Liste. »Ist das nicht schräg?«, flüsterte ich, als ich geendet hatte. »Ich glaube nicht an so Zeug, aber irgendwie ist es doch ein krasser Zufall, oder nicht?«

»Hast du die Liste da?«, fragte sie. Ich nickte und streckte mich unter den Tisch, um das Blatt Papier aus meinem Rucksack zu ziehen.

Jaz strich es mit der Handkante auf ihrem Oberschenkel glatt und las.

Ich zählte die Punkte an meinen Fingern ab. »Eins, er zieht sich gut an. Zwei, er steht auf Bücher. Drei, seine Mutter sammelt Katzen. Und er hat mich zum Lachen gebracht, also ist er auch witzig.«

»Wie war sein Hintern?«

»Hab ich nicht gesehen. Er schien generell ziemlich gut in Form. Aber was, wenn es wie in diesem Tom-Hanks-Film ist?«

Jaz riss den Kopf hoch und runzelte die Stirn. »Welcher?«

»Der, wo er sich was wünscht und es in Erfüllung geht, und als er morgens aufwacht, ist er ein Erwachsener. Was, wenn das hier so was ist?«

»Du denkst, nur weil du eine Liste geschrieben hast, wie der perfekte Mann für dich aussehen soll, ist er plötzlich aufgetaucht?« Jaz sah mich von der Seite an. Es war diese Art Blick, mit dem man erwachsene Menschen bedachte, die einem gerade verkündet hatten, dass sie an Feen glaubten. »Mädchen, du musst echt mal flachgelegt werden.«

»Ja, schon gut, das erzählen mir alle ständig«, erwiderte ich, schnappte mir das Papier und musste an Eugenes Witz über seine Mutter im Altersheim denken. Ich verspürte einen Anflug von schlechter Laune. Ja, okay, ich hatte nicht besonders viel Erfahrung in Sachen Dating, aber es war ja auch nicht so, als wäre Jaz ein Beziehungsprofi. Nach Leon hatte es eine ganze Reihe von Lovern gegeben, und der letzte, von dem sie behauptet hatte, er sei »der Richtige«, entpuppte sich als Ehemann und Vater zweier Kinder in Solihull.

»Sei einfach nur vorsichtig, Süße«, fuhr sie fort, und sofort meldete sich mein schlechtes Gewissen, weil ich so gemein von ihr gedacht hatte. »Hör zu, warum sagst du mir nicht einfach, wo ihr diesen Kaffee trinken geht, und ich komme auch vorbei? Ich könnte doch an einem anderen Tisch sitzen wie ein Bodyguard? Du wirst mich nicht einmal bemerken. Ich werde total inkompatibel sein.«

»Inkognito.«

»Mein ich ja.«

Glücklicherweise rief Stephen in diesem Moment Jaz' Namen auf und fragte, ob es etwas gäbe, das sie als »geschätztes, langjähriges Mitglied der Gruppe« gerne mit allen teilen wolle, um Peter zu zeigen, wie es bei uns so ablief. Jaz plusterte sich vor Stolz auf, erhob sich und begann zu erzählen, wie sie eines Morgens zum Frühstück tiefgefrorenes Hähnchencurry gegessen und mit einem Mal kapiert hatte, dass sie Hilfe bräuchte. Ich blieb auf meinem kleinen Stuhl sitzen und dachte nach. Sollte ich mir Sorgen machen? Er wirkte auf mich nicht wie ein Psychopath. Aber vielleicht legten Psychopathen es ja auch darauf an, dass man genau das dachte? Ich faltete die Liste wieder ordentlich zusammen, bevor ich mich auf dem Zwergenstuhl zurücklehnte. Jaz machte sich einfach zu große Sorgen. Ich würde mich mit ihm an einem öffentlichen Ort treffen, und alles würde gut werden. Ich musste nur unbedingt daran denken, nicht meine Arbeitsschuhe anzuziehen.

Als ich am nächsten Tag zur Arbeit kam, war der Laden bereits geöffnet. Ich ließ die Schlüssel wieder in meinen Rucksack fallen und schob die Tür auf.

»Hallo?«

Ich erwartete, Norris' Stimme von unten zu hören, doch keine Antwort. Dann bemerkte ich den Tresen. Normalerweise war er aufgeräumt. Bestellbuch an seinem Ort, die Post-it-Zettel vom Vortag entsorgt, Stifte im Becher, der Papierkram, auf den Norris einen Blick werfen musste, in der dafür vorgesehenen Ablage. Aber das Kassenfach stand offen, lose Blätter lagen auf dem Tresen verstreut und wurden nur durch einen Motorradhelm festgehalten.

Ich sah mich im Rest des Ladens um. Einige Bücher standen nicht mehr an ihrem Platz. Der Tisch mit den Biografien war das reinste Chaos, und ein Stapel gebundener Bücher lag verstreut auf dem Boden. Ich ging zögernd darauf zu und bemerkte einen Kaffeebecher, der umgefallen war und dessen Inhalt dunkle Flecken auf den Dielen hinterlassen hatte. »O mein Gott!«, keuchte ich. Ein Einbruch! Das hier war ein Tatort.

Ich erstarrte, als ich Schritte hinter mir hörte.

»Hallo«, sagte eine Männerstimme.

Ich wirbelte herum und sah einen Fremden über mir emporragen, einen Wischmopp in der einen Hand, einen Eimer in der anderen.

»Sind Sie ein Einbrecher oder eine neue Reinigungskraft?«, fragte ich verwirrt. Der Kerl war ein Riese, und, zu meiner Verteidigung, gekleidet wie jemand, der vor allem nachts aktiv war: schwarzes T-Shirt, das sich über seine breiten Schultern spannte, schwarze Jeans und schwarze Doc-Martens-Stiefel. Er hatte zudem wild gelocktes schwarzes Haar sowie schwarze Tattoos, die sich an beiden Armen hinabschlängelten.

»Tatsächlich keins von beidem«, erwiderte er und rauschte mit seiner Putzausrüstung an mir vorbei in die Belletristikabteilung. »Aber mir ist mein Kaffeebecher runtergefallen, als ich mir den Laden angeschaut habe, also dachte ich, ich wisch es lieber weg, bevor Norris kommt.«

Woher kannte dieser Riese Norris?

»Ich bin übrigens Zach, freut mich, dich kennenzulernen.«

Er stellte den Eimer ab und streckte mir seine Pranke hin, womit er mich zwang, einen Schritt auf ihn zuzumachen und sie zu schütteln. Ich ärgerte mich über seine ungezwungene Art. Was hatte dieser Kerl hier verloren?

»Woher kennst du Norris?«

Er begann damit, den Boden zu putzen, aber er stellte sich so ungeschickt an, dass er mehr Wasser aus dem Eimer auf den Boden beförderte als umgekehrt, während er unkoordiniert herumwischte, nur um dann den Mopp wieder in den Eimer zu tunken, um das Ganze zu wiederholen. Ich konnte es nicht mitansehen.

»Gib mir das«, sagte ich unwirsch und streckte den Arm aus.

»Okay«, meinte er und reichte mir den Mopp. Noch mehr Rumgetropfe auf den Dielen. »Ich mache mir solange einen neuen Kaffee. Auch einen?«

»Nein, danke. Und ich hoffe, du hältst mich jetzt nicht für unhöflich, aber wer bist du überhaupt?«

»Ich bin Zach.«

»Ja, das sagtest du schon. Aber was machst du hier? Es gibt keinen Zach, der hier arbeitet.«

»Norris' Neffe«, antwortete er. »Hat er nichts gesagt? Ich bin vorbeigekommen, um mit der Webseite zu helfen. Und der ganzen Social-Media-Sache. Ich bin Fotograf, momentan aber auftragslos, und er brauchte Hilfe. Also bin ich hier.« Er breitete schwungvoll die Arme aus, wie um seine körperliche Präsenz noch zu unterstreichen.

»Na gut«, sagte ich, während ich mich vorbeugte und versuchte, das Wasser von den Dielen zurück in den Eimer zu befördern. »Hattest du Probleme mit der Kasse?« Ich nickte zum Tresen.

»Ja, entschuldige«, sagte er. »Ich habe nur Norris' Passwort gesucht.«

»Passwort?«

»Für seinen Computer unten.«

»Oh, das ist *Zettel123*.«

»Zettel?«

Ich sah vom Mopp auf »Ja, so heißt der Esel aus *Ein Sommernachtstraum* – mein Kollege fand das witzig.«

»Ihr klingt echt wie ein wilder Haufen. Ich bin in seinem Büro, wenn du mich brauchst.«

Bevor ich etwas erwidern konnte, war er auch schon die Treppe runtergepoltert und ließ mich da stehen, den Mopp schwingend mit der empörten Wut einer Frau, die gerade ein fremdes Höschen im gemeinsamen Ehebett entdeckt hat. Was fiel ihm ein, sich hier so aufzuspielen! Und wie typisch von Norris, dass er ihn mit keinem Wort erwähnt hatte. Unsere Webseite zu überarbeiten und ein Social-Media-Profil zu erstellen war meine Idee gewesen. Wenn dieser tätowierte Neffe nicht mal einen Wischmopp bedienen konnte, wie sollte er dann bitte unsere finanzielle Situation verbessern?

Eugene kam nur Minuten später durch die Tür spaziert. »Guten Morgen, holde Kollegin«, grüßte er und vollführte eine schwungvolle Bewegung mit seinem Arm. Dann hielt er abrupt inne und kräuselte die Stirn. »Was tust du da?«

Ich wrang den Mopp ein letztes Mal aus. »Unserem neuen Kollegen hinterherwischen.«

»Was für ein neuer Kollege?«

»Norris' Neffe. Zach.«

»Ich wusste gar nicht, dass er einen Neffen hat«, sagte Eugene und kreiste dabei mit dem Arm um seinen Hals, um sich aus seinem Seidenschal zu schälen. Dann schnipste er mit den Fingern. »Vielleicht ist er ja mit Shirley verwandt?«, flüsterte er.

»Keine Ahnung. Hab ihn nicht gefragt.«

»Wo ist er?«

»Unten.«

»Dann geh ich wohl mal und sag Hallo.«

Ich folgte ihm die Treppe runter, um Mopp und Eimer wieder im Schrank zu verstauen. Zach saß über Norris' Computer gebeugt in dem beengten Büro und brummte irgendwas in die Tastatur.

»Zach, das ist Eugene, Eugene, das ist Zach«, sagte ich und blieb kurz in der Bürotür stehen, bevor ich weiter zu dem fensterlosen Kellerraum ging, der uns als Lager, aber auch als Pausenraum für das Personal diente. Auf der einen Seite stapelten sich in Kartons und Regalen druckfrische Bücher, die darauf warteten, an die Kunden verteilt zu werden oder verkaufte Exemplare im Verkaufsraum oben zu ersetzen. Auf der anderen Seite stand ein klappriger Holztisch, der von zahllosen Kaffeeflecken übersät war. Das Klo und der Putzschrank befanden sich durch eine Tür hindurch hinter dem Tisch.

»Wirst du Vollzeit bei uns arbeiten?«, hörte ich Eugene Zach fragen, als ich das Schmutzwasser ins Klo kippte.

»Um ehrlich zu sein, keine Ahnung, Kumpel«, erwiderte Zach. »Du kennst nicht zufällig das Passwort für dieses Ding? Das Mädel oben meinte, es hätte irgendwas mit einem Esel zu tun?«

Ich knallte die Schranktür hinter dem Mopp und dem Eimer zu, während Eugene ihm weiterhalf. »Ja, es lautet *Zettel123*, aber mit einem großen Zett.«

»Ah, danke, Kumpel, du bist genial.«

Eugene, der Verräter, lachte verzückt. »Kein Ding. Brauchst du sonst noch was?«

»Nein, keine Umstände. Ich warte, bis mein Onkel da ist.«

Auf dem Weg zurück zum Tresen blieb ich wieder an der Bürotür stehen. »Ich stelle mich mal an die Kasse. Eugene, kannst du dich um die Lieferungen kümmern?« Dann schaute ich zu Zach. »Ist der Motorradhelm auf der Kasse deiner?«

»Ah, da habe ich ihn also liegen lassen. Ja. Ich komme gleich und hole ihn.«

»Du fährst Motorrad? Das ist ja interessant«, bemerkte Eugene tief beeindruckt.

O Gott, dachte ich, als ich die Treppe hochstieg, noch mehr Testosteron. Genau das, was dem Laden gefehlt hat.

Norris traf eine Stunde später ein, als Eugene mir gerade von seinem letzten Vorsprechen für eine Cross-Dressing-Rolle als die Amme in *Romeo und Julia* erzählte.

Eugene öffnete ihm die Tür. »Wir haben Zach kennengelernt.«

Norris sah uns verständnislos an, als hätte er nie von einem Zach gehört.

»Dein Neffe«, führte ich aus.

»Oh, der«, erwiderte Norris, während er seinen Dufflecoat aufknöpfte. »Ja, Zachary. Habe ich ihn nicht erwähnt?«

»Nein«, erwiderte ich kühl.

»Er kann sehr gut mit Computern und diesem ganzen Kram, also habe ich ihn gefragt, ob er hier aushelfen würde. Wir können natürlich alle zusammen daran arbeiten, aber Zach ist Fotograf und hat anscheinend schon ein paar Ideen, also dachte ich, warum nicht?«

Ich weigerte mich stur, sein Lächeln zu erwidern, und reichte ihm bloß ein paar Briefumschläge. »Er ist unten damit beschäftigt, deinen Computer zu hacken. Bitte schön, die Post.«

»Danke, alles in Ordnung hier oben?«

»Absolut«, sagte Eugene rasch.

»Großartig. Ruft, wenn ihr mich braucht.«

Norris zog nach unten ab, und ich stieß einen Laut der Entrüstung aus.

»Ich kapiere nicht, was so schlimm an ihm ist«, meinte Eugene, der nach seiner Ausgabe von *Romeo und Julia* griff. »Er scheint doch nett zu sein.«

»Das ist er bestimmt. Es ist nur so, dass ich Norris seit Monaten mit dieser Idee in den Ohren liege. Es ist schon ärgerlich, wenn jemand anderes hereingeschneit kommt und das alles an sich reißt.«

»Okay, aber weißt du, was meiner Meinung nach helfen wird?«

»Eine Persönlichkeitstransplantation?«

»Vielleicht auch das. Aber mein Vorschlag ist unmittelbarer.«

»Was?«

»Weiterproben. Wir kommen gleich zu der Stelle, wo Shakespeare einen unzüchtigen Pimmelwitz macht. Na los. Das wird dich aufmuntern.«

»Dann fang mal an.«

Wir sagten den ganzen Vormittag über Text auf und unterbrachen das Proben nur, um hin und wieder einen Kunden zu bedienen, bevor wir erneut in unsere Rollen schlüpften. Dann übernahm ich die erste Mittagspause und ging mit meiner Tupperdose nach unten.

»Florence?«, rief Norris, als ich gerade unbemerkt an seinem Büro vorbei zum Lagerraum huschen wollte.

Ich blieb stehen, schloss kurz die Augen und machte zwei Schritte rückwärts.

Ich versuchte, Norris' Büro so gut es ging zu meiden. Es war nahezu klaustrophobisch eng und wirklich nie aufgeräumt: Staubige Bücher und vergilbte Manuskripte stapelten sich auf den Regalen; Ketchuptüten und kleine Salzpäckchen lagen auf dem Schreibtisch verstreut wie Konfetti; Kulis und benutzte Gabeln lugten aus einer alten Tasse. Eigentlich gehörte da zwecks Arbeitsschutz ein Flatterband über die Tür getackert: *Betreten auf eigene Gefahr.*

Zach, so bemerkte ich, hatte sich an einem Ende des Schreibtischs einen kleinen Fleck für sich und seinen Laptop freigeschaufelt.

»Ja?«

Norris räusperte sich. »Ich habe Zachary gesagt, dass er später Fotos vom Verkaufsraum machen kann.«

»Content für die Webseite und Instagram«, fügte Zach hinzu und löste den Blick von seinem Laptopbildschirm.

»Oh, ich sehe schon, plötzlich haben wir doch Instagram, ja?« Ich hob betont meine Augenbrauen in Norris' Richtung.

Er wedelte mit der Hand, als würde ich mich hysterisch aufführen. »Ja, ja, schon gut, Zach hat es mir erklärt, und es scheint eine vernünftige Idee zu sein. Könnten du und Eugene oben also etwas aufräumen?«

»Nach dem Mittagessen reicht völlig«, sagte Zach, dessen Blick auf meine Tupperdose fiel.

»Wie überaus gütig«, murmelte ich.

»Was?«

»Nichts, nichts. Sonst noch was? Kann ich noch ein Tässchen Tee servieren? Kaffee? Eine Fußmassage?«

»Ein Kaffee wäre toll, falls du gerade einen machst«, erwiderte Zach.

»Mach ich nicht, aber der Wasserkocher steht in der Küche.« Ich bedachte ihn mit meinem besten aufgesetzten Lächeln, bevor ich mich umdrehte und Richtung Lagerraum davonging.

Eins, zwei, drei, vier, fünf, sechs, sieben, acht. Mir war gar nicht klar, dass ich jeden Bissen meines Sandwiches gezählt hatte, bis ich damit fertig war. Diese Arroganz! Was wusste ein Fotograf schon darüber, wie man eine Buchhandlung führte? Ich war jetzt seit fast zehn Jahren hier, und plötzlich kommandierte mich dieser aufgeblasene Neffe herum. Ich versuchte, mein Buch zu lesen, konnte mich aber nicht konzentrieren, also ging ich wieder nach oben, sagte Eugene, dass er in die Mittagspause könne, und ordnete die Bücherreihen auf den Tischen in stummer Wut.

Zach tauchte eine Stunde später oben auf, als ich gerade hinter der Kasse stand und mit Eugene die gestrige Folge von *MasterChef* diskutierte.

»Stört es euch, wenn ich die hier abstelle?« Er lud seinen Laptop und die Kamera auf dem Tresen ab, schlenderte durch den Laden, ging dabei alle paar Minuten in die Hocke und kniff die Augen über den Bodendielen zusammen, als wäre er auf einer Safari und würde versuchen, in der Ferne einen Löwen zu erspähen.

»Das scheint ja alles äußerst professionell«, sagte Eugene bewundernd, woraufhin ich ihm einen Tritt gegen den Knöchel verpasste.

»Aua! Wofür war das denn?«, grummelte er und bückte sich, um sein Bein zu reiben. Was für eine Heulsuse! So fest war es gar nicht gewesen.

»Ich versuche, die besten Winkel auszuloten«, erklärte Zach, kam wieder zu uns rüber und beugte sich über den Tresen, um zu Eugene runterzuschauen. »Alles okay bei dir?«

»Ihm geht's gut«, sagte ich. »Und würdest du bitte den Kaffee nicht da stehen lassen, das macht Flecken auf dem Holz.«

Zach nahm seinen Becher an sich und grinste mich an. »Verzeihung, Madam. Wird nicht wieder vorkommen.«

»Gib ihn mir rüber«, sagte Eugene. »Ich gehe nach unten und mache Tee. Sonst noch jemand einen?«

»Ich kümmere mich um den Tee«, sagte ich und fing den Becher ab, bevor Eugene danach greifen konnte. Plötzlich wollte ich unbedingt in einem anderen Raum sein.

»Danke, und ich hätte gerne noch einen Kaffee«, sagte Zach. »Wenn es keine Mühe macht?«

»Macht es nicht. Milch? Zucker?«

»Nur Milch, bitte.«

»So schon süß genug«, scherzte Eugene, während ich die Treppe ansteuerte, woraufhin ich ihm am liebsten noch einen Tritt verpasst hätte.

Unten schaltete ich den Wasserkocher ein und beschloss, mir bei der Teezubereitung mehr Zeit zu lassen als gewöhnlich. Ich könnte das Prozedere auf zwanzig Minuten ausdehnen, wenn ich mir richtig Mühe gab, aber meine Überlegungen zur Teezubereitung verpufften, als ich mein Handy in der Tasche vibrieren spürte, es hervorzog und eine Textnachricht von einer fremden Nummer sah.

Hallo! Hier ist Rory, habe gestern bei dir die Bücher gekauft. Hättest du Sonntagnachmittag Zeit für einen kleinen Spaziergang durch die Royal Academy und einen Kaffee?

Ich starrte das Display an. Rory erschien mir der passende Name für ihn. Zweifelsohne vornehm, aber das war in Ordnung, solange er nicht einer dieser Männer war, die ständig darüber redeten, auf welcher Privatschule sie gewesen waren und dass sie einen Rugbyball heiraten wollten. Ich ließ das Handy sinken und hielt die Luft an, während ich den Kühlschrank öffnete (es roch darin immer, als wäre eine sehr alte Maus verendet) und mir überlegte, was ich antworten könnte. Sollte ich noch ein bisschen warten? Ich konnte nicht. Ich war zu aufgeregt.

Das wäre schön!, tippte ich. War ein Ausrufezeichen zu unreif? Aber ohne Ausrufezeichen sahen die Worte zu streng aus, so als würde ich meinem Großvater schreiben. Das wäre schön! Gib mir Bescheid, um wie viel Uhr es bei dir passt, beendete ich und fügte ein F sowie ein kleines x hinzu, bevor ich auf Senden drückte.

Ich hatte oft Pärchen in Restaurants oder beim Spazierengehen im Park gesehen und mitbekommen, wie sie miteinander lachten. Wie waren sie bloß bis an diesen Punkt gelangt? Was war ihr Geheimnis? Vielleicht war nun ich an der Reihe? Vielleicht würde Rory am Sonntag meine Hand halten, und andere Leute würden uns ansehen und denken: »Was für ein hübsches Paar.« Dann ermahnte ich mich streng, mich wieder zu beruhigen. Genau das war doch in der Vergangenheit passiert: Ich hatte mich zu übereifrig für jemanden begeistert, mich nach dem ersten Drink gefragt, wie viele Kinder wir wohl zusammen haben würden, und dann war derjenige auf Nimmerwiedersehen verschwunden. Aber nicht dieses Mal. Nein, nein, nein. Dieses Mal würde ich es richtig anstellen.

Bevor ich mit Rory in der Royal Academy Händchen halten konnte, gab es noch eine Hürde zu meistern: Brautkleidshopping mit Mia, Ruby und Patricia am Samstagnachmittag. Mia hatte vorab eine Tabelle erstellt und sie uns allen gemailt, damit wir »vorbereitet« wären. Es gab Diktatoren, die weniger Mühe in einen Militärputsch investiert hatten als Mia in diese Tabelle. Sie war farblich codiert, mit mehreren Spalten für jedes Kleid und extra Platz für eine abschließende Bewertung von eins bis zehn. Von welchem Designer war es? Hatte es Träger? A-Linie? Hatte es eine Schleppe? Was für eine Art von Seide war es? Von wo kam die Spitze? Meine Lieblingskategorie in dieser Tabelle war: *Hat ein Promi so ein Kleid getragen?* Ich war mir nicht sicher, ob Mia das gut oder schlecht fand, tippte aber stark, dass es auf den Promi ankam. Meghan Markle rangierte auf der Punkteskala vermutlich deutlich höher als Kerry Katona.

Mia, Ruby und ich nahmen gemeinsam die U-Bahn von Kennington aus. Mia und Ruby diskutierten über Kleider, während ich mir den Kopf zerbrach, was ich für mein morgiges Date anziehen sollte. Ich hatte meinen Schwestern nichts davon erzählt. Die eine Hälfte von mir wollte es in die Welt hinausposaunen. Die andere und deutlich dominantere Hälfte jedoch wusste, dass es endlose Diskussionen nach sich ziehen würde, wenn ich sie einweihte.

Wir spazierten die Bond Street entlang zu der Brautmodenboutique. Als Mia die Tür öffnete, hörte ich bereits Patricia, die wild auf die Dame am Empfang einredete.

»Ich will auf keinen Fall, dass zu viel Vorbau zu sehen ist«, erklärte sie ihr. »Ich kann diese modernen Bräute nicht ertragen, deren Brüste noch vor ihnen vor den Altar treten.«

»Morgen, Pat«, grüßte Ruby laut. Ihre Mutter so zu nennen war ein kleiner Dauerwitz zwischen ihr und Mia.

Patricia drehte sich um. »Ruby, bitte. Du weißt, dass ich das hasse. Und Mia, ich habe gerade nur gesagt, dass wir etwas Züchtiges wollen. Nicht zu viel …« Sie wedelte mit ihrer Hand vor der eigenen Brust herum. »… Dekolleté.«

»Mum, es ist meine Hochzeit. Ich könnte auch Seidenshorts tragen, wenn ich wollte«, erwiderte sie, während Patricia uns nacheinander Küsschen gab. Ihre Lippen hinterließen einen feuchten Fleck auf meiner Wange.

»Du könntest schon, aber dein Vater und ich würden womöglich nicht dafür zahlen.«

Mia zog ihren Laptop aus der Tasche und wedelte damit vor ihrer Mutter herum. »Ich habe ein Moodboard erstellt.«

Ich konnte bereits den Anflug eines Kopfschmerzes spüren von den ganzen Duftkerzen, die in der Boutique brannten. Ich hob eine hoch und spähte auf das Etikett. Meringue-Aroma. Kerzen wurden auch immer alberner.

»Das ist Hilda«, verkündete die Empfangsdame, als eine Frau mittleren Alters mit blondem, zu einem strengen Ballerina-Dutt hochgestecktem Haar vor uns auftauchte. »Sie zeigt Ihnen den Weg zur Umkleide.«

Hilda führte uns in einen großen, gut ausgeleuchteten Raum mit einer Kabine darin. Cremefarbene Wände, cremefarbener Teppich, cremefarbenes Sofa. Noch mehr Meringue-Kerzen. Eine Auswahl von Brautmagazinen war fächerförmig auf einem Beistelltisch angeordnet.

Ich ließ mich auf das eine Ende des Sofas plumpsen und griff nach einer der Zeitschriften, während Mia ihren Laptop aufklappte.

»Okay, also ich denke in diese Richtung hier«, erklärte sie. »Grace Kelly, aber mit einem zeitgemäßen Touch. Weiter Rock, aber strukturiertes Mieder.« Sie drehte den Bildschirm zu Patricia und Hilda herum.

»O ja«, sagte Hilda und lächelte Mia beifällig zu, »ein Klassiker.«

Ich widmete mich wieder der Zeitschrift. Auf der Vorderseite erstrahlte eine Braut in trägerlosem Kleid, die einen ganzen Haufen weißer Rosen in den Armen hielt.

Heiß in Weiß!, lautete die Überschrift neben ihr. Darunter eine weitere Überschrift: *Torten-Manie! Die angesagtesten Geschmäcker dieses Sommers*. Wie bitte konnte ein Tortengeschmack angesagt sein?

Was seine Mutter WIRKLICH über Sie denkt, brüllte mir die nächste Überschrift entgegen.

Unser Küchentisch bog sich seit zwei Wochen förmlich unter Zeitschriftenbergen dieser Art, aus denen Mias zahllose neonfarbene Post-it-Kleber herausragten. Vierzehn Tage. Mehr hatte es nicht gebraucht, um sie von einer halbwegs normalen Frau in eine Brautzilla zu verwandeln, die nicht in der Lage war, ein vernünftiges Gespräch zu führen, außer es handelte sich um die Papierdicke von Einladungskarten.

Sie betrat die Kabine, machte sich aber nicht die Mühe, den cremefarbenen Vorhang zuzuziehen, als sie sich auszog. Für jemanden, der generell eher spießig veranlagt war, hatte sie eine überraschend entspannte Haltung zu ihrer eigenen Nacktheit. Ich hätte lieber Spinnen verspeist, als mich in BH und Tanga vor meiner Familie hinzustellen. Dabei kam mir der Gedanke, ob ich für meine Verabredung morgen vielleicht doch einen von Mias Spitzentangas aus den Untiefen meiner Schublade kramen sollte. Andererseits spielte Unterwäsche bei einem Spaziergang durch ein Kunstmuseum wohl eher eine untergeordnete Rolle.

Während Hilda meiner Schwester in einen Wust von Stoff hineinhalf, der mehr nach Markise als nach Kleid aussah, schweifte Patricias Aufmerksamkeit zu mir ab.

»Florence, mein Schatz, wie war denn deine Sitzung bei Gwendolyn? Hat es dir geholfen?«

Ich hielt den Atem an, während ich mit mir rang, wie viel ich preisgeben sollte. »Es war nett«, erwiderte ich vorsichtig.

»Verdammt, die Liebes-Coachin!«, quietschte Ruby und ließ das Handy in ihren Schoß fallen. »Entschuldige, Flo, ich habe ganz vergessen, danach zu fragen.«

»Was hat sie denn gesagt?«, ließ meine Stiefmutter nicht locker.

»Schon mal was von ärztlicher Schweigepflicht gehört?«

»Ach, komm schon, Schatz, das sind doch nur wir. Und Hilda. Und wir werden es niemandem weitererzählen, stimmt's?«

Hilda, die nicht sicher schien, bei was sie da zustimmte, schüttelte vage den Kopf in Patricias Richtung.

»Sie hat mich eine Liste schreiben lassen«, sagte ich resigniert.

»Was für eine Liste?«, fragte Mia aus der Kabine.

Ich ließ den Kopf gegen die Lehne sinken, die Augen geschlossen. »Eine Liste all der Dinge, die ich bei einem Mann suche. Dass er groß ist und über seine natürliche Haarpracht verfügt und so Zeug.«

»Und was stand auf deiner Liste?«, fragte Patricia.

»Ich habe im Internet was darüber gelesen«, meldete sich nun auch Hilda. »Das ist so eine Art … Wunschliste, ja?«

»Herrjemine«, murmelte ich und öffnete die Augen. »Ja, es ist wie eine Wunschliste. Du schreibst dir eine Reihe von Merkmalen auf. In meiner stand zum Beispiel, dass er gerne Bücher lesen und abenteuerlustig sein sollte, einen interessanten Job hat und, na ja, Katzen mag. Und dann schickst du sie ans Universum, und angeblich ist es so, dass das Universum dir den Typen liefert.«

»Klingt abgefahren«, kam es von Mia.

»So was von«, sagte Ruby. »Wo hast du diese Frau noch mal aufgetrieben, Mum?«

»Im *Posh!*-Magazin. Sie ist sehr angesehen«, sagte Patricia. »Wann ist deine nächste Sitzung, Florence? Ich glaube, du musst das Ganze ernster nehmen. Was bitte haben denn Katzen damit zu tun?«

Ich legte bedächtig die Hände auf die Knie, um mir selbst Kraft zu spenden. »Leider schon in zwei Wochen. Du hast gesagt, ich müsste nur zu einer Sitzung, und dann erfahre ich, dass du gleich ein ganzes Paket gebucht hast. Ich trete lieber in ein Kloster ein, als da noch mal hinzugehen.«

»Wenn das so weitergeht, wirst du das auch tun müssen«, gab Patricia trocken zurück.

»Tja, nur dass ich morgen eine Verabredung habe.« Ich hatte nicht vorgehabt, damit rauszurücken, aber ich wollte sie zum Schweigen bringen.

Wie nicht anders zu erwarten, jauchzte sie als Erste los. »Schätzchen! Wie aufregend!«

»Mit wem?«, wollte Mia wissen.

»Also hat es funktioniert?«, schob Ruby hinterher.

Ich schüttelte den Kopf. »Das hat nichts mit der Liste zu tun. Der Typ kam in den Laden, und wir haben uns ein bisschen unterhalten, und dann hat er mich gefragt, ob wir einen Kaffee trinken gehen wollen. Also treffe ich mich morgen mit ihm.«

»Um wie viel Uhr? Darf ich dich schminken?«, fragte Mia.

»Nachmittags. Und ja, darfst du, aber bitte so, dass ich nicht völlig gestört aussehe. Nichts Krasses. Du weißt, dass ich nie viel Make-up trage.«

»Oh, Flo, jetzt hör aber auf. Ein bisschen Lidschatten hat noch niemanden umgebracht.«

»Aber wer ist er denn, Schätzchen?«, bohrte Patricia weiter. »Weißt du etwas über ihn? Ist er auch nicht gefährlich?«

»Ich kann euch nicht mehr sagen«, erwiderte ich mit einem Achselzucken. »Nur, dass er Rory heißt und Bücher mag.«

»Rory, was für ein hervorragender Name!«, schwärmte Patricia.

»Denk ja dran, dass wir morgen dafür deinen Kleiderschrank zusammen durchgehen«, sagte Mia streng, bevor sie sich selbst im Spiegel betrachtete. Das Kleid hatte keine Ärmel, dafür einen imposanten Rock, der sich bis zum Boden bauschte und über und über mit kleinen Kristallen bestückt war. »O Gott, nein, nicht das hier. Ich sehe ja aus, als würde ich auf meinen Abschlussball gehen.«

3

Als ich am Tag darauf in der U-Bahn nach Green Park saß, fühlte sich mein Magen an wie ein Sack zuckender Schlangen. Mia und Ruby hatten mir verboten, zu Fuß zu gehen, da sie meinten, ich würde sonst verschwitzt ankommen. Oder zumindest noch verschwitzter, dachte ich und spähte unter meine Jacke, wo ich dunkle Flecken sah, die sich in meinen Achselhöhlen ausbreiteten. Ich trug ein knielanges grünes Kleid von Ruby, das an der Taille gegürtet war. »Betont deine Möpse«, hatte Ruby behauptet.

Ich hatte geantwortet, dass ich keine hätte, aber sie meinte, dass das Blödsinn sei und ich gefälligst aufhören sollte, sie unter »öden Arbeits-T-Shirts« zu verstecken.

Kaum, dass ich mich am Vormittag vor ihrem Badspiegel auf einen Hocker gesetzt hatte, hatte Mia sich auch schon mit einer verblüffenden Auswahl von Make-up-Pinseln, Foundation, Concealern und Highlightern ans Werk gemacht. Tupf, tupf, tupf. Eine zarte Schicht Lidschatten. »Nur damit deine Lider ein bisschen weniger lila aussehen«, hatte sie erklärt. »Und du musst dich echt mal um deine Augenbrauen kümmern.«

»Was stimmt denn nicht mit ihnen?«

»Die brauchen einen eigenen Stylisten. Halt jetzt still.«

Einmal die Wimpernzange geschwungen. Dann mehrere Schichten Wimperntusche. Augenbrauen-Gel. Bronzer, der über Stirn und Nase verteilt wurde. Der Hauch eines Rougepinsels, der über meine Wangen fegte.

»Lippenstift«, sinnierte Mia, durch ihre Schminktasche wühlend.

»Nein«, beharrte ich. »Ich habe einen Blistex in meiner Tasche.« Als er mir in der U-Bahn einfiel, griff ich nach dem Tübchen, schraubte den Deckel ab und fuhr mir mit dem Finger über die Lippen. Ich atmete unauffällig in meine hohle Hand, um meinen Atem zu überprüfen. Besser, ich genehmigte mir noch eine Pfefferminzpastille.

Als die Türen an der Haltestelle aufgingen, war ich so nervös, dass ich nicht aussteigen wollte. Dann, während die Rolltreppe mich nach oben ins Sonnenlicht beförderte, checkte ich noch mal meine Achselhöhlen und ermahnte mich, die Jacke die ganze Zeit anzulassen.

Als ich unter dem Torbogen hindurch in den gepflasterten Innenhof der Akademie spazierte, ließ ich die Finger unter den Ärmelsaum gleiten, um meinen Puls zu kontrollieren. Durfte mein Herz so schnell schlagen, oder war ich nur Sekunden von einem medizinischen Notfall entfernt? Ich blickte zu dem blassen Mauerwerk der Royal Academy auf und begann, zur Ablenkung die Fenster zu zählen. »Eins, zwei, drei, vier …«

»Florence! Hier drüben!«, rief eine Stimme, und ich spähte blinzelnd zu einer Ecke des Hofes, wo ich Rory winken sah. Er lehnte lässig an einer Mauer und trug ein hellblaues Hemd sowie einen braunen Filzhut. Er sah kein bisschen nervös aus. Hätte man jedoch mich nach meinem eigenen Namen und der aktuellen Jahreszahl gefragt, hätte ich passen müssen. Mir erschien er auf so einschüchternde Weise attraktiv und beherrscht wie ein Fotomodel.

»Hallo«, grüßte er, als ich näher kam. Er nahm seinen Hut ab und beugte sich vor, um mich auf die Wangen zu küssen. Wieder dieser Zitrusduft.

»Hi«, brachte ich hervor und errötete im nächsten Moment. Ich schaffte es kaum, ihn anzusehen, aber als er meinen Blick auffing, bemerkte ich, dass seine Augenfarbe zu der seines Anzugs passte.

»Sollen wir reingehen?«, schlug er vor. »Die Ausstellung hat fantastische Kritiken. Hast du sie gelesen?«

Ich schüttelte den Kopf. Von Kunst verstand ich nicht viel – Bildbände fielen in Eugenes Zuständigkeitsbereich.

Rory plapperte munter weiter, während er mir die Eingangstür aufhielt und mich zur Treppe führte. »Ich bin kein großer Fan ihrer religiösen Arbeiten. Zu blumig und idealisiert. Aber der *Telegraph* nannte die hier einen ›sexy Aufstand des Fleisches‹, und da dachte ich mir, das dürfen wir uns auf keinen Fall entgehen lassen, oder?« Er lachte und trat auf dem oberen Treppenabsatz vor einen Schreibtisch. »Zweimal, bitte.«

Ich schaute zu einem riesigen Poster vor uns an der Wand auf. *Sex, Macht und Gewalt in der Aktmalerei der*

Renaissance stand über dem Bildnis einer nackten schlafenden Frau. Eine Hand war über ihren Kopf gelegt, die andere fummelte zwischen ihren Schenkeln herum.

»Mittelalterliche Masturbation«, bemerkte Rory mit einem Nicken zu dem Plakat.

Ich lachte und lief schon wieder knallrot an. Konnte man eigentlich vom Rotwerden sterben?

»Komm mit«, sagte er, und ich spürte seine Hand auf meinem Rücken, als er mich durch die Tür in den ersten Ausstellungsraum führte.

Ich schob mich an einer korpulenten Frau in Pelzmantel vorbei, um einen Einführungstext an der Wand zu lesen, doch die Schrift war zu klein.

»Damit wollen wir uns nicht aufhalten«, meinte Rory mit einer wegwerfenden Handbewegung Richtung Wand. »Ich erzähle dir was darüber, während wir herumgehen.«

Ich war völlig überfordert. Das erste Gemälde, vor dem wir stehen blieben, stammte von Tizian – eine splitterfasernackte Venus, die ihr Haar im Meer wusch, ihre Nippel so prall wie Himbeeren. »Siehst du das?«, fragte Rory, auf eine Muschelschale neben ihrem Schenkel deutend. »Darin wurde sie geboren und ans Ufer getragen.«

Als Nächstes kamen Adam und Eva, nackt wie Gott sie schuf, wobei Eva sehnsuchtsvoll einen Apfel an ihrer Wange rieb. Dann folgte das Gemälde eines pummeligen und echt hässlichen Jesuskindes von einem flämischen Maler. Bei jedem Bild erklärte Rory die Hintergrundgeschichte, und meine Verlegenheit angesichts von so viel Nacktheit verzog sich allmählich.

»Woher weißt du das alles?«, fragte ich ihn.

»Von meiner Mutter. Sie liebte Kunst schon immer, und ich bin ein Einzelkind, also musste ich alles über mich ergehen lassen. Das komplette Programm. Von wegen Strandurlaub. Es hieß Rom, Florenz, Venedig … Jede Ausstellung sehen, die sie finden konnte. Oh, schau, dieser Tizian ist besonders exquisit!«

Rory ergriff meine Hand und zog mich vor eine weitere sich rekelnde Frau, deren Hand in ihrem Schritt ruhte und die uns mit gelangweilter Miene betrachtete.

»Ist das nicht außergewöhnlich?«, fragte er, während er die Leinwand musterte. »Es ist eines seiner berühmtesten Bildnisse. Er hat es damals für einen italienischen Edelmann von dessen frisch angetrauter Gattin angefertigt. Siehst du den Hund und die Mägde?« Er deutete auf einen kleinen Spaniel, der zusammengerollt auf den Laken lag, sowie zwei Mägde im Hintergrund.

Ich nickte.

»Sie sind dazu gedacht, seine Frau daran zu erinnern, bei all den Plackereien des Ehelebens das Schlafzimmer nicht zu vernachlässigen.«

Er drehte sich mit einem Zwinkern zu mir um, und ich prustete laut los, bevor ich mir die Hand vor den Mund schlug. Die Stimmung in den Ausstellungsräumen war zu gedämpft für johlendes Gelächter.

»Wollen wir einen Kaffee trinken?«, fragte er grinsend.

»Ja, guter Plan«, antwortete ich dankbar.

Ich verspürte zwar jenes befriedigende Gefühl wachsender Kultiviertheit, nachdem wir durch eine ganze

Reihe von Sälen geschlendert waren, doch all die nackten Damen mit ihrem Hüftgold, dem üppigen Haar, das sich kunstvoll über ihre Schultern ergoss, den Brüsten so rund wie Makronen, fingen allmählich an, zu einer einzigen hautfarbenen Soße zu verschwimmen.

Rory schlug vor, ich solle einen Tisch am Fenster des Cafés besetzen, während er sich anstellte. Wie ich so dasaß, blickte ich mich im Raum um und fragte mich, ob Rory und ich aussahen wie zwei Fremde auf einem Date oder einfach wie zwei Freunde, die sich trafen. Umgeben von Touristen und mit leeren Zuckerpäckchen übersäten Tischen, fühlte es sich nicht unbedingt wie ein Rendezvous an. Mehr wie ein Vorstellungsgespräch, wie ich Jaz gesagt hatte. Vielleicht würde Rory gleich zum Tisch zurückkehren, um mich zu fragen, was meine Stärken und Schwächen waren und wo ich mich in fünf Jahren sah? Ich warf einen Blick auf mein Handy.

Ruby: Update, bitte schön!

Mia: Kommt er mit zur Hochzeit?

Ich ließ es in meine Tasche gleiten, da Rory sich bereits mit einem Tablett zwischen den Tischen hindurchschlängelte.

»Da wären wir«, sagte er, stellte die Kaffeetassen und einen Teller mit Shortbread auf den Tisch, bevor er das Tablett auf einen leeren Stuhl schob, sodass es unter dem Tisch verborgen war. »Sonst sieht es aus, als wären wir in der Schulmensa. Bäh.« Er schüttelte sich.

»Wie ist dein Buch?«, stellte ich die Frage, die ich mir überlegt hatte, während er anstand. Es war immer gut, ein bisschen vorbereitet zu sein, um peinliches Schweigen zu vermeiden.

Rory kräuselte verwirrt die Stirn.

»*Kampfansage.*«

Er kniff die Augen zusammen. »Ich muss dir etwas beichten.«

»Was denn?«

»Ich hatte es schon gelesen.«

»Wie meinst du das?«

»Bevor ich in den Laden kam. Und Dooleys erstes Buch auch. *Inmitten der Nacht*. Du hast recht. Es ist großartig.«

»Aber warum hast du es dann …?«

»Gekauft? Weil ich mich weiter mit der charmanten Frau in dem Laden unterhalten wollte. Sie heißt übrigens Florence, und ihr Nachname ist …?«

»Fairfax«, antwortete ich, erneut heftig errötend. Ich würde wahrscheinlich demnächst einen Arzt konsultieren müssen.

»Sie heißt Florence Fairfax, ganz genau. Ich wollte mich eben weiter mit ihr unterhalten. Und auch die Tatsache überspielen, dass meine Mutter ein Buch über erotische Kunst bei ihr bestellt hatte.«

Ich lachte und lehnte mich sofort zurück, vor Sorge, dass ich ihm meinen Kaffeeatem entgegengeweht hatte. »Oh, ich verstehe«, erwiderte ich. »Also war es eine heimtückische List?«

»Um heimtückisch zu sein, müsste doch eine böse Absicht dahinterstehen, oder?«

»Und du hegst keine?« Ich bemühte mich, seine Coolness zu kopieren, wo es doch die Art Frage war, von der so viel abhing. Die Art Frage, die sich manche von uns schrecklich zu Herzen nehmen und deren Antwort wir in unserem Kopf hin und her wenden würden wie eine Glaskugel, ganz so, als könnte man ein geheimes Wissen daraus ablesen.

Rory schüttelte den Kopf. »Nicht im Geringsten. Ich bin durch und durch ein aufrichtiger Typ.« Er lehnte sich zurück und verhakte die Daumen unter seinen Hosenträgern.

»Was machst du eigentlich so?«, wechselte ich die Richtung. Ich konnte ihn mir nicht in einem Büro vorstellen, wo er schwitzend über irgendwelchen Excel-Tabellen saß.

»Ich arbeite im Auswärtigen Amt.« Er verkündete das so beiläufig, als wäre es das Postamt.

»Wow. Und was tust du da?«

»Ich bin ein Sobi – ist nur meine persönliche Abkürzung für Sonderberater.«

»Und wen berätst du?«

»Den Minister. Aber ich hoffe, bei den nächsten Wahlen selbst zu kandidieren.«

»Als Abgeordneter?« Ich versuchte, nicht ungläubig zu klingen.

Er nickte. »Mein Großvater war auch Abgeordneter, und schon als Jugendlicher dachte ich, warum eigentlich nicht?«

»Kandidierst du für die Konservativen?« Sein vornehmer Akzent und die schicke Kleidung hatten mich darauf schließen lassen.

Rory verzog einen Mundwinkel, bevor er antwortete. »Wenn ich Ja sage, kannst du mich dann weniger gut leiden?«

Ich lächelte. »Nein, ich finde es … bewundernswert, sich dem allen aussetzen zu wollen. Ich könnte mir das nicht vorstellen. All diese Reden …« Jetzt war ich an der Reihe zu schaudern.

»Aber lass uns nicht über Politik sprechen.« Rory zerbrach das Shortbread und hielt mir ein Stück hin. »Ich verbringe mein gesamtes Leben damit, über Politik zu sprechen. Was ist mit dir? Wie kommt es, dass Florence Fairfax in einer Buchhandlung in Chelsea arbeitet? Was ist ihre Geschichte?«

»Ich arbeite da einfach schon immer«, sagte ich und spielte dabei am Henkel meiner Tasse herum. »Ich habe an der Uni englische Literatur studiert und wusste nicht so recht, was ich damit anfangen sollte. Aber ich liebe das Lesen. Also bin ich dort gelandet.«

»Und denkst du, du wirst dort bleiben?«

»Im Laden?«

Er nickte.

»Ja. Obwohl …« Ich hielt inne und seufzte. »Die Miete wird schon wieder erhöht, und Norris, der Besitzer, ist in heller Aufregung deswegen. Also, wer weiß. Aber ich schreibe nebenbei Kinderbücher. Na ja, nicht Bücher. Ein Buch. Über eine Raupe namens Zelda. Ich hoffe, dass sich daraus vielleicht etwas ergibt.«

»Wie süß. Und was ist mit deiner Familie?«

»Was soll mit ihr sein?«, fragte ich etwas verwirrt. Er

hatte die letzten Fragen so rasch runtergerattert, fast so, als wäre das ein Interview, und ich bekam Angst, dass ich etwas Falsches sagen würde.

»Na, wie sind sie? Verstehst du dich mit ihnen?«

»Oh, das. Ja, meistens schon. Ich wohne mit meinen zwei Schwestern in einem Haus in Kennington. Na ja, eigentlich sind es meine Halbschwestern. Und mein Dad … wobei, warte mal, du bist ihm womöglich schon begegnet: Er heißt Henry Fairfax, der Botschafter in Argentinien?«

»Du machst wohl Witze?«

Ich schüttelte den Kopf.

»Nein, ich bin ihm nicht begegnet, aber ich weiß, wen du meinst. Was für ein Zufall, dass er dein Vater ist. War er davor nicht in Pakistan?«

»Ja, genau. Du weißt aber Bescheid!«

Rory grinste. »Ist Teil meiner Jobbeschreibung. Fliegst du oft dorthin?«

»Argentinien?« Ich schüttelte erneut den Kopf. »Nein, ich war noch nie dort. Er kommt hin und wieder hierher, aber nur ganz kurz und auch nur, wenn Meetings anstehen.«

»Ist deine Mutter bei ihm in Argentinien?«

»Nein. Sie ist gestorben, als ich drei war.« Ich war mittlerweile so daran gewöhnt, das zu sagen, dass ich manchmal vergaß, welchen Effekt das auf andere Leute hatte, ihre stammelnde Betretenheit.

»Oh, was bin ich doch für ein Trampel. Tut mir leid.«

»Ist schon okay. Das ist lange her.«

»Was ist passiert?«, fragte er, während sein Blick auf mir verharrte.

»Autounfall. Nicht ihre Schuld. Einfach … einer dieser Unfälle.«

Er verzog das Gesicht. »Tut mir leid.«

»Ist schon okay. Ich hatte in vielerlei Hinsicht Glück. Ich habe schließlich immer noch eine Familie.« Das rief ich mir in Erinnerung, wann immer ich mit dieser komischen Stimmung aufwachte, wenn ich mir wünschte, das Leben mit irgendwem anderen, den ich auf Instagram gesehen hatte, zu tauschen. Ich konnte mich glücklich schätzen – ich hatte einen guten Job, und ich lebte immer noch im Haus meiner Kindheit. Irgendwann würde ich mich verlieben. Musste ich. Selbst Hitler hatte eine Freundin gehabt. Ich konnte unmöglich der einzige Mensch sein, der nie eine richtige Beziehung haben würde.

»Ich finde, du bist ein bisschen streng mit dir, oder nicht?«

Ich runzelte die Stirn. »Wie kommst du darauf?«

»Na ja«, begann Rory und beugte sich über den Tisch vor, »ich denke, wenn man ohne Mutter aufgewachsen ist, muss man sich nicht einreden, dass das okay ist, nur weil man immer noch zwei Schwestern und einen Vater hat. So funktioniert das nicht.«

»Ich habe auch eine sehr engagierte Stiefmutter«, fügte ich grinsend hinzu.

»In diesem Fall nehme ich alles zurück. Was murrst du überhaupt herum?«, erwiderte er, was mich zum Lachen brachte. Dabei hatte mich noch nie jemand zum Lachen gebracht, wenn das Gespräch auf meine Mutter kam. Normalerweise versuchte ich, das Thema komplett zu umgehen.

Wir saßen noch eine ganze Stunde gemeinsam am Tisch, redeten und tasteten uns langsam aneinander heran. Er war in Norfolk aufgewachsen und lebte nun in Pimlico. Ich erzählte ihm von meiner französischen Großmutter und davon, dass meine Halbschwester gerade einen Hochzeitsfetisch entwickelte.

»Willst du denn nicht heiraten?«, fragte Rory, und urplötzlich hatte ich das Gefühl, gleich einen Stolperdraht auszulösen. Wie lautete die richtige lockere, ungezwungene Antwort darauf, und das vor einem Mann, den man jetzt schon mochte?

»Ähm, doch, ich denke schon«, begann ich. »Ich … kann mir nur nicht vorstellen, dass ich deswegen durchdrehe.«

»Ich kann es kaum erwarten.«

»Zu heiraten?«, hakte ich sicherheitshalber überrascht nach.

»Genau. Das volle Programm: Hochzeit, Familie, Hund.«

»Oh, klar«, erwiderte ich, unsicher, was ich sonst sagen sollte. Es schien mir unfair, dass ein Mann das zugeben durfte, dass er freiheraus erklären konnte, dass er sich inbrünstig nach häuslicher Harmonie sehnte, aber Frauen jedes derartige Verlangen versteckt halten sollten. »Ich dachte, du magst Katzen?«, fragte ich und dachte in diesem Moment sowohl an meine Liste als auch an Marmalade, der sich wahrscheinlich gerade den Hintern auf meinem Bett putzte.

»Idealerweise hätten wir beides.«

Ich versuchte, mir nichts anmerken zu lassen, aber ich hatte das Gefühl, als würde mein gesamtes Gesicht sich bei dem »wir« in seinem Satz zu einem Lächeln verziehen.

»Nun gut«, sagte er und griff nach dem Tablett unter dem Tisch. »Das war ein wunderschöner Nachmittag, aber ich sollte los. Muss vor morgen früh noch diversen Kleinkram lesen.«

»Cool«, erwiderte ich und wünschte mir in diesem Moment, der Nachmittag wäre nicht so rasch vergangen. Aber selbst falls es sich hiermit erledigt hätte und ich ihn, so wie die anderen Typen, nie wiedersehen würde, hatte ich doch zumindest eine nette Zeit mit ihm verbracht. Besser als nett. Es war toll gewesen. Ich hatte nicht mal was Peinliches getan, bis auf drei Stunden am Stück durchzuschwitzen, aber was das anging, musste ich lediglich heimgehen und ein großes Glas Wasser trinken.

»Was hast du heute Abend noch vor?«, erkundigte er sich.

Normalerweise verbrachte ich meine Sonntagabende damit, die Haferkekse für die Woche vorzubacken und zwanghaft meine Unterhosen in der Kommode neu zu falten. »Wahrscheinlich bisschen in der Badewanne lesen und dann früh ins Bett.«

Er schob das Tablett in einen Metallständer, und wir spazierten schweigend Richtung Hof hinaus, während mein Herz im Rhythmus unserer Schritte auf den Stufen schlug.

»Also«, sagte Rory, blieb vor dem Steinbogen zur Piccadilly Road stehen und drehte sich zu mir. »Wie kommst du nach Hause?«

»Zu Fuß.«

»Die ganze Strecke nach Kennington?«

Ich lächelte. »Ich gehe gerne zu Fuß. Es ist nicht so weit.«

»Okidoki, ich springe in die Bahn. Aber vielen Dank, das war schön.«

»Ja, ich auch. Verdammt. Ich meine nicht, ich auch, sondern danke auch. Falls das Sinn ergibt?« Ich lief schon wieder feuerrot an.

»Ich weiß, was du meinst«, sagte Rory. Dann beugte er sich vor und küsste mich ganz leicht auf den Mund. »Bis bald, Florence Fairfax.«

Ich sah ihm hinterher, als er zur U-Bahn-Station ging. Wenn er sich in den nächsten sechs Sekunden umdreht, sagte ich mir, dann hat das hier wirklich was zu bedeuten und er wird sich nicht einfach verkrümeln. Ich zählte in meinem Kopf und spürte ein Gefühl von Panik in mir aufsteigen. Bitte, lass ihn sich umdrehen, ja? Könnte er sich bitte zu mir umdrehen? Meine freudige Aufregung würde sich in tiefe Trübsal verwandeln, falls er es nicht tat.

Er drehte sich um, als ich die Vier erreichte, grinste und tippte sich mit den Fingern an die Stirn, wie er es im Buchladen schon getan hatte. Ich erwiderte sein Lächeln, dann machte ich mich auf den Weg nach Hause. Es war erstaunlich, wie schnell es passieren konnte. In der Spanne eines einzigen Nachmittags hatte mein Gehirn sämtliche anderen Gedanken entsorgt, sodass da nur noch Platz für Rory war. Ich registrierte nicht mal die Farbe der Autos, die an mir vorbeifuhren.

Er schrieb mir am nächsten Morgen. Mir ist bewusst, dass das etwas sehr übereifrig ist, aber ich würde dich gerne bald wiedersehen. Wärst du morgen für ein Abendessen zu haben?

Wenn am morgigen Abend meine eigene Beerdigung angestanden hätte, wäre ich aufgesprungen und hätte darauf bestanden, dass ich mich tatsächlich schon viel besser fühlte.

Ich antwortete ihm, dass ich Zeit hätte, woraufhin er eine weitere Nachricht schickte, in der stand, ob er um zwanzig Uhr mit »meiner Anwesenheit« in einem Restaurant namens Ratatouille in Battersea rechnen dürfe. Rory textete genauso gewählt, wie er sprach – so als ob Mr. Bingley aus *Stolz und Vorurteil* ein Smartphone in die Finger bekommen hätte. Es beeindruckte mich; er schien so viel kultivierter als andere Männer. In der AmbergateRoad-WhatsApp-Gruppe, die nach unserer Straße benannt war und die aus mir, Ruby, Mia und Hugo bestand, sandte Hugo Nachrichten wie: Mia, wann daheim? Oder: Kanns jemand Klopapier kaufen?, so als wäre er nicht in der Lage, simpelste Sätze zu formulieren.

»Eugene, würde es dir was ausmachen, wenn ich die erste Pause nehme?«, fragte ich am Dienstagvormittag. »Ich muss nur ein paar, äh, Besorgungen machen.« Ich hatte ein altes schwarzes Kleid von Whistles in meinem Schrank wiederentdeckt, aber es war verhältnismäßig tief ausgeschnitten, sodass ich einen neuen BH brauchte, der alles ein paar Zentimeter weiter nach oben hievte.

»Nein, alles gut, Schätzchen, geh du nur«, erwiderte Eugene. »Guten Morgen, Adrian«, schob er hinterher, als einer unserer Stammkunden durch die Tür kam. »Wie geht es uns denn heute?«

»Famos, ganz famos«, erwiderte Adrian. Er war General im Ruhestand und schätzte unsere Geschichtsbücher.

»Brauchen Sie Hilfe, oder wollen Sie lieber alleine etwas stöbern?«

»Nur keine Umstände«, winkte Adrian ab, während er schon auf die Biografien zuwankte.

»Wenn ich mir die Bemerkung gestatten darf«, sagte Eugene, als ich mich dem Büchertisch vor mir zuwandte, »du scheinst mir heute ungewöhnlich gut gelaunt.«

»Das liegt wahrscheinlich daran, dass ich heute Abend ein Rendezvous habe.«

Eugene schlug sich beide Hände an die Wangen. »Lasst die Fanfaren erklingen! Wie ist es denn dazu gekommen?«

»Er war letzte Woche hier im Laden, am Sonntag haben wir uns zum Kaffeetrinken getroffen, und heute steht ein Abendessen an.«

»Wo?«

»Im Ratatouille. In Battersea.«

Er nickte beifällig. »Sehr gute Wahl.« Dann kräuselte er die Stirn. »Was ziehst du an?«

»Nicht das hier, keine Sorge«, sagte ich und strich mit den Händen über mein dunkelblaues T-Shirt und die bequeme Hose. »Ich habe ein altes schwarzes Kleid im Schrank gefunden.«

»Zu welchen Schuhen?«

»Schuhe mit Absatz und Strumpfhose.«

Er nickte erneut. »In Ordnung, das lasse ich durchgehen. Und ich hoffe sehr, du hast einen Enthaarungstermin gebucht.«

»Was? Warum?«

Eugene seufzte und bedachte mich mit einem Kopfschütteln. »Schätzchen, du darfst nie unvorbereitet in die Schlacht ziehen.«

»Ich habe noch nicht vor, mit ihm zu schlafen«, erwiderte ich spröde, konzentrierte mich wieder auf den Tisch und rückte einen Stapel Napoleon-Biografien gerade. Ich hatte darüber nachgedacht, natürlich hatte ich das. Gestern Nacht hatte ich versucht, mir vorzustellen, wie ich mich rittlings über Rorys Hüften schwang, bevor ich sein Hemd aufknöpfte, aber diese Fantasie wurde von Marmalade unterbrochen, der das Kissen neben mir mit seinen Pfoten knetete.

»Du erinnerst dich noch, was ich über meine uralte Mutter in ihrem Altersheim erzählt habe?«

»Ja, ja, ich weiß.«

»Na schön«, Eugene hob kapitulierend die Hände in die Luft, »sollte ja nur eine freundliche Erinnerung sein. Aber jetzt sag mir, wer ist der Glückliche?«

»Er heißt Rory. Er ist charmant und klug. Und er

arbeitet im Außenministerium. Er will Politiker werden und …«

Wir wurden durch ein bellendes Lachen von der Kellertreppe unterbrochen; Zach erschien mit seiner Kamera um den Hals. Er machte immer noch Fotos für die neue Webseite und schien sich endlos Zeit dafür zu nehmen, aber ich sagte mir, dass die Spur von Verwüstung, die er hinterließ – Becher mit kalten Kaffeeresten, die in den Bücherregalen stehen blieben, seine Motorradausrüstung, die den Geschenkeeinpackbereich zumüllte –, dem übergeordneten Wohl des Ladens diente.

»Was ist so lustig?«, wollte ich von Zach wissen.

»Tschuldigung«, sagte Zach und kam auf uns zu, »aber du hast ein Date mit einem Politiker namens Rory. Ein stockkonservativer Tory, stimmt's? Muss er sein mit dem Namen. Rory, der Tory. Ha!«

Ich sagte nichts darauf.

Zach schaute von mir zu Eugene und wieder zurück. »Es ist nur … Ach, kommt schon, er klingt wie so ein Typ aus einem Evelyn-Waugh-Roman.«

»Ja, weil du so viele Romane von ihm gelesen hast, stimmt's?« Ich konnte mir Zach – heute wieder in schwarzem T-Shirt und schwarzer Jeans, das schwarze Haar zerzaust in die Stirn fallend – nicht vorstellen, wie er es sich mit einer Ausgabe von *Wiedersehen mit Brideshead* gemütlich machte. Er sah eher aus wie ein Holzfäller als wie eine Leseratte.

»Habe ich aber«, sagte Zach und ging in die Hocke, um ein Foto zu machen. »Zumindest die meisten von ihm, aber *Scoop* ist mein Favorit, weil es da um Kriegsjournalismus geht, und das wollte ich immer machen.« Er schaute von seiner Kamera auf. »Und was ist mit dir?«

In Wahrheit hatte ich kaum etwas von Waugh gelesen und auch nur die Filmversion von *Wiedersehen mit Brideshead* gesehen, also ging ich nicht weiter darauf ein.

»Rory ist gar nicht wie eine seiner Figuren«, sagte ich abwehrend. »Er ist klug und witzig. Und …« Ich wollte mich gerade in die Details seiner Kleidung vertiefen, hauptsächlich Eugene zuliebe, weil ich wusste, dass er die Hosenträger zu schätzen wüsste, aber ich hielt mich davon ab. Zach würde doch nur lachen. »Und außerdem ist er noch gar kein Politiker.«

»Aber er ist ein Tory, stimmt's?«, bohrte Zach weiter.

»Und wenn?«

»Nichts«, sagte er, wieder in die Kamera spähend. »Ich bin sicher, er ist ganz reizend. Ich bin sicher, er isst keine Babys zum Frühstück und will auch nicht das öffentliche Gesundheitssystem in Grund und Boden stampfen.«

Ich spürte einen Anflug von Ärger. »Das ist typisch.«

»Was denn?«

»Leute aufgrund ihres Namens zu verurteilen. Davon auszugehen, dass er ein Monster ist, wo du doch gar nichts über ihn weißt. Wie kannst du jemanden einfach so in eine Schublade stecken? Das ist so …« Ich hielt inne, während ich nach dem richtigen Wort suchte.

Zach sah mich erwartungsvoll an.

»Das ist so …«, fuhr ich fort. »Das ist einfach so was von … spießig!«

»Kinder, Kinder«, unterbrach Eugene, »jetzt lasst uns mal nicht Adrian den Vormittag ruinieren, indem wir uns hier lautstark über Politik ereifern.«

»Ach, mir geht's ganz gut«, krächzte Adrian aus einer Ecke und winkte ab.

»Ich gehe jetzt Pause machen«, sagte ich eingeschnappt und griff unter die Kasse nach meinem Rucksack. Die Ladentür ließ sich nicht zuknallen, da sie einen Stopper an den Angeln hatte, aber wenn es möglich gewesen wäre, hätte ich es getan.

Was für ein arroganter, ungehobelter Computer-Geek, dachte ich bei mir, während ich halb nackt in einer Intimissimi-Umkleidekabine stand und einen schwarzen BH-Träger kürzer stellte. Ganz ehrlich, ich hatte Mitleid mit jeder Frau, die diesen Kerl daten müsste.

Ich wartete, bis die anderen Feierabend gemacht hatten, bevor ich in das beengte Klo runterging, um mich dort umzuziehen. Ich blinzelte krampfig in den Spiegel über dem Waschbecken, während ich versuchte, den Lidschatten so aufzutragen, wie Mia es mir gezeigt hatte. Helles Braun übers Augenlid. Dunkles Braun knapp unter die Augenbraue. Dann verwischen. Ich lehnte mich ein Stück zurück, um das Ergebnis zu inspizieren, und schrie beinahe los. Was machte ein Waschbär hier auf dem Klo? Schnell entfernte ich das Ganze mit einem Feuchttuch, schaute auf mein Handy und sah, dass ich in einer halben Stunde beim Restaurant sein sollte. Mist! Vergiss den Lidschatten! Ich trug einen wackligen Lidstrich auf die vom

Rubbeln ganz geröteten Lider sowie etwas Wimperntusche auf, dann tupfte ich noch einen Hauch Rouge auf meine Wangen.

Ich nahm den Bus, der die King's Road entlang und über die Battersea Bridge fuhr, und zählte währenddessen die Autos, die an uns vorbeikamen. Natürlich war ich komplett verschwitzt, als ich mich durch die Restauranttür schob. Wie machten normale Menschen das eigentlich?, fragte ich mich, während ich mir mit dem Zeigefinger einen Tropfen von der Oberlippe wischte. Wie schafften es normale Menschen, auf eine Verabredung zu gehen und das Ganze zu überleben, ohne vor Scham und Peinlichkeit (und Dehydrierung) zu sterben? Wie gelang es der menschlichen Spezies, sich fortzupflanzen, wenn man schon so einen schrecklichen Hindernisparcours überwinden musste, bis man jemandem im Restaurant gegenübersaß?

Ich reichte gerade einem Kellner Tasche und Jacke, als ich ihn hinter mir hörte; allein seine Stimme sorgte dafür, dass ein Schwall von Adrenalin durch mich hindurchrauschte.

»Hallo.«

»Hi«, erwiderte ich und wirbelte herum. O Gott, die Begrüßung! Wie begrüßte man sich, wenn man sich bereits auf den Mund geküsst hatte? Kehrte man zu zwei Wangenküsschen zurück? Oder doch eher ein kleiner, flüchtiger Kuss auf den Mund? Oder ein Kuss mit dieser ungelenken halbseitigen Umarmung? Ich wünschte mir, ich wäre erfahrener in solchen Dingen, als Rory sich schon zu mir vorbeugte, mich auf die Wange küsste und meinen Oberarm sanft drückte – eine Option, auf die ich nie im Leben gekommen wäre.

Ein Kellner führte uns zu einem Tisch in einer schummrig beleuchteten Ecke – eine Kerze und ein Sträußchen Primeln in einem Marmeladenglas – und zog meinen Stuhl hervor.

»Bitte sehr, Madame, Monsieur, 'ier 'aben Sie die Speisekarten und 'ier die Liste unserer Weine«, sagte er mit einem so heftigen französischen Akzent, dass ich den leisen Verdacht hegte, dass er aufgesetzt war.

»Vielen Dank. Auch ein Glas Champagner?«, fragte Rory mich über den Tisch hinweg, nachdem er sein dunkles Jackett über die Stuhllehne gehängt und ein Paar roter Hosenträger entblößt hatte.

»Ja, bitte. Sehr gerne.«

»Zwei Gläser vom Billecart, bitte, und die hier behalte ich«, sagte er zu dem komödiantischen französischen Kellner und tippte dabei mit den Fingern auf die Weinkarte. »Also«, sagte er dann und beugte sich über den Tisch nach vorne. »Wie war dein Tag?«

»Gut«, erwiderte ich mit einem scheuen Lächeln. Ich hatte Zach den gesamten Nachmittag ignoriert, während er weiter Fotos knipste, Kabel über den Boden schleifte und Bücher von ihrem richtigen zum falschen Platz verlegte, mit der Begründung, dass sie da, wo er sie hinstellte, »besser aussehen würden«. Aber er vergaß danach, sie wieder an ihren angestammten Platz zurückzustellen, also räumte ich hinter ihm her, während Zach an der Kasse herumlungerte und Eugene seine Kamerasettings erklärte. »Mein Tag war gut«, wiederholte ich. »Und deiner?«

»Verdammt gut sogar, und das feiern wir!«

»Warum denn?«

»Weil ich heute einen Anruf von der Partei bekommen habe. Sie sagen, ich bin auf der Liste.«

»Liste?«

»Für die Kandidatur bei der nächsten Wahl. Es gibt diverse Hürden, die es zu meistern gilt, und man muss auf eine offizielle Liste, bevor man sich für einen Wahlbezirk bewerben kann. Aber heute wurde ich für ebendiese Liste zugelassen.«

»Meinen Glückwunsch! Wie aufregend. Und was kommt als Nächstes?«

Er atmete aus. »Man muss im Grunde nur darauf warten, bis ein Sitz frei wird. Und die müssen einen dann akzeptieren, und man muss sich zur Wahl stellen. Normalerweise bekommen Erstkandidaten Sitze in Randbezirken zugewiesen, und es ist ein mühsames Prozedere. Aber ich bin dennoch guten Mutes.« Er setzte eine tiefe Stimme auf und verkündete über den Tisch hinweg. »Das ist nicht das Ende. Es ist noch nicht einmal der Anfang vom Ende. Aber es ist vielleicht das Ende vom Anfang.«

»Siehst du? Du bist wie geschaffen für einen Politiker«, erwiderte ich lachend auf seine Vorstellung hin.

»Eigentlich war es Churchill, der das gesagt hat.«

»Klar«, erwiderte ich. »Wusste ich doch.« Wusste ich natürlich nicht, also blickte ich in die Speisekarte, um meine geröteten Wangen ein paar Sekunden zu verbergen, bis der Kellner wiederauftauchte. Er stellte zwei Gläser Champagner auf dem Tisch ab und nahm unsere Bestellungen entgegen.

»Ich denke, wir sollten uns vorab ein Dutzend Austern gönnen«, sagte Rory. »Du isst doch Austern, oder? Die sind hier exzellent.«

»Tatsächlich habe ich noch nie welche probiert.«

»Grundgütiger! Das müssen wir sofort ändern. Also, ein Dutzend Austern. Und dann, Florence, was hättest du gerne?«

»Den Kabeljau bitte«, sagte ich. Ganz automatisch hatte ich das Gericht gewählt, das mit nichts serviert wurde, was zu fummelig und kleinteilig zum Zählen war.

»Und ich bekomme das Bourguignon«, sagte Rory. »Dazu *purée de pommes de terre* und … die Karotten, denke ich. Ah, Moment, der Wein.« Er fuhr mit dem Finger die Weinliste entlang und summte ein paar Sekunden vor sich hin. »Eine Flasche von dem Côtes du Rhône, bitte.«

»Absolument, Monsieur.«

»Ah, nein, Entschuldigung, einen Moment«, sagte Rory, und der Kellner drehte sich wieder zu ihm um. »Da wir Austern als Vorspeise haben, was hätten Sie denn für einen Sancerre da?«

»Wir 'aben nur einen«, erwiderte er. »Einen sehr schönen 2016er.«

»Gut«, sagte Rory. »Dann eine Flasche von dem 2016er, und den Côtes du Rhône bitte danach.«

Mein Kopf schwirrte von Austern und Weinen, als Rory seine Aufmerksamkeit wieder mir zuwandte und sich die Hände rieb. »Ich liebe den Moment, wenn man gerade bestellt hat und alles vor einem liegt, du nicht auch?«

Ich lachte laut auf. Ich wusste nicht, ob ich je jemanden getroffen hatte, der so selbstbewusst war.

Er legte den Kopf schief. »Was ist?«

»Na, du! Dein Selbstbewusstsein. Ich wünschte, ich könnte mehr so sein.«

»Wirklich? Du wirkst immer so positiv.«

»Ach ja? Gut. Denn manchmal bin ich das auch.«

»Und manchmal nicht?«

Ich dachte an die Tage, an denen mein Gehirn in einer Schlacht gegen mich selbst gefangen schien, eine leise, aber wütende Stimme, die mir das genaue Gegenteil von dem sagte, was ich hören wollte: »Wenn du doch nur ein paar Pfund leichter wärst« oder »Warum sieht dein Haar immer so schrecklich aus?«

»Nein, nicht immer.«

»Jeder hat seine Momente, aber schau uns doch gerade an.« Er lehnte sich auf seinem Stuhl zurück und streckte die Arme aus. »Hier bin ich, in einem meiner Lieblingsrestaurants, einer sehr schönen, intelligenten Frau gegenübersitzend, und habe gerade erst Austern bestellt. Daran ist nicht viel verkehrt, oder?«

Ich lachte wieder. »Warst du immer schon so positiv?«

Er nickte. »Glaube schon. Warum auch nicht? Das ist auch der Grund, warum ich in die Politik will. Es sollten mehr Menschen so sein. Die meisten jammern immer nur rum. ›O die Schulen, die Immobilienkrise, das Gesundheitssystem.‹ Ach, kommt schon, wenn wir aufhören würden, so pessimistisch zu sein, könnte alles besser laufen. Findest du nicht auch?« Er beugte sich nach vorne, die Ellbogen auf die Tischdecke gestützt, seine blauen Augen auf meine gerichtet.

»Ja, vielleicht. Aber ich weiß nicht, ob es für manche Leute so einfach ist.« Dann hielt ich inne und lächelte ihn neckisch an. »Und? Wo siehst du dich in zehn Jahren – Premierminister?«

»Idealerweise ja«, erwiderte er, als der Kellner ihm gerade ein Schlückchen Wein zum Probieren eingoss.

»Ernsthaft?«

Er nickte.

»Wunderbar«, sagte Rory zum Kellner, bevor er mich angrinste und sich wieder über dem Tisch vorbeugte. »Warum nicht? Man muss große Träume haben.«

»Klar, ja, ich schätze schon«, erwiderte ich, als mir einfiel, dass »ambitioniert« ebenfalls auf meiner Wunschliste stand. Ich nahm einen großen Schluck Wein und dachte immer noch darüber nach, als ein anderer Kellner mit einer riesigen silbernen Platte auf uns zu stolziert kam.

»Oh, großartige Sache, die Austern kommen!«, rief Rory. »Lass uns Platz schaffen.« Er räumte Salz- und Pfefferstreuer aus dem Weg, als der Kellner die Platte mit Eis, Zitronenvierteln und den Austern abstellte, die in ihren Schalen so nass und glibberig aussahen wie der Inhalt eines kräftigen Niesers in der Handfläche.

Ich griff mir das kleinste Exemplar sowie ein Stück Zitrone.

»Runter damit«, sagte Rory, bevor er eine Muschel an seinen Mund hob und sie nach hinten kippte.

Ich ließ meine den Hals runtergleiten, ohne zu kauen. Sollte sie so cremig sein?

»Hm.« Ich gab mir Mühe, genießerisch zu klingen.

»Was ist mit dir?«, fragte er. »Willst du für immer in London bleiben?«

»Weiß nicht genau. Es ist mein Zuhause, ich bin hier aufgewachsen, aber es ist auch nicht besonders abenteuerlich, das ganze Leben an ein und demselben Ort zu verbringen.«

»Was ist mit dem Land?«

»Vielleicht. Wie kommst du darauf?«

»Mich zieht es aufs Land«, sagte Rory, der die nächste Auster erledigte. »Momentan verbringe ich mein halbes Leben im Flieger, aber idealerweise werde ich irgendwann einen Sitz in Norfolk haben, in der Nähe von zu Hause. Magst du Norfolk?«

»Ich war noch nie da«, erwiderte ich und stocherte mit einem Teelöffel in einer Auster herum.

»Es ist wunderschön. Das Meer, die Strände. Der Fisch! Der unerhörteste, köstlichste Fisch überhaupt. Und wusstest du, dass es die einzige britische Grafschaft ohne Autobahn ist? Ist das nicht großartig?«

Ich lachte erneut und nickte. Und während er weiterredete, entspannte ich mich mehr und mehr. Mir kam sogar der Gedanke, dass ich Spaß haben könnte, statt mir Sorgen zu machen, was als Nächstes schiefging. Ich hob mein Glas, leerte es und fühlte mich plötzlich wie berauscht von dieser neuartigen Wendung in meinem Leben: in diesem Restaurant zu sitzen, diesem Mann gegenüber. Ein echtes, richtiges Date.

»Ich denke, ich könnte vollauf damit zufrieden sein, alle möglichen Aufgaben im dortigen Wahlbezirk zu erledigen«, fuhr er fort. »Und es gibt da eine exzellente Buchhandlung in einem Örtchen namens Holt. Die könntest du also einfach übernehmen.«

»Wie bitte?«

»Na, wenn du dann mit mir nach Norfolk ziehst«, sagte er vergnügt, bevor er die letzte Auster ausschlürfte. »Grundgütiger, die waren sagenhaft. Waren sie nicht sagenhaft?«

Ich war so verdattert von dieser beiläufigen Erwähnung einer gemeinsamen Zukunft in Norfolk, dass ich mich nicht auf die Austern konzentrieren konnte. Es war schon ein ziemliches Statement für ein zweites Date, aber ich spürte auch, dass ein Teil von mir seine Gewissheit beruhigend fand. Ich konnte mich oft nicht einmal entscheiden, ob ich einen guten oder einen schlechten Tag haben würde, bis auf dem Weg zur Arbeit eine gewisse Anzahl von silbernen Autos an mir vorbeigefahren war, und hier saß nun ein Mann, der zu wissen schien, dass sein gesamtes Leben genau so verlaufen würde, wie es das wollte.

Als nach dem Hauptgang der Käsewagen zu unserem Tisch gerollt wurde, war ich betrunken. Wir hatten den Großteil des Abendessens mit einer zunehmend leidenschaftlichen Debatte über unsere liebsten und verhasstesten Schriftsteller verbracht. Rory erklärte, dass er amerikanische Romane verabscheute. Ich hingegen hatte immer romantische Vorstellungen über amerikanische Autoren gehegt und verteidigte sie. Dann wettete ich darauf, dass er den schottischen Autor George MacDonald Fraser mochte. Es gab einen gewissen Typ Mann, der die britische Privatschulerziehung genossen hatte und die sexuell verderbten Eskapaden von dessen Helden Harry Flashman liebte. Rory erwiderte, dass es in der Tat stimmte, und gerade, als der Käsewagen neben unserem Tisch zum Stehen kam, sprang er auf, um ein imaginäres Schwert zu ziehen. Im nächsten Moment hatte er dem Kellner die Faust direkt ins Gesicht gerammt. Der Kellner stolperte rückwärts und hielt sich die Nase. Rory entschuldigte sich umgehend.

»Ai! Quel imbécile!«, nuschelte der Kellner durch seine Finger.

»Hören Sie, es tut mir furchtbar leid«, schob Rory hinterher, »es war ein Versehen. Ich wollte für meine Freundin eine Szene aus einem Buch nachspielen. Sind Sie in Ordnung? Ojemine, ich glaube, Sie brauchen ein Taschentuch. Haben Sie Taschentücher?«, rief er Richtung Küche. »Und einen Lappen zum Aufwischen?«

Die anderen Gäste im Restaurant hielten beim Essen inne, um das Spektakel zu beobachten.

»Ich denke, wir sollten besser gehen«, sagte Rory, der sich Minuten später setzte, nachdem man dem Kellner mit einer Handvoll Küchentücher vor dem Gesicht vom Boden aufgeholfen hatte.

Er bat um die Rechnung und zahlte. Meinen Einwand, die Hälfte zu übernehmen, unterband er mit einem strengen Blick.

Im Gegenzug fragte ich ihn, ermutigt durch den Wein und Rorys eigenes Selbstbewusstsein, ob er mit zu mir kommen wolle. Es fühlte sich richtig an. Er hatte mir ein Gefühl von Sicherheit gegeben, das mir Kühnheit verlieh; außerdem konnte ich mir nicht vorstellen, dass er sich am nächsten Morgen ohne Nachricht verkrümeln würde. Ich will gerne zugeben, dass es da einen kleinen, verborgenen Teil von mir gab, der meiner Familie, Eugene und sogar Jaz beweisen wollte, dass sie alle falschlagen, dass ihre Witze über mein mangelndes Liebesleben ungerechtfertigt waren. Aber es war nicht nur das. Ich wollte das tun. Ich wollte in Rorys hypnotisierender Gesellschaft bleiben.

»Das würde ich sehr gerne«, erwiderte er, also bestellte ich ein Uber und holte meine Umhängetasche und meine Jacke. Rory entschuldigte sich noch einmal bei den Mitarbeitern des Restaurants, und schon standen wir draußen auf dem Bürgersteig und warteten auf unseren Toyota Prius.

»Guten Abend, mein werter Kollege«, sagte Rory, der sich in den Wagen plumpsen ließ, nachdem ich über den Rücksitz gerutscht war. »Wir fahren nach Kennington, wenn ich mich nicht täusche.«

»Er weiß schon Bescheid, alles gut«, sagte ich, bevor ich einen gewaltigen Hickser ausstieß, der sowohl den Fahrer als auch Rory zu mir schauen ließ.

»Tschuldigung«, sagte ich, doch da kam der nächste, so laut wie das Quaken eines Frosches.

»Schau mich an, ich habe ein ganz wunderbares Mittel dagegen«, sagte Rory, als der Wagen losfuhr.

Ich drehte den Kopf.

»Ein bisschen näher«, sagte er, also rutschte ich über das Polster zu ihm. Noch ein Hickser. Praktisch schon ein Rülpser. Aber der Champagner und der Weißwein in Kombination mit dem Rotwein hatten dafür gesorgt, dass ich zu betrunken war, als dass es mir peinlich gewesen wäre.

»Was zur Hö...?«

»Schhhh«, befahl er. »Konzentrier dich. Schau mich an.«

»Ich verstehe nicht. Was soll das bringen?«

»Schhhh, bleib einfach zwei Minuten still.«

Er starrte mir weiter in die Augen, während seine Fingerspitzen gegen meinen Kopf drückten. Es fühlte sich an wie ein Nicht-Blinzeln-Wettbewerb auf dem Spielplatz, nur anstrengender, und ich fragte mich kurz, wie es wohl wäre, im Bett zu liegen und sein Gesicht über mir zu haben.

»Warum wirst du rot?«, fragte er, seine Finger immer noch an Ort und Stelle.

»Werde ich gar nicht!«

»Ich glaube, du bist geheilt«, sagte er und ließ die Hände sinken. »Siehst du?«

Ich lehnte mich wieder zurück und wartete auf den nächsten Hickser. Er kam nicht.

»Aber ich überprüfe es besser noch mal«, sagte Rory,

also drehte ich mich wieder zu ihm, und er hob die Hand, nur um sie mir um den Hinterkopf zu schlingen und mich für einen Kuss an sich zu ziehen. Ein längerer Kuss als zuvor, aber ohne Zunge, denn so ein Toyota Prius ist ein recht intimer Raum, und wir waren nur Zentimeter von Aaron, dem Uber-Fahrer, entfernt. Aber es gab mir dennoch das Gefühl zu schweben. Ich betete bloß, dass meine Schwestern schon im Bett wären, wenn wir zu Hause ankamen.

Waren sie glücklicherweise. Im Haus war alles dunkel.

»Ich wohne ganz oben«, flüsterte ich Rory zu, während ich lautlos die Haustür schloss. Ich wollte nicht riskieren, Mia, Ruby oder Hugo zu wecken, damit sie ihren Kopf durch die Tür streckten, also führte ich ihn auf direktem Weg nach oben.

»Bleib hier«, flüsterte ich, als wir in meinem Zimmer waren. »Bin in zwei Minuten da.« Ich schloss mich im Bad ein, um zu pinkeln und mir die Zähne zu putzen. Ich hatte den Verdacht, dass meine Zunge nach Knoblauch schmeckte.

Ich pinkelte und trocknete mich mit extremer Sorgfalt ab, dann zog ich die Strumpfhose aus, schleuderte sie auf den Badezimmerboden und kehrte barfuß ins Zimmer zurück, wo Rory auf meinem Bett lag.

Er streckte einen Arm seitlich aus, damit ich mich an seine Brust schmiegte. So lagen wir ein paar Minuten reglos auf der Decke, bevor er sich auf die Seite rollte und mich ansah.

»Hallo«, sagte er, und dann kam ein richtiger Kuss, bei dem sein Mund sich hart gegen meinen presste. Seine Finger sanken langsam von meinem Gesicht zu meinem Hals hinab, streiften über meine Brust und dann über die gesamte Länge meines Kleides nach unten.

Er erreichte den Saum und zog daran. Das versetzte mich in Panik. Ich versuchte doch gerade, mich auf meine Kusstechnik zu konzentrieren, aber gleichermaßen darauf, wie ich das Kleid über meinen Kopf kriegen sollte, ohne herumzuzappeln wie ein Dorsch auf dem Deck eines Fischkutters.

»Steh auf und zieh es für mich aus«, raunte er, was mir ein sprudelndes Gefühl im Magen bescherte. Zumindest hoffte ich, dass er wegen Rory sprudelte und nicht wegen der Austern.

Ich stand etwas schwankend auf und griff hinter meinen Hals nach dem Reißverschluss, während ich den Blickkontakt mit ihm hielt. Es war schwer, das halbwegs verführerisch hinzukriegen – ich kam mir vor, als hätte jemand mit mir gewettet, ob ich meinen Ellbogen ablecken könnte. Bei dem Gedanken musste ich kichern.

»Was ist lustig?«, fragte Rory vom Bett aus. Sein Gesicht – ernst, eindringlich – ließ wieder etwas in meinem Inneren aufwallen. Bitte, lass es nicht die Austern sein.

»Nichts«, antwortete ich rasch und löste den Reißverschluss, so schnell ich konnte, bevor ich ihn mit der anderen Hand nach unten zog. Ob ich es wohl wie eine Revuetänzerin an meiner Hand im Kreis schwingen sollte?

Nein, auf keinen Fall. Das wäre zu albern. Also legte ich das Kleid sorgfältig auf meinem Stuhl ab.

»Und jetzt das da«, wies Rory mich an. Sein Blick fiel auf meinen Slip.

Ich hakte die Daumen unter den Gummisaum an meinen Hüften und zog ihn Stück für Stück über meine Beine nach unten. War das verführerisch? Es fühlte sich nicht so an. Mein Hintern stand hinter mir raus, als ich mich vorbeugte, um das Höschen über meine Knöchel zu ziehen, und ich beschloss, dass ich mich mehr wie eine ältere Schwimmbadbesucherin fühlte, die versuchte, das Gleichgewicht zu halten, während sie sich aus ihrem nassen Badeanzug schälte.

Ich ließ das Höschen auf den Boden fallen. Um die Unordnung konnte ich mich später noch kümmern. Doch nun stand ich auf meinem Schlafzimmerteppich vor ihm und hatte nur noch meinen BH an. Das war schräg. Was für eine Art von Psychopathin lief bitte schön zu Hause nur in ihrem BH herum?

Rory ließ mich verunsichert vor sich stehen, während er seine Hosenträger über die Schultern schob und mit einer Hand sein Hemd über den Kopf zog.

»Komm her«, sagte er, daher kniete ich mich aufs Bett. Aber der BH machte mir immer noch zu schaffen. Wann sollte der BH runter? Sollte ich das selbst tun?

Er schob eine Hand zwischen meine Schenkel und zog eines meiner Beine über seine Hüfte, sodass ich rittlings auf ihm saß, dann streckte er sich vor, um gekonnt meinen BH mit einer Hand zu lösen. Er warf ihn auf den Teppich und senkte die Hände, um meinen Hintern zu umfassen, dann zog er mich zu sich ran, sodass er abwechselnd an jedem Nippel saugen konnte.

Dabei musste ich dann doch wohlig seufzen, schloss die Augen und lehnte mich zu ihm vor. Eine Hand stützte ich dabei über seiner Schulter an der Wand ab. Rorys Zunge schnellte über meinen rechten Nippel, dann meinen linken und sorgte dafür, dass ich vor Lust aufheulen wollte. Was hatte ich mir nur dabei gedacht, das hier so lange zu vernachlässigen? Selbstbefriedigung war ja ganz okay, und ich hatte einen knalllila Vibrator, den ich ordentlich verstaut in einer Schublade unter meinem Bett aufbewahrte, direkt neben einer Packung Feuchttücher, um ihn danach zu reinigen, aber das hier hatte rein gar nichts damit zu tun. Wenn Masturbation eine schnöde Klaviertonleiter war, glich das hier mehr einer Sonate von Chopin.

Rory schob seinen Kopf nach hinten, um mich erneut zu küssen, und bei dem warmen Gefühl seiner Haut auf meiner verspürte ich einen elektrisierenden Schauder. Ich fuhr mit einer Hand über die Haarlinie, die sich über seine Brust zog, und verzehrte mich danach, dass er das Gleiche tat, dass er mit seinen Händen jeden Zentimeter meines Körpers erkundete.

Vor ein paar Jahren hatte ich mir einen Josh-Hartnett-Film angeschaut und ungläubig geschnaubt bei einer Szene, in der Josh eine Frau zum Orgasmus brachte, indem er nur mit einer Orchidee über ihren Körper wedelte. Das schien mir dann doch sehr unwahrscheinlich. Hättest du wohl gerne, Josh. Aber jetzt verstand ich es. Falls Rory damit fortfuhr, mich zu küssen, während seine Hände meinen nackten Rücken sanft berührten, würde ich bald so laut schreien, dass ich meine Schwestern wecken würde.

Hör auf, an deine Schwestern zu denken, Florence.

Seine Hände fuhren über meine Rippen nach unten, was mir eine Gänsehaut bescherte, aber dann hob er mich von sich und stand auf. Ich sah zu, wie er seine Hose aufknöpfte und sie zusammen mit seinen Boxershorts runterzog. Meine Augen huschten von seinem Gesicht zu seinem Penis, der mir in einem erfreulichen Winkel entgegenragte. Obwohl ich noch nie Dick-Pics zugeschickt bekommen hatte, war mir das Konzept dahinter immer befremdlich erschienen. Warum sollte ein Foto von etwas, das wie eine Grillwurstschnecke aussah, bei irgendwem ziehen? Aber Rorys Penis sah nicht aus wie eine Grillwurstschnecke. Er sah genauso stramm und gepflegt aus wie der Rest von ihm.

»Leg dich hin«, wies er mich an.

Ich rutschte von meinem Kopfende nach unten, die Beine angewinkelt, und er kniete sich zwischen sie.

»Bitte, berühre mich«, sagte ich, womit ich mich selbst überraschte. Ich hatte das nicht vorgehabt. Es war mir einfach so rausgerutscht.

Er schenkte mir ein Grinsen und schüttelte den Kopf. »Noch nicht.« Stattdessen schob er meine Knie weiter auseinander und beugte sich zwischen ihnen hinab, bevor er meine Innenschenkel abwechselnd mit sanften Küssen bedachte, immer weiter nach oben, während seine Bartstoppeln die weichsten, empfindlichsten Teile meiner Beine kitzelten.

»O mein Gott, o mein Gott, o mein GOTT«, keuchte ich. Der sehnsüchtige Schmerz zwischen meinen Beinen hatte sich in ein Pulsieren verwandelt. Er musste mich berühren. Bitte, lass ihn mich berühren. Bitte, kann er nicht einfach die Hand heben und … »O Goooott!«, seufzte ich, als ich seinen Mund über meiner Klitoris spürte und seine Zunge, die knapp darunter und dann wieder nach oben schnellte. Er hatte dieses Muster dreimal wiederholt, als ich begriff, dass ich gleich kommen würde. Ich konnte es nicht zurückhalten. Eine Hitze breitete sich von der Wölbung meiner Füße aus, flutete meinen Körper, bis sie die Stelle erreichte, wo Rorys Zunge immer fester und fester und fester …

»Ich komme gleich, ich komme gleich, ich komme gleich. ICH GLAUBE, ICH KOMME«, japste ich, rieb meine Hüften gegen seinen Mund und schnappte nach Luft.

Man stelle sich nur vor, zu beschließen, Nonne zu werden und *das hier* aufzugeben!

»Rühr dich nicht«, sagte er, erhob sich auf seine Knie, bevor er wieder nach vorne fiel und seine Arme um meine Schultern klemmte. Während er eine Hand vorschob, damit sie mein Kinn festhielt, blickte er ernsthaft in meine Augen und stieß in mich hinein. Ich keuchte immer wieder auf, als er in mich hinein- und wieder hinausglitt, mich auf den Hals küsste, auf meine Schlüsselbeine und dann auf meinen Mund. Seine Lippen pressten sich auf meine, und seine Zunge schob sich drängender in meinen

Mund. Und als er anfing zu stöhnen, verspürte ich eine tiefe, urzeitliche Lust darüber, dass ich es war, die ihn dazu brachte, das hier zu tun. Er machte diese Geräusche wegen mir. Nach einer so langen Zeit der Enthaltsamkeit gab es mir das Gefühl, normal zu sein, ein normal funktionierender Mensch, der Sex haben konnte, ohne Panik zu schieben wegen der Konsequenzen und des Herzschmerzes, der unweigerlich darauf folgte. Nur dass das hier noch besser war als normal. Es fühlte sich grandios an, rangierte ganz weit oben, gleich neben meinem fünfzehnten Geburtstag, als ich Marmalade geschenkt bekommen hatte.

Hör auf, an deinen Kater zu denken, Florence.

Ich verbannte ihn aus meinem Kopf, während ich mit den Fingern Rorys Rücken hoch und runter strich und er an Fahrt aufnahm. Vor und zurück, vor und zurück, während ich mich zu dieser perfekten Nacht beglückwünschte, diesem perfekten Date, bei dem wir redeten und redeten und ich nichts Unreifes sagte wie: »Wo sollen wir in unseren Flitterwochen hinfliegen?« Oder: »Ich kann es kaum erwarten, deine Mum kennenzulernen.«

Und nun das hier: Ziemlich perfekter Sex. Keine peinlichen Pupsgeräusche. Kein unbeholfenes Rumgefummel. Kein Moment, wo er sich versehentlich in die Nähe meines Pos verirrte, weil darauf stand ich nun mal nicht.

Und gerade da, als ich die Hoffnung wagte, dass es ein zweites Mal geben könnte, als ich betete, dass er mich nicht ghosten würde, da stieß er ein letztes Mal zu, erstarrte über mir und schrie »COWABUNGA!«, während er kam.

Oh, okay. Also war es *fast* perfekt.

Als ich am nächsten Morgen aufwachte, fühlte ich mich wieder ganz anständig und zivilisiert. »Morgen«, sagte ich zu Rory, so wie ich es im Grunde auch jeden Tag zu Eugene sagte.

Rory streckte den Arm nach mir aus und küsste mich auf den Kopf. »Morgen, mein kleiner *chou-fleur*.«

»Hast du gut geschlafen?«, erkundigte ich mich, während ich mich fragte, wie ich es wohl aus dem Bett schaffen könnte, ohne meinen Hintern zu entblößen. Ich hatte an der Wandseite geschlafen, was bedeutete, entweder über Rory drüberzuklettern oder rückwärts ans Ende der Matratze zu kriechen und ums Bettende herumzugehen.

»Ja, dieses Bett ist hervorragend«, erwiderte er gähnend, streckte die Arme aus und schlang dabei absichtlich seinen Unterarm über mich.

»Hände weg, du Spinner, ich brauche eine Dusche.« Ich schob seinen Arm weg, entschied mich für die Bettkanten-Route und versuchte, mich dabei mit so viel Würde wie möglich nach hinten zu schlängeln (nicht viel Würde), bevor ich mich Richtung Bad aufmachte. Aber als ich seitlich am Bett vorbeiging, packte er mich am Handgelenk und zog mich für einen Kuss zu sich. Ich hielt den Atem an, aber er hob seine Seite der Decke hoch und zog mich auf sich herab.

»Ich muss unter die Dusche«, protestierte ich und versuchte, meinen Atem von ihm wegzulenken.

»Zehn Minuten? Komm schon, zehn Minuten hast du«, beharrte er, bevor er mit der Hand über meinen Körper fuhr.

Ich zog den Bauch ein und merkte, dass ich pinkeln musste. Aber Rory küsste mich an meinem Hals hinab, meine Schulter entlang, und ich wollte nicht gegen ihn ankämpfen. Seine Hände schoben meine Beine auseinander, und ich seufzte durch den Mundwinkel. Meinen Atem versuchte ich dabei in Richtung Wand statt in sein Gesicht zu lenken. Es würde schon niemand sterben, wenn er in die Buchhandlung kam und zehn Minuten auf die neue Stalin-Biografie warten musste.

Es waren tatsächlich nur zehn Minuten. Mehr brauchte er nicht, um mich zum Stöhnen zu bringen, bevor er erneut »Co-wa-bung-aaaaaa!« in mein Ohr rief und sein Körper meinen niederdrückte. Ich wartete etwa eine Minute, bevor ich mich unter ihm hervorwand und mich im Bad einschloss.

Ich musste jetzt echt aufs Klo. Ich konnte meinen Magen spüren, der ... rumorte. Die Austern, fiel es mir ein, und ich drehte die Dusche auf, damit sonst ja nichts zu hören war.

Ich saß auf dem Klo und kam zu dem Schluss, dass ich so nicht loslegen konnte. Nicht, wenn sein Kopf direkt auf der anderen Seite der Wand lag. Zu nah. Also kletterte ich über den Badewannenrand direkt in die Dusche. Cowabunga, dachte ich wieder. Ziemlich merkwürdig, oder? Aber er hatte danach nichts weiter gesagt, also hatte ich auch nicht gefragt.

»Hey, Rory, der Sex ist echt toll, aber dürfte ich wissen, warum du am Ende immer wie so eine Comicfigur brüllst?«

Dazu war ich nicht mutig genug. Vielleicht war es einer seiner schrägen Witze? Ich mochte ihn. Ich mochte ihn *so richtig*. Ich wollte nichts Schlimmes in so eine Kleinigkeit hineininterpretieren. War ja nicht so, als würde er den Namen einer Ex schreien. Ich spülte mein Haar aus und drehte den Wasserhahn zu, dann rubbelte ich es, auf der Badematte stehend, grob trocken. Ich wollte wie ein Bikinimodel in mein Schlafzimmer zurückschlendern, mit feuchten Strähnen, die locker über meine Schultern fielen, statt nassem plattgedrücktem Haar wie ein Afghanischer Windhund.

Doch als ich die Badezimmertür öffnete, war er fort. Er hatte seine Klamotten vom Boden aufgesammelt, und das Bett war gemacht. Nicht so perfekt, wie es mir recht gewesen wäre – die Kissen befanden sich in der falschen Reihenfolge –, aber nicht übel. Ich ging zu meiner Zimmertür und lauschte. Aus der Küche konnte ich Mias und Rubys Stimmen hören, also zog ich mich so schnell an, als stünde der Dachstuhl in Flammen, und rieb mir etwas getönte Feuchtigkeitscreme ins Gesicht, während ich zwei Stufen auf einmal nehmend nach unten hastete. Zwei, vier, sechs, acht, und von vorne, bevor ich um das Treppengeländer herumschwang und Richtung Küche schlitterte.

»Guten Morgen zusammen«, sagte ich keuchend. »Das ist Rory. Rory, das sind Mia und Ruby.« Ich stützte mich mit einer Hand auf den Küchentisch und beugte mich vor, um wieder zu Atem zu kommen.

»Alles okay mit dir?«, fragte Rory.

»Ja, alles gut. Nur eine, äh, sehr heiße Dusche.« Ich schaute zu Ruby, die im Morgenmantel neben der Spüle saß. »So früh schon auf?«

»Ich habe Mia mit Rory reden hören, und das konnte ich doch nicht verpassen, oder?«

»Wir haben uns nur über seinen Job unterhalten«, fügte Mia hinzu, »und der klingt ja *sehr* interessant.«

Sie sagte das mit einem verschlagenen Lächeln, bei dem mein Herz anfing zu rasen. Sie durfte die Liste nicht erwähnen. Unter keinen Umständen durfte Rory von der Liste erfahren. Es gab keine vernünftige Erklärung dafür, dass ich, kurz bevor ich ihn traf, bei einer Hexe in der Harley Street gewesen war und das Universum gebeten hatte, mir einen maßgefertigten Freund zu schicken.

»Und dann all diese *abenteuerlustigen* Reisen, die er unternimmt!«, sagte Ruby. »Außerdem hast du wahrscheinlich viel Muße, um Bücher zu lesen, Rory? Bei all der Zeit im Flieger?«

Rory schaute kurz verwirrt von einer Schwester zur anderen. »Ähm, ja, ja, ich muss sagen, das stimmt. Deswegen habe ich auch Florence kennengelernt, hat sie euch das nicht erzählt? Ich war bei ihr im Buchladen.«

»Hat sie. Was für ein Zufall aber auch.« Rubys Augen funkelten schelmisch, während sie von ihm zu mir und dann wieder zurückhuschten.

»Hm, bestimmt«, murmelte ich unverbindlich, bevor ich nach dem Wasserkocher griff. »Willst du einen Kaffee, Rory?«

»Nein, nein, ich sollte besser los.«

»Ins Büro zu deinem interessanten Job?«, wollte Mia wissen.

Rory lachte. »Ja, ganz genau.« Er trat vor, um mich auf die Wange zu küssen. »Aber danke für den wundervollen Abend.«

Ich nickte zu ihm hoch und war einen Moment ganz baff, dass da ein attraktiver Mann in der Küche stand, und zwar wegen mir, nicht wegen einer meiner Schwestern.

»War schön, euch beide kennenzulernen«, verabschiedete er sich von ihnen mit einem Wink.

»Ebenso!«, riefen die beiden, als ich Rory durch die Diele führte und ihm die Haustür aufhielt.

»Dann bis bald, hoffe ich?«, fragte er, drehte sich um und küsste mich noch einmal.

»Klar«, sagte ich lächelnd, was sehr lässig formuliert war, wo doch jede Zelle meines Körpers schrie: »JA, JA, WIE WÄRE ES MIT MORGEN? HAST DU MORGEN ZEIT, ODER ÜBERMORGEN, ODER ÜBERÜBERMORGEN? ODER WIE WÄRE ES MIT FÜR IMMER? HAST DU AUF IMMER UND EWIG ZEIT?«

Er spazierte davon, das Jackett über die Schultern geworfen, und ich kehrte in die Küche zurück.

»Ein wundervoller Abend also, ja?«, bemerkte Ruby, die immer noch auf dem Küchentresen neben der Spüle hockte. »Du musst uns alles erzählen, und zwar sofort.«

Sie bekamen die zensierte Version zu hören, während ich meinen Kaffee trank und das Mittagessen vorbereitete. »Nettes Abendessen, kein peinliches Schweigen und danach zu mir.« Dann: »Ja, okay, wir haben miteinander geschlafen.« Es fühlte sich seltsam an, mit ihnen über Sex zu reden, wo ich das doch nie zuvor gemacht hatte.

»Und?«, drängte Mia. »Komm schon, ich brauche mehr als das. Hugo und ich tun es normalerweise nur sonntagmorgens, vor dem Golf, und selbst dann geht es ziemlich schnell, weil er nie das erste Tee verpassen will.«

»Und nichts. Es war nett«, sagte ich, während ich mein Sandwich in Klarsichtfolie wickelte und gleichzeitig versuchte, das Bild von Hugo beim Sex in seinen Pringle-Golfsocken aus meinem Kopf zu verbannen.

»Nett?«, fragte Mia. »Nur nett? Flo, ein Tässchen Tee und ein Stück Kuchen sind nett. Du kannst das sicher besser.«

Ich schob mein Mittagessen in den Rucksack und steuerte kommentarlos den Flur an, aber dann rief ich doch über meine Schulter zurück: »Na schön, es war unglaublich, er hat mich herumgewirbelt wie ein Olympiaturner, *und* wir haben es heute Morgen gleich noch mal getan. Okay, muss jetzt los, sehen uns später, ciao!«

»Ich werd's Pat erzählen!«, brüllte Ruby mir hinterher, als ich schon die Tür schloss.

Während ich zur Arbeit spazierte, kullerten die Gedanken in meinem Kopf durcheinander wie Lotteriebälle.

Das Gute an Rory: Er war heiß, witzig, klug, ambitioniert.

Das Schlechte: »COWABUNGA!«

Ich konnte es ihn immer noch rufen hören. Andererseits hatte ich sehr wenig, womit ich die Performance der gestrigen Nacht vergleichen könnte. Vielleicht machten das ja alle heutzutage so? Vielleicht war es so eine Art Trend?

Ich öffnete gerade die Ladentür, als mir einfiel, was ich noch auf meine Liste geschrieben hatte: »O mein Gott, James Bond!« Ich hatte den Hintern und die sexuelle Kondition von James Bond auf meiner Liste notiert, und ja, zugegebenermaßen hatte ich recht wenig Erfahrung, aber Rory hatte definitiv einen beeindruckenden Auftritt hingelegt. Und das gleich zweimal.

»Ich fühle mich zwar geschmeichelt, aber ich bin's nur, Zach«, sagte mein neuer Kollege und ließ die Kamera vor seinem Gesicht sinken.

Ich schüttelte den Kopf. »Entschuldige, ignorier mich einfach. Ich habe gerade nur über ... etwas nachgedacht.«

»Über James Bond?«

»So in der Art. Lange Geschichte. Warum bist du so früh da?«

»Morgens um diese Zeit ist besseres Licht«, erklärte er. »Außerdem stehe ich so niemandem im Weg. Alles okay bei dir?«

»Ja«, gab ich patzig zurück. »Warum?«

»Du sieht fürchterlich aus.«

»Danke.«

»Entschuldige«, erwiderte er. »Nur ein bisschen blass«, schob er hinterher.

»Ich bin verkatert«, sagte ich und ließ meinen Rucksack hinter den Tresen fallen.

Zach riss die Augen auf. »Aber natürlich! Das große Date! Wie war es?«

»Gut, danke.«

»Entschuldige«, sagte er erneut. »Das geht mich ja eigentlich nichts an. Und auch wegen gestern. Ich wollte nicht oberflächlich sein.« Er hielt kapitulierend die Hände hoch.

»Ist schon okay«, sagte ich, weil es die einfachste Antwort war und ich keine Lust hatte, mit ihm zu reden. Ich brauchte unbedingt einen Kaffee.

An der Tür bimmelte es, als die morgendliche Lieferung eintraf. Fünf Kartons mit Büchern.

»Könnte ich mal mit dir über etwas reden?«, fragte Zach, als ich die Empfangsbestätigung unterschrieben hatte.

»Jetzt?«

»Oder später, wenn es dir lieber ist? Nichts Dringendes.«

»Können wir das eher gegen Mittag machen? Ich muss den Haufen da auspacken«, sagte ich und deutete auf die Kisten.

»Klar. Ich geh dir mal aus dem Weg«, sagte Zach. Er verschwand in den Keller, und ich öffnete die Schublade unter der Kasse, um das Teppichmesser rauszuholen. Ich fuhr damit über die erste Kiste, zog so viele Bücher heraus, wie ich mit einer Hand heben konnte, und begann damit, sie ins System einzuscannen. Ich ordnete sie in gleichmäßigen Stapeln vor mir, bevor ich erneut in die Kartons griff. Hardcover Belletristik, Sachbuch, Taschenbuch. »Zwei, vier, sechs, acht«, murmelte ich, während ich die Stapel überprüfte.

»Warum tust du das?«, fragte Zach, der ein paar Minuten später auf der Treppe erschien.

»Was?«

»Na, alles zählen?«

Ich zuckte die Achseln. »Ist nur so eine Angewohnheit.«

Er stellte einen Becher vor mir ab. Es war Kaffee. »Ich habe dich gestern dabei gehört, als ich die Fotos gemacht habe, und ich habe mich gefragt, ob das so eine Art System ist, das du hast. Aber wie auch immer, hier. Dachte, du könntest einen gebrauchen.«

»Danke«, erwiderte ich.

Eugene war heute bei seinem Vorsprechen für *Romeo und Julia*, also erledigte ich das Einräumen der Bücher an diesem Vormittag schweigend. Zach tauchte kurz vor der Mittagspause wieder auf, um zu fragen, ob jetzt ein »guter Moment« für unsere Unterhaltung wäre.

»Willst du mich feuern?«, fragte ich, während ich ihm die Treppe runter ins Büro folgte.

Er lachte. »Ich glaube nicht, dass meine Macht so weit reicht.«

Norris aß in der Mittagspause auswärts, trotzdem erschien es mir zu intim, mich mit Zach in den kleinen Raum zu quetschen. Ich blieb in der Tür stehen, während Zach sich auf einem Stuhl niederließ, dann zog er Norris' Schreibtischsessel zu sich und bedeutete mir, mich zu setzen.

»Ich habe einen Plan für den Laden ausgearbeitet. Gerade kümmere ich mich um die Webseite plus Instagram, Twitter und das alles«, erklärte er und scrollte sich dabei durch ein Word-Dokument auf seinem Laptop. »Aber da ist noch etwas, an das ich gedacht habe. Und zwar Events.«

»Events?«

»Ja. Vorträge, Lesungen, Frage-und-Antwort-Runden. So Veranstaltungen eben. Darüber wollte ich mit dir reden. Habt ihr schon mal welche hier gemacht?«

»Nein. Aber lässt sich damit überhaupt Geld verdienen? Also so viel, dass sich der Aufwand lohnt?« Ein kleiner, engherziger Teil von mir wollte ihm seine Idee madig machen.

»Es geht nicht nur um die Kohle. Na ja, teilweise schon. Aber es kommen auch mehr Leute in den Laden, mehr Publikumsverkehr, mehr Verkäufe. Und wir könnten die Veranstaltungen aufnehmen und als Podcast online stellen. Ist ziemlich easy, das könnte ich auf dieser Plattform hier machen.« Als er sich nach vorne lehnte, um auf den Bildschirm zu zeigen, berührte sein Knie meines, und ich zuckte zurück, als hätte er mir einen elektrischen Schlag verpasst.

»Entschuldige.«

»Hast du das schon Norris erzählt?«

Zach schüttelte den Kopf. »Nee, wollte erst mal sehen, was du davon hältst.«

»Könnte funktionieren.« Ich versuchte, nicht allzu enthusiastisch zu klingen, obwohl mir klar war, dass es eine gute Idee war. Als Jugendliche hatten andere in mir immer die Streberin gesehen, weil ich so viel las: im Bus zur Schule, in der Mittagspause, im Bus nach Hause. Dabei war Lesen der einzige Weg, wie ich mich vom Zählen abhalten konnte. Doch heutzutage waren Bücher cool, und niemand wurde ein Streber genannt, wenn er gerne las. Es war sogar hip, Fotos von Büchern, die man gerade fertig gelesen hatte, auf Instagram zu posten, sich Podcasts über Bücher anzuhören und sich Tickets für Lesungen vom angesagtesten Autor zu kaufen! Ich hatte eine Idee.

»Tatsächlich«, verkündete ich, »kommt nächsten Monat eine neue Anthologie von Fumi raus.«

Zach sah mich ratlos an.

»Fumi ist eine berühmte Instagram-Dichterin«, erklärte ich. »Sie postet Haikus und hat einen Mops namens Percy. Die Leute sind besessen von ihr – und dem Hund. Sie hat letztes Jahr unfassbar viele Ausgaben von ihrem Debüt verkauft. Wir könnten ja versuchen, sie für eine Lesung zu gewinnen. Ich bin nicht sicher, ob sie es tun wird, aber wir könnten sie zumindest fragen.«

»Ja, genau so Sachen meine ich«, sagte Zach und zog sein Handy aus der Jeanstasche. »Heilige Scheiße, die hat ja fast eine Million Follower.« Er hob das Handy etwas näher an sein Gesicht. »Was tut sie da mit ihrem Hund?«

Ich spähte auf den Bildschirm. Fumis neuester Post war ein Badezimmer-Selfie mit ihrem Mops unterm Arm. Sie hatte eine lila Bomberjacke an und machte einen Schmollmund in die Kamera. Sowohl ihr Hund als auch sie hatten eine Sonnenbrille auf. Have a #beautiful day, my babies, lautete die Bildunterschrift, gefolgt von einer Reihe lila Herzen.

»Ja, das ist sie. Wäre einen Versuch wert, sie beide hierher einzuladen, allein um Norris' Reaktion zu sehen.«

Zach lachte. »Stimmt. Also, willst du das mit ihm besprechen, oder soll ich?«

»Mach du das.« Ich war immer noch eingeschnappt, dass Norris meine Vorschläge ignoriert hatte.

Die Türklingel oben bimmelte, also stand ich auf, froh, aus dem beengten Raum wegzukommen. »Ich sollte besser wieder hoch.«

»Okay, cool, aber denkst du, dass Events generell eine gute Idee sind?«, fragte er, als ich schon halb durch die Tür war. »Du kennst den Laden besser als ich.«

Ich drehte mich um und verspürte einen Anflug von schlechtem Gewissen, weil ich nicht enthusiastisch genug reagiert hatte. »Ja, ist in Ordnung, sehr gut, gute Arbeit.«

»Nenn mich einfach James Bond«, erwiderte er mit einem Zwinkern.

»Übertreib's nicht gleich!«, rief ich nach hinten.

Der Rest des Nachmittags verlief schleppend. Ich aß verstohlen Neapolitanerschnitten hinter der Kasse, während Eugene mich zu meinem Date löcherte und ich den Bericht jedes Mal wieder unterbrechen musste, wenn es an der Tür klingelte und ein Kunde hereinkam. Ich wollte unserer betagteren Kundschaft schließlich keinen Herzinfarkt bescheren.

»Ich nehme das mit meiner Mutter zurück und belohne dich hiermit mit einer Neun von Zehn«, erklärte er, als ich mit meinem Update fertig war, und hielt dabei ein imaginäres Punkteschild hoch. Eugene war ein großer *Let's Dance*-Fan und hatte erst kürzlich einen Kalender im Lagerraum aufgehängt, damit er die Tage durchstreichen konnte, bis die nächste Staffel losging.

»Warum bekomme ich keine Zehn?«, fragte ich und griff nach der nächsten Waffelschnitte.

»Weil du am Anfang stehst und ich sehen will, was für Fortschritte du noch machst.« Er zog sein Handy vom Tresen. »Wie ist noch mal sein Nachname? Ich werde ihn googeln.«

»Dundee.«

Eugene tippte auf seinem Handy herum. »Oooh, der ist aber attraktiv. Hübsche Augen. Aber es gibt nur dieses eine Foto. Finde sonst nicht viel mehr über ihn.« Er sah mich fragend an.

»Nein, ich weiß, er macht sich nichts aus Social Media.« Rory hatte das beim Abendessen erklärt: Kein Social Media bedeutete keine zweifelhaften Schnappschüsse oder Tweets, die auf ihn zurückfallen könnten, wenn er Politiker wurde. Er hatte alles durchdacht.

»Oh, aber sieh mal«, sagte Eugene aufgeregt. »Er gilt als ›heißer Anwärter‹ auf dieser Kandidatenliste hier.« Er setzte eine ernste Stimme auf und las vom Display ab: »Rory Dundee, siebenunddreißig, besuchte die renommierte Harrow School und schloss sein Studium der Politik, Philosophie und Wirtschaft mit Auszeichnung in Cambridge ab. Zurzeit arbeitet er als Sonderberater im Außenministerium, strebt jedoch nach höheren Ämtern. Als Enkelsohn des ehemaligen Tory-Landwirtschaftsministers Edward Dundee hat Rory bereits diverse Regierungsbeamte mit seiner anpackenden Haltung und seiner Durchsetzungskraft beeindrucken können. Man munkelt, dass er nach ganz oben will.«

Er legte sein Handy ab und klatschte in die Hände. »Durchsetzungskraft – ich liebe es! Wenn ihr in der

Downing Street wohnt, lädst du mich dann zu euren Cocktailempfängen ein?«

»Eugene, bitte sprich nicht von Alkohol«, stöhnte ich und legte die Stirn auf den Armen ab. Ich war es nicht gewohnt, während der Woche einen Kater zu haben.

»Falls ihr heiratet, könntest du die First Lady werden«, fuhr er fort.

»Eugene …«

»Darf ich dann dein Stylist sein? Du wirst einen Stylisten brauchen.«

»Eugene …«

»Darf ich auch mal mit eurem Privatjet fliegen?«

Ich hob den Kopf, da ich mir das nicht länger anhören konnte. »Eugene, jetzt lass uns mal nicht nach zwei Dates den Kopf verlieren. Außerdem hat der Premierminister keinen Privatjet. Wir sind nicht in Amerika.«

Er klemmte Finger und Daumen zusammen und fuhr sich damit über den Mund. »Schon gut, ich halt die Klappe. Aber ich bin aufgeregt. Ich habe ein gutes Gefühl bei dem Kerl.«

An diesem Nachmittag erhielt ich auch eine Nachricht von Patricia. Sie hatte ganz offenbar mit Mia telefoniert.

»Schätzchen, er klingt PERFEKT! Ein Politiker in der Familie! Dein Vater wird begeistert sein. Halte uns auf dem Laufenden.«

In der Familie? Patricia hatte echt einen an der Waffel. Obwohl ich ärgerlicherweise zugeben musste, dass ein winzig kleiner Teil von mir – ein ganz, *ganz* winziger Teil – sich bereits ausmalte, wie sich das wohl anfühlen würde.

4

In den nächsten zwei Wochen sah ich ihn zweimal. Beide Male zum Abendessen, einmal in einer Pizzeria am Borough Market, das nächste Mal in einem japanischen Restaurant von der Größe eines Schuhkartons in einem Untergeschoss in Knightsbridge. Dort saßen wir an der Theke, während die Köche uns appetitlich angerichtete Tellerchen mit Sushi servierten, und ich war so glücklich, ein viertes Date zu haben, dass es mich nicht einmal störte, Reis zu essen, was ich normalerweise vermied, da die Körner zu klein zum Zählen waren. Aber hier tat ich es einfach. Kein Drama.

Mir war allmählich aufgefallen, dass die Leute neugierig zu uns rübersahen, wenn ich mit Rory unterwegs war. Erst musterten sie ihn, beeindruckt von seinem vornehmen Akzent, nahmen als Nächstes seine altmodischen Hosen und die Hosenträger in Augenschein. Dann sahen sie zu mir, aber nur kurz, bevor ihr Blick wieder zu ihm schnellte. Das traf insbesondere auf andere Frauen zu, aber es störte mich nicht. Ich war einfach nur stolz, in seiner

Gesellschaft zu sein, mit ihm dazusitzen, zu reden und zu lachen.

Es gab nur zwei Dinge, die mir Kopfzerbrechen bereiteten. Erstens hatte ich in seiner Gegenwart oft das Gefühl zu verstummen, so als wäre ich nicht großartig oder hinreißend genug, während er selbst über Politik, über Kunst und über die Unmengen exotischer Städte, die er rund um die Welt bereist hatte, redete. Er schien so viel erfahrener und weltgewandter, vor allem, wenn die Sprache auf seine Ex-Freundinnen kam. Er erwähnte sie oft, und es schien Dutzende von ihnen zu geben. Es hieß »Tallulah da« oder »Sophia dort«. Unweigerlich kamen mir dabei diese Frauen in den Sinn, die einem lächelnd von Klatschzeitschriften entgegenblickten – mit einem schicken Haarband auf dem Kopf und perfekten Zähnen. Dass Rory offensichtlich bereits ausreichend Erfahrung in Liebesdingen gesammelt hatte, sorgte dafür, dass mich ein winziges, nagendes Gefühl der Unsicherheit im Hinblick auf meinen eigenen beschränkten Horizont überfiel.

Und zweitens: die »Cowabunga!«-Sache. Sie passierte nach wie vor. Nach dem Japaner hatte er im entscheidenden Moment mit der Hand so fest gegen meine Schlafzimmerwand gedonnert, dass ich schon Angst hatte, er würde den Putz durchschlagen. Aber ich wollte nicht die Stimmung verderben, indem ich danach fragte. Feige, ich weiß, aber was, wenn das alles kaputtmachte?

Um diese Sache so schnell wie möglich mit Gwendolyn besprechen zu können, rannte ich förmlich die Harley Street hinunter. Ein eher ungewöhnlicher Anblick hier, wo fast alle angesehenen Ärzte Londons ihre Praxis hatten. Meist trödeln die Passanten herum, aus Angst vor einer Spritze oder einer Prostatauntersuchung. Aber mir brannten so viele Fragen auf der Seele. Ich wusste nur nicht so genau, wie ich sie formulieren sollte – »Hallo, Gwendolyn, haben Sie den attraktiven blonden Mann absichtlich zu mir in den Laden geschickt? Sind Sie eine echte Hexe?« –, aber das würde ich mir noch überlegen.

Rory war am Wochenende mit dem Außenminister nach Nigeria geflogen, schrieb mir jedoch über WhatsApp jeden Tag. Immer, wenn ich seinen Namen auf dem Display aufploppen sah, verspürte ich einen geradezu bemitleidenswerten kleinen Schauder der Aufregung. Er hatte mir zurückgeschrieben! Und schon wieder! Lord Byron mag wohl großartige Liebesgedichte verfasst haben, aber jede Nachricht von Rory, selbst wenn er nur schrieb, was er zu Abend aß, oder ein Foto von seinem Hotelzimmer schickte, bescherte mir ein Kribbeln, wie es Byrons Poesie nie vermocht hätte.

Ich zählte mich die Stufen bis in den vierten Stock des Harley-Street-Gebäudes hoch und klopfte an Gwendolyns Tür. Auf ihre Erlaubnis hin – noch ein schrilles »Kommen Sie he-rei-eiiiiiin!« – schob ich sie auf und zuckte zusammen, da ich vergessen hatte, wie rosa der Raum war.

»Florence, Herzchen, wie wunderbar, Sie wiederzusehen. Setzen Sie sich doch«, begrüßte sie mich.

Sie war gekleidet, als wäre sie gerade von einem Aussteigerjahr in Thailand zurückgekehrt: schlabbrige Baumwollhose, weißes T-Shirt, Flip-Flops, ein geknotetes lila Bandana um den Kopf.

Ich setzte mich. Sie legte den Kopf schräg und lächelte. »Wie geht es Ihnen?«

Ich fragte mich, wann ich Rory erwähnen sollte, fühlte mich hin- und hergerissen zwischen dem Bedürfnis, hinauszuposaunen, dass ich jemanden kennengelernt hatte, der gleich mehreren Punkten auf meiner Wunschliste entsprach, und dem Widerwillen, zugeben zu müssen, dass ihre Strategie aufgegangen war. »Gut geht es mir. Tatsächlich date ich seit unserem letzten Treffen jemanden.«

Gwendolyn schloss die Augen und lächelte beseelt. »Ach, ja, das hatte ich mir schon gedacht. Ich habe es Ihnen gleich angesehen, als Sie den Raum betreten haben. Seit ich diese Liebesblockaden beseitigt habe, ist Ihre Energie eine ganz andere.« Sie öffnete die Augen. »Erzählen Sie mir von ihm.«

»Na ja, er hat ein paar der Eigenschaften auf meiner Liste. Darüber wollte ich auch mit Ihnen reden«, sagte ich und griff nach dem gefalteten Zettel in meinem Rucksack. »Weil es doch ein ziemlich großer Zufall wäre, wenn …«

»Ist es ein Zufall, oder ist es das Universum, das Ihnen Ihren Wunsch erfüllt?«, unterbrach sie mich mit dem gleichen breiten Lächeln. Vielleicht war sie ja auf Drogen. Womöglich konnte man nur so reden, wenn man krasse verschreibungspflichtige Medikamente nahm.

»Es kann nicht das Universum sein.« Ich glättete den Zettel auf meinem Schoß und ließ den Blick darüberschweifen. »Ich meine, es kann nicht sein. Es ergibt keinen Sinn. Es kann nicht sein, dass Sie das gemacht …«

Gwendolyn unterbrach mich erneut, indem sie stumm den Arm ausstreckte. Ihre Hand, geziert von Goldringen, sah aus wie die eines mittelalterlichen Königs.

Ich reichte ihr die Liste, und sie las sie stirnrunzelnd. »Mag er Katzen?«

»Er behauptet es zumindest.«

Sie nickte, als sei das zu erwarten gewesen.

»Hat er einen interessanten Job?«

»Ja. Er arbeitet für den Außenminister und will selbst kandidieren, weil …«

»Hat er einen beeindruckenden Hintern?«

Ich errötete. Nun, da ich ihn nackt gesehen hatte, wusste ich, dass dem so war. Keine Pickel. Keine Haare. Nicht zu hager und knochig, aber auch nicht pummelig. Das sah komisch aus bei Männern. An der Uni hatte es einen Geografiestudenten gegeben, der den kurvigsten, weiblichsten Hintern hatte, den ich je an einem Mann gesehen hatte. Er trug auch immer Jeans, um ihn extra zu betonten. Praller Popo-Pete, nannten wir ihn. Armer Pete.

»Ja«, erwiderte ich.

»Und wie ist seine …«, sie dämpfte die Stimme zu einem Flüstern, »… Leistungsfähigkeit?«

Mein Gesicht lief rosarot an, als ich das Echo von »COWABUNGA!« in meinem Kopf hörte. »Sie ist … beeindruckend.«

»Hat er eine nette Mutter?«

»Weiß ich nicht.«

»Und seine Kleidung?«

»Definitiv keine spitzen Schuhe oder Hawaiihemden.«

So ging sie sämtliche Punkte durch, und ich bestätigte, dass jeder einzelne auf Rory zutraf. Was die Badezimmerangewohnheiten anging, war ich mir zugegebenermaßen nicht sicher, und ich hatte ihm noch nicht von meinem Zähltick erzählt. Aber ansonsten passte er perfekt.

»Klingt ganz so, als hätte das Universum geliefert wie bestellt, Schätzchen.« Gwendolyn faltete die Liste und reichte sie mir wieder. »Sie sagten, Sie wollten jemanden mit der sexuellen Energie von Sean Connery …«

»James Bond«, stellte ich richtig. »Ich habe nicht festgelegt, welcher von ihnen. Und falls ich wählen müsste, wäre Sean tatsächlich nicht meine erste Wahl. Ich hätte lieber …«

Gwendolyn brachte mich zum Schweigen, indem sie eine Hand hob. »Florence, Sie schweifen ab. Lassen Sie uns bei der Sache bleiben – was genau bereitet Ihnen Sorgen?«

»Ich mache mir keine Sorgen. Ich bin nur nicht sicher, ob ich glauben kann, dass das Verfassen dieser Liste das ausgelöst hat.«

Sie spreizte die Finger vor sich. »Warum sollte es überhaupt eine Rolle spielen, ob Sie daran glauben? Es ist passiert. Sie haben jemanden kennengelernt.«

»Aber was, wenn es zu gut ist, um wahr zu sein? Was, wenn er einfach so verschwindet?«

»Ah«, sagte Gwendolyn und wackelte mit dem Zeigefinger in meine Richtung. »Das ist natürlich etwas ganz anderes. Es betrifft vielmehr Ihren Glauben an sich selbst. Aber was das angeht, kann ich etwas tun.«

»Was denn?« Augenblicklich war ich misstrauisch.

Sie blickte auf meine Hände, erst die rechte, dann die linke, bevor sie die Augen nach oben richtete. »Tragen Sie irgendwelchen Schmuck?«

Ich griff unter meinen Pullover nach dem Goldkettchen, das ich immer trug und an dem die zwei Buchstaben *A* und *F* hingen. Dad hatte es Mum zu meiner Geburt geschenkt. Sie hieß Amélie, daher repräsentierten die Anhänger die Anfangsbuchstaben unserer Namen, die an der Kette miteinander vereint waren. »Die hier«, sagte ich und hob die Kette in ihre Richtung. »Warum?«

»Legen Sie sie ab, und dann wollen wir ein kleines Ritual damit durchführen.«

»Was für ein Ritual?«

»Ein kleines Ritual, das Ihnen Selbstvertrauen geben soll, nichts Schlimmes. Reichen Sie mir doch die Halskette.«

Ich löste die Kette zögerlich, und Gwendolyn legte sie auf den Sofatisch vor uns: »Nun brauchen wir Venus«, verkündete sie und stand auf, um sich nach der Kommode zu strecken. Sie griff sich eine der nackten Statuen – die lilafarbene aus Wachs, deren Kopf bereits geschmolzen war, und stellte sie neben die Kette. Als Nächstes holte sie aus einer Schublade unter dem Tisch eine Schachtel Streichhölzer hervor und entzündete die Kerze. »Schließen Sie die Augen, und stellen Sie sich vor, Sie sitzen in einem Kreis reinen Lichts.«

»Was?«

Sie wedelte mit der Hand. »Augen zu, bitte. Stellen Sie sich den Kreis vor. Haben Sie ihn?«

Ich nickte, nur dass ich mir nicht einen Kreis aus Licht vorstellte. Stattdessen malte ich mir aus, wie peinlich es wäre, wenn jemand, den ich kannte, sehen würde, wie ich die Anweisungen einer Hexe in Flip-Flops befolgte.

»Kommet nun zu mir, Liebe und Energie der vier Erzengel.«

Ich hielt die Luft an, um nicht loszukichern.

»Ich rufe an den Erzengel Raphael im Osten«, beschwor sie. »Ich rufe an den Erzengel Michael im Süden, ich rufe an den Erzengel Gabriel im Westen, und ich rufe an den Erzengel Uriel im Norden.« Ihre Stimme wurde lauter. »Venus, Macht der Liebe, bitte geselle dich zu unserem kleinen Ritual!«

Ich fragte mich, wie lange das hier noch gehen würde. Ich wollte rechtzeitig zu *MasterChef* wieder daheim sein.

»Ich rufe Venus und die Erzengel an, dieses Amulett zu segnen«, fuhr sie fort, mittlerweile schrie sie fast, »es mit Liebe, mit Leidenschaft, mit Stabilität und mit Schutz aufzuladen. Helft, die körperlichen und spirituellen Fähigkeiten von Florence, äh …« Sie hielt fragend inne.

»Fairfax«, murmelte ich, die Augen immer noch geschlossen. Sie mochte wohl eine Hexe sein, aber mit Namen hatte sie es nicht so.

»Genau! Florence Fairfax! Helft ihren körperlichen und spirituellen Fähigkeiten, in die Welt hinauszustrahlen, jetzt und in alle Ewigkeit.«

»Amen«, sagte ich, da ich dachte, dass es unter diesen Umständen richtig klang.

»Ein Amen ist nicht nötig. Aber Sie dürfen die Augen nun öffnen.«

Ich öffnete sie und sah, wie Gwendolyn die Kerze ausblies und die Halskette vom Tisch nahm.

»Hier«, sagte sie und reichte sie mir. »Tragen Sie die Kette, und Sie werden dem Leben positiver begegnen.«

Das bezweifle ich stark, dachte ich, während ich die Kette um meinen Hals schloss. »Was soll das Ritual denn bewirken?«

»Es wird die Entwicklung einer machtvollen Energie in Ihnen befördern, Ihnen helfen, auf einer viel höheren Frequenz zu schwingen, und Ihre Anziehungskraft auf andere Menschen stärken. Und es wird Ihren neuen Freund, Roger …«

»Rory.«

»Es wird Ihren neuen Freund Rory ermutigen, sich auf magnetische Weise in Sie zu verlieben«, schloss Gwendolyn, ballte die Faust und schlug sich damit gegen die Brust. »Nun, wir haben noch zwei Sitzungen vor uns«, fuhr sie fort. »Sollen wir die Termine gleich festlegen, oder wollen Sie …?«

»Ich rufe Sie an«, sagte ich rasch und stand auf. »Ich schaue in meinen Kalender und gebe Ihnen Bescheid.«

»Ich freue mich schon!«, rief sie mir hinterher, als ich bereits die Tür öffnete.

Auf dem Nachhauseweg versuchte ich, ein wachsendes magnetisches Feld in mir aufzuspüren. In meinem Magen rumorte es, als ich die Lambeth Bridge überquerte, aber das war wohl nur der Hunger.

Später an diesem Abend war ich gerade dabei, meine T-Shirts neu zu falten, als Rory anrief. Allein seinen Namen auf meinem Display zu sehen sorgte dafür, dass mein Magen Purzelbäume schlug.

»Hallo, wie ist es in Nigeria?«, fragte ich vor mich hinlächelnd.

»Heiß«, sagte er. »Aber hör zu, ich kann nicht lange reden, da gleich ein offizielles Dinner losgeht. Ich wollte nur mal fragen, ob du am Donnerstagabend Zeit hast?«

»Ich glaube schon, warum?«

»Ich und ein paar Freunde treffen uns zu ein paar Drinks im House of Commons. Würdest du mir die große Ehre erweisen, mich zu begleiten?«

»Klar«, erwiderte ich immer noch lächelnd. »Muss ich irgendwas Besonderes anziehen?«

»Nein, überhaupt nicht«, erwiderte er, »aber bring einen Ausweis mit. Du musst durch den Sicherheits-Check. Das sind jedenfalls wundervolle Neuigkeiten! Ich fühle mich gleich viel besser, obgleich ich so weit weg von dir bin. Muss mich sputen. Wir sehen uns.«

»Super«, sagte ich, obwohl er bereits aufgelegt hatte. Als ich mein Handy aufs Bett fallen ließ, klopfte es an meiner Zimmertür.

»Kann ich reinkommen?« Es war Ruby.

»Klar«, sagte ich überrascht.

Mia und Ruby spazierten ständig bei der anderen ein und aus, sie borgten sich Schuhe voneinander und klauten Haargummis, aber zu mir kamen sie selten. Ich hatte mich daran gewöhnt und tat so, als würde es mir nichts ausmachen, obwohl ich jedes Mal einen Stich verspürte, weil ich anders war als sie, weil ich nicht Teil ihrer kleinen Zweier-Clique sein konnte. Fairerweise musste ich zugeben, dass mein Zimmer um einiges spartanischer eingerichtet war als ihre. Keine flauschigen Kissen auf dem Bett, mit denen man es sich gemütlich machen konnte. Graue Jalousien an den Dachgaubenfenstern statt Vorhängen. Das einzige Foto stand auf meinem Nachttisch, es war an meinem dritten Geburtstag in der Küche unten aufgenommen worden. Ich trug ein Partyhütchen, dessen Gummiband sich in mein pummeliges Kinn schnürte, und strahlte meine Torte an. Sie hatte die Form einer Drei und war mit bunten Smarties verziert. Meine Mutter beugte sich beschützend über mich und trug ebenfalls ein Partyhütchen über ihrer gruseligen Dauerwelle. Es war das letzte Foto, das von uns aufgenommen worden war.

»Hey«, sagte ich, als Ruby hinter der Tür hervortrat. »Was ist los?«

»Kann ich mich setzen?« Sie nickte zu meinem Bett.

»Klar. Alles okay bei dir?«

Sie presste die Lippen zusammen und atmete tief ein. »Mir geht's gut«, sagte sie schließlich, »aber ich wollte fragen, ob ich mir etwas Geld bei dir borgen kann?«

»Geld?«

»Du weißt schon, das Papierzeug, mit dem man Sachen bezahlt?«

»Wofür?«

Sie antwortete nicht.

»Ruby?«

»Es ist mir irgendwie peinlich«, sagte sie endlich.

»Probier's doch mal.«

»Es ist was Persönliches.«

»Wie persönlich?«

Ruby legte sich die Hände vors Gesicht und sprach durch die Finger. »Ich glaube, irgendwas stimmt da unten nicht ganz.«

»Was meinst du?«

»Eine Geschlechtskrankheit«, nuschelte sie. »Ich glaube, Jasper hat mir was angehängt.«

»Okay, und welche Symptome?«

Sie ließ die Hände sinken und kräuselte die Nase. »Ein Brennen. Ein richtig fieses Brennen. Und es juckt.«

»Wie sieht's mit Ausfluss aus?«

»Igitt. Würdest du bitte nicht dieses Wort verwenden?«

»Entschuldige«, erwiderte ich, »aber das gibt es doch manchmal, oder? Krümeliger Hüttenkäse oder so was in der Art. Und ich sage ja damit nicht, dass ich dir das Geld nicht borgen will, aber kann man sich bei so Sachen nicht gratis testen lassen?«

»Ich kriege vor Ende der Woche keinen Termin, und außerdem …« Sie hielt inne. »Okay, das klingt jetzt doof, aber was, wenn mich dort jemand sieht?«

Ich presste die Lippen zusammen, um mir ein Grinsen zu verkneifen. Ruby war mal in einem Werbespot für Intimpflegetücher im Fernsehen gewesen, aber deswegen würde sie doch niemand in einer Klinik für Geschlechtskrankheiten nach einem Autogramm fragen.

»Es gibt da eine Praxis in der Harley Street, die könnte

morgen schon alle Untersuchungen für dreihundert Pfund machen, und die Ergebnisse kommen am selben Tag. Bluttest, Abstrich, der ganze Kram. Aber ich bin pleite, und ich will nicht, dass es über meine Kreditkarte abgebucht wird, für den Fall, dass Dad es sieht. Und Mia will ich nicht fragen, weil sie es gleich brühwarm Mum erzählt. Und Jasper frage ich auf gar keinen Fall, denn wenn er mir was angehängt hat, werde ich seinen blaublütigen Pimmel in tausend kleine Stücke zerhacken und an die Vögel verfüttern. Also dachte ich an dich.« Ruby sah mich hoffnungsvoll an.

»Sehr schmeichelhaft, danke auch.«

»Ach komm schon, Flo, biiiiiiette. Ich kann dir gar nicht sagen, was für Schmerzen das sind. Es ist, als hätte ich eine sauscharfe Chilischote gehackt und dann da unten an mir rumgefummelt.«

»Na schön, na schön.«

Sie sprang vom Bett auf und umarmte mich. Ihr Haar roch nach Zigaretten. »Danke dir. Du bist die Beste. Kannst du es sofort überweisen, dann mache ich gleich einen Termin aus?«

»Ja«, erwiderte ich matt.

»Genial, danke, danke, danke«, quietschte Ruby, ließ mich los und ging zur Tür.

Sie verschwand nach unten und ließ mich kopfschüttelnd in meinem Zimmer stehen. War es okay, sich seltsam stolz zu fühlen, weil meine Schwester mich um diese Art von Gefallen gebeten hatte und nicht jemand anders? Ich beschloss, dass es total okay war, mich zu freuen, immerhin schien Ruby wegen ihrer glühenden Genitalien auch nicht sonderlich traumatisiert zu sein.

Am nächsten Morgen telefonierte ich gerade mit einem Kunden, als Zach am Verkaufstresen aufschlug und keine Anstalten machte zu gehen.

»Ich warte«, formte er stumm, als ich auf den Hörer zeigte, um die Tatsache zu unterstreichen, dass ich gerade zu tun hatte. Es war nervig, Zach vor mir herumstehen zu haben, während ich versuchte, mich auf den anstrengenden Amerikaner am anderen Ende der Leitung zu konzentrieren, der wollte, dass ich für ihn ein 1942 gedrucktes Buch über die Geschichte des Traktors auftrieb.

»Was ist denn?«, fragte ich, als ich endlich aufgelegt hatte.

»Deine Instagram-Dichterin hat Ja gesagt.«

»Was? Ich hätte nie im Leben gedacht, dass sie sich drauf einlässt. Und der Hund?«

»Der ist auch dabei. Die Verleger sind ganz begeistert. Hab gerade mit ihnen telefoniert. Ich glaube, die betrachten den Laden als glaubwürdigen Ort für sie, quasi eine richtige, erwachsene Buchhandlung, statt, na ja … ihren Kram vom Schlafzimmer aus vor einer Million Sechzehnjähriger zu rezitieren. Auf jeden Fall haben sie Donnerstag nächste Woche vorgeschlagen.

»WAS?«, wiederholte ich lauter. »Das ist viel zu früh. Hast du es Norris erzählt?«

»Habe ich, und er meint, die Sache liegt ganz bei uns. Komm schon, das schaffen wir, du und ich. Sollen wir gemeinsam Mittag essen gehen und einen Plan aushecken?«

Ich dachte an das Sandwich und den Apfel in meinem Rucksack. Ein anderes Mittagessen zu mir zu nehmen als das geplante bedeutete einen Wechsel in meiner Routine, und ein Wechsel in meiner Routine, selbst wenn es nur darum ging, auf mein Käse-Tomaten-Sandwich zu verzichten, bereitete mir Unbehagen. Außerdem wollte ich kein unangenehmes, gestelztes Mittagessen mit Zach. Ich suchte krampfhaft nach einer Ausrede.

Da rief Eugene über einen Stapel Bücher hinweg, den er gerade durch den Laden trug: »Na mach schon, du Hasenfuß!« Dann sah er zu Zach. »Sie wird dir jetzt sagen, dass sie ihr Mittagessen mitgebracht hat, was bedeutet, dass sie unmöglich etwas anderes essen kann.«

Nach mittlerweile fast zehn Jahren, die wir Seite an Seite arbeiteten, kannten Eugene und ich die Ticks und Gewohnheiten des jeweils anderen. Er ließ ständig das Teppichmesser draußen auf dem Tresen liegen und wünschte jedem Kunden zum Abschied einen »herrlichen Tag«, woraufhin ich ihm am liebsten immer einen dicken Wälzer über den Schädel ziehen wollte. Er kannte meine Mittagsroutine. Aber da wir über die Jahre Freunde geworden waren, gehörte er zu den wenigen Menschen, die mich wegen meiner Neurosen aufziehen durften.

»Es wäre reine Verschwendung, es wegzuwerfen«, beharrte ich.

»Kein Problem«, sagte Zach. »Dann nimm dein Essen

mit, und ich hole mir irgendwo ein Sandwich. Wir können uns draußen auf den Platz setzen.«

Und so wickelte ich eine Stunde später mein Sandwich aus, trat dabei mit dem Fuß nach einer sich nähernden Taube, während Zach auf der Armlehne der Parkbank hockte, seine Doc Martens auf der Sitzfläche abgestellt, und sein Baguette schon halb verspeist hatte.

»Ich habe einen Kumpel, von dem wir uns Klappstühle leihen können, das ist also easy«, sagte er mit vollem Mund. »Und mit meinem Computer wird die Aufnahme ein Kinderspiel. Denkst du, wir müssen was zu trinken anbieten?«

Wir wurden von einem Piepton meines Handys unterbrochen. Es war Ruby. »Entschuldige kurz«, sagte ich. »Das ist meine Schwester.«

Zach winkte ab, wie um zu sagen »kein Problem«, und ich öffnete die WhatsApp-Nachricht.

ES IST GONORRHOE! Kannst du das GLAUBEN? Ich werde dem Wichser so fest in seine Kronjuwelen kicken, dass er nie mehr einen hochkriegen wird. Aber danke, dass du mir die Kohle geliehen hast! Wir sehen uns später! Xxxx

Ach, herrje, tut mir leid, tippte ich zurück. Antibiotika?

Ich legte das Handy weg. »Sorry, Familienkram.«

»Alles gut?«

»Denke schon. Liebesangelegenheiten.«

»Deine?«

»Nein!«, erwiderte ich rasch. Zach hatte eine so direkte Art, dass ich mich angreifbar fühlte, so als könnte ich mehr preisgeben, als ich wollte. Und die Vorstellung, mit ihm über Rory zu reden, war mir unangenehm, da ich nicht wieder seinen Spott riskieren wollte. »Von meiner Schwester.«

Er öffnete den Mund, um etwas anderes zu fragen, aber ich kam ihm zuvor. »Okay, dieses Event. Wenn du wirklich meinst, dass wir das durchziehen können, was sollen wir als Eintrittspreis verlangen?«

»Zwanzig Kröten? Ich schätze, das ist drin. Wir kriegen oben im Laden siebzig Stühle rein, was tausendvierhundert Pfund wären.«

Ich nickte langsam und blinzelte ihn an. »Ich glaube schon, dass wir was zu trinken anbieten müssen, wenn wir so viel veranschlagen.«

Zach riss noch einen Bissen von seinem Baguette ab – so groß, dass er kaum in seinen Mund passte. Es war, als würde man neben einem plündernden Wikinger essen. »Okay«, sagte er, nachdem er ein paarmal gekaut hatte. »Dann stellen wir ein paar Flaschen Wein hin und ein paar Pappbecher. Chips, falls uns großzügig zumute ist. Jetzt müssen wir uns nur noch überlegen, wer sie interviewen soll.«

»Niemand muss sie interviewen. Es ist eine Lesung.«

»Ja, also was das angeht …«, fing er an.

»Was?«

»Ich habe mich mit den Verlegern darauf geeinigt, dass wir sie interviewen. Nur ein bisschen plaudern, mehr so wie ein kurzes Gespräch. Anscheinend ist sie schüchtern.«

»Schüchtern? So schüchtern kann sie nicht sein. Sie erzählt jeden Tag einer Million Menschen, was sie anhat, und macht Selfies im Bett.«

Er wischte sich mit dem Handrücken den Mund ab. »Ich schätze mal, hinter einem Handydisplay ist das was anderes. Also habe ich mir gedacht, dass du das doch übernehmen könntest. Kurze Einführung, ein paar Haikus, kleine Frage-Antwort-Runde, fertig.«

»ICH? Nie im Leben! Sorry.« Lieber hätte ich die einbeinige Taube gefressen, die gerade unter der Bank die Krümel aufpickte, als vor einem Publikum zu reden.

»Aber das Ganze war deine Idee«, probierte er es nun mit schmeichelndem Tonfall. »Und du weißt über sie Bescheid. Du musst es einfach machen.«

»Zach, ich kann vor Publikum nicht reden. Kann ich wirklich nicht. Warum übernimmt Eugene das nicht?« Ich starrte das Kopfsteinpflaster vor der Bank an und begann instinktiv, die einzelnen Steine im Kopf zu zählen.

»Auf keinen Fall. Er wird nur versuchen, eines ihrer Gedichte schauspielerisch zu interpretieren, und es wird nie wieder jemand zu einer unserer Lesungen kommen. Und ich selbst kann es nicht tun, weil ich mich um die Fotos und die Aufnahme kümmern muss.«

Ich hörte auf zu zählen, als mein Blick das schwarze Geländer am Ende des Platzes erreichte, und wischte die Krümel von meiner Hose. Unter der Bank näherte sich die Taube nun einem Zigarettenstummel. Die Vorstellung, vor Publikum zu sprechen, weckte in mir den Wunsch, mich in einen Vogel zu verwandeln und davonzufliegen. Als ich das erste Mal zu den NOMADS kam und Stephen mich bat, meine Geschichte mit den anderen zu teilen, war ich so nervös gewesen, dass ich aufstand und sagte: »Hallo, mein Name ist Stephen«, woraufhin alle gelacht hatten. Mein Selbstbewusstsein war seitdem zwar gewachsen, und normalerweise fiel mir mein eigener Name auch ein, aber trotzdem – ein großes Publikum zahlender Gäste, Fumi neben mir, Zach, der das Ganze aufnahm … Das Käsesandwich in meinem Magen rumorte.

Aber wenn ich ablehnte, würde das dem Laden kein bisschen helfen, und vielleicht könnte ich ja Rory einladen? Er wäre womöglich beeindruckt, mich vor einer Zuschauermenge stehen zu sehen, wo ich eine aufstrebende junge Instagram-Poetin interviewte. Er würde eine selbstbewusste, kompetente Florence zu sehen bekommen, die alle zum Lachen brachte, nicht eine nervöse, schwitzende Florence, die Angst hatte, das Falsche zu sagen.

»Okay, ich überlege es mir.«

»Du bist meine Heldin«, jauchzte Zach und hielt mir die Hand zu einem High five hoch.

Widerstrebend schlug ich ein.

Am Abend rief Rory mich aus Nigeria an, um zurückzunehmen, was er darüber gesagt hatte, dass ich nichts Besonderes zu dem Treffen im House of Commons tragen müsse. Anscheinend gab es einen Dresscode, Frauen mussten Kleider tragen, und ob es mir viel ausmachen würde, eines anzuziehen?

»Ich muss ein Kleid tragen?«, sagte ich ins Handy. »Gehen wir zu einem Cocktailempfang wie in den Zwanzigern?«

Rory entschuldigte sich und sagte, ja, es sei albern, und dass es ihn überhaupt nicht kümmern würde, was ich trug, und, was ihn betraf, auch nackt kommen könne, obwohl er irre eifersüchtig wäre wegen all der Männer, die mich anglotzen würden. »Und wenn ich ehrlich bin auch wegen der Frauen.«

»Warte mal, ich dachte, es geht nur um ein paar Drinks unter Freunden?«

»Tut es auch.«

»Wer sind diese Leute? Und warum gibt es einen Dresscode?«

»Es sind Freunde von der Arbeit«, erklärte Rory, bevor er noch einmal beteuerte, wie »furchtbar absurd« das Ganze sei, aber er wolle auch nicht, dass ich mich fehl am Platz fühlte.

Das Ergebnis des Telefonats war, dass ich am Donnerstagabend in einem gelben Kleid und einem Paar Pumps mit Blockabsätzen, die ich in einem Panikkauf bei Zara erstanden hatte, an der U-Bahn-Station Westminster eintraf. Gegen Mittag war Gelb mir noch wie eine fröhliche Option erschienen, doch nun fühlte ich mich wie Homer Simpson, und die hohen Schuhe rieben an den Fersen wie verrückt.

Ich überquerte die Straße, passierte ein schwarzes Tor und folgte dann einem abfallenden Weg hinab zu dem Eingang, den Rory mir beschrieben hatte. Nachdem ich einem mürrischen Polizisten meinen Führerschein gezeigt hatte, um mich auszuweisen, traf ich ihn am Ende des Security-Bandes, wo er auf mich wartete.

»Du siehst aus wie eine Osterglocke!«, begrüßte er mich mit einem Kuss auf die Wange.

Mir war nicht ganz klar, ob das ein Kompliment sein

sollte oder nicht. »Ich hoffe, es ist in Ordnung«, erwiderte ich und wackelte mit dem rechten Fuß hin und her, um den Druck etwas von der neuen Blase zu nehmen. »Aber sag, wie geht es dir? Wie war deine Reise?«

»Oh, gut, gut, offizielle Angelegenheiten«, sagte er und führte mich in einen weitläufigen steinernen Saal mit einer Gewölbedecke wie in einer Kathedrale.

»Wow, sieh sich einer diesen Raum an!« Ich wollte stehen bleiben und mir alles in Ruhe ansehen, doch Rory eilte bereits über die steinernen Fliesen weiter.

»Und was hat es mit heute Abend auf sich?«, erkundigte ich mich und gab mir gleichzeitig große Mühe, nicht zu hinken. Hinken ist definitiv nicht verführerisch, Florence – ignorier gefälligst das Brennen an deiner Ferse und reiß dich zusammen!

»Auf sich?«, fragte er über die Schulter.

»Du sagtest, Freunde von der Arbeit, also wer genau?«

»Es werden wohl verschiedene Leute da sein, ich kenne nicht alle.« Er führte mich neun Stufen nach oben (ungerade Zahl, schlecht), dann durch eine Tür in einen Flur, in dem es irgendwie nach Schule roch – eine überwältigende Mischung aus Putzmittel und Eintopf.

»Okay, aber wen wirst du denn kennen?«, beharrte ich.

»Nur zwei Leute aus meinem Büro, ein Typ namens Noddy und eine andere Kollegin namens Octavia. Es ist so eine Networking-Sache.«

»Networking? Rory, ich dachte, du hättest gesagt, ein paar Drinks mit Freunden.«

Er blieb vor einer Tür stehen, durch die ich Stimmengewirr und Gläserklirren hören konnte, und legte seine Hände auf meine Schultern. »Da sind auch einige Bekannte, und es ist nur eine kleine Arbeitsveranstaltung. Okay?« Er küsste mich auf die Stirn und nahm meine Hand. »Komm schon, ich kann es kaum erwarten, dass du sie kennenlernst.«

Erst als er mich durch die Tür führte, bemerkte ich ein Schild draußen, auf dem stand: *Weinempfang für eine Konservative Zukunft*.

Ein parteiinterner Weinempfang! Davon hatte Rory nichts gesagt. Was, wenn ich etwas Dämliches sagte? Was, wenn ich jemanden traf, der mich darum bat, ihm die philosophischen Unterschiede zwischen Labour-Partei und den Konservativen zu erörtern, und ich zugeben musste, dass ich keinen Plan hatte? Wer war noch mal die aktuelle Innenministerin? Die mit den schrillen Handtaschen? Oder doch der Mann, der aussah wie ein Frosch?

Er führte mich durch einen stickigen Raum an Leuten vorbei, die in Grüppchen plauderten und lachten. »Hallo, hallo, schön, Sie zu sehen«, grüßte er und lächelte sie im Vorbeigehen an, bevor er einem großen Kerl auf die Schulter tippte.

»Noddy, da bist du ja.«

Der Riese schwang herum und grinste. »Hallo, altes Haus, wie geht es uns?«

»Ganz hervorragend«, erwiderte Rory und ließ meine Hand los, um seine zu schütteln. »Noddy, ich möchte dir gerne Florence vorstellen. Florence, das ist Noddy, einer meiner ältesten Schulfreunde.«

»Hi«, sagte ich und gab mir Mühe, das Gesicht nicht zu verziehen, als dieser Mann – Noddy? Sollte ich ihn ernsthaft Noddy nennen? – meine Hand mit der Kraft eines Trojaners zermalmte. Er hatte ein kantiges Gesicht und die gebleichten Zähne eines amerikanischen Filmstars.

»Florence, freut mich, dich kennenzulernen.«

»Gleichfalls.« Nein, ich konnte ihn nicht Noddy nennen. Es war zu albern. Ich zog meine Hand zurück und ließ sie an meiner Seite herabsinken, wo sie schlaff wie ein Waschlappen herunterbaumelte.

»Wer ist denn noch da?«, erkundigte sich Rory. »Haben wir etwas verpasst?« Er angelte sich zwei Gläser Weißwein von einem vorbeigehenden Kellner und reichte mir eines.

»Nein. Nichts zu berichten. Womöglich schaut der Premier später noch vorbei. Hast du das vorhin nicht gesagt, Octavia?« Noddy wandte sich an eine blonde Frau neben sich.

Sofort fühlte ich mich eingeschüchtert von Octavia, denn, ganz abgesehen von ihrem sehr kurzen schwarzen Kleid und dem wallenden Haar, trug sie auch noch ferrariroten Lippenstift. Hin und wieder probierte ich, inspiriert von einem Promifoto, roten Lippenstift aus, aber der machte immer, dass meine Zähne gelb aussahen, weshalb ich es bei Blistex beließ.

Als könne sie meinen Vorbehalt spüren, verzog sie ihren roten Mund zu einem Lächeln, das jedoch nicht ihre Augen erreichte. »Octavia Battenberg, sehr erfreut«, stellte sie sich vor und streckte eine Hand aus. Sie hatte auch scharlachrote Fingernägel.

»Ganz meinerseits, danke.« Ich erwiderte das Lächeln und hoffte, dass mein Eyeliner nicht verlief. Octavia Battenberg, was war das denn für ein Name? Wo waren all die normalen Menschen hin?

»Hallo, mein Lieber«, flötete Octavia, beugte sich zu Rory vor und küsste ihn auf beide Wangen.

»Hallo, Tav, wie geht es dir heute?«

»Außerordentlich gut. Und es stimmt – anscheinend soll uns der Premier später noch beehren, aber niemand weiß es mit Sicherheit.« Sie sprach mit einem gedehnten vornehmen Akzent, so als würde jedes Wort ihr unzumutbare Mühe bereiten.

»Arbeitet ihr alle in der gleichen Abteilung?«, fragte ich.

Octavia schaute von Noddy zu Rory, dann zu mir. »Sozusagen. Wir kämpfen alle für dasselbe Team, falls du verstehst, was ich meine.«

Verstand ich nicht, aber das würde ich ihr ganz bestimmt nicht unter die Nase reiben, daher nickte ich. »Ja, absolut.«

»Arbeitest du in der Politik?«, erkundigte sie sich.

»Nein, in einer Buchhandlung in Chelsea.«

»Eine Buchhandlung! Wie reizend.«

»Wie überleben Buchhandlungen heutzutage überhaupt noch?«, warf Noddy ein. »Ich kaufe meine Bücher alle bei Amazon.«

»In der Buchhandlung haben wir uns kennengelernt«, sagte Rory, schlang seinen Arm um meine Taille und zog mich an sich. »Ich wollte etwas für meine Mutter abholen, und da war sie.«

»Die liebe Elizabeth, wie geht es ihr?«, erkundigte sich Octavia und legte eine Hand auf Rorys Arm.

»Ganz großartig. Ich fahre zufällig nächstes Wochenende runter. Ich werde ihr deine Grüße ausrichten.«

»Bitte tu das. Und auch an deinen Vater«, sagte Octavia, bevor sie ihre Aufmerksamkeit wieder mir zuwandte. »Hast du schon Rorys Eltern kennengelernt? Sie sind himmlisch.«

»Nein, ähm, nein, habe ich nicht.« Meine Blase schmerzte immer mehr, und ich spürte, wie ein Schweißtropfen meinen Bauch runterrann. Diese Situation war unerträglich.

»Oh, schau, da ist Jacob«, sagte Octavia plötzlich zu Noddy. »Wir müssen unbedingt rübergehen und uns mit ihm unterhalten. War schön, dich kennenzulernen«, fügte sie noch wenig überzeugend hinzu, bevor sie Rory einen Luftkuss zuwarf und sich mit Noddy im Schlepptau durch den Raum schlängelte.

»Woher kennst du Octavia?«, fragte ich und versuchte dabei, so beiläufig zu klingen, als wäre mir die Antwort egal.

»Unsere Eltern wohnen in der Nähe, also sind wir praktisch zusammen aufgewachsen. Ist das nicht witzig?« Er grinste mich mit strahlenden Augen an, so als fände er es tatsächlich witzig. »Komm mit, lass uns noch ein Gläschen Wein trinken, und ich stelle dir ein paar Leute vor.«

Er führte mich durch den Raum, blieb dabei immer wieder stehen, um jemanden zu begrüßen. Mehrere von ihnen gratulierten ihm zu seiner Zulassung für die

Wahlliste. Ein Mann, dessen von Blutkapillaren überzogenes Gesicht so gerötet war, dass es zu seiner bordeauxfarbenen Krawatte passte, klopfte Rory auf den Rücken und sagte, er freue sich schon darauf, mit ihm zusammenzuarbeiten. Ich kippte noch ein Glas Wein, knabberte mehrere Käsestangen und tat so, als müsste ich über ihre obskuren politischen Witze lachen.

Gerade als Rory raunte, wir könnten »uns aus dem Staub machen«, trat ein Mann, der mir vage bekannt vorkam, vor uns. Er hatte gewelltes weißes Haar und eine Schildpattbrille, die auf seiner Knollennase hockte. »Rory Dundee, wenn ich mich nicht irre?«

»Genau der, Herr Kabinettsminister, es ist ein Privileg, Sie zu treffen«, erwiderte Rory. Noch mehr Händeschütteln.

»Und wer ist diese junge Dame?«, fragte der Mann.

»Das ist meine Freundin, Florence«, erwiderte Rory.

»Ah, guter Mann. Wir alle brauchen eine Florence in unserem Leben.« Er beugte sich ein Stück vor und zwinkerte mir zu.

Doch ich war viel zu baff, dass man mich gerade »meine Freundin« genannt hatte, als dass ich mich um den perversen alten Knacker hätte kümmern können. Er schwafelte Rory voll – dass die Partei sich glücklich schätzen könne, ihn zu haben, und große Dinge von ihm erwarte –, während ich stumm danebenstand. In meinem Kopf blinkte ein riesengroßes Neonlicht: FREUNDIN! FREUNDIN! FREUNDIN! Rory hatte mich gerade seine Freundin genannt, was bedeutete, dass ich, Florence Fairfax, einen

Freund hatte. Andere Frauen auf dieser Welt schienen ständig von ihrem Freund zu quasseln, und nun konnte ich endlich eine von ihnen sein – auch wenn ich natürlich nicht ganz so nervtötend sein wollte.

In meinem Kopf probierte ich mehrere verschiedene Sprüche aus: »Mein Freund, Rory, arbeitet in der Politik« oder »Mein Freund und ich sind gestern Abend ins Kino gegangen.« Es klang schräg. Gut schräg, nicht schlecht schräg. Es ging nur alles so schnell. Noch vor ein paar Wochen war der einzige Mann in meinem Leben mein Kater Marmalade gewesen. An guten Tagen vielleicht auch Eugene. Und nun hatte ich Rory.

»Man weiß es, wenn man es weiß«, hatte Jaz mir einmal während eines NOMAD-Treffens über die Liebe gesagt. Obwohl das vor ein paar Monaten gewesen war, als sie gerade was mit diesem Betrüger anfing, der eine Familie in Solihull hatte, also hatte sie sich offenbar geirrt. Wie sicher war ich mir bei Rory? Ich sah zu seinem Gesicht auf, so als könnte ich meine Gefühle ausloten, während ich ihn musterte.

»Das versteht sich doch von selbst, Herr Kabinettsminister«, sagte er und nickte dem alten Knacker eifrig zu. »Alles, was die Partei braucht. Ich bin Ihr Mann.«

Ich war mir nicht sicher, ob ich es schon so recht wusste, aber ich hatte auf jeden Fall ein gutes Gefühl, was ihn betraf. Ich musste nur mal den Mut aufbringen, diese »Cowabunga!«-Sache anzusprechen.

Wir fuhren mit dem Taxi zu ihm nach Hause, was bedeutete, dass ich auf der Rückbank endlich meine schrecklichen Schuhe ausziehen konnte, während wir durch das nächtliche London nach Pimlico glitten. Ich war noch nicht bei ihm gewesen und darum furchtbar neugierig auf seine Wohnung. Ich fragte mich, wie sein Schlafzimmer wohl aussah. Ordentlich, so nahm ich an. Ich konnte mir nicht vorstellen, dass Rory schmuddelige Bettwäsche oder dünne Kissen hatte.

»Hat es dir denn Spaß gemacht?«, fragte er, während er mit seinen Fingern meinen Oberschenkel hochstrich. Das allein reichte, um mich auf Touren zu bringen. Selbst wenn sein Schlafzimmer nicht ordentlich wäre, sagte ich mir, würde ich trotzdem Sex haben und zu erregt sein, um mich an irgendwelchen Klamotten auf dem Boden zu stören.

»Ja, doch, es war … interessant.«

»Entschuldige«, sagte er und verzog schuldbewusst das Gesicht. »Ich weiß, dass es wahrscheinlich anstrengender war, als du dachtest. Aber ich bin froh, dass du mich begleitet hast.«

»Nein, nein, es war unterhaltsam, einen Blick hinter die Kulissen zu werfen. Als deine Freundin also, ja?«, fragte ich mit einem scheuen Lächeln. Ich wollte Rory auf keinen Fall vergraulen, sodass er seine Aussage gleich wieder zurücknahm.

Er grinste. »In dem Moment ist es mir rausgerutscht, aber ich wollte es ohnehin sagen. Ich habe die ganze Reise über an dich gedacht.« Dann beugte er sich rüber und zog mein Gesicht zu seinem, seine Finger unter meinem Kinn. »Willst du meine Freundin sein?«

Beinahe musste ich bei dem kitschigen Spruch lachen, beherrschte mich aber. Es würde bloß den Moment ruinieren. Stattdessen nickte ich ganz sachte, und er schloss seinen Mund über meinem. Jeder Nerv in meinem Körper schwirrte, und meine etwas ärgerliche Verwirrung wegen Octavia mit ihrem perfekten Lippenstift verpuffte.

Als das Taxi ein paar Minuten später hielt, öffnete ich die Tür und trippelte in Strumpfhose über den Bürgersteig.

»Was tust du da?«, fragte er, als er hinter mir ausstieg.

»Meine Füße tun weh«, sagte ich, da ich ahnte, dass Blasen eher auf der Liste der weniger sexy Gesprächsthemen standen, so wie Warzen oder eingewachsene Haare.

Er führte mich über einen kurzen Weg zur Eingangstür und griff in sein Jackett nach den Schlüsseln. »Nach Ihnen, Madame«, sagte er und schob sie auf.

Ich wischte meine feuchten Füße auf dem Türvorleger ab und blinzelte in die Dunkelheit, während Rory die Tür hinter uns schloss. Es war ein Haus, keine Wohnung, und ich schien in einem Flur mit schachbrettartigem steinernen Fliesenboden zu stehen, der zu einer Treppe führte.

Er ließ die Post auf eine Konsole neben uns fallen und trat hinter mich. »Hi«, flüsterte er an meinen Hals.

»Hi«, flüsterte ich zurück und erschauerte, als Rory mit den Händen seitlich an meinem Körper hinabfuhr. Ich wollte mich umdrehen, doch er hielt mich an Ort und Stelle fest.

»Denk nicht mal dran, bleib bitte genau da und stütz die Hände auf dem Tisch ab.«

Ich legte die Handflächen auf den Tisch, während er hinter mir in die Hocke ging und seine Hände an meinen Beinen hochstrichen, und plötzlich wünschte ich, ich hätte halterlose Strümpfe angezogen statt einer blickdichten Achtzig-den-Strumpfhose von M&S. Mia trug immer Strümpfe, da sie behauptete, sie wären bequemer. Ich fand das eine zweifelhafte Ausrede und vermutete, dass es einfach nur ein weiterer Glaubenssatz war, den Frauen sich einredeten, weil sie dachten, dass Männer Strümpfe und Strapse lieber mochten als Strumpfhosen. Strümpfe erschienen mir unpraktisch – was, wenn einer runterrutschte? Man konnte über dicke, blickdichte Strumpfhosen ja viel sagen, aber wenigstens hielten sie warm.

Rory schien sich an der Strumpfhose nicht zu stören. Er schälte sie samt meinem Höschen nach unten, und ich hob einen Fuß nach dem anderen an, damit er sie ganz entfernen konnte. Unter der warmen Berührung seiner Hände auf meiner nackten Haut warf ich den Kopf zurück und seufzte. Dann stand er auf, fuhr dabei mit den Händen wieder meine Beine hoch; als er oben anlangte, glitt ein Daumen zwischen meine Schenkel.

Als Nächstes presste er seine Erektion gegen mich und griff um meine Taille, um die Kordel meines Homer-Simpson-Kleids zu lösen.

»Sollen wir nach oben gehen?«, flüsterte ich. Über dem Konsolentisch vor mir hing ein Spiegel, der mit Hochzeitseinladungen und einer Babykarte verziert war, die verkündete, dass vor drei Wochen Araminta das Licht der Welt erblickt hatte. Ich konnte mich nicht auf Sex konzentrieren, während mir gleichzeitig die kleine Araminta in ihrer Wollmütze entgegenblickte.

Außerdem hing mein Kleid, nun da es an der Taille aufgeknotet war, so schlabbrig um meinen Körper wie ein Omanachthemd. Ich wollte es über meinen Kopf ziehen und Rorys Haut wieder auf meiner spüren. Wollte seine Hände und seinen Mund über jedem Zentimeter meines Körpers fühlen. Und ich wollte ihn berühren. Ich kam mir faul vor, da herumzustehen, meine Füße auf dem kalten Boden, meine Hände auf dem Tisch, so als würde ich meinen Beitrag nicht leisten.

»Wir bleiben hier«, erwiderte Rory und zog den Saum meines Kleides nach oben, sodass seine Hände wieder drunterschlüpfen und über meine Hüften bis hoch zu meinem BH fahren konnten. Er riss die Körbchen beiseite und kniff mich fest in die Nippel, woraufhin ich nach Luft schnappte. Und als er hineinkniff, stieß ich instinktiv meinen Hintern gegen seine Leiste. Okay, vielleicht war der Flur für den Moment doch das Richtige. Ich würde einfach nicht zu Araminta schauen.

Rory ließ eine Hand wieder nach unten zwischen meine Beine sinken, wo er mit den Fingerspitzen sanft vor und zurück strich. Ich stöhnte, verzehrte mich danach, dass er mich fester rieb, dass dies mehr eine gemeinsame Aktivität wurde. Ich griff nach hinten und versuchte, den Knopf seiner Hose zu öffnen, aber so von ihm abgewandt und nur mit einer Hand war es unmöglich. Glücklicherweise fand seine Hand die meine, und er öffnete seinen Hosenladen, sodass ich seinen Penis zu fassen bekam. Einen Ring mit meiner Faust bildend, fuhr ich mit den Fingern leicht daran auf und ab.

»Fester«, ächzte er in mein Ohr.

Wie feste? Ich war mir unsicher. Es schien mir ja doch ein empfindliches Gebilde, so ein Penis. Und ich wollte auch nicht daran zerren, als würde ich eine Kirchenglocke läuten. Dennoch verstärkte ich den Griff meines Daumens und Zeigefingers, und Rory seufzte erneut in mein Haar, was ich als gutes Zeichen nahm.

»Fester«, drängte er, also schloss ich den Kreis meiner Finger noch enger. Konnte man eigentlich einen Penis brechen? Hoffentlich nicht, dachte ich, während ich mit der Hand weiter auf und ab fuhr. Das wäre typisch für mich, endlich einen Freund zu haben und dann umgehend sein bestes Stück zu ruinieren.

Nach ein paar Sekunden schob Rory meine Hand von sich, hob mein Kleid an und stieß in mich. Erst fühlte es sich unangenehm an, also verlagerte ich meine Position etwas, indem ich mich weiter über den Tisch beugte, seine Hände auf meinen Hüften, die Falten meines Kleides halb über meinen Rücken geschoben. Dieser Winkel war besser, und Rory nahm Fahrt auf, vor und zurück, vor und zurück, bis der Tisch im Takt seiner Stöße gegen die Wand vor uns rumste und meine Kette vor meinem Hals hin und her schwang wie ein Pendel.

»O mein Gott, o mein Gott …«, begann er zu wiederholen, schneller und schneller, bis sein Körper, festgeklebt an meinem, für einen Moment erstarrte. »COWABUNGAAAAA!«, stöhnte er in meine Schulter, während wir beide wie angewurzelt dort verharrten, mein Oberkörper im rechten Winkel vornübergebeugt, sodass mein Kopf auf meinen Armen ruhte.

Das Problem war doch, dass es nie einen guten Zeitpunkt zu geben schien, um diese »Cowabunga!«-Sache anzusprechen.

Am darauffolgenden Abend waren Ruby, Mia und ich alle drei zu Hause. Das war für einen Freitagabend wirklich ungewöhnlich. Normalerweise war da nur ich, die es sich mit einem Buch auf dem Sofa gemütlich machte, während die anderen beiden meist erst um zwei oder drei Uhr nachts nach Hause kamen, wenn der Geruch von brutzelndem Speck und Zigarettenrauch übers Treppenhaus nach oben bis in den Dachboden waberte und mich weckte. Aber da Ruby ihrem Jasper den Laufpass gegeben hatte und Mia ihren Junggesellinnenabschied besprechen wollte, blieben wir daheim. Ruby hatte zu unserem großen Erstaunen angeboten zu kochen, was eine Premiere gewesen wäre, aber dann gegen Abend ihre Meinung geändert und vorgeschlagen, etwas bei Deliveroo zu bestellen.

»Ich habe mein Handy gerade nicht hier«, sagte sie, als wir am Küchentisch beisammensaßen, und schaute von Mia zu mir. Es war ein gewiefter Trick, den sie schon oft abgezogen hatte, da es bedeutete, dass eine von uns über ihr Handy bestellen und damit für die Lieferung zahlen musste.

»Ich hole meins«, bot Mia an. Sie ging in den Flur hinaus, um ihre Tasche zu suchen.

»Wie war es?«, fragte ich Ruby rasch.

Sie runzelte fragend die Stirn.

»Schluss machen mit Jasper?«

»Erledigt«, erwiderte sie mit einer wegwerfenden Handbewegung. »Obwohl, weißt du, was er gesagt hat?«

Ich schüttelte den Kopf.

»Woher ich denn wissen würde, dass *ich* ihm die Sache nicht angehängt hätte? Ha! Als wäre ich hier diejenige, die schon jeden und jede zwischen achtzehn und achtzig in London gebumst hätte.«

»Und wie geht es dir?«

»Gut. Großartig. Ich habe nicht mal geweint.«

»Ich meine, da unten.«

»Oh. Besser. Ich nehme diese ultrastarken Antibiotika, was heißt, dass ich nicht trinken darf, also …«

»Warum trinkst du nicht?«, fragte Mia, die in die Küche zurückgerauscht kam.

»Ich mache bloß einen Abend Pause«, erwiderte Ruby, drehte sich dabei aber in meine Richtung und legte den Zeigefinger auf die Lippen.

»Echt jetzt?« Mia öffnete den Kühlschrank. »Dabei habe ich extra eine Flasche Champagner mitgebracht, um sie zu testen. Obwohl, eigentlich kein Champagner. Englischer Sekt. Hugo meint, wir sollten ihn für die Hochzeit in Betracht ziehen.«

»Na, dann, her damit«, schwenkte Ruby um.

»Das war aber schwierig. Flo, du auch?«

»Ja, bitte.«

Mia griff ganz hinten in den Hängeschrank nach den Champagnerflöten, die ein Hochzeitsgeschenk an meine Eltern gewesen waren. Sie wurden fast nie benutzt. Aus Gläsern zu trinken, die meine Mum zu Beginn ihrer Ehe ausgepackt haben musste, erfüllte mich immer mit Wehmut, aber Mia setzte dem sofort ein Ende.

»Mein Gott, sind die staubig«, bemerkte sie und pustete in eins hinein.

»Können wir was vom Thailänder bestellen?«, fragte Ruby, die, nachdem sie nun nicht mehr dafür zahlen musste, wieder die Kontrolle über das Abendessen übernahm.

Es folgte eine fünfzehnminütige Diskussion, bei welchem Thai wir bestellen sollten, welcher Thai in der Nähe die besten Bewertungen hatte, ob das der Thai war, bei dem wir letztes Mal bestellt hatten und der diese Garnelen gemacht hatte, von denen Ruby Magenschmerzen bekommen hatte, und ob wir eine Portion Kokosnussreis bestellen sollten oder zwei. Thai-Speisekarten – endlose Listen von Nudeln und Reis – waren ein Problem für mich, daher bestellte ich letzten Endes eine Suppe und Frühlingsrollen mit Gemüsefüllung.

Nachdem das mit dem Essen erledigt war, trugen wir unsere Gläser ins Wohnzimmer und nahmen unsere üblichen Sitzplätze ein: Mia und Ruby machten sich auf dem Sofa breit, ich im Sessel am Fenster. Heute Abend fiel mir die Trennung kaum auf, da ich ungestört Rorys letzte Nachricht beantworten konnte.

Heute Vormittag hatte ich ihm geschrieben, dass wir nächste Woche eine große Veranstaltung mit Fumi vorbereiteten, in der Hoffnung, dass er beeindruckt sein würde, weil wir so einen Star an Land gezogen hatten. Er hatte zwar geantwortet, war aber nicht weiter darauf eingegangen. Stattdessen hatte er gefragt, ob ich am folgenden Wochenende Zeit hätte, um seine Eltern in Norfolk zu besuchen. Aber da war Zach oben im Laden aufgetaucht und hatte gefragt, ob ich den Wein für die Lesung bestellen könnte, da er nur Bier trank, also hatten Eugene und ich über eine Stunde auf der Seite eines Online-Weinshops verbracht und uns über die hochtrabenden Kritiken kringelig gelacht. Danach war Jaz mit Dunc vorbeigekommen, damit er mit seinem Leseabzeichen angeben konnte, und ich hatte ganz vergessen, Rory zu antworten.

Mia schnappte sich die Fernbedienung; ich starrte auf mein Display runter.

»Mir schwebt ja London vor«, sagte sie, während sie durch die Programme zappte.

»Wofür?«, fragte Ruby.

»Mein Junggesellinnenabschied. Ich will nicht wegfahren. Ich will nicht am nächsten Morgen verkatert und mit Sombrero auf dem Kopf durch irgendein Kaff latschen müssen. Ich will was Schickes. Abendessen und guten Wein und danach vielleicht eine Bar. Keine Pimmeltrinkhalme. Überhaupt gar nichts mit Pimmeln. Wenn ich auch nur einen Penis auf meinem Junggesellinnenabschied sehe, bekomm ich einen Schreikrampf.«

Ruby verdrehte die Augen. »Wo bitte ist der Sinn eines Junggesellinnenabschieds, wenn die Braut nicht bis zum Hals in Pimmeln versinkt? Ich werde dir eins dieser riesigen Penis-Kostüme kaufen! Auuuutsch!«, rief sie laut, als Mia ihr mit der Fernbedienung auf den Oberschenkel schlug.

»Ich meine es ernst, Rubes. Kein Pimmelkram. Und definitiv keine Stripper. Wenn mir zu Ohren kommt, dass du einen schmierigen Kellner engagiert hast, um seinen Hintern an mir zu reiben, werde ich dich von deinem Amt als Trauzeugin entbinden. Ich werde Flo …« Mia schaute durch den Raum zu mir und begegnete meinem steinernen Blick. »Ich werde irgendwen sonst nehmen. Und keine schmierigen Quizspielchen. Keine meiner Freundinnen muss wissen, was meine liebste Sexstellung ist. Und Hugos schon gar nicht.« Sie tat so, als würde sie schaudern.

»Was macht Hugo denn an seinem Abschied?«, wollte ich wissen.

»Prag.«

»Am gleichen Wochenende wie du? Direkt vor der Hochzeit?«

»Hm.«

»Ist das nicht riskant?«, warf Ruby ein.

»Warum?«

»Was, wenn er in eine Prügelei gerät und mit einem blauen Auge zurückkommt oder jemand ihm die Augenbrauen abrasiert?«

»Habt ihr Hugo schon getroffen?«, sagte Mia und sah uns abwechselnd an. »Kommt schon, selbst Paintball wurde als zu gefährlich befunden. Sie werden Minigolf spielen und ein paar Bier trinken.«

»Na klar«, prustete Ruby.

»Und überhaupt ist es so Tradition.«

»Was genau?«

»Dass die Junggesellenabschiede kurz vor der Hochzeit stattfinden. Das habe ich in einem Brautmagazin gelesen. Traditionellerweise galt es als die letzte Nacht der Freiheit, wurde also am Vorabend der Hochzeit gefeiert. Anscheinend war das schon bei den alten Griechen so.«

»Ja, aber die alten Griechen haben es bestimmt nur etwas mit dem Wein übertrieben und ein paar Speere geworfen oder so«, erwiderte Ruby. »Ich glaube nicht, dass sie in passenden Motto-T-Shirts ins Ausland geflogen sind, um achtunddreißig Liter Bier zu trinken und einen Zehner zu zahlen, um eine arme Einheimische strippen zu sehen.«

»Echt jetzt? Die machen das für einen Zehner?«

»Weiß ich doch nicht! Ich sage nur, dass es bei Junggesellenabschieden darum geht: Bier und Stripperinnen. Und Drama. Es gibt immer Drama.«

»Das wird schon werden«, beharrte Mia. »Wer will noch was?« Sie hielt die Sektflasche hoch. »Flo? Du bist so still.«

»Entschuldige. Ich versuche nur, Rory eine Nachricht zu schreiben.«

Sie quietschte, während sie aufstand, um uns nachzugießen. »Wie geht es deinem Lover?«

»Ähm, gut. Ganz offiziell mein Freund übrigens.« Ich fragte mich, wann es sich nicht mehr schräg anfühlen würde, das zu sagen. Nie?

Die Flasche in Mias Hand erstarrte. »O mein Gott. Wann ist das denn passiert?«

»Gestern Abend. Ich habe ein paar Freunde von ihm kennengelernt, na ja, es war mehr so ein Arbeitsding. Aber auf jeden Fall hat er mich als seine Freundin vorgestellt, und dann hat er mich auch noch mal auf der Fahrt nach Hause gefragt.«

»Wie süß! Aber du klingst nicht besonders begeistert.«

»Nein, nein, ich freue mich. Und ich mag ihn wirklich. Ich bin nur ein bisschen verwirrt. Es ging alles so schnell.« Meine Gedanken huschten zu der vorangegangenen Nacht zurück: In dem einen Moment noch Single und ungefähr so sexbefreit wie eine von Mrs. Delaneys Gladiolen und im nächsten über einen Flurtisch gebeugt, während mein neuer Freund mich bearbeitete wie eine Black & Decker-Maschine.

Mia zuckte die Achseln und ließ sich wieder aufs Sofa fallen. »Wenn du's weißt, weißt du's eben.«

Da war er wieder, der Spruch. »Aber was, wenn ich es nicht weiß?«

»Das ist auch okay.«

»Woher will man es dann aber je wissen? Wenn man es weiß, wenn man es weiß, man es aber auch nicht wissen muss, wenn man es weiß?« Ich hatte keine Ahnung, ob meine Worte noch einen Sinn ergaben. Vielleicht war das der Sekt.

»Alles, was ich weiß, ist, dass ich nie wieder Sex haben will«, warf Ruby ein.

»Was?« Mia drehte sich zu ihrer Schwester um.

»Ich habe gestern mit Jasper Schluss gemacht.«

»Was? Warum? Geht's dir gut?«

»Verschiedene Gründe«, sagte Ruby. »Und ja, mir geht's gut. Aber ich halte mich bis auf Weiteres von Männern fern.«

»Ich gebe dem Vorsatz ungefähr drei Minuten«, entgegnete Mia ungerührt, bevor sie wieder zu mir sah. »Hör mal, Flo. Ich habe es bei Hugo eine Ewigkeit nicht gewusst. Monate. Er war absolut lieb und nett, aber nicht besonders aufregend, und sein morgendlicher Mundgeruch hätte ein Pferd umbringen können.«

»Aber du heiratest ihn trotzdem?« Ich verspürte eine Erleichterung, als ich die Frage stellte. Ich schaute zu Ruby, die die Augen aufriss und den Kopf schüttelte, wie um zu sagen, dass sie sich da raushalten wolle.

»Ja«, fuhr Mia mit einem übertriebenen Nicken fort. »Weil ich eines Tages aufgewacht bin und beschlossen habe, dass es das ist, was ich will. Ich habe genug vom Daten. Ich will heiraten, eine Familie gründen, das ganze Programm. Also habe ich ihm Zahnseide und ein extrachemisches Mundwasser gekauft, und damit hatte es sich.«

Kurz dachte ich an all die großen Liebesromane zurück, die ich gelesen hatte. In keinem davon kaufte die Heldin ihrem Helden eine Vorratsflasche Listerine. Aber wer war ich schon, um über anderer Leute Beziehungen zu urteilen? Wenn es wirklich das war, was Mia wollte, dann sollte ich wohl aufhören, mir den Kopf darüber zu zerbrechen. Ich musste jedoch immer noch besorgt gewirkt haben, denn sie setzte einen mitfühlenden Blick auf.

»Keine Sorge«, sagte sie. »Ein paar Zweifel am Anfang sind total normal, Flo. Vor allem – und nimm's mir nicht übel –, wenn man nichts hat, womit man es vergleichen kann.«

»Es sind keine Zweifel. Es ist mehr das Gegenteil. Ich habe Angst, dass ich etwas falsch mache und alles wieder vorbei ist. Ich schätze mal, ich habe Angst, dass es zu gut ist, um wahr zu sein.«

»Ich verstehe«, sagte sie. »Aber du machst dir zu viele Gedanken. Er mag dich ganz offenbar. Er hat dich gefragt, ob du seine Freundin sein willst.«

»Er hat mich auch für nächstes Wochenende zu seinen Eltern eingeladen«, fügte ich hinzu. »Ist das nicht etwas zu früh?«

Mia kniff die Augen zusammen. »Wie alt ist er?«

»Siebenunddreißig.«

»Also weiß er einfach nur, was er will«, sagte sie mit einem erneuten Schulterzucken.

»Außerdem«, fügte Ruby hinzu, »wenn er dir nicht schreiben und dich nicht einladen würde, seine Eltern kennenzulernen, würdest du hier herumhocken und jammern, dass er sich nicht mehr meldet.«

»Stimmt auch wieder«, gab ich ihr recht und dachte dabei an die Typen zurück, die genau das getan hatten.

»Und wie ist der Sex so?«, fuhr Ruby fort. »Wenn ich nie wieder Sex haben will, muss ich mir ab jetzt meine Kicks überall holen, wo ich nur kann.«

Ich überlegte, ob ich sie fragen sollte. Vom Sekt ermutigt beschloss ich, dass ja. Es war irgendwie beruhigend, sich so zu unterhalten. Ich konnte mich nicht daran erinnern, wann wir je gemeinsam ein so offenes Gespräch geführt hatten. »Okay, also, der Sex ist unglaublich. Er weiß irgendwie … ganz genau, was er tun muss. Aber es gibt da eine Sache.«

»Was?«, fragten sie einstimmig.

»Er macht immer …« Ich stockte erneut, unsicher, wie ich fortfahren sollte.

»Spuck's aus«, befahl Ruby.

»Okay, aber das muss unter uns bleiben, versprochen?«

»Selbstverständlich«, sagte Ruby und wackelte ungeduldig mit den Fingern, um mich zur Eile anzutreiben. »Komm schon, was ist es?«

»Okay, er macht immer diese Sache«, wiederholte ich, »also, am Ende …«

»Wenn ihr fertig seid mit Poppen?«

»Rubes, würdest du sie mal ausreden lassen?«, ermahnte Mia.

»Tu ich doch! Flo, sprich weiter. Er macht da diese Sache …«

Ich seufzte. »Nicht danach. Kurz davor. Oder eigentlich genau dann, wenn er …« Ich stockte erneut. Ich wollte das Wort »kommt« nicht laut aussprechen, aber was sonst gab es? »Zum Höhepunkt gelangen« klang nach Sextherapeutin und »ejakulieren« zu sehr nach Biologielehrerin. »Es passiert, wenn er kommt«, sagte ich rasch. »Er sagt da etwas. Er ruft immer ›Cowabunga!‹«

Ruby lachte lauthals los und schlug sich dann die Hand vor den Mund. Mia presste die Lippen zusammen und legte die Stirn in Falten, so als würde sie über ein besonders kniffliges Kreuzworträtsel nachgrübeln.

»Okay«, sagte sie nach einigen Momenten des Schweigens. »Das ist nicht *so* schlimm.«

»Nicht?«

»Nein! Hugo beispielsweise sagt gern schmutzige Dinge, aber er ist echt schlecht darin.«

»Nicht im Ernst?«, quiekte Ruby, Mund und Augen freudig aufgerissen. »Das ist zu gut. Was sagt er denn?«

Mit einem Mal war jetzt Mia diejenige, die verlegen wirkte. »Nur so Zeug wie: ›War da jemand ein böses Mädchen?‹ oder ›Wer ist hier ein hungriges Mädchen?‹«

»Hugo! Ach du liebe Güte«, sagte Ruby und lachte so heftig, dass ich schon dachte, sie würde ersticken, was mich selbst noch heftiger zum Lachen brachte, und schließlich stimmte auch Mia ein, sodass wir alle drei mit bebenden Schultern beinahe vor Lachen heulten.

»Meine Güte. Ich hätte nicht gedacht, dass das in ihm steckt«, sagte ich ein paar Sekunden später, als ich mich wieder gefasst hatte.

Mia lächelte und nickte langsam. »Ja, hin und wieder überrascht er mich noch.«

»Sonntags vor dem Golf?«

»Ganz genau«, meinte sie süffisant.

»Du kannst doch unmöglich einen Mann heiraten, der ›Wer ist hier ein hungriges Mädchen?‹ sagt?«, entgegnete Ruby, während sie sich mit den Daumen über die tränenfeuchten Wangen fuhr. »Stell dir vor, du bist neunzig und musst dir das immer noch anhören.«

»Ich werde mit neunzig keinen Sex mehr haben«, gab Mia zurück.

»Was? Ich schon.«

»Ich dachte, du wolltest nie wieder Sex haben?«

»Werde ich auch nicht. Jedenfalls eine Weile nicht.«

»Also ist es nicht so schlimm?«, fragte ich, da ich nach wie vor Bestätigung brauchte. »Die Cowabunga!-Sache?«

»Neeeeeein«, beharrte Mia erneut mit einem Kopfschütteln. »Im Großen und Ganzen betrachtet wirklich nicht.«

»Nicht verglichen mit ›Wer ist hier ein hungriges Mädchen?‹«, sagte Ruby, immer noch glucksend. »Ehrlich, das werde ich nie wieder aus meinem Kopf bekommen.« Sie stupste Mia mit dem Fuß an. »Hey, um wie viel Uhr kommt er heute hierher? Ich werde ihn gleich fragen, ob er Hunger auf die Reste vom Thai hat.«

»Wage es ja nicht«, sagte Mia und kickte zurück.

»Okay«, sagte ich in dem Versuch, sie abzulenken, bevor ein Streit ausbrach. »Also soll ich es einfach vergessen und nichts dazu sagen? Nicht einmal als Witz?«

»Nein! Definitiv keine Witze«, sagte Mia. »Männer stehen nicht so auf Witze über ihre sexuelle Performance.«

Das musste ich mir merken. »Und soll ich zusagen zu dem Wochenende bei seinen Eltern?«

»Ja, tu das.«

»Finde ich auch«, sagte Ruby. »Und ich finde auch nicht, dass du dich davon abschrecken lassen musst. Wenn überhaupt, zeigt er dir nur seine Wertschätzung. Eigentlich …« Sie hielt inne.

»Was?«

»Ich finde, du solltest ihn ein bisschen anheizen.«

»Wie meinst du das?«

»Warum schickst du ihm nicht ein kleines Nacktfoto? Nur um zu zeigen, dass du an ihn denkst.«

»Rubes«, ermahnte sie Mia.

»Was denn?«, sagte Ruby. »Flo ist ganz neu auf dem Gebiet. Ich versuche nur zu helfen.« Sie schaute von Mia zu mir. »Nur ein kleiner Nippelblitzer oder so was, um ihn zu ermuntern. Aber lass ja dein Gesicht raus.«

»Danke«, erwiderte ich trocken.

Sie schüttelte den Kopf. »Nein, doch nur, damit man dich nicht darauf erkennen kann.«

Ich zog eine Grimasse bei der Vorstellung, ein Foto von meinem eigenen Nippel zu machen. Und dann auch nur von einem Nippel, einem einzelnen Nippel. War das sexy? Würde das nicht eher aussehen wie eine verirrte Warze? »Ich bin nicht sicher, ob Nacktfotos mein Ding sind. Aber danke euch beiden für euren Rat.«

»Gern geschehen«, sagte Ruby gut gelaunt, bevor sie sich wieder zu Mia drehte. »Wie weit weg ist der Deliveroo-Mann denn noch? Ich bin ja so *hungrig*.«

5

Also sagte ich zu, das Wochenende bei seinen Eltern zu verbringen, und Rory erwiderte, dass er »ganz entzückt« sei. Er war ein paar Tage in Belgien, wo er den Minister auf einer Reise nach Brüssel begleitete, was bedeutete, dass ich, nachdem ich am Freitagabend auf dem Sofa noch zwei Flaschen mit Mia und Ruby vernichtet hatte, mein Wochenende mit Marmalade verbrachte. Samstagnachmittag saß ich im Schneidersitz auf meinem Bett und schrieb ein paar Seiten über Zelda, die zählende Raupe, bis mir langweilig wurde und mein Blick auf mein Handy fiel.

Ein Nacktfoto? Ich zog am Ausschnitt meines T-Shirts und schaute nach unten. Ohne BH lagen meine Brüste gemütlich auf der Bauchrolle darunter. Würde dieser Anblick irgendwen anmachen? Eher unwahrscheinlich. Besser, ich vergraulte ihn nicht. Also nahm ich mein Handy und, anstatt ein Foto zu machen, schrieb ich ihm, um zu fragen, ob er am Donnerstagabend dabei sein wollte, wenn ich Fumi interviewte.

Am Sonntag erledigte ich meine Hausaufgaben in Sachen Fumi. Ihre neue Anthologie hieß *Bad Fairy* und gab mir das Gefühl, ein Voyeur zu sein, so als würde ich das geheime Tagebuch eines Teenagers lesen. Die Gedichte waren traurige Klagen über Typen, die nach einem Date nicht mehr schrieben, über den Planeten, der in Flammen aufging, darüber, dass Fumi ihre Knie hasste. Ihre Knie! Ich hatte nie darüber nachgedacht, ob ich meine Knie hasste oder nicht. Das waren einfach nur meine Knie.

Und doch war da auf Instagram eine selbstbewusstere Fumi zu sehen, die mit einer neuen Sonnenbrille, einer neuen Frisur oder vor einem schicken Restaurant in San Francisco, wo sie Percy, den Mops, mit Garnelen-Dim-Sum gefüttert hatte, in die Kamera strahlte. Jeder Post hatte Tausende Kommentare darunter. Von Fans, die schrieben, wie begeistert sie von ihr waren – oder dass sie ihr Haar liebten, ihre Jacke, ihre Schuhe und ihr Augen-Make-up –, von Fans, die verkündeten, dass sie sie heiraten wollten, von anderen, die sie anflehten, ihnen zurückzuschreiben. Unter einem Foto von Fumi, auf dem sie die Arme um ihren Mops Percy geschlungen hielt, hatte ein Fan geschrieben: *Ich wünschte, du würdest mich so in den Armen halten*, samt einem traurigen Emoji dahinter. Es schien mir da draußen eine große Welt für eine Neunzehnjährige. Kein Wunder, dass sie Percy überallhin mitnahm; er war wie ein Spielzeug aus der Kindheit, eine tröstende Kuscheldecke.

»Also, ich weiß nicht, ob du einen Platz in der Ersten Klasse zu schätzen wüsstest«, sagte ich mit einem Blick auf

Marmalade, der so gut wie überall schlief – ausgestreckt hinter einem Heizkörper, hin und wieder im Waschbecken –, aber meistens auf meinem Kissen. »Komm schon, du musst nach draußen«, sagte ich, hob ihn hoch und ging nach unten, um mir eine Tasse Tee zu machen.

Ruby schlief immer noch, obwohl es vierzehn Uhr war, und Mia und Hugo waren damit beschäftigt, Le-Creuset-Töpfe und Handtücher auf ihren Hochzeitstisch bei John Lewis zu setzen. Also hockte ich mich mit meinem Tee an den Küchentisch und schrieb mir eine Liste mit Fragen auf. Fumis Verleger hatte gebeten, sie vorab zu bekommen, damit sie abgenickt werden konnten. Fumi hatte bereits gesagt, dass sie keine Fragen zu ihrem Liebesleben wolle, obwohl es in Dutzenden ihrer Gedichte nur darum ging, und auch keine Fragen von den Zuschauern. Aber sie freue sich, über »ihre Arbeit, ihren persönlichen Style, ihre wichtige Rolle als internationale Influencerin und ihren geliebten Schreibpartner Percy« zu reden.

Nachdem ich noch eine Stunde gelesen hatte, schlich Marmalade sich durch die Katzenklappe zurück und schmeichelte um meine Beine herum.

»Ich kann mich unmöglich konzentrieren, wenn du das tust«, tadelte ich ihn, stand jedoch auf, um den Schrank zu öffnen und ein Döschen Kondensmilch herauszuholen. Sein Wochenend-Leckerli.

Als ich mich setzte, kam Ruby in die Küche.

»Hey, Flo«, sagte sie verschlafen. »Was tust du da?«

Ich streckte mich auf meinem Stuhl. »Nur Arbeit. Wir

haben diese Woche eine Veranstaltung in der Buchhandlung. Eine Instagram-Dichterin macht eine Lesung, und ich muss sie interviewen.«

»Cool«, sagte Ruby und nahm meinen Joghurt aus dem Kühlschrank. Sie setzte sich an den Küchentisch, die Füße auf einem Stuhl, und löffelte ihn direkt aus dem Glas. »Wie heißt sie?«

Ich würde wohl ein neues Glas Joghurt kaufen müssen. Ich hasste es zu teilen, ob es nun um Joghurt, eine Flasche oder einen Suppenlöffel ging. Wer waren diese Gestörten, die andere Leute an ihrem Eis lecken ließen? Bei der Vorstellung, wie die Zunge von jemand anderem über meine Eiskugel fuhr, wollte ich mir am liebsten den Mund mit Bleiche schrubben.

»Sie heißt Fumi.«

Ruby riss die Augen auf. »Die kenne ich! Ich folge ihr auf Instagram. Ich bin ganz besessen von dem Hund. Hast du ihn gesehen? Sie hat ihn erst neulich zum Shoppen zu Gucci mitgenommen.«

»Ich weiß«, erwiderte ich düster. Sie hatte Percy ein goldenes, rundum mit kleinen *G*s verziertes Hundehalsband gekauft.

»Wie kommt es denn, dass du das tun darfst? Klingt für mich nicht sehr nach Frisbee.«

»Neue Strategie: Wir versuchen, Kunden an Land zu ziehen, die nicht fünfhundert Jahre alt sind und mit einem Fuß im Grab stehen.«

»Wann ist das denn? Darf ich kommen? Biiiiiiette! Ich bin nicht fünfhundert.«

»Donnerstagabend, und klar, wenn du wirklich willst. Ich reserviere dir eine Karte.«

»Muss ich bezahlen?«

»Ja.«

Ruby kräuselte die Nase.

»Na schön, ich setze dich auf die Gästeliste, aber nur wenn du was darüber twitterst und postest. Und du kannst Rory Gesellschaft leisten.«

Er hatte geantwortet und geschrieben, dass er es »um nichts in der Welt« verpassen wolle.

»Ich darf mit Cowabunga abhängen! Noch besser.«

»Ruby …«

Sie wedelte mit dem Löffel durch die Luft. »Versprochen ist versprochen, es bleibt unser Geheimnis. Aber danke, Flo, du bist die Beste. Also gut, ich nehme mal ein Bad.«

Sie stand vom Tisch auf, ließ den Löffel im Joghurt stecken und ging wieder nach oben. Als Test zwang ich mich, so lange hinter meinem Laptop sitzen zu bleiben, wie ich konnte, und das Glas zu ignorieren. Lass die Unordnung, wie sie ist, sagte ich mir. Es wird nichts Schlimmes geschehen. Aber es dauerte keine zwei Minuten, bis ich aufstand und es wegwarf, dann den Löffel abspülte und den Tisch noch einmal abwischte. Erbärmlich.

Am folgenden Morgen schaute ich bei der Arbeit unten im Büro vorbei und fragte Zach, ob ich zwei Personen auf die Gästeliste setzen lassen könnte. Meine Schwester und Rory.

»Ha! Rory, der Tory, kommt also, ja?«, erwiderte Zach und wirbelte in seinem Sessel herum. »Kann es kaum erwarten, ihn kennenzulernen. Aber ja, klaro.«

»Danke dir«, sagte ich und machte mich wieder auf den Weg zur Kasse. Ich fühlte mich heute keinem Streit mit Zach gewachsen. Eigentlich an gar keinem Tag die Woche, da ich immer nervöser wegen Donnerstagabend wurde.

Zach hatte am Montagnachmittag den Instagram-Account – @FrisbeeBooks – für den Laden freigeschaltet und gleich ein Foto von Fumi hochgeladen mitsamt der Ankündigung, dass in der Buchhandlung eine Lesung mit ihr stattfinden würde. Sie postete es pflichtgemäß an ihre 973.000 Follower weiter, was zur Folge hatte, dass wir noch am selben Tag bis Ladenschluss alle siebzig Eintrittskarten verkauft hatten.

Bis Dienstagmittag hatten wir bereits eine Warteliste von über zweihundert Leuten, und als ich an dem Abend nach Hause ging, konnte ich in meinem Kopf nichts anderes mehr hören als das unentwegte Schrillen des Telefons, da Fumis Fans in einem fort anriefen und um Plätze bettelten. »Tut mir leid, ausverkauft«, entschuldigte ich mich, selbst als ein Mädchen zu weinen anfing und darauf bestand, dass sie da sein müsse, da Fumi ihre »Religion« sei.

Das mit den Anrufen ging bis Mittwochnachmittag so weiter, als Norris schließlich erklärte, dass er genug hatte, und das Telefon aussteckte. »Ich habe die Schnauze VOLL von diesem modernen Kram«, blaffte er durch den Laden, woraufhin eine Kundin ein dickes Kochbuch auf ihren Fuß fallen ließ.

»Das Telefon wurde 1876 erfunden, das ist wohl kaum modern«, murmelte Eugene, als Norris wieder nach unten in sein Büro stapfte. Aber wir waren alle dankbar für den Frieden und die Ruhe, die danach folgten.

Am Donnerstagmorgen zog ich mich sorgfältiger an als sonst. Das gleiche Outfit (dunkelblaues T-Shirt, dunkelblaue Hose) und das gleiche Gesicht (getönte Tagescreme, Wimperntusche), aber ich nahm mir mehr Zeit. Ich achtete darauf, dass ich keinen schlimmen Schlüpfer anzog, der mir sichtbare Linien auf die Pobacken zeichnete. Ich föhnte mein Haar ordentlich und kämmte es mit einer Bürste statt mit den Fingern. Ich kramte in der Schublade meines Nachtschränkchens nach einem Paar goldener kleiner Kreolen, die ich kaum trug.

»Erwischt, Liz Taylor!«, scherzte Eugene, der die Ohrringe bemerkte, kaum dass ich durch die Tür getreten war.

»Hör auf. Ich fühl mich so schon schrecklich.«

»Du wirst fantastisch sein«, erwiderte er, gerade als Zach die Tür mit der Schulter aufschob, weil seine Arme voller Snacks waren. Er schwankte zum Tresen und ließ diverse Packungen fallen: Haribo-Tüten, gesalzene Chips, Schachteln mit Kräutertee, Äpfel sowie kleine Sprudelflaschen.

»Wofür ist das denn?«, fragte ich.

»Die Sonderwünsche«, erwiderte Zach.

»Hä?«

»Oooo na klar, so Zeug, das die Promis in ihrer Garderobe haben wollen«, erklärte Eugene und griff nach einer rosa Schachtel Tee. »Mick Jagger braucht das auch, bevor er auf die Bühne gehen kann.«

»Ich bin ziemlich sicher, dass Mick Jagger keine Haribo-Schnuller vor seinem Auftritt will«, sagte Zach, »aber das hier ist die Liste der Dinge, die ihr Verleger mir gestern Abend gemailt hat. Oh, die hier hätte ich fast vergessen.« Er griff in seine Gesäßtasche, zog eine kleine Schachtel hervor und hielt sie uns hin. »Bio-Hähnchen-Kekse für ihren Hund.«

Ich schnaubte. »Sie ist doch nicht Madonna.«

»Noch nicht.«

»Kannst du das Zeug woanders abstellen? Wir müssen gleich den Laden aufschließen.« Ich hatte die Woche damit verbracht, wie besessen aufzuräumen und Bücher zu sortieren. Während ich mit dem Finger über die Regale strich, hatte ich »Konsequenzen« gespielt. Wenn da eine gerade Zahl von Büchern in einem Fach war, würde der Donnerstagabend ohne Probleme verlaufen. Ungerade? Ich würde etwas Schreckliches tun wie auf der Bühne pupsen oder so.

Zach sammelte die Einkäufe wieder auf. »Dein Wunsch ist mir Befehl. Der Verleger hat auch um eine Garderobe gebeten. Wo sollen wir Ihre Majestät unterbringen?«

»Lagerraum«, schlug Eugene vor.

»Das dürfte gehen«, sagte Zach und machte sich auf den Weg nach unten.

Bis zum Mittag war mir so übel, dass ich mein Käse-Tomaten-Sandwich nicht essen konnte.

Gegen Nachmittag überlegte ich, ob ich meinen eigenen Tod vortäuschen und mich aus dem Staub machen könnte, um aus der Sache rauszukommen. Obwohl es mir sehr schwerfallen würde, Marmalade zurückzulassen. Warum hatte ich mich überhaupt von Zach zu dem hier nötigen lassen? Warum machte er es nicht selber? Ich hob die Augen zur Decke, wo ein Poltern zu hören war. Zach war jetzt offenbar derjenige, der hier das Sagen hatte, so wie er matadormäßig durch den Laden stolzierte und Eugene befahl, Tische und Stühle herumzuschieben.

Ich versuchte, mich abzulenken, indem ich meine Fragen auf Frisbee-Karteikarten schrieb, bevor ich vier Kisten mit Fumis Gedichtbänden auspackte und sie in gleichmäßigen Stapeln auf einem Signiertisch neben der Kasse anordnete. Die Türglocke bimmelte. Ich sah auf und sah eine Schar Teenager-Mädchen hereinkommen, die sich nervös umschauten.

»Tschuldigung«, fragte eine von ihnen. »Sind wir hier richtig für die Lesung von Fumi?«

Ich sah auf meine Armbanduhr. Es war erst 16.28 Uhr. »Jepp«, erwiderte ich. »Aber die ist erst in zwei Stunden. Habt ihr Tickets?«

Sie nickten gleichzeitig. »Wir wollten nur sichergehen, dass wir gute Plätze haben«, sagte die Anführerin.

»Die Stühle sind noch nicht aufgestellt«, erwiderte ich gerade in dem Moment, als oben etwas auf den Dielenboden über mir krachte und ein weiterer Schrei von Zach ertönte. »Kommt doch kurz vor sechs zurück, ja?«

Sie nickten erneut und gingen. Doch die Tür ging immer wieder auf. *Bimmel, bimmel. Bimmel, bimmel. Bimmel, bimmel.* Alle paar Minuten schneite ein anderes Rudel Fans herein, um nachzufragen, ob sie im richtigen Laden waren; um zu sehen, ob noch ein paar Tickets übrig waren oder irgendwer abgesagt hatte; um mich um einen Platz anzubetteln.

Irgendwann kam Norris aus seinem Büro nach oben, um nachzuschauen, was der »Aufruhr« sollte.

»Schließ heute früher ab«, sagte er. Sein Gesicht verdüsterte sich beim Anblick der Menge vor den Schaufenstern. »Hängt ein Schild auf. Zu viel Lärm.«

Ich zog ein Blatt Papier aus dem Drucker und schrieb in ordentlichen schwarzen Buchstaben: *Für Fumis Lesung bitte hier anstellen. Einlass um 18 Uhr.* Ich klebte es an die Türscheibe, schloss ab und schrieb Rory: Wir mussten die Tür abschließen. Falls du also früher kommst, ruf an und wir lassen dich rein. Xxx

Im Obergeschoss war Eugene damit beschäftigt, reihenweise Klappstühle auf dem türkischen Teppich aufzustellen. Zach saß an ein Regal gelehnt auf dem Boden, das Handy unters Ohr geklemmt, während seine Hände über die Tastatur flogen.

»Okay«, sagte er. »Okay, super. Ja, alles gut hier. Das ist perfekt. Freu mich schon.« Er legte auf. »Das war Fumis Agentin«, erklärte er und ließ das Handy sinken. »Sie sind unterwegs. Können wir kurz einen Soundcheck machen?« Er zeigte auf zwei Stühle vorne im Raum, zwischen denen ein Mikrofon stand.

Ich spürte, wie eine Woge von Adrenalin durch mich hindurchflutete, sagte jedoch nichts. Ich durfte vor Zach keine Angst zeigen. Stattdessen ging ich nach vorne und hockte mich auf einen der zwei Stühle, dann positionierte ich meinen Mund über dem Mikrofon. »Äh, Test, Test, Test, eins, zwei, drei.«

»Bisschen mehr!«, rief Zach, ohne von seinem Bildschirm aufzuschauen.

Mir fiel nichts ein, was ich sonst sagen sollte. Und wenn ich jetzt schon nichts rausbekam, vor einem Raum, in dem sich nur Eugene und Zach befanden, wie sollte es dann erst vor siebzig Leuten werden?

»Erzähl mir dein verborgenstes, dunkelstes Geheimnis«, sagte Zach.

»Was?«, krächzte ich.

»Das ist doch nur für den Sound. Aber egal. Erzähl mir einfach, was du zu Mittag gegessen hast.«

»Nichts«, blaffte ich, »weil ich so nervös war, dass ich nichts runterbekommen habe.«

Er grinste mich hinter seinem Laptop an. »Du wirst das schon machen.« Dann schüttelte er den Kopf. »Streich das – nicht einfach nur machen. Du wirst ganz fabelhaft sein!«

»Bist du sicher?«

»Bin ich«, sagte er, senkte den Kopf erneut und tippte auf seine Tastatur ein. »Hier stimmt so weit alles für die Aufnahme.« Er sah mich erwartungsfroh an. »Bereit?«

»Glaub schon«, erwiderte ich, aber meine Stimme verriet mich. Sie klang, als hätte eine Feldmaus einen Heliumballon verschluckt.

Fumi traf in Begleitung ihrer Agentin sowie eines Bodyguards von der Größe eines Wohnmobils ein. Er hatte einen russischen Akzent, der ungefähr genauso einschüchternd war wie sein Stiernacken, und hieß Igor. Während draußen, wo die Schlange sich mittlerweile weit über den Bürgersteig zog, die Fans kreischten, machte Zach alle miteinander bekannt. Fumi trug ein kurzes pinkfarbenes Kleid unter einem weißen Pelzmantel mit schwarzen Tupfen drauf wie bei einem Dalmatiner. Ihre Füße steckten in schwarzen Ankle-Boots, ihre Fingernägel waren lang und silbern und ihr Haar kaugummirosa. Der Hund schlief in ihren Armen. Norris klappte die Kinnlade runter, und er keuchte auf, so als würde er zum ersten Mal die Pyramiden oder das Kolosseum sehen.

»Das ist Percy«, sagte Fumi und hielt eine Pfote vom Mops hoch, damit Norris sie schütteln konnte. Sie hatte einen mädchenhaften amerikanischen Akzent und wirkte gar nicht wie eine Diva, die spezielles Mineralwasser und Äpfel für ihre Garderobe verlangte. Wie sie da zwischen den Zwillingssäulen Igor und Norris stand, erinnerte sie mehr an ein Schulmädchen.

Norris streckte eine Hand aus und schüttelte die Pfote. Zach hob seine Kamera, die an einem Gurt um seinen Hals hing, und machte schnell ein Foto. »Hallo und willkommen«, sagte Norris. »Wir sind sehr erfreut, Sie bei uns zu haben.«

»Die Freude ist ganz unsererseits«, sagte die Agentin. Sie war eine Amerikanerin namens Jennifer, die aussah, als hätte sie noch nie in ihrem Leben Kohlenhydrate zu sich genommen. »Wo können wir uns vor dem Auftritt zurückziehen?«

»Unten«, sagte Zach, »folgen Sie mir. Passen Sie auf Ihren Kopf auf, Igor.«

Norris gab mir die Erlaubnis, die Tür aufzuschließen und die Gäste mit Tickets hereinzulassen; Eugene wiederum führte sie zu ihren Sitzplätzen, der Großteil waren Cliquen von Teenie-Mädchen.

Ich musste grinsen, als ich kurze Gesprächsfetzen aufschnappte, während sie an mir vorbeigingen.

»Ich habe ihr Haar gesehen!«

»Ich habe Percy gesehen!«

»Glaubst du, sie wird ein Selfie mit uns machen?«

»Ich brauche unbedingt diesen Mantel!«

Ruby stand etwas weiter hinten. »Hi, Flo, ich warte auf Rory, aber ich kann ihn nirgends sehen.«

»Keine Sorge. Er ist noch nicht hier. Willst du dich einfach schon mal setzen? Ich schicke ihm deine Nummer.«

Sie nickte. »Wie fühlst du dich?«

»Ganz gut.« Das war geflunkert. Ich war so aufgeregt, dass ich fürchtete, mich auf meine eigenen Schuhe zu übergeben.

Ich rief den Dutzenden von Fans, die ohne Tickets draußen bleiben mussten, eine Entschuldigung zu, schloss die Tür ab und schickte Rory Rubys Kontaktdaten, falls er noch eingelassen werden musste. Oben hörte man das Schrammen von Stuhlbeinen und das leise Geschnatter aufgeregter Stimmen; unten konnte ich nur Jennifers wogendes amerikanisches Gemurmel hören. Ich schnappte mir meine Karteikarten und ging nach unten in den Lagerraum.

»Sind alle bereit?«, fragte ich und streckte den Kopf durch die Tür.

Igor hielt Percy in seinen Baumstammarmen, ein ziemlich absurder Anblick, während Fumi auf einem Stuhl saß und sich mit ihrem Handy beschäftigte. Jennifer drehte sich um und strahlte mich mit einem breiten Lächeln an.

»Ich denke schon. Sollen wir loslegen?«

Mit dem Gefühl, als hätte eine seltsame, fremde Kraft die Kontrolle über meine Beine ergriffen, führte ich sie die Treppen nach oben und deutete auf zwei reservierte Plätze für Jennifer und Igor, der Fumi ihren Hund überreichte. Als sie, Percy und ich nach vorne gingen, wurde es still im Raum. Wir setzten uns, und ich sah blinzelnd nach hinten, wo Zach einen Daumen in die Höhe reckte. Neben mir hielt Fumi eine Ausgabe ihres Buches in der Hand. Percy hatte es sich auf ihrem Schoß gemütlich gemacht und schloss die Augen.

Und da wurde mir bewusst, dass ich mein eigenes Herz schlagen hören konnte. Es erschien mir unfassbar laut.

»Hallo, äh, alle zusammen«, begann ich und lehnte mich zum Mikrofon vor. »Willkommen hier bei Frisbee Books, zu einem Abend mit einem ganz besonderen Gast, den man wohl kaum noch vorzustellen braucht: die legendäre Dichterin Fumi mit ihrem Hund, Percy!«

Ich schaute zu Percy, während Klatschen und Beifallrufe den Raum erfüllten. Seine Augen blieben geschlossen. Wahrscheinlich war der Mops solchen Trubel gewohnt.

»Danke. Ich danke euch allen, vielen lieben Dank, dass ihr gekommen seid.« Fumis Stimme brachte den Applaus sofort zum Verstummen. »Ich freue mich ja so, mit euch allen hier in London zu sein, um mein neues Buch, *Bad Fairy*, zu feiern.« Wieder ein paar Jubelrufe im Publikum. »Also würde ich euch gerne ein paar Auszüge vorlesen. Einverstanden?«

Im Raum herrschte vollkommene Stille, während Fumi aus ihrem Buch las und ich versuchte, meine Karteikarten so zu halten, dass sie in meinen schwitzigen Händen nicht völlig durchweichten. Nachdem Fumi den letzten Haiku beendet hatte – er hieß »Apokalypse« und handelte von dem einen Mal, als sie sich einen Fingernagel abgebrochen hatte –, brandete eine weitere Woge von Applaus auf.

»Vielen Dank, Fumi, das war fabelhaft«, sagte ich, als die Menge sich beruhigt hatte. »Wie du schon sagtest, ist dies dein neues Buch, dein zweiter Gedichtband nach deinem Debüt letztes Jahr, und das mit gerade mal einundzwanzig Jahren. Wann und warum hast du angefangen, Haikus zu schreiben?«

Gerade als Fumi den Mund öffnete, um zu antworten, wachte Percy auf und nieste in ihren Schoß.

Das Publikum lachte.

»Bitte entschuldigt ihn, ich glaube, er hat einen Jetlag«, sagte sie zu noch mehr Gelächter. »Also, ich habe schon sehr früh mit dem Schreiben begonnen. Mein Vater unterrichtete Englisch in Kyoto und …«

Während sie redete, hopste Percy von ihrem Schoß und schnupperte an meinen Füßen. Ich versuchte, ihr weiter zu folgen, aber es fiel mir schwer, mich zu konzentrieren, während der Hund um meine Füße herumschnüffelte.

»Es tut mir so leid, stört er dich?«, fragte Fumi, womit

sie ihre Antwort unterbrach und zu meinen Füßen runterschaute.

»Nein, nein, überhaupt nicht!«, erwiderte ich. »Bitte, mach weiter. Er ist ganz brav.«

Aber sobald sie wieder zu reden anfing, stellte Percy sich auf die Hinterläufe auf, seine Vorderpfoten auf meinen Knien abgelegt, und begann damit, meinen Knöchel zu rammeln.

Leises Lachen gluckste durch die Sitzreihen vor uns.

»Ach du meine Güte, Percy! Es tut mir ja so leid«, sagte Fumi, deren silberne Nägel an ihre Wangen flogen. Das Gelächter nahm zu, als Percy dazu überging, meinen Turnschuh zu begatten.

»Nein, nein, schon okay«, flüsterte ich und überschlug rasch meine Beine andersherum, um damit Percy abzuschütteln. Ich lehnte mich zurück und lächelte Fumi zu, um sie zu ermutigen fortzufahren. Aber davon ließ sich der nymphomane Hund nicht lange beirren. Innerhalb von Sekunden hatte er seine Vorderpfoten um meine Wade geschlungen und legte wieder los, stieß dabei seinen Hundehintern vor und zurück.

Das Publikum hatte nun komplett die Beherrschung verloren, der ganze Raum johlte, während ich versuchte, meine Beine wegzudrehen, nur damit Percy direkt wieder meinen Knöchel ansprang. Was war denn los mit diesem Köter? Warum war er so besessen von meinen hässlichen Schuhen? Er machte sich über meine Beine her wie ein pubertierender Schuljunge.

»Geh da weg«, knurrte ich leise und beugte mich vor,

um ihn mit den Händen wegzuschieben. Ich sah zum Publikum auf und lächelte, wie um ihnen zu versichern, dass das alles total in Ordnung sei, aber alles, was ich sehen konnte, waren Handys. Ein ganzer Wall blitzender Handys. Alle schossen sie Fotos von mir, wie ich blöd in die Kamera glotzte, während Percy der Mops meinen Fuß rammelte. Wie konnte ich das unterbinden? Wie stoppte man einen sexbesessenen Köter? Ich konnte ihn doch nicht treten, oder? Herrje, das Gelächter wurde immer lauter.

Plötzlich tauchte ein fleischiges Paar Arme vor mir auf, und Igor hob Percy am Halsband hoch. Ich spürte meine Panik etwas abklingen, als er ihn mit sich zu seinem Platz nahm. Meine Wangen brannten, ich hatte (natürlich) angefangen zu schwitzen, und meine Hosenbeine waren voller feiner, heller Mopshaare.

»Nun«, sagte ich ein paar Sekunden später, als das Gelächter endlich verebbt war. »Ich fühle mich äußerst geschmeichelt. Aber entschuldige, Fumi, sollen wir einfach weitermachen, wo wir stehen geblieben waren? Du hast gerade darüber geredet, wann du angefangen hast, Haikus zu schreiben?«

Fumi fuhr ganz ruhig und gelassen fort, während ich mich auf meinem Stuhl zurücklehnte, die Arme krampfig an meine Seiten gepresst, und darauf wartete, dass die Hitze in meinen Wangen nachließ.

Das einzig Positive an dem ganzen Fuß-Gerammel-Debakel war, dass Rory es nicht mitbekommen hatte, er war nämlich nicht aufgetaucht. Das merkte ich erst unten, als ich hinter der Kasse stand. Fumi saß am Tisch neben mir und signierte Bücher für die lange Schlange von Fans, die Selfies mit ihr und Percy wollten. Der Mops war auf ihren Schoß zurückgekehrt und saß stolz da wie ein Kaiser. Ich sah ihn aus zusammengekniffenen Augen an. Man konnte über Katzen sagen, was man wollte, aber so etwas Ungehobeltes würden sie niemals tun.

»Wo ist Rory?«, formte ich stumm in Rubys Richtung, die neben der Tür lehnte.

Sie zuckte mit den Schultern und rief zurück: »Keine Ahnung! Aber ich warte auf dich.«

Es dauerte über eine Stunde, bis der Laden sich geleert hatte. Fumi verabschiedete sich mit einem weiteren Wink von Percys Pfote und bedankte sich bei uns, bevor sie in einen schwarzen Van stieg, der vor dem Frisbee parkte. Jennifer stieg hinter ihr ein. Zach und ich schauten von der Ladentür aus zu, als Igor sich auf den Fahrersitz hievte und sie wegfuhren.

»Tja, das war wohl eine Vollkatastrophe«, sagte ich seufzend und drehte mich zu ihm.

»Unsinn! Du warst toll!«

»Zach, dieses Tier war außer Kontrolle. Ich habe mich noch nie in meinem Leben so geschämt.«

»Du warst genial, Flo«, meldete sich Ruby hinter uns. »Ich bin übrigens Ruby«, sagte sie zu Zach und grinste ihn breit an.

»Ich bin Zach, hi. Ich arbeite mit deiner Schwester.«

»Das habe ich mir gedacht. Es war sehr unhöflich von ihr, dich nicht früher zu erwähnen.«

»Sie kann sehr unhöflich sein, ja«, erwiderte er, bevor er sich näher zu Ruby vorbeugte, »aber verrate ihr bloß nicht, dass ich das gesagt habe. Ich habe ziemlich Angst vor ihr, wenn sie sauer wird. Du solltest sie mal sehen, wenn sie mit einem Mopp bewaffnet ist.«

Bei dem blöden Gequassel hätte ich den beiden am liebsten gegens Schienbein getreten. Herrje, Ruby, nicht im Ernst, oder? Sie konnte unmöglich auf Zach stehen. Er zog sich an wie ein pubertierender Gamer und sollte dringend mal zum Friseur. Seine Arme waren mehr Tattoo als menschliche Gliedmaßen. Er war eingebildet und kommandierte andere gerne herum. Er verschlang sein Essen wie ein hungriger Labrador. Er war … Ich hielt bei meiner Liste der Dinge, die ich am wenigsten an Zach mochte, inne, da er und Ruby unbeirrt weiterplauderten.

»Ein Model! Das kann ich mir bei dir gut vorstellen«, sagte er.

Ruby lachte affektiert und warf ihr Haar über die Schulter. Würg, anderen beim Flirten zuzusehen war echt abartig.

»Eine Runde aufs Haus!«, brüllte plötzlich Norris, der mit einem Tablett in den Laden hochkam, auf dem eine Champagnerflasche und mehrere Tassen standen. »Ihr wart alle ganz großartig, besonders du, Florence, und ich möchte mich bei euch bedanken.«

Er stellte das Tablett vorsichtig auf einem Tisch mit Biografien ab, bedeckte dabei die Gesichter von Cromwell und Queen Victoria und ließ den Korken knallen.

»Ich habe ein Selfie mit dem Mops bekommen!«, prahlte Eugene, der die Tassen verteilte.

»Hör mir bloß mit dem Hund auf«, brummte ich und musterte die Tasse, die er mir gereicht hatte. Die Seiten waren voller brauner Teeränder. Konnte ich daraus Champagner trinken?

»Prost!«, rief Norris und hob seine Tasse in die Höhe. »Wir haben hundertsechsundzwanzig Ausgaben von diesem bekloppten Gedichtband verkauft, und das zusätzlich zu den Tickets.«

»Ich habe ein paar tolle Fotos machen können«, sagte Zach, hob die Kamera von seinem Hals und scrollte sie durch. »Ich werde sie gleich morgen auf Instagram posten.«

»Ich will sie nicht sehen«, erwiderte ich.

»Ich schon!«, gurrte Ruby und trat näher an Zach heran, um auf sein Kameradisplay zu schauen.

So viel zu ihrem selbst auferlegten Männerverzicht, dachte ich bei mir. Falls ich morgen in die Küche runterkam und Zach in unseren Schränken nach Teebeuteln kramen sah, würde ich ausziehen. Ich meine, was, wenn ich ihm in einem Handtuch über den Weg lief? Abartig. Oder was, wenn ich gerade fernsehen wollte, während sie auf dem Sofa neben mir knutschten? Unmöglich. O mein Gott, was, wenn er und Ruby am Ende heirateten und wir von nun an jedes Jahr Weihnachten zusammen feiern mussten? Der Gedanke war unerträglich.

»Wo ist dein Macker, Florence?«, fragte Zach und sah plötzlich von seiner Kamera auf. »Ich dachte, er wollte kommen.«

»Ja. Ich meine, wollte er, aber ich schätze, er wurde bei der Arbeit aufgehalten.«

Ich wusste es nicht mit Sicherheit, da Rory mir immer noch nicht geschrieben hatte, aber das wollte ich nicht zugeben. Ich fühlte mich seltsam hin- und hergerissen: Einerseits ärgerte ich mich über Rory, andererseits meinte ich trotzdem, ihn vor Zach verteidigen zu müssen.

»Vielleicht wurde er vom Premierminister aufgehalten«, schlug Eugene vor, bevor er nach Luft schnappte. »Was, wenn es um eine Sache von nationaler Wichtigkeit geht?«

»Okay, jetzt lass uns mal nicht übertreiben«, erwiderte ich und schreckte zusammen, als es am Schaufenster hinter mir klopfte. Ich drehte mich um. »Seht ihr? Da ist er ja.« Ich stellte meine Tasse auf dem Tablett ab und eilte zur Tür, um ihm zu öffnen.

»Es tut mir so leid«, sagte Rory mit gequälter Miene. »Mir ist im Ministerium eine Krise dazwischengekommen, und nun habe ich deinen großen Moment verpasst. Ich bin ein schrecklicher, schrecklicher Freund, also … habe ich dir die hier mitgebracht.« Er zog einen Strauß gelber Rosen hinter seinem Rücken hervor und beugte sich vor, um mich auf die Schläfe zu küssen. »Vergibst du mir?«

»Mach dir keinen Kopf«, erwiderte ich, da ich keine Szene machen wollte. »Komm doch rein und sag Hallo zu allen.« Ich nahm die Blumen und zog ihn mit der anderen Hand hinter mir in den Laden. »Das ist Rory. Rory, das sind Eugene und Norris, meine Schwester Ruby hast du ja bereits getroffen, und Zach.«

»Hallo«, sagte Eugene sofort und schob sich vor die

anderen, um ihm die Hand zu schütteln. Selbst nach einem langen Tag im Büro sah Rory beeindruckend aus mit seinem leichten Bartschatten.

»Hallo noch mal«, sagte Ruby und winkte ihm zu. »Ich glaube, du hast seit heute einen kleinen haarigen Rivalen, der um die Gunst deiner Freundin buhlt.«

»Norris«, sagte Norris und streckte seine Pranke aus.

Womit Zach übrig blieb.

»Rory Dundee, sehr erfreut«, sagte Rory und streckte den Arm aus.

Zach schüttelte zwar seine Hand, aber ich konnte die Verachtung förmlich spüren, die von ihm ausging. »Du hast ihren großen Moment verpasst.«

»Argh, ja, ich weiß«, stöhnte Rory, ließ Zachs Hand los und klopfte sich selbst gegen die Brust. »Wir haben nur gerade diese sich anbahnende Krise im Oman.«

Zach wirkte kein bisschen beeindruckt. Eugene gab ein seltsam schmachtendes Geräusch von sich.

»Auch einen Schluck, Rory?«, fragte Norris und nickte zu dem Tablett mit dem Champagner.

»Ja, bitte, vielen Dank. Obwohl ich das Gefühl habe, es kaum zu verdienen, wo ich doch so fürchterlich spät dran bin. Und was war das mit dem kleinen haarigen Rivalen?« Er schlang den Arm um meine Taille, um mich erneut auf die Schläfe zu küssen.

Ich seufzte. »Fumis Hund hat versucht, mein Bein zu begatten. Mitten auf der Bühne.«

»Vernünftiger Hund«, erwiderte Rory, was mich immerhin zum Lächeln brachte.

»Florence war genial«, sagte Zach. »Du hättest sie sehen müssen.«

Rory runzelte die Stirn. »Ah, dieser verdammte Oman. Ich wünschte, ich wäre da gewesen.«

»Ja, erzähl uns von deiner Arbeit, Rory«, sagte Eugene, bevor er verschwörerisch die Stimme senkte. »Es klingt ja so bedeutend. Aber nur, wenn du darfst. Du musst uns natürlich keine Staatsgeheimnisse oder so etwas verraten.«

»Nein, nein, nichts Bedeutendes«, erwiderte Rory und bedachte Eugene mit seinem blendendsten Lächeln, »nur ein Rädchen im Getriebe der Regierung.«

Zach gab ein schnaubendes Geräusch von sich, das er mit einem Husten kaschierte. »Und du willst also für die Konservativen kandidieren, meinte Florence?«

»Ja, das werde ich«, sagte Rory. »Oder zumindest hoffe ich es.«

»Ich würde dich wählen«, warf Eugene ein.

»Zach …«, warnte ich.

»Was denn?«, erwiderte Zach, ganz die Unschuld. »Ich frage doch nur.«

»Kein Fan?«, fragte Rory. Er lächelte nach wie vor, aber ich sah einen Muskel in seinem Kiefer zucken.

Zach hob lapidar die Schultern. »Meine Mutter ist Lehrerin, also nein, nicht unbedingt.«

»In diesem Fall sollte sie dankbar sein.«

»Dankbar?«

»Absolut. Wir haben Milliarden in das Schulsystem investiert und die Lehrergehälter erhöht.« Rory klang cool, aber ich konnte den winzigen Muskel immer noch pulsieren sehen.

»*Wir?* Rory, du bist doch noch gar kein Abgeordneter«, scherzte ich, um die Stimmung aufzulockern.

»Und was tust du so?«, fragte Rory und hielt den Blick weiter auf Zach gerichtet. »Florence hat dich nie erwähnt.«

»Ich bin Fotograf und arbeite hier nur ein Weilchen, um auszuhelfen«, erwiderte er. Zach versuchte, ebenfalls ungerührt zu klingen, doch seine Haltung – aufrecht wie ein Kerzenständer, die Schultern gestrafft – verriet ihn. Es war, als würde man dem Treiben im Gorillagehege im Zoo zuschauen. »Aber ich bin außerdem ein anständiger Mensch, und deswegen sind mir die Leute, die weniger Glück im Leben hatten als unsereins, nicht egal.«

»Genauso wenig wie mir«, sagte Rory und bedachte ihn mit einem weiteren aufgesetzten Lächeln.

»Genug«, unterbrach Norris, der die Hände vor ihnen in der Luft überkreuzte. »Kein Gezanke. Kommt schon, das hier ist eine Feier.« Er goss den Rest des Champagners in unsere Tassen. Norris und Rory unterhielten sich daraufhin über Politik, und ich durfte Ruby zuschauen, die für Zach ihr Haar hin und her schwang, während er ihr mehr von seinen Fotos zeigte.

»Also gut, ich gehe dann mal nach Hause«, verkündete Norris, kurz nachdem er seine Tasse geleert hatte.

»Kommt ihr noch mit was trinken?«, fragte Eugene und sah uns hoffnungsfroh an.

»Klar«, erwiderte Zach.

»Ich bin dabei«, fügte Ruby hinzu.

Ich schaute zu Rory. »Auch Lust?«

Er verzog das Gesicht. »Ich würde ja gerne, aber die Situation am Golf ist in vollem Gange, und ich muss früh ins Büro. Du kannst ja bleiben. Du musst nicht mit zu mir kommen.«

Ich wägte meine Optionen ab. Entweder in den Pub mitgehen, wo Eugene uns zwingen würde, Shots zu trinken (vorzugsweise Tequila, eigentlich immer Tequila), und Ruby dabei zusehen, wie sie mit Zach flirtete, oder mit Rory nach Hause fahren und neben ihm einschlafen.

»Lass uns zu dir fahren«, sagte ich. »Wartest du nur kurz, bis ich meinen Rucksack von unten hole?«

»Klar.«

In weniger als einer Minute war ich nach unten und dann wieder hochgeflitzt, da ich Rory und Zach nicht länger als nötig unbeaufsichtigt lassen wollte.

»Na dann, komm mit«, sagte Rory und streckte die Hand nach mir aus.

Ich ergriff sie und schaute wieder zu Zach. »Ist es okay, wenn du abschließt?«

Er nickte, und wir waren beinahe durch die Tür, die Rory für mich aufhielt, als Zach uns hinterherrief: »Viel Glück beim Befrieden des Mittleren Ostens!«

Rory hielt uns ein Taxi an, und ich versuchte die gesamte Fahrt über dahinterzukommen, wen ich weniger leiden konnte: Percy oder Zach? Aber sobald ich in Rorys Schlafzimmer war, stieß er mich rücklings auf sein Bett und leckte mich mit einer solchen Konzentriertheit und aufmerksamen Präzision, dass ich beide vergaß und beinahe selbst »Cowabunga!« geschrien hätte.

»FLORENCE, MEIN SCHATZ!«, rief Eugene, kaum dass ich am nächsten Morgen bei der Arbeit eintraf. »HAST DU SCHON GESEHEN? DU BIST EIN MEME!«

»Eugene, wovon redest du da?«

»Du bist ein Meme, SCHAU DOCH!«, sagte er und hielt mir das Handy vor die Nase.

Ich schaute und spürte, wie sich mein Magen zusammenzog. Auf Twitter reihte sich ein Meme an das andere, wie Percy mein Bein rammelte. War es für dich auch so schön, Percy?, lautete einer der Sprüche auf einem Schnappschuss von Percy, der sich an meine Wade klammerte, während ich mit hochrotem Gesicht krampfig ins Publikum grinste.

Eugene scrollte weiter. Dutzende von Bildern, und auf jedem sah ich noch verzweifelter aus, meinen Mund gequält nach oben verzogen. Bei meiner panischen Miene hätte man meinen können, ich würde von einem Löwen attackiert, nicht von einem kleinen Mops.

Beinrammeln, das ist voll mein Ding, lautete ein anderes Meme.

»Schau dir das an, das ist genial, und es wurde beinahe dreitausend Mal geteilt!«, freute sich Eugene. Es handelte sich um eine besonders schlimme Aufnahme von mir, auf der ich gerade versuchte, Percy wegzuziehen, und die Zähne dabei fletschte wie ein wütender Gargoyle. Froher Bumstag!, lautete die Bildunterschrift.

»Und es gibt sogar Videos«, verkündete Eugene entzückt und zeigte mir ein GIF von Percys Hintern, der meinen Turnschuh bearbeitete und dessen Schwänzchen dabei vor Erregung zuckte.

»Genug.« Ich schob unwirsch sein Handy aus meinem Blickfeld. »Ich packe das nicht mehr.«

»Aber du bist ein Internetstar!«

»Eugene, ich will ganz sicher kein Internetstar sein, weil ein Hund meinen Turnschuh scharf fand. Ich will überhaupt kein Internetstar sein, aber wegen so was schon gleich gar nicht.«

An der Tür bimmelte es, und Zach kam hereingerauscht.

»Morgen, du virale Sensation, was für ein Triumph! Der Instagram-Account wurde ungefähr eine Million Mal getaggt. Schau …« Er kam auf uns zu und hielt uns sein Handy hin.

»Ich will's nicht sehen«, sagte ich eingeschnappt und öffnete die Schublade, um das Tapetenmesser rauszuholen.

»Na, komm schon, das ist lustig!«, sagte Zach. »Eugene, gib mir recht.«

»Kein Interesse«, erwiderte ich und fuhr mit der Klinge über das Klebeband. »Ich wusste doch, dass das Interview mit Fumi ein Desaster wird, und seht, was passiert ist.«

»Das ist kein Desaster«, beharrte Zach. »So eine Publicity hätten wir nicht mal für Geld bekommen. Das ist genial! Und das alles dank dir. Na gut, dank dir und einem notgeilen Mops.«

»Ich will kein Wort mehr darüber hören.« Ich spürte meine Wangen schon wieder brennen. Das war alles Zachs

Schuld. Wenn er nicht angefangen hätte, hier zu arbeiten, hätte es das Event nicht gegeben, und hätte es das Event nicht gegeben, würden jetzt nicht Bilder von mir kursieren, auf denen ich praktisch von einem Mops geschändet wurde.

Er wechselte das Thema. »Ich mag übrigens deine Schwester.«

»Darüber will ich auch nichts hören.«

Ich spürte, wie Zach und Eugene hinter mir Blicke wechselten, und fuhr damit fort, Bücher aus den Kisten zu heben.

»Okay, falls mich jemand braucht, ich gehe mal unten die Fotos von gestern Abend durch«, verkündete Zach. Er trampelte die Treppe runter, und ich funkelte über meine Schulter hinweg erbost Eugene an, der immer noch grinsend in sein Handy starrte.

»Willst du mir vielleicht helfen?«, fuhr ich ihn an und deutete auf die Kisten.

Er blickte von seinen Memes auf, als hätte ich ihn gerade dabei erwischt, wie er einen Zehner aus der Kasse stibitzte, und schob das Handy in seine Hosentasche.

»Wie war's im Pub?«, fragte ich ein paar Minuten später. Ich versuchte, ganz beiläufig zu klingen, während ich mit dem Eifer eines Mörders die Klinge über den nächsten Streifen Klebeband zog.

»Gut. Haben ein paar Shots getrunken und sind dann nach Hause.«

»Nichts, was ich wissen sollte. Kein Tratsch?«

Eugene sah mich ratlos an. »Was für Tratsch?«

»Ach, nichts«, erwiderte ich und dachte, was für ein Glück es doch war, dass er in einer Buchhandlung arbeitete und nicht für den Geheimdienst.

Bis zur Mittagspause hatte sich die Situation nicht gebessert. Genauso wenig wie meine Stimmung. Wenn überhaupt, hatte sich beides nur verschlimmert. Da die Memes auf Twitter förmlich explodiert waren, stand die Ladenfront unter der Dauerbelagerung von Fumi & Percy-Fans, die draußen Fotos knipsten. Sie posierten alleine oder in Grüppchen und machten dabei mit den Fingern das Peace-Zeichen unter dem *Frisbee Books Ltd*-Ladenschild. Ein paar von ihnen besaßen sogar die Frechheit, in den Laden zu kommen und zu fragen, ob ich mich mit ihnen fotografieren lassen würde. Als ich zum fünften Mal an diesem Tag gefragt wurde – von einem schlaksigen Jungen in einem Superdry-T-Shirt –, stapfte ich erbost nach unten. Zach saß an seinem Laptop und bearbeitete Fotos.

»Das ist ein Albtraum, und es muss aufhören«, sagte ich.

Er wirbelte in seinem Sessel herum und streckte die Arme hinter seinem Kopf aus. »Hör zu, es tut mir leid, dass du dich aufregst, aber für den Laden ist es super, und in zwei Tagen wird die ganze Sache vergessen sein.«

»Das ist es also, ja? Das ist deine Antwort darauf, dass ich den ganzen Vormittag belästigt werde? Ich bin eine nationale Lachnummer, Zach!«

Er seufzte und plusterte die Wangen auf. »Warum machst du nicht früher Feierabend? Eugene und ich kommen zurecht. Geh heim und gönn dir heute Abend einen

Drink. Morgen wird die ganze Sache Schnee von gestern sein.«

»Na schön«, sagte ich. Normalerweise hätte ich ein schlechtes Gewissen gehabt, früher zu gehen, aber heute kümmerte es mich kein bisschen. Ich stapfte wieder nach oben.

»Ich mache für heute Schluss«, sagte ich zu Eugene und griff nach meinem Rucksack hinter der Kasse. »Wir sehen uns Montag.«

Ich öffnete die Tür und kam mir dabei vor wie ein Promi, der ein Hotel verlassen und sich draußen einem Ansturm von Paparazzi und Fans stellen muss. Nur, dass auf dem Bürgersteig bloß zwei Mädchen standen und kicherten, während eine den Arm ausstreckte, um ein Selfie von ihnen beiden zu machen. Dennoch köchelte ich auf dem gesamten Nachhauseweg vor Wut. Und die Schuld dafür gab ich ganz allein Zach.

6

Rory hatte mir eine Liste von Dingen gemailt, die ich für das Wochenende auf dem Land bei seinen Eltern mitbringen sollte. Sie beinhaltete: Gummistiefel, eine regenfeste Jacke und etwas »Elegantes« für den Abend. Letzteres zwang mich dazu, mir panisch ein trägerloses rotes Kleid von Mia zu borgen.

»Ist das nicht ein bisschen sehr … rot?«, fragte ich, als ich mich an besagtem Abend zweifelnd in ihrem Wandspiegel musterte. Der Taillenbund war so eng, dass ich mich wie eine Ketchupflasche fühlte. Würde ich explodieren, wenn ich mich setzte? Womöglich würde ich den ganzen Abend lang schlicht nicht dazu in der Lage sein, mich zu setzen.

»Ich weiß, was ich tue, Flo«, erwiderte Mia bestimmt. »Die werden zu diesen Leuten gehören, die am Wochenende Abendgarderobe tragen, und du willst dich doch nicht fehl am Platz fühlen, oder?«

Aber immerhin lenkte das rote Kleid mich von dem Percy-Debakel ab.

Noch am selben Abend packte ich es zusammen mit einem alten Paar Gummistiefel sowie einem staubigen Regenmantel, den ich vergraben unter einem Haufen von anderem Zeug auf dem Garderobenständer im Flur gefunden hatte, ein. Außerdem: sechs Unterhosen, vier verschiedene Oberteile, die von einem lässigen T-Shirt bis hin zur gerüschten Bauernbluse reichten, zwei Pullover, mein schlichtes schwarzes Kleid von Whistles (was, wenn sie sonntags in die Kirche gingen?) und drei Paar Schuhe (Chucks, schwarze Pumps und rote High Heels, die zum Kleid passten).

Diese Vorkehrungen hatten zur Folge, dass ich am Samstagmorgen einen riesigen Koffer zum Bahnhof King's Cross schleppte; ganz so, als wäre ich auf dem Weg zu einer mehrmonatigen Expedition an den Südpol und würde nicht lediglich eine einzige Nacht in Norfolk verbringen. Trotzdem, es war immer besser, vorbereitet zu sein.

Rory lachte, als er mich unter der Abfahrtstafel erblickte. »Lass mich das nehmen«, sagte er und griff nach dem Koffer.

»Wo ist denn dein Zeug?«, wunderte ich mich. Er hatte nichts bei sich. Nur eine Umhängetasche über der Schulter.

»Ich habe alles Mögliche bei meinen Eltern. Mein Gott, ist das schwer.«

»Entschuldige.«

»Für dich immer. Also gut, dann komm, Gleis elf. Lass uns gehen, bevor der Pöbel sich alle Sitze krallt.«

Er machte sich auf den Weg zur Ticketschranke und rief dabei den anderen Reisenden lautstark »Entschuldigen Sie, tut mir leid, verzeihen Sie bitte!« zu, bevor ich ihn dafür rügen konnte, so ein Snob zu sein. Im Zug verstaute er meinen Koffer, und wir fanden einen Tischplatz in der Nähe. Ich setzte mich ans Fenster, während Rory sein Tweedjackett auszog, es faltete und sorgfältig über seine Umhängetasche auf der Gepäckablage legte. Er setzte sich mit einem Buch über Margaret Thatcher, das er zuvor aus der Tasche gezogen hatte, hin und rieb mit einer Hand meinen Oberschenkel.

»Geht's dir gut?«, fragte er.

»Ja, alles bestens.«

»Ich meine, wegen dieser Hundesache.«

»Oh, das«, sagte ich. Am Abend zuvor hatte ich ihm geschrieben, was passiert war, dabei aber versucht, es herunterzuspielen. »Ja, alles gut. Ich meine, es kursieren jetzt zig Millionen Fotos von mir im Netz, auf denen ich ein Gesicht ziehe wie ein Gargoyle, aber die Leute werden die Sache hoffentlich bald vergessen.«

»Ich finde ja, dieser Mensch, der mit dir arbeitet, trägt die Schuld. Wie heißt er noch gleich? Jack?«

»Zach.«

Rory sah mich finster an. »Wie konnte er zulassen, dass die Situation so eskaliert?«

»Na ja, er stand ganz hinten im Raum, also kon…«

»Und hast du gesehen, wie er mich angeschaut hat?«, unterbrach er. »Als ich erwähnt habe, was ich beruflich mache? Ich vermute mal, er ist ein verkappter Kommunist.«

»Ich glaube, Ruby findet ihn ganz nett.«

»Deine Schwester hat doch gewiss einen besseren Geschmack?«

Ich öffnete den Mund, um etwas zu erwidern, dann schaute ich aus dem Fenster, da ich nicht ganz sicher war, wen ich verteidigen sollte.

»Wie auch immer«, fuhr Rory in versöhnlicherem Tonfall fort, »ich wollte nur sichergehen, dass es nicht allzu schmachvoll für dich war. Aber lass uns das Ganze vergessen und ein nettes Wochenende verbringen. Ich freue mich sehr, dass du hier bist.«

»Ich auch«, erwiderte ich, obwohl ich furchtbar aufgeregt war, seine Eltern zu treffen, vor allem seine künstlerisch veranlagte Mutter. *Nette Mutter* hatte ich auf meine Liste geschrieben. »Wie ist deine Mutter so?«

»Wie meinst du, wie ist sie?«

»Du weißt schon, wie ist sie drauf? Steht ihr euch nahe?«

Rory kratzte sich am Kinn. »Sie ist ziemlich exzentrisch. Ihr Vater, mein Großvater, war ein recht berühmter Porträtmaler, also genossen die Kinder eine freigeistige Erziehung – uneheliche Geschwister, Wein zum Frühstück, Affären mit den Nannys und so weiter. Aber ich liebe sie sehr. Und das wirst du auch«, sagte er, mein Bein drückend, »mach dir also keine Sorgen.«

»Ich mache mir keine Sorgen«, log ich. »Und was ist mit deinem Dad?«

»Er ist ebenfalls übergeschnappt. Sehr englisch. Ist sozusagen mit seinen roten Kordhosen verwachsen.«

»Ah, von ihm hast du das also?«, neckte ich ihn. Heute

sah Rory aus wie ein adretter Kaminfeger, in der dunkelblauen Wollweste über einem hellblauen Fischgräthemd zu dunkelblauer Hose und einem Paar Wildleder-Stiefeletten.

»Vielleicht«, räumte Rory ein, ließ seine Hand tiefer gleiten und kniff mich ins Knie.

»Autsch«, sagte ich und tauchte nach seinem Bein, um das Gleiche zu tun, aber er schnappte mein Handgelenk.

»Netter Versuch, aber so stark bist du nicht.«

»Aua, schon gut, Pause«, sagte ich, und er ließ los. Ich lehnte mich wieder auf meinem Sitz zurück. »Was hat dein Dad gearbeitet?«

»Er war in der Armee, hat den Militärdienst dann verlassen und ist ins Finanzwesen nach London. Und heutzutage ist er hauptsächlich damit beschäftigt, Dinge zu töten: Fasane, Fische, unsere Nachbarn.«

»Ist das der Grund, warum deine Eltern auf dem Land leben?«

Er schüttelte den Kopf. »Nein, es ist das Haus, in dem meine Mutter aufgewachsen ist. Sie war das Lieblingskind, daher hat sie es vermacht bekommen. Deshalb gab es einen mächtigen Knatsch in der Familie, bis heute sprechen sie nicht mehr miteinander.«

»Die liebe Familie, was?«, sagte ich und lehnte meinen Kopf gegen seinen Oberarm. Zu hören, dass seine Familie genauso durchgeknallt war wie meine, war seltsam beruhigend.

»Hm.« Dann tippte er auf sein Buch. »Ist es okay für dich, wenn ich ein bisschen lese?«

»Oh, klar«, erwiderte ich, obwohl ich einen leisen Stich der Enttäuschung verspürte. Ich hatte mir vorgestellt, dass mein erster Wochenendtrip mit einem Mann ein glorreiches, berauschendes Abenteuer sein würde, bei dem niemand sonst eine Rolle spielte (schon gar nicht Margaret Thatcher) und wo wir zwischen Runden von euphorischem Sex die großen Themen des Lebens diskutierten: Religion, potenzielle Kindernamen, unsere Lieblingschips. Ich wusste, dass ich *Liest Bücher* auf meine Liste geschrieben hatte, aber ich meinte damit nicht, dass er das die ganze Zeit tun musste.

Ich wandte mich ab, um aus dem Fenster zu schauen, während London an uns vorbeirauschte, und zählte die Waggons eines alten Zugs, an dem wir vorbeifuhren. Wenn es eine gerade Zahl wäre, würden seine Eltern mich mögen und ich würde mich nicht blamieren. »Eins, zwei, drei, vier, fünf …«

»Was tust du da?«, fragte Rory und hob den Kopf von seinem Buch.

»Nichts«, erwiderte ich rasch und blickte über den Gang zur anderen Seite, wo es keine alten Züge und nichts zum Zählen gab. Kein Zählen dieses Wochenende, Florence Fairfax. Reiß dich gefälligst ein bisschen zusammen.

Zwei Stunden später stiegen wir am Bahnhof von Norwich in ein Taxi, in dem es nach frittierten Zwiebelringen roch.

»Es sind etwa zwanzig Minuten«, sagte Rory, bevor er sich die ganze Strecke über mit unserem Fahrer unterhielt.

Über das Wetter, über Fußball, über den lokalen Abgeordneten, den sie beide nicht mochten.

»Der redet doch einen Haufen Mist«, sagte der Fahrer, bevor er über den Rückspiegel meinen Blick auffing. »Entschuldigen Sie meine Ausdrucksweise.«

Ich schüttelte lächelnd den Kopf, während Rory weiterquasselte. Man könnte ihn auf dem Mond aussetzen, und er würde jemanden finden, mit dem er sich unterhalten konnte. Er hatte am Donnerstagabend alle im Laden um den Finger gewickelt. Na ja, fast alle. Aber Zach hatte ihm ja auch gar keine Chance gegeben. Er hatte einfach das Schlimmste über Rory angenommen und sich stur geweigert, seine Meinung zu ändern. Und dann war er zu sehr damit beschäftigt gewesen, mit meiner Schwester zu flirten. Wieder fragte ich mich, ob etwas zwischen den beiden lief, und schaute auf mein Handy. Ich hatte seit Donnerstagabend keinen Mucks mehr von Ruby gehört, und gestern Abend war sie unterwegs gewesen. Womöglich mit Zach? Vielleicht wachte Zach genau jetzt bei mir zu Hause auf und spielte in der Küche Such-den-Teebeutel. Bei der Vorstellung kniff ich gequält die Augen zusammen. In diesem Moment verlangsamten wir auch schon, und das Taxi fuhr durch ein altes Metalltor, an dem ein Schild hing: *Rollmop Manor.*

Mit knirschenden Reifen rollten wir über eine gekieste Einfahrt, die von grünen Rasenflächen flankiert wurde, bevor das Taxi hielt. Alles, was ich durch das Fenster sehen konnte, war eine Eingangstür mit steinernen Säulen zu beiden Seiten.

»Das wären dann achtzehn fünfzig, bitte«, sagte der Fahrer. Ich griff nach meinem Portemonnaie, da Rory unsere Zugtickets gekauft hatte.

»Auf keinen Fall«, sagte er und reichte schon einen Zwanziger nach vorne. »Du bist eingeladen.«

»Du lädst mich immer ein.« Ich hatte ein schlechtes Gewissen. Unsere Rechnung war nie ausgeglichen, weil Rory für alles bezahlte: für Kaffee, Restaurantbesuche, Taxifahrten, Weinflaschen und Sträuße mit gelben Rosen.

»Das will ich doch hoffen«, erwiderte er und küsste mich flüchtig, bevor er die Wagentür auf seiner Seite öffnete. »Hopp, hopp, lass uns die Herrin des Hauses suchen.«

Ich stieg aus, froh über die frische Luft nach dem Zwiebelmief, und wollte mich gerade strecken, als ein riesiges graues Fellknäuel auf mich zugeschossen kam und an mir hochsprang. Ich stolperte nach hinten und wäre beinahe auf den Kies gefallen. »O MEIN GOTT, EIN WOLF!«

Seine Pfoten lagen schwer auf meinen Schultern, also machte ich zwei Sätze rückwärts, um mich zu befreien.

»Hilfe, Rory! Hilf mir. Wie kriege ich ihn runter?«, kreischte ich.

»Merlin, runter mit dir!«, befahl Rory, doch er lachte. »Das ist kein Wolf, du Angsthase. Das ist der Windhund meiner Mutter. Merlin, komm her, mein Junge.«

Merlin ließ die Pfoten zu Boden fallen und trottete zu Rory rüber. Mein Herz hämmerte gegen mein Brustbein, und ich kam mir dämlich vor. Warum war ich bloß zu einem solchen Hundemagneten geworden? Ich beäugte Merlin argwöhnisch, während er seinen Kopf stürmisch gegen Rorys Hand stieß. Er hatte die Größe eines kleinen Ponys. Wie viel fraß so ein Viech wohl?

Ich klopfte mir die Hundehaare von der Brust und blickte zum Haus auf. Es sah alt aus und war aus hellgelbem Stein erbaut; es verfügte über zwei Stockwerke mit jeweils einer Reihe hölzerner Schiebefenster. In der Mitte, um die Eingangstür herum, befand sich eine kreisförmige Veranda mit efeuumrankten Säulen zu beiden Seiten. Ein altmodischer Kinderwagen mit einem großen Verdeck und silbernen Rädern stand auf einer Seite.

Die Tür wurde geöffnet. »Willkommen, meine Lieben!«, rief eine Frau im lila Kaftan. Ihr weißes Haar war über eine Schulter geflochten, und sie war barfuß. Ein exzentrischer Kleidungsstil lag wohl in der Familie, dachte ich und fühlte mich plötzlich sehr urban in meiner Jeans und den Ankle-Boots.

Rory trat als Erster vor. »Hi, Mummy«, sagte er und küsste sie auf beide Wangen, bevor er über seine Schulter sah. »Das ist Florence.«

Ich lächelte und ging rasch an Rorys anderer Seite vorbei, um Merlin aus dem Weg zu gehen und die Tatsache zu ignorieren, dass mein Freund seine Mutter gerade »Mummy« genannt hatte.

»Freut mich, Sie kennenzulernen, Mrs. Dundee.«

Sie wackelte tadelnd mit dem Finger in meine Richtung. »Ich kann es nicht leiden, wenn man mich so nennt. Das macht mich so alt. Elizabeth, bitte, und sag doch Du.«

»Klar«, erwiderte ich, überwältigt von ihrer Eleganz. Aus der Nähe sah Rorys Mutter aus wie ein alter Hollywoodstar. Die Fältchen um ihre blauen Augen kräuselten sich, wenn sie lächelte, aber ihre Haut glänzte immer noch so frisch wie Butter.

»Kommt herein, kommt herein«, sagte sie und winkte uns durch die Tür. »Habt ihr Hunger? Das Mittagessen ist gerade fertig geworden. Meine Güte, was für ein großer Koffer. Bleibt ihr den ganzen Monat?«

»Nein, Entschuldigung, ich war nur nicht sicher, was ich mitbringen sollte, also … O MEIN GOTT …« Mir blieb fast das Herz stehen, als die Tür zufiel und ich einem Eisbären gegenüberstand, der auf seinen Hinterbeinen über uns emporragte.

»Ach ja, das ist unser Eisbär. Mein Großvater hat ihn 1894 auf einer Expedition an den Südpol geschossen. Wir nennen ihn Bi-polar. Rory, bring doch schon mal Florence' Koffer nach oben, wir kümmern uns in der Zeit um die Getränke.«

»Okidoki«, sagte Rory und steuerte die geschwungene Treppe an, die direkt vor uns nach oben führte.

Ich blickte mich um. Der Eingangsbereich sah aus wie ein vornehmer Trödelladen. Unter der gewundenen Treppe stand ein verstaubter Flügel. An der gegenüberliegenden Wand entdeckte ich eine Standuhr, die zwar tickte, aber die falsche Zeit anzeigte. Und dazwischen, vor uns, befand sich ein riesiger offener Kamin, in dem graue Qualmwolken emporstiegen. Bei dem Anblick musste ich frösteln. Überhaupt war es drinnen um einiges kälter als draußen.

»Hier entlang«, winkte Elizabeth mir zu. »In der Küche ist es wärmer.« Sie bewegte sich wie ein Gespenst und glitt durch eine breite Tür in eine weiträumige Küche, die den Blick auf den Rasen hinter dem Haus eröffnete. Ihre drei Katzen lagen auf dem Küchentisch in einem Sonnenfleck.

»Ihre … deine Katzen!«, rief ich. »Wie heißen sie denn?«

»Pablo, Claude und Frida. Wie die Künstler. Wir vergeben hier gerne alberne Namen, fürchte ich. Im Garten stolziert ein Pfau namens Salvador herum. Was möchtest du trinken? Ich bin gerade dabei, einen Krug Bloody Mary aufzusetzen.«

»Klingt lecker.« In der Küche war es zwar wärmer, aber es war außerdem auch Aladins Gerümpelhöhle. Neben einem Aga-Herd stand ein Wäschekorb, der überquoll von Socken und Hemdsärmeln. Silberne Hundenäpfe und allerlei Töpfe und Pfannen bedeckten sämtliche Oberflächen, so als müssten sie Regenwasser auffangen. Ich schaute unwillkürlich nach oben. Tatsächlich, an der Decke befand sich ein brauner Wasserfleck in der Form von Frankreich. Auf der einen Seite des Spülbeckens häufte sich ein Stapel Zeitungen so hoch, dass er aussah, als müsse er jede Sekunde zu Boden rauschen. Auf der anderen Seite stand eine Obstschale, die ausschließlich braune Früchte enthielt: braune Äpfel, braune Birnen, runzlige Trauben sowie Bananen, die die braune Phase bereits hinter sich gelassen hatten und schwarz angelaufen waren. Ich schnüffelte. Über den Geruch von überreifen Bananen und Hund hinweg konnte ich auch etwas Verkokeltes riechen.

»Also gut, was kann ich tun?«, fragte Rory, der durch die Tür kam. »Wo ist Daddy?«

Daddy? O nein.

»Jagen«, erwiderte seine Mutter. »Und du kannst mir den Sherry bringen und dann das Rebhuhn aus dem Aga holen. Wurde erst letztes Wochenende geschossen!«

»Klingt lecker!«, sagte ich erneut in dem Versuch, begeistert zu klingen.

Eine Stunde später hatte ich immer noch Hunger. Rory hatte recht gehabt, was die exzentrische Ader anging. Nachdem sie jedem von uns einen Teller mit einem winzigen verkohlten Vogel ganz ohne etwas serviert hatte – kein Gemüse weit und breit –, zauberte Elizabeth einen Brocken Käse aus dem Kühlschrank. Als Nächstes holte sie zwei Flaschen Rotwein »aus dem Keller«, pustete den Staub vom Glas und stellte sie auf dem Tisch ab.

Die Folge davon war, dass ich in diesen verwirrenden Zustand von Trunkenheit geriet, während es draußen noch helllichter Tag war.

»Ich gehe mal die Katzen Gassi führen«, verkündete sie schließlich und stand auf.

»Florence, mein Schatz, Lust auf einen Spaziergang?«, fragte Rory.

»Ihr Turteltäubchen wollt doch sicher nicht mit mir spazieren gehen«, warf Elizabeth ein. »Warum zeigst du Florence nicht lieber den Garten?«

Das Geheimnis um den Kinderwagen wurde gelüftet, als ich ein paar Minuten später auf der Veranda stand und versuchte, meine Füße in die Gummistiefel zu schieben. Nach vier Gläsern Wein war das durchaus eine Herausforderung.

Elizabeth, die einen khakigrünen Regenmantel über ihren Kaftan gezogen und ein seidenes Kopftuch unter dem Kinn festgeknotet hatte wie die Queen auf ihrem Landsitz, trat mit den drei Katzen in den Armen aus dem Haus und ließ sie behutsam in den Kinderwagen plumpsen, bevor sie das Verdeck runterzog, wie es eine junge Mutter tun würde, um ihr Baby zu schützen.

»Bis ganz gleich«, flötete sie über die Schulter. »Die Battenbergs kommen übrigens zum Abendessen, wir treffen uns also um sechs zu ein paar Drinks im Salon.«

»Ich habe dich gewarnt«, sagte Rory, als Elizabeth den Kinderwagen schon über den Kiesweg schob.

»Also, ich mag sie. Sie ist anders.«

Und das sagte ich nicht nur aus Höflichkeit. Ihre schrullige, unbekümmerte Attitüde war erfrischend. Wie sie durch das Metalltor am Ende der Einfahrt stapfte, sah es aus, als würde sie eine Spritztour mit einer neugeborenen Enkelin unternehmen. Wenn irgendwer einen Blick unter das Verdeck werfen würde, würde er bestimmt einen Heidenschreck bekommen – obwohl die Leute hier den Anblick wahrscheinlich gewohnt waren.

Ich drehte mich zu Rory um und prustete los, bevor ich mir schnell die Hand vor den Mund schlug. Er hatte eine Tweedjacke und eine Tweedmütze angezogen, sodass er wie Sherlock Holmes höchstpersönlich aussah. Unter den Ohrklappen seiner Mütze lugten blonde Haarbüschel hervor.

»Was?«

»Nichts«, nuschelte ich immer noch kichernd hinter

meinen Fingern hervor. »Mir war nur nicht klar, dass ich den Watson spielen soll, während du auf unserem Spaziergang ein mysteriöses Verbrechen aufklärst.«

»Florence Fairfax, dafür wirst du bezahlen«, sagte er kühl.

»Wie meinst du das?«

Im Handumdrehen hatte Rory mich gepackt und griff unter meine Jacke, um mich zu kitzeln. Dabei hasste ich es, gekitzelt zu werden.

»O mein Gott, hör auf!«, kreischte ich, wand mich aus seinem Griff und rannte über den Pfad ums Haus herum zum Rasen.

Der Wein machte mich schwerfällig, doch ich stolperte durch eine schmale Lücke in einer Hecke, bevor er den Saum meiner Jacke zu fassen bekam und mich mit sich ins Gras riss.

»Netter Versuch«, sagte er und hielt meine Arme am Boden fest.

»Die Mütze ist echt albern.«

»Und du hast Rotweinzähne«, gab er zurück.

Unsere Nasen berührten sich fast; wir waren zwar betrunken und benahmen uns bescheuert, aber mir gefiel es. Das hier fühlte sich mehr wie das Wochenende an, das ich mir ausgemalt hatte. Zwei Menschen in ihrer kleinen rosaroten Blase, die zusammen lachten, als sei das Leben in dem Moment vollkommen perfekt, als bedürfe es nichts anderes.

Er küsste mich und schob seine Hände wieder unter meine Jacke, dann glitt er mit ihnen unter meinen Pulli und umfasste meine Rippen.

»Na, hast du Lust?«, fragte er verschmitzt grinsend.

»Was? Hier *draußen*?«

Er nickte, und ich sah an seinem eindringlichen Blick, dass er es ernst meinte. Außerdem konnte ich seinen Ständer an meinem Bein spüren.

»Was ist mit deinen Eltern?« Ich verrenkte den Hals, um zum Haus zu schielen, aber es war hinter der Hecke verborgen. Ich war unwissentlich in einen von Hecken eingeschlossenen Teil des Gartens gerannt, wo Kräuter in Blumentöpfen und in ordentlichen Büscheln entlang eines Beets wuchsen.

»Sie sind nicht hier«, raunte Rory und senkte erneut den Kopf, um mich zu küssen. »Willst du denn nicht?«

»Doch, ich will. Wirklich. Aber es ist nur so …«

»Was?«

»Mein Hintern ist total nass vom Gras.«

»Dem kann ich Abhilfe schaffen.« Er rollte sich herum und zog mich mit sich, sodass er mit dem Rücken auf dem Boden lag und ich über ihm kniete. Ich griff nach hinten, um meine Jeans zu betasten.

»Ja, wusste ich's doch. Meine Hose ist nass.«

»Dann zieh sie aus«, sagte er, legte die Hand auf meinen Hinterkopf und zog mich für einen weiteren Kuss zu sich.

Ich wollte ja, ich spürte, wie ich innerlich nachgab. Aber trotzdem waren wir hier draußen, lagen neben der Hecke seiner Eltern, und es war vier Uhr nachmittags. Ich hatte ja immer geglaubt, auf dem Land gäbe es um diese Uhrzeit ein Tässchen Tee mit Scones, nicht Sex im Kräutergarten.

Und Merlin, dieser Riesenhund, würde vermutlich jeden Moment vorbeitraben und mitmachen wollen.

»Komm schon«, lockte er, »tu es. Zieh sie für mich aus. Es ist niemand hier.«

Und da ich nicht verklemmt rüberkommen wollte, stand ich also auf, spähte dabei aber durch die Hecke zum Haus rüber. Keine Spur von Menschen oder Hunden. Ich schälte mich aus meiner Jeans, während Rory seinen Hosenstall öffnete.

»Ich mach's aber nicht, solange du die Mütze anhast«, sagte ich, als ich die Jeans über meine Knöchel zerrte und dann mein Höschen obendrauf fallen ließ. Rory zog die Mütze vom Kopf und schleuderte sie wie ein Frisbee über die Hecke.

Ich hob ein Bein über ihn und kicherte, als ich das feuchte Gras unter meiner Haut spürte. »Das ist eine ganz schlechte Idee«, sagte ich, als ich zwischen meine Beine griff und seinen Ständer umfasste, bevor ich ihn langsam in mich einführte.

»Nein, ist es nicht. Es ist eine verdammt grandiose Idee«, stöhnte Rory, als ich anfing, mich auf ihm vor und zurück zu bewegen.

Erst fühlte es sich ziemlich seltsam an, da ich immer noch meine Regenjacke anhatte. Von der Hüfte aufwärts sah ich aus wie ein Wanderer, und abwärts … na ja, war ich wahrscheinlich blau angelaufen und pickelig vor Gänsehaut, da es ein kalter Oktobernachmittag war und die Sonne schon hinter der Hecke unterging. Aber meine anfänglichen Bedenken legten sich nach ein paar

Sekunden und verpufften vollständig, als Rory über seinen Daumen leckte und ihn nach vorne streckte, um mich damit zu reiben.

»O mein Gott, o mein Gott, o mein Gott«, wiederholte ich, als er immer wieder um meine Klitoris kreiste.

»Schau mich an«, befahl er, wann immer ich unter der intensiven Hitze der Lust den Kopf nach hinten warf, daher ließ ich das Kinn wieder sinken und sah ihm direkt in die Augen.

Sekunden später spürte ich, wie ich anfing, mich um ihn zusammenzuziehen, während er sich schneller und schneller in mir bewegte und seine Hand gleichzeitig flinker wurde und fester zwischen meine Beine stieß.

»O mein Gott, o mein Gott, o mein Gott«, keuchte ich, bis die Worte eins wurden. »OmeinGottomeinGottomeinGott … OMEINGOTT!«

»O mein Gott, COWABUNGAAAAAAAAA!«, rief Rory und warf den Kopf zurück ins Gras, als wir gemeinsam kamen.

»Ach du liebe Güte!«, ertönte eine andere, eher verdutzte Stimme, und der Kopf eines Mannes lugte durch eine Lücke in der Hecke. »Entschuldige, mein Junge, ich habe Stimmen gehört und dachte, du würdest die hier suchen.« Der Mann warf Rorys Mütze zu uns rüber und verschwand wieder.

»Ah«, sagte Rory und sah zu der Mütze, die neben meinem nackten Knie gelandet war. »Florence, du hast soeben meinen Vater kennengelernt.«

Als ich am Abend mit Rory nach unten ging, war ich gleich aus mehreren Gründen peinlich berührt. Hauptsächlich natürlich, weil ich vom Herrn des Hauses dabei überrascht worden war, wie ich im Kräutergarten auf seinem Sohn herumturnte. Aber auch, weil Mia mit dem roten trägerlosen Kleid mächtig danebengegriffen hatte. Alle im Salon hätten ebenso gut einem Quäkertreffen beiwohnen können: die Männer in Kordhosen, die Frauen hochgeschlossen in langen Ärmeln und gedämpften Farbtönen. Ich selbst sah aus, als würde ich in die Oper gehen. Außerdem presste der Sanduhrschnitt des Kleides meinen Busen so hoch, dass mein Dekolleté praktisch schon unter meinem Kinn anfing. Ich fühlte mich völlig fehl am Platz. Und mir war kalt. Rory zufolge schaltete sein Vater die Heizung prinzipiell nur ein, wenn der Gartenteich draußen zufror.

»Daddy, darf ich vorstellen, Florence. Florence, das ist Daddy«, stellte Rory uns vor, sobald wir eintraten.

»Guten Abend, Florence. Mortimer Dundee, sehr erfreut. So bekleidet hätte ich dich kaum wiedererkannt!«

»Ich denke, je weniger Worte wir darüber verlieren, desto besser«, sagte Rory rasch. »Wie war die Jagd?«

»Ein Mordsspaß. Aber nun, was wollt ihr beide denn trinken?«

Mortimer machte einen Wandschrank hinter sich auf und förderte damit eine eingebaute Bar mit juwelengleich funkelnden Schnapsflaschen zutage.

»Gin Tonic, glaube ich«, sagte Rory. »Florence?«

»Könnte ich mit einem Wasser beginnen?« Ich war gefühlt gerade erst vom Mittagessen ausgenüchtert.

»Ein Wasser?«, dröhnte Mortimer. »Geht's dir nicht gut?« Er beugte sich so nah vor, dass ich die winzigen spinnengleichen Äderchen sehen konnte, die sich wie ein rotes Straßennetz über seine Nüstern zogen. »Vielleicht bist du ja dehydriert nach der Anstrengung von vorhin, was?« Er lachte brüllend über seinen eigenen Witz, bevor er sich wieder zu der Schrankbar umdrehte.

Ich atmete so tief durch, wie es mir in meinem Kleid möglich war, und wünschte mir, ich hätte *nette Eltern* auf die Liste geschrieben, statt mich nur auf die Mutter zu konzentrieren.

»Und du erinnerst dich noch an Octavia?«, fragte Rory, eine Hand auf meinen Rücken gelegt. Ich drehte mich um und sah die Blondine aus dem House of Commons.

»Natürlich, hallo, ich wusste nicht, dass du auch kommst!«

»War so auch nicht geplant, aber dann haben meine Eltern gesagt, sie seien hier zum Dinner eingeladen, also habe ich London verlassen, um mich der Feier anzuschließen«, sagte Octavia. Der rote Lippenstift war wieder mit von der Partie, und sie trug eine schwarze elegante Jeans zu einer schwarzen Seidenbluse, wodurch ich mich noch mehr fehl am Platz fühlte – wie so eine angemalte russische Matrjoschka. »Ach ja, ich habe die Bilder von dir und dem Hund gesehen, so witzig!«, fügte sie hinzu und grinste mich an wie Cruella de Vil. »Eine richtige Berühmtheit bist du.«

»Ach ja?«, fragte Mortimer, der mir ein Kristallglas mit Wasser und Rory seinen Gin Tonic reichte.

»O Morty, es ist zum Totlachen. Das musst du sehen. Florence ist eine echte Internetsensation.«

»Ach, ist sie das?«, fragte er und blickte mich anzüglich unter seinen Augenbrauen an.

»Nein, das bin ich ganz gewiss nicht, es war nur ein dummes Versehen. Ein Hund hat …«

»Rory, Schätzchen, halt das doch mal für mich«, unterbrach Octavia. Sie reichte ihm ihr Glas und zog ihr Handy aus der Gesäßtasche.

»Schau, Morty, ist das nicht fabelhaft?«, fragte sie und hielt es hoch, sodass alle das Display sehen konnten – inklusive meiner gequälten Grimasse und Percy, der sich an mein Bein klammerte wie ein Babykoala. »Das ist ein berühmter Instagram-Hund, und Florence hat ihn diese Woche interviewt …«

»Tatsächlich habe ich seine Besitzerin interviewt«, berichtigte ich, um die Kontrolle über die Situation wiederzuerlangen. »Sie ist eine japanische Dichterin, äußerst erfolgreich, ihr zweiter Gedichtband ist gerade herausgekommen und …«

»Und Florence war oben auf der Bühne«, fuhr Octavia fort, »und der Hund hat einfach damit begonnen, ihr Bein zu begatten. Ist das nicht urkomisch? Die Fotos machen seitdem die Runde im Netz. Mein gesamtes Büro hat sich kringelig gelacht.«

»Oh, das freut mich ja ungemein«, sagte ich mit einem angespannten Lächeln.

»Was habt ihr denn da?«, fragte Elizabeths klingende Stimme hinter uns.

Octavia drehte sich zu dem anderen Grüppchen um, das neben dem Kamin stand: Elizabeth mit einem Ehepaar, das wohl Octavias Eltern sein mussten. Er trug einen burgunderroten Pullunder über einem rosa Hemd und hatte die Hängebacken eines in die Jahre gekommenen ultraspießigen Nationalisten; sie wiederum sah aus wie Patricia mit dem perfekt frisierten braunen Haarhelm, der über einem gestrafften, freudlosen Gesicht thronte.

»Oh, Mummy, Daddy! Das müsst ihr sehen. Das ist Florence, Florence, das sind meine Eltern, Lord und Lady Belmarsh.« Sie hielt ihnen ihr Smartphone vor die Nase und schilderte die gesamte Geschichte von vorne, das Ganze begleitet von Ausbrüchen vornehm gedämpften Lachens.

Ich sah Hilfe suchend zu Rory, doch der grinste nur und verdrehte die Augen, als wäre Octavia ein kleines, ungezogenes Kind. Ich hatte das Gefühl, als hätte mir jemand einen Schürhaken in den Hals gerammt, nur um die Scham und Demütigung der vergangenen Woche noch einmal aufglühen zu lassen.

»Nun, nun, nun, Florence, du scheinst mir in der Tat unwiderstehlich!«, bemerkte Mortimer, der mich immer noch beäugte wie eine saftige Rinderhochrippe.

Glücklicherweise ertönte da ein Gong, und Elizabeth verkündete, dass das Abendessen angerichtet sei. Ich kippte mein Wasser und stellte das Glas mit solcher Wucht in die mit Spiegeln ausgekleidete Schrankbar zurück, dass ich schon Angst hatte, der Regalboden wäre zusammengekracht. Glücklicherweise war er es nicht.

Im Esszimmer war es schummrig. Das wenige Licht kam von mehreren Kerzen, die auf dem Mahagonitisch aufgereiht waren. Die Kerzenhalter waren aus Hirschgeweihen gefertigt, und von den Wänden stierten mehrere ausgestopfte Fuchsköpfe mit scharfen Schneidezähnen fletschend auf uns herab. Ich ließ den Blick von den Köpfen zu einem Ölgemälde wandern, das an der Wand hinter Mortimer hing (leider hatte man mir einen Platz neben ihm zugewiesen). Es war der Akt einer blasshäutigen Frau, die auf einem Felsen neben einem Teich saß und sich vorbeugte, um ihr Haar zu waschen. Man konnte ihre Pofalte sehen.

Mortimer folgte meinem Blick. »Das ist übrigens Elizabeth.«

»Was?« Ich sah zu ihm, dann rasch wieder zu dem weißen Hintern auf dem Felsen.

»Wurde vor Jahren angefertigt«, nuschelte er, während er Finger und Daumen in den Mund schob, um ein Stück Knorpel herauszuziehen. »Es war ihr Hochzeitsgeschenk an mich.«

Das Abendessen war nicht viel besser als das Mittagessen. Elizabeth – heute Abend trug sie einen weinroten Kaftan zu juwelenbesetzten Pantoffeln, die sich an der Spitze nach oben bogen –, hatte eine riesige Porzellanplatte aus der Küche gebracht und verkündet, dass es Wildpastete gebe. Sie hatte das Zeug auf Tellern rund um den Tisch verteilt, und wir durften uns an dem Gemüse aus den Schüsseln vor uns bedienen.

Ich hatte bisher zwei Bissen von der Pastete gekostet, aber die Füllung war zäh und fasrig und schmeckte ziemlich genau so, wie ich mir Rattenfleisch vorstellte. Im Halbdunkel sah ich wieder auf meinen Teller hinab und versuchte, den nächsten Happen zu erwischen. Etwas Kleines, Schwammiges kullerte unter meiner Gabel fort. Ein Augapfel?

»Und was machst du so den lieben langen Tag«, erkundigte sich Morty, »wenn du gerade keine armen Hündchen terrorisierst, ha, ha!«

»Ich arbeite in einer Buchhandlung«, erwiderte ich, beschloss, die Pastete links liegen zu lassen, und führte eine Gabel mit Kartoffelpüree an meinen Mund. Mit Kartoffelpüree konnte ja nicht viel schiefgehen. »Deswegen habe ich auch diese japanische Dichterin interviewt. Da sie ziemlich bekannt ist und ihr zweites …«

Er ließ mich nicht ausreden. »Oh, eine Buchhandlung. Du bist also im Einzelhandel tätig?« Ich hätte genauso gut sagen können, dass ich in einem Puff arbeitete.

Die Kartoffelpampe war kalt.

»Du kennst den Laden, Daddy. Frisbee Books in Chelsea?«, meldete sich Rory von der anderen Seite des Tisches.

»Oh, ich liebe das Frisbee einfach«, warf Elizabeth ein und klatschte dabei in die Hände. »Wie wunderbar! Ich würde ja liebend gerne in einer Buchhandlung arbeiten.«

»Den Laden kenne ich«, bellte Lord Belmarsh. »Sieht von außen aus wie ein Wohltätigkeitsbasar.«

»Tatsächlich ist es eine sehr besondere Buchhandlung«, erwiderte ich und spießte mit den Gabelzinken ein Kohlblatt auf in der Hoffnung, dass wenigstens das Grünzeug essbar wäre. Ich hatte zu Mittag schon fast nichts gegessen und war nun schon bei meinem dritten Glas Wein angelangt. Falls ich diesen Kohl nicht runterbekam, befürchtete ich peinliche Aussetzer. »Sie besteht schon seit 1967.«

»Aber sie wird nicht für immer dort arbeiten, weil sie an einem eigenen Buch schreibt, nicht wahr, Schatz?«, sagte Rory.

Der labbrige Kohl zerfiel in meinem Mund. »Ich weiß nicht, wie lange ich dort bleiben werde«, erwiderte ich. »Ich liebe meine Arbeit wirklich.«

»Aber du willst doch sicher lieber Schriftstellerin sein, anstatt anderer Leute Bücher zu verkaufen«, bohrte er weiter, und kurz wirkte Rory wie ein übereifriger Vater, der mich drängte, das Richtige vor den anderen Leuten zu sagen, weil er sich schämte, dass ich als Verkäuferin arbeitete.

»Wenn ich Glück habe, dann werde ich beides machen«, erwiderte ich und lächelte in die Runde. Ich fühlte mich wie eine Robbe, die ein Kunststück aufführt.

»Wann fahrt ihr morgen denn zurück, Schätzchen?«, fragte Elizabeth an Rory gewandt.

»Nach dem Mittagessen?«

»Oh, gut. Ich dachte, wir könnten morgen früh gemeinsam einen Ausritt unternehmen. Reitest du, Florence?«

Mortimer beugte sich zu mir. »Sie meint Pferde, meine Liebe.«

»Früher schon, ja«, sagte ich. »Aber das ist Jahre her. Meine französische Großmutter hatte ein kleines bockiges Pony namens Winston, mit dem ich morgens immer ins Dorf geritten bin, um Croissants zu holen.«

»Wunderbar! In diesem Fall werden wir nach dem Frühstück einen kleinen Galopp wagen. Ach herrje, Morty, schau, da ist eine Wühlmaus«, fügte sie hinzu und zeigte zur Sockelleiste, wo ein kleines dunkles Ding über den Teppich wuselte.

»Eine Maus!«, kreischte Lady Belmarsh.

»Oh, Mummy, jetzt mach doch kein Theater, sie wird schon nicht beißen«, sagte Octavia.

Ich fragte mich, ob ich sie einfangen und essen könnte.

»Morty, bitte geh und hol Pablo, er wird sie fangen«, sagte Elizabeth und legte ihre Serviette auf den Tisch. »Wenn dann alle fertig sind, könnten wir rübergehen und es uns bequem machen, ja?«

Wir kehrten in den Salon zurück, wo wir Kaffee in fingerhutkleinen Tässchen serviert bekamen. Ich trank gleich drei, hauptsächlich um mich aufzuwärmen und mein Hungergefühl zu besänftigen, aber auch um den Rotwein aus meinem System zu kriegen. Auf dem Kaffeetablett stand glücklicherweise auch eine Schachtel After Eight, daher aß ich auch ein paar von denen. Die einzelnen Verpackungen knüllte ich in der Hand zusammen, damit niemand mitbekam, wie viele ich aß.

»Rory hat mir erzählt, ihr zwei seid zusammen aufgewachsen?«, sagte ich zu Octavia, die neben mir auf dem Sofa saß.

»Ja, das stimmt! Er war auch mein erster richtiger Kuss, als wir dreizehn waren«, erwiderte sie, bevor sie sich umdrehte und zum Fenster zeigte. »Tatsächlich war es genau da drüben, während einer Sommerparty. Er hat mich in den Kräutergarten gelockt und ist über mich hergefallen.«

»Ha! Der Kräutergarten, wie witzig«, murmelte ich und schaute durch den Raum zu Rory rüber, der in ein Gespräch mit Lord Belmarsh vertieft war. Es war natürlich kein bisschen witzig, aber das musste sie ja nicht wissen. »Bist du eigentlich mit diesem Noddy von neulich zusammen?«

Octavia ließ den Kopf auf die Rücklehne fallen und lachte herzhaft. »Noddy! Meine Güte, nein. Ich liebe ihn, ja, aber nicht so.« Sie hielt inne und schaute zu Rory. »Nein«, sagte sie leichthin. »Kein Freund im Moment. Ich bin zu haben.« Dann senkte sie die Stimme beinahe zu einem Flüstern und beugte sich näher zu mir. »Aber keine Sorge, Rory und ich, das würde nicht funktionieren.«

»Wirklich? Warum denn nicht?«, fragte ich etwas quietschend, da mir keine bessere Erwiderung einfiel.

»Ich bin eine zu große Herausforderung für ihn«, sagte sie und schnippte mit ihren roten Nägeln. »Er braucht jemanden, der fügsamer ist. Jemanden, der ihn nicht überflügeln könnte oder eine Bedrohung darstellt. Eine Frau, die eine gute Politikergattin abgibt eben. Vielleicht eine Frau, die ein bisschen so ist wie du.« Ein amüsiertes Schmunzeln spielte um ihre Lippen, während ich nach einer Erwiderung suchte. Warum schienen andere Menschen in Momenten wie diesen meist schlagfertige Antworten parat zu haben, während mein Mund auf- und zuklappte wie der eines Fisches? Ich war zu überrumpelt, als dass mir etwas Gewitztes eingefallen wäre.

»Ich, äh … ich meine, dafür ist es wohl noch ein bisschen früh«, stammelte ich schließlich. »Ich meine, wir waren erst ein paarmal miteinander aus, und tatsächlich bin ich auch nicht so füg…«

»Oh, da wäre ich mir nicht so sicher«, fuhr sie mit einem Blick zu Rory fort. »Ich kann ihm ansehen, dass er dich mag. Außerdem hat man ihm nahegelegt, dass er sich eine Ehefrau suchen sollte, bevor er einen Abgeordnetensitz bekommt, also könntest du problemlos bald unter der Haube sein und hier in diesem Haus wohnen.« Sie lehnte sich gemütlich zurück und streckte die Arme über der Rückenlehne aus.

Ich versuchte zu verarbeiten, was sie da gerade gesagt hatte. Ich hörte eine winzige Alarmglocke in meinem Schädel schrillen. »Entschuldige, aber ihm wurde nahegelegt, sich eine *Ehefrau* zu suchen?«

Ihr knallroter Mund formte einen perfekten überraschten Kreis. »Oh, wusstest du das nicht? Aber darum brauchst du dir keinen Kopf machen. Das sind bloß politische Winkelzüge. Es ist nur so, dass die Partei tendenziell Kandidaten den Vorzug gibt, die eine Familie vorzuweisen haben, also hat man Rory inoffiziell angetragen zu heiraten.« Sie hielt inne und grinste erneut. »Bist du nicht ein Glückspilz?«

»Klar«, murmelte ich, den Blick auf den Kamin vor uns gerichtet. »Aber nein, nein, er hat nichts erwähnt.«

»Hector, Darling, ich denke, wir sollten nach Hause und die Hunde rauslassen«, sagte Lady Belmarsh.

»Da hast du recht«, erwiderte Lord Belmarsh und erhob sich. »Wir sollten aufbrechen, aber vielen Dank, meine lieben Dundees, für das vorzügliche Abendessen.«

Ich stand gleichzeitig mit Octavia auf und verabschiedete mich wie ein Roboter.

»Es war ja so schön, dich wiederzusehen, Florence. Bis bald in London, nehme ich an«, sagte sie mit einem weiteren feixenden Schmunzeln.

Rory, seine Eltern und ich standen auf der Veranda, um zu winken, als sie über die Einfahrt davonfuhren.

»Das war eine wirklich überaus köstliche Wildpastete, mein Schatz«, sagte Mortimer zu seiner Frau, als wir ins Haus zurückkehrten.

Plötzlich fühlte ich mich so müde, dass ich mich kaum noch auf den Beinen halten konnte.

»Rory, bring doch die arme Florence nach oben, sie sieht ganz erschöpft aus«, wies Elizabeth ihren Sohn an.

»Ziemlich verausgabt, würde ich wetten«, fügte Mortimer hinzu.

»Ja, Mummy«, sagte Rory. »Geht es dir denn auch gut, Schatz?«, sagte er zu mir. »Du bist so furchtbar blass.«

»Hm, alles gut«, erwiderte ich schwach.

»Ich lasse dir ein Bad ein«, schlug er vor. »Wie wäre es damit?«

Ich nickte stumm, bevor wir seinen Eltern eine gute Nacht wünschten und die geschwungene Treppe hinaufstiegen.

Was sollte man in so einer Situation sagen? Und wie sollte man es sagen? War es das, was diese Sache zwischen uns war? Ein Kästchen neben dem Punkt »Ehefrau«, das es abzuhaken galt? Ein Projekt?

Ich beschloss, mein heißes Bad zu genießen und das

Thema morgen früh anzusprechen. Im Moment war ich einfach zu zerschlagen. Die Kombination aus Rotwein und Kaffee machte mich gleichzeitig schläfrig und aufgekratzt. Aber natürlich gab es in diesem arktischen Haus so gut wie kein heißes Wasser, also nahm ich ein lauwarmes Bad in der avocadogrünen Wanne und zählte die Blumen an den Vorhängen hoch und runter. Als ich in ein kratziges Handtuch gewickelt über den Flur in unser Schlafzimmer huschte, schlief Rory bereits.

Am nächsten Morgen wachte ich mit kalter Nase auf. Im Schlafzimmer war es eisig. Gegen drei Uhr früh, als ich mich schon fragte, ob ich die Nacht überhaupt überleben würde, war ich auf der Suche nach meinen zwei Pullis und einem Paar Socken im Dunkeln herumgekrabbelt. Ich hatte auch erwogen, mir eine Unterhose als Mütze über den Kopf zu ziehen, kam aber zu dem Schluss, dass das Rory verschrecken könnte. Ich stieß meinen Atem aus und sah ihn als Wolke in der Luft hängen, dann kniff ich mit Daumen und Zeigefinger an meiner Nase herum in dem Versuch, sie aufzuwärmen.

»Was tust du da?«, fragte Rory, als er die Augen öffnete.

»Meine 'ase friert ab.«

»Was?«

Ich nahm die Hand weg. »Meine Nase friert ab.« Im nächsten Moment nahm ich einen seltsam fischigen Geruch wahr. »Was ist denn das?«, fragte ich voller Panik, dass ich essen müsste, was auch immer Elizabeth da unten in der Küche abgemurkst hatte.

»Bückling. Daddy isst sonntagmorgens immer Bückling«, erklärte Rory, sprang aus dem Bett und wandte mir dabei seinen nackten Hintern zu. Aber nicht einmal dieser Anblick konnte mich aufmuntern. Das Gespräch mit Octavia war der erste Gedanke, der sich nach dem Aufwachen in mein Hirn geschlichen und meine Stimmung gedrückt hatte, bevor ich überhaupt die Augen öffnen konnte.

Rory war bereits in eine Hose geschlüpft und knöpfte sich am Bettende sein Hemd zu. Ich konnte mich nicht überwinden, auch nur einen Zentimeter Haut zu entblößen.

»Komm schon, du Faulpelz!« Er zog am Zipfel meiner Decke und riss sie fort.

Ich kreischte auf und rollte mich aufgrund der plötzlichen Kälte auf der Matratze zu einer Kugel zusammen. »RORY! Ich hasse dich, du bist so gemein.«

Er lachte, als er schon auf die Tür zuging. »Als ob du mich hassen könntest. Ich gehe schon mal in die Küche, komm einfach runter, wenn du so weit bist.«

Ich setzte mich auf und sah mich im Zimmer nach meinem Koffer um. Mein Mund schmeckte immer noch nach gebratener Ratte. Ich musste unbedingt die Zähne putzen, mich anziehen, in die Küche runtergehen und mir eine Scheibe Toast einverleiben. Sie mussten hier doch Toast haben. Bei Toast konnte man unmöglich was falsch machen.

Zwanzig Minuten später folgte ich dem fischigen Gestank den langen Flur entlang, die Treppe runter und in die Küche.

»Morgen!«, rief Elizabeth, die am Aga-Herd stand.

Rory und sein Vater saßen an einem Ende des Küchentischs, die Katzen fläzten auf dem anderen.

»Guten Morgen, Florence, ich nehme an, du hast gut geschlafen?«, fragte Mortimer. Er war wirklich ein fortgeschrittener Perversling, denn selbst das klang wie eine zweideutige Anspielung.

»Ja, vielen Dank«, log ich.

»Setz dich doch«, sagte Elizabeth. »Möchtest du auch Bückling? Ich habe dir einen übrig gelassen.«

Ich winkte rasch ab. »Nein! Ich meine, nein, danke. Eine Scheibe Toast wäre super.«

Ich zog den Stuhl neben Rory hervor, setzte mich und spürte Merlins feuchte Schnauze gegen meinen Unterarm stupsen. Ich tätschelte ihn leicht auf den Kopf, nur für den Fall, dass die anderen zuschauten, und wandte unauffällig den Körper ab.

»Ich fürchte, ich habe eine wenig erquickliche E-Mail von der Arbeit bekommen«, sagte Rory und legte eine Hand auf mein Bein. »In Algerien gibt es unschöne Entwicklungen, was bedeutet, dass ich direkt nach dem Frühstück aufbrechen muss. Ich hoffe, es macht euch nichts aus?«

»O nein! Das heißt, kein Ausritt!«, rief Elizabeth. »Wie schade.«

»Ja, das ist schade«, sagte ich und gab mir Mühe, traurig zu klingen.

»Dann werdet ihr den strammen Galopp ein andermal nachholen müssen, was?«, sagte Mortimer über den Rand seiner Zeitung hinweg.

Ich bedachte ihn mit einem schmallippigen Lächeln, während Elizabeth eine Scheibe Toast auf meinen Teller fallen ließ. »Bitte schön, Butter und Marmelade stehen auf dem Tisch.«

»Danke«, sagte ich und griff nach der Butterdose. Oh. Die Butter war mit Hundehaaren bedeckt. Ich besah sie mir genauer. Oder mit Katzenhaaren, plus ein paar menschlichen Haaren obendrauf. Ich schabte um die Haare herum, betrachtete kurz die Marmeladengläser vor mir und beschloss, es bei der Butter zu belassen.

Rory tippte weiter auf seinem Handy herum, Mortimer las in der Zeitung, und Elizabeth summte vor sich hin, während sie mit ihren Töpfen herumhantierte, also saß ich da, kaute meinen Toast und schaute durch die Terrassentüren. Ich würde mich im Zug mit Rory unterhalten. Ich war nicht sicher, wie ich das Gespräch beginnen sollte, aber ich würde mir was überlegen.

Genau das, so beschloss ich mit einem weiteren Bissen haarigen Toasts, war der Grund, warum das Leben ohne Freund einfacher war. Ich mochte Rory. Ich verspürte jedes Mal eine kleine Woge von Glück in meinem Inneren, wenn mir wieder einfiel, dass ich einen Freund hatte, oder wenn ich ihn jemandem gegenüber erwähnte. Klar, nicht besonders emanzipiert, aber es gab mir das Gefühl, normaler zu sein, weniger allein. Und doch saß ich nun hier, geschwächt und niedergeschlagen durch ihn, weil sein Verhalten meine Stimmung beeinflusste. Oder vielleicht waren Beziehungen ja einfach generell so? Ich zog ein Härchen zwischen meinen Lippen hervor und schnippte es vom Finger zu

Boden. Wenn ich es ohne Magen-Darm-Infekt nach London zurückschaffte, käme das einem Wunder gleich.

Da es Sonntagmorgen war, war der Zug glücklicherweise so gut wie leer. Wir saßen an einem Vierertisch, und Rory zog optimistisch sein Buch über Margaret Thatcher aus der Tasche.

»Kann ich mit dir über etwas reden?«, fragte ich und musste mich geradezu zwingen, den Satz rauszubringen. Ich wusste, sobald ich diese Worte gesagt hätte, würden die anderen ihnen folgen müssen, obwohl ich immer noch nicht genau wusste, wie diese lauten sollten.

»Hm?«, sagte er, ohne den Blick von der Seite zu lösen.

»Willst du mich heiraten?«

Er wandte sich mit einem breiten Grinsen zu mir um. »Florence Fairfax, machst du mir gerade etwa im Elf-Uhr-Zug nach London einen Heiratsantrag?«

»Nein, entschuldige, so war das nicht gemeint. Ich mache dir keinen Antrag.«

»Ich denke schon«, entgegnete er neckend. »Für mich klang das doch sehr nach einem Antrag.«

»Ich mache dir keinen Antrag! Ich mein es ernst … Es geht um etwas, das Octavia mir gestern Abend gesagt hat.«

Ein erschrockenes Kräuseln zog über seine Stirn. »Was hat sie gesagt?«

»Sie hat gesagt, du hättest nur was mit mir angefangen, weil man dir geraten hat, dass du für deine Karriere und für deinen Abgeordnetensitz heiraten sollst«, sagte ich so rasch wie möglich, als wäre es weniger schmerzhaft, wenn ich die Worte schneller herausbrachte. »Dass man dir nahegelegt hat, dir eine brave Ehefrau zu suchen, und du mich deswegen ausgesucht hast.«

Rory schloss sein Buch und legte es auf den Tisch. Margaret Thatcher blickte mich nun direkt an. »Es tut mir leid, dass sie das gesagt hat.«

»Ist es wahr?«

Er seufzte und wandte sich von mir ab, um aus dem Fenster zu schauen.

Ich verspürte einen Schwall von Angst. Okay, war ja nicht so schlimm. Wir würden uns trennen, und ja, das war traurig, aber zu Hause wartete immer noch Marmalade auf mich. Außerdem war es ein paar Wochen lang ganz nett gewesen. Und wenigstens könnte ich jetzt sagen, dass ich mal einen Freund gehabt hatte, auch wenn die Beziehung gefühlt drei Sekunden gehalten hatte. Das würde Patricia einen Riegel vorschieben. Und okay, ich würde wahrscheinlich ein paar Monate rumheulen, aber letztendlich würde ich darüber hinwegkommen – vielleicht, wenn ich so Mitte vierzig wäre. Und dann würde ich mich eventuell für ein Nonnenkloster anmelden. Waren Nonnenklöster auf Google vermerkt? Ich würde nachschauen, sobald ich zu Hause war.

»Natürlich ist es nicht wahr«, sagte er ein paar Sekunden später, gerade als ich mich fragte, ob ich die richtige Gesichtsform für eine Nonnenhaube hatte.

»Und warum hat sie es dann gesagt?«

»Weil sie eifersüchtig ist und immer gedacht hat, sie und ich würden mal zusammenkommen«, erwiderte er seufzend.

Er nahm meine Hände in seine. »Und ja, es stimmt, dass die Partei früher Kandidaten bevorzugte, die verheiratet waren. Gefestigte Familienväter und dergleichen. Aber heute doch nicht mehr. Komm schon, Florence, du weißt es doch selbst, wir leben nicht im Jahr 1919.«

Ich zog meine Unterlippe zwischen die Zähne. »Also hat sie sich das bloß ausgedacht?«

Er zuckte die Achseln. »Ich kann es mir nicht anders vorstellen.« Er wandte den Blick von mir ab, als im Gang Geklapper erklang. »Schau, da kommt der Mann mit dem Snackwagen. Willst du etwas? Darf ich dir einen starken Kaffee spendieren? Ich glaube, ich könnte einen gebrauchen.«

Ich war nicht sicher, ob mein schwirrender Kopf sich gerade auf Kaffee konzentrieren könnte.

»Hallo, guter Mann«, sagte Rory zu dem kleinen Typen in geknöpfter Weste, der einen Metallwagen durch den Waggon schob. »Könnte ich wohl einen Cappuccino haben? Aber bitte ohne Kakaopulver.«

»Haben wir nicht«, erwiderte er bestimmt. »Wir haben nur schwarzen Kaffee oder Kaffee mit Milch.«

»Ah, natürlich, welch grandiose Auswahl. Nun, in dem Fall einen Kaffee mit Milch. Florence?«

»Ähm.« Ich schaute zu dem Mann in der Weste, als könne er mir weiterhelfen und mir das Geheimnis für eine ehrliche, unkomplizierte Beziehung servieren, statt bloß diesen faden Kaffee. »Nein, für mich nichts, danke.«

Rory bezahlte mit Karte und nahm seinen Kaffee entgegen – »Wunderbar, ich danke Ihnen« –, bevor er seine freie Hand auf meine legte. »Ignoriere Octavia einfach«, sagte er. »Sie kann manchmal schwierig sein.«

»Das werde ich. Aber ich wollte dich trotzdem fragen«, erwiderte ich.

»Sei nicht albern, natürlich sollst du mich fragen«, sagte er und küsste mich auf den Kopf, bevor er meine Hand losließ und umgehend Margaret Thatcher aufklappte.

Als wir in King's Cross eintrafen, nahm Rory ein Taxi ins Ministerium. Ich stieg in die U-Bahn und nervte den gesamten Waggon mit meinem riesigen Koffer.

Im Wohnzimmer saßen Mia und Hugo und diskutierten gerade über die Kanapees für die Hochzeitsfeier. Mia hatte es sich im Schneidersitz auf dem Sofa gemütlich gemacht und balancierte den Laptop auf ihren Knien; Hugo lag neben ihr. Seine schlaksigen Beine baumelten von der Armlehne und wirkten dabei so leblos, als stammten sie von einer Leiche.

»Was meinst du, Flo, wenn du die Wahl hättest zwischen Carpaccio vom Reh mit Feigenkompott und Rebhuhnpastete mit Meerrettichcreme?«, fragte sie.

»Bitte, bloß kein Rebhuhn«, sagte ich und setzte meinen Koffer ab. »Rorys Mutter hat gestern zum Mittagessen gleich ein paar von denen abgemurkst.«

»Aber klar, seine Eltern!«, kreischte Mia, klappte ihren Laptop zu und warf ihn auf Hugos Oberkörper.

»Auaaa, Mia, das hat echt wehgetan«, jammerte Hugo und hielt sich den Magen.

Sie ignorierte ihn. »Wie waren sie? Ich stecke seit gestern bis zu den Nippeln in Krabbenküchlein und gratinierten Jakobsmuscheln … Erzähl mir alles!«

»Eigentlich war es ganz witzig«, erwiderte ich. Ich brauchte einen ruhigen Nachmittag, um das Ganze in Gedanken Revue passieren zu lassen. Das Haus. Seine Eltern. Dass ich fast von einem Wolf angefallen worden wäre. Dass ich tatsächlich von Rory im Kräutergarten angefallen worden war. Das Essen. Octavias Gestichel und mein Gespräch mit Rory im Zug. Ich sah nach unten, als ich ein Maunzen hörte, und erblickte Marmalade, der geduldig zu meinen Füßen dahockte.

»Hi, Kumpel«, begrüßte ich ihn, hob ihn hoch und kraulte ihn unter dem Ohr; nie war ich glücklicher gewesen, ihn wiederzusehen.

»Inwiefern witzig?«

»Einfach irre«, erwiderte ich, als Marmalade sein Gesicht in meiner Halsbeuge vergrub. »Exzentrisch. Ich meine, sie leben da in diesem riesigen, herrschaftlichen Haus mit Hunden, Hühnern und sogar einem Pfau, aber drinnen sah es aus, als würden Penner dort campen. Na ja, vielleicht nicht Penner. Aber es war ziemlich alt und heruntergekommen, mit Vorhängen, die wahrscheinlich seit neunhundert Jahren dort hängen. Außerdem pflegen sie einen extrem laxen Umgang mit Wühlmäusen und haben ein ganzes Zimmer nur für Stiefel. Stiefel! Und keine Heizung.«

»Jetzt weißt du mal, wie vornehme Leute so sind. Die geben ihr ganzes Geld für Pferde aus.«

»Ja, Pferde haben sie auch!«

»Sag ich doch. Aber fandest du sie nett? Seine Eltern?«

»Jaaaaaa«, sagte ich langsam. »Sie waren einfach nur irgendwie … anders.«

»Keine Sorge. Ich habe Hugos Mutter gehasst, als ich sie das erste Mal getroffen habe.«

»Was?«, mischte sich Hugo ein und presste den Kopf ins Polster, um nach hinten zu Mia zu schauen. »Ich dachte, du magst meine Eltern?«

»Jetzt schon«, erwiderte sie und strich ihm beruhigend über die Stirn, bevor sie zu mir schaute und stumm mit den Lippen formte: »Nein, tu ich nicht.« Dann fuhr sie laut fort: »Alles, was ich Florence sagen will, ist, dass es nicht so wichtig ist, wenn man die Eltern nicht sofort mag. Immerhin lastet beim ersten Treffen ein immenser Druck auf einem, aber manchmal sind anderer Leute Familien noch schlimmer als die eigene.«

»Wo ist eigentlich Ruby?«, fragte ich.

»Keine Ahnung. Hab sie das ganze Wochenende nicht gesehen. Hast du Rory schon zur Hochzeit eingeladen?«

Ich schüttelte den Kopf. »Ich warte quasi noch auf den richtigen Moment. Ich … ich wollte nicht, dass es zu viel auf einmal ist.«

Mia verdrehte die Augen. »Das geht schon, du warst doch gerade erst bei seinen Eltern zu Besuch.«

»Er muss unbedingt kommen«, schob Hugo hinterher, »das wird so, als hätten wir den Yeti oder das Monster von Loch Ness da.«

»Wie meinst du das?«

»Nur so, dass es außergewöhnlich seltene Exemplare sind – ein bisschen so wie ein fester Freund von dir, ha, ha!«

Mia boxte Hugo in den Oberarm und brachte ihn erneut zum Jaulen. Dann wandte sie sich wieder an mich. »Oh, hey, hätte deine Freundin Jaz vielleicht Lust, uns die Haare für die Hochzeit zu machen?«, fuhr sie fort. »Ich habe eine Visagistin namens Mel gebucht, das wäre also geklärt. Sie ist toll, aber ich brauche noch jemanden für die Frisur.«

»Für dich?«

»Für dich, Ruby, Mum und mich. Ich habe auch schon ein Moodboard. Schau.« Sie griff nach ihrem Laptop, also schnappte ich mir schnell wieder meinen Koffer. Ich hatte gerade unmöglich den Nerv, mir siebenhundertzweiundvierzig verschiedene Frisuren reinzuziehen.

»Ich muss erst mal alle meine Unterhosen auspacken«, sagte ich, »aber ich werde ihr schreiben und sie fragen.«

7

»Hergehört, ich habe etwas zu sagen!«, brüllte Norris ein paar Tage später kurz vor Ladenöffnung und stellte sich mitten in den Verkaufsraum.

Ich schaute über die Schulter und begegnete Eugenes Blick. Er kräuselte fragend die Stirn; ich zuckte zur Antwort mit den Schultern. Zach erschien oben auf dem Treppenabsatz und streckte gähnend die tätowierten Arme. Ein Vogel mit ausgebreiteten Schwingen flog an seinem rechten Bizeps empor, so detailliert gearbeitet, dass man jede einzelne Feder erkennen konnte.

»Morgen, Madam«, sagte Zach mitten im Gähnen, die Arme immer noch erhoben. »Was guckst du denn so?«

»Nimm gefälligst die Hand vor den Mund«, gab ich zurück und ging an ihm vorbei zu den anderen.

»Ist alles in Ordnung, Norris?«, fragte Eugene. Er trug seine albernste Fliege, die rosarote mit den gelben Tupfen, mit der er aussah wie der Moderator einer Kinderspielshow.

»Eugene, Eugene, beruhige dich«, erwiderte Norris und

schwang die Arme durch die Luft, als versuche er, den Verkehr zu verlangsamen. »Ich wollte mich nur noch einmal bedanken für die Lesung letzte Woche und sagen, dass weitere Ideen dankbar angenommen werden, da der Besitzer bezüglich der Miete nicht nachgibt. Also brauchen wir mehr. Mehr Geld, mehr Unterstützung.«

»Mehr Lesungen?«, schlug Eugene vor. »Ich habe mir die Programmvorschauen angesehen, und es gibt da ein neues Kochbuch von Marigold Shute, das in zwei Wochen rauskommt, mit dem Titel *Ein frohes veganes Weihnachtsfest*.«

»Grundgütiger, bitte keine Körnerfresser«, murmelte Norris.

»Ich interviewe niemanden«, stellte ich vorab klar.

»Und es gibt da eine neue Hitler-Biografie von Simon Friedman«, fügte Eugene hinzu.

»Noch eine?«, fragte ich. »Was bitte gibt es denn noch über ihn zu wissen, was in den letzten fünfhundertzweiundneunzig Bücher über ihn noch nicht stand?«

»Hitler geht immer«, beharrte Eugene.

»Halt, halt«, sagte Norris und wedelte erneut beruhigend mit der Hand. »Er verkauft zumindest Eintrittskarten, also solltest du dir das mal anschauen?«

»Also ich habe da an eine Veranstaltung für Kinder gedacht«, meldete sich Zach, der an einem Regal lehnte. »In zwei Wochen ist Halloween, und dann steht auch schon Weihnachten an.«

»Zachary, warum sollte ich eine Horde Kinder hier durchtrampeln und alles vollsauen lassen?«

»Wenn die Kinder hier sind, sind es auch ihre Eltern. Wir könnten zum Beispiel eine Halloweenparty veranstalten, ein Zehner pro Kind. Wir hängen ein paar falsche Spinnweben unten in der Kinderbuchabteilung auf, lesen Geistergeschichten vor, engagieren jemanden, der ihnen gruselige Gesichter schminkt. Sache geritzt. Währenddessen hängen die Eltern hier oben eine Stunde oder länger herum. Sie werden definitiv Bücher kaufen.«

»Du wirst wahrscheinlich nur einen Haufen Kindermädchen dahaben«, warf ich ein.

Zach verdrehte die Augen. »Sei keine Spielverderberin. So was sollten wir unbedingt machen. Mehr Aktionen für die Nachbarschaft, das Viertel. Und es ist auch gut für unseren Social-Media-Auftritt. Wir werden auf Bildern getaggt, es spricht sich herum. Jede Kleinigkeit hilft.«

»Wenn ihr schon was im Viertel machen wollt, was ist mit meiner Petition?«, fragte ich mit Blick zu Norris. »Eine richtige Kampagne gegen die Mieterhöhung. Und Plakate in den Fenstern. Das ist sicher hilfreicher als künstliche Spinnweben.«

»Aber auch deutlich langweiliger«, murrte Zach.

»Keine Sorge, ich liebe Verkleidungen«, sagte Eugene und tätschelte seinen Arm. »Ich werde da sein, in meinem Kürbis-Kostüm.«

»Alternativ kannst du auch als Kröte gehen«, schlug ich vor. Wie konnte Eugene mir so in den Rücken fallen?

»Lasst uns beides machen«, meinte Norris im beschwichtigenden Tonfall eines UN-Friedensbotschafters. »Zachary, du kümmerst dich um die Events. Wir wollen erst mal sehen, wie Halloween läuft, bevor wir uns auf mehr festlegen. Aber ich will kein Kunstblut. Falls ich auch nur einen einzigen Tropfen Kunstblut sehe, könnten sich ein paar echte dazugesellen, kapiert?«

Zach nickte.

»Florence, du kannst mit deiner Petition starten, aber würdest du sie mir vorlegen, bevor du irgendwelche Reklametafeln damit bestückst?«

»Ich wollte doch keine Rek...«

»War ein kleiner Witz«, sagte Norris. »Und Eugene, könntest du dich bitte mit Hitler und der Krautkopfbrigade in Verbindung setzen wegen einer Lesung?«

»Jawohl, Norris, sofort.«

»Gut, danke dir. Kann jetzt jemand öffnen? Ich bin unten, falls ihr mich braucht.«

Da an dem Abend ein NOMAD-Treffen anstand, spazierte ich, nachdem ich den Laden abgeschlossen hatte, ums Eck.

»Hi, Stephen«, sagte ich, als ich die Klassenzimmertür aufschob.

Er winkte vom Lehrerpult vorne, wo er gerade dabei war, seine Vanillecreme-Kekse dekorativ auszulegen. Mary saß bereits auf ihrem Platz in der ersten Reihe. Seamus, der Messie, machte Tee hinten in der Ecke. Ich war immer nervös, wenn Seamus mit dem Tee dran war, weil er in Sachen Hygiene nicht sonderlich vertrauenswürdig auf mich wirkte; heute trug er einen Mantel, der mit einer orangenen Schnur zusammengebunden war.

»Wie geht's dir, Süße?«, fragte Jaz, als ich mich auf den üblichen Platz neben ihr sinken ließ. »Hab diese Bilder von dir mit dem Hund gesehen.«

»Bitte nicht«, erwiderte ich. »Es war eine Vollkatastrophe. Und alles war Zachs Schuld.«

»Ist Zach der Gutaussehende?«

»Nicht du auch noch.«

»Was denn?«

»Ruby hätte ihn letzte Woche am liebsten gleich angesprungen.«

»Also ich hätte auch nichts dagegen, wenn er mich anspringen würde«, sagte Jaz mit einem keuchenden Lachen, das Stephens Aufmerksamkeit erregte.

»Jasmine und Florence, ich frage mich gerade, ob ihr zwei diese Woche wohl gerne vorne sitzen wollt?«

»Nein, nein, Stephen. Uns geht's gut hier hinten.«

»Wenn ihr meint«, erwiderte er, bevor er sich wieder seinen Keksen zuwandte.

»Kein Dunc?«, fragte ich.

»Nee. Leon hat ihn zur Abwechslung mal abgeholt.«

»Alles gut an der Front?«

Jaz zuckte die Achseln. »Ich habe ihm Dunc und seinen Schulranzen übergeben, wir haben nicht viel geredet.« Sie hielt inne und kaute an einem Fingernagel. »Ich habe keine Ahnung, was er ihm zum Abendbrot vorsetzen wird.«

»Ihm geht's sicher gut, es ist nur eine Nacht.« Das klang ziemlich lahm, aber ich wusste nicht, was ich sonst hinzufügen sollte. Und um fair zu sein – Duncan hatte seine ersten zwei Lebensjahre ausschließlich Babybrei aus sterilen

Gläschen gegessen. Eine Nacht mit Hähnchen-Nuggets bei Leon würde ihm nicht schaden.

»Egal«, wechselte Jaz das Thema, »wie läuft es mit deinem schnöseligen Freund?«

»Schnöselig?«

Sie drehte sich zu mir und blinzelte. »Ich dachte, du hättest gesagt, er trägt immer so schicke Klamotten?«

»Oh, stimmt, ja. Und es läuft gut, danke. Hab das Wochenende bei seinen Eltern verbracht. Wir wurden von seinem Dad beim Sex im Gemüsegarten erwischt. Das Übliche halt.«

»Was?«, sagte sie so laut, dass Stephen aufhorchte und über die Schulter sah.

»Ja, er ist ziemlich … engagiert, wenn es um Sex geht«, flüsterte ich.

»Das hattest du doch auf deiner irren Liste stehen.«

»Was?«

»Na, irgendwas von wegen James Bond. Und jetzt hast du dir einen richtigen Perversling gekrallt.« Sie lachte laut.

»Schhhhhh.«

»Warst du noch mal bei der alten Hexe?«, fragte sie in derselben Lautstärke.

»Hm.«

»Und was hat sie gesagt?«

Ich verzog peinlich berührt das Gesicht, bevor ich es gestand: »Sie hat meine Halskette mit einem Zauber belegt.«

»Für was denn?«

»Einen Zauber für meine Anziehungskraft, um meine

Energien zu verwandeln und Rory dazu zu bringen, sich in mich zu verlieben. Oder so was in der Art.«

Jaz ließ den Kopf in den Nacken fallen und lachte gackernd die Decke an.

»Jasmine!«, sagte Stephen. »Da wir in einer Minute anfangen: Seid ihr sicher, dass ich euch nicht überreden kann, euch nach vorne zu setzen?« Er deutete auf die erste Reihe, wo sich mittlerweile Lenka zu Mary gesellt hatte und in ein Taschentuch hustete.

»Nein, nein, uns geht's gut hier«, beharrte Jaz, bevor sie wieder zu mir sah. »Tut mir leid, Flo, ich sollte nicht lachen. Aber das alles ist schon witzig. Vergiss dein Raupenbuch. Viel besser wäre es, wenn du das alles aufschreibst.«

»Findest du es denn nicht schräg? Dass alles so passiert, wie sie es gesagt hat?«

Sie schürzte die Lippen und schüttelte den Kopf. »Nee, nicht wirklich. Es ist doch das, was du glauben möchtest, oder nicht?«

Seamus schob sich zwischen die Tische vor uns und reichte uns zwei Becher Tee, so dunkel, dass er wie Kaffee aussah.

»Danke, Seamus«, sagte ich, ergriff den Henkel und gab mir Mühe, dabei nicht auf seine schmutzigen Fingernägel zu schauen.

»Du bist der Beste«, sagte Jaz und nahm die andere Tasse, bevor sie weiterplapperte. »Schau, Floz, es ist wie mit deiner Zählerei und meinem Glauben, dass mein Essen gefährlich war. Und nun glaubst du, dass du Rory wegen der Liste getroffen hast. Das ist unser Gehirn, das versucht, uns einzureden, dass es stimmen muss. So arbeiten auch diese Wahrsager.«

Ich runzelte die Stirn.

»Indem sie die Schwachpunkte der Menschen aufdecken und sie davon überzeugen, dass nur sie die Wahrheit kennen.«

»Und wenn es nicht die Wahrheit ist?«

Sie zuckte die Achseln. »Könnte einen Apfel zu essen Dunc wirklich schaden? Nee, natürlich nicht. Aber ich hatte diese kleine flüsternde Stimme, die mir das einredete. Und dasselbe ist es doch bei dir, oder? Hast du Rory getroffen, weil du eine Liste mit den Dingen gemacht hast, die du bei einem Mann suchst?«

Ich erwiderte nichts. Ich war mir gerade nicht mehr sicher, was ich glaubte.

Jaz schüttelte den Kopf. »Nee. Aber du wolltest einen Freund, und dann kam er zufällig in den Laden spaziert, also hast du dir eingeredet, dass es an der Liste liegen muss. Das ist echt clever. Es ist so einfach zu glauben. Pass einfach nur auf.«

»Mit Rory?«

»Mit allem. Lass dich von niemandem in die falsche Richtung drängen. Du musst selbst für dich denken.«

Ich seufzte und beschloss, das Thema zu wechseln. Jaz' Ratschlag wirkte wie ein Dämpfer, der mir die Freude daran nahm, dass ich überhaupt in einer Beziehung war.

»Apropos Laden«, sagte ich, »könnte ich mit dir wegen einer Petition reden?« Jaz hatte vor zwei Jahren erst eine organisiert, als die Stadtverwaltung die Backsteinsiedlung am Ende der King's Road einreißen lassen wollte, in der sie wohnte.

»Eine Petition?«

»Für Frisbee Books. Damit der Besitzer in Sachen Miete zurückrudert. Er hat sie erst letztes Jahr erhöht, und jetzt will er es wieder tun.«

»Ihr solltet tun, was wir getan haben.«

»Und das wäre?«

»Wir haben an einem Wochenende einen Tisch auf der Straße aufgestellt und fast zweitausend Unterschriften gesammelt. Und der örtliche Abgeordnete kam und hat Fotos gemacht. Und wir hatten Aufkleber …«

»Aufkleber!« Ich hatte nicht an Aufkleber gedacht. »Hat es geholfen?«

Sie zuckte die Achseln. »Ich wohne immer noch dort, oder nicht? Ich helfe dir, wenn du magst. Ich mache so was eigentlich ganz gerne. Eine sinnvolle Sache. Früher wäre ich bestimmt eine Johanna von Onans gewesen.«

»Johanna von Orleans.«

»Ja, genau die.«

»Hm«, murmelte ich. »Wir könnten einen Tisch vor dem Laden aufstellen, und ich lasse ein Banner drucken. Ich möchte einfach nur Zach schlagen.«

»Ihn schlagen?«

»Er organisiert eine Kinder-Halloweenparty, um Geld zu sammeln.«

»Spitzenidee! Kann ich Dunc vorbeibringen?«

Ich schnaubte. »Ja, okay.« Dann fiel mir Mias Frisuren-

Anfrage ein. »Oh, und hättest du Lust, uns an der Hochzeit meiner Schwester die Haare zu machen?«

»Klar. Wann ist das?«

»Erster Samstag im Dezember. Da wären ich und Ruby als Brautjungfern. Plus meine Stiefmutter und …«

»JASMINE UND FLORENCE!«, rief Stephen von vorne. »Da wir anfangen wollen, werde ich heute darauf bestehen, dass ihr beide hier sitzt.« Er deutete auf die Plätze direkt vor seinem Pult.

»Schon gut, Steve, mach dir nicht in die Hose«, sagte Jaz, hob schwerfällig den Hintern von ihrem Stuhl und griff nach ihrer Tasche. »Komm schon, Floz. Du hast uns den Ärger mit Stephen eingebrockt.«

Am nächsten Morgen lud ich mir eine Petitionsvorlage runter und passte sie am Kassencomputer an, während Eugene die Kundenbestellungen in dem Schrank hinter mir ordnete und dabei Kirchenlieder vor sich hin trällerte.

RETTET UNSERE ÖRTLICHE BUCHHANDLUNG!, tippte ich in großen roten Buchstaben oben ins Dokument, gefolgt von einem kurzen Abschnitt, der erklärte, dass wir Unterstützung brauchten, um unseren Vermieter dazu zu nötigen die Erhöhung zurückzunehmen. Erst schrieb ich »böser Vermieter«, löschte es jedoch, da es kindisch und nicht besonders professionell wirkte.

Zach war erst vorhin auf der Suche nach dem Tacker nach oben gekommen und hatte mir über die Schulter geschielt, bevor er anbot, mir mit dem Design zu helfen, aber ich hatte ihn abblitzen lassen. Die Petition war meine Aufgabe. Und das Endergebnis sah sehr offiziell aus – ordentliche rechteckige Kästchen für Namen, Unterschriften und E-Mail-Adressen. Ich war stolz. Die Suffragetten mögen sich damals mit Handschellen an das Geländer der Downing Street gekettet haben, aber ich hatte Excel gemeistert. Beides war auf seine Art bewundernswert.

»Was meinst du, wie viele Ausdrucke brauchen wir?«, fragte Eugene über meine Schulter.

Er hielt mitten in einem Vers von »O, ich wünsche nur dich, meinen Heiland« inne. »Wie viele Unterschriften passen auf ein Blatt?«

»Mm … so um die dreißig«, sagte ich, nach unten scrollend.

Sein Kopf tauchte hinter dem Schrank auf wie der eines Maulwurfs. »Vielleicht einhundert?«

»Einhundert Blätter? Norris wird ausflippen.«

Der Drucker befand sich unten im Büro. Eugene hatte früher seine Texte zum Proben dort ausgedruckt, bis Norris eines Morgens fuchsteufelswild mit Fäusten voll Papier hinaufgerannt kam und wissen wollte, wer von uns so wahnsinnig wäre, den gesamten *Othello* auszudrucken.

»Mach's einfach, wenn er zum Mittagessen geht«, sagte Eugene achselzuckend, bevor er sich dem Schrank zuwandte und seinen Gesang wieder anstimmte.

Ich drückte auf Drucken, sobald Norris zum Duck & Sausage aufgebrochen war (er aß jeden Tag in dem Pub zu Mittag: ein großes Bier und ein Soleiersandwich), und wartete ein paar Minuten, bevor ich nach unten ging.

Zach drehte sich abrupt von seinem Laptop um und deutete auf den Drucker, wo Dutzende Blätter zu Boden gesegelt waren und noch mehr rausschossen, Seite nach Seite. »Hast du vor, dass ganz London unterzeichnet?«

»Ich will nicht, dass mir am Samstag die Vorlagen ausgehen«, gab ich zurück, zog den Bauch ein und trat in die schmale Lücke zwischen dem Drucker und seiner Sessellehne. Ich hatte beschlossen – und Norris hatte grummelnd seine Zustimmung gegeben –, dass dieses Wochenende ein geeigneter Zeitpunkt wäre, um einen Tisch vor dem Laden aufzustellen und damit anzufangen, Unterschriften zu sammeln. Die Wettervorhersage war gut, und es waren Herbstferien, also würden sicher viele Familien zum Einkaufen unterwegs sein.

»Wie viele hast du denn abgeschickt?«

»Hundert.«

Zach wirbelte herum, drückte dabei versehentlich mit seiner Stuhllehne meinen Hintern gegen den Aktenschrank und hob ein paar Blätter vom Boden auf. »Du musst mehr eingegeben haben, siehst du?« Er hielt ein Blatt hoch, das in der oberen rechten Ecke die Nummer 178 trug.

Ich checkte das nächste Blatt, das aus dem Drucker kam: *241*. Und die Bögen sahen auch nicht aus, wie sie sollten. Die Tabelle war falsch herum, und die Unterschriftenspalte hatte die E-Mail-Adressen von der Seite gedrängt. Wie hatte ich das nur angestellt? Verfluchtes Excel. Norris würde in die Luft gehen. Er bläute uns ständig ein, dass Druckerpatronen wertvoller waren als Gold.

»Verdammt«, nuschelte ich, biss mir auf die Lippe und sah Zach an. »Ich habe keine Ahnung. Halt das Ding an. Können wir es stoppen?« Ich drückte mehrmals auf den roten Knopf, doch der Drucker spuckte sie weiter aus; die Blätter rollten sich mittlerweile und bedeckten meine Füße. »Verdammt, Zach! Und das Layout ist komplett hinüber, da ist kein Platz mehr für die E-Mail-Adressen. Der ganze Haufen ist einfach Mist. Verdammt, was für eine Papierverschwendung. Wie mache ich, dass es aufhört? Zach, lach doch nicht, sondern hilf mir!«

»Beruhige dich.« Er stand auf. »Und rück zur Seite.«

Ich bückte mich unter die abgeschrägte Decke, während Zach ein paar Knöpfe an dem Gerät drückte und es sofort zum Stillstand brachte.

»Was ist hier los?«, bellte Norris, der in der Tür auftauchte.

»Dachte, du bist essen«, erwiderte ich rasch.

»Hab was vergessen, das zur Post musste.« Er schaute erbost auf den Boden, ein Meer aus A4-Bögen. »Was soll das ganze Papier da?«

»Das ist die Petition, an der Florence netterweise den ganzen Vormittag gearbeitet hat, um dir zu helfen«, sagte Zach in dem besänftigenden Tonfall, den man normalerweise bei einem Kind anwenden würde. »Ist das okay?«

Norris angelte einen Umschlag vom Schreibtisch. »Ja, ja, ist gut.« Er reckte das Kinn, um eines der Blätter zu beäugen.

»Geh du ruhig essen, wir zeigen es dir, wenn du zurück bist«, sagte Zach und führte ihn nach draußen. Danach drehte er sich zu mir um, krabbelte in seinen Doc Martens über den Boden und sammelte die verpfuschten Ausdrucke auf. »Mail mir doch das Dokument, ich druck es noch mal aus.«

»Danke«, sagte ich kleinlaut, stand auf und fühlte mich dabei wie ein Kleinkind. Blödes, verhasstes Excel.

Der Drucker blieb in dieser Woche nicht meine einzige Herausforderung. Am Freitagabend latschte ich die Harley Street entlang, stieg die vier Stockwerke hoch und klopfte an Gwendolyns Tür.

Ich wartete, dass sie mich hereinrief.

Nichts.

Ich klopfte erneut.

Nichts.

Ich klopfte ein drittes Mal und schob die Tür einen winzigen Spaltbreit auf. Ich wollte keinesfalls irgendeine arme, peinlich berührte Seele stören, die dort womöglich auf dem Sofa lag und mit einem Zauber belegt wurde.

Doch anstatt jemanden auf dem Sofa liegen zu sehen, wurde ich vom Anblick Gwendolyns begrüßt, die mit großen rosa Kopfhörern durch das Zimmer tanzte und dabei mit einem Büschel qualmender Zweige über ihrem Kopf herumwedelte. Ich rümpfte die Nase bei dem Geruch von sehr starkem, süßem Tee.

»Gwendolyn?«

Sie hörte mich nicht.

»Gwendolyn?«

»Oh girls, they wanna have fu-hunnnnn …«, sang sie

immer noch mit dem Rücken zu mir. Sie tanzte seitwärts in eine Ecke und ließ den Hintern dabei hin und her schwingen, während sie mit den Zweigen wedelte, wie eine rhythmische Sportgymnastin ein Band durch die Luft wirbeln würde.

»GWENDOLYN!«

Der Hintern erstarrte, und sie schaute stirnrunzelnd über die Schulter; dann zog sie die Kopfhörer runter. »Florence, hallo. Sie sind aber früh dran.«

Ich schaute auf meine Armbanduhr. Es war 18.32 Uhr, was bedeutete, dass ich zwei Minuten zu spät war.

»Nein, es ist nach halb sieben.«

»Wirklich?« Gwendolyn spähte auf ihre Uhr, als würde ich sie anlügen. »Ach du meine Güte, stimmt. In Ordnung, lassen Sie mich nur kurz zur Ruhe kommen, und wir können loslegen.«

Sie löste einen alten Walkman vom Bund ihrer Patchwork-Hose und ließ dann die Zweige in eine Keramikschale auf dem Sofatisch fallen.

»Was ist das denn?«, fragte ich. Im Raum roch es wie in der Achselhöhle eines Hippies.

»Salbei. Ich hatte einen ganz verstörten Klienten vor Ihnen, der arme Mann wurde gerade von seiner Frau verlassen, also musste ich den Raum reinigen, um all die negativen Energien zu zerstreuen.« Gwendolyn setzte sich auf den Sessel mir gegenüber und schloss kurz die Augen. »Hm, es hat geholfen.« Sie öffnete die Augen. »Wussten Sie, Florence, dass der lateinische Name für Salbei, *salvia*, Heilen bedeutet?«

»Äh, nein, wusste ich nicht.«

»Beim Verbrennen entlässt er negative Ionen, welche den Raum um uns herum neutralisieren. Aber wir wollen uns nicht bei dem armen Mr. Nikopoulos und seiner durchgebrannten Frau aufhalten. Wie geht es Ihnen? Blüht Ihre frische Romanze immer noch wie ein Kirschbaum im April? Ich hoffe doch sehr.«

»Tut sie«, sagte ich langsam. »Glaube ich zumindest. Ich habe das Wochenende bei seinen Eltern verbracht.«

Sie klatschte verzückt in die Hände. »Wirklich? Und wie war seine Mutter? Sie wollten doch jemanden mit einer netten Mutter, oder nicht?«

Ich nickte. »Ja, und sie war nett. Obwohl sein Vater …«

Gwendolyn unterbrach mich, indem sie Finger und Daumen mehrmals schnipsen ließ und den Kopf schüttelte.

»Was?«

»Immer diese Negativität, Florence. Ist Ihnen das schon aufgefallen? Das ist eine sehr schädliche Angewohnheit von Ihnen, fast so, als könnten Sie nicht zulassen, dass irgendwas gut läuft.«

»Nein, es läuft ja gut, es war nur so, dass sein Vater etwas daneben war. Und er hat diese alte Freundin namens Octavia, die mir etwas Seltsames erzählt hat.«

Sie seufzte, als würde ich mir das ausdenken. »Was war es denn? Erzählen Sie es mir.«

Ich presste den Mund fest zusammen, bevor ich antwortete. »Sie sagte, dass er auf der Suche nach einer Ehefrau sei. Sie hat mir mehr oder weniger zu verstehen gegeben, dass es alles sei, was er wolle, und dass es so gut wie jede hätte sein können, aber dass ich brav genug wäre, um den Anforderungen zu entsprechen.«

»Ach du liebe Güte, Florence, was ist denn daran verwerflich?« Gwendolyn sah mich erstaunt aus großen Augen an. »Wollen Sie denn nicht heiraten?«

»Ja, doch. Aber nicht so. Ich meine, ich weiß nicht. Ich habe keine Ahnung, ob ich Rory heiraten will, noch nicht. Warum muss ich das jetzt wissen? Und warum sind überhaupt alle so besessen vom Heiraten? Was ist so schlimm daran, unverheiratet zu sein?«

»Florence …«

Doch ich ignorierte sie und fuhr fort. »Ich meine, wir haben selbstfahrende Autos entwickelt und veganen Käse, aber das vorherrschende Ziel unserer Zivilisation soll es immer noch sein, ein weißes Kleid anzuziehen und die zwanzig Meter über den Mittelgang zu schreiten. Welche Häppchen zum Empfang? Was für eine Torte? Ein Meerjungfrauenkleid oder eins mit Neckholder? Rosen oder Lilien? DJ oder Band? Sollen unsere Einladungen weiß oder blau sein? Wie lautet unser Hochzeits-Hashtag? Ein Hochzeits-Hashtag! Ich meine, da muss doch im Leben grundlegend was schiefgehen, wenn man sich den Kopf über Hochzeits-Hashtags zerbricht.«

»Florence, sind Sie dann fertig?«

Ich lehnte mich auf dem Sofa zurück. »Ja.«

»Nun, ich denke, es gibt da nur eine Sache, die hilft«, sagte sie. »Wir müssen an Ihnen ebenfalls ein Salbeiritual vollziehen.«

»Warum?«, fragte ich etwas erschöpft, aber sie beugte sich bereits vor, um das Büschel Zweige aus der Schale zu angeln.

»Weil es Sie wieder ins innere Gleichgewicht bringen wird. Weil es helfen wird, Sie von all dieser toxischen Negativität zu reinigen. Und jetzt setzen Sie sich und halten Sie das.«

»Was halten?«

Gwendolyn stand auf, öffnete eine Schublade der Kommode hinter ihr und drehte sich mit einer hellgrauen Feder zu mir um. »Das hier. Sie stammt von einer sehr seltenen weißbäuchigen Waldeule aus dem Uralgebirge.«

»Und was soll ich damit tun?«

»Schwenken Sie sie einfach langsam vor sich, während ich die Räucherzeremonie durchführe.«

»Die *was*?«

»Florence, keine Fragen mehr, schließen Sie die Augen.«

Ich rutschte weiter auf dem Sofa zurück, schwenkte die Feder hin und her wie eine Wunderkerze und lauschte Gwendolyn, wie sie das Bündel Salbei entzündete.

Es folgte ein gestörtes Gebet.

»Mögen deine Hände gereinigt werden, auf dass sie wunderschöne Dinge erschaffen«, sagte sie, als der erste brennende Rauchschwall mir in die Nasenlöcher stieg. »Und mögen deine Füße gereinigt werden, auf dass sie dich dorthin tragen, wo du sein sollst.«

So fuhr sie mehrere Minuten fort und zählte dabei mehr oder weniger jedes Körperteil auf. Selbst meine Fortpflanzungsorgane. Und dann dieser Gestank! Ich hätte würgen können.

»Möge dieser Mensch durch den Rauch dieses wohlriechenden Krautes reingewaschen werden. Und möge derselbe Rauch diese Gebete zum Himmel emportragen«, schloss sie, bevor sie mich anwies, die Augen zu öffnen und ihr die Feder zurückzugeben. »Das war's schon, ich gehe davon aus, dass Sie heute Nacht hervorragend schlafen werden. Sie können es mir in unserer nächsten Sitzung berichten.«

Nur noch eine, dachte ich bei mir, als ich den Raum ein paar Minuten später verließ und unten auf die Harley Street trat.

Während ich durch den St. James's Park nach Hause spazierte, erblickte ich auf dem Boden eine Feder, die jener der weißbäuchigen Waldeule verdächtig ähnlich sah. Ich hob sie auf, als ich ein Gurren in der Baumkrone über mir hörte. Es war eine Taube, daher bezweifelte ich stark, dass Gwendolyns Feder von einer seltenen Eule stammte.

Als ich in Kennington eintraf, bot sich mir ein unerwarteter Anblick in der Küche: Mia, Hugo und Rory saßen zusammen am Küchentisch mit Schlafmasken über den Augen, während Ruby Rotwein in die Gläser vor ihnen goss. Mia hatte eine rosa Seidenmaske auf; Rorys war violett; Hugos weiß und plüschig in Gestalt eines Einhorns, samt geschlossenen Augen und einem kleinen abstehenden Horn vorne drauf. Der Tisch war voll mit weiteren Weinflaschen und benutzten Gläsern, und aus dem Lautsprecher hinter dem Spülbecken drangen aggressive Hip-Hop-Beats. Ruby liebte Hip-Hop.

»Hallo«, grüßte ich und ließ meinen Rucksack auf den Boden fallen. »Rory, warum bist du denn schon so früh da?«

Er hob das eine Ende seiner Maske hoch, stand auf und kam um den Tisch herum, um mich zu küssen. »Ich hatte früher als erwartet Feierabend. Wo warst du denn? Hast du meine Nachricht nicht gesehen?«

»Nein, entschuldige.« Ich hatte auf dem Nachhauseweg zu viel über Taubenfedern und die Wirkung von Salbei nachgedacht, sodass ich ganz vergessen hatte, auf mein Handy zu schauen. »Ich saß länger an meiner Petition«, fügte ich rasch hinzu, bevor Mia und Ruby einfallen konnte, dass ich meine dritte Sitzung bei Gwendolyn gehabt hatte.

»Willst du auch ein Glas, Flo?«, fragte Ruby und schwenkte die Flasche vor mir.

»Ja, danke dir«, antwortete ich, während Rory sich wieder setzte.

Er und ich hatten vorgehabt, uns hier zu treffen und was zu essen zu bestellen, da ich, als Mia vor zwei Tagen die Weinverkostung erwähnt hatte, davon ausgegangen war, dass die im Claridge's stattfinden würde, nicht in unserer Küche. Ich fragte mich, wie lange Rory schon hier saß, und zählte die leeren Flaschen. Acht. Es herrschte eine entspannte Stimmung wie nach einem Abendessen mit Freunden; die Gläser waren mit Fingerabdrücken verschmiert, eine halb aufgegessene Schüssel Chips stand auf dem Tisch, und Hugo und Rory hatten ihre Krawattenknoten gelöst. Doch der Gedanke, dass er ohne mich mit meinen Schwestern und Hugo abhing, machte mich ziemlich nervös. Vielleicht lag es auch an dem kreischenden Hip-Hop. Wenn sie bitte bloß nicht die Liste erwähnt hatten!

»Welche Petition? Hast du noch mit Zach zusammengesessen?«, fragte Ruby und reichte mir ein Glas.

»Ich hoffe nicht«, warf Rory ein.

»Hat er irgendwas über mich gesagt?«, hakte Ruby nach. »Ich folge ihm mittlerweile auf Instagram, aber er hat mich nicht zurück-gefollowt.«

»Nein, tut mir leid. Und bei der Petition geht es bloß um eine Aktion morgen im Laden. Um Unterstützung im Viertel zu mobilisieren und so weiter und so fort. Aber warum die Augenbinden?«, plapperte ich weiter, um vom Thema Zach wegzukommen.

Mia schob ihre Maske nach hinten, sodass ihr blondes Haar abstand wie das einer Vogelscheuche, und erklärte: »Wir dachten, eine Blindverkostung macht mehr Spaß.«

Ich schaute zu, als Hugo, die Maske immer noch auf, vor sich nach einer Plastikschüssel tastete, sie dann hochhob und hineinspuckte.

Ruby rümpfte die Nase. »Schluck es doch einfach runter, Hugo, machen die anderen auch.«

»Die Profis machen es aber auch mit Spucknapf. Und was den hier angeht, bin ich mir ganz und gar nicht sicher. Der erste Rote war besser.«

Ruby seufzte, griff nach einer Flasche auf dem Tisch und beäugte das Etikett. »Das war der Merlot.« Sie schaute wieder zu mir. »Ich komme morgen vorbei und unterschreibe die Petition, wenn Zach da ist. Dad ist das Wochenende übrigens in London, wusstest du das?«

»Was? Nein, wusste ich nicht.«

»Wir essen morgen mit ihm zu Mittag und schauen dann im Claridge's vorbei, um ihm den Ballsaal zu zeigen«, fügte Mia hinzu. »Willst du mitkommen?«

»Ich kann nicht. Habe doch diese Petition. Wie lange ist er denn da?«

»Ich glaube, nur übers Wochenende, es war ganz kurzfristig. Mum hat es organisiert. Aber hör mal, wir könnten doch auf dem Weg alle bei dir im Laden vorbeischauen?«, schlug Mia vor, die vermutlich bemerkt hatte, dass ich gekränkt war.

Hugo zog seine Einhornmaske über den Hals runter. »Wir müssen um zwölf im Claridge's sein, Mia. Ich denke nicht, dass wir Zeit für einen Abstecher nach Chel…«

»Doch, haben wir«, unterbrach sie und schlug ihn auf den Arm.

Ich nickte, während ich die Augen angestrengt aufriss, damit die Küche nicht vor meinem Blick verschwamm. Dieses Gefühl, nicht dazuzugehören, transportierte mich umgehend in meine frühe Kindheit zurück, als ich wieder mal ein Stockwerk weiter nach oben abgeschoben wurde, als würde ich nicht wirklich dazugehören. Eigentlich sollten wir eine Familie aus fünf Mitgliedern sein, aber in Momenten wie diesen kam es mir wie eine Vierer-Einheit mit einem ungelenken Anhängsel vor. Die schwierige Tochter, die Verrückte, die merkwürdige Gedankenspiele spielte und dachte, sie würde einen schlechten Tag haben, wenn sie statt um 7.14 Uhr um 7.13 Uhr aufwachte.

»Super«, sagte Mia, bevor sie sich mit einem breiten Lächeln zu Rory umdrehte. »Na, Lust auf Elternkennenlernen?«

»Absolut, obwohl …«, er sah mich entschuldigend an, »… ich danach womöglich ins Ministerium muss, um noch etwas zu erledigen.«

»Und die beste Neuigkeit von allen«, fuhr Mia fort, die definitiv im Aufmunterungsmodus war, »ist, dass Rory zu meiner Hochzeit kommt.«

»Unserer Hochzeit«, seufzte Hugo. »Mia, wie oft muss ich das denn noch sagen?«

Ich sah Rory überrascht an. »Im Ernst?«

Er nickte. »Absolut. Ich fühle mich sehr geehrt.«

»Und zu meinem Junggesellenabschied«, fügte Hugo hinzu.

»WAS?«

»Tja, da unser Mr. Beliebt hier nur drei Kumpels hat …«, neckte Mia und stieß Hugo mit dem Ellbogen an.

»Das stimmt doch gar nicht!«, protestierte er.

»Oh, jetzt komm, ist doch so.« Ihr Blick schweifte zu mir. »Da Hugo nur drei Kumpels hat und Rory nichts anderes vorhat, meinte er, er würde mitkommen. Ist das nicht nett?«

»Ähm, ja, wenn du wirklich meinst?« Ich warf Rory einen verstohlenen Blick zu, um abzuschätzen, wie begeistert er tatsächlich von der Sache war.

»Klar«, sagte er. »Ich liebe Prag. Herrliche Stadt. Wusstet ihr, dass da mehr Bier pro Kopf getrunken wird als in irgendeinem anderen Land?«

»Super.« Ich nahm einen großen Schluck Wein und zählte bis sechs, bevor ich schluckte, da ich das Gefühl hatte, jegliche Kontrolle zu verlieren bei der Geschwindigkeit, mit der sich alles um mich herum entwickelte. Und ich glaubte nicht, dass Gwendolyns Salbei in irgendeiner Weise dazu beigetragen hatte, meinen Stresspegel zu senken.

Schweigend grübelte ich über all das nach, während die anderen plauderten. Dad war wahrscheinlich sehr beschäftigt gewesen, sagte ich mir. Die ganze Woche irgendwelche wichtigen Treffen mit Rinderzüchtern und Malbec-Winzern. Ich war zweiunddreißig, nicht zwölf; ich musste aufhören, so empfindlich zu sein. Morgen würde ich ihn sehen. Alles würde gut werden.

Neben mir berichtete Mia Rory von ihren Plänen für die Flitterwochen auf Sizilien. »Ich wollte ja nach Sansibar fliegen, aber Hugo hatte Bammel wegen der Moskitos.«

»Mia, die haben dort ziemlich übles Denguefieber.«

»Also residieren wir in einem Hotel mit nicht nur einem, sondern gleich zwei Golfplätzen. Aber es hat einen Infinitypool und ein Spa, daher wird mir sicher nicht langweilig.«

»Aktivitäten für Sie und Ihn. Wie romantisch«, spottete Ruby mit affektierter Stimme und verdrehte die Augen in meine Richtung.

»Natürlich müsst ihr euch in Sizilien vor der Mafia in Acht nehmen«, fügte Rory hinzu.

»Wirklich?«, fragte Hugo alarmiert. »Ich dachte, das wäre längst vorbei.«

Rory schüttelte den Kopf und sah ihn ernst an. »Nein, nein. Sie ist sogar noch sehr aktiv. Pass bloß auf, mit wem du dich auf dem Golfplatz anlegst.«

»Weil er sonst noch einen Pferdekopf auf seinem Kissen vorfindet?«, schlug Ruby vor.

»Ganz genau«, erwiderte Rory, und sie beide prusteten los.

»Sie machen doch nur Spaß, Liebling, entspann dich«, sagte Mia, als Hugos Augenbrauen sich panisch zusammenzogen.

Der Wein war aus, daher erhoben sich alle langsam und murmelten etwas vom Zubettgehen. Ich stand auf, um die Gläser abzuräumen, doch Mia hielt mich ab.

»Lass doch, Flo, das können wir morgen früh tun. Geht ihr beide nur ins Bett.«

»Sicher?«

»Ganz sicher.«

Ich zählte innerlich die Stufen, als wir hochgingen. Bett, o glorreiches Bett. Mir war seltsam schwummrig zumute. Vom Salbei? Vom Wein? Von meinen wirren Gefühlen wegen Dads unangekündigtem Besuch? Schwer zu sagen, aber ich wollte sofort schlafen, um morgen ganz frisch an meinem Klapptisch vor dem Laden zu stehen.

Rory hatte andere Ideen. Sobald er meine Schlafzimmertür geschlossen hatte, zog er die violette Augenbinde aus seiner Tasche und ließ sie von seinen Fingern baumeln.

»Du Dieb!«, rief ich und versuchte, sie ihm aus den Fingern zu reißen. Aber er war schneller und machte einen Schritt zur Seite, sodass ich auf meine Daunendecke segelte.

»Setz sie auf«, wies er mich an und warf sie auf mich.

»Was, jetzt? So?« Ich deutete auf meine Klamotten und unterdrückte ein Gähnen. Ist echt nicht sexy, dem eigenen Freund ins Gesicht zu gähnen, wenn er ein Sexspielchen vorschlägt, Florence. Vielleicht dauert es ja gar nicht so lange, sagte ich mir. Wenn du in einer halben Stunde schlafen gehst, kriegst du immer noch mindestens sechs Stunden ab.

Rory nickte auffordernd, also zog ich sie mir über den Kopf. Als meine Augen bedeckt waren, schubste er mich auf den Rücken, knöpfte meine Bluse auf und zog meine Hose runter. Dann öffnete er den BH, schälte mein Höschen über die Beine und begann damit, meinen gesamten Körper zu küssen. Doch als seine Bartstoppeln meine Haut streiften, musste ich immer wieder kichern.

»Schhhhhhh«, tadelte er mich, als sein Mund über die Mulde zwischen meinen Brüsten wanderte.

»Entschuldige«, gluckste ich. »Ich versuche, ernst zu sein, es ist nur …« Ich verlor die Beherrschung und kicherte los, »… so witzig. Und es kitzelt.«

Rory hielt inne, und ich hörte, wie er aufstand. Dann folgten Geräusche, die klangen, als würde er in meiner Schminktasche kramen. »Was tust du da?«

»Nichts. Leg dich hin. Nicht hinschauen.«

Er kehrte zum Bett zurück, und ich spürte, wie die Matratze nachgab, als er sich draufkniete und mich küsste.

»Streck deine Hände über den Kopf.«

Ich tat, wie mir geheißen, und spürte, wie er sie festband.

»Was ist da...«

»Schhhhhh«, befahl er.

Etwas Fedriges, Zartes fuhr an meinem Innenschenkel empor. »Was ist DAS?«

»Psssssttttttt«, ermahnte er mich, als die mysteriöse flaumige Gerätschaft meinen Bauch emporwanderte, über meinen Nippel, an meinem Hals entlang und dann wieder meinen Körper hinab. Er küsste mich gleichzeitig, wobei seine Lippen meine Wangen, meine Ohren, meinen Hals und meine Schlüsselbeine streiften. Als die Küsse forscher wurden, verebbte mein Gekicher, und ich begann mich zu krümmen und zu winden unter der Berührung von Rorys Lippen – und womit auch immer er mich da streichelte.

»Ich will dich sehen«, sagte ich.

»Ah-ah, nein«, erwiderte er und fuhr ein paar Minuten so fort, bis sich mein Rücken über der Matratze wölbte.

Es hörte ganz abrupt auf, und ich lauschte ihm, als er aufstand und den Reißverschluss seiner Hose öffnete. Mich ließ er gefesselt und mit verbundenen Augen auf dem Bett liegen.

»Warte einen Moment«, sagte er, und ich stöhnte vor Frustration, bevor ich wieder dieses fedrige Etwas spürte, das seitlich an meinem Körper hinabglitt und über meine Fußsohlen schnellte. Als die Hitze zwischen meinen Beinen zunahm, drückte ich meine Brust in die Höhe. »Im Ernst, das ist zu viel, können wir BITTE Sex haben?«

Er lachte hinter meinem Kopf.

Huch? Wie war er denn dahin gekommen? Irgendwas kitzelte immer noch meine Füße, und seine Arme konnten unmöglich so weit reichen. Oder? Ich drehte meine Handgelenke zusammen, um zu sehen, ob ich sie lösen könnte, doch die Fessel war zu eng.

»Rory? Rory! Was ist hier los? Rory?« Jetzt ließ die Dunkelheit mich durchdrehen.

Er kniete sich aufs Bett und löste meine Fesseln; sofort riss ich die Augenbinde ab.

O nein.

Wirklich, wirklich nicht.

Nein, nein, nein.

Nein.

Es war Marmalade, der zu meinen Füßen lag und seinen gekrümmten Schwanz über meine Sohlen hin und her gleiten ließ. Mir war übel. Ich fühlte mich wie eine dieser perversen Gestalten, von denen man in schrägen Zeitschriften las und die ihre Haustiere heirateten. Ich fühlte mich wie Katharina die Große, die angeblich beim Sex mit ihrem Pferd gestorben war. Ich war stinksauer.

»Rory, willst du mich verarschen?«

Ihm wurde klar, was ich meinte, und er schüttelte rasch den Kopf. »O nein! Es war dein Make-up-Pinsel, ich schwöre, ich habe nicht den Kater benutzt. Es war dein Pinsel, und dann bin ich aufgestanden, um mich auszuziehen, und bevor ich damit fertig war, hat er sich an deinen Füßen gerieben. Schau her.« Er bückte sich zum Teppich und hob meinen Rougepinsel auf, dann beugte er sich vor und fuhr damit über meine Brust. Plötzlich machte es mich viel weniger an.

»Hör auf damit«, sagte ich mürrisch und schob ihn weg. Ich war für heute fertig. Ich wollte nur noch schlafen gehen.

Rory ließ den Pinsel auf den Teppich fallen und hob Marmalade auf. »Komm schon, Junge«, sagte er, trug ihn zur Schlafzimmertür und schloss ihn aus.

Er kam zum Bett zurück, und obwohl ich mich immer noch schrecklich dumm fühlte, brauchte er keine drei Minuten, um mich wieder nach allen Regeln der Kunst zu verführen. Er war unersättlich. Aber auch extrem einfallsreich. Ich konnte mich nicht erinnern, dass James Bond je einen Rougepinsel als Sexspielzeug verwendet hätte.

Wie viel Uhr war es? Welches Jahr hatten wir? Wie lautete mein Name? Am nächsten Morgen schreckte ich förmlich aus dem Schlaf, verwirrt von dem hellen Licht, das durch die Ritzen meiner Jalousien drang. Ich drehte mich auf die Seite und sah auf die Uhr. Verdammt. Es war fast neun. Ich hatte verschlafen und musste in weniger als einer halben Stunde im Laden sein, um meinen Tisch aufzubauen.

Ich schwang mich aus dem Bett, sah dabei die Augenbinde auf dem Teppich und verzog beschämt das Gesicht. Armer Marmalade. Während unter der Dusche die heißen Tropfen wie Nadelstiche meinen Nacken traktierten, stand ich mit hängendem Kopf da und wünschte, ich könnte meine Seele reinigen. Ich verbarg das Gesicht in den Händen und stöhnte.

Ich stieg aus der Dusche und zog mich an, während Rory nach wie vor auf dem Bauch lag und schlief. Was für ein Glück, dachte ich, denn ich hatte nicht die Kraft für ein morgendliches Intermezzo. Zurück im Badezimmer rieb ich mir Feuchtigkeitscreme ins Gesicht und trug eine Schicht Wimperntusche auf. Ich brauchte einen Kaffee, aber den müsste ich mir irgendwo auf dem Weg besorgen. Ich hatte nicht die Zeit, in der Küche herumzutrödeln.

Fünfzehn Minuten vor Ladenöffnung traf ich beim Frisbee ein.

»MORGEN, BIN DA!«, rief ich und platzte hinein.

Jaz saß in einem riesigen Leopardenprint-Mantel auf dem Verkaufstresen und ließ die Füße mit den lila Ankle-Boots herunterbaumeln.

»Hi, wie bist du reingekommen?«, fragte ich keuchend.

Sie beäugte mich stirnrunzelnd. »Hast du so etwa die U-Bahn genommen?«

»Warum?«

Sie griff in ihre Handtasche und reichte mir einen Klappspiegel. Oh. Unter meinen Augenbrauen prangten dicke schwarze Mascaraflecken. »Mist«, sagte ich, leckte mir über den Zeigefinger und rieb daran. »Jaz, die gehen nicht weg. Hilfe! Warum gehen die nicht weg?«

Sie griff erneut in ihre Handtasche und zauberte ein Päckchen Feuchttücher hervor. »Halt still«, befahl sie und tupfte mit einem Tüchlein in meinem Gesicht herum. »Warum so spät? Das sieht dir gar nicht ähnlich.«

Ich seufzte schwer, woraufhin Jaz eine angewiderte Grimasse schnitt und das Gesicht abwandte.

»Entschuldige, hatte gestern etwas zu viel Rotwein. Und dann hat Rory mich dazu gebracht, Sex mit meinem Rougepinsel zu haben.«

»WIE BITTE?«, rief sie.

»WIE BITTE?«, echote Zach, der oben auf der Treppe auftauchte.

Ich schloss die Augen. Dieser Morgen war schlimm. So schlimm.

»Florence Fairfax?«, sagte Jaz.

»Ja?«, fiepste ich und öffnete die Augen.

»Wovon redest du denn da?«

Ich schaute zu der Wanduhr über der Kasse. »Okay, Jaz, ich erzähle es dir, während wir den Klapptisch draußen aufstellen. Und Zach, du hast das nicht gehört.«

»Und ob ich das gehört habe«, erwiderte er. »Aber schön, dass du dich zu uns gesellst. Glücklicherweise war ich früh dran und habe Jaz mit dem kleinen Dunc vor der Tür warten sehen.«

»Dunc! Wo ist er?«

»Unten, in der Kinderbuchabteilung«, sagte Zach.

Während Jaz und ich den Klapptisch nach oben trugen, schilderte ich die vergangene Nacht etwas detaillierter, ließ allerdings den Teil mit der Augenbinde und dem Rougepinsel aus, bis wir draußen waren, sodass Zach nicht mithören konnte. Immerhin hatte die Wettervorhersage gestimmt: Es war ein perfekter Oktobertag mit klarem Himmel, und die Sonne stand schon so hoch, dass sie uns blendete, als wir uns mit den Tischbeinen abmühten.

»Was habe ich gesagt? Der Typ ist ein echter Perverser«, sagte Jaz, als ich mit meiner Schilderung fertig war.

»Er kommt später vorbei, also kannst du ihm das selbst sagen«, erwiderte ich und machte mich daran, das Banner aufzurollen, das ich die Woche gebastelt hatte. »Genauso wie meine gesamte Familie, mein Dad eingeschlossen.«

»Dein Paps?«, fragte Jaz und blinzelte mich im Sonnenlicht an. »Es wäre schön, ihn mal kennenzulernen.«

»Hm«, murmelte ich, als mir klar wurde, dass ich – obwohl ich Dad viele Male bei den NOMAD-Treffen erwähnt hatte – ihn sowie den Rest der Familie immer säuberlich von den anderen Bereichen meines Lebens getrennt hatte. Doch heute würden sie alle aufeinandertreffen. Nicht nur Jaz und meine Familie, sondern auch Rory samt Eugene und Norris. Und Zach! Bei dem Gedanken wurde mir schwummrig.

»Alles okay bei dir?«, fragte Jaz.

»Hm«, sagte ich erneut. »Komm schon, hilf mir mit dem Ding.« Ich reichte ihr das eine Ende vom Banner und schnappte mir das Paketklebeband vom Tisch.

»Schmeiß mal rüber«, verlangte Jaz, nachdem ich meine Seite befestigt hatte.

Sie klebte ihre Ecke an die Ladenfront, und wir traten zurück, um unser Werk zu begutachten.

EINE BUCHHANDLUNG FÜRS LEBEN, NICHT NUR FÜR WEIHNACHTEN stand mit roten, etwas krummen Buchstaben auf dem Banner, da ich beschlossen hatte, es lieber per Hand zu malen, als es noch mal mit dem Drucker zu riskieren.

»Das? Das ist der Slogan, für den du dich entschieden hast?«, fragte Jaz, die Hände in die Hüften gestemmt.

Zach öffnete die Tür und kam mit Dunc an der Hand rausspaziert.

Ich ging in die Hocke. »Hallo, du bist aber mal wieder groß geworden!«

Er verkroch sich zwischen Zachs Beinen.

»Du hast einen neuen Kumpel«, sagte Jaz zu Zach. »Wie sind deine Gehaltsvorstellungen fürs Babysitten?«

»Für den hier gratis«, erwiderte Zach und legte eine Hand auf Duncs Kopf. »Wir haben uns Dinosaurierbücher angeschaut, stimmt's?«

Dunc nickte. »Ja, und mein Lieblings-Dino ist der, äh …« Sein kleines Gesicht verzog sich angestrengt, bevor er fragend zu Zach aufschaute.

»Der Diplodocus«, sagte Zach.

Dunc nickte bestimmt.

»Du bist mein Held«, sagte Jaz.

»Ach was«, winkte er ab. »Aber gute Arbeit, ihr beide. Ist es okay, wenn ich den Laden öffne?«

Ich nickte. »Ich mache noch schnell einen Kaffee. Jaz, willst du auch einen?«

»Gerne, Süße. Milch und drei Stück Zucker, bitte.«

Der strahlende Sonnenschein hatte zur Folge, dass die Passanten scharenweise in ihren Kaschmirmänteln und Sonnenbrillen durch die King's Street strömten. Bis zum Mittag hatten wir über dreihundert Unterschriften, und Jaz, die selbst ernannte Stadtschreierin, war schon ganz heiser.

»Retten Sie unsere Buchhandlung!«, krächzte sie ein letztes Mal, bevor ich ihr sagte, dass sie aufhören könne, da ich bereits die fiesen Tentakel einer Migräne hinter meiner Stirn zucken hörte.

Zach belieferte uns mit Tee und Keksen, während Eugene sich drinnen um die Kasse kümmerte, mit Unterstützung von Dunc, der auf dem Tresen hockte und die neu erworbenen Bücher in Papiertüten packte.

Gegen elf erblickte ich einen vertrauten silbergrauen Haarschopf, der auf uns zukam.

»Dad!«, rief ich. Mit einer Hand schirmte ich meine Augen vor der Sonne ab, mit der anderen winkte ich aufgeregt wie ein Kind, das gerade seinen Papa am Schultor entdeckt hatte.

Er grinste, und hinter seiner Brille kräuselten sich die Augenwinkel zu kleinen Falten. Durch die langen Aufenthalte in heißen Ländern war sein Gesicht mit den Jahren dunkler geworden, während sein Haar immer mehr ausbleichte.

»Ah, meine Florence, hallo!«, rief er, als ich hinter dem Tisch hervorgeeilt kam und er mich in seine Arme schloss.

»Hi«, murmelte ich in seinen Mantel, bevor ich zurücktrat und ihn blinzelnd ansah. »Wie geht es dir? Bist du müde? Wie war der Flug? Wann musst du wieder zurück? Wo sind die anderen?« Ich schaute über seine Schulter, um abzuschätzen, wie lange ich ihn für mich hätte, bis der Rest eintraf.

Dad lachte. »Welche Frage soll ich zuerst beantworten?«

»Alle. Oh, warte, darf ich vorstellen? Meine Freundin Jaz. Jaz, das ist mein Vater, Henry.«

»Henry Fairfax, hallo, freut mich sehr, dich kennenzulernen.« Er streckte ihr eine gebräunte Hand hin.

»Freut mich auch, Henry. Ich habe schon viel von dir gehört.«

Dad tat so, als würde er das Gesicht verziehen. »Nicht nur Schlimmes, hoffe ich?« Als Diplomat gelang es ihm spielend leicht, Fremde um den Finger zu wickeln.

»Meist schon Schlimmes, doch, aber auch Gutes«, erwiderte sie mit einem kecken Grinsen.

Er wandte sich wieder an mich. »Deine Stiefmutter und deine Schwestern haben einen Zwischenstopp in der Boutique da hinten eingelegt …« Er drehte sich um und deutete zur King's Road. »Patricia wollte sich Hüte ansehen. Ansonsten geht es mir blendend. Ich finde es nur schade, dass der Besuch so kurz ist.«

»Du fliegst morgen zurück?«

»Ich fürchte, ja. Muss am Montag wieder in der *embajada* sein.«

Das bedeutete Botschaft. Dad war gut in Sprachen. Er hatte in Pakistan etwas Urdu aufgeschnappt und sprach nun auch noch fließend Spanisch. Mum war genauso gewesen – als gebürtige Französin konnte sie als Kind schon französisch und englisch plappern, und während der Zeit, die sie in Mumbai unterrichtet hatte, lernte sie nebenher Hindi. Anscheinend hatte sie mich, als ich noch ganz klein war, immer »Baby *bandar*« genannt, ein Hindi-

Kosewort, das »kleines Äffchen« bedeutete. Dad hatte mir das mal erzählt, und seitdem bewahrte ich den Ausdruck im Geiste auf wie einen mündlichen Talisman, der mich an sie erinnerte.

»Wie läuft es so?«, fragte ich erneut. »Wie geht es den Sojabohnenmagnaten?«

»Oh, gut, gut«, erwiderte er. Das war stets seine Antwort. Es hätte sich gerade auch ein neuer Krieg auf den Falklandinseln zusammenbrauen können, und er hätte es mit einem Schulterzucken quittiert. Es war diese unerschütterliche Ruhe, die sowohl erklärte, warum er erfolgreich als Botschafter war, als auch, warum seine Ehe mit Patricia funktionierte. »Aber genug von mir«, fuhr Dad fort. »Schau sich einer das an!« Er vollführte eine schwungvolle Bewegung vor meinem Banner. »Ich bin beeindruckt.«

»Danke.«

»Wie läuft es denn?«

»Ganz gut. Haben schon mehrere hundert Unterschriften. Willst du auch unterzeichnen?«

»Versuch mal, mich davon abzuhalten«, erwiderte er neckisch und schnappte sich den Stift.

Während Dad sich über den Tisch beugte, hörte ich Patricias Stimme zu uns herüberschweben. Nicht die einzelnen Worte, nur den schrillen Tonfall. Und dann sah ich sie, wie sie, flankiert von Mia und Ruby, auf uns zugetrippelt kam. Hugo lief ein Stück hinter ihnen, das Handy ans Ohr geklemmt.

»Morgen, mein Schatz«, flötete Patricia und bot mir ihre Wange an.

»Morgen, hast du einen Hut gefunden?«

Patricia schnaubte abfällig. »Nein, die waren alle katastrophal.«

»Ich habe aber ein paar Schnappschüsse gemacht«, sagte Ruby grinsend.

Sie zog ihr Handy hervor. Die Fotos waren haarsträubend witzig: Patricia mit einer Art türkisblauem Badeschwamm am Kopf; Patricia mit einem roten Bumerang auf; Patricia unter einer roten Baskenmütze.

»Bitte, spart euch das Gekicher, Mädchen.«

»O Pat, komm schon, wir machen doch nur Spaß«, erwiderte Ruby und ließ ihr Handy in die Tasche gleiten.

Bevor Patricia sich über ihren Spitznamen beschweren konnte, drehte ich mich wieder zum Tisch um und stellte die gesamte Truppe Jaz vor; dann forderte ich sie auf, die Petition zu unterzeichnen.

»Aber was genau unterzeichne ich da?«, verlangte Hugo zu wissen. »Ich unterschreibe äußerst ungern Dinge, über die ich nicht vollständig informiert bin.«

Mia schnaubte tadelnd. »Liebling, es geht darum, den Laden zu retten und Flos Arbeitsplatz. Es ist kein Schneeballsystem.« Sie hielt ihm einen Stift hin, den Hugo argwöhnisch beäugte, bevor er sich über das Blatt Papier beugte und seinen Namen hinzufügte.

»Ist Zach auch da?«, fragte Ruby und spähte durch die Schaufensterscheibe.

»Er ist wahrscheinlich unten.«

»Wer?«, fragte Dad.

»Mein Kollege Zach.«

»Ich bin ganz bei dir, Rubes, der Typ ist ein Goldschatz«, sagte Jaz und zwinkerte ihr zu.

»Wo kommt er her? Und wer sind seine Eltern?«, wollte Patricia sofort wissen, die nach wie vor das Verschwinden Jaspers aus Rubys Leben und damit die Aussicht, ihre Tochter könne Herzogin werden und in einem Schloss leben, betrauerte.

»Er ist Norris' Neffe. Ein Fotograf.«

Patricia schürzte die Lippen. Fotograf klang nicht nach jemandem, der ein Schloss besitzen könnte.

»Er ist heiß, und er fährt Motorrad, und er ärgert Flo, was ihr nur guttut«, sagte Ruby grinsend. Dann wandte sie sich von ihrer Mutter zu mir. »Ich habe Rory heute früh in der Küche getroffen und eine Tasse Tee mit ihm getrunken. Er meinte, ihr wärt gestern Nacht *sehr* lange wach geblieben.«

»Können wir bitte nicht über gestern Nacht reden«, sagte ich rasch, als das Bild vom Rougepinsel in meinem Kopf aufflackerte. Das war definitiv kein Thema, das ich vor Dad und Patricia diskutieren wollte.

Jaz kicherte.

»Ich will's gar nicht wissen«, sagte Dad. »Ich gehe vielleicht ein bisschen in den Laden und stöbere.«

»Ich auch«, quietschte Ruby und eilte ihm hinterher.

Die anderen blieben vor dem Tisch stehen, und Hugo verzog das Gesicht, als würde er Qualen leiden.

»Alles okay bei dir?«, erkundigte ich mich.

»Mache mir Sorgen wegen der Uhrzeit«, murmelte er mit einem Blick auf sein Handgelenk. »Mia, wir sollten wirklich los, wenn wir pünktlich im Claridge's sein wollen.«

»Aber wo steckt denn bloß dein Freund, Florence?«, warf meine Stiefmutter ein. »Ich dachte, er wollte auch hier sein? Dein Vater und ich können es kaum erwarten, ihn kennenzulernen.«

Wie aufs Stichwort tauchte Rorys Gesicht hinter ihnen auf.

»Hallo, zusammen!«, rief er lautstark, sodass alle zu ihm herumwirbelten. Er trug einen beigefarbenen Wollmantel, eine Ray-Ban-Sonnenbrille und Lederhandschuhe. »Wie geht es meiner kleinen Aktivistin?«, fragte er, beugte sich über den Tisch und küsste mich auf den Scheitel.

»Ein bisschen müde«, sagte ich. »Aber darf ich vorstellen? Rory, das sind meine Freundin Jaz und meine Stiefmutter Patricia.«

Patricia strahlte so breit, dass ihre Augen kleine Schlitze formten. »Rory, hallo, ich kann dir nicht sagen, wie entzückt ich bin, deine Bekanntschaft zu machen. Wir fingen schon an, uns Sorgen zu machen, weil die arme Florence noch nie einen richtigen Fr…«

»EIN FRIKASSEE!«, rief ich. Mir fiel nichts Besseres ein. Ich hatte vor Panik das erste Wort ausgestoßen, das mir in den Sinn kam.

»Alles in Ordnung mit dir, mein Schatz?«, fragte Patricia.

»Hm, alles gut, ich dachte gerade nur an meine Mittagspause und dass ich noch nie ein richtiges Frikassee gegessen habe. Manche Leute machen es ja mit Crème Fraîche, andere behaupten, man dürfe niemals Dosenchampignons reintun. Was meint ihr denn?« Ich quasselte drauflos, als könnte das schiere Tempo meine Anspannung vertreiben. Diese Zusammenkunft von Menschen, das Aufeinandertreffen verschiedener Teile meines Lebens, kam mir vor wie ein kompliziertes Mengendiagramm – und ich befand mich mitten im Zentrum und versuchte, alles zu koordinieren.

»Ich denke, wir sollten jetzt ebenfalls zu unserem Mittagessen aufbrechen«, sagte Hugo, der erneut auf die Uhr blickte. Ausnahmsweise einmal war ich ihm dankbar.

»Hör auf mit der Hektik«, sagte Mia, »ich muss mit Jaz über meine Brautfrisur reden.«

Sie und Jaz gingen umgehend dazu über, die Vor- und Nachteile von offenem Haar gegenüber Hochsteckfrisuren zu diskutieren, während Rory zu den Blättern spähte, die auf dem Tisch lagen.

»Wie viele Unterschriften?«

»Über dreihundert, schätzen wir.«

»Ist das alles?«

»Ja! Und ich bin ziemlich stolz drauf.«

»Aber ja, natürlich«, erwiderte er schnell. »Solltest du auch sein.« Dann schaute er zu mir hoch. »Wo ist dein Vater?«

»Drinnen, zusammen mit Ruby, die Zach nachstellt.«

»Nicht doch, dem Kommunisten?«, fragte Rory und rümpfte die Nase, als hätte jemand gerade einen fahren lassen.

Patricia schnappte nach Luft. »Er ist Kommunist?«

Rory beugte sich feixend zu ihr rüber. »Ich schätze,

nicht offiziell, aber er könnte genauso gut einer sein. Einer dieser furchtbaren Linken.«

»Ach du liebe Güte, das können wir nicht gebrauchen«, sagte Patricia und reckte den Hals, um in den Laden zu spähen.

Ich reichte Rory einen Kuli. »Bitte unterzeichnen.«

Er fügte seinen Namen unten auf der Liste hinzu. »Dreihunderteins«, sagte er und reichte mir den Stift zurück. »Aber ich sollte wahrscheinlich langsam ins Ministerium zurück.«

»Warte kurz, du musst noch Dad kennenlernen.« Ich verspürte einen Stich der Enttäuschung bei dem Gedanken, dass Rory gleich wieder verschwinden könnte, wo ich doch das Wochenende zuvor Blut und Wasser geschwitzt hatte vor Angst, dass ich vor seinen Eltern etwas Falsches sagen könnte.

»Ja, Rory, ich habe gehört, du arbeitest in der Politik, so wie mein Mann«, sagte Patricia und legte ihm eine ihrer Krallen auf den Unterarm, wie um ihn körperlich davon abzuhalten zu gehen.

»Ja, in der Tat.«

Patricia tätschelte wohlwollend seinen Arm. »Ich liebe ja Männer mit Ambitionen.« Dann sah sie zu mir. »War ›ambitioniert‹ nicht auch ein Punkt auf deiner Liste, Florence?«

»AMBULANZARZT!«, rief ich, während ich Patricia innerlich verfluchte. Sie schien gar nicht auf den Gedanken zu kommen, dass die Sache mit Gwendolyn ein Geheimnis bleiben musste.

»Was für eine Liste?«, fragte Rory.

»Eine Liste von Berufen«, log ich. »Die habe ich geschrieben, als ich klein war. Berufe, die ich machen wollte, wenn ich groß bin.«

»Du wolltest Ambulanzarzt werden?«, staunte Rory.

»Jupp. Ich liebte Krankenhaussendungen. Und dann wollte ich, äh, Köchin werden. Und dann habe ich *Der geheime Garten* gelesen und mich auf Bücher konzentriert. Ist das Leben nicht witzig?«

Ich lachte zu laut, während ich von Rory zu Patricia, dann zu Mia und Hugo und schließlich zu Jaz schaute. Sie standen alle da und schauten mich an, als würden sie innerlich abwägen, ob ich in eine Irrenanstalt eingewiesen gehörte.

Ich konnte förmlich spüren, wie Erleichterung meinen Körper flutete, als hinter mir die Ladentür aufging und Dad heraustrat, gefolgt von Ruby. Eine Ablenkung. Aber dann tauchte Zach mit Dunc auf seinen Schultern hinter ihnen auf, und die Erleichterung wurde von einem Schwall Nervosität hinweggefegt bei der Vorstellung, dass er was Abfälliges zu Rory sagen könnte.

Dieser Morgen war ein emotionaler Hindernisparcours; da waren viel zu viele Menschen um den Tisch. Ich wollte mich setzen, aber wir hatten keine Stühle.

»Dad!«, sagte ich schwach. »Das ist Rory; Rory, das ist mein Vater.«

»Rory, eine Freude, Sie kennenzulernen.«

»Nicht doch, Sir«, entgegnete Rory und schob die Sonnenbrille auf den Kopf, bevor er seine Hand schüttelte. »Ich habe mich zu freuen.«

»Aber nein, zu viel der Ehre. Außerdem höre ich mit Freude, dass Sie sich an Mias Hochzeit zu uns gesellen?«

»Es ist auch meine Hochzeit«, warf Hugo ein.

»Ja, das werde ich«, erwiderte Rory. »Ich kann es kaum erwarten.«

Während Dad und Rory einander anlächelten, kam das Gespräch ins Stocken.

»Und das ist Zach«, erklärte ich für diejenigen draußen, die ihn nicht kannten.

Rory drehte sich zu ihm um. »Oh, du bist das. Hallo«, grüßte er affektiert.

»Hallo, zusammen.« Zach ließ eines von Duncs Beinchen los, um dem Halbkreis zuzuwinken, bevor sein Blick auf Rory traf. Er musterte seine Sonnenbrille und die Handschuhe. »Nett, dich wiederzusehen«, fügte er hinzu. »Bist du auf dem Weg zu einem *GoodFellas*-Fantreffen?«

»Ha! Nein, nein«, stieß Rory mit einem falschen Lachen aus. »Tatsächlich muss ich los ins Ministerium, da wartet ein Haufen Papierkram auf mich.«

»Ja, der Nahe Osten wird sich nicht von alleine lösen«, erwiderte Zach mit einem breiten Grinsen.

Ich mahlte mit den Zähnen. Wie oft hatte ich mir schon ausgemalt, dass meine Familie einen echten, real existierenden Mann traf, mit dem ich eine Beziehung führte, doch gerade wollte ich nur noch, dass alle sich verzogen. Das hier war anstrengend. Ich kam mir vor wie ein Zwergstaat, oder eigentlich eher eine Insel, deren Bedrohung durch die Anwesenheit verschiedener miteinander wetteifernder Fraktionen auf ein kritisches Level gestiegen war. Ich brauchte Frieden und Freiraum, damit meine im Widerstreit liegenden Loyalitäten und Gefühle zur Ruhe kamen.

»Wir müssen wirklich auch los, Mia«, drängelte Hugo.

»Schon gut, schon gut«, sagte sie und winkte ab. »Jaz, ich rufe dich an.«

»Mach das, Süße. Jederzeit.«

Patricia erklärte, dass sie in der King's Road ein Taxi zum Claridge's nehmen würden, und alle murmelten ihren Abschied.

»Ich muss auch in die Richtung, also gehe ich ein Stück mit euch«, erwiderte Rory, bevor er sich vorbeugte, um mich zu küssen. »Tschüs, Schatz, rufst du mich an, wenn du hier fertig bist?«

»Klar.«

Dad blieb noch stehen, während die anderen durch die Gasse zur King's Road schlenderten.

»Florence, mein Schatz, was für ein Zufall, aber ich habe gerade erfahren, dass Zach bald eine Reise durch Südamerika machen wird.«

»Ach ja?« Ich sah ihn stirnrunzelnd an. »Das wusste ich gar nicht.«

»Ja. Wenn ich hier fertig bin. Ich wollte schon seit Jahren nach Patagonien, um dort Fotos zu machen.«

»Hunger, Hunger, Hunger«, verlangte Dunc, während seine kleinen Fersen gegen Zachs Brust schlugen.

Er lachte. »In Ordnung, Kumpel, lass uns gehen.«

»Zach, lass dir doch von Florence meine E-Mail-Adresse geben und schau auf dem Weg bei mir vorbei«, schlug Dad vor.

»Das werde ich, vielen Dank.«

Ein schriller Ruf erschallte vom anderen Ende der Gasse. »Henry!« Es war Patricia, die hektisch ein Taxi heranwinkte.

Dad nickte ihr zu, dann schaute er wieder zu mir. »Tschüs, mein Schatz, tut mir leid, dass es so kurz war.«

»Ist schon in Ordnung.« Ich trat hinter dem Tisch hervor, um ihn noch mal zu umarmen. »Wann kommst du das nächste Mal heim?«

»Wahrscheinlich zur Hochzeit«, sagte er und ließ mich los.

»Davor nicht?«

»Ist doch nur einen Monat hin.«

»Stimmt.« Ich nickte und ermahnte mich, dass ich wenigstens nach außen wie eine Erwachsene rüberkommen sollte, obwohl ich mich am liebsten an Dads Knöchel klammern und ihn nicht gehen lassen wollte.

»Bleib brav«, erwiderte er mit einem Grinsen. »War toll, euch beide kennenzulernen«, fügte er winkend an Jaz und Zach hinzu, bevor er Richtung Taxi davoneilte.

»Und wir gehen uns was zum Futtern holen, stimmt's, Dunc?«, sagte Zach, bevor er zu Jaz sah. »Gibt es irgendwas, das er nicht essen darf?«

Jaz öffnete schon den Mund, als wolle sie gleich eine Liste absurder Essensregeln runterleiern, schloss ihn dann aber wieder. »Nee, was auch immer ihr mögt. Aber lass mich dir etwas Geld mitgeben.«

Zach winkte ab. »Das geht auf mich.«

Sie schlenderten davon, und ich ließ mich mit einem schweren Seufzer gegen das Schaufenster sinken.

»Vorsicht«, warnte Jaz. »Geht's dir gut?«

»Hm, nur müde.«

»Die liebe Familie, was?«, meinte sie mit einem mitfühlenden Lächeln.

»Ja. So was in der Art. Aber hör mal, du musst nicht bis zum Schluss bleiben. Geh doch mit Dunc heim, wenn sie zurück sind. Ich schaffe das allein.«

»Machst du Witze? Wann bitte darf ich sonst all diese piekfeinen Herrschaften anbrüllen? Ausgeschlossen! Rettet unsere Buchhandlung!«, krächzte sie los.

»In Ordnung, dann gehe ich uns Sandwiches holen. Irgendwelche Vorlieben?«

»Keine Sandwiches. Kannst du mir einen Falafel-Salat von Pret holen? Und eine Gabel. Und einen Stapel Servietten?«

»Dein Wunsch ist mir Befehl.« Dann checkte ich mein Handy und sah eine Nachricht von Ruby, in der sie nach Zachs Nummer fragte. Ich ignorierte sie und schob das Telefon zurück in die Hosentasche. Sie würde warten müssen, bis ich mir zum Mittagessen vierzig Millionen Kalorien einverleibt hätte.

Glücklicherweise war der Nachmittag weniger ereignisreich. Ich blökte noch ein paar Passanten an. »Würden Sie unsere Petition unterzeichnen? Keine Mieterhöhungen mehr! Retten Sie Frisbee Books!« Manche wichen standhaft meinem Blick aus und huschten vorbei, als wären wir Straßenmusikanten in der U-Bahn, die mit einer Mütze vor ihrer Nase rumfuchtelten. »Nur eine Unterschrift! Alles, was wir brauchen, ist Ihr Name, um unsere Buchhandlung zu retten! Nur ein Name!«, beharrte ich. Ältere Leute waren besser als jüngere. Irgendwann kam Mrs. Delaney auf ihrem Gehstock auf uns zugewankt und blieb stehen, um zu unterschreiben, aber sie wollte dafür ihren eigenen Füllfederhalter verwenden und kippte ihre Handtasche auf dem Tisch aus, bis sie ihn endlich fand. Sie kritzelte ihre Unterschrift aufs Papier, als gerade Zach auftauchte und noch eine Runde Tee anbot.

»Ist das Ihr Ehemann?«, fragte Mrs. Delaney Jaz und spähte hinter ihrer Brille zu Zach hoch.

Jaz schüttelte den Kopf. »Nein, leider nicht. Aber das da ist mein Sohn.«

Mrs. Delaney war so verdutzt, dass sie erklärte reinzugehen, um sich ein paar Bücher anzuschauen.

Das war nur Sekunden, bevor ein kleines Mädchen in rosa Anorak zum Tisch gerannt kam.

»Hallo«, sagte Jaz. »Wie heißt du denn?«

»Ich bin Maya, und ich werde bald sieben«, sagte sie stolz.

»Sieben! Ach du liebe Güte. Dann kannst du ja bald schon Auto fahren.«

Ein gehetzter Mann tauchte hinter ihr auf. »Maya, du kannst nicht einfach so davonrennen. Entschuldigung«, fügte er hinzu und sah Jaz zerknirscht an.

»Ist schon gut«, erwiderte sie. »Wollen Sie vielleicht die Petition unterzeichnen? Es geht um die Rettung der Buchhandlung.«

»Ähm, ja, warum eigentlich nicht«, sagte er und griff mit einem schüchternen Lächeln nach einem Kuli.

Er hatte ein vollkommen glattes Gesicht, als hätte er sich noch nie rasieren müssen, und sandblondes wuscheliges Haar. Doch als er sich vorbeugte, um zu unterschreiben, entging mir nicht, dass Jaz ihn mit der Zärtlichkeit einer Donut-Süchtigen, die an einer Bäckerei vorbeikommt, ansah.

»Das hätten wir«, sagte er, richtete sich auf und hielt ihr den Stift hin.

»Keine Ehefrau dabei, die unterzeichnen will?«, fragte Jaz.

Er wirkte verlegen. »Nein, ähm, keine Ehefrau.«

»Oder eine Freundin?«, beharrte sie.

Ich konnte mich noch nicht entscheiden, ob ich vor Fremdscham eingehen oder in Lachen ausbrechen sollte. Jaz' Direktheit war einer der Gründe, warum ich sie so liebte – ich hätte es mir jedoch nie auch nur vorstellen können, selbst so zu sein.

»Nein, ähm, auch keine Freundin«, erwiderte er mit einem nervösen Kichern.

»Er braucht aber eine Freundin«, ertönte eine piepsende Stimme neben ihm, und wir schauten alle zu Maya runter.

»Pssst, Maya, das reicht jetzt aber. Komm, wir sollten besser heim.« Seine bartlosen Wangen verfärbten sich rosarot.

»Aber tust du doch«, beharrte sie. »Mum sagt, wenn du eine Freundin hättest, würde es das Leben so viel einfacher machen.«

Der Mann riss verblüfft die Augen auf. »Oh, hat sie das, ja? Wann hat sie dir das gesagt?«

Maya schaute auf ihre Turnschuhe runter. »Ich hab bloß gehört, wie sie das jemandem am Telefon gesagt hat«, nuschelte sie.

»Tut mir leid deswegen«, sagte er höchst verlegen an uns gewandt, bevor er seine kleine Tochter an der Hand nahm. »Also gut, Maya, wir nehmen jetzt den Bus, und dann werden wir uns über deine Angewohnheit unterhalten, Erwachsenengespräche zu belauschen. Viel Glück mit dem Laden«, sagte er noch über die Schulter, während er sie über die Straße wegführte.

»George Spencer«, sagte Jaz verträumt, sobald sie außer Sicht waren.

»Hä?«

»Er heißt George Spencer, schau.«

Sie zeigte auf die letzte Unterschrift und fuhr mit dem Finger die Spalte entlang bis zu dem Kästchen, wo er in ordentlichen Druckbuchstaben seine E-Mail-Adresse notiert hatte. »Denkst du, ich kann ihm mailen?«

»Weswegen denn?«

Jaz schnaubte. »Florence Fairfax, genau aus diesem Grund warst du so lange Single. Um ihn zu fragen, ob er mit mir ausgeht, natürlich! Fandest du ihn denn nicht süß?«

»Ihn?«, rief ich laut aus. »Diesen Typ? Diese menschliche Babyrobbe?«

Sie schnaubte erneut. »Sag nicht so gemeine Sachen über meinen zukünftigen Ehemann.«

Ich sah sie skeptisch an. »Ich glaube, es ist illegal, jemandes E-Mail-Adresse aus einer Petition zu nehmen und ihn anzubaggern. Datenschutz und so.«

»Papperlapapp. Wie heißt es so schön? Wer wiegt, gewinnt.«

»Wagt.«

»Oh, ich dachte immer, es wäre so eine Sache mit dem Gewicht. Dass wir alle mehr Glück haben, wenn wir mehr in die Wiegschale werfen, so als Belohnung quasi.«

Ich schüttelte den Kopf. »Nein, es heißt wagt. Und Waagschale.«

Sie zuckte die Achseln. »Jedenfalls werde ich ihm mailen. Ich fand, er sah nett aus.«

»Was ist mit der Mutter?«

Sie sah mich fragend an.

»Mayas Mutter. Klang ein bisschen kompliziert.«

»Ach, das«, sagte Jaz leichthin. »Klang, als wäre es vorbei. Keine Sorge, Floz, überlass das mir.«

Ich hielt die Klappe und hoffte nur, dass es nicht enden würde wie die Solihull-Affäre vor ein paar Monaten.

Eine Stunde später, nachdem Jaz mit dem Handy Georges E-Mail-Adresse abfotografiert hatte, gingen sie und Dunc nach Hause. Ich klappte den Tisch zusammen, als die Sonne unterging und die Shoppingmeute mit sich nahm.

»Was meinst du, wie viele Unterschriften hast du?«, fragte Zach, der mir beim Runtertragen half.

»Knapp tausend«, antwortete ich, während ich versuchte, die Tischplatte um das Treppengeländer herumzubekommen. »Was schätzt du, wie viele brauchen wir, damit der Vermieter sie überhaupt zur Kenntnis nimmt?«

»Na ja, die Petition, um in der EU zu bleiben, hat sechs Millionen bekommen.«

»Das erscheint mir etwas ambitioniert.«

Er lachte, als wir den Tisch im Lagerraum abstellten und nach oben zu Eugene gingen, der die Kasse machte.

»Lust auf ein Bier?«, fragte Zach. »Ich dachte, wir könnten heute eins gebrauchen, also habe ich ein paar Flaschen im Kühlschrank gebunkert.«

Eugene schnaubte bekümmert. »Ich habe morgen früh ein Vorsprechen, also muss ich heim und üben.«

»Florence, hast du Lust?«

»Ja«, sagte ich, obwohl es mich ein bisschen nervös machte. Nur ich und Zach war irgendwie komisch; ich hatte eigentlich nicht die Energie, mich eine Stunde mit ihm herumzuzanken, aber jetzt konnte ich keinen Rückzieher mehr machen. Ich sah auf die Uhr. Es war kurz nach sechs. Ich würde für ein Bier bleiben und dann Rory anrufen, um zu sehen, wo er steckte.

»Super, ich hol sie gleich, warte kurz.«

»Wofür ist denn das Vorsprechen?«, fragte ich Eugene, während Zach wieder nach unten polterte.

»*Hamlet*. Bekomme ich sowieso nicht.«

»Sei nicht so negativ. Für welche Rolle sprichst du denn vor?«

»Hamlet.«

»Oh.«

»Danke für den Vertrauensvorschuss, mein Schätzchen, aber viel Spaß. Wir sehen uns Montag.«

Er stürmte hinaus, und da Zach immer noch nicht mit dem Bier aufgetaucht war, stellte ich mich oben an die Treppe und rief nach ihm.

»Lass sie uns doch gleich hier unten trinken!«, rief er zurück.

Als ich runterkam, stand er neben dem Kühlschrank. »Hier, bitte schön.« Er reichte mir eine Flasche. »Sollen wir uns hinsetzen?« Er nickte zu den Sitzsäcken in der Kinderbuchabteilung.

»Da?«

»Ja, ich kann heute keine Minute länger stehen. Komm schon.« Er ging voraus und ließ sich stöhnend auf den Sitzsack plumpsen; dann hob er die Flasche, um mit mir anzustoßen. »Prost, Partner.«

»Prost.« Ich setzte mich neben ihn und nahm einen Schluck.

Zach seufzte. »Das ist womöglich das beste Bier, das ich je hatte.«

»Es ist gut«, pflichtete ich ihm bei und wünschte, mir würde noch etwas anderes einfallen. Das war eine schräge Situation. Wir saßen auf roten Sitzsäcken, umgeben von Kinderbüchern, einem lebensgroßen Pappaufsteller von Walter in seinem rot-weißen Ringelshirt sowie der Halloween-Deko, die Zach bereits für die Party aufgehängt hatte. Künstliche Spinnweben, Kürbis-Girlanden, Plastikspinnen. »Patagonien also«, sagte ich, da ich die Stille keine Sekunde länger ertrug.

Er hob fragend eine Augenbraue.

»Du willst doch nach Patagonien reisen?«

»Oh, ja. Schon seit einer Ewigkeit.«

»Warum gerade dorthin?«

»Hauptsächlich um die Berge zu fotografieren, aber auch die Tiere. Zur richtigen Jahreszeit bekommt man Orcas vor die Linse. Und hast du je vom Commerson-Delfin gehört?«

Ich schüttelte den Kopf.

»Die sind ein bisschen, als hätte ein Pinguin sich mit einem Delfin gepaart. Sie sind schwarz-weiß. Die würde ich liebend gerne sehen. Und man kriegt tolle Adler zu Gesicht. Der größte Adler der Welt kam von dort. Sechs Meter Spannweite.« Er hielt inne und streckte die Arme seitlich aus. Die Bierflasche baumelte von seinen Fingern. »Sechs Meter. Kannst du dir das vorstellen? Er ist mittlerweile ausgestorben, aber ich will trotzdem hin.« Noch ein Schluck aus seiner Flasche. »Verreist du denn viel?«

»Nein. Ich würde gerne, aber ich … muss immer so viel arbeiten.« Es war eine faule Ausrede, aber Zach gegenüber wollte ich ganz bestimmt nicht zugeben, dass ich nie weiter gereist war als zu einem kleinen französischen Dorf voller Aprikosenbäume und dass ich viel zu ängstlich war, irgendeinen anderen Ort zu erforschen.

»Was ist eigentlich dein Plan?«, fragte Zach.

»Plan?«

»Ja, du weißt schon, was du mal tun willst, wohin du gehen willst? Oder willst du für immer hierbleiben?«

»Was ich wirklich tun will …«, begann ich, hielt jedoch inne, da ich Angst hatte, es laut auszusprechen.

Er sah mich fragend an. »Ja?«

»Ich würde wirklich gerne mein Kinderbuch veröffentlichen lassen.«

»Du schreibst Kindergeschichten?«

Ich sah nach unten und schob meinen Daumennagel unter das Etikett der Flasche. »Ich versuche es. Warum? Ist das so überraschend?«

»Nein, du hast es nur nie erwähnt. Worum geht es denn?«

Ich hob den Blick und sah ihn verlegen an. »Ich erzähl es dir, aber du darfst nicht lachen.«

Zach lächelte und schwenkte die Bierflasche.

»Hey! Du lachst jetzt schon, und ich habe es dir noch nicht mal erzählt!«

Er schüttelte den Kopf und wischte sich den Mund mit dem Handrücken ab, bevor er antwortete. »Ich lache nicht. Es ist nur die Vorfreude, von deinem Meisterwerk zu hören. Komm schon, verrat es mir.«

Ich holte tief Luft. »Okay, es heißt *Die Raupe, die nicht aufhören konnte zu zählen*.«

Er grinste erneut.

»Ohne Lachen!«

»Tu ich nicht. Was ist die Handlung? Hau mich um.«

»Es …« Ich hielt inne.

»Was?«

»Okay, es geht um eine Raupe, die zwanzig Beine hat, und sie kommt jeden Tag zu spät zur Schule, weil sie alle ihre Schuhe zählen muss. Jeden Tag muss sie alle Schuhe beim Anziehen und dann wieder beim Ausziehen zählen, und jedes Mal braucht sie dafür eine Ewigkeit, deshalb ist sie immer spät dran und bekommt Ärger mit den Lehrern. Und kaum dass sie in der Schule ist, muss sie wieder alles andere zählen: ihre Stifte, die Stühle im Klassenzimmer, alle Schulranzen. Die anderen aus ihrer Klasse halten sie für eine Spinnerin, also spielt niemand mit ihr. Zelda, so heißt die Raupe, ist es einfach zu peinlich zuzugeben, dass sie … diesen kleinen Zähltick hat. Aber sie fühlt sich damit einfach besser. Und dann, eines Tages, hört ihre Lehrerin, die ein Schmetterling ist und Frau Letterschming heißt, wie Zelda auf dem Spielplatz zählt, und fragt sie, was es damit auf sich hat. Und Zelda erzählt ihr, dass sie nichts dagegen machen kann, dass sie einfach alles zählen muss, was sie sieht. Und Frau Letterschming fragt sie, ob sie ein Geheimnis wissen will. Und Zelda nickt, denn natürlich will jeder ein Geheimnis wissen. Also erklärt sie ihr, dass sie ganz offenbar mit einer Superkraft fürs Zählen geboren wurde und dass es nichts ist, wofür man sich schämen oder weswegen man sich ängstigen muss. Dass sie lieber stolz darauf sein sollte. Und plötzlich ist Zelda die Heldin ihrer Klasse, weil sie diese Superkraft hat, und dann, sobald sie es allen erzählt hat …« Ich hielt inne. Zach hatte während meiner Rede kein einziges Wort gesagt.

»Mach weiter«, drängte er.

»Sobald es alle anderen wissen, merkt sie, dass der Drang zu zählen nicht mehr ganz so stark ist.« Ich hielt inne. »Na ja, ich meine, da gibt es noch ein paar Teile, die ich ausarbeiten muss, aber darum geht's im Wesentlichen.« Ich schnippte mit dem Daumennagel gegen das Etikett; es war mir peinlich, das alles ausgeplaudert zu haben. In meinem Kopf klang die Geschichte irgendwie besser.

»Das bist also du.«

»Hä?« Ich sah von der Flasche auf, als wäre mir diese Idee noch nie in den Sinn gekommen.

»Zelda, das bist du.«

Ich rümpfte die Nase. »Ist das so offensichtlich?«

Er nickte. »Ja. Ich hör dich manchmal, wenn du Bücher verstaust oder die Treppe runterkommst. Ich mag es eigentlich ganz gerne. ›Oh, da kommt Florence in ihren gigantischen Arbeitsschuhen ...‹«

»Hör auf! Du darfst nicht über meinen Tick und meine Schuhe lachen!«

»Tut mir leid, aber diese Treter sind das Hässlichste, was ich je gesehen habe.« Dann wurde seine Miene ernst. »Warum die Sache mit dem Zählen?«

Ich atmete tief ein und hielt kurz die Luft an, bevor ich antwortete. »Weil ich das schon immer getan habe. Seit ich ganz klein war. Das ist so was wie mein Trostkissen.«

»Wie lange genau?«

»Seit ich vier war. Als ich zählen lernte. Meine Mum ist damals gestorben, meine Stiefmutter kam, und ... da fing es einfach an.«

Er nickte langsam und grinste erneut. »Machst du noch andere schräge Sachen?«

Da musste ich lachen. »Nein! Nur das. Was ist mit dir?«

»Wie, was ist mit mir?«

»Hast du irgendwelche schrägen Angewohnheiten?«

Er deutete auf seine Arme. »Zählen Tattoos auch?«

Ich konnte wieder den Vogel an seinem rechten Arm emporfliegen sehen, und auf dem linken die muskulösen Beine eines Mannes in geflügelten Sandalen, die unter seinem T-Shirt-Ärmel hervorlugten. »Was ist das für ein Vogel?«, fragte ich und zeigte darauf.

Er blickte hinab und rieb mit den Fingern über die Federn. »Eine Eule.« Er hob den Blick. »Sie gehörte Athene.«

Ich runzelte die Stirn, unsicher, ob diese Athene vielleicht eine Familienangehörige oder womöglich sogar eine Ex war. Der Gedanke war seltsam. Zach hatte noch nie etwas über sein Privatleben erzählt.

»Sie war die griechische Göttin der Weisheit und des Krieges«, erklärte er. »Und die Eule war ihr Vogel ...«

»So wie Hedwig in *Harry Potter*?«, fragte ich rasch, um die peinliche Tatsache zu überspielen, dass ich Athene für seine Ex gehalten hatte.

Zach grinste. »So in der Art. Athenes Eule symbolisiert die Weisheit, und sie saß immer auf ihrer rechten Schulter, ihrer blinden Seite, damit sie die gesamte Wahrheit sehen konnte. Deswegen ist sie hier, auf meinem rechten Arm.«

Ich nickte langsam und schämte mich, dass mein Wissen über die Antike so begrenzt war.

»Und was ist mit dem da?« Ich deutete mit dem Kinn zu den Beinen des Mannes mit den geflügelten Sandalen.

»Das ist Perseus«, sagte Zach und fuhr mit der Handfläche über seinen anderen Arm.

Ich verzog das Gesicht, da mir der Name erneut nicht viel sagte.

»Der griechische Held, der die Medusa getötet hat. Du weißt schon, die Gorgone mit dem Schlangenhaar.«

»Stimmt«, erwiderte ich. Mir fiel ein Buch aus meiner Kindheit mit griechischen Mythen wieder ein, in dem es auch um eine Frau mit grünem Gesicht und Schlangen auf dem Kopf ging.

»Perseus tötete erst die Gorgone und später noch ein Meeresungeheuer namens Ketos«, fuhr Zach fort.

»Warum?«

»Warum er sie getötet hat?«

Ich nickte.

»Warum denkst du denn? Aus Liebe zu einer wunderschönen Frau natürlich.«

Er grinste, während ich errötete. »Aber warum hast du ihn gewählt?«, fragte ich rasch, um meine Verlegenheit zu überspielen.

»Es war meine Lieblingsgeschichte, als ich noch klein war. Meine Mum ist Lehrerin. Das habe ich dir erzählt, oder?«

»Ja, aber das ist auch schon alles. Was hat es mit dir auf sich? Das Einzige, was ich noch weiß, ist, dass du Norris' mysteriöser Neffe bist.«

Zach sog tief die Luft ein. »Erst noch ein Bier.«

Ich nickte, und während er die leeren Flaschen in die Küche mitnahm, wurde mir bewusst, dass ich die Unterhaltung genoss. Mit Rory hatte ich noch nie so offen über meine Schreibversuche oder meinen Zähltick gesprochen. Ich hatte mich mit Zach weder gezofft, noch hatte es ein unangenehmes Schweigen gegeben. Das Einzige, was etwas befremdlich war, war der lebensgroße Walter-Papp-aufsteller, der uns beobachtete.

Er kam mit zwei neuen Flaschen zurück und reichte mir eine, bevor er sich wieder hinsetzte. Ich nahm sie entgegen und wartete darauf, dass er sprach.

»Also, ich bin zwar Norris' Neffe, aber tatsächlich kenne ich meinen Vater, seinen Bruder nicht.«

»Wie das?«

»Hab ihn nie getroffen. Er hat sich bei meiner Geburt aus dem Staub gemacht und ist nach Australien gezogen. Mum hat mich allein großgezogen. Na ja, mit ein bisschen Unterstützung von Norris. Ich weiß nicht, ob es dir schon aufgefallen ist, aber mit Geld hat er es nicht so.«

Ich nickte lächelnd.

»Er hat viele Sachen bezahlt, die er sich, glaube ich, gar nicht wirklich leisten konnte. Mums Auto. Urlaube. Und er schenkte mir auch meine erste Kamera, als ich dreizehn war.«

»Das ist wirklich schräg. Ich arbeite nun schon seit fast zehn Jahren für ihn und hatte keinen blassen Schimmer von alldem.«

Zach zuckte die Achseln. »Er hält sich sehr bedeckt. Ich glaube, er schämt sich für seinen Bruder und hat das Gefühl, sein Verhalten wiedergutmachen zu müssen.«

»Und nun revanchierst du dich bei ihm?«

»Ich versuche es, wenn es denn dabei hilft, den Laden am Laufen zu halten«, sagte er und schaute sich im Raum um.

»Aber warte mal, warum das Tattoo? Du sagtest, deine Mum ist Lehrerin?«

»Richtig.« Er nickte. »Sie unterrichtet Englisch, und als ich klein war, hat sie mir alle Klassiker vorgelesen. Perseus war immer mein Lieblingsheld, weil seine Geschichte ein glückliches Ende findet, nicht so wie bei den meisten anderen, die von einem zehnköpfigen Löwen zerfleischt oder von ihrer eigenen Familie ermordet werden. Und am Ende landet er am Himmel – das Perseus-Sternbild.«

»Du kennst dich aus mit deinen Griechen«, meinte ich lächelnd. Ich fühlte mich schlecht, dass ich so viele Vorurteile gegen Zach gehabt hatte – der chaotische, Kaffee verkleckernde Zach –, sie waren nicht gerechtfertigt.

»Ich habe vieles vergessen. Aber ich mag deine Geschichte. Die Raupe. Ich kann sie schon vor mir sehen. Kann sie mir auf dem Papier vorstellen … all die kleinen Schuhe.«

»Wirklich? Es ist zwar keine griechische Tragödie, aber ich glaube, die Geschichte ist ganz süß.«

»Hast du sie schon mal jemandem gezeigt?«

»Wie meinst du das?«

»Einem Agenten oder so?«

Ich schüttelte rasch den Kopf. »O nein. Ausgeschlossen. Sie ist nicht gut genug.«

»Ich könnte doch meinen fragen. Er ist ein Agent für Fotografie, aber sie haben auch eine Abteilung für Literatur.«

Bei dem Gedanken kniff ich gequält die Augen zusammen.

»Komm schon, du Angsthase. Welchen Sinn macht es bitte, eine Geschichte zu verstecken, wenn du sie veröffentlichen willst? Ich kann doch einfach fragen, ob jemand mal einen Blick drauf werfen will. Kein Druck.«

»Und was, wenn sie sie nicht mögen?«, fragte ich und öffnete vorsichtig ein Auge.

»Dann zeigst du sie jemand anderem. J. K. Rowling hat Harry Potter und Hedwig an zig Agenten geschickt, bevor jemand das Manuskript angenommen hat.«

»Ich bin mir ja nicht sicher, ob Zelda, die zählende Raupe, so viel Charme hat wie Harry.«

Zach spreizte seine Hände. »Woher willst du es wissen, wenn du sie niemandem zeigst?«

»In Ordnung. Vielleicht. Danke dir.«

»Sehr gerne.«

»Was willst du mit deiner Fotografie anfangen?«

Er zuckte die Achseln. »Herumwandern, mich an fremde Orte führen lassen. Eine Reise unternehmen, ein paar Fotos verkaufen, den nächsten Trip finanzieren.«

»Und welches ist der beste Ort, an dem du bisher warst?«

Zach hob die Flasche an den Mund und dachte nach. »Es gibt da eine Stadt in Nordindien namens Leh. Direkt oben im Himalaya. Dort befindet sich einer der gefährlichsten Flughäfen der Welt.«

»Wieso das denn?«

»Stell dir vor, in einer Salatschüssel landen zu müssen …« Er hob seine flache Hand in die Luft und ließ sie hinabgleiten. »Überall drum herum sind Berge, also muss der Pilot abtauchen und schnell zum Halt kommen, da die Landebahn so kurz ist. Und jeden Nachmittag frischt der Wind heftig auf, sodass man nur morgens landen kann. Es fühlt sich an, als würde man auf einem Blatt runtersegeln.«

»Wow.«

»Ja, ziemlich beängstigend. Meine Freundin hat es gehasst. Aber sobald man dort ist, war es das wert. Der Ausblick, die Klöster, die Leute. Der Tee! Du würdest es lieben. Man bekommt winzige Tontässchen, aus denen man sehr süßen, milchigen Tee trinkt. Er schmeckt nach Erde. Und Ingwer.«

»Ich wusste nicht, dass du eine Freundin hast«, sagte ich und wünschte mir sofort, ich könnte die unbedachten Worte in meinen Mund zurückverfrachten. Wie es aussah, redete Zach nur über sein Privatleben, wenn man ihn direkt darauf ansprach.

»Ex-Freundin.«

Zach sagte das so leise, als wäre ich auf den Schatten eines Geistes getreten. »Entschuldige«, murmelte ich.

»Alles gut«, sagte er und leerte dann seine Flasche. »Wir wollten es beide. Wir waren so lange zusammen, dass ich es manchmal vergesse.«

Ich nickte, antwortete jedoch nicht. Die Stimmung war plötzlich viel angespannter als noch vor einem Moment.

»Hat Ruby dir geschrieben?« Ich war eingeknickt und hatte ihr am Nachmittag Zachs Nummer geschickt, da ich wusste, dass Ruby, wenn sie sich mal was in den Kopf gesetzt hatte, es in der Regel am Ende auch bekam.

Er sah aus, als hätte ich gefragt, ob der Papst sich bei ihm gemeldet hätte. »Ruby? Nein. Warum denn?«

»Nichts«, sagte ich, da ich mir wieder viel zu neugierig vorkam. »Vergiss es.«

»Also gut«, sagte er und streckte die Arme zur Decke. »Ich fahre dann mal nach Hause. Soll ich dich irgendwo absetzen?«

»Auf dem Motorrad?«

Er grinste und nickte. »Hab einen extra Helm.«

»Neeeeeein, ich gehe zu Fuß.«

Er stand auf und hielt mir die Hand hin, um mir aufzuhelfen.

»Danke aber«, sagte ich, »das war nett.«

»War es. Und ich meine es ernst, schick mir dein Buch, und ich leite es weiter.«

»Okay, abgemacht«, sagte ich. Dann ließ ich verlegen seine Hand los, die ich immer noch festhielt.

8

Jener Abend änderte etwas zwischen mir und Zach. Die darauffolgende Woche fühlte ich mich seltsam in seiner Gegenwart. Beinahe schüchtern. Es war, als hätten wir zwei zu viel Privates geteilt, und nun ging er mir deswegen aus dem Weg. »Morgen«, hatte er mich mit einem höflichen Halblächeln begrüßt, als er ankam, bevor er nach unten verschwand. Es gab keine Rory-der-Tory-Sticheleien und keine halb leeren Kaffeebecher oder Motorradstiefel an der Kasse. Er blieb unten im Büro, bastelte an der Webseite herum und half Norris bei der Buchhaltung, während ich mit Eugene probte. Sein *Hamlet*-Vorsprechen war nicht so schlecht gelaufen wie sonst, er hatte immerhin eine Rolle bekommen, aber es war nicht die Hauptfigur, sondern der Totengräber, und der hatte nur drei Zeilen. Eugene ging die Rolle dennoch so engagiert an, als könne sie ihm seinen ersten Oscar bescheren. Zu den Proben kniete er sich hinter den Büchertisch und hob feierlich den Stiftbecher in die Luft (der Tisch sollte das Grab darstellen, der Stiftbecher einen Totenschädel), bevor er wieder aufstand und sich den Staub von den Knien klopfte.

»Fabelhaft«, kommentierte ich von meinem Platz hinter der Kasse und klatschte als Zugabe in die Hände.

Eugene vollführte eine kleine Verbeugung, wirkte aber etwas bekümmert, als er sich wieder aufrichtete.

»Du musst dir wirklich keine Sorgen machen«, versicherte ich ihm. »Das war die überzeugendste Totengräberdarstellung, die ich je gesehen habe.« Es war auch die einzige Totengräberdarstellung, die ich je gesehen hatte, aber das brauchte er ja nicht wissen.

»Ich mache mir keine Sorgen um meine Darstellung. Die sitzt. Es ist Zach, er ist so still geworden.«

Ich hatte Eugene nichts von dem Abend erzählt, als wir unten Bier getrunken hatten. Ich wusste selbst nicht genau, warum; es war, als wollte ich, dass es ein Geheimnis blieb. Zachs ausweichendes Verhalten schien das nur zu bestätigen; aber wenn ich das jetzt erwähnte, würde Eugene mich löchern wie ein Amateurdetektiv mit gepunkteter Fliege und mich unser Gespräch in allen Einzelheiten wiedergeben lassen. Es war einfacher, auf ahnungslos zu machen.

»Wie meinst du das?«, fragte ich daher.

»Findest du nicht, dass er irgendwie bedrückt wirkt?«

»Bedrückt?«

»Hm. Irgendwie … distanziert. Er hängt gar nicht mehr bei uns herum. Es ist doch schräg, dass er dich nicht mal mehr aufzieht. Vielleicht frage ich mal, ob alles in Ordnung ist.«

»Nein, tu das nicht«, sagte ich rasch. »Ich bin sicher, dass er okay ist.«

Eugene verfügte nämlich über das Zartgefühl eines Waldhorns – und was, wenn Zachs Zurückhaltung tatsächlich was mit mir zu tun hatte? Hatte er beschlossen, dass ich zu schräg war? Er wäre nicht der erste Mensch, der mir wegen meiner Zählerei aus dem Weg ging. Ich hatte mich schon als Jugendliche daran gewöhnt. Oder war ich ihm mit meiner Frage nach seiner Freundin zu nahegetreten? Oder nach Ruby? Seine Distanziertheit machte mir zu schaffen, da ich mich in Wahrheit an Zachs Neckereien gewöhnt hatte und mich mittlerweile mehr auf die Tage freute, wenn er im Laden war, als wenn er es nicht war.

Ich sah zu, als er am Halloween-Nachmittag den unten versammelten Kindern vorlas. Er war als das Ungeheuer aus *Die Schöne und das Biest* verkleidet: blauer Samtfrack, der Rorys Kleiderschrank entstammen könnte, weiße Krawatte, ein Paar Plüschpantoffeln, die wie Monsterfüße aussahen. Seine Locken hatte er zu einer schwarzen, wilden Mähne toupiert, und durch seine falschen spitzen Plastikbeißer hindurch erzählte er den Kleinen eine Geistergeschichte.

Er war gut. Er beherrschte mehrere Akzente, schlang die Arme um seinen Oberkörper und gab unheimliche Geräusche von sich, während sein junges Publikum sich hin und her wiegte und ängstlich kicherte. Zach schien eine magische Anziehungskraft auf sie zu haben. Mit Dunc war es genauso gewesen.

Einmal begegnete er meinem Blick, schaute aber gleich wieder auf sein Buch runter und fuhr mit der Geschichte fort. Ich verdrückte mich wieder nach oben, wo mehrere der schicken Chelsea-Mütter – blonde Highlights, die Stirn so glatt wie ein Luftballon, extrem weiße Sneaker – durch die Diät-Ratgeber stöberten.

Sobald die Kinder alle nach draußen befördert worden waren, ging ich wieder nach unten und schob den Kopf durch die Bürotür.

»Klopf, klopf«, sagte ich mit einer aufgesetzten Heiterkeit, für die ich mich im selben Moment hasste.

Zach wirbelte auf dem Sessel herum. Er trug immer noch den blauen Frack.

»Du warst der Knaller«, sagte ich mit aufmunterndem Lächeln.

Er lehnte den Hinterkopf gegen den Sessel. »Danke. Habt ihr viele Bücher verkauft?«

»Ja, doch, ein paar. Norris macht Kassensturz.«

Er nickte, schien aber nichts mehr erwidern zu wollen. Ich fühlte mich unwohl.

»Ich wollte nur fragen, ob es okay wäre, wenn ich dir meine Geschichte von Zelda, der zählenden Raupe, schicke?« Ich hatte den Satz oben schon geübt, da es mir eine gute Ausrede schien, mich mit ihm zu unterhalten. Immerhin hatte er geradezu darauf bestanden.

»Klar«, sagte er und drehte sich wieder zu seinem Computer um.

»Sicher? Also, ich muss nicht, falls es Umstände bereitet oder …«

»Wirklich, kein Problem«, sagte er und schaute wieder zu mir, die Hände über der Tastatur verharrend.

»Okay, danke. Ich maile sie dir morgen«, sagte ich, doch als ich mich verdrückte, beschlich mich dieses kränkende Gefühl, ihm lästig gewesen zu sein.

Als ich auf dem Nachhauseweg den Fluss überquerte, seufzte ich schwer und ermahnte mich, mich deswegen nicht verrückt zu machen. Für diese Woche gab es schon genug Probleme. Hauptsächlich den Schwarz-Weiß-Ball der konservativen Partei. Rory hatte die Bombe ganz unvermutet am Samstag platzen lassen, als wir gerade im Bett lagen. Anscheinend war es eine Riesensache – die alljährliche Spendensammlung der Partei. Der Premierminister kam. Das Kabinett kam. Genauso wie ihre größten Geldgeber – darunter Promis, Finanzbosse und indische IT-Milliardäre. Rory hatte mir das erklärt und mich dann auf die Seite gedreht und war dabei mit den Fingern über meine Schulter und meine Brüste gefahren, so als hätte ihm das Gespräch über Politik eine Erektion beschert. Ob ich gerne seine Begleiterin wäre, hatte er mir ins Ohr geflüstert, und ich hätte ja einen Witz gerissen, dass die Leute normalerweise Lack und Leder als Fetisch hatten, nicht den Premierminister, aber da war seine Hand schon zwischen meine Beine geglitten und ich konnte zur Antwort nur stöhnen.

Der Ball fand am folgenden Abend statt, und ich trug vier Asos-Kleider nach Hause, die in die Buchhandlung geliefert worden waren. Mir war klar, dass Eugene danach lechzte, sein Urteil abzugeben wie ein Jurymitglied bei

Project Runway, aber ich hatte sie nicht im Laden anprobieren und riskieren wollen, dass Zach mir über den Weg lief. Außerdem war die Toilette wahnsinnig eng, und ich vermutete stark, dass Asos keine Rücksendungen akzeptierte, die durch Klowasser geschleift worden waren.

Ich hoffte nur, dass eines der Kleider halbwegs anständig aussehen würde. Das war die erwachsenste Veranstaltung, auf die ich je eingeladen worden war. Ich musste wie eine selbstbewusste, intelligente junge Frau rüberkommen, die aussah, als wüsste sie, was der Innenminister so machte, und nicht wie ein linkischer Teenager, der im Kleiderschrank der Mutter rumgewühlt und sich dicke Lippenstiftkleckser auf die Wangen gemalt hatte.

Als ich zu Hause eintraf, eilte mir Mia zur Hilfe. Mehr oder weniger. Kleid Nummer eins wurde für »zu glänzend und billig« befunden, Kleid Nummer zwei ließ mich anscheinend aussehen wie »eine alte Oma, die Standardtänze auf einem Kreuzfahrtschiff unterrichtet«, und Kleid Nummer drei war wohl einfach nur »abartig«. Aber sie lächelte wie eine stolze Mutter, als ich in Kleid Nummer vier aus ihrem Badezimmer spaziert kam. Es war eine schulterfreie dunkelrote Samtrobe.

»Flo, du siehst aus wie Jessica Rabbit!«, jauchzte sie.

Ich musterte mich skeptisch in ihrem Spiegel. Das Kleid war wie eine Verkleidung – die normale, praktisch veranlagte Florence mit ihrem langweiligen Pferdeschwanz war von dieser glamourösen Hochstaplerin gekapert worden. Mia übertrieb. Ich hatte nicht die Proportionen von Jessica Rabbit. Aber mit ein bisschen Schminke und

Absätzen würde ich wie ein ganz anderer Mensch aussehen, jemand, der mit der hochglanzpolierten Octavia Battenberg befreundet sein könnte. Ich stellte mich auf die Zehenspitzen, kniff die Augen zusammen und versuchte, es mir vorzustellen.

»Welche Schuhe?«, wollte Mia wissen.

»Meine schwarzen Pumps«, erwiderte ich, immer noch in den Spiegel spähend.

»Nein«, sagte sie und wackelte tadelnd mit dem Zeigefinger. »Du wirst nicht diese Schuhe zu diesem Kleid anziehen.«

»Was stimmt denn nicht mit ihnen?«

»Das sind so klobige Dinger, wie die Queen sie trägt. Du kannst so ein Kleid nicht zu solchen Absätzen tragen; das ist wie Haute Couture zu Gummistiefeln anzuziehen. Warte mal …« Sie sprang von ihrem Bett und riss ihren Kleiderschrank auf; dann ging sie in die Hocke, um ein Dutzend gestapelter Schuhschachteln zu inspizieren. »Die nicht, die auch nicht. Die definitiv nicht, aber die hier könnten gehen.« Sie zog eine Schachtel hervor, auf der *Jimmy Choo* stand.

»O nein.« Ich wich zurück, als würde die Schachtel eine Tarantel enthalten. »Die werden mir zu klein sein.«

»Probier sie doch einfach an«, erwiderte Mia und hob den Deckel. »Du läufst keinen Marathon, es ist bloß für einen Abend.«

Sie zog ein Paar hervor, das farblich perfekt zum Blutrot des Kleides passte, mit dünnen Riemchen, die sich um die Knöchel wanden. Die Absätze sahen aus wie

Stricknadeln. Das waren so Schuhe, die ich davor noch nicht mal anprobiert hätte, weil sie so zerbrechlich schienen – außerdem wollte ich keine Aufmerksamkeit auf die riesigen Paddelboote da unten an meinen Knöcheln lenken.

Mia kniete sich vor mich und hielt mir einen hin. Schwankend hob ich meinen Fuß an und schob ihn hinein. Madame Bigfoot machte sich bereit für ihren ersten Ball.

»Und den noch.«

Ich klammerte mich an Mias Bettpfosten, damit ich nicht umkippte, während sie die Riemchen um meine Knöchel befestigte; dann, wacklig wie ein neugeborenes Fohlen, drehte ich mich um und begutachtete mich im Spiegel.

»Perfekt. Obwohl du dringend eine Pediküre brauchst. Selbst Hugo hat attraktivere Füße als du.«

»Danke schön. Aber ich kann die hier nicht anziehen; sie sind zu eng, und ich kann in ihnen nicht laufen.« Meine Waden zitterten jetzt schon.

»Üb einfach heute Abend. In der Küche auf und ab gehen. Ich werde es dir beibringen.«

Ich brauchte zehn Minuten, um die Treppe runterzukommen, nur um im nächsten Moment von Mia im Kommandoton angebrüllt zu werden – »Kopf zurück, Kinn hoch!« –, während ich über die Küchenfliesen stöckelte. Doch eine halbe Stunde später hatte ich schon Fortschritte gemacht. Ich würde auf dem Ball zwar nicht sehr weit laufen können, und Tanzen wäre unmöglich – ich würde vielmehr an Ort und Stelle bleiben und mit den Händen in der

Luft herumwedeln müssen wie ein Baum in einem Wirbelsturm –, aber Mia hatte recht: Es waren die Art von Absätzen, die man zu einem Kleid wie diesem tragen sollte.

»Aschenputtel darf hiermit auf den Ball«, verkündete sie, als ich mich an den Küchentisch setzte und die Riemchen löste.

»Danke für deine Hilfe.«

»Bitte sehr«, erwiderte Mia mit einem Wink ihrer Hand. »Ich bin gut in dem Mist.«

Ich zog die Schuhe von den Füßen und wackelte dankbar mit den Zehen. »Wo steckt Ruby?«

»Lässt sich die Haare machen. Sie trifft sich morgen mit dem Typ von deiner Arbeit.«

»Zach?« Ich sagte seinen Namen so laut, dass Mia vom Herd aufschaute und die Stirn runzelte.

»Ja, der. Warum? Ist das schlimm?«

Ich zögerte ganz kurz, bevor ich antwortete: »Nein. Nicht schlimm. Nur seltsam. Er hat gar nichts gesagt.«

Aber das erklärte sein merkwürdiges Verhalten. Zach hatte ein Date mit Ruby, und mir war das irgendwie unangenehm. Das Wissen, dass das geschah, dass ich ihn tatsächlich eines Morgens in meiner Küche vorfinden könnte, machte mir zu schaffen. Was bitte sollte ich am nächsten Tag im Laden sagen? »Morgen, Zach, viel Spaß heute Abend beim Versuch, meine Schwester flachzulegen.«

»Warum ziehst du so ein Gesicht? Wie ist er denn so?«

»Er ist in Ordnung.« Ich hielt inne. »Nein, er ist sogar ziemlich cool. Intelligenter, als man auf den ersten Blick meinen könnte, weil er immer ein bisschen verlottert aussieht und komplett tätowiert ist. Aber die Tattoos haben wohl alle mit der griechischen Mythologie zu tun, also nicht nur so ein Kreuz oder ein Totenkopf. Außerdem rettet er gerade praktisch im Alleingang den Buchladen, und er ist einer dieser Menschen, die nett zu allen sind. Na ja, zu allen außer Rory. Er mag ihn nicht besonders. Und er ist toll mit Kindern. Wir haben letzte Woche diese Halloweenparty gemacht, und sie haben ihn geliebt.« Ich hielt erneut inne. »Also ... ja, er ist cool.«

Mia hob die Augenbrauen. »Klingt, als solltest du mit ihm ausgehen.«

Ich würgte und streckte die Zunge raus wie ein Schulmädchen, das geärgert wurde, weil es in einen Jungen aus ihrer Klasse verknallt war. »Igitt. Er ist nicht mein Typ.«

»Warum? Weil er nicht zu allen Punkten auf deiner Liste passt?«, witzelte sie.

»Ganz genau.«

»Nun ja, du hast sowieso Rory.«

»Ja«, sagte ich bestimmt. »Ich habe Rory.«

Und dann, weil ich es befremdlich fand, über Ruby und Zach zu reden, fragte ich Mia, ob wir für unsere Brautjungfernkleider halterlose BHs bräuchten, woraufhin sie den Rest des Abends über ihre Hochzeit faselte.

»Hast du denn eins ausgesucht?«, fragte Eugene am folgenden Morgen, als ich mit der Schuhschachtel und einer Plastikhülle mit meinem Kleid eintraf.

»Ja, aber *pssst*«, erwiderte ich mit dem Zeigefinger an den Lippen und versteckte das Outfit hinter der Kasse.

»Warum?«

Ich deutete auf die Bodendielen. »Ist Zach da?«

Eugene nickte.

»Du weißt doch, wie er ist. Er wird nur anfangen, über Politik zu schimpfen, wenn ich das erwähne.«

Obwohl ich Zachs Geplauder die ganze Woche vermisst hatte, wollte ich ihm heute unbedingt aus dem Weg gehen und versuchen, nicht an sein Date mit Ruby zu denken.

Über die Mittagspause verschwand ich zum Frisieren und Augenbrauenzupfen in den Salon, wo Jaz arbeitete. Er befand sich in einem eleganten weißen Townhouse nur wenige Minuten vom Frisbee entfernt und wurde von einem überschwänglichen Italiener namens Carlo geführt. Ein Haarschnitt dort kostete normalerweise so viel wie ein Kleinwagen, und es war nahezu unmöglich, so kurzfristig an einen Termin zu kommen, aber sie hatte mir versprochen, mich zwischen zwei Termine reinzuquetschen.

»Und könnte ich auch eine schnelle Pediküre kriegen?«, fragte ich Carlo, als ich eintraf. Er saß hinter dem Empfangstresen, das schnörkelig geblümte Hemd bis zum Bauchnabel aufgeknöpft.

Er seufzte, als hätte ich den Weltfrieden von ihm verlangt. »Schätzsche', ich mache erst deine Augenbrauen, und dann kommen wir wieder hoch für deine Haare, und wenn sie hat Zeit, dann kann Skyla deine Zehen machen.«

Ich winkte Jaz zu, die hinter einem Sessel stand und das Haar einer alten Dame föhnte, folgte dann Carlo die Treppe hinunter in einen fensterlosen Raum, in dem es nach Kanalisation roch.

»Leg dich hin«, wies er mich herrisch an und zeigte auf das Massagebett. »Und lass mich mal schauen.«

Ich hielt die Luft an, als er sich über mein Gesicht beugte und ein Geräusch tiefster Entrüstung ausstieß.

»Diese Dinger!«, kreischte er. »Das sind Monster, Florence. Ich weiß nicht, warum Jasmine dich nicht hat früher zu mir geschickt.«

»Wirklich? Ich dachte nur daran, sie ein bisschen begra... Auuuuuuuutsch!«, quietschte ich, als das Wachs meine Haut versengte, bevor es wieder weggerissen wurde. Dann die andere Braue. Dann einen Wachsstreifen zwischen meine Brauen, bevor Carlo sich mit einer Pinzette über mein Gesicht hängte. Er hatte erst kürzlich etwas mit Zwiebeln gegessen. Oder vielleicht nur eine Zwiebel, roh und herzhaft hineingebissen wie in einen Apfel. Der Geruch war widerlich.

»Jetzt es ist viel besser«, sagte er ein paar endlose Minuten später und trat zurück, um sein Werk zu bewundern. »Gibt deinem Gesicht mehr, wie heißt es noch ... Kontur? Hier, nimm den Spiegel, schau.«

Huch. Die waren wirklich anders. Die pelzigen Raupen waren durch ordentliche Linien ersetzt worden. Ich wackelte damit und fühlte mich wie Betty Boop.

»Nun, dann klecks ich noch ein bisschen Gel drauf, und dann lassen wir waschen dein Haar.«

Er führte mich wieder nach oben, deutete auf einen Sessel vor einem Waschbecken und reichte mir eine laminierte Karte mit einer Auswahl Abendfrisuren. »Such dir aus, was dir gefällt, und ich hole Jasmine.«

Ich beäugte skeptisch die schmollmündigen Models auf den Fotos. Die Frisuren hatten vielversprechende Namen wie »Märchenhaftes Happy End« und »Glänze wie dein Boss«. Ich kicherte bei dem Gedanken, mir eine Frisur wie Norris machen zu lassen.

Jaz kam ein paar Minuten später zum Waschbecken. »Entschuldige, Süße, aber heute ist hier die Hölle los. Wie geht es dir? Die Brauen sind gut geworden.«

»Findest du?« Ich hob meine Finger an die gerötete Haut über meinen Augen.

»Nicht anfassen, die Rötung wird zurückgehen. Also, was sollen wir mit deinem Haar anstellen?«

»Ich dachte an das hier«, sagte ich und deutete auf das Foto eines brünetten Models mit seidig glänzenden Wellen, die ihr über die Schulter fielen und an den Spitzen elegant nach außen schwangen. *Sei der Star der Show mit diesem glatten, ultraglamourösen Look*, lautete es etwas ambitioniert unter dem Bild. Der Style hieß »Ganz groß rauskommen«, aber ich konnte mich nicht überwinden, es laut auszusprechen, nicht mal bei Jaz.

»Ganz groß rauskommen? Hm.« Sie trat zurück und musterte mich eingehend. »Du vertraust mir doch, oder?«

»Jaaaaa?«, sagte ich langsam.

»Sehr schön.«

»Was hast du vor?«, fragte ich mit einem Anflug von Panik.

»Nichts, worüber du dir Sorgen machen musst. Lehn dich einfach zurück, während ich dir die Haare wasche und dir alles über George erzähle.«

»Wer ist George?«

»Der Typ vor dem Laden, am Samstag, mit der Petition.«

»O mein Gott.« Ich setzte mich auf und drehte mich zu ihr um. »Du hast ihm gemailt?«

»Lehn dich bitte zurück.«

Ich legte meinen Kopf auf dem Waschbecken ab, und Jaz drehte den Duschkopf auf.

»Ist die Temperatur in Ordnung?«, erkundigte sie sich, als ein heißer Wasserstrahl meinen Kopf verbrühte.

»Jupp, super«, erwiderte ich. Hatte je irgendwer in der Geschichte der Friseursalons eine andere Antwort auf diese Frage gegeben? »Aber kannst du mir erzählen, was passiert ist?«

Jaz holte tief Luft. »Also, ich habe ihm an dem Tag nicht gemailt, weil ich dachte, es wäre zu übereifrig, du weißt schon. Ich habe bis Montag gewartet und ihm dann geschrieben und gefragt, ob er seinen Kuli bei uns liegen gelassen hat.«

»Er hat keinen Kuli liegen lassen.«

»Ich weiß – Kopf bisschen zurück –, das war doch nur eine Ausrede. Ich schrieb, dass jemand seinen Kugelschreiber liegen gelassen hätte und ob es seiner wäre, und er antwortete, dass es nicht seiner wäre.«

»Und dann?«

»Dann habe ich mich noch einmal bei ihm bedankt, dass er die Petition unterzeichnet hat, und gesagt, ich hoffe, alles ist in Ordnung mit ihm und Mayas Mum.«

»Das hast du nicht!«

»Was ist denn bitte falsch daran?«, rief sie über das Geprassel des Wassers hinweg. »Ich wollte nur nett sein. Und dann haben wir noch ein paar Mails hin und her geschrieben und ausgemacht, dass wir mit den Kindern auf den Spielplatz gehen.«

»Wann?«

»Nächstes Wochenende wahrscheinlich. Er sagte, er hätte viel zu tun bei der Arbeit, aber er würde mir Bescheid geben.«

Wir verfielen in Schweigen, während sie rubbelte, spülte, das Ganze noch mal machte, dann meinen Kopf in einen Turban wickelte und mich zu einem anderen Sessel führte. Sie teilte mein feuchtes Haar mit Klammern in verschiedene Abschnitte auf und reichte mir eine runde Plastikpalette mit Nagellackfarben, bevor sie mit den Fingern Richtung Empfangstresen schnipste.

»Skyla, Süße, könntest du bei meiner Freundin mit den Zehen loslegen? Da wartet eine Menge Arbeit auf dich.«

»Na, danke«, murmelte ich und sah auf die Palette runter. Die Farben hatten ebenfalls bescheuerte Namen, aber *Boudoir Nights*, ein kirschroter Lack, kam meinen Schuhen am nächsten.

Skyla war eine kleine, zierliche Frau mir kahl rasiertem Kopf, die einen Hocker heranzog und anfing, wie wild an meinen Zehennägeln zu feilen – die Ärmste –, während Jaz um mein Gesicht herumschnippelte. Ich vermied es tunlichst, mich im Spiegel anzuschauen. Man sah nie schlimmer aus als im harschen Licht eines Friseurspiegels.

»Bist du nervös wegen heute Abend?«, fragte sie.

Ich war nervöser wegen der Metallklingen, die um meine Ohren herumschwangen, doch ich wollte nicht negativ rüberkommen. »Ja, schon. Aber ich habe ein Kleid, und Mia hat mir schicke Schuhe ausgeliehen.«

»Magst du mir Fotos schicken?«

»Klar.«

Dann setzte das Röhren eines Föhns dem Geplauder ein Ende, und ich blätterte schweigend durch eine schlimme Klatschzeitschrift und versuchte, mich auf die Geschichten einer Frau zu konzentrieren, die behauptete, dass ihr Hund übersinnliche Fähigkeiten hätte.

»Tadaaaaaa!«, verkündete Jaz irgendwann, nachdem sie den Föhn ausgeknipst hatte.

Ich schaute auf in den Spiegel und schwang den Kopf von einer Seite zur anderen, sodass mein Haar im Licht schimmerte. Ich kam mir vor wie in einer L'Oréal-Werbung: Die strohige Matte war fort, und wenn ich mir mit den Fingern durchs Haar fuhr, fühlte es sich seidenweich und glatt an. Es war zu den Spitzen hin abgestuft und wirkte dadurch voller. Zusammen mit meinen neuen Augenbrauen und den kirschroten Zehen fühlte ich mich schon viel mehr wie eine Frau, die das rote Abendkleid tragen konnte.

»Zufrieden?«, erkundigte sich Jaz.

Ich nickte mit einem schüchternen Lächeln. »Es ist perfekt, vielen lieben Dank.«

Ich wollte zahlen, aber sowohl Jaz als auch Carlo weigerten sich, das Geld anzunehmen. Das einzige Problem war, dass ich keine Sandalen dabeihatte, und so spazierte ich in einem Paar klebriger orangefarbener Wegwerf-Flip-Flops zum Laden zurück.

Eugene schnappte nach Luft und legte sich beide Hände vor die Brust, als ich eintrat. »Das ist ja wie beim hässlichen Entlein!«

»Genau die Reaktion, die ich wollte.«

»Dein Haar!«

»Pssssst. Können wir bitte kein Trara machen?«

»Warum nicht? Du siehst hinreißend aus.«

Und noch ein schüchternes Lächeln »Wirklich?« Noch nie hatte jemand mich als »hinreißend« bezeichnet. Ruby war die Heiße. Mia die Mondäne. Ich war der Nerd.

»Aber was ist mit deinen Füßen los?« Er deutete auf die Flip-Flops.

»Meine Nägel müssen noch trocknen. Hättest du also was dagegen, wenn ich mich hinter die Kasse stelle?«, fragte ich und deutete auf den Tresen.

»Nein, bleib ruhig, ich gehe und knöpfe mir die Margaret-Atwood-Stapel vor.«

Klammheimlich, als niemand hinsah, machte ich eine peinlich hohe Anzahl von Selfies. Die eine Hälfte von mir wollte Rory eins schicken, die andere Hälfte wollte, dass es eine Überraschung blieb, für später, wenn ich mich umgezogen und das Make-up so aufgetragen hätte, wie Mia es mir gezeigt hatte. Sie hatte mir sogar einen roten Lippenstift geliehen, der meine Zähne nicht gelb aussehen ließ.

Während ich darauf wartete, dass sich die trägen Zeiger der Uhr auf sechs zubewegten und alle heimgingen, gestattete ich mir einen kurzen Tagtraum von meinem großen Auftritt: In meiner roten Abendrobe und den High Heels, mit meinen neuen schicken Augenbrauen und Zehennägeln würde ich, begleitet von Ahs und Ohs einlaufen. Die anderen Gäste würden einander anstoßen, um zuzusehen, wie Rory und ich an ihnen vorbeischritten, meinen Arm bei ihm untergehakt. Im glamourösesten Outfit, das ich je in meinem Leben anhatte, würde ich nicht die Florence sein, die »Konsequenzen« spielte oder Treppenstufen zählte. Ich würde Florence Fairfax sein, eine elegante, kultivierte Frau voller Mysterien, die ganz bestimmt nicht jeden Tag das gleiche labbrige Sandwich aß. »Oh, wie überaus faszinierend, Herr Premierminister«, würde ich flöten, »Sie müssen mir unbedingt mehr über die Lage in Brüssel erzählen.«

Okay, vielleicht war einiges davon etwas arg optimistisch. Aber es wäre schön, wenn es wenigstens Rory den Atem verschlug.

Nach Ladenschluss verbarrikadierte ich mich zusammen mit meinem Kleid, der Schuhschachtel und meiner Schminktasche im Klo unten. Um mein Gesicht kümmerte ich mich zuerst, während ich Mias Anweisungen in meinem Kopf lauschte: ordentlich Feuchtigkeitspflege auftragen, dann die Foundation, danach die Wimperntusche. O nein, Mist, erst die Wimpernzange, dann die Wimperntusche. Zu spät. Dann noch ein bisschen Puder auf die Nase und das Kinn. Das Rouge dort, wo du lächelst, hörte ich Mia. Ich grinste in den Spiegel und verrieb ein zartes Rosa auf meinen Wangen. Zum Schluss der Lippenstift, den ich mit zittriger Hand auftrug.

Mit extremer Vorsicht zog ich mir das Arbeits-Shirt über den Kopf, stieg aus meiner Hose und ließ meinen BH auf den Boden fallen. Dieses Kleid brauchte keinen Büstenhalter. Ich schlüpfte hinein und zog es schlängelnd an meinem Körper hoch bis dahin, wo der Reißver… Verdammt! Der Reißverschluss war am Rücken. Mia hatte mir gestern Abend dabei geholfen, da ich nicht bis ganz nach oben kam, und hatte den kleinen Haken dort befestigt. Mist, Mist, Mist!

Okay, Florence, kein Grund zur Panik. Ich würde sowieso mit einem Uber zu der Feier im Battersea Park fahren. Ich könnte ja einfach meinen Dufflecoat drüberziehen und Rory bitten, den Reißverschluss zu schließen, wenn ich dort eintraf. Aber was, wenn er gerade im Gespräch mit dem Premierminister war? »Hallo, Herr Premierminister, schön, Sie kennenzulernen. Ich möchte sehr gerne mehr über die Lage in Brüssel erfahren, aber hätten Sie was dagegen, wenn mein Freund mir erst den Reißverschluss zumacht?« Es gab keine andere Option, ich würde es darauf ankommen lassen müssen.

Ich klappte den Klodeckel runter, um die mörderischen Schuhe zu schließen; dann ging ich vorsichtig in die Hocke, um die Klamotten, die auf dem Kloboden rumlagen, in meine Umhängetasche zu stopfen und ein paar Make-up-Utensilien in meine Clutch zu werfen. Den Rockteil meines Kleides mit der freien Hand raffend, stakste ich Richtung Treppe und hoffte inständig, dass es hielt.

Das Licht im Büro war an, was bedeutete, dass Zach vergessen hatte, es auszuschalten. Wahrscheinlich war er zu seinem Date mit Ruby aufgebrochen, und sie saßen schon in einer Bar oder einem Pub oder sonstwo. Ruby schwang ihre Mähne wie eine Vollblutstute hin und her, und Zach ließ seine Muskeln mit den griechischen Tattoos darauf spielen.

Das war der Grund, warum ich, als Zachs Kopf hinter der Bürotür erschien, vor Schreck die Clutch und die leere Schuhschachtel fallen ließ und mir die Arme vor die Brust schlug, damit mein Kleid mir nicht bis zu den Knöcheln runterrutschte.

»Hi«, quietschte ich.

Zach schaute mich an, sagte jedoch nichts.

»Wo du schon da bist, könntest du mir das Kleid zumachen? Der Reißverschluss ist hinten, ich komme nicht ganz bis oben ran. Also wenn es dir nichts ausmacht?«

Er stand wie erstarrt da; ich plapperte weiter.

»Ist es mein Lippenstift? Sehe ich aus, als würde ich bei *Let's Dance* mitmachen? Irgendwie komme ich mir vor wie bei *Let's Dance*.«

Er rührte sich immer noch nicht.

»Oder meine Schuhe? Ich weiß, dass sie völlig übertrieben sind. Sie gehören Mia, und ich kann kaum in ihnen laufen. Sie werden mich heute Nacht wahrscheinlich umbringen. Zumindest aber werde ich hinfallen und mir ein paar Rippen brechen.« Ich hielt inne. »Zach, alles in Ordnung mit dir?«

»Ja, entschuldige bitte«, sagte er, bevor er sich leise in seine Hand räusperte. »Ich meine, ja, alles gut, aber du siehst …«

Ich lachte angesichts seiner verwirrten Miene. »Ist es arg schräg, mich so zu sehen? Ich fühle mich gar nicht wirklich wie ich. Ich fühle mich wie Aschenputtel auf dem Weg zum Ball. Obwohl, ich wette, ihre Glaspantoffeln waren um einiges bequemer.«

Er schüttelte langsam den Kopf. »Du sieht unfassbar schön aus. Ehrlich. Deswegen krieg ich kaum ein Wort raus. Du siehst … perfekt aus.«

Natürlich lief ich knallrot an. »Danke schön.« Dann drehte ich ihm eine Schulter hin. »Könntest du jetzt mein Kleid zumachen?«

»Klar.« Im Laden herrschte vollkommene Stille, als er hinter mich trat; ich zuckte leicht zusammen, als seine Finger meinen unteren Rücken berührten. »Alles gut?«, fragte er.

»Jupp«, quietschte ich und richtete den Blick starr auf einen alten Teefleck auf dem Teppich vor mir. Konzentriere dich auf den Teefleck, Florence, und häng dich nicht dran auf, dass du Zachs Atem in deinem Nacken spüren kannst.

»Was ist denn der Anlass?«, fragte er, als er anfing, den Reißverschluss nach oben zu ziehen.

Ich drehte den Kopf, um zu antworten.

»Bitte, stillhalten, Aschenputtel«, sagte er und schob meine Schulter mit der Hand nach vorne.

»Entschuldige. Und bitte nicht lachen, aber es ist ein Ball der Konservativen.«

Er erwiderte nichts.

»Zach?«

»Du hast gesagt, lach nicht, also entscheide ich mich für diplomatisches Schweigen«, antwortete er. Ich spürte, wie seine Finger meinen Nacken erreichten. »So, das hätten wir.«

»Danke dir.« Ich drehte mich um und schenkte ihm ein Lächeln. Und dann, weil ich nicht anders konnte: »Warum bist du überhaupt noch hier? Triffst du dich nicht mit Ruby?«

Er wirkte überrascht. »Ähm, ja. Doch, aber erst um sieben, also mache ich hier noch paar Kleinigkeiten fertig.«

Ich nickte. Meine neugierige Frage war mir peinlich, daher raffte ich wieder meinen Rock und steuerte die Treppe an.

»Florence!«, rief er, als ich halb oben war und bereits meine Schuhe verfluchte. Ich fühlte mich wie ein Stelzenakrobat, der gleich die Zirkusarena betritt.

»Hm?« Ich blieb stehen, um einen Blick nach hinten zu werfen. Es war nur ein Wort, mein Name, aber er hatte merkwürdig ernst geklungen.

»Amüsier dich gut. Das meine ich ernst. Du siehst … Nein, ich meine, du *bist* wirklich wunderschön. Eine moderne Helena von Troja.«

Ich runzelte die Stirn. »Welche war das gleich noch mal?«

»Die, um die sie alle gekämpft haben, die Trojaner und die Griechen, weil sie angeblich die schönste Frau der Welt war.«

»Okay, jetzt lass uns mal nicht übertreiben«, entgegnete ich und verdrehte die Augen. »Aber danke. Und du ebenfalls. Ich meine, amüsier dich auch gut.« Dann wandte ich mich wieder um und stapfte die Treppe weiter hoch, weil die Situation echt peinlich war und weil ich mein Uber nicht verpassen durfte.

Während das Uber ewig an einer Ampel wartete, spielte ich eine Runde »Konsequenzen«: Wenn die Ampel in den nächsten zehn Sekunden grün wurde, würde ich nicht über meine Absätze stolpern, würde nichts Peinliches vor Rorys Kollegen sagen und auch nicht aufs Klo gehen, nur um festzustellen, dass mein Lippenstift am Kinn verwischt war und ich aussah, als hätte ich einen blutigen Zahnarztbesuch hinter mir.

Zwei, vier, sechs … Die Ampel schaltete bei acht Sekunden um, und ich verspürte Erleichterung, als der Wagen sich wieder in Bewegung setzte. Ich schaute auf mein Handy. Rory wartete bereits vor dem Partyzelt auf mich. Der Gedanke, wie er, mein Freund, mich in schwarzem Smoking und weißem Hemd zu einer Feier wie dieser ausführte, ließ mich vor Verwunderung selbst den Kopf schütteln. Das schlug definitiv meine üblichen Freitagabende mit einer Schüssel Pasta auf dem Sofa und Marmalade, der es sich auf meinem Bauch gemütlich machte.

Ich entdeckte Rory, bevor der Wagen hielt. Festbeleuchtung drang aus dem Zelteingang und tauchte ihn in der abendlichen Dunkelheit in einen Lichtschein. Sein Haar war zu einem Seitenscheitel gegelt, sein Jackett saß perfekt an den Schultern, und seine Schuhe glänzten wie Soldatenstiefel. Wie er dort stand und den Leuten zunickte, die an ihm vorbeikamen, sah er aus wie Jay Gatsby, der seine Gäste zu einer Party willkommen hieß.

Ich öffnete die Wagentür und stieg vorsichtig aus. Das hier war mein großer Auftritt; ich durfte auf keinen Fall stolpern, torkeln oder meine Clutch fallen lassen. Rory machte einen Satz vorwärts, kaum dass er mich sah, und ich biss mir auf die Lippe voller Hoffnung auf ein bewunderndes Luftschnappen.

»Es ist ja rot!«, sagte er, seine Augen kugelrund vor Schreck.

»Was?«

»Dein Kleid, es ist rot.«

Ich schaute hinab und glättete den roten Samtstoff über meinem Bauch. »Ja. Ist das … schlimm?«

»Florence, die Veranstaltung hier heißt Schwarz-Weiß-Ball! Schau doch!« Er vollführte eine Armbewegung zu den anderen Paaren, die vorbeischlenderten, und ich spürte, wie all meine aufgekratzte Freude über die Party zu Staub zerfiel. Alle anderen Frauen trugen Schwarz. Schwarze Pailletten, schwarze Seide, schwarzen Samt, mehrfach sogar schwarzen Pelz. Aber kein Rot weit und breit.

»Das war mir nicht klar, ich habe nicht nachgedacht. Entschuldige, Rory, ich habe nur …«

»Jetzt ist es zu spät. Lass uns reingehen«, unterbrach er mich, legte eine Hand unter meinen Ellbogen und zog mich Richtung Licht. »Komm schon, wir müssen alle begrüßen.«

»Kein Kuss?«, fragte ich und blinzelte rasch, um etwaige Tränen zurückzudrängen. Er klang so kühl, so verärgert, dabei hatte ich nichts anderes vorgehabt, als ihn zu beeindrucken.

Rory drehte sich zu mir um und vollführte mit dem Finger einen Kreis um seinen Mund. »Du hast da das ganze … Zeug … auf deinen Lippen. Ich will es nicht verschmieren.«

»Okay«, sagte ich und grub feste meine Nägel in die Handflächen, um meine Augen davon abzuhalten zu verschwimmen. Nicht heulen, Florence. Du darfst nicht heulen. Dafür hast du zu viel Make-up im Gesicht. Du wirst nur ausschauen wie ein trauriger Stelzenakrobat.

Wir gingen über einen kurzen Teppich – ebenfalls schwarz – und betraten das Zelt. Ich versuchte, mit Rory mitzuhalten, aber jeder Schritt auf diesen Mörderabsätzen fühlte sich an, als könnte es mein letzter sein, und ich stakste hilflos hinterher. Während ich anstand, um Mantel und Tasche an der Garderobe abzugeben, zählte ich zur Ablenkung die Köpfe vor uns: Silberschöpfe mit zurückgegeltem Haar; Köpfe mit aufgebauschten Locken, die nach Elnett rochen, wenn man ihnen zu nahe kam; Glatzköpfe, die glänzten wie Glühbirnen.

Man konnte das Geld in dem Zelt förmlich riechen. Es wimmelte von echten *Vogue*-Mannequins und Männern in schwarzem Smoking, weißem Hemd, schwarzer Fliege. Sämtliche Blicke folgten mir, als wir von der Garderobe tiefer in das Herz der Party vordrangen. Rory blieb schweigsam; seine Hand hielt immer noch meinen

Ellbogen umklammert, als er mich zu einem kleinen Kreis von Leuten führte, und mein Mut sank noch mehr, als ich einen vertrauten blonden Kopf erspähte: Octavia.

»Guten Abend, alle zusammen«, sagte Rory.

Sie drehten sich zu uns herum.

»Lady in Red!«, rief Octavia mit einem kreischenden Lachen.

Ich verzog das Gesicht. »Ja, ich Genie dachte nicht daran, dass Schwarz-Weiß-Ball heißt, dass tatsächlich alle in Schwarz-Weiß kommen sollen.«

»Ich finde ja, Sie sehen phänomenal aus«, sagte ein rundlicher Mann, dessen Hemd sich unter jedem Knopf spannte. Ich wollte mich ihm vor Dankbarkeit um den Hals werfen, befürchtete jedoch, dass dadurch ein Knopf abspringen und als Querschläger einen unschuldigen Partygast am anderen Ende des Zelts um sein Augenlicht bringen könnte.

»Vielen Dank«, sagte ich und schenkte ihm stattdessen ein Lächeln. Ich spürte immer noch die Verlegenheit, die von Rory ausströmte, als er sich zwei Gläser Champagner von einer Kellnerin angelte und mir eins reichte.

Ich würde mich betrinken, so beschloss ich. Das würde helfen. Dreiundneunzig Gläser Champagner würden sicher helfen.

Rory stellte mich den anderen in der Runde vor. Ich kannte nur Octavia und Noddy. »Und du erinnerst dich noch an Lord und Lady Belmarsh?«, fragte er, als ich zu einem älteren Ehepaar sah – hochnäsig wie zwei Uhus – und mir klar wurde, dass es Octavias Eltern waren, die ich in Norfolk kennengelernt hatte. »Und das ist mein Chef, Clive, und Marigold, seine Frau«, klärte er mich über den Mann mit den riskanten Knöpfen und die korpulente Dame neben ihm auf.

»Wenigstens sind Sie nicht als schottische Witwe verkleidet gekommen wie der Rest von uns«, bemerkte Marigold, woraufhin ich auch sie am liebsten an Ort und Stelle umarmt hätte.

Wir tranken und machten Small Talk über das kalte Wetter sowie Clives und Marigolds neuen Welpen, einen Dalmatiner namens Stripey. Ich angelte mir ein weiteres Champagnerglas und ignorierte ein Tablett wenig appetitlich aussehender Häppchen, die an Babydaumen erinnerten.

Meine Füße fingen an zu schmerzen, und ich verlagerte das Gewicht von einer Seite auf die andere, so als stünde ich auf heißem Sand. Das Partyzelt war riesig und wurde von mehreren gewaltigen Pfosten aufrecht gehalten; unter der Decke schwirrten violette Lichterketten. Am anderen Ende befanden sich Dutzende Tische, die mit üppig herabfallenden Blumenarrangements dekoriert waren, und es gab zudem eine schwarz-weiße Tanzfläche mit einer Bühne dahinter. Ich wechselte gerade wieder das Standbein, als ein Mann auf die Bühne gewatschelt kam und das Dinner ankündigte.

»Wir sitzen an Tisch sieben, gleich da drüben«, sagte Clive und zeigte in ein Eck rechts von der Tanzfläche.

Als er uns hinführte, fing ich im Vorbeigehen Satzfetzen auf. »Oh, Hallöchen!«, begrüßten die Leute einander hier. »Hallöchen aber auch, dich habe ich seit Ewigkeiten nicht mehr gesehen.«

Darunter waren auch Gesichter, die ich meinte wiederzuerkennen. Das war doch diese Wie-hieß-sie-noch-mal, die Bildungsministerin. Und war das nicht der Fußballer, der letztes Jahr das *Dschungelcamp* gewonnen hatte? Und in einiger Entfernung konnte ich gerade so den Kopf vom Premierminister ausmachen, der, umgeben von einer Schar Lakaien, neben Tisch eins stand. Das erklärte auch die Typen mit den bulligen Stiernacken, die rund um das Zelt postiert waren. Security.

»Florence, weiß oder rot?«, fragte Noddy und hielt eine Flasche Wein hoch.

»Na, rot selbstverständlich«, sagte Octavia.

Ich setzte wieder mein falsches Lachen ein. So langsam wurde ich richtig gut darin. »Rot, bitte«, antwortete ich und nahm einen großen Schluck, kaum dass er in mein Glas geschwappt war.

Das Abendessen war ebenfalls schwarz-weiß gehalten: Ein kleines Häufchen Risotto mit fein gehobelten schwarzen Trüffeln als Vorspeise, gefolgt von gedünstetem Seeteufel, und zum Dessert gab es eine Pavlova mit schwarzen Johannisbeeren. Ich kippte unterdessen vier Gläser Wein, was meine Stimmung wieder etwas hob. Neben Noddy zu sitzen, so wurde mir klar, war wie neben Hugo zu sitzen – man fragte ihn nach seinem Golf-Handicap, und schon legte er los.

Ab und an sah ich verstohlen zu Rory, der zu meiner anderen Seite saß. Er war im Unterhaltungsmodus, bezirzte Marigold sowie Lady Belmarsh mit der ein oder anderen Anekdote, erkundigte sich nach den Kindern, nach ihrem nächsten Urlaub, danach, wo sie Weihnachten verbringen würden. Niemand sonst hätte geahnt, dass er tief beschämt war, aber ich wusste es, weil er mich während des Abendessens nicht ein einziges Mal berührte. Kurz schweifte ich in Gedanken zu Zach und Ruby, die bestimmt mit zusammengesteckten Köpfen in einem Pub saßen und sich amüsierten, schüttelte das Bild jedoch ab, als ein Auktionator auf die Bühne trat und damit begann, Skiurlaube in Verbier und Safaris in Kenia zu versteigern. Clive bot mit für die Gelegenheit, seinen Welpen Stripey von einem »angesehenen Tierporträtmaler« auf Leinwand verewigen zu lassen, und gewann die Auktion schließlich für schlappe 12 250 Pfund. Ich fragte mich, ob all die Würdenträger hier in diesem Zelt über mehr Geld als Gehirnzellen verfügten.

Als die Auktion zu Ende war, beugte sich Octavia zu mir, ein breites Lächeln auf ihr Gesicht gepflastert. Wenn eine Schlange in der Wildnis auf einen zugeglitten käme, müsste ihr Gesicht ungefähr so aussehen.

»Wie ich höre, hast du Rory mit unserer kleinen Unterhaltung in Norfolk überfallen«, sagte sie.

Diese Worte förderten so viele unterschiedliche Gefühle in mir zutage, dass ich nicht sicher war, welches am stärksten war. Wut auf Rory, weil er es Octavia erzählt hatte? Scham? Überraschung, dass Octavia es überhaupt noch einmal ansprach? Doch bevor ich Gelegenheit hatte zu antworten, fuhr sie fort.

»Bitte verzeih, dass ich dich aufgewühlt habe. Nichts würde mich mehr entzücken, als wenn du und Rory heiratet.« Was die Performance anging, war sie sogar noch weniger überzeugend als eine von Eugene, aber ich hatte nicht die Muße, darüber nachzudenken, da Marigold offensichtlich etwas missverstanden hatte.

»Wie reizend! Ihr Turteltäubchen. Ich wusste nicht, dass ihr beide verlobt seid!«, trällerte sie, schaute von mir zu Rory und klatschte in die Hände.

»Wer heiratet?«, meldete sich Lord Belmarsh.

»Niemand heiratet«, erwiderte ich, sammelte mich und wandte mich mit einem Lächeln wieder an Octavia. »Er ist einfach nur sehr gut im Bett.«

Es rutschte mir einfach so raus. Ich konnte nichts dagegen tun. Es war diese fatale Kombination aus ziemlich besoffen und ziemlich sauer.

Der Tisch verstummte, und Lord Belmarshs Gesicht lief so puterrot an, dass ich schon dachte, er hätte einen Herzinfarkt.

Unter dem Tisch packte Rory meinen Oberschenkel. »Florence, Schatz, lass uns doch mal ein Glas Wasser trinken.« Er griff nach einer Flasche und goss mein Glas voll.

»Rory, der Glückspilz«, sagte Clive und zwinkerte mir zu.

»Clive!«, tadelte Marigold.

»Perfektes Timing«, murmelte Rory, als eine Band auf der Bühne zu spielen anfing. Er stand auf und hielt mir eine Hand hin. »Ich denke, wir sollten tanzen.«

Ich habe Angst vorm Tanzen. Auf den Teenie-Partys

früher betrachtete ich immer voller Neid die Mädchen, die ganz in der Musik von Britney Spears aufgehen konnten. Es schien eine direkte Korrelation zu geben zwischen denen, die die Tanzschritte zu »Oops! … I Did It Again« beherrschten, und jenen, die einen Freund hatten. Ich kannte die Schritte nicht und hatte nie einen Freund. Also hatte ich für die seltenen Anlässe, wenn ich doch tanzen musste – auf Hochzeiten oder Geburtstagspartys –, Taktiken entwickelt, um mich vor dem Tanzen zu drücken: Ich brauchte gerade einen neuen Drink oder musste dringend aufs Klo. Aber hier war Rorys ausgestreckte Hand und keine Ausflucht weit und breit.

Ohne ein Wort zu sagen, führte er mich auf die schachbrettartige Tanzfläche, während die Band Sinatra spielte. Mit einem Saxofon, das im Hintergrund dudelte, und einem Sänger, der »That's Life« ins Mikrofon schmachtete, wirbelte Rory mich von ihm weg und wieder zu sich zurück. Das bekam ich noch hin und fand in seine Arme, ohne über den Boden zu schlittern.

»I've been up an down and over and out and I know one thing …«, schmalzte der Sänger, die Augenbrauen über dem Mikro verziehend.

Rory hob seinen Arm, und ich drehte mich unter ihm hindurch, wodurch ich einen Blick auf sein erbostes Gesicht erhaschte. Ich versuchte, nicht darauf zu achten. Ich musste es einfach nur den Rest der Party durchstehen, ohne das noch etwas schiefging.

»Each time I find myself flat on my face, I pick myself up and get back in the race …«, schmetterte der Sänger, während Rory mich von seiner Brust wegspulte wie ein Jo-Jo.

Ich konnte es spüren, nur Millisekunden, bevor es tatsächlich passierte, so als würde in genau dem Moment, als mein rechter Absatz ins Rutschen geriet, ein Warnschuss an den Rest meines Körpers geschickt, um sich zu wappnen. Mein Fuß glitt unter mir weg und dann mein Knie; meine Hand und der Rest von mir knallten auf den Boden wie eine Schachfigur, die umgeworfen wurde.

Ah. Wie es aussah, konnte *doch* noch etwas schiefgehen.

Die Leute um uns herum hörten auf zu tanzen und glotzten nach unten; sofort ging Rory neben mir in die Hocke, und seine Hand grub sich in meinen Unterarm. Ich stand langsam auf, wie ein Krabbelkind, das gerade erst laufen gelernt hatte, und versuchte es erneut mit meinem gekünstelten Lachen, doch es wollte nicht kommen. Stattdessen verschwammen die lila Lichter der Zeltbeleuchtung.

»Also gut«, sagte er, »lass uns heimgehen.«

»Ich wollte nicht hinfallen, es tut mir leid«, sagte ich, als er mich durch die Menge schob und Richtung Ausgang bugsierte. »Was ist mit meiner Tasche?«, fügte ich mit erstickter Stimme hinzu.

»Bleib hier sitzen«, wies er mich streng an, als wir eine Reihe schwarzer Taxis erreichten. »Ich hole alles.«

Er öffnete mir die Hecktür, damit ich einsteigen konnte, und beugte sich dann durch das Fahrerfenster vorne, wieder die Höflichkeit in Person.

»Es tut mir furchtbar leid, aber würden Sie wohl einen Moment warten, bis ich unsere Mäntel geholt habe?«

Der Fahrer nickte, und Rory schritt zum Zelt zurück. Als ich die Riemchen meiner Schuhe löste, glitten Tränen über meine Wangen und hinterließen dunkle Mascaraflecken auf dem roten Samtstoff des Kleides. Ein dunkler Fleck, zwei dunkle Flecken, drei dunkle Flecken … Ich zählte sie, bis sie zu einem verschwammen, während der Fahrer mich nervös über den Rückspiegel beäugte. Wahrscheinlich hielt er mich für eine potenzielle Kotzkandidatin.

Rory kehrte kurz darauf mit meinem Mantel und der Tasche zurück. Er stieg ein, gab dem Fahrer meine Adresse und lehnte sich zurück.

Keiner von uns sagte ein Wort, als die Lichter des Battersea Kreisverkehrs an den Fenstern vorbeiglitten und meine Tränen versiegten, stillgelegt durch die schiere Erleichterung, dass ich das Zelt hinter mir gelassen hatte. Marigold und Clive waren ja ganz in Ordnung, aber der Rest von denen konnte von mir aus in die Themse hüpfen. Und Octavia war eine Hexe mit Lippenstift. Wenn ich an ihrem hübschen blonden Haar ziehen würde, würde es dann wohl runterrutschen, um eine fiese Glatze darunter zu enthüllen? Bei dem Gedanken musste ich grinsen und wandte den Blick vom Fenster ab, um zu Rory zu sehen.

»Was um Himmels willen ist hier bitte witzig?«, fuhr er mich an.

Ich seufzte und stieß die Luft durch die Lippen. »Der ganze Abend? Es tut mir leid, ich weiß, dass es dir wichtig war, aber …« Ich seufzte. »Diese Leute!«

»Diese Leute sind meine Kollegen«, sagte er knapp, »und Freunde. Und du hast eine Szene gemacht.«

Ah. »Eine Szene.« Eine Szene gehörte auch zu Patricias größten Phobien. »Mach bitte keine Szene, mein Schatz«, hatte sie mir oft gesagt, als ich noch kleiner war – wenn wir shoppen waren und ich die Münzen in ihrem Geldbeutel zählen wollte, oder wenn ich die Straßenlaternen laut abzählte. »Ich hatte nicht vor hinzufallen«, stellte ich klar.

»Es war nicht nur das.« Er löste seine schwarze Fliege, während er mich anfunkelte, seine Augen ganz verkniffen vor Zorn. »Es war, was du zu Octavia gesagt hast, und dieses absurde Kleid. Und ich glaube auch nicht, dass es hilfreich war, dass du so viel Wein getrunken hast.«

Für einen Moment war ich so baff, dass ich nicht antworten konnte. Völlig fassungslos über die Fähigkeit eines Menschen, den ich so sehr mochte und der normalerweise so charmant und heiter war, eine so andere, so grausame Seite seiner selbst zu enthüllen. Doch ermutigt vom Wein schlug ich zurück: »Rory Dundee, jetzt sei mal kein so aufgeblasener Depp!«

Der Taxifahrer sah nervös in den Rückspiegel, aber ich fuhr fort.

»Es tut mir leid, dass ich die falsche Farbe getragen habe, aber es ist ja wohl niemand gestorben, weil ich Rot anhatte, oder? Und weißt du eigentlich, wie aufgeregt ich vor der Party war? Weißt du eigentlich, wie widerwärtig Octavia ist? Jedes Mal, wenn ich sie sehe, spritzt sie mir wieder ihr Gift unter die Nase. Und es tut mir leid wegen dieser verkackten Schuhe, aber ich habe sie gestern Abend eine halbe Stunde getragen und bin zum Üben in der Küche auf und ab stolziert wie so ein Supermodel für Arme, und das auch noch in Jogginghose. Außerdem hasse ich Tanzen. Ich war noch nie gut darin. Ich habe es nur getan, weil du es wolltest, und schau, was passiert ist. Alles, was ich wollte«, sagte ich beinahe schon heiser, »war, dich stolz zu machen.«

Nachdem ich meine Rede beendet hatte, lehnte ich mich zurück und spürte eine erneute Woge von Tränen hervorquellen. Aber Rory lachte nur.

»Worüber lachst du?«, fragte ich schniefend.

»Hast du wirklich in den krassen Dingern laufen geübt?«

»Ja! Ewig. Mia hat mich gezwungen.«

»Es hat nicht geklappt.«

»Ich weiß!«

»Du hättest genauso gut deine Arbeitsschuhe tragen können.«

»Ich weiß!« Ich wandte den Kopf zu ihm, und wir beide lächelten. »Es tut mir leid«, sagte ich noch einmal und rutschte ein Stück zu ihm rüber.

»Ist schon in Ordnung.« Er legte den Arm um mich. »So ein Fehler passiert mal.«

Ich schaute zu ihm auf. »Welcher?«

»Das Kleid.«

»Oh. Stimmt.« Ich schmiegte meine Wange gegen sein Jackett. »Aber ich habe alles so gemeint.«

»Ich weiß«, sagte er und küsste mich auf den Kopf. »Heute war nicht unser bester Abend, aber weißt du was?«

»Nein«, nuschelte ich in seine Schulter. Mir fiel auf, dass Rory sich nach wie vor nicht bei mir entschuldigt hatte.

»Es werden andere Partys kommen. Morgen ist ein neuer Tag und so.«

Das klang immerhin schon viel mehr nach ihm. Optimistischer. Fröhlicher.

»Wir werden dir womöglich nur ein anderes Paar Schuhe besorgen müssen«, fügte er mit einem schiefen Grinsen hinzu, bevor er mit seinen Lippen mein Haar streifte. »Du sahst in der Tat wunderschön aus.«

»Danke.«

»Aber jetzt nicht mehr. Du erinnerst eher an ein Wrack.«

»Hey!« Ich setzte mich auf und gab ihm einen spielerischen Klaps auf den Arm.

Er lächelte breit. Das volle Rory-Lächeln, bei dem sich Grübchen in seinen Dreitagebart gruben. Sein Blick wurde weich, und mein Magen reagierte mit einem Salto rückwärts. Ich wollte mich gerade für einen Kuss zu ihm beugen, aber das Taxi hielt abrupt, sodass ich gegen den Sitz geworfen wurde wie eine Einkaufstüte. Wir waren zu Hause.

»Vielen Dank«, sagte Rory zum Fahrer, zog einen Geldschein aus seinem Portemonnaie und reichte ihn nach vorne.

Ich stopfte die Schuhe in meine Umhängetasche und trat barfuß auf den Bürgersteig.

Als er hinter mir stand, während ich die Haustür öffnete, flüsterte er in mein Ohr: »Ich freue mich außerordentlich darauf, dir dieses Kleid auszuziehen.«

Das bescherte mir gleichzeitig einen Schauder der Erregung und ein Lächeln im Gesicht, doch nur Sekunden später verpuffte das Kribbeln, als ich meine Zimmertür öffnete und mir ein säuerlicher Gestank entgegenschlug. Ich tastete nach dem Lichtschalter und sah Marmalade ausgestreckt auf dem Teppich liegen, neben ihm eine Kotzlache.

»O mein Gott, Marmalade«, murmelte ich, ließ meine Tasche fallen und eilte zu ihm hinüber.

»Was ist das denn für ein scheußlicher Geruch?«, fragte Rory hinter mir.

Normalerweise, wenn ich spät heimkam, schlief Marmalade auf meinem Kopfkissen. Es war ein stummer Vorwurf. Wenn ich da war, durfte er nämlich nicht auf meinem Bett schlafen. Er hatte ein Körbchen am Fußende. Doch wenn ich nicht zu einer Zeit nach Hause kam, die er für angemessen hielt, sprang er rauf und döste dort, bis ich zurück war.

Er schlief nie auf dem Boden, und ich konnte mich nur an ein einziges Mal erinnern, als er sich erbrochen hatte, vor Jahren, nachdem er im Garten einen Frosch verspeist hatte. Nach meiner anschließenden Standpauke hatte er es nie wieder getan. Doch das hier war anders. Er hob nicht mal den Kopf, als ich ihm den Bauch streichelte.

»Mein Gott, das stinkt!«, schob Rory hinterher.

»Ich hole Putzzeug«, sagte ich und erhob mich.

»Willst du dich nicht umziehen?«

Ich schaute auf mein Kleid hinab, als wäre ich überrascht, es immer noch anzuhaben. »Ist schon okay«, sagte ich und steuerte die Tür an. »Kannst du ein Auge auf ihn haben?«

Rory nickte, blieb mit gerümpfter Nase über Marmalade stehen und streifte das Jackett von den Schultern.

Ich flitzte nach unten, meinen Rock mit der Faust gerafft, und kramte unter dem Spülbecken eine Flasche Bleiche und einen Putzlappen hervor. Ich drehte das warme Wasser auf, drückte einen Spritzer Bleiche sowie Spülmittel in eine Plastikschüssel und füllte sie, bevor ich die Schüssel so vorsichtig die Treppe hochtrug wie ein Diener des Buckingham-Palasts. Ich durfte unmöglich zweimal an einem Abend stolpern.

Marmalade hatte sich nicht gerührt. Rory lag ausgestreckt auf meinem Bett. Ich brauchte einen ganzen Haufen Klopapier, um die Kotze vom Teppich zu schaben, und musste mich zusammenreißen, um mich nicht selbst zu übergeben, bevor ich das Papier im Klo runterspülte.

»Wenigstens bin ich nicht mehr betrunken«, sagte ich zu meinem Kater, als ich ihn behutsam in sein Körbchen legte und dann mit dem Lappen den Teppich schrubbte.

»Hm?«, murmelte Rory.

Während ich mit der Hand über die Stelle scheuerte, verschwand der Fleck unter weißem Schaum, und die Bleiche überdeckte den Geruch nach Galle. Ich spülte den Lappen im Badezimmer aus und wischte noch ein letztes Mal über den feuchten Teppich, bevor ich das Schmutzwasser in den Abfluss goss und, faul wie ich war, die Waschschüssel und den Lappen vor meiner Zimmertür abstellte, um sie morgen hinunterzutragen.

Ich schloss leise die Tür und drehte mich zu meinem

Bett um. Rory schlief darauf, Marmalade am Fußende, und ich hatte einen Kotzfleck auf meinem Kleid, aber immerhin war es nicht meine eigene Kotze.

Was für eine Nacht.

Ich wachte davon auf, dass Rory mit seinen Fingern langsam meine Nippel rieb. Aber die Lust auf Sex verpuffte, sobald mir der vorangegangene Abend einfiel. Marmalade! Erigierte Brustwarzen waren in dieser Situation nicht angebracht. Ich schwang die Füße auf den Teppich und ging neben seinem Körbchen in die Hocke. Ich kraulte seinen Kopf, strich über seinen Rücken und wackelte behutsam mit seinem Schwanz zwischen meinen Fingern, und obwohl seine Öhrchen zuckten, öffneten sich seine Augen kaum. Das war nicht so wie damals mit dem Frosch im Garten. Ich musste den Tierarzt anrufen.

»Komm zurück ins Bett!«, murmelte Rory und klappte die Decke hoch.

»Ich kann nicht, Marmalade ist krank«, erwiderte ich und griff nach dem Handy auf meinem Nachttisch. Es war kurz vor acht, zu früh, die Praxis war sicher noch nicht offen, aber es gab auch einen Notdienst. Ich suchte den Namen heraus und rief die Nummer an. Niemand hob ab.

»Er wird schon wieder«, beharrte Rory.

Aber ich konnte unmöglich auf Rory rumkraxeln und ihm dabei zuhören, wie er »Cowabunga!« schrie, während Marmalade elend danebenlag.

»Ich springe kurz unter die Dusche und bringe ihn dann

zum Arzt«, sagte ich. »Du hast nicht zufällig Zeit mitzukommen, oder?«

Rory stöhnte und öffnete ein Auge. »Tut mir leid, Schatz, ich würde ja, aber wir haben heute eine große Besprechung zur europäischen Fischereipolitik.«

»Nicht schlimm«, erwiderte ich, bevor ich mich im Bad einschloss und mir zweimal das Gesicht wusch, um den verschmierten Eyeliner wegzubekommen.

Als ich in ein Handtuch gewickelt zurück ins Zimmer kam, lag Rory immer noch im Bett und war offenbar eingeschlafen. Ich schlüpfte in Jeans und Kapuzenpulli und beschloss, Eugene zu schreiben, sobald ich beim Tierarzt war. Glücklicherweise war er diese Woche damit dran, den Laden aufzuschließen. Ich hob Marmalade in seinem Körbchen hoch und trug ihn nach unten. Mias und Rubys Schlafzimmertüren standen beide offen. Das war für Mia nicht ungewöhnlich. Sie war wahrscheinlich schon bei der Arbeit. Aber wo steckte Ruby? Normalerweise war sie nie um diese Uhrzeit wach. Ich blieb in der Tür stehen, als mir einfiel, dass sie nach ihrer Verabredung gestern bei Zach übernachtet haben musste. Aber nicht einmal das schaffte es, mich abzulenken. Die Sorge um Marmalade war einfach zu groß.

In der Küche zog ich ein Handtuch aus der Schublade, legte es als Decke über ihn und machte mich auf den Weg zur Tierarztpraxis mit dem albernsten Namen von ganz London: Mit Herz & Pfote.

Ich schob die Tür mit der Schulter auf und stellte mich hinter einem Mann mit Filzhut an, der einen Labrador an der Leine hatte. Die Empfangsdame murmelte etwas in ihren Computer hinein, und mein Arm schmerzte, daher stellte ich Marmalades Korb auf einem Sitz unter einem Plakat ab, das für eine Gratis-Wurmbehandlung warb, bevor ich wieder meinen Platz hinter dem Labrador einnahm.

»Guten Morgen«, sagte der Herr zu der Empfangsdame, als sie endlich aufschaute. »Ich fürchte, mein Labrador hat eine Strumpfhose verspeist.«

Sie kräuselte die Stirn. Eine Tierarzthelferin hörte vermutlich allerlei Geschichten über Meerschweinchen und kranke Papageien, aber das schien sie nun doch zu verblüffen. »*Ihre* Strumpfhose, Sir?«

»Grundgütiger, nein! Es war die Strumpfhose meiner Frau, die er aus dem Waschraum entwendet hat. Du bist ein ganz böser Junge, nicht wahr, Brutus?«

Zu Brutus' Verteidigung – er wirkte ziemlich zerknirscht.

Die Empfangsdame seufzte und bat ihn, Platz zu nehmen. Ich trat vor.

»Guten Morgen«, sagte ich, »mein Kater hat sich gestern Abend übergeben, und auch heute scheint es ihm nicht sehr gut zu gehen. Er reagiert kaum auf irgendwas. Er war schon mal hier.«

»Name?«, fragte sie gelangweilt.

»Er heißt Marmalade.«

»Ihr Name.«

»Oh, Entschuldigung. Florence Fairfax.«

Sie tippte auf ihre Tastatur ein und blickte dann wieder zu mir auf. »Wann hat er sich das erste Mal übergeben?«

»Gestern spätabends, als ich heimkam.«

»Und seither hat er sich nicht mehr erbrochen?«

»Nicht dass ich wüsste, nein. Aber er hat auch nichts gegessen. Normalerweise hätte er mittlerweile schon sein Frühstück gehabt.« Ich schaute wieder zu seinem Korb.

»Nehmen Sie Platz. Dr. Pennyworth wird Sie in Kürze aufrufen.«

Ich setzte mich und streichelte Marmalades Rücken, während der Mann mit Hut auf Brutus einredete. »So ein dummer, dummer Junge. Was sollen wir bloß mit dir machen, hm?«

Ich zog mein Handy raus und tippte eine Nachricht an Eugene: Marmalade ist krank, bin beim Tierarzt. Ich melde mich, wenn wir hier fertig sind. Sorry. Xxx

Ein paar Minuten später ging die Tür rechts vom Empfangsschreibtisch auf, und ein kleiner Mann Mitte fünfzig in weißem Kittel rief meinen Namen auf.

Ich schaute erst von ihm zu dem Mann mit Hut, da ich mich nicht vordrängeln wollte, stand dann jedoch auf und hob den Korb hoch.

»Ich bin Dr. Pennyworth. Treten Sie bitte ein.«

Er führte mich in einen Raum, der nach Pinien-Desinfektionsmittel roch, und ich setzte Marmalades Korb auf dem Metalltisch ab.

Dr. Pennyworth drehte sich zu seinem Computer und las vom Bildschirm ab, ohne zu mir zu schauen. »Es hat sich gestern Abend erbrochen, und heute Morgen geht es ihm auch nicht besser, stimmt das?«

»Ja, aber er hat sich nur einmal übergeben.« Plötzlich,

in diesem kargen Raum voller medizinischer Abfalleimer und Schachteln mit Einweghandschuhen, verspürte ich das Bedürfnis, ihm zu versichern, dass es nicht so ernst sein konnte.

»Und wie alt ist er?«

»Siebzehn«, sagte ich, während Dr. Pennyworth sich schnalzend ein Paar blauer Plastikhandschuhe überzog und behutsam Marmalades Mund öffnete, um ihn von innen abzutasten.

»Da haben wir wohl ein paar Zähne verloren, nicht wahr, mein Kleiner.« Er untersuchte den Rest von Marmalades Körper, bevor er ihn aus seinem Korb auf eine Waage hob.

»Er ist recht leicht. Wie isst er?«

»Ganz gut. Er kriegt seine Leckerli und jeden Morgen ein halbes Päckchen Whiskas.«

»Und keine Veränderungen in letzter Zeit?«

Ich wollte schon den Kopf schütteln, als mir einfiel, dass ich in den letzten zwei Wochen immer ein Häufchen übrig gebliebenes Trockenfutter in seinem Napf gefunden hatte. Ich war davon ausgegangen, dass er sich im Garten mit Snacks versorgte, und war so abgelenkt gewesen durch die Petition und Rory, dass ich mir weiter keinen Kopf gemacht hatte. »Er hat in letzter Zeit mehr übrig gelassen. Nicht viel. Nur ein kleines Häufchen.«

Dr. Pennyworth betrachtete Marmalade stirnrunzelnd, dann legte er ihn wieder in seinem Körbchen ab. »Ich glaube, das Beste wird sein, ein paar Tests zu machen.«

»Was für Tests?«

»Blutuntersuchungen, um die Schilddrüse und die Leberfunktion zu überprüfen. Womöglich ist er nur dehydriert. Aber er ist abgemagert. Und er ist in einem gewissen Alter. Es kommt darauf an, wie weit Sie gehen wollen.«

»Inwiefern gehen?« Panik hatte sich in meine Stimme geschlichen.

Dr. Pennyworth presste die Lippen zusammen, bevor er antwortete. »In diesem Alter geht es gerne ins Geld.«

»Wie meinen Sie das?« Ich klang seltsam schrill.

»Nun ja, das alles ist mit Kosten verbunden, und ab einem gewissen Stadium rate ich den Leuten dazu, die Lebensqualität in die Abwägungen miteinzubeziehen.«

»Können wir die Blutuntersuchungen machen?«, fragte ich, als auch schon die ersten Tränen über meine Wangen kullerten.

»Natürlich.«

»Und kann ich solange bei ihm sein?«

»Selbstverständlich, es dauert nur zwei Minuten, und die Ergebnisse sollten …«, er hielt inne und schaute auf seine Uhr, »… gegen Mittag vorliegen.«

Ich nickte und wischte mir mit dem Handrücken über die Wangen. »Entschuldigen Sie.«

»Kein Problem. Hier, bitte, nehmen Sie.«

Dr. Pennyworth griff nach einer Schachtel Taschentücher neben seinem Computer. Ich nahm mir eine Handvoll und schnäuzte mich, während er einen Schrank hinter sich öffnete und einen elektrischen Rasierer herausnahm.

»Wenn Sie ihn festhalten könnten, würde ich ihm etwas Fell wegrasieren. Haben Sie ihn?«

Ich nickte, und er schaltete den Rasierer ein. Marmalade zuckte kaum, als die Klinge über seinen Hals fuhr.

»Halten Sie ihn weiter fest, dann entnehme ich sein Blut.«

Dr. Pennyworth öffnete einen anderen Schrank und holte eine Spritze in einer Plastikverpackung heraus. Ich starrte Marmalades Rücken an. Er spannte sich unter meinen Fingern an, aber es dauerte nur wenige Sekunden.

»Das hätten wir. Alles erledigt«, verkündete Dr. Pennyworth und ließ die kleine Plastikröhre in einen silbernen Behälter fallen.

»Rufen Sie mich dann an oder …?« Ich verstummte.

»Alison meldet sich bei Ihnen, sobald wir die Ergebnisse haben.«

Ich schnäuzte mich erneut, dann stopfte ich die Tempos in meine Tasche und nahm den Korb an mich. »Vielen Dank«, sagte ich, als der Arzt mir die Tür öffnete. Brutus und sein Herrchen saßen immer noch da, aber es kümmerte mich überhaupt nicht, wie ich aussah, ich heulte den ganzen Nachhauseweg, sodass meine Tränen auf Marmalades Rücken tropften. Armes Katerchen. Er hasste doch Regen und weigerte sich, bei nassem Wetter rauszugehen; doch er schien es kaum wahrzunehmen, was mich nur noch mehr zum Heulen brachte. Die letzten vierundzwanzig Stunden waren wirklich schlimm gewesen.

Zu Hause goss ich eine Dose Kondensmilch in ein Auflaufförmchen und setzte Marmalades Korb daneben ab, aber er war nicht daran interessiert. Dann schrieb ich Eugene, dass ich nicht mehr kommen würde, und schickte auch Rory eine kurze Nachricht. Der Tierarzt hat ihm Blut abgenommen, aber ich weiß nicht, wie viel Hoffnung besteht. Es war auch der Abend, an dem ich zu meiner letzten Sitzung bei Gwendolyn sollte, daher mailte ich ihr und bat sie, den Termin zu verschieben.

»Dann hat die ganze Sache ja auch ihr Gutes«, sagte ich zu Marmalade.

Ich legte das Handy auf dem Küchentresen ab, starrte in den Korb und wünschte mir inständig, er möge aufstehen und sich um meine Beine schlängeln oder die Schnauze durch die Katzenklappe stecken, um die Spatzen draußen zu erschrecken. Doch er tat nichts von alledem, daher trug ich ihn ins Wohnzimmer, wo wir auf dem Sofa saßen und Eamonn Holmes zusahen, der einen Geisterjäger interviewte.

Mein Handy behielt ich griffbereit auf dem Kissen neben mir, und mein Blick zuckte alle paar Sekunden hinüber. Eugene antwortete mit einer ganzen Reihe Herzchen-Emojis.

Ist Zach da?, schrieb ich zurück, da ich neugierig war, ob er im Laden war oder irgendwo mit Ruby herumlag.

Ja, unten, soll ich es ihm sagen?

Würdest du das tun?

Eugene schickte mir mehrere gereckte Daumen zurück.

Von Rory kam keine Nachricht, also schrieb ich stattdessen Jaz und schilderte ihr die Lage. Sie rief sofort an, während im Hintergrund die Haarföhns dröhnten.

»Alles in Ordnung bei euch, Süße?«, brüllte sie ins Telefon.

»Uns geht's ganz gut, wir sitzen auf dem Sofa und schauen fern.«

»Soll ich dir was vorbeibringen? Ich habe nur noch eine Dauerwe… SKYLA! Mrs. Gibbons hockt schon lange genug unter der Haube, kannst du sie hier rübersetzen? Entschuldige, Süße, donnerstagmorgens ist hier das reinste Irrenhaus. Die ganzen Oldies kommen wegen dem Rabatt fürs Haarefärben vorbei.«

»Nein, nein, alles gut. Entschuldige, dass ich dich bei der Arbeit störe.«

»Mach dir mal keinen Kopf deswegen, mein Schatz. Aber ich mache mir Sorgen um dich. Bist du allein?«

»Ja, aber mir geht's gu…«

»NICHT DER STUHL, SKYLA, DER DANEBEN! In Ordnung, Süße, aber ruf an, falls du mich brauchst, und ich komme vorbei. Heute Nachmittag holt Leon Dunc von der Schule ab, sobald ich also mit dem Lila-Tönungstrupp durch bin, gehöre ich ganz dir.«

Ich legte auf, und Marmalade und ich schauten weiter Frühstücksfernsehen. Der Geisterjäger war fertig und durch eine Frau ersetzt worden, die auf dem Sofa hockte und verkündete, dass sie nach ihrem Tod mit ihrem Hund eingefroren werden wollte. Danach wurden Regenschirme getestet, indem sich Eamonn Holmes mit jedem Exemplar in eine eigens aufgebaute Duschkabine stellte. Marmalade döste vor sich hin, während ich den Blick auf den Bildschirm gerichtet hielt. Als Nächstes wurde

Meghan Markles Visagistin interviewt, gefolgt von einer Anruferdiskussion, ob man Klobürsten in der Spülmaschine reinigen konnte oder nicht.

Herz & Pfote rief kurz nach Mittag an. Ich hob mein Handy ans Ohr. Ich erwartete, dass die Arzthelferin dran wäre, aber es war Dr. Pennyworth selbst.

»Miss Fairfax, hallo. Wir haben soeben die Ergebnisse zurückbekommen, und wie es aussieht, ist es ein Problem mit den Nieren.« Er sprach in einem Tonfall, den man aufsetzen würde, um jemandem mitzuteilen, dass die Großmutter sterbenskrank war. »Ich fürchte, es handelt sich um Nierenversagen.«

»Was bedeutet das?«

Er holte hörbar Luft, bevor er antwortete. »Nun ja, wir haben Medikamente, mit denen man es probieren könnte, und wir könnten es mit Infusionen versuchen, aber in diesem Stadium geht es dabei eher darum, das Ganze zu verlängern. Die Frage ist, wie weit Sie gewillt sind zu gehen. Zu diesem Zeitpunkt ist es normalerweise eher eine Sache von Wochen als von Monaten.«

»Okay«, sagte ich leise, die Hand auf Marmalades Rücken.

»Es gibt keine falsche Entscheidung, aber sie ist in jedem Fall sehr persönlich. Soll ich Sie erst mal in Ruhe darüber nachdenken lassen?«

»Ja«, erwiderte ich kleinlaut. »Falls ich ihn vorbeibringe, damit er, äh, friedlich einschläft, würden Sie das dann heute tun, oder muss ich warten, oder wie funktioniert das alles?«

»Sie können kommen, wann immer Sie wollen«, erwiderte er freundlich. »Rufen Sie Alison an, und wir werden alles in die Wege leiten.«

Ich legte auf, warf das Handy aufs Sofa und saß reglos da, meine Hand immer noch auf Marmalades Rücken. Ich wusste, was zu tun war. Ich wusste, das Sanfteste für ihn wäre, zum Tierarzt zu gehen: eine Injektion und ein langer Schlaf. Aber die Vorstellung, jeden Tag zu einem leeren Korb zurückzukehren, schien mir so grausam. Ich kannte ihn nun seit siebzehn Jahren. Er hatte siebzehn Jahre lang neben mir geschlafen. Für viele Menschen kam das einer Ehe gleich. Eigentlich besser als eine Ehe, weil er im Bett nicht furzte und auch nicht verlangte, dass ich ihm jeden Abend etwas kochte. Alles, was er wollte, war Whiskas. Sein einziges Extra war hin und wieder eine Dose Kondensmilch. Es war die einfachste, glücklichste Beziehung, die ich kannte. Hier, in diesem Haus, waren Mia und Ruby immer ein Zweiergespann gewesen – zusammen in der Küche quasselnd oder sich oben gegenseitig die Nägel lackierend. Aber solange ich Marmalade hatte, war mir das meistens egal gewesen. Er war meine bessere Hälfte, schmiegte den Rücken an mein Bein, wenn ich auf dem Sofa las, oder legte seinen Kopf auf meine Füße, wenn ich am Küchentisch schrieb. Wie konnte ich also hier sitzen und diese Entscheidung treffen, wo er doch so zutraulich war? Von manchen Menschen wurde man belächelt, wenn man sein Haustier seinen besten Freund nannte, doch solche Leute konnten einem letztlich nur leidtun. Sie hatten nie die Treue und Zuneigung eines Katers wie Marmalade erfahren dürfen.

Wieder musste ich weinen und griff nach dem Handy, um Rory anzurufen.

Er ging nicht ran, also versuchte ich es bei Jaz.

Ebenfalls keine Antwort, daher rief ich Eugene an.

»Hey«, meldete sich eine Stimme am anderen Ende. Aber es war nicht Eugene. Es war Zach.

Ich konnte nicht anders. Ich brabbelte ins Telefon und gab dabei ein Geräusch von mir, das klang wie das Weinen eines Buckelwals, den ich mal in einer Doku gesehen hatte. Ein hohes, fiependes Wehklagen.

»Florence, geht's dir gut? Florence? FLORENCE?«

Ich gab weiter brabbelnde, unverständliche Laute von mir. »Pfnuuuuuu, Tierarzt, pfnuuuuuu, Marmalade, pfnuuuuuu.«

»Okay, atmen«, befahl er. »Und hör mit diesem schrägen Geräusch auf. Atmen. Genau, das. Nein, nicht das Fiepen. Noch mal einatmen. Ein, aus, ein, aus. So ist's gut. Ein, aus. Okay?«

»Dandedön«, bekam ich zwischen zwei Atemzügen heraus.

»Was ist los? Erzähl es mir.«

Ganz langsam, während Zach mir weitere Atemanweisungen erteilte, erklärte ich es: »Und es kommt mir einfach so hinterhältig vor!«, rief ich. »Er liegt doch einfach nur da! Er hat niemandem was getan! Wie bitte soll ich ihn zu der Praxis tragen, wenn ich doch weiß, was sie da mit ihm tun werden?«

»Okay, Florence. Florence? Florence, hör mir zu. Bist du allein?«

»Nein, ich habe Marmalade hier bei mir«, erwiderte ich. »Aber nicht mehr lange.« Noch ein Aufheulen. »Und was, wenn er mich gerade hört? Was, wenn er versteht, was ich sage?«

»Er kann dich nicht verstehen. Wann gehst du zum Tierarzt?«

»Ich weiß nicht! Später wahrscheinlich.« Noch mehr Geheule.

»Wo ist Rory?«

Ein Schniefen. »Er hat mit den Fischen zu tun.«

»Was für Fische? Oder nein, ist eigentlich egal. Was ist mit deinen Schwestern?«

»Mia ist bei der Arbeit, und was Ruby angeht, weißt du wahrscheinlich mehr als ich.«

»Wie meinst du das?«

Noch ein Schniefen. »Ich habe sie seit gestern nicht mehr gesehen. Wo steckt Eugene?«

»Oben, bei den Reiseführern, deswegen bin ich hinter der Kasse. Aber wenn du noch warten kannst … eine halbe Stunde oder so … spring ich auf mein Motorrad und begleite dich.«

Ich war so dankbar, dass mir noch ein Heulton entwich. »Das würdest du tun?« Es war mir egal, wer bei mir war. In diesem Zustand hätte ich sogar Patricia mit zum Tierarzt geschleppt. Ich konnte mich dem einfach nicht alleine stellen.

»Klar. Schick mir deine Adresse, ich bin so gut wie da.«

»Danke schön«, sagte ich noch mal.

Ich legte auf und schickte ihm die Adresse, dann

kuschelte ich mich auf dem Sofa um Marmalades Korb herum ein und weinte in die Kissen. Das Fernsehprogramm war mittlerweile zu *Loose Women* übergegangen, und ich konnte sie lautstark über ihre Beckenbodenmuskulatur diskutieren hören, doch nicht mal das schaffte es, mich abzulenken.

Erst als es eine halbe Stunde später an der Tür klingelte, stand ich auf und warf einen Blick in den Spiegel. Mein Gesicht war gerötet und verquollen, also presste ich die Fingerrücken an meine Wangen, um sie etwas zu kühlen, bevor ich öffnete.

Zach verzog betreten das Gesicht, seinen Helm unter einen Arm geklemmt. »Es tut mir leid«, sagte er und streckte den anderen Arm aus, um mich in eine Umarmung zu ziehen.

Ich ließ mein Gesicht gegen seine Jacke sinken, bevor ich rasch wieder abrückte und die Tränen vom Leder wischte.

Er lachte. »Sei nicht albern, das Ding hat schon weitaus Schlimmeres mitgemacht.«

»Komm rein«, sagte ich und trat beiseite. »Willst du eine Tasse Tee oder …?« Ich verstummte, da mir die Alternative nicht mehr einfiel. *Willst du eine Tasse Tee, oder sollen wir direkt zum Tierarzt und meinen Kater ermorden?*, erschien mir zu krass.

»Liegt ganz bei dir«, sagte er, trat ein und schloss die Tür.

»Einen Tee«, beantwortete ich meine eigene Frage. »Vielleicht fasse ich mich dann ein bisschen. Tut mir leid, dass du wegen mir den Laden im Stich lassen musstest.« Ich bedeutete ihm, mir in die Küche zu folgen.

»Ist schon gut. Mach dir keinen Kopf. Eugene und Norris schaffen das auch alleine.«

Ich schaltete den Wasserkocher ein, und er legte den Helm auf dem Tisch ab. »Nette Bude.«

Diese Vermischung zwischen meinem Arbeitsleben und meinem Zuhause fühlte sich merkwürdig an. Ich hatte mir in letzter Zeit zwar mehrfach ausgemalt, wie es wäre, Zach in meiner Küche zu begegnen, aber niemals hätte ich angenommen, dass er wegen mir hier sein würde. Als ich mich zum Schrank reckte, um die Teebeutel rauszuziehen, und eine Packung Milch aus dem Kühlschrank holte, war ich dankbar, ihm den Rücken zudrehen zu können. Nicht weil ich so verquollen war, sondern weil ich die folgende Frage stellen konnte, ohne dass mein Gesicht eine Spur von Verlegenheit verriet.

»Und? Wie lief es gestern Abend so?«

»Hm?«

Ich drehte mich vom Kühlschrank zu ihm um. »Gestern Abend mit Ruby?«

»Oh.« Er nickte. »Ja, gut, tatsächlich super.«

»Cool«, erwiderte ich und wandte mich wieder um, um Milch in die Becher zu gießen. Er klang erstaunlich entspannt dafür, dass er über sein Date mit meiner Schwester sprach.

»Ja, schon. Ich glaube, sie war am Ende echt zufrieden. Wir haben ein paar gute Aufnahmen hingekriegt.«

»Was?« Ich wirbelte herum. »Was für Aufnahmen?«

»Porträtaufnahmen.«

»Porträtaufnahmen?«

»Ja, du weißt schon, diese Nahaufnahmen, die Models für ihr Portfolio brauchen?«

»Ich weiß, was das ist. Mir war nur nicht klar, was ihr beide miteinander tut.«

»Was sonst sollten wir tun?«

Ich musterte sein Gesicht, um zu sehen, ob er mich aufzog, aber er schien aufrichtig verwirrt.

»Nichts, ist egal.« Ich griff nach dem Wasserkocher.

»Moment mal, dachtest du etwa, zwischen uns läuft was?«

Ich starrte intensiv die Becher an. »Ähm, vielleicht. Sie hat nach deiner Nummer gefragt und dann gesagt, dass ihr euch trefft, und dabei keine Porträtaufnahmen erwähnt, also ja, ich schätze schon. Was sonst sollte ich denn denken?«

Zach lachte. »Das erklärt einiges.«

»Erklärt was?«

»Na, warum du gefragt hast, ob sie mir geschrieben hat und ob wir uns treffen. Es ergibt alles Sinn. Ich fand schon, dass du letzte Woche ziemlich komisch warst.«

Nun wirbelte ich doch herum. »Was? Ich war nicht diejenige, die komisch war. Du warst das.«

Er lachte erneut. »Nur weil ich dachte, dass bei dir irgendwas im Busch ist. Außerdem war ich ziemlich geschafft nach der ganzen Arbeit mit dem Laden.« Er schüttelte stumm den Kopf. »Siehst du? Das ist genau der Grund, warum Menschen öfter miteinander reden sollten.

Delfine sind uns diesbezüglich um Längen voraus. Du hast mir übrigens immer noch nicht deine Raupen-Geschichte geschickt.«

»Ich weiß, aber nur, weil du nicht mehr so begeistert gewirkt hast. Du warst so … wortkarg. Also dachte ich, ich lasse es lieber bleiben.«

»Auf keinen Fall. Ich kann es kaum erwarten, die Geschichte von der armen kleinen Zelda zu lesen. Schick sie mir.«

Als ich ihm seinen Becher brachte, bemühte ich mich um ein Lächeln. Ich wusste, dass er versuchte, mich aufzuheitern.

»Ruby meinte nur, dass sie neue Porträtfotos bräuchte«, sagte er und griff nach dem Tee.

Meine Fingerspitzen brannten von der Hitze, also rieb ich sie an meiner Jeans. »Vielleicht. Aber ich glaube, sie mag dich auch irgendwie.« Ich sah auf und begegnete seinem Blick, dann lief ich rot an.

Die eine Hälfte seines Mundes hob sich zu einem schiefen Grinsen. »Ich fühle mich sehr geehrt, aber …« Er hielt inne.

»Was?« Ich ging zum Waschbecken zurück, um meinen eigenen Becher zu holen.

»Sie ist deine Schwester.«

»Und?«

»Ich denke nicht, dass das … Nun, lass es uns so sagen: Es wird nicht passieren.«

»Ich frage mich, wo sie dann heute früh war?«, murmelte ich.

Zach nippte an seinem Tee. »Vorsprechen für eine Waschmittelreklame«, sagte er über den Becherrand hinweg.

»Echt jetzt?«

Er nickte, und ich musste beinahe lachen, aber dann fiel mir wieder ein, warum Zach hier war, und mir wurde erneut schwer ums Herz. »Komm mit, er ist da drüben.«

Er folgte mir ins Wohnzimmer, wo Marmalade immer noch in seinem Körbchen auf dem Sofa lag. Ich setzte mich auf eine Seite, Zach auf die andere. »Hey, mein Großer«, sagte er und strich ihm über den Rücken.

»Bist du mehr ein Katzen- oder ein Hundemensch?«

»Hunde«, erwiderte er, ohne von Marmalade aufzublicken. »Aber für gewisse Katzentiere bin ich gewillt, eine Ausnahme zu machen.«

Unser Gespräch in der Küche hatte mich kurz abgelenkt, aber bei dem Gedanken, zu Herz & Pfote zurückzukehren, verspürte ich eine erneute Woge der Traurigkeit.

»Es ist das Richtige«, sagte Zach, als könne er meine Gedanken lesen. »Wenn er Schmerzen leidet, dann tust du ihm damit einen Gefallen.«

»Ich weiß. Ich bin nur …« Ich brach ab, als eine neue Träne meine Wange hinunterkullerte.

Zach hob seine Hand von Marmalade an meine Schulter und drückte sie sanft. »Wenn du angerufen hast, hast du das Schlimmste schon überstanden.«

Ich nickte und trank meinen Tee aus, bevor ich bei Alison, der Arzthelferin, anrief und ihr mitteilte, dass wir in einer halben Stunde da sein würden.

Zach bot an, Marmalade für mich zu tragen, aber ich brachte es nicht übers Herz, ihn abzugeben. Während wir liefen, quasselte er ohne Unterlass (Zach, nicht Marmalade): über die steigende Zahl von Frisbees Instagram-Followern, über seinen Plan, Norris für die Weihnachtsfeier als Nikolaus zu verkleiden, darüber, ob Norris ihm wohl erlauben würde, Kunstschnee in den Schaufenstern zu verstreuen. Ich schwieg, während ich versuchte, nicht daran zu denken, wie ich den Rückweg mit einem leeren Korb bewerkstelligen sollte.

Dieses Mal bedachte Alison mich mit einem mitfühlenderen Blick. »Ich gebe Dr. Pennyworth Bescheid, dass Sie hier sind«, sagte sie, sobald ich durch die Tür getreten war.

Im Wartezimmer war mittlerweile mehr los. Eine Frau in fuchsiarotem Mantel hatte ein Hündchen mit Halskrause an der Leine – dem Ärmsten schien das furchtbar peinlich. Gegenüber von mir saß ein Mann Anfang zwanzig mit einem Metallkäfig auf seinem Schoß. Ich konnte keine Bewegung in dem Käfig ausmachen. Ein Meerschweinchen? Ein Hamster? Eine Vogelspinne? Ich drückte Marmalades Korb fester an mich, als mein Handy vibrierte; ich zog es heraus und sah eine Nachricht von Rory. Endlich, obwohl darin nichts zu Marmalade stand. Schatz, ein Albtraum von einem Tag mit diesem ganzen Fischereizeug. Kann spät werden. Ich rufe dich an, sobald es geht. X.

Ich seufzte und schob das Handy in meine Hosentasche zurück, als auch schon Dr. Pennyworth die Tür öffnete. »Miss Fairfax, hallo. Wollen Sie reinkommen?«

Ich nickte und deutete mit dem Finger auf Zach. »Ist es okay, wenn mein Kollege mitkommt?«

Er lächelte. »Natürlich.«

Es ging schnell, und dafür war ich dankbar. Nachdem ich eine Einwilligungserklärung unterzeichnet hatte, rasierte Dr. Pennyworth eine kleine Stelle an Marmalades Vorderbein ab. Dann nahm ich ihn in meine Arme und senkte mein Gesicht an seinen Kopf, schmiegte meine Wange an seine.

»Leb wohl, mein Süßer«, flüsterte ich.

Mein Gehirn spielte mir einen grausamen Trick und beschwor die Erinnerung an unsere erste Begegnung herauf. Marmalade war an meinem fünfzehnten Geburtstag zu mir gekommen. Es war ein relativ ruhiger Geburtstag, da es mit meiner Zählerei zu der Zeit schlimm war und wir deswegen nur als Familie bei uns zu Hause feierten. Dad kam an dem Abend mit einer Schachtel nach Hause und bat alle ins Wohnzimmer, bevor ich sie öffnen durfte. Das Kätzchen war so klein, dass ich es in meiner Handfläche halten konnte, und seitdem hatte er jede Nacht in meinem Zimmer geschlafen.

»Sind Sie bereit, Miss Fairfax?«, erkundigte sich Dr. Pennyworth, und da ich mich nicht wirklich dazu überwinden konnte, Ja zu sagen, nickte ich nur.

Er legte die Spritze an, und es war geschehen. Nur Sekunden später spürte ich ihn von mir gehen.

Ich stieß ein weiteres Walheulen aus, als Dr. Pennyworth ihn an sich nahm und Zach mich in seine Arme schloss. Glücklicherweise absorbierte seine Schulter den

Großteil des Lauts, sonst hätten die Leute im Wartezimmer draußen womöglich die Polizei gerufen. Es war nicht schön anzuhören, aber wer von uns hat schon das Recht, jemanden zu verurteilen, dessen Herz gerade bricht? Zach stand geduldig und solide da. Als ich endlich zurückwich und den Rotzfaden bemerkte, der sich von meiner Nase zu seiner Jacke zog, reichte er mir bloß ein Tempo. Er half mir dabei, Dr. Pennyworths Fragen zur Einäscherung zu beantworten. Sein Arm blieb um meine Schultern liegen, während ich am Empfang bezahlte, was nur gut war, sonst wäre ich womöglich dort auf dem Boden zusammengebrochen. Er begleitete mich nach Hause und bot an, eine Flasche Wein kaufen zu gehen, aber alles, was ich tun wollte, war, mich in mein Bad einzuschließen und alleine zu weinen.

»Ist schon gut, aber trotzdem vielen Dank«, sagte ich und umarmte ihn noch einmal an der Türschwelle.

»Du kannst mir jederzeit schreiben, okay?«

Ich nickte, ging ins Haus und stieß einen weiteren Schluchzer aus, als ich das unangetastete Auflaufförmchen mit Kondensmilch auf dem Küchenboden stehen sah.

9

Die nächsten Tage waren schwer vor Trauer, und jeder von ihnen fühlte sich an, als müsste ich durch Treibsand laufen, um hindurchzukommen. Rory war in Brüssel. Am Abend, nachdem wir Marmalade hatten einschläfern lassen, hatte er mich schließlich angerufen, um mir zu sagen, dass er geschäftlich verreisen müsste.

»Ich werde doch bald wieder zurück sein, mein Schatz«, sagte er in der Annahme, meine Tränen würden ihm gelten.

Ich erklärte, dass ich aufgelöster war, weil ich meinen Kater hatte einschläfern lassen müssen.

»Ich weiß, meine Süße, aber letzten Endes musst du dir in Erinnerung rufen, dass es nur ein Kater war.«

Am folgenden Tag traf ein riesiger Strauß cremefarbener Rosen als Entschuldigung im Laden ein.

Tut mir leid wegen dem Kater. Darf ich dich Freitagabend zu einem ganz besonderen Essen entführen?
Rory x

Freitag war mein Geburtstag, aber auch der Gedanke munterte mich nicht sonderlich auf. Bei Erwachsenengeburtstagen war da einfach zu viel Druck im Spiel. »Hattest du einen schönen Geburtstag?«, fragen die Leute, und man muss positiv antworten, um sie nicht zu enttäuschen. »Ja, doch, war super, danke. Ich habe ein Buch bekommen und eine unverschämte Karte übers Älterwerden!« Das mit den Geburtstagen erreicht doch seinen absoluten Höhepunkt mit sieben oder acht Jahren, wenn man eine Torte, Luftballons und die obligatorischen Geschenke von allen Partygästen bekommt (warum sonst hätte man sie eingeladen?), und vielleicht noch einen Zauberer obendrauf. Danach geht's nur noch bergab. Erwachsenengeburtstage geben einem das Gefühl, ein Junkie zu sein, der mittlerweile clean ist, sich aber sehnsuchtsvoll an seinen ersten Schuss zurückerinnert. Jemand aus dem Büro greift in die Portokasse, um einen überzuckerten Kuchen zu kaufen, und man versammelt sich um den Kopierer zu einer pflichtgemäßen Darbietung von »Happy Birthday«, aber es ist nicht annähernd so aufregend wie die Prinzessinnentorte, die man bekam, als man sieben wurde.

Wie üblich hatte ich auch für dieses Jahr nichts geplant und mir lediglich überlegt, zwei Tage davor ein paar Leuten zu schreiben und sie zu fragen, ob jemand Lust hätte, was trinken zu gehen. Meine Theorie lautete folgendermaßen: Wenn ich kein Riesentrara aus meinem Geburtstag mache, kann ich auch nicht enttäuscht werden, wenn er damit endet, dass ich im Pub Bierdeckel zähle. Doch die Vorstellung eines Abendessens mit Rory hob meine Stimmung; nach dem Desaster auf dem Ball würde es für Normalität sorgen und dieser schrecklichen Woche ein Ende setzen. Also versöhnten wir uns per Handy, und er verriet, dass er in einem italienischen Restaurant reserviert habe, das ein »sensationelles Ossobuco« mache. Ich ging davon aus, es sei ein Käse, doch Google verriet mir, dass es geschmortes Kalb war.

Am Dienstag öffnete ich in der Buchhandlung einen Karton mit Neuware und sah, dass Norris mehrere Ausgaben eines neuen Comics bestellt hatte. Der Titel lautete *Woran du erkennst, dass deine Katze deinen Tod plant*, was mich erneut aus der Fassung brachte. Am nächsten Nachmittag kam Mrs. Delaney hereinspaziert, als ich gerade wieder hinter der Kasse heulte, und erkundigte sich, ob es sich um »Männerprobleme« handle. Eugene geleitete sie rasch in die Gartenabteilung.

Er, Norris und Zach waren allesamt geradezu unheimlich nett zu mir – wie Ehemänner, die beim Vögeln mit dem Kindermädchen erwischt worden waren. Immer wieder bekam ich ungefragt eine neue Tasse Tee an die Kasse gebracht. So viel Tee, dass ich sie irgendwann bitten musste, damit aufzuhören, damit ich nicht so oft zur Toilette musste. Eugene putzte die Küche unten jeden Tag, Norris brüllte nicht herum, und es kamen auch keine Sticheleien zu Rory-dem-Tory von Zach. Ich mailte ihm auch meine Geschichte von Zelda, der zählenden Raupe, und am Donnerstag kam er nach oben in den Laden, um vorzuschlagen, gemeinsam auf dem Platz zu Mittag zu essen.

»Ich habe mein Mittagessen mitgebracht.«

»Ich weiß, ich weiß.« Er hob kapitulierend die Hände. »Ich hatte gar nicht vor, dir noch mal vorzuschlagen, es mit einer anderen Sorte Sandwich zu versuchen. Nimm es ruhig mit. Ich wollte bloß mit dir über die Weihnachtsfeier reden.«

Kaum dass wir auf der Bank draußen saßen, enthüllte er, dass das nur ein Vorwand gewesen war. »Ich wollte zwar über die Weihnachtsfeier reden, aber ich wollte mich auch erkundigen, ob es dir gut geht.«

Ich lächelte zu ihm auf. Er saß auf der hölzernen Armlehne, die Stiefel auf der Sitzfläche. »Geht so. Unser Haus ist ziemlich seltsam diese Woche. Ich komme immer heim und erwarte, dass er mir um die Knöchel streift. Aber Ruby und Mia waren wirklich toll.«

Erst am Vorabend hatten sie sich in der Küche aufgestellt und dabei eindeutig etwas hinter ihren Rücken versteckt.

»Warum seid ihr so komisch? Was ist hier los?«, hatte ich gefragt.

Mia hatte daraufhin ein gerahmtes Foto von mir und Marmalade im Garten präsentiert. Ruby hatte es letzten Sommer von ihrem Zimmerfenster aus geschossen. Ich lag bäuchlings im Gras und las, er lag quer über meinem Rücken in einem Rechteck aus Sonnenlicht. Es brachte mich natürlich wieder zum Weinen, aber es erfüllte mich auch mit einem nie da gewesenen Gefühl von Dankbarkeit für meine Schwestern. Wir hatten danach zwei Flaschen Rotwein gekippt, und ich hatte Ruby wegen Zach aufgezogen.

»Wie lief es mit den Porträtaufnahmen, Rubes?«

Sie verdrehte die Augen. »Ich hab's versucht. Ich hab ihm meinen sexy Blick gezeigt, aber es hat nicht funktioniert, also war's das wohl.«

Mia nötigte sie natürlich, uns vorzuführen, wie dieser sexy Blick aussah, woraufhin Ruby ihre Augenlider auf Halbmast senkte wie eine Betrunkene und einen Schmollmund machte. Wir mussten so heftig lachen, dass ich beinahe erstickt wäre.

»Ich glaube übrigens, Ruby hat dich aufgegeben«, klärte ich Zach auf, während er sich durch sein Baguette mampfte.

Er grinste mit vollen Backen. »Ah, sie ist ja echt toll. Aber sie ist deine Schwester. Ich konnte einfach nicht. Wie geht's eigentlich deinem Fascho-Lover?«

»Ganz gut. Er war die Woche über auf Dienstreise, führt mich aber morgen zu meinem Geburtstag aus.«

Zach riss die Augen auf. »Dein Geburtstag! Das hast du gar nicht erzählt. Was hast du vor?«

»Gar nichts, ich hasse Geburtstage.«

Er schüttelte den Kopf. »Du kannst deinen eigenen Geburtstag nicht hassen. Selbst für deine Verhältnisse ist das echt tragisch.«

»Danke. Und ja, ich weiß. Aber es ist so. Also werde ich mit Rory essen gehen, und das war's.«

»Dann sollte er dich besser in einen ordentlichen Laden ausführen. Ich möchte nächste Woche nicht hören, dass du deinen Geburtstag mit einem Piri-Piri-Hähnchen bei Nando's verbracht hast.«

»Ich glaube nicht, dass Rory weiß, was das Nando's ist«,

sagte ich. Dann begegnete ich Zachs Blick, und wir beide prusteten los. Völlig ausgeschlossen, dass Rory das Risiko eingehen würde, Chilisoße auf einem seiner gestärkten Hemden zu verkleckern.

»Hey, was ist jetzt eigentlich mit der Weihnachtsparty?«, fragte ich, als wir uns wieder beruhigt hatten.

Zach wischte die Krümel von seiner Jeans. »Was hältst du von Weihnachtsliedersingen?«

»Wir?«

»Nein, um Himmels willen! Kannst du singen? Nein, natürlich nicht. Ich hab dich im Lagerraum gehört.«

»Pass bloß auf, ich bin immer noch sehr sensibel.«

»Das verkraftest du schon. Außerdem habe ich mich kundig gemacht. Die Chelsea Pensioners haben wohl einen Seniorenchor, also dachte ich, die könnten wir doch anfragen. Ein bisschen miteinander singen, ein bisschen Glühwein trinken und Norris im Weihnachtsmannkostüm. Das wird meine letzte Woche im Laden, also will ich, dass es richtig gut wird.«

»Deine letzte Woche?«

»Ja. Ich fliege an dem Wochenende nach Südamerika.«

»Oh, natürlich.« Ich schaute auf mein Sandwich runter und wurde beinahe überwältigt von einer Woge des Selbstmitleids. Mein Leben fühlte sich so klein an. Ich machte jeden Morgen das gleiche Sandwich und packte es doppelt in Klarsichtfolie ein. Das war im Grunde der einzige Nervenkitzel, dem ich mich tagtäglich stellte – bei der Arbeit ankommen und nachschauen, ob ja kein Tomatenstückchen im Rucksack gelandet war.

»Dann wirst du mich endlich los sein«, sagte Zach und knuffte mich sanft mit der Faust in die Schulter.

»Wird ja auch Zeit.« Ich gab mir Mühe zu grinsen. »Hat Norris sein Okay für den Weihnachtschor schon gegeben?«

»Nein, aber das wird er.«

Die Chelsea Pensioners waren eine Gruppe von Armeeveteranen, die in einem Altersheim in der Nähe wohnten und immer noch in roter Uniform und schwarzen Mützen die King's Road hoch und runter stolzierten. Ich hatte keinen Schimmer, wie es um ihre Gesangskünste bestellt war, aber im Viertel waren sie so was wie eine Institution.

»Und wie macht der Laden dabei Umsatz? Werden wir sie nicht bezahlen müssen?«

»Läuft auf Spendenbasis«, erwiderte er achselzuckend. »Wir lassen ein Körbchen für die Sänger umgehen, bleiben für die Weihnachtseinkäufer bis spätabends geöffnet und bieten gratis Geschenkeinpackservice an oder so.«

»Wir haben bereits gratis Geschenkeinpackservice.«

»Schon gut, kleine Pedantin, ich überlege mir was anderes. Aber findest du es generell eine gute Idee?«

Ich nickte. »Ja, gut gemacht, Superman.«

Er reckte den Arm vor sich aus wie Clark Kent, der durch die Luft fliegt.

»Jetzt werd mal nicht übermütig. Der Chef hat sich noch nicht weichklopfen lassen.«

»Wird er«, sagte Zach und knüllte seine Sandwichverpackung zusammen. »Wird er.«

Eugene hatte zwar angeboten, am nächsten Morgen den Laden aufzuschließen, damit ich an meinem Geburtstag ausschlafen könnte, aber ich wachte trotzdem schon um sieben auf. Wie ich so im Bett lag, spürte ich nach, ob sich dreiunddreißig irgendwie anders anfühlte als zweiunddreißig. Vom rein mathematischen Standpunkt betrachtet, hatte ich ein Jahr und einen festen Freund dazugewonnen, aber einen Kater verloren. Hob sich das gegenseitig irgendwie auf? War ich ein bisschen klüger geworden? Schwer zu sagen.

Ich rollte mich auf die Seite und betrachtete das Foto von Mum, das vor dreißig Jahren aufgenommen worden war und auf dem sie hinter mir hockte, während ich meine pummeligen roten Bäckchen aufplusterte, um meine Kerzen auszublasen. Ich runzelte angestrengt die Stirn, so als könnte ich sie mit schierer Gedankenkraft zum Leben erwecken, und fragte mich, was sie wohl heute zu mir sagen würde, wenn sie immer noch da wäre.

»›Geh jetzt endlich duschen‹, wahrscheinlich«, murmelte ich und schlug die Bettdecke beiseite. Noch immer verspürte ich das Bedürfnis, mich morgens mit Marmalade zu unterhalten, so wie ich es immer gemacht hatte.

Ich zog mich an und spazierte gemächlich zum Laden, doch dort angekommen war es seltsam still.

»Hallo?«, rief ich.

Keine Antwort. Hinter der Kasse war niemand, auch nicht im Verkaufsraum oder unten.

»HALLO?«, rief ich noch einmal die Treppe runter zum Büro.

Nichts. Was zur Hölle war da los? Da ließ ich sie einen Morgen allein, und der ganze Laden fiel in Tiefschlaf.

»Männer«, brummte ich, zog meinen Rucksack vom Rücken und erlitt beinahe einen plötzlichen Herztod, als Eugene, Norris und Zach wie Lachse hinter der Kasse hervorsprangen. Nun ja, Eugene und Zach sprangen – Norris stand nur ein bisschen schneller auf, als er es normalerweise tun würde.

»ALLES GUTE ZUM GEBURTSTAG!«, brüllten sie, während ich nach einem Regal griff, um nicht umzukippen.

»O Gott!«, keuchte ich und umklammerte das Regalbrett. »Ich habe keine akrobatischen Einlagen erwartet.«

»Ich glaube, meine Hüfte ist hinüber«, ächzte Norris. »Ich muss mich setzen.«

»Warte noch«, sagte Eugene. »Wir müssen ihr doch die Karte geben.« Er streckte mir einen Umschlag hin.

Ich öffnete ihn und sah, dass die Karte von allen dreien unterzeichnet war, plus allen, die offenbar die Woche im Laden gewesen waren. Rita, die Reinigungskraft. Mrs. Delaney. Ich entzifferte einen der Glückwünsche: *Ein schönes Geburtstagsfest, und ich hoffe, das nächste Jahr bringt Ihnen alles, was Sie sich wünschen. Herzlichst, Terence.*

»Wer ist Terence?«

Eugene schaute betreten zur Seite. »Er hat gestern ein Buch über Fahrräder gekauft, als du gerade mit Zach in der Mittagspause warst.«

»Danke, Leute.«

»Da ist noch etwas anderes drin«, schob er hinterher und nickte zum Umschlag.

Ich zog einen Zettel heraus – ein Gutschein für eine Massage in einem schicken Spa ums Eck.

»Wir dachten, du könntest etwas Entspannung gebrauchen, nach, na ja, der ganzen Sache«, erklärte Zach.

Ich grinste erneut. »Danke euch, ich bin sehr gerührt.«

Norris hinkte nach unten, und ich schubste meinen Rucksack unter die Kasse. Ich hatte dasselbe schwarze Kleid mitgenommen, das ich bei meinem ersten Date mit Rory getragen hatte, und dazu meine altbewährten schwarzen Pumps, in denen ich tatsächlich auch gehen konnte. Ich hatte immer noch keine Ahnung, wo das italienische Restaurant war. Er hatte mir am Morgen geschrieben, ich solle »weitere Anweisungen abwarten«.

»Was hast du später vor?«, fragte Eugene.

»Keine Ahnung, es ist eine Überraschung.«

»Denk dran, was ich übers Nando's gesagt habe«, warf Zach mit zusammengekniffenen Augen ein, »falls er es je wagen sollte.«

»Es wird nicht das Nando's«, erwiderte ich und griff in meine Hosentasche, da mein Handy vibrierte.

Schatz, das Meeting wurde verschoben. Ich weiß noch nicht, mit welchem Zug wir zurückkommen, aber so wie es aussieht, nicht vor 22 Uhr. Ich muss bleiben, bis der Minister fertig ist. Es tut mir so leid, vergib mir. Können wir stattdessen morgen Abend ausgehen? Rx

»Oh«, murmelte ich. »Wie es aussieht, werden wir nirgendwo hingehen.«

»Was?«, riefen Zach und Eugene gleichzeitig.

»Rorys Meeting wurde verschoben, also kommt er erst

spät zurück.« Ich versuchte zu lächeln. »Habt ihr vielleicht Lust auf ein Geburtstagsessen bei Nando's?«

»Nein«, erwiderte Zach kopfschüttelnd. »Das bekommen wir besser hin. Eugene, hast du heute Abend Zeit?«

Eugene nickte.

»Also gut, überlass das mir.«

»Wie meinst du das?«

»Mach dir keinen Kopf, aber Superman eilt zur Rettung. Es wird kein Piri-Piri-Hähnchen geben, und du wirst dich amüsieren. Einverstanden?«

»Einverstanden.« Ich gab mir Mühe, nicht ganz so deprimiert zu klingen, wie ich mich innerlich fühlte. Vielleicht war ein Kater eben doch besser als ein Freund.

Als der Laden an dem Abend schloss, sagte Eugene, ich solle meinen Mantel anziehen, und Zach tauchte mit einer Augenbinde wedelnd aus dem Büro auf. Beinahe wäre mir herausgerutscht, dass Rory einmal eine von Mias Schlafmasken stibitzt und meine Hände gefesselt hatte, aber ich war nicht sicher, ob das in diesem Moment so passend war.

»Wofür ist das denn?«, fragte ich, während er die Binde um meinen Kopf knotete.

»Wirst du sehen. Und trink das.« Ich spürte Zachs Hand auf meiner, als er eine kalte Flasche in sie schob. »Bier. Flüssiger Mut.«

»Für was denn?«

»Warte ab«, sagte er. »Eugene, ist das Uber da?«

»Gerade vorgefahren.«

»Ich brauche meinen Rucksack«, warf ich ein.

»Den hat Eugene. Keine Sorge«, sagte Zach.

Und so – als würde er eine äußerst zivilisierte Entführung durchführen, bei der die Geisel ein Bier bekommt, bevor sie in das Fluchtfahrzeug bugsiert wird – führte Zach mich hinaus und drückte sanft meinen Kopf runter, damit ich gefahrlos einsteigen konnte.

»Florence, würdest du dir bitte kurz die Ohren zuhalten?«

»Was? Warum?«

Er seufzte. »Ehrlich, wenn das hier echt wäre, hätte ich dich schon ganz ohne Lösegeld freigelassen. Tu's einfach. Ich muss mit dem Fahrer besprechen, wo wir hinfahren.«

Ich klemmte die Flasche zwischen meine Beine und schob die Finger in meine Ohren, bis ich Zach brüllen hören konnte, dass ich sie rausziehen durfte.

»Könnten Sie bitte Magic reinmachen?«, bat Eugene vorne, woraufhin der Fahrer an seinem Radio herumtippte und die Lautsprecher Tina Turners »Simply the Best« rausposaunten. Eugene fing an mitzusingen.

»Komm schon, Geburtstagskind, du kennst doch den Text«, sagte Zach, bevor er ebenfalls einstimmte.

»Give me a lifetime of promises and a world of dreeeeeeams«, grölten sie.

Ich nahm einen großen Schluck Bier und kniff die Lippen zusammen.

»Florence, ich kann dich nicht hören«, sagte Zach.

»Schon gut«, brummte ich, öffnete den Mund sang verhalten ein paar Worte mir: *»Better than all the rest, better than anyone.«*

»Du klingst wie ein Backfisch bei der Chorprobe, komm schon!«, drängte Zach, bevor er den nächsten Vers schmetterte.

»Zach, ich hatte ja keine Ahnung, dass du so ein Fan bist«, sagte Eugene, der bei seiner Darbietung innehielt.

»Tina? Ich liebe sie. Großer Fan von Achtziger-Balladen.«

Eugene seufzte schwer. »Ich wünschte, du wärst schwul.«

»Sorry, Kumpel. Aber wenn ich es wäre, stündest du ganz oben auf meiner Liste.«

Ich grinste in meine Flasche. Das hier war verrückt. Mit verbundenen Augen in einem Uber sitzen und zu Tina Turner mitsingen, während ich an einem Bier nuckelte, war verrückt. Aber auf eine gute Art verrückt.

»Hier ist es super, Kumpel, danke«, hörte ich Zach ein paar Minuten später zum Fahrer sagen, und der Wagen hielt an. »Raus mit dir, komm schon«, sagte er, nahm meine Hand und zog mich über den Rücksitz.

Wieder spürte ich seine schützende Hand auf meinem Kopf, als ich ausstieg.

Ich konnte das Brummen des Londoner Verkehrs hören sowie das vereinzelte Kreischen eines Kindes. Wo waren wir?

»Bereit?«, fragte Zach, bevor er die Augenbinde abnahm.

»ÜBERRASCHUNG!«, ertönte der einstimmige Ruf.

Ich blinzelte zu den Lichterketten in den Bäumen um uns herum hinauf. Wir befanden uns vor dem Naturhistorischen Museum, und vor mir standen Ruby, Mia, Hugo, Jaz und Dunc.

»Herzlichen Glückwunsch zum Geburtstag, Süße«, sagte Jaz und trat vor, um mich zu umarmen. »Dunc, zeig Flo, was du für sie hast.«

Er trat ebenfalls vor und reichte mir eine Karte, auf der mit Wachsstiften *ALLES GUTE ZUM GEBURTSTAG* geschrieben stand. »Hab ich für dich gemacht«, erklärte er.

»Oh, Dunc! Danke schön! Bin das ich?«, fragte ich und deutete auf die Zeichnung. Es war entweder eine Frau oder ein Puddingförmchen mit Perücke.

Er nickte.

»Das ist genial.« Ich ging in die Hocke und drückte ihn an mich. »Vielen, vielen Dank.«

Nach mehreren Glückwünschen und Umarmungen von allen anderen drehte ich mich erneut zu Zach um. »Also? Was haben wir vor?«

»Wir gehen Schlittschuh laufen«, sagte er und zeigte an den anderen vorbei zu einer Eisbahn neben dem Museum. Da kam das Kinderquietschen also her. Neonblaue und pinke Lichter huschten über die weiße Oberfläche, während die Leute darüberglitten und einen riesigen blinkenden Weihnachtsbaum in der Mitte umkreisten. Ein Song von Justin Timberlake drang aus einem Lautsprecher.

»Ich kann nicht Schlittschuh laufen!«

»Doch, natürlich kannst du«, erwiderte er. »Dunc, kannst du Schlittschuh laufen?«

Er dachte kurz nach. »Ja, aber nur wenn meine Mum meine Hand hält.«

»Ganz genau«, fuhr Zach fort. »Wenn Dunc Schlittschuh laufen kann, kannst du es auch. Lass uns gehen.«

Er führte uns hinter der Eisbahn über eine Schräge nach unten in ein Zelt. Regale mit blauen Plastikschlittschuhen erstreckten sich über eine Wand.

»Größe?«, fragte ein gelangweilt wirkender Mann, der vor den Regalen stand.

»Einundvierzig«, flüsterte ich ganz leise.

»Wie bitte?«

»Einundvierzig«, sagte ich kaum lauter.

»EINUNDVIERZIG!«, brüllte Ruby, die neben mir auftauchte.

»Danke, Rubes.«

Wir stapften wie eine Horde Transformers hinaus, unfähig, unsere Beine richtig zu beugen, nachdem wir die Schlittschuhe umgeschnallt hatten. Hugo murmelte irgendwas davon, ob die Eisbahn auch über die korrekten Sicherheitsstandards verfüge, woraufhin Mia entgegnete, er solle sich nicht wie ein Baby anstellen. Jaz erzählte, dass sie Eiskunstläuferin werden wollte, als sie klein war.

»Wirklich? Warum?«, fragte ich.

»Ich habe damals Torvill und Jean geliebt.«

»Meinst du Dean?«, fragte Zach.

»Ja, genau.«

Jaz und Dunc liefen als Erste los. Dann Mia und Hugo, gefolgt von Eugene, danach Ruby, womit nur noch ich und Zach übrig blieben.

»Komm schon«, sagte er und hielt mir die Hand hin.

»Ich wette, du bist richtig gut in dem hier, stimmt's? Deswegen hast du's ausgesucht«, sagte ich, während meine

Finger sich um seine krallten und ich zittrig wie eine alte Oma die Eisfläche betrat.

Er grinste. »Vielleicht. Ich werde Dean sein, wenn du meine Torvill bist?«

Ich schob mich Stück für Stück übers Eis und betete, dass ich nicht sofort ausrutschte. Kleine Kinder flitzten um mich herum wie Profis. Ruby hatte bereits mehrere Runden gedreht, und ihr Haar wehte majestätisch hinter ihr her. Ich lachte, als ich Hugo sah, der sich an der Bande am Rand der Eisfläche entlanghangelte, während Mia neben ihm auf ihn einschrie: »Lass uns fahren, sei nicht so ein Angsthase. Warum bloß heirate ich so einen Angsthasen?«

»Ich bin kein Angsthase, es ist nur so weit zum Boden«, entgegnete Hugo mit panischer, quiekender Stimme.

»Fahr ruhig!«, sagte ich zu Zach, der mich mit sich zog. »Das ist doch stinklangweilig für dich.«

Er schüttelte den Kopf. »Nein, es ist witzig. Konzentrier dich, lehn dich zurück. Du beugst dich vor, als hättest du Verstopfungen.«

»Halt die Klappe!«

»Tja, tust du aber. So ist's gut. Und beug deine Knie etwas mehr. Genau so. Benutz deine Arme, um das Gleichgewicht zu halten. Und sieh mal, du fährst!«

Ich fuhr. Quasi. Es gab zwar immer noch Kinder, die mich locker überflügelten, aber ich nahm an Tempo zu. Ich ließ Zachs Hand los und schob ein Bein nach dem anderen hinter mir weg, wobei ich ein herrlich schabendes Geräusch mit meinen Kufen machte.

»YOU'RE SIMPLY THE BEST!«, brüllte Eugene, als

er an mir vorbeiglitt und dabei einen kleinen Kreis vollführte.

»Angeber!«, schrie ich zurück.

Zach rauschte hinter Dunc heran und nahm ihn an der Hand.

Jaz ließ die beiden vorfahren und glitt zu mir. »Er hat eine ziemlich große Schwäche für Zach«, meinte sie und nickte zu den beiden rüber. Zach zog Dunc mit sich, während der glucksend lachte.

»Niedlich.«

»Ist es«, sagte Jaz und sah wieder zu mir. »Also, wo steckt Rory?«

»Hängt bei der Arbeit fest. Nimmt einen späten Zug aus Brüssel.« Ich hatte an dem Tag zunehmend zerknirschte Entschuldigungen erhalten sowie einen weiteren Strauß Blumen. Dieses Mal rosafarbene Amaryllis, ein noch größeres Bouquet als die Rosen von vor ein paar Tagen. Wenn man durch die Schaufenster vom Frisbee schaute, hätte man es für einen Blumenladen halten können. Blumen schienen Rorys Standardentschuldigung zu sein. Schick einen riesigen Strauß, und alles wird gut.

»Wie läuft es sonst mit ihm?«

»Alles gut.«

»Wirklich?«

»Ja.« Ich nickte. »Wirklich.« Dann seufzte ich. »Es war nur eine schräge Woche.« Über das mit Marmalade wusste sie bereits Bescheid, doch ich erklärte ihr das mit dem Schwarz-Weiß-Ball, dem Kleid und unserem Streit danach.

»Na ja«, sagte sie mit einem Blick über die Eisbahn, »entweder ist es der erste Test für eure Beziehung, und wenn du ihn wirklich magst, dann ist es in Ordnung. Oder …«

»Oder was?«

Sie biss sich auf die Unterlippe.

»Sag schon, wann bitte hattest du je Angst, mir was zu sagen?«

»Pass einfach auf, dass du nicht eine Beziehung führst, nur um in einer Beziehung zu sein. Es gibt noch andere Kerle da draußen, weißt du. Schau dir George und mich an.«

»Jetzt heißt es schon ›George und mich‹, ja?«, neckte ich sie. »Also, habt ihr euch getroffen?«

Sie lächelte. »Ja, wir sind am Wochenende mit den Kindern in den Park gegangen, und dann hat er bei mir noch ein Glas Wein getrunken.«

»Schon geknutscht?«

Sie schüttelte den Kopf. »Nee, ich glaube, der wird seine Zeit brauchen. Er scheint Maya die meisten Nächte bei sich zu haben, und ich habe Dunc, aber ja, doch, wir schreiben uns jeden Tag. Ich wollte damit nur sagen, dass man nie weiß, wann jemand einfach so in deinem Leben auftaucht.«

Ich nickte, verspürte jedoch innerlich einen überraschenden Stich von Eifersucht. Andere Frauen schienen ihre Freunde so einfach zu finden, schwangen nahtlos vom einen zum nächsten wie ein Affe an einer Liane. Ich hatte jahrelang auf diesen einen gewartet, und der Gedanke, Rory nicht mehr zu haben, erfüllte mich mit Panik, als würde ich im Leben haltlos rückwärts rutschen. Ich durfte ihn nicht so schnell verlieren. »Jaz, ich kann nicht nach einer schlechten Woche gleich mit Rory Schluss machen.«

»Ich sage auch nicht, dass du das sollst. Stell einfach sicher, dass du aus den richtigen Gründen mit ihm zusammen bist. Aber genug geredet, wir können nicht den ganzen Abend hier rumstehen wie ein Rentnerpärchen.«

Sie zog mich vom Rand fort, und als die ersten Akkorde von »Livin' on a Prayer« durch den Lautsprecher erschallten, sausten wir schon um den Weihnachtsbaum in der Mitte herum. Jaz grölte so laut zu Bon Jovi mit, dass die Eltern ihre Kinder von uns wegzogen. Ich fiel der Länge nach hin, ein spektakulärer Sturz, bei dem meine Beine unter mir wegrutschten, und landete, alle viere von mir gestreckt, auf dem Eis. Mein Pulli rutschte hoch und überließ meinen Bauch der Kälte. Für einen kurzen Moment fühlte ich mich auf die Tanzfläche des Schwarz-Weiß-Balls zurückversetzt, nur dass hier niemand mit gerümpfter Pferdenase auf mich herabschaute. Stattdessen ging Jaz in die Hocke, um mir aufzuhelfen, auch wenn das unglücklicherweise zur Folge hatte, dass sie ebenfalls umfiel, und so lagen wir da, kreischend vor Lachen, bis einer der Aufseher zu uns rübergefahren kam und uns ermahnte, dass wir die anderen behinderten.

Dann kam die Durchsage über den Lautsprecher, dass unsere Zeit um war, also stapften wir ins Zelt zurück und tauschten unsere Kufen gegen Schuhe ein.

»Alkohol!«, verkündete Eugene und deutete zu einem Bar-Schild.

»Ich bringe lieber den Kleinen da heim«, erwiderte Jaz und neigte den Kopf zu Dunc. »Noch mal, alles Gute zum Geburtstag, meine Süße«, sagte sie und schloss mich in ihre Arme.

»Danke, dass du gekommen bist.«

»Amüsier dich gut«, sagte sie. »Lass dich ordentlich volllaufen.«

»Wird gemacht«, versprach ich. Und rückblickend gebe ich tatsächlich Jaz die Schuld für das, was als Nächstes passierte, denn ich nahm ihre Anweisungen sehr wörtlich.

Ein paar Stufen hoch, oberhalb der Schlittschuhbahn, befand sich ein Raum, der wie eine Berghütte gestaltet war: eine rustikale Holztheke, die mit Girlanden aus Tannenzweigen und Lichterketten dekoriert war, lange Holztische und -bänke, an denen die Gäste saßen und Bier aus Krügen tranken.

»Besetzt einen Tisch«, sagte Zach, »ich besorge die Getränke.«

Wir setzten uns an einen der Holztische. Hugo meinte, er müsse sich ans Ende der Bank setzen, damit er seine schmerzenden Schienbeine reiben konnte. Anscheinend hatten die Schlittschuhe sich »hineingegraben«. Mia verdrehte die Augen und kehrte ihm den Rücken zu.

»Wann ist denn die Hochzeit?«, fragte Eugene.

»Morgen in drei Wochen«, erwiderte Mia in einem Tonfall, der aufrichtige Begeisterung verriet.

Ich schaute erneut zu Hugo, der das Gesicht verzog wie ein Vierjähriger, der auf dem Spielplatz hingefallen war und sich das Knie aufgeschürft hatte, und fragte mich erneut, wie sie so beglückt über diese Aussicht sein konnte.

Ich checkte mein Handy und sah einen verpassten Anruf von Rory, ignorierte ihn jedoch erst mal, da ich Zach erspähte, der sich mit einem großen Tablett durch das Gedränge an der Bar schob.

»Haut rein«, sagte er und stellte es ab. Er hatte einen großen Krug Bier, Gläser und mehrere Packungen Chips mitgebracht. Ich griff direkt nach dem Bier. Ich kippte eines, dann noch eins. Als Nächstes wurde Hugo von Mia an die Bar geschickt. Eugene kümmerte sich um die nächste Runde und kehrte nicht bloß mit Wodka und noch mehr Bier zurück, sondern auch mit gummiartigen Hotdogs. Es war, als würde man an einem salzigen Fahrradreifen nagen, aber ich hatte meinen innerhalb von Minuten verschlungen und widmete mich erneut dem Bier. Irgendwann – alles wurde schon etwas verschwommen – beugte sich Zach über den Tisch, in den Händen einen Muffin, in dem eine einzelne Geburtstagskerze steckte, und es folgte ein »Happy Birthday«-Ständchen.

»Happy birthday, liebe Florence«, sang unser Tisch.

»Happy birthday, liebe wie auch immer«, sang der Rest der Bar.

»Happy birthday, liebes Iiiiiiich«, lallte ich.

»Ich liebe euch, Leute«, verkündete ich danach und grinste in die Runde. »Ich liebe dich«, sagte ich mit Blick zu Mia. »Und dich«, sagte ich zu Ruby. »Und dich muss ich lieben, da du bald mein Bruder bist«, erklärte ich Hugo. »Dich liebe ich ganz arg«, versprach ich Eugene.

»Und ich glaube, dich habe ich nicht geliebt, aber jetzt tu ich's«, sagte ich an Zach gewandt und sah ihn unter schlaffen, halb geschlossenen Lidern an.

»Da bin ich aber froh, dass ich es noch geschafft habe«, sagte er lachend.

»Gern geschehen«, erwiderte ich, bevor ich an Eugenes Schulter zusammensackte.

»Ich glaube, wir müssen das Geburtstagskind nach Hause bringen«, sagte Ruby.

»Nein!« Ich setzte mich kerzengerade auf. »Nicht nach Hause! Mehr Schnaps!« Ich hickste und spürte einen Happen Hotdog hochkommen. Ich schluckte schnell, aber Ruby entging es nicht.

»Oh, oh, wir gehen definitiv nach Hause«, sagte sie. »Mia, rufst du ein Uber?«

Und dann passierte etwas ganz Schräges: Ich versuchte aufzustehen, aber ich konnte nicht. Es war, als hätten sich meine Beine in labbrige Spaghetti verwandelt. Sie konnten mich einfach nicht hochstemmen. Ich versuchte es. Ich versuchte wirklich, mich von diesem Tisch zu erheben, aber nichts ging. Und bevor ich mich versah, flog ich.

Quasi.

Zach hatte mich mühelos hochgehoben und hielt mich in den Armen wie ein Baby. Als er die Stufen nach unten ging, atmete ich über seine Schulter aus, damit ihn meine Fahne nicht umhaute. Alle Lichterketten waren eine große verschwommene Lichterkette geworden, die Stimmen der anderen Leute klangen, als hätte man sie absichtlich verzerrt, um ihre Identität nicht preiszugeben, und mein Schluckauf wurde immer heftiger.

Er schob mich durch eine Autotür, als würde er ein zerbrechliches Paket abstellen, und ich bemerkte, dass die Straßenlaternen draußen hin und her schwankten wie Palmen.

Das war der Moment, in dem ich meinen dritten großen Fehler des Abends beging. Ein weiterer Hickser verwandelte sich in den nächsten Hotdog-Happen, und ich zerrte meinen Rucksack auf, als sich auch schon ein Schwall aus Bier und Frankfurter Würstchen aus meinem Mund hineinergoss.

Ich hörte, wie Mia sich beim Fahrer entschuldigte, während Ruby meinen Rücken rieb. »Jupp, okay, lass alles raus. O nein, da kommt ja mehr. Gut. Alles klar, willst du ein Taschentuch? O nein. Immer noch nicht fertig. Das war's. Mein Gott, das ist aber viel Bier. War's das jetzt? Okay, hier, nimm.«

Ruby reichte mir eine Papierserviette aus ihrer Handtasche, und ich wischte mir den Mund ab. Dann wunderte ich mich, warum wir durch einen Sturm rasten: Mein Haar wehte um mein Gesicht, vereinzelte Strähnen klebten sich an meine feuchten Lippen. Ruby erzählte mir später, dass der Gestank so übel war, dass der Fahrer darauf bestanden hatte, alle vier Fenster runterzulassen, obwohl in der Nacht Temperaturen um den Gefrierpunkt herrschten. Und als wir endlich unser Haus erreichten, wollte Hugo mich anscheinend huckepack nach oben tragen, war jedoch zu schwach und musste sich nach einer Treppe hinsetzen. Ruby und Mia übernahmen: Eine packte meine Füße, die andere meine Achseln, während ich eine weitere Runde »Happy Birthday« anstimmte, bis sie mich ins Bett gewuchtet hatten. Trotzdem war es letzten Endes ein schöner Geburtstag. Viel glücklicher, als ich erwartet hatte. Weniger glücklich für Mia jedoch, da ihre Uber-Bewertung in Folge um zwei Sternchen sank.

»Bzzzzzzz«, machte der Riesenvogel. »Bzzzzzz, bzzzzzzzzz.« Wir befanden uns im dichten Unterholz, und sein großer Schnabel schnappte nach mir, um mir den Kopf abzureißen. »Bzzzzzzz, bzzzzzzzzzzz.« Ich stolperte über eine Liane und wartete darauf, verschlungen zu werden. Das war's dann wohl. Nun ja, ich hatte eine gute, erfüllte Zeit gehabt. Das Leben hatte es nicht schlecht mit mir gemeint. Ich hatte Freunde und Familie, Marmalade und einen Job in einer Buchhandlung. Das Bild von Dads Gesicht blitzte kurz vor meinem geistigen Auge auf, als ich auch schon sah, wie sich der Schnabel über meinem Kopf aufsperrte, und ich verspürte einen Anflug von schlechtem Gewissen, dass das hier in den Zeitungen peinlich für ihn aussehen würde: Tochter des Botschafters von Riesenvogel verspeist. Aber es gab weitaus schlimmere Arten zu gehen. »Bzzzzzzz, bzzzzzzzzz.« Ich wappnete mich innerlich für das Ende und … Ah.

Das Summen war die Türklingel, und der Schmerz in meinem Kopf war so schrecklich, dass ich nicht wusste, ob ich mich würde rühren können. Konnte ich mich rühren? Ich streckte unter der Bettdecke meine Finger, dann probierte ich es mit den Zehen. Sie funktionierten. Was war mit meinen Armen? Nope, meine Arme zu bewegen intensivierte nur den Kopfschmerz. Es war, als würde mein Hirn versuchen zu platzen, um sich aus meinem Schädel zu befreien. Wasser. Aspirin. Blindlings tastete ich auf meinem Nachttisch herum und kippte mein Wasserglas um, das auf den Teppichboden fiel. Verdammt.

Bzzzzzzz, bzzzzzzzzzz. Die Türklingel ging schon wieder los. Wo war Mia? Und wo Ruby? Sie waren schneller an der Haustür als ich. Außerdem benötigte ich umgehend eine medizinische Behandlung. Ich öffnete die Schublade meines Nachttisches und fand eine Packung Ibuprofen, wankte zum Badezimmer und senkte den Mund unter den kalten Wasserhahn.

Bzzzzzzzzzzzzzzzzz. Ich richtete mich auf, schluckte die Tablette runter und schlug mir dabei den Kopf an der gläsernen Ablage unter dem Spiegel an. Wie konnte man an einem Samstagmorgen eine solche Nervensäge sein? Ich griff nach meinem Bademantel und knotete ihn im Hinuntergehen zu. Falls es jemand war, der Handtücher, Fische oder Gott verkaufte, würde ich denjenigen zur Strafe kräftig anhauchen.

Bzzzzzzzzzz, ging es schon wieder los, als ich die Diele erreichte. Mein Gott, wie es hier stank. Was war das bloß?

Mein Blick fiel auf meinen Rucksack, der unter dem Garderobenständer lag, und mich überkam das vage

Gefühl, dass dem Rucksack etwas Schlimmes widerfahren war. Warum lag er hier unten und nicht oben in meinem Schlafzimmer? Wo war mein Handy, wo wir schon dabei waren? Aber als ich näher kam, wurde der Gestank nur noch schlimmer. Ich beugte mich runter, um ihn zu öffnen, und … O Gott, nein! Nein, nein, nein. Weiche zurück, Florence! Rühre den Rucksack nicht an. Der Rucksack war über Nacht böse geworden.

Bzzzzzzzzzzzzzzzzz!

»Schon gut, schon gut, ich komme!«, ächzte ich und zog die Kette von der Tür. »Zach!«

Er stand mit einem Pappkarton auf der Fußmatte, warf jedoch den Kopf zurück und lachte lauthals los, als er mich sah.

»Entschuldige«, gluckste er, »ich wollte eigentlich Florence Fairfax besuchen, aber wie es aussieht, bin ich bei ihrer gebrechlichen Großmutter gelandet. Wissen Sie vielleicht, wo ich sie finden kann?«

»Bring mich bitte nicht zum Lachen«, sagte ich und legte mir die Hände an die Schläfen. »Das tut weh. Was machst du hier?«

»Kann ich reinkommen?«

»Ähm, ja, aber ich sollte dich wohl warnen, da…«

»Was ist das für ein Gestank?«, fragte er, als er in die Diele trat.

»Ach, nichts«, sagte ich rasch. »Kaffee?«

»Ja, bitte«, sagte er und steuerte die Küche an. »Ich habe dir Croissants mitgebracht.«

»Wie viele Croissants brauchen wir denn?«, fragte ich

mit Blick auf seinen Pappkarton. »Da müssen ja Hunderte drin sein.«

»Das hier enthält nichts Essbares.« Er stellte den Karton behutsam auf dem Küchentisch ab.

»Was ist es denn?«

»Schau rein«, meinte er mit einem breiten Grinsen.

Ich kniff argwöhnisch die Augen zusammen und griff nach dem Deckel.

»Vorsichtig«, mahnte er ernster.

Ich klappte eine Seite des Deckels auf, dann die andere, und meine Hände flogen ganz automatisch zu meinem Gesicht. »O mein Gott, Zach!«

In der Schachtel saß, kaum größer als eine Teetasse, ein rostrotes Kätzchen.

»Ist das ein Scherz?« Ich sah zu ihm auf.

Er schüttelte den Kopf, immer noch grinsend. »Nein! Außer du willst ihn nicht?«

Ich griff in den Karton, hob das Katerchen raus und verliebte mich an Ort und Stelle. Es erinnerte mich daran, wie ich Marmalade kennengelernt hatte. Eine Schachtel öffnen und etwas so Winziges darin zu sehen, das mit großen Augen zu dir emporschaute, kam wohl dem Gefühl am nächsten, wenn einem direkt nach der Geburt das noch ganz verschmierte Baby an die Brust gelegt wird. Ich hob beide Hände vor das Gesicht, während er darin saß und mich anblinzelte. »Hi, Kleiner«, flüsterte ich, bevor ich ihm einen Kuss auf das kleine Köpfchen gab. Er antwortete mit einem ganz leisen Maunzen.

»Von einer Katzenmutti in Neasden, deren Haus noch

erbärmlicher gemüffelt hat als das hier. Er hat übrigens schon einen Mikrochip implantiert, und den ganzen Papierkram habe ich hier in meiner Tasche.«

Ich drückte ihn ganz behutsam an meine Brust, unfähig, ihn abzulegen. In der Schachtel lag ein nagelneues Filzbett samt einer Auswahl an Spielzeug: eine Maus, ein rosa Ball und ein Kätzchen mit Plastikaugen, das größer war als das echte in meiner Hand.

»Ich dachte, er könnte einen Kumpel gebrauchen«, erklärte Zach.

»Das ist unglaublich. *Er* ist unglaublich. Vielen Dank.«

»Soll ich Kaffee machen?«

»Würdest du das tun?« Bei der Erwähnung von Kaffee fiel mir wieder ein, dass ich eigentlich völlig am Ende war und wahrscheinlich dem Tode nah. Ich zog einen Stuhl unter dem Tisch hervor und setzte mich schwerfällig.

Zach schleuderte seinen Rucksack auf den Boden und füllte den Wasserkocher. »Wie willst du ihn nennen?«

»Kaffee ist im Kühlschrank, Tassen im Hängeschrank neben dem Kühlschrank, Kaffeepresse direkt daneben«, sagte ich, als er mehrere Türen aufriss. »Und ich weiß nicht. Was meinst du?«

»Nichts zu Offensichtliches.«

»So wie Tigger.«

»Oder Simba.«

»Oder Garfield. Hm. Harry?«

Ich schaute ihn ratlos an, da ich keine Ahnung hatte, wen er meinte.

»Na, Prinz Harry, der hat doch rotes Haar.«

»Harry«, wiederholte ich. »Kann man einen Kater Harry nennen? Was halten wir generell von Haustieren mit menschlichen Namen?«

»Mir gefällt's. Ich finde es lustig.«

»Die Katzen von Rorys Mutter sind nach Künstlern benannt.«

Zach verdrehte die Augen. »Klar sind sie das. Die feinen Schnösel geben ihren Tieren immer überspannte Namen. Ich habe mal einen Typen im Park seinen Spaniel ›Tybalt‹ rufen hören.«

»Und das sagt jemand mit einem griechischen Gott auf dem Oberarm?«

»Ich könnte Harry auch nach Neasden zurückbringen.«

»O nein, der gehört jetzt mir.« Ich sah auf ihn hinab und verspürte ein schlechtes Gewissen wegen Rory, da mir einfiel, dass ich seine Anrufe gestern ignoriert hatte. Aber es gab nicht viel, was ich tun konnte. Höchstwahrscheinlich lag mein Handy im Rucksack, ertränkt in Kotze.

Zach stellte einen Becher vor mir ab. Kaffee schwappte über den Rand. »Entschuldige. Hast du Küchenpapier?«

»Neben der Spüle.«

»Teller?«

»Im Schrank neben der Spüle.«

Er wischte die Kaffeepfütze auf und fand die Teller; dann griff er in seinen Rucksack und zog eine Papiertüte hervor. »Ich war nicht sicher, wonach dir wäre«, sagte er und riss sie auf, »also gibt es Croissants, ein Pain au Chocolat, eine Zimtschnecke und eine mit Rosinen.«

Ich legte das Kätzchen in meinem Schoß ab – Harry?

Funktionierte Harry? – und nahm mir ein Croissant. »Danke.«

»Gern geschehen.«

»Nicht nur für das hier«, erwiderte ich, mit dem Croissant wedelnd. »Für alles. Für gestern Abend, und dass du heute vorbeigekommen bist, und für ihn.« Ich schaute auf das Kätzchen runter, das in der Kuhle zwischen meinen Schenkeln lag.

»Hey, es war immerhin dein Geburtstag. Und du hast ihn nicht gehasst, oder?«

Ich schüttelte den Kopf. Glücklicherweise setzte die Wirkung vom Ibuprofen langsam ein. »Ich hatte wirklich Spaß.«

»Und irgendwelche Nachrichten von Du-weißt-schon-wem?«

Ich zerpflückte das Croissant in zwei Teile und verzog gequält das Gesicht. »Wahrscheinich, aber mein Handy ist etwas indisponiert.«

Er sah mich fragend an.

»Ich hab mich darauf übergeben.«

»Nicht wirklich, oder?«

Ich nickte langsam. »Doch. Im Taxi auf der Heimfahrt. Ich wusste nicht, wohin sonst ich mich übergeben soll, also habe ich meinen Rucksack genommen.«

Er lächelte kopfschüttelnd. »Und das von der pedantischen Florence Fairfax. Ich bin sehr stolz auf dich.«

»Ich bin nicht pedantisch!«

Zach verschlang kommentarlos den Rest von seinem Croissant.

»Bin ich nicht!«, protestierte ich. »Oder doch?«

»Erinnerst du dich noch an meinen ersten Tag?«

»Als ich dich für einen Einbrecher gehalten habe?«

»Genau, als du mich für einen Einbrecher gehalten hast und fast mit dem Teppichmesser auf mich losgegangen wärst, weil ich Kaffee verschüttet hatte?«

»Okay, ich war vielleicht etwas pedantisch. Aber da kannte ich dich auch noch nicht!«

»Und jetzt tust du's?«

Seine Offenheit machte mich verlegen, also schaute ich auf meinen Schoß und streichelte das schlafende Kätzchen. »Ich weiß, dass man dir keine Kaffeetasse anvertrauen darf.«

»Das machst du immer.«

»Was?« Ich hob meinen Blick.

»Einen Witz reißen, wenn dir was unangenehm ist. Das nennt man Ausweichmanöver.«

Ich hatte nicht die Zeit, mir einen Witz dazu zu überlegen, denn die Türklingel summte wieder los, woraufhin das Kätzchen in meinem Schoß auf seine Pfoten sprang.

Bzzzzzzzzzzzzzzzz.

»Hier, nimm mal«, sagte ich und reichte ihn Zach.

Ich schleppte mich durch die Diele, hielt den Atem an, als ich an meinem Rucksack vorbeikam, und atmete erst wieder ein, als ich die Tür geöffnet hatte.

Es war Rory, der ebenfalls einen Karton in den Armen hielt. Auch wenn seiner hellblau war und *Smythson* draufstand.

»Du lebst ja noch!«, begrüßte er mich und warf die

Finger einer behandschuhten Hand in die Luft. »Aber, Grundgütiger, fühlst du dich wohl? Du siehst aus wie ein Gespenst. Und warum gehst du nicht ans Handy? Ich dachte schon, etwas Schlimmes wäre passiert.«

Bevor ich antworten konnte, hörte ich Schritte in der Diele, und als ich über die Schulter blickte, sah ich Zach mit dem Kätzchen.

»Was macht er denn hier?«, schob Rory hinterher. »Und was um Himmels willen ist das für ein Gestank?«

Ich seufzte und trat zurück, um die Tür richtig zu öffnen. »Willst du einen Kaffee?«

Er ignorierte meine Frage und stolzierte an uns beiden vorbei zur Küche. Ich schlurfte ihm hinterher, gefolgt von Zach.

»Ich muss schon sagen, ich bin äußerst verwirrt«, fuhr Rory fort, während er seine Handschuhe abnahm und sie auf die Schachtel fallen ließ, bevor er seinen Mantel über die Lehne des Küchenstuhls hängte. »Ich habe die ganze Nacht angerufen, aber keine Antwort. Was ist das für ein fürchterliches Geräusch?« Er schaute zur Decke hoch, als würde eine Fledermaus durch die Küche kreisen.

»Das ist Harry.«

»Noch ein Fremder! Wer ist Harry?«, wollte Rory wissen.

»Mein neues Kätzchen«, sagte ich und deutete zu Zach, der in der Küchentür stehen geblieben war und das maunzende Katerchen in den Armen wiegte. »Zach hat ihn mir gekauft.«

»Ach, hat er das, ja?«

»Ich glaube, ich sollte lieber los und euch beide allein lassen«, sagte Zach rasch. Er legte Harry in seiner Schachtel ab und schnappte sich seinen Rucksack. »Wir sehen uns Montag, und, äh, war nett, dich zu sehen, Rory.«

Rory erwiderte nichts darauf. Stattdessen taxierte er Zach mit dem gleichen Blick, mit dem man auch den Inhalt eines Taschentuchs inspizieren würde. Ich trat an ihm vorbei, um Zach zu umarmen. »Vielen Dank.«

»Nicht der Rede wert, und iss den Rest ruhig auf«, sagte er mit einem Nicken zu der Tüte mit dem Gebäck. »Danach wird es dir besser gehen.«

Ich wartete, bis die Haustür zugefallen war, und drehte mich wieder zu Rory um.

»Florence, was geht hier vor sich? Ich rase von Brüssel zurück, und du gehst nicht an dein Handy, und dann komme ich heute Morgen her und muss feststellen, dass dein Haus zu einem Zoo verkommen ist.«

»Wie meinst du das?«

»Eine Katze und ein Menschenaffe in deiner Küche!«

Ich seufzte und setzte mich. Dieser Morgen erwies sich als viel ereignisreicher, als ich erwartet hätte.

»Er ist kein Affe. Er ist mein Kollege. Gestern Abend hat er spontan eine Geburtstagsfeier für mich organisiert, und heute Morgen hat er mir Harry geschenkt.« Ich griff in die Schachtel, um ihn erneut rauszuholen.

Rory schnaubte entrüstet. »Klingt, als wäre er in dich verknallt.«

»Er ist einfach nur nett.«

»Gut«, sagte er, bevor er vor mir in die Hocke ging.

»Denn, mein Schatz, gestern Nacht, als ich dich nicht erreichen konnte, als ich Bilder vor meinem inneren Auge sah, wie du tot in der Gosse liegst, da wurde mir etwas klar.«

»In der Gosse? Rory, ich lebe in Südlondon. Wo bitte ist hier die Gosse?«

»Jetzt lass mal die Gosse. Hör zu. Was ich dir sagen wollte, ist, dass ich in dich verliebt bin. Ich liebe dich. Das wurde mir gestern Abend im Zug klar. Deswegen wollte ich so unbedingt nach Hause kommen.«

»Oh.«

»Oh?« Rorys Gesicht verharrte nur Zentimeter vor meinem. Er sah mich erwartungsvoll an.

»Was ist in der Schachtel?«, wechselte ich das Thema. Ich musste Zeit gewinnen.

Er stand auf, zog sie vom Tisch und reichte sie mir.

»Kannst du Harry nehmen?«

Rory sah skeptisch auf seine marineblaue Hose hinunter. »Was, wenn ihm ein Malheur passiert? Die Hose ist neu.«

»Wird es nicht.«

Als würde er mit einer Handgranate hantieren, nahm Rory ihn an sich; ich legte die Schachtel auf meinen Schoß und löste die Schleife. Unter dem Deckel, unter einer Lage Seidenpapier, befand sich eine schwarze Lederhandtasche mit Krokodilprägung.

»Dreh sie um«, sagte Rory, also nahm ich sie aus der Schachtel, drehte sie um und sah meine Initialen auf die Rückseite gedruckt. *FAF* – in goldenen Lettern. »Ich dachte, es sei an der Zeit, dass du diesen grauenhaften Rucksack loswirst«, erklärte er, »also ist hier eine richtige Handtasche, um dir zu sagen, dass ich dich liebe. Ich liebe dich, Florence Amélie Fairfax.«

»Wow«, murmelte ich, mit dem Daumen über die Initialen fahrend. »Vielen Dank. Das ist irre großzügig von dir.«

Rory schüttelte den Kopf. »Nein, ist es nicht. Nicht für die Frau, die ich liebe.«

Er sagte es schon wieder, und ich hatte keine Ahnung, was ich darauf antworten sollte. Dies war der Moment, von dem ich heimlich geträumt hatte. Ein gut aussehender Mann, mein Freund, saß vor mir und sagte, dass er mich liebte. In den Filmen war das der Augenblick, in dem die Geigen einsetzten, die Kamera die Gesichter der Liebenden heranzoomte, die andere Person die Liebesbekundung erwiderte und sie sich dann küssten, die Lippen und die Nasen so leidenschaftlich aneinandergepresst, dass man sich fragte, ob sie so überhaupt noch Luft bekamen. Und doch war ich hier, in der gleichen Situation, und alles, woran ich denken konnte, war: Wirkt es sehr verfressen, wenn ich mir die Zimtschnecke *und* das Pain au Chocolat schnappe?

»Danke schön«, sagte ich schließlich. »Ich fühle mich geehrt.«

Rory lehnte sich auf seinem Stuhl zurück. »Du fühlst dich geehrt? Das war's?«

Ich verzog entschuldigend das Gesicht. »Tut mir leid. Ich bin nur etwas überfordert heute Morgen, und ich will das nicht so dahinsagen. Ich will es sagen, wenn es sich richtig anfühlt. Nicht wenn ich …« Ich deutete auf meinen mit Croissantkrümeln übersäten Frotteebademantel.

Er nickte, wirkte jedoch mit einem Mal so niedergeschlagen, dass ich die Schuldgefühle an meinem Herzen nagen spürte. »Aber ich liebe die hier«, sagte ich und fuhr mit dem Handrücken über die Tasche, als würde das Lieben seines Geschenks es wiedergutmachen können.

»Wirklich?«, fragte er schon etwas hoffnungsfroher.

Ich nickte, obwohl es nicht stimmte. Eine Kroko-Handtasche war so eine Sache, die Patricia gefallen würde. Mein Käse-Tomaten-Sandwich könnte ich in dieser Monstrosität definitiv nicht zur Arbeit tragen. Was, wenn die Tomatenkerne das Seidenfutter vollsuppten?

»Können wir hochgehen?«, fragte er.

»Wirklich? Jetzt? So?«, erwiderte ich lachend, erleichtert, dass das Thema Liebe und Handtaschen damit erst mal vom Tisch war.

»Unbedingt ganz genau so. Ich glaube, es ist das Rosa und die Flauschigkeit vom Frottee, die mich so scharfmachen.«

»Aber was ist mit Harry? Ich kann ihn nicht hier allein lassen.«

»Er kann nicht mitmachen, sorry.«

Letzten Endes legte ich Harry in seinen Karton zurück, auf sein neues Bett, und trug ihn nach oben. Dennoch stellte ich die Kiste im Bad ab, da ich der Meinung war, dass Harry in seinem jungen Alter nicht mitansehen musste, was wir gleich tun würden. Außerdem verfolgte mich die Erinnerung an Marmalades puscheligen Schwanz an meinen Füßen immer noch. Ich putzte mir gründlich die Zähne, da mir bewusst war, dass ich das nicht erledigt hatte, als Mia und Ruby mich gestern Nacht ins Bett verfrachtet hatten, und zog die Badtür danach fast ganz hinter mir zu.

Rory lag bereits auf meinem Bett. Ich krabbelte neben ihm hinein und legte meine Hand auf seine Schulter, woraufhin seine Hand unter mein Kinn glitt und er mit seinem Daumen über meine Lippen fuhr und sie ein Stück teilte. »Ich liebe dich«, sagte er, bevor er mich küsste.

Ich fühlte mich immer noch nicht so fit. Mein Magen wogte wie ein Schlachtschiff, und der Kaffee hatte meinen Puls verdoppelt, aber es ist schon witzig, wie so ein bisschen Sex einen selbst den übelsten Kater vergessen lassen kann.

Oder zumindest wäre es witzig gewesen, wenn ich mir – exakt in dem Moment, als ich anfing, das Kribbeln in meinen Füßen zu spüren, die Hitze, die meine Beine emporschoss –, nicht Zachs Hand zwischen meinen Schenkeln vorgestellt hätte, sondern Rorys.

»O fuck«, entfuhr es mir, als der Schwall von Hitze weiter durch meinen Körper flutete.

»Ja, das ist es, mein Schatz«, raunte Roy, »das ist es. Das hat mir gefehlt.«

»Fuck, fuck, fuck«, wiederholte ich. Es war teilweise eine Reaktion auf das heiße Gefühl von Erlösung, das ich nahen spürte, während seine Finger ihren Druck verstärkten. Aber vor allem war es der Schock darüber, im entscheidenden Augenblick Zach in meinem Kopf zu sehen.

Was hatte er da verloren?

Als ich in der Woche darauf zu meiner letzten Sitzung bei Gwendolyn ging, verfolgte mich diese Wahnvorstellung noch immer.

Unglücklicherweise schien sie mittlerweile zu glauben, dass wir so gute Freundinnen wären, dass ich eine Umarmung verdiente.

»Florence, meine Liebe, willkommen!«, begrüßte sie mich und drückte mein Gesicht so fest an ihren wogenden Busen, als wollte sie einen Abdruck davon machen.

Ich nuschelte ein »Hallo« an ihre Nippel. Sie trug einen roten Mohairpulli, den sie in einen Tüllrock gesteckt hatte, dazu lila Strumpfhosen und ihre grünen Crocs – sie sah aus wie ein zu groß geratenes Kind, das am Morgen aufgestanden war und seinen Kleiderschrank zugunsten der Verkleidungstruhe übergangen hatte.

Endlich ließ sie mich los, und wir setzten uns.

»Wie geht es uns denn? Macht die Beziehung Fortschritte?«

Ich nickte, während ich vorsichtig antwortete: »Ja, ich denke schon. Er hat gesagt, dass er mich liebt.«

Sie kickte ihre Crocs in die Luft und klatschte gleichzeitig in die Hände. »Ah, das freut mich ja so!« Dann legte sie den Kopf schräg. »Aber warum so trübsinnig, Florence, Herzchen? Sie sehen ja aus, als hätten Sie gerade einen Frosch verschluckt.«

Ich hielt inne und presste die Lippen zusammen, bevor ich schließlich antwortete. »Ich bin nicht sicher, ob ich ihn auch liebe. Wie kann ich das wissen? Wie finde ich das heraus?«

»Ah, hier kommen wir zu einer der großen Lebensfragen«, erwiderte sie und lehnte sich wieder in ihrem Sessel zurück. »Fast alle, die zu mir kommen, versuchen das herauszufinden. Ob sie jemanden lieben, wie sehr sie ihn lieben, ob sie ihn ausreichend lieben, ob sie ihn wieder lieben können, ob sie jemand anderes mehr lieben.«

»Und was sagen Sie ihnen?«

Sie lächelte. »Das kann ich nicht für sie beantworten, Schätzchen, genauso wenig, wie ich es Ihnen verraten kann. So einfach ist das nicht. Wir können Ihre Gefühle nicht in einen Messbecher kippen und schauen, bis wohin sie reichen. Nur Sie selbst können das herausfinden.«

»Was, wenn ich es nicht kann?«

»Dann könnte das Ihre Antwort sein.«

»Aber … aber …«, wand ich mich. »Er hat alles, was ich auf meiner Liste stehen hatte! Und meine Familie mag ihn!«

»Mag sein. Aber vielleicht sind die Eigenschaften, die Sie auf Ihrer Liste haben, nicht diejenigen, die wirklich wichtig sind?«, schlug sie vor. »Vielleicht ist es das, was der Prozess Sie gelehrt hat. Und natürlich zählt die Meinung Ihrer Familie, wir alle werden beeinflusst von unseren Familien. Aber letzten Endes sind es Ihre Gefühle, die wichtig sind.«

Ich seufzte. In Disney-Filmen war es nicht so kompliziert, sich zu verlieben. Dann rüstete ich mich innerlich für meine nächste Frage, öffnete den Mund, bevor ich etwas sagte, da ich unsicher war, wie ich es formulieren sollte.

»Was hat es zu bedeuten, wenn man mit jemandem schläft, aber das Gesicht von einem anderen vor sich sieht?«, platzte ich heraus. Meine Wangen nahmen die Farbe von Gwendolyns Pullover an.

Sie kräuselte die Stirn. »Sie meinen …« Sie senkte die Stimme zu einem Flüstern. »… während des Aktes?«

Ich nickte. Es war die Woche schon wieder passiert. Ich hatte am Mittwoch bei Rory übernachtet und ihn überredet, eine uralte *Bake Off*-Wiederholung anzuschauen, doch mittendrin hatte er mich auf seinen Schoß gezerrt, und wir hatten Sex auf dem Sofa gehabt, während Prue Leith im Hintergrund über Vanillecremeschnitten dozierte. Und wie ich da auf ihm saß, seinen Kopf an meine Brust gelehnt, schloss ich die Augen und malte mir aus, wie es wäre, wenn Zach das tun würde statt Rory. Ich hatte meinen Kopf schütteln müssen, um die Vorstellung loszuwerden, während ich gleichzeitig versuchte, Prues Stimme auszublenden. Es war wirklich kein entspannendes Intermezzo gewesen.

»Aber das ist doch okay, oder?«, schob ich hinterher. »Das passiert doch in Beziehungen, oder? Meine Freundin Jaz sagt, dass sie manchmal Gordon Ramsay sieht, wenn sie Sex hat.«

»Wessen Gesicht haben Sie denn gesehen?«

»Es ist ein Freund, jemand von der Arbeit.« Mein gesamter Körper schrumpelte zusammen vor Scham. Es auszusprechen machte es real, auch wenn ich es nur der überdimensionierten Fee vor mir gestand. Aber was, wenn jemand anderes es mithören konnte? Was, wenn Zach mich angerufen hatte und mein Handy in der Tasche versehentlich rangegangen war, sodass er dieses Gespräch belauschte? Ich würde zum Mond auswandern müssen. Ich beugte mich runter und kramte in meinem Rucksack, um es zu überprüfen. Das Display war schwarz. Kein versehentlicher Anruf.

»Wie ist er denn so, der Freund, mit dem Sie arbeiten?«

»Wirklich nett. Aber er ist nicht mein Typ. Er ist unordentlich, lässt seine Tassen und seinen Motorradhelm überall im Laden stehen und liegen. Er zieht sich an wie ein verschollenes Mitglied von Linkin Park. Und er hat nicht mal einen richtigen Job.«

»Ich dachte, er arbeitet mit Ihnen?«

»Das ist nur vorübergehend.«

»Aber welche Rolle spielt das? Warum ist irgendwas davon wichtig?«

»Weil …« Ich hielt inne und sah aus dem Fenster. Eigentlich wusste ich es auch nicht. Ich hatte nur mal einen Artikel über die menschliche Evolution gelesen, der erklärte, dass Frauen sich zu erfolgreichen Männern hingezogen fühlten, weil die, als wir noch in Höhlen herumkrabbelten, wohl die besten Jäger waren, die uns mit zotteligen Mammuts versorgten, um unser Überleben zu sichern, während die weniger erfolgreichen Männer von wilden Raubtieren niedergestreckt wurden und uns damit dem Hungertod überließen. Aber ich wollte gar nicht mit jemandem wie Hugo zusammen sein, nur weil er einen Firmen-Mercedes und eine gute Pension hatte. »Ich weiß es nicht«, antwortete ich daher wahrheitsgemäß.

»Ich sage Ihnen, was wir tun müssen«, sagte Gwendolyn, einen Zeigefinger in die Luft gereckt.

Jetzt ging's los.

»Und das wäre ein kleiner Zauber für mehr Klarheit.«

Hätte ich mir denken können.

»Legen Sie sich aufs Sofa und schließen Sie die Augen. Ich werde eine kurze Beschwörung anstimmen.«

»Wird mir das wirklich helfen, mich zu entscheiden?«

»Das wird es«, versprach sie.

Ich legte mich hin und lauschte dem Klang von Schubladen, die geöffnet und geschlossen wurden, sowie dem Zischen eines Streichholzes. Dann legte sie etwas Kühles auf meine Stirn.

»Was ist das?«

»Ein Amethyst. Ich habe ihn auf Ihr drittes Auge gelegt, damit Sie zu mehr Klarheit gelangen.«

»Mein drittes Auge?«

»Das ist der Ort mystischer Kräfte. Unser sechster Sinn. Und nehmen Sie das hier in Ihre linke Hand. Es ist ein Malachit, um Ihre Aura zu stimulieren und Sie gegen jedwede negative Energie abzuschirmen.«

Ich spürte, wie sie etwas Hartes, Rundes in meinen Handteller drückte, und schloss die Finger darum.

»Und dieser Rauchquarz in Ihrer anderen Hand soll Ihre Konzentration erhöhen.«

Mit einem Kristall in jeder Hand lag ich also ganz still

da, damit der Amethyst nicht von meinem Kopf kullerte. Bei dem plötzlich auftauchenden Qualm musste ich allerdings beinahe loshusten. Das war ja wie auf einem Hippie-Markt. »Was ist das für ein Geruch?«

»Das ist Zimt, um den Energiepegel im Raum zu erhöhen. Zimt ist ein sehr machtvolles Werkzeug.«

»Oh. Ich streue das nur auf meinen Porridge.«

»Florence, Ruhe bitte. Ich bin nicht an Ihrem Frühstück interessiert. Ich muss die Göttin heraufbeschwören.«

Ich presste die Lippen zusammen, blieb wie festgefroren liegen und hoffte bloß, niemand möge reinkommen und mich auf Gwendolyns rosa Sofa liegen sehen, mit zwei Steinen in den Händen und einem Kiesel auf dem Kopf. Ich selbst würde ja die Polizei rufen, falls ich je in solch ein Szenario reinplatzen würde.

»Sprechen Sie mir nach. Ich rieche die innere Macht.«

»Ich rieche die innere Macht.«

»Ich sehe die innere Macht.«

Meine Nase juckte und zuckte. »Ich sehe die innere Macht«, wiederholte ich und versuchte, das Jucken zu ignorieren.

»Ich spüre die innere Macht.«

»Ich spüre die innere Macht.«

Dann rezitierte Gwendolyn ein kurzes, sehr schlechtes Gedicht, doch alles, woran ich denken konnte, war meine Nase. Ich wollte mich nicht kratzen und mir einen Tadel einhandeln, also lag ich da und verzog das Gesicht in alle Richtungen, um das Jucken zu verdrängen. Ich stellte mir vor, dass sie das Gedicht vortrug wie Eugene, die Arme in der Luft herumwedelnd, aber ich wagte es nicht, ein Auge zu öffnen, um nachzusehen.

»Sorgen, hinfort, sie braucht euch nicht an diesem Ort, Sorgen hinfort, weichet durch die Türe dort. Lasten und Leiden, Kummer und Sorgen, gehet sofort, gehet von dannen, geschwind aus ihrem Leben fort!«

Unterm Strich muss ich sagen, dass ich »Eulerich und Miezekatz« besser fand.

»Sind Sie fertig?«, fragte ich, nachdem sie verstummt war.

»Das bin ich«, antwortete sie, entfernte den Stein von meiner Stirn und bog meine Finger auseinander, um die Kristalle aus meinen Händen zu nehmen. Ich setzte mich auf und kratzte mich an der Nase.

»Ich glaube fest, dass es Ihnen dabei helfen wird, Ihren Weg klarer zu sehen«, sagte sie mit feierlichem Ernst. »Sie haben eine gute Seele, Florence. Ich weiß, dass sie am Ende die richtige Entscheidung treffen wird.«

Als sie mich in einer Abschiedsumarmung wieder an ihre Brüste quetschte, wünschte ich mir, ich wäre ebenso überzeugt davon.

10

»Ich sagte doch, keine Penisse!«, schrie Mia.

Es war der Samstag vor der Hochzeit, und wir saßen zu zwanzigst um einen Tisch in einem Club in Soho. Es handelte sich um einen neuen Privatclub nur für Frauen, hatte Ruby erklärt, und wir würden vor dem Cocktailempfang und dem Dinner noch etwas »Spaßiges« erleben.

Die ganze Woche war sie nicht damit herausgerückt, um was es sich dabei handelte. Kein Wunder. Es war ein Kurs mit dem klingenden Namen »Milky Moments«, obwohl er absolut nichts mit Milch zu tun hatte. Stattdessen stand ein Kerl namens Lewis vor uns und erklärte uns, dass wir gleich in den Genuss einer »ungezwungenen« neunzigminütigen Unterrichtsstunde in Sachen Vorspiel kommen würden. Lewis war ein Sänger aus Guildford, der diese Kurse anbot, um sich etwas dazuzuverdienen, vertraute er Ruby und mir an. Sobald alle eingetroffen waren, hatte er uns knallrosa Federboas, peinliche Schürzen mit nackten männlichen und weiblichen Oberkörpern vorne drauf und Dildos ausgeteilt. Das war es auch, was Mia so auf die

Palme gebracht hatte: Jede von uns hatte einen labbrigen Gummidildo vor sich auf dem Tisch stehen.

»Beruhige dich, und trink deinen Prosecco«, riet Ruby ihrer Schwester.

»Ich bin nicht sicher, ob ich schon mal einen so großen gesehen habe«, sinnierte Patricia, die ihr Glas bereits geleert hatte und ihren Dildo wie ein Laserschwert in die Luft streckte.

»Das sagen sie alle, Madam«, erwiderte Lewis mit einem Zwinkern. Er hatte ebenfalls eine Federboa um den Hals geschlungen, die sich mit seinem lila Seidenhemd biss.

»Bitte, weniger von dem ›Madam‹ und dafür mehr von dem Blubberwasser«, erwiderte Patricia, stellte den Dildo ab und wedelte mit ihrem Glas.

Lewis drehte eine Runde um den Tisch, um die Gläser aufzufüllen, dann ging es los.

Zuerst kam eine Aufwärmübung. »Wackeln Sie mit Ihren Fingern, Ladys! Wir haben einiges vor mit ihnen. Sehr gut, Mutter der Braut, so ist's richtig. Und dann kreisen wir unsere Arme, passen Sie auf Ihre Nachbarin auf. So ist's gut.« Lewis' Becken schob sich vor und zurück, während er es uns vormachte. Seine Arme schnitten dabei kraftvoll durch die Luft wie die eines Schwimmtrainers.

Um den Tisch waren Mias Freundinnen versammelt. Wir hatten uns zu Anfang alle höflich mit Wangenküsschen und Hallos begrüßt, aber mittlerweile hatte ich fast alle Namen schon wieder vergessen. Manche von ihnen waren Kolleginnen aus der Modebranche. Sie waren auch die Finstersten in der Runde: In Samtkleider oder Seiden-Jumpsuits gehüllt und mit elegant geföhntem Haar hatten auch sie ihre Dildos mit grimmigem Grauen gemustert.

Dann waren da noch die Schulfreundinnen von früher. Weniger ernst, mehr aufgedreht. Sie waren zum Großteil schon verheiratet und hatten Kinder, die sie den Tag über bei ihren Yuppie-Vätern mit Namen wie Biffer und JP gelassen hatten.

Hugos Schwestern, Holly und Henrietta, saßen nebeneinander. Ich sah sie an und versuchte, mich zu erinnern, was sie beruflich taten. Die eine trainierte auf jeden Fall Springpferde in Berkshire, die andere war Lehrerin an einer Londoner Privatschule. Henrietta sah selbst ein bisschen wie ein Pferd aus – lange Nase, hohe Stirn –, also war sie vielleicht die Springreiterin von beiden.

Dazu kamen noch Mia, Ruby, Patricia und ich. Mia trug eine Plastik-Tiara und eine Schärpe, auf der *Zukünftige Braut* stand, obwohl sie protestiert hatte, dass die Accessoires überhaupt nicht zu ihrem Kleid von Erdem passten und ihren gesamten Look ruinierten.

Nach dem Aufwärmen hopste Lewis erneut um den Tisch herum, verteilte Papierbögen und gab die Anweisung, uns in Zweiergruppen zusammenzutun.

Henrietta stieß ein wieherndes Lachen aus – ja, sie war definitiv die Sorte Frau, die wieherte – und hielt den Stift vor sich hoch. »Schaut, sogar die haben Pimmel drauf!«

Sie hatte recht. Am Ende meines Stiftes steckte ein ganz kleiner Plastikpimmel. Ich schaute zu Mia. Ihr gesamtes Gesicht verzog sich vor Abscheu.

Lewis' Aufgabenblätter waren mit einer detaillierten Illustration eines Penis versehen.

»Meine Damen, Sie müssen alle Teile richtig benennen«, verkündete er. »Und diejenigen mit den meisten Punkten bekommen einen Preis.«

»Komm schon, mein Schatz«, sagte Patricia.

Da ich neben ihr saß, war sie meine Partnerin. Es war wie in der Schule, wo man sich mit dem am wenigsten beliebten Klassenkameraden zusammentat, um ein kleines Stück Magnesiumband anzuzünden.

»Das ist ganz klar der Schaft«, verkündete meine Stiefmutter. »Und das da sind die Hoden, obwohl sie mir recht klein erscheinen. Dein Vater hat vi…«

»PATRICIA, ich muss dich direkt unterbrechen!«

»Und schau, das ist die Harnröhre«, fuhr sie ungerührt fort. »Hopp, hopp, Schätzchen, schreib es hin. Wie geht es übrigens Rory?«

»Gut«, sagte ich, den Kopf über das Papier gebeugt. »Ist in Prag mit Hugo.« Sie waren am Vorabend zum Junggesellenabschied aufgebrochen, und Rory hatte mir ein Selfie aus dem Flugzeug geschickt, auf dem sie Heineken-Dosen hochhielten. Hugo war als Frau verkleidet gewesen, samt blonder Perücke und knallrotem Kleid, aus dessen Ausschnitt sein Brusthaar lugte.

»Wie schön, dass sie befreundet sind«, sagte Patricia und tätschelte mein Knie. »Und ich bin froh, dass er zur Hochzeit kommt. Genauso wie dein Vater.«

Ich überhörte das geflissentlich und schrieb in winzigen Buchstaben *Vorhaut* auf unser Blatt. Um uns herum ertönten quietschende Schreie. »Das sieht aus wie eine Nacktschnecke!« oder »Nein, das ist nicht die Prostata, das hier ist sie!«

Mia hatte sich mit einer Arbeitskollegin zusammengetan. Glücklicherweise lachte sie nach drei Prosecco intus nun ebenfalls.

»Wie läuft es so?«, rief Lewis. »Sind wir alle fertig?«

»Wir schon«, trällerte Patricia, schnappte sich das Blatt und wedelte damit über ihrem Kopf.

Wir tauschten die Blätter untereinander, um sie zu bewerten wie Buchstabiertests in der Schule.

»Was bedeutet, dass Holly und Henriette sich den ersten Platz mit Patricia und Florence teilen!«, verkündete Lewis ein paar Minuten später, bevor er uns jeweils unseren Preis überreichte: einen Lutscher in Penisform.

»Den werde ich mir schmecken lassen«, sagte Patricia und ließ ihn in der Handtasche verschwinden.

»Mum!«, schalt Mia.

Dann folgte der letzte Teil des Kurses: eine Lektion in Sachen Vorspiel unter Einsatz des Gummidildos. Lewis verteilte Fläschchen mit Gleitmittel, warf eine Packung Feuchttücher in die Tischmitte und scharwenzelte um uns herum, um hilfreiche Tipps zu geben.

»Nein, Jessica, viel fester«, wies er eine von den Modepüppchen an, während diese mit ihren manikürten Fingern am Dildo auf und ab fuhr. »So ist's richtig, Mia, perfekt! Dein Göttergatte ist ein glücklicher Mann. Gut gemacht, Patricia, das ist eine exzellente Technik. Aber, Florence, ach du liebe Güte! Was ist denn hier los?«

Meine Hand erstarrte, ich schaute auf. »Was denn?«

»Sie müssen ihn packen, nicht kitzeln! Schließen Sie die Finger schön drum herum.«

Ich betrachtete skeptisch meinen Dildo und griff ihn fester. Es war wie damals, mit sieben im Sportunterricht, als ich als Einzige kein Rad schlagen konnte. Nur dass es schlimmer war, weil eine miese Runterholtechnik viel beschämender war, als kein Rad schlagen zu können.

»So ist's recht«, meinte Lewis beifällig. »Der Penis ist viel härter im Nehmen, als Sie denken, meine Damen. Sie werden ihn schon nicht abbrechen.«

»Ich wünschte, ich könnte deinen abbrechen«, murmelte ich.

»Wie meinst du, Schätzchen?«, fragte Patricia.

Nach dem Unterricht rauschte Lewis mit seiner Schachtel Utensilien von dannen, und wir zogen ein Stockwerk höher in eine Bar. Dort gab es noch mehr Prosecco-Flaschen, und es wurden Tabletts mit Häppchen gereicht.

»Wenn sich dann alle für das Höschenspiel bereit machen würden!«, verkündete Ruby.

Alle, die nicht wissen, was das Höschenspiel ist, dürfen sich gesegnet schätzen. Ich war davor nur auf zwei Junggesellinnenabschieden gewesen: einer für eine Freundin aus Edinburgh, einer für eine Schulkameradin. Aber wir hatten das Höschenspiel auf beiden gespielt, da es mittlerweile Tradition geworden war. Es wird in einer der zweihundertdreiundsiebzig Mails erwähnt, die man vor der Veranstaltung erhält, und der Witz besteht darin, dass jede Freundin ein Höschen kaufen muss, das die Braut dann in ihre Flitterwochen mitnimmt. Auf der Party selbst werden sie alle in eine Tüte gepackt, und die Braut muss eines nach dem anderen herausziehen und erraten, von wem es ist. Bei manchen wird es sich um geschmacklose Tangas handeln. Einige werden *Mrs. So-und-so* auf den Hintern gestickt haben. Andere werden aus Spitze sein oder mit Leopardenprint drauf oder riesige Schlüpfer mit Gummisaum, die auch als Zelt durchgehen könnten. Ruby hatte das zwar vor einigen Wochen in einer Mail erwähnt, aber ich hatte es vergessen, bis sie mich an diesem Morgen daran erinnert hatte. Ich war nach oben in mein Zimmer geflitzt und hatte meine Schubladen durchwühlt, um den einen Spitzentanga rauszuziehen, den Mia mir vor Jahren geschenkt hatte. Zu meiner Verteidigung: Er war praktisch nicht getragen und sah tadellos aus.

Wir machten es uns auf den Barhockern bequem und sahen zu, wie Mia den ersten Slip herauszog.

Er war aus schwarzer Spitze mit einem roten Schleifchen hinten dran. Sie schaute angestrengt in die Runde. »Amy! Das musst du gewesen sein! Er ist wunderhübsch!«

Er sah aus wie eines dieser Dinger, die einem im Nu in die Poritze rutschten, aber Amy – eine von den Modebewussten – nickte lächelnd. »Viel Spaß damit, Süße.«

Dann folgten: ein Höschen mit einer gestickten *Just Married*-Aufschrift; ein G-String aus Bonbons; ein Tanga mit dem Aufdruck *Das leckt sich nicht von allein!* vorne drauf (von Ruby) und ein korallenrotes Rüschenmodell mit dem Wort *Frauchen*. Mia quietschte bei dem Anblick, und ich fragte mich, welches Wort wohl schlimmer war: *Frauchen* oder *Göttergatte*?

Mein Exemplar wurde als Letztes herausgezogen. »Der muss von Flo kommen!«, sagte Mia, und ich wappnete mich schon für einen Rüffel. »Woher wusstest du, dass ich die Marke liebe?«, fragte sie und hielt den Tanga hoch. »Du bist echt clever. Danke schön.«

Puh, gerade noch mal gut gegangen.

Nach diesem Spiel verabschiedete Patricia sich, und wir anderen kehrten zum Abendessen an den Tisch unten zurück. Zwischen den Fenstern hatte Ruby eine selbst gebastelte Girlande aufgehängt, die aus Fotos von Mia und Hugo bestand. Sie hatte auch eine Sitzordnung gemacht, wonach ich am anderen Tischende saß, neben Cressida, einer von Mias Kolleginnen.

Platten mit Lachs wurden aufgetischt, doch die meisten waren zu betrunken, um etwas zu essen. Die Modebewussten gingen immer wieder zum Fenster, um sich hinauszulehnen, eine zu rauchen und dabei über die Sohoer Straße zu blicken, auf der die Touristen und Partygänger von Pub zu Pub zogen.

»Bist du die Schwester, die mit Rory Dundee zusammen ist?«, fragte Cressida.

»Ja, warum?«

Sie kicherte. Ein Schwall Zigarettengeruch wehte mir aus ihrem Mund entgegen. »Wie witzig. Mein Mann kennt ihn.«

»Oh, ach so. Was arbeitet er denn?«

»Er ist in der Politik.«

»Mit Rory?«

»Im Außenministerium.« Sie kicherte erneut. »Ich glaube, sie lassen es ganz schön krachen auf ihren Geschäftsreisen.«

»Krachen?«

Sie kicherte erneut. »Ja, ziemlich ausschweifend. So wie auf diesem Trip nach Nigeria neulich. Wilf meinte, sie hatten Glück, dass sie nicht verhaftet wurden, aber Rory ist so charmant – er hat den Polizisten wieder beruhigt. Und dann dieses eine Mal in Brüssel, als Rory in eine Prügelei mit dem Ehemann von einer geraten ist. So witzig! Ungezogene Jungs, eben.«

Als ich nichts erwiderte, verebbte ihr Kichern.

»Ausschweifend? Inwiefern ausschweifend?«, fragte ich.

»Nein, entschuldige, ich wollte damit nicht … Ich glaube, dass er sich heute besser benimmt. Ich meine nicht, besser benimmt, sondern … Oje, das kommt jetzt alles ganz falsch rüber.«

Ich lächelte, da ich nicht wollte, dass sie merkte, dass mein Herz unter meinem Kleid doppelt so schnell schlug wie sonst. Was wusste sie, was ich nicht wusste?

Cressida winkte ab. Sie hatte dunkelblaue Fingernägel, die farblich auf ihren Jumpsuit abgestimmt waren. »Nur so Kram im Suff. Vergiss, was ich gesagt habe. Wilf meint, dass er eines Tages Premierminister wird«, schob sie mit einem mitfühlenderen Lächeln hinterher.

»Ja, das hat er zumindest vor«, erwiderte ich. Meine Wangen schmerzten allmählich schon vom falschen Lächeln.

»Ich genehmige mir noch eine Kippe«, sagte Cressida, die offensichtlich so schnell wie möglich der Situation entfliehen wollte, in die sie uns gebracht hatte. Sie stand auf und eilte mit ihrer Clutch zum Fenster.

Ich lehnte mich auf meinem Stuhl zurück, als auch schon ein Espresso Martini vor mir abgestellt wurde.

»Ich habe eine Runde bestellt«, brüllte Ruby von der anderen Seite des Tisches.

Das war der Moment, in dem Mia sich schwankend erhob und die Aufmerksamkeit des Raumes für sich beanspruchte – *ting, ting, ting* –, indem sie mit ihrem walnussgroßen Verlobungsring gegen ihr leeres Weinglas klimperte.

»Ichwillnursag'n«, begann sie, »dassicheuchalleliebe. Un'ichbinjasofroh, dassihralledaseid.«

»SETZ'ICHWIEDERHIN!«, schrie Ruby lachend.

Mia hickste und ließ sich auf den Stuhl zurückplumpsen. Der Plan war, im Anschluss in einen Gay-Club ums Eck zu gehen, wo Go-go-Tänzer auf Podesten tanzten, aber Cressidas Enthüllung ließ mich nicht mehr los. Außerdem stand ich nicht so auf Go-go-Tänzer, und ich machte mir Sorgen um Harry, weil er schon so lang allein zu Hause war.

»Ich geh nur kurz aufs Klo«, formte ich stumm in Rubys Richtung, bevor ich mich mit meiner Tasche zur Tür aufmachte, um den Bus nach Hause zu nehmen. Sie würden es gar nicht bemerken. Mich klammheimlich davonstehlen war eine Fähigkeit, die ich beim Ausgehen während des Studiums perfektioniert hatte. Damals hatte ich Partys prinzipiell immer dann verlassen, wenn sie in vollem Gange waren, damit ich es mir mit einem Buch im Bett gemütlich machen konnte. Mir war dabei durchaus klar, dass das meinem Liebesleben nicht zuträglich war, da sich die Pärchenbildung meist erst gegen Ende der Nacht ereignete. Aber ich begab mich eben lieber mit Mr. Rochester oder Captain Wentworth ins Bett als mit einem sabbernden Studenten, der zehn Bier intus hatte und auf dem Weg nach Hause noch schnell Pommes mit Currysoße holen wollte.

Ich betrat unser Haus, goss mir in der Küche ein großes Glas Wasser ein und ging nach oben. Als ich die Zimmertür öffnete, entdeckte ich Harry eingerollt unter einem Zipfel meines Kopfkissens. Eigentlich hätte ich sauer sein müssen. Ich versuchte, ihn dazu zu bringen, in seinem Körbchen auf dem Boden zu schlafen, aber er weigerte sich strikt und hatte es mittlerweile sogar gelernt, am Saum meiner Bettdecke hochzuspringen und sich mit den Krallen emporzuhangeln wie ein winzig kleiner Bergsteiger.

Ich zog mein Handy aus der Tasche. Seit dem Flugzeug-Selfie hatte ich nichts mehr von Rory gehört, aber Mia hatte mich schon ermahnt, dass sie auf einem Junggesellenabschied waren und dass es »solange sie nicht verhaftet wurden« besser war, nicht zu wissen, was sie trieben.

Ich machte ein paar Fotos von Harry und schaute nach der Uhrzeit. Es war 23.43 Uhr. Zu spät, um zu schreiben?

Ich öffnete WhatsApp, scrollte zu Zachs Namen und schickte ihm ein Foto von Harry. Das Baby schläft xxx, schrieb ich, in der Hoffnung, dass es keine dieser Nachrichten war, die ich am nächsten Morgen bereuen würde.

Aus einem mir unerfindlichen Grund hatte Mia entschieden, der Sonntag nach ihrem Junggesellinnenabschied wäre der perfekte Tag für die letzte Anprobe unserer Brautjungfernkleider. Ich fühlte mich zwar nicht besonders, aber mein Kater war nichts, verglichen mit dem von Mia und Ruby. Am folgenden Vormittag zwischen den beiden im Uber zu hocken (Mia hatte ernsthaft angefangen zu weinen, als ich vorschlug, die U-Bahn zu nehmen), war wie ein Ausflug mit zwei Kadavern.

»Das ist alles deine Schuld«, ächzte Ruby, wie ein nasser Sack gegen die Wagentür gesunken.

»Ich war nicht diejenige, die neunhundert Martinis bestellt hat«, entgegnete Mia, die an der anderen Tür lehnte.

»Ich brauche einen Kaffee, bevor wir irgendwas tun«, sagte Ruby.

Mia würgte.

Sie stiegen langsam und stöhnend aus dem Auto, als hätten sie gerade einen Marathon absolviert.

»Guten Morgen, meine Schätzchen!«, trällerte Patricia. Sie stand voll ausstaffiert mit Baskenmütze und Sonnenbrille vor dem Ladeneingang.

Mia hielt eine Hand hoch. »Pat, bitte nicht so laut.«

»Nicht dieser Name, du weißt, dass ich ihn nicht ausstehen kann. Aber, ach du liebe Güte, sind wir etwa ein bisschen lädiert?«

»Ja«, sagte Ruby. »Du etwa nicht?«

»Nein. Mir geht's blendend. Florence, was ist mit dir? Du siehst mitgenommen aus.«

Ich räusperte mich. »Mir geht's gut. Könnte aber einen Kaffee gebrauchen.«

»Wir können drinnen welchen bestellen«, sagte Mia, die schon die Tür aufschob.

Wir folgten ihr hinein, und bei dem Geruch der teuren Duftkerzen hätte ich am liebsten auch gewürgt. Außerdem war es furchtbar warm. Warum heizten sie hier drin so stark? Es war, als würde man einen Backofen betreten.

Hilda, die Dame, die bei Mias Brautkleidanprobe behilflich gewesen war, führte uns in einen Ankleideraum, und wir drei ließen uns umgehend aufs Sofa sinken, als könnten uns unsere Beine keine Sekunde länger tragen. Allein das Anziehen heute Morgen war eine überirdische Kraftanstrengung gewesen. Die Vorstellung, mich aus meinen Klamotten zu schälen und mir ein pfirsichfarbenes Seidenkleid über den Kopf zu ziehen, war zutiefst unerquicklich.

»Darf ich den Damen etwas zu trinken bringen?«

»Könnte ich einen Kaffee bekommen? Schwarz?«, fragte Ruby. »Und ein großes Glas Mineralwasser? Und einen O-Saft?«

»Einen Cappuccino für mich«, bat Patricia.

»Ich hätte gerne einen Kaffee mit einem Schuss Milch«, sagte Mia. »Und haben Sie vielleicht San Pellegrino da?«

Falls Hilda von den zahlreichen Getränkebestellungen meiner Familie genervt war, so ließ sie sich nichts anmerken. Sie nickte und schaute zu mir.

»Einen Milchkaffee, bitte«, sagte ich.

»Wie war denn der Rest des Abends?«, erkundigte sich Patricia.

»Tja, am Ende hat Mia links und rechts einen Penis ins Gesicht geklatscht bekommen«, sagte Ruby.

»Wie bitte?«, sagte ich.

»WIE BITTE?«, kreischte Patricia.

»Leise, bitte«, sagte Mia, die sich mit geschlossenen Augen wieder aufs Sofa lehnte. »Und sie übertreibt. Wir sind in einen Club gegangen, und ich habe ganz kurz an einer Stange getanzt.«

»Mit einem Mann, der eine Socke in Elefantenform auf seinem Pimmel hatte«, fügte Ruby hinzu, gerade als Hilda mit den Kleidern über dem Arm in den Raum zurückkehrte. Ihre bleistiftdünnen Augenbrauen schossen schockiert in die Höhe.

»Entschuldigen Sie bitte meine Töchter, Hilda«, sagte Patricia. »Aber die Kleider sehen wundervoll aus. Sind sie nicht ganz wundervoll?«

»Dieses hier ist Rubys«, sagte Hilda mit einem Blick auf ein am Kleiderbügel befestigtes Etikett. »Und dieses hier ist für Florence.« Es war das gleiche Modell – zartrosa Seide, lang, mit Spaghettiträgern und einem tiefen V-Ausschnitt. Aber Rubys Kleid war etwas kürzer und enthüllte deutlich mehr Busen. Sie würde in ihrem Kleid einer märchenhaften Nymphe gleichen, während ich an eine Dragqueen erinnern würde.

Hilda sah uns erwartungsvoll an. Niemand auf dem Sofa rührte sich.

»Kommt schon, Mädchen«, drängte Patricia.

»Ich kann nicht aufstehen, solange ich nicht meinen Kaffee hatte«, beharrte Ruby.

Da mir meine Familie peinlich war und ich Hilda nicht verärgern wollte, stand ich auf, zog die Vorhänge der Umkleidekabine hinter mir zu und begann, mich auszuziehen.

»Irgendwelche Neuigkeiten von den Jungs in Prag?«, fragte Patricia laut, während ich mich aus meiner Jeans schälte.

»Nein«, sagte Mia. »Florence? Hast du was gehört?«

»Nö!«, rief ich, während ich mich finster im Spiegel betrachtete. Nackt bis auf Schlüpfer, BH und Socken. Kein schöner Anblick. Die einzigen Nachrichten auf meinem Handy heute früh waren von Zach gewesen, gleich eine ganze Reihe davon, die um ein Uhr morgens als Antwort auf mein Foto von Harry verschickt worden waren.

Hallo, wie kommt's, dass du so lange wach bist?

Oh, Mias Junggesellinnenabschied. Jetzt fällt es mir wieder ein. Hoffe, es war … lustig?

Hey, übrigens, da ist morgen eine neue Quentin-Blake-Ausstellung in Dulwich, die ich sehen wollte, falls du auch Lust hast?

Als Recherche für Zelda, die Raupe?

Aber kein Problem, wenn nicht.

Ich hatte sie gelesen, während ich im Bett lag, hatte das Display so lange angestarrt, bis es immer wieder schwarz wurde, aber ich war mir unschlüssig gewesen, was ich antworten sollte. Die Vorstellung, mit Zach am Wochenende in eine Ausstellung zu gehen, war mir unangenehm. Rory war mein fester Freund. Rory war derjenige, der mich liebte. Außerdem konnte ich sowieso nicht auf eine Ausstellung, weil ich dieses wenig schmeichelhafte Kleid anprobieren musste. Letzten Endes schickte ich eine kurze Nachricht zurück, in der ich die Anprobe als Entschuldigung vorschob und ihm sagte, dass wir uns am Montag im Laden sehen würden.

Ich zog den Reißverschluss der Plastikhülle auf, hob das Kleid über meinen Kopf und ließ den Seidenstoff über mich gleiten.

»Wie läuft es da drin?«, wollte Patricia wissen.

Ich drehte mich um und betrachtete mich erneut im Spiegel. Das Licht brach sich an meinen voluminösesten Partien: an meinen Hüften und an meinem Bauch. Und mein Hintern sah so gewaltig aus – ich hätte genauso gut einen Aufkleber draufklatschen können, *Schwertransport mit Überbreite*, und mit einem Piepsgeräusch rückwärts aus der Kabine zurücksetzen.

Hilda riss den Vorhang zurück; ich wandte mich langsam um und registrierte die stirnrunzelnden Blicke.

»Vielleicht mit einem besseren BH?«, schlug Hilda vorsichtig vor.

»Dreh dich mal«, wies mich Patricia mit einem Kreisen ihres Zeigefingers an.

Ich drehte mich einmal um meine Achse.

»Hm«, bemerkte Patricia, »definitiv mit einem besseren BH.«

»Und keine Unterhose«, befand Mia.

»Was?«, kreischte ich. »Ich kann nicht ohne Unterhose gehen.«

»Warum denn nicht?«

»Weil es deine Hochzeit ist. So kann ich doch nicht durchs Claridge's spazieren. Was, wenn was durchsickert?«

»O Florence, wirklich«, sagte Patricia naserümpfend.

»Also mir macht es nichts aus«, sagte Ruby.

»Aber mir!«

»Florence, jetzt hör aber auf«, schalt mich meine Stiefmutter, woraufhin Hilda rasch vortrat und mein Kleid zurechtzupfte, während die anderen über ihre Kaffeetassen hinweg zusahen. Sie steckte es am Rücken und seitlich an meinem Körper fest, damit es um meine Brust herum nicht so aufklaffte, aber die Seide saß immer noch nicht richtig, da sie sich so wiederum fester über meinem Bauch spannte. Oh, was für ein Jammer aber auch. Am großen Tag sollte ich ein Sträußchen Rosen vor mir hertragen, also könnte ich ja immer noch versuchen, meinen Bauch dahinter zu verstecken.

Hugo und Rory sollten am Abend aus Prag zurück sein und direkt zu uns nach Kennington kommen. Mia hatte gemeint, das wäre lustig – wir könnten uns was bestellen und, vereint in unserem Katerelend, zusammen auf dem Sofa essen. Aber letzten Endes trudelte Hugo allein zu Hause ein.

»Wurdest du gerade aus dem Gefängnis entlassen?«, empfing ihn Ruby lachend vom Sofa aus. Sie und ich schauten uns *Große Träume, große Häuser* an, während Mia sich oben die Augenbrauen zupfte.

»Nein«, erwiderte er heiser, im Türrahmen lehnend. »Warum?«

»Du hast noch nie so schlimm ausgesehen. Was haben sie dir bloß angetan?«

Hugo verzog das Gesicht, als litte er körperliche Schmerzen. »Alles Mögliche. Wo ist mein Eheweib?«

Ich schauderte. Er hatte erst vor Kurzem angefangen, sie so zu nennen, aber es brachte mich jedes Mal wieder aus der Fassung.

»In ihrem Zimmer«, sagte Ruby.

Hugo trottete die Treppe hoch, und meine Schwester sah zu mir. »Ich dachte, Rory kommt auch?«

»Wollte er, aber er muss arbeiten«, sagte ich mit Blick auf die Nachricht auf meinem Handy. Mein Schatz, ich fahre direkt zu mir, da ich mich bis morgen für dieses Europa-Gipfeltreffen vorbereiten muss. Außerdem kann ich dich unmöglich in diesem Zustand treffen. Ich muss Prag von mir abwaschen. Sprechen wir uns morgen? R

»Laaaang-weilig«, bemerkte Ruby. »Hey, wo du schon dein Handy draußen hast, willst du mal schauen, was wir uns bei Deliveroo bestellen?«

Sie holte zu einem zehnminütigen Monolog aus, ob ihr mehr nach Pizza oder Chinesisch zumute wäre, während ich versuchte dahinterzukommen, warum Rorys Nachricht so ein schales, niedergeschlagenes Gefühl bei mir hinterließ. Weil ich ihn heute nicht sehen würde? Weil es Sonntagabend war? Weil ich immer noch daran zu knabbern hatte, was Cressida angedeutet hatte? Oder weil ich in Wahrheit mit jemandem zusammen sein wollte, der rüberkommen, mich in seinen Armen herumschwingen und sich nach meinem Wochenende erkundigen würde, selbst wenn er am nächsten Tag was für die verdammte UN präsentieren müsste?

Letzten Endes bestellten wir Pizza, und natürlich bezahlte ich.

»GUTE NEUIGKEITEN!«, brüllte Zach am nächsten Morgen, während er die Treppe hochrannte und dabei wild mit den Armen durch die Luft wedelte wie ein evangelikaler Priester.

Ich kniff die Augen zusammen. »Du hast den Kühlschrank ausgewischt?«

Zach schüttelte den Kopf.

»Jemand hat dir gemailt, dass du der einzige Begünstigte eines Dreiundfünfzig-Millionen-Pfund-Erbes bist, da alle anderen unter mysteriösen Umständen verstorben sind?«

Noch ein Kopfschütteln.

»Sie haben einen neuen und völlig schmerzfreien Weg gefunden, Tätowierungen zu entfernen?«

»Sehr amüsant. Aber nein. Die Agentin ist an deiner Raupengeschichte interessiert.«

»WAS? Du verarschst mich doch. Zach, mach bitte keine Witze darüber.«

»Ich mache keine Witze. Ich habe gerade eben eine Mail von ihr bekommen. Die Story gefällt ihr, und sie hat mich gebeten, den Kontakt zwischen euch herzustellen.«

Ich legte mir die Hände an die Stirn. »Das ist irre. Ich hätte nie gedacht … Ich habe nicht geglaubt … Ich …«

Zach hüpfte grinsend von einem Fuß auf den anderen. »Also? Darf ich ihr deine Kontaktdaten schicken?«

»Klar«, erwiderte ich lachend. »Ich meine, ja, bitte, vielen Dank.«

Er reckte die Hand für ein High five über den Tresen, und unsere Handflächen klatschten zusammen, als gerade Norris mit einer roten pelzbesetzten Jacke, die er mit spitzen Fingern vor sich weghielt, im Laden auftauchte.

»Zachary, was ist das, und warum war das an mich adressiert?«

Zachs Miene wurde ernster. »Ach ja. Das ist dein Outfit für Donnerstagabend. Oder zumindest ein Teil davon.«

»Und was, bitte schön, soll ich damit tun?«

»Es tragen, Onkel Norris. Wo ist denn der Rest? Da müsste noch eine Hose sein. Und ein Gürtel. Und eine Mütze.«

Eugenes Kichern drang aus der Geschichtsabteilung.

»Lustig, ja?«, sagte Norris, drehte sich herum und funkelte ihn erbost an.

»Achte nicht auf Eugene«, sagte Zach, »er bekommt sein eigenes Kostüm.«

»Entschuldigung?«, meldete sich Eugene und eilte zu uns herüber. »Davon wusste ich ja gar nichts.«

Zach lehnte sich mit dem Rücken gegen die Regale. »Es sollte eine Überraschung werden, aber da ihr hier in diesem Laden alle so verklemmt und spaßbefreit seid, werde ich es euch erzählen. Ich habe uns allen Kostüme für Donnerstag besorgt.«

»Was bin ich?«, fragte Eugene argwöhnisch.

»Du bist ein Weihnachtswichtel.«

Ich prustete leise hinter der Kasse.

Zach hob betont eine Augenbraue. »Florence, ich würde mich an deiner Stelle nicht zu weit aus dem Fenster lehnen, denn du bist eine Lebkuchenfrau.«

»Ha!«, höhnte Eugene.

»Und Norris ist der Weihnachtsmann.«

Norris brummte.

»Was ist mit dir?«, fragte ich. »Du kannst nicht der Einzige sein, der ungeschoren davonkommt.«

»Nein, da hast du recht«, sagte Zach. »Ich werde die Feier als Schneemann besuchen.«

»Wie viele Kinder kommen denn?«

»Im Moment so um die fünfzig. Also dachte ich mir, dass du, Onkel Norris, hier oben auf einem Stuhl Platz nehmen und die Geschenke aus deinem Sack verteilen könntest? Dann ein paar Weihnachtslieder samt Glühwein und Plätzchen. Wenn ihr beide nichts dagegen hättet, die zu verteilen? Sie werden Donnerstagabend geliefert.«

»Was für ein Sack?«, wollte Norris wissen.

»Ich habe dir einen gekauft. Und Geschenke. Keine Sorge.«

»Und wie viel kostet mich der Spaß?«

»Ist ganz billig. Alles *Made in China*.«

»Zachary …«, knurrte Norris erneut.

Er hielt die Hände in die Luft. »War nur ein Witz. War

nur ein Witz. Mehr oder weniger. Aber kommt schon, wo bleibt euer Gemeinschaftsgefühl? Das ist es doch, was wir brauchen. Und Florence, ich maile gleich dieser Agentin zurück und setze dich ins CC.«

Er hüpfte wieder nach unten, während ich mich fragte, ob mein Lebkuchenfrauenkostüm womöglich schmeichelhafter sein könnte als mein Brautjungfernkleid.

Nach der Arbeit spazierte ich zu Rory und schlängelte mich dabei gut gelaunt durch die Shoppingmeute, unbeeindruckt von ihrem lethargischen Trott. Zach hatte der Agentin gemailt. Jacinta, so hieß sie, hatte mir direkt geschrieben und mir vorgeschlagen, uns die Woche drauf auf einen Kaffee zu treffen. Allein ihren Namen und ihre E-Mail-Signatur in meinem Posteingang zu sehen – *Jacinta Ewing, Millward & Middleton Literary Agents Ltd* – versetzte mich in Euphorie.

»Schatz, wie fantastisch!«, sagte Rory, als ich ihm die Neuigkeit mitgeteilt hatte. »Obwohl …«

»Was?«

»Es ist nur ein Treffen.«

»Ich weiß. Aber ein Treffen ist mehr, als ich je erwartet hätte.«

»Natürlich. Ich will nur nicht, dass du dir zu große Hoffnungen machst.«

Ich fühlte mich niedergeschmettert, aber diese Sache sollte uns nicht den Abend ruinieren. Heute wollte ich nicht mal den Hauch eines Zweifels wegen dieser Beziehung zulassen. Dieser Abend sollte so werden wie früher.

»Wie war Prag?«, fragte ich, meinen Kopf an seine

Schulter gelehnt. Wir saßen auf dem Sofa, während Rory E-Mails auf seinem Laptop schrieb.

Er murmelte tippend etwas Unverständliches.

»Rory, wie war es? Der Junggesellenabschied?«

»Entschuldige, Schatz, da ist so viel nachzuholen. Aber es war gut. Nicht viel zu berichten. Bier, Stripperinnen, das Übliche eben.«

»Stripperinnen?«

»Reingelegt! Nein, keine Stripperinnen. Nur Bier und Tequila und ein grottenschlechter Club, an den ich mich kaum erinnern kann. Aber es war spaßig. Er ist nicht so übel, weißt du, dein zukünftiger Schwager.« Er drehte sich um und drückte mir einen Kuss auf die Wange, bevor er sich wieder seinem Bildschirm zuwandte. »Kannst du mir fünf, maximal zehn Minuten geben, um die hier durchzugehen, dann gehöre ich ganz dir.«

Sobald er fertig war, hatten wir Sex auf seinem Sofa. Wortlos stellte er seinen Laptop auf dem Boden ab und legte seine Hand unter mein Kinn, um mein Gesicht anzuheben. Ich hatte solchen Hunger, dass ich beinahe protestiert und darauf bestanden hätte, dass wir zuerst essen und reden sollten, aber dann spürte ich, wie mein Körper auf ihn reagierte. Es war eine andere Art von Hunger. Frauen wird ja oft vorgeworfen, Sex als Waffe zu benutzen, eine heimtückische weibliche List, doch Rory hatte das auch drauf. Er war wie ein sexy Zauberer, überlegte ich und musste dabei beinahe in seinen Mund lachen. Doch dann glitt seine Hand unter mein T-Shirt, und ich keuchte stattdessen auf. Ich zwang mich dabei bloß, die ganze Zeit die

Augen offen zu lassen, damit Zach sich nicht wieder in meinen Kopf stahl. Aber das war doch in Ordnung, nicht wahr? Das war doch normal?

Mein Lebkuchenfrauenkostüm war grotesk. Ich sah eher aus wie das Kackhaufen-Emoji. Der braune Filzstoff hing wie ein Sack an mir herunter, und auf meinem Kopf thronte eine braune Mütze mit roter Filz-Zuckergussverzierung.

Ich trat einen Schritt beiseite, als die Klotür aufging und Eugene in einem rot-grünen Anzug mit grünen Stiefelchen, die sich an den Zehen nach oben bogen, heraustrat.

»Paaahahaha, du siehst echt albern aus!«, rief ich und streckte mich, um an dem Glöckchen an seiner Zipfelmütze zu klingeln.

»Hör auf.« Er schlug meine Hand weg. »Und was bitte soll ich mit denen hier anfangen?« Er hielt ein Paar Plastikohren hoch.

»Na, aufsetzen.«

Er seufzte und stellte sich vor den Spiegel. »Kommt Rory heute Abend?«

»Nein, er muss arbeiten.«

Eugene schnaubte. »Wie schade.«

»Nicht wirklich. Oder würdest du auf den Anblick abfahren?«

Er drehte sich um und musterte mich eingehend. »Nein. Nicht einmal, wenn du der letzte Lebkuchen auf der Welt wärst.«

»Ganz genau. Außerdem ist es immer etwas komisch

zwischen ihm und Zach. Es ist einfacher, wenn sie nicht aufeinandertreffen.«

Eugene machte erneut ein missbilligendes Geräusch, während er an seinen Ohren rumfummelte. »Wie dämlich. Ist doch nur Eifersucht.«

»Worauf soll Rory denn eifersüchtig sein? Auf gar nichts.«

Eugene fing meinen Blick im Spiegel auf.

»Was? Ist doch so! Zach ist mein Freund, und Rory ist mein Kollege. Die Dinge könnten nicht klarer sein.«

»Du meinst, Rory ist dein Freund, und Zach ist dein Kollege?«

»Ja«, blaffte ich, »das hab ich doch gemeint.«

»Klopf, klopf, darf ich reinkommen?«, fragte Zach von der anderen Seite der Klotür.

»Klar«, erwiderte ich und warf Eugene einen warnenden Blick zu.

Er öffnete die Tür, und sowohl Eugene als auch ich brachen bei seinem Anblick in lautes Gelächter aus. Wenn überhaupt möglich, sah Zach noch alberner aus als wir. Nur sein Gesicht und ein paar verirrte schwarze Locken lugten aus einem kleinen Loch in dem weißen Filzkostüm hervor, das ganz offensichtlich zu kurz für ihn war. Es bedeckte zwar seinen Kopf und den Körper darunter, reichte jedoch nur bis knapp über seine Knie, sodass seine Jeans und seine Doc Martens drunter hervorschauten. Auf seiner Nase saß eine künstliche Karotte.

»Leute, ihr seht echt toll aus«, bemerkte Zach. »Der heißeste Lebkuchen, den ich je gesehen habe.«

»Danke«, sagte ich errötend, wedelte dann rasch mit den Armen. »Es ist wirklich ziemlich heiß hier drin. Sollen wir nach oben gehen?«

Er nickte, und wir machten uns auf den Weg zum Verkaufsraum, wo der grummeligste Weihnachtsmann der Welt mit übereinandergeschlagenen Beinen in seinem Sessel saß und mit seinem Stiefel ungehalten in der Luft auf und ab wippte.

»Norris«, rief Eugene, »ich war ein ganz braver Junge! Bekomme ich ein Geschenk?«

Norris hielt inne, um uns zu betrachten, und ich sah ein Lächeln an seinen Mundwinkeln zupfen, als er auch schon losprustete und sich vor Lachen den Bauch hielt. »Zachary, ich weiß nicht, warum ich dich in diesen Laden gelassen habe. Wie bitte soll uns eine Weihnachtsparodie in diesen irren Kostümen bei *irgend*was helfen?«

»Nicht so negativ, Santa, bitte.« Zach watschelte durch den Laden, wobei seine Schritte durch den weißen Filzstoff gedämpft wurden, und überprüfte noch mal, ob alles an seinem Platz war. Hinter der Kasse befand sich ein Kessel, in dem der Glühwein warm gehalten wurde. Eugene hatte auf einem Tisch daneben Gläser aufgestellt sowie zwei Tabletts mit Weihnachtsgebäck von Lidl angerichtet.

»Ist der Sack bereit?«, fragte Zach Norris.

Der Jutesack lehnte an seinem Ohrensessel. Ich hatte den gesamten Nachmittag damit verbracht, schrottige Geschenke in Seidenpapier einzuwickeln: kleine Flummis, lustige Stifte, Jo-Jos, Dinosaurier-Schlüsselanhänger und neonfarbenen Schleim, der hochgiftig aussah.

»Du musst schon ein bisschen freundlicher schauen«, sagte Zach, der immer noch neben seinem Onkel stand. »Versuch's mit einem Lächeln.«

Norris hob seine obere Lippe an.

»Nicht so weit. Schalt einen Gang zurück. Nicht so viel Zähneblecken.«

Nach und nach trudelten die ersten Eltern mit ihren Kindern ein und stupsten sie Richtung Norris. Eugene und ich sahen von unserem Platz hinter der Kasse zu und kicherten.

»Frohe Weihnachten!«, sagte er steif zu jedem Kind. »Möchtest du gerne ein Geschenk aus meinem Sack?«

»Er muss echt aufhören, das zu sagen«, murmelte Eugene. »Er wird noch verhaftet.«

Die kleinen Kinder wirkten verschreckt, aber ihre überehrgeizigen Eltern hinter ihnen feuerten sie an, als wären sie bei einem Wettkampf. »Komm schon, Orangina/Archibald/Persimmon! Erzähl Santa, was du dir zu Weihnachten wünschst!«

Die kleine Orangina sah dann auf und erklärte, dass sie ein lebensgroßes Einhorn wolle.

»Ich bin nicht sicher, ob ich so eins dahabe«, erwiderte Norris mit einem Glucksen. »Aber steck doch mal deine Hand hier rein und schau, was du da findest.«

»Ernsthaft, ich rufe bald die Polizei«, raunte Eugene mir zu.

Ich schlug ihm auf den Arm. »Mach es nicht kaputt. Das ist doch nett.«

Es war mehr als nur nett. Es war magisch. Zach hatte

die Regale mit weißen Lichterketten geschmückt, und Nat King Cole trällerte Weihnachtsweisen aus den Lautsprechern. Der Laden funkelte und strahlte durch die Schaufenster, was immer mehr Leute auf dem nasskalten Bürgersteig dazu ermunterte, einzutreten.

Nachdem sie mir Anfang der Woche geschrieben und gefragt hatte, ob sie »mit Begleitung« kommen dürfe, erspähte ich Jaz, die mit Dunc sowie Maya und George eintrudelte. Ich grinste und winkte ihnen über die Menge hinweg zu, konnte jedoch meinen Posten nicht verlassen, da so viele Kunden anstanden, um Bücher zu kaufen. Ich gab den gratis Glühwein aus, während Eugene abkassierte. Ich vergaß fast schon, dass ich wie ein Lebkuchen gekleidet war, doch Eugene schüttelte immer wieder den Kopf, um seine Schellen bimmeln zu lassen, wenn ein Kunde nach seiner Papiertüte griff.

In einem anderen Eck des Ladens, unterhalb der Gartenbücher, standen ein paar von der NOMAD-Truppe. Seamus hatte seinen schäbigen alten Mantel gegen eine Tweedjacke eingetauscht und sah aus, als habe er sich die Haare gebürstet, was einem Weihnachtswunder gleichkam. Lenka und Mary nippten nervös an ihrem Glühwein, und Elijah beäugte argwöhnisch ein Plätzchen. Ich hatte noch nie einen von ihnen außerhalb unseres Klassenzimmers gesehen und verspürte einen Anflug von Stolz, dass ich sie hier zusammengebracht hatte.

Obwohl wir das alles hier eigentlich Mr. Schneemann zu verdanken hatten. Hin und wieder schaute ich zu ihm rüber und sah ihn Fotos machen, wofür er die Kamera über seine drollige Karottennase heben musste, und verspürte Dankbarkeit. Nicht nur dafür, dass er Energie und frischen Wind in den Laden gebracht hatte, sondern auch dafür, dass wir alle mehr Spaß hatten. Selbst Norris schaute nicht ganz so mördermäßig in Zachs Kameralinse.

»Die Weihnachtssänger sind da!« Eugene stupste mich mit dem Ellbogen an und deutete durch die Schaufenster auf den Chor der Chelsea Pensioners, der draußen wartete.

»ZACH!«, brüllte ich über das Gedränge hinweg und zeigte nach draußen.

Er bahnte sich seinen Weg zur Tür. Sein weißer Kugelkopf hüpfte über den anderen entlang. Er schüttelte jedem einzeln die Hand, bevor er sich umdrehte und sich in die Ladentür stellte.

»ENTSCHULDIGEN SIE, MEINE DAMEN UND HERREN! Könnten Sie bitte den Weg freimachen für unsere Weihnachtssänger? Nein, du nicht, Weihnachtsmann, du bleibst, wo du bist. Aber wenn alle anderen etwas Platz machen könnten, wäre das super.«

Weihnachtseinkäufer, Eltern und Kinder rückten enger zusammen. Einige setzten sich auf die Stufen, andere drückten sich gegen die Regale. Ich sagte ein paar Leuten, sie könnten ihre Kinder auf den Verkaufstresen stellen, damit sie besser sehen konnten. Es war so proppenvoll wie montagmorgens um acht in der U-Bahn, nur festlicher gestimmt.

Ich bückte mich unter den Tresen, um Nat King Cole

auszumachen, und schenkte mir ein Glas Glühwein ein, während die Chelsea Pensioners sich in einem Halbkreis aufstellten. Einer von ihnen hatte eine Trompete dabei. Kurz herrschte Stille, und dann legten sie los mit einer trällernden Interpretation von »Kommet ihr Hirten, ihr Männer und Frau'n«.

Dann setzte der Trompeter zu einer schmetternden Darbietung von »Fröhliche Weihnacht überall« an. Wir stimmten beim Refrain mit ein und wurden jedes Mal lauter. Ich weiß nicht, ob es der Wein war, die Musik, die alten Soldaten, die vor uns sangen, oder meine Hormone (eine Kombination von allem?), aber plötzlich übermannten mich die Emotionen. Ich schaute mich im Laden um, von Jaz, die Dunc auf ihrer Hüfte trug, bis hin zu dem Trompeter, der sich durch den letzten Vers trötete, und alle meine Ängste und Bedenken – wegen dem Laden, wegen Rory, wegen der Zählerei und der Farben der Autos – erschienen mir mit einem Mal bedeutungslos. Für einen kurzen Moment fühlte sich mein Kopf geräumiger an, frei von Sorgen. Ich schenkte mir noch einmal nach, und als ich dann wieder durch den Laden schaute, fing ich Zachs Blick ein und grinste breit, als der Altherrenchor »Lasst uns froh und munter sein« anstimmte.

Sie endeten zu tosendem Beifall und Zugaberufen. Zach ließ ein klimperndes Eimerchen für Spenden rumgehen, während sie ein letztes Stück zum Besten gaben. »Morgen, Kinder, wird's was geben«.

»Heiliger Bimbam, da sind ja ein paar Fünfziger drin«, staunte Eugene, als der Eimer die Kasse erreichte.

»Das ist für sie, nicht für uns. Weißt du was, stell das hier ab und gib ihnen ein Gläschen.«

Ich reichte ihm ein Tablett mit dampfendem Glühwein. Das Durchschnittsalter der Weihnachtssänger musste bei vierundneunzig liegen, und ich konnte mir gut vorstellen, dass sie einen kleinen Zuckerschub gebrauchen konnten, bevor einer von ihnen noch umkippte. Es war ein niedlicher, kauziger Anblick: Norris in seinem Weihnachtsoutfit, der mit den alten Soldaten becherte, während ein Schneemann um sie herumwuselte und Fotos machte.

Ich sah vom Tresen aus zu, wie Eugene die Gläser verteilte, und Zach ließ die Kamera sinken und schob sich zu mir durch.

»Nicht schlecht, was?«

»Der Gesang?«

Er schüttelte lächelnd den Kopf. »Die ganze Party.«

Ich knuffte ihn mit der Schulter in seinen Arm. »Ja, okay, okay, hast du gut gemacht. Gute Arbeit.«

»Gut gemacht haben wir es *alle*«, sagte er nachdrücklich, legte den Arm um meine Schultern und zog mich an sich. »Teamwork.«

Ich blieb kurz an seine Brust gelehnt stehen, riss mich jedoch los, als ich in der Menge Jaz mit Dunc an der Hand auf uns zukommen sah.

»Gefällt mir, dein Outfit, Süße«, sagte sie breit grinsend. »Dunc, schau doch nur, was Tante Florence anhat?«

Er deutete auf die rote Zuckergussverzierung auf meinem Kopf. »Bist du Rudolph, das Rentier?«

Ich lachte. »Nein, nicht ganz. Ich bin ein Lebkuchen. Wie geht es euch beiden?«

»Supi. Wir haben auch brav mitgesungen, stimmt's, Dunc?«

Er nickte und sah dann schüchtern zu Zach auf. »Aber deine Schneemannverkleidung, die gefällt mir am besten von allen.«

Zach lachte. »Danke, Kumpel.«

»Willst du noch was trinken?«, fragte ich Jaz.

»Ja, bitte«, sagte sie und wackelte mit dem Glas vor meiner Nase.

Ich füllte es auf und nickte zu George, der auf der anderen Seite des Ladens mit Maya dastand und sich mit Norris unterhielt. »Wie läuft es?«

Jaz' Lächeln brachte ihr gesamtes Gesicht zum Strahlen. »O Floz, er ist ja so ein Schatz.«

Ich schielte zu Dunc, doch der war abgelenkt von Zach, der in die Hocke gegangen war und ihm auf seinem Handy Tierfotos zeigte. »Habt ihr es getan?«, flüsterte ich.

Sie schüttelte den Kopf. »Wir wollten uns diese Woche treffen, aber bei der Arbeit ist was dazwischengekommen, also denke ich, dass heute die Nacht der Nächte ist. Sie kommen beide zu einer Pyjamaparty zu uns.«

»Was macht er so?«

Sie zuckte die Achseln. »Irgendwas mit Computern. Ach ja, wo wir schon bei Partys sind, kann ich Dunc am Samstag mit ins Hotel bringen? Ich werde ihn nur mit einem iPad irgendwo ins Eck setzen, während ich euch zurechtmache.«

»Klar. Ich teile mir ein Zimmer mit Ruby, aber Mia hat das direkt nebenan, also werden wir genug Platz haben.«

»Super.« Sie nahm einen Schluck Wein. »Wie ist die Stimmung so kurz vor dem großen Tag?«

»Mia hat die ganze Woche nichts außer Äpfel gegessen, und Patricia mailt uns stündliche Wetter-Updates und schiebt Panik wegen Regen, obwohl die ganze Feier drinnen stattfindet. Also im Großen und Ganzen alles so wie erwartet.«

Sie senkte das Glas. »Und wo ist Rory?«

»Arbeiten. Er meinte, er hätte vor dem Wochenende viel zu tun, aber wir haben morgen Nachmittag das Probedinner für die Hochzeit und danach Drinks, also versteh ich's.«

Jaz hob eine Augenbraue in meine Richtung, ertappte dann aber Dunc, dessen Hand sich zu den Plätzchen auf dem Tablett stahl. »Kein Stück weiter, mein Freundchen, das reicht für heute.«

»Was für ein GRINCH«, sagte Zach und hob den kleinen Jungen schwungvoll in die Luft. Dann kippte er ihn zu lautem Quieken und Lachen kopfüber.

»Vorsicht, du willst da bestimmt keine Kotze draufbekommen«, sagte Jaz und deutete mit einem Nicken auf Zachs schneeweißes Kostüm.

Zach stellte ihn wieder ab, und Dunc zupfte an Jaz' Mantelärmel.

»Mum, Mum«, sagte er. »Zach hat mir Fotos von seinen Ferien gezeigt. Können wir auch nach …« Er hielt inne, da ihm das Wort nicht einfiel.

»Patagonien«, sagte Zach.

»Können wir auch da hin, Mum? Bitte? Da gibt es Wale und Delfine und Adler.«

Jaz lachte. »Vielleicht, obwohl das etwas teuer klingt.« Dann schaute sie zu Zach. »Was für Ferien sind das? Fliegst du über Weihnachten?«

»Ein ausgedehnter Urlaub. Ein paar Monate wahrscheinlich, um Fotos zu machen.«

»Echt jetzt? Ich dachte, du meinst so einen Trip mit Hotel und Piña Colada am Pool«, staunte Jaz und sah von Zach zu mir.

»Nein, ich fliege am Samstag um sieben mit meiner Kamera zu einem richtigen Abenteuerurlaub los.«

»Können wir auch fliegen, Mum?«, flehte Dunc.

»Vielleicht eines Tages«, sagte sie, bevor sie ihr Glas leerte, »aber jetzt müssen wir erst mal nach Hause.«

»Zu eurer Pyjamaparty?«, fragte ich mit gehobenen Augenbrauen.

»Ganz genau.« Sie nahm Duncs kleine Hand. »Komm, lass uns George und Maya holen.« Sie und Dunc verabschiedeten sich von Zach, dann wandte sie sich zu mir. »Wir sehen uns Samstag.«

Ich nickte und sah ihr zu, wie sie sich den Weg zu George bahnte. Sie legte eine Hand auf seinen Rücken und sagte etwas, woraufhin er nickte; er schüttelte Norris die Hand und winkte dann mir zu.

»Vielen Dank«, formte er stumm von der anderen Seite des Ladens.

Er stupste Maya, damit sie es ihm gleichtat, und dann verließen sie mit den letzten Kunden den Laden. Jaz zwinkerte mir durch das Schaufenster zu, als sie die Straße entlanggingen. Sie wirkte so glücklich.

Als ein lauter Ruf von der Tür erschallte – »Ho, ho, ho!« –, drehten wir uns verdutzt um. Norris hatte das *Geöffnet*-Schild auf *Geschlossen* gedreht und grinste uns breit an.

»Oh, hallo, der Weihnachtsmann ist ja aufgetaut«, bemerkte Eugene.

»Das ist er«, erwiderte Norris, zog sich die Mütze vom Kopf und rieb sich über das Haar, sodass die weißen Büschel abstanden wie Baiserhäubchen. »Und wisst ihr auch, warum?«

»Du wurdest nicht wegen Anstößigkeit verhaftet?«

Norris schüttelte den Kopf und klatschte in die Hände. »Dieser Mann. Dieser Mann! Er hat uns gerade gerettet.«

»Welcher Mann?«

»Na, der Mann«, sagte Norris, dessen Gesicht so puterrot angelaufen war, dass ich schon dachte, er müsste explodieren. Ich hatte ich noch nie so fröhlich gesehen. »George irgendwas, der mit Florence' Freundin hier war.«

»Spencer?«

Norris nickte. »Ja, der. George Spencer. Der Mann ist ein Internet-Millionär, der so eine Shopping-Seite gegründet hat.«

»Was für eine Shopping-Seite?« Meine Stimme überschlug sich.

Er machte eine wegwerfende Handbewegung. »Frag mich nicht. Ich habe keine Ahnung von diesen Dingen, wie ihr wisst. Aber er hat angeboten, unsere Mieterhöhung zu zahlen. Er wohnt ums Eck und ist der Meinung, dass wir unbedingt offen bleiben müssen. Seine Tochter ist anscheinend eine richtige kleine Leseratte.«

»Du machst Witze?«, sagte Zach.

»Er kann kein Millionär sein, er sieht aus wie elf«, schob ich hinterher, als ich an Georges Babypopo-Gesicht und die nerdige Brille dachte. »Jaz hat mir gerade erzählt, dass er mit Computern arbeitet.«

»Ganz genau«, sagte Norris, der immer noch wie wild nickte. »Irgendeine Shopping-Sache, die Google gerade für ein Vermögen aufgekauft hat, und er will uns unter die Arme greifen. Anscheinend hat die Petition den Anstoß dafür gegeben.« Er beugte sich vor, um sich noch Glühwein nachzuschenken, und hob das Glas in meine Richtung.

Ich schüttelte ungläubig den Kopf. Jaz ging, ohne es zu ahnen, mit einem Millionär aus, und dann auch noch mit einem bescheidenen, anständigen IT-Millionär.

Wir sahen einander in staunendem Schweigen an, bevor Eugene einen Jubelruf ausstieß und aufsprang, woraufhin wir es ihm gleichtaten und die Arme um die Schultern des anderen schlangen. Ich zuckte innerlich zusammen, als der Glühwein gleich aus mehreren Gläsern auf die Holzdielen schwappte, ermahnte mich jedoch, jetzt bloß nicht den Moment zu ruinieren.

»Ich möchte euch allen für eure Mühe danken«, sagte Norris, als wir uns wieder beruhigt hatten. »Weil es funktioniert hat und ich es nicht … Ich kann nicht … Ich bin nicht sicher, ob ich selbst …« Er stockte und blinzelte in die Runde.

»Alles in Ordnung, Norris?«, erkundigte sich Eugene.

»Mir geht's gut«, erwiderte er, griff sich dabei an die Brust und hustete. »Ich bin nur so dankbar.«

»Ich komme einfach nicht drüber weg«, sagte Zach. »Wir müssen feiern. Verzeihung, Herr Weihnachtswichtel«, sagte er und schob sich hinter die Kasse.

»Was tust du da?«, wollte Eugene wissen.

Zach zog sein Handy aus der Tasche, steckte es an die Anlage, und die ersten Takte von Mariah Careys »All I Want For Christmas Is You« trällerten über unseren Köpfen los.

Wir tranken den Glühweinkessel bis auf den Grund leer, also ging Norris nach unten, um eine staubige Flasche Whisky aus seinem Büro zu holen. Die tranken wir ebenfalls, obwohl ich Whisky eigentlich hasste. Ich aß sechs Lebkuchen, während wir zu Wham! und Shakin' Stevens um den Tisch mit den Neuerscheinungen herumtanzten, dann wieder zu Nat King Cole und Mariah Carey, weil das Eugenes Lieblinge waren. Wenn jemand am Laden vorbeigekommen wäre und einen großen Schneemann gesehen hätte, der eine Lebkuchenfrau unter seinem Arm hindurchwirbelte, während ein Wichtel einen – grottenschlechten – Moonwalk auf dem Dielenboden hinlegte, hätte er sich womöglich gefragt, ob er halluzinierte. Es war der perfekte Abend, bis mir Harry einfiel. Also fing ich an, die Gläser einzusammeln und zum Spülen nach unten zu tragen.

Zach trocknete ab, während ich spülte, und wir summten gemeinsam »Lasst uns froh und munter sein« vor uns her.

»Hast du schon gepackt?«

»Nee, ich stopfe Samstagmorgen einfach ein paar schwarze T-Shirts in meine Tasche.«

»Wir werden dich vermissen«, sagte ich, als ich ihm das nächste Glas reichte. Das im Namen des ganzen Ladens zu erklären, quasi gemeinschaftlich, erschien mir unverfänglicher als zuzugeben, dass er mir ganz persönlich fehlen würde.

»Ach ja?«, sagte er, als er sich schließlich die Hände am Geschirrtuch abtrocknete.

»Klar. Obwohl ich es nicht vermissen werde, hinter dir herzuräumen«, schob ich hinterher, und weil ich ziemlich beschwipst war und es mir eine tolle Idee schien, schöpfte ich eine Handvoll Schaum aus dem Becken und pustete ihn in seine Richtung.

Zach lachte, wischte sich die Schaumflocken von den Wangen, und dann grinsten wir einander gerade so lange an, dass es anfing, sich komisch anzufühlen. Meine Wangen glühten, und es war, als hätte jemand alle Luft aus der winzigen Teeküche gesogen.

»Komm, wir müssen das noch fertig machen«, sagte ich und wandte mich verlegen der Spülschüssel zu; ich hatte das Gefühl, wegschauen zu müssen, überallhin, nur nicht zu ihm.

»Warum bist du mit ihm zusammen?«, fragte er leise.

»Wie bitte?«

Zach antwortete nicht sofort. Er sah mich einfach nur an auf diese Art, die mir das Gefühl gab, als könne er beinahe in mich hineinschauen. »Mit Rory. Warum?«

»Wie meinst du das? Weil er mein Freund ist, deswegen. Komm schon, trockne das ab.« Ich reichte ihm das nächste Glas.

Er trocknete schweigend ab, während ich Spülmittel über einen Teller kippte und mir Mühe gab, mir meine Verlegenheit nicht anmerken zu lassen. Von oben ertönte das gedämpfte Grölen von Norris und Eugene, die »In der Weihnachtsbäckerei« mitschmetterten.

»Der Typ ist ein egoistischer Arsch.«

»Zach …«

»Wo ist er denn gerade?«, fragte er und wirbelte herum, um mir direkt in die Augen zu sehen. »Wenn er so toll ist, warum war er dann heute Abend nicht hier? Warum ist er nie für dich da?«

»Zach, ich bin kein Kleinkind, das einen Aufpasser braucht. Er muss arbeiten.«

Zach ballte die Fäuste und knurrte: »Herrje, Florence, du verdienst einfach etwas viel Besseres. Du bist zu gut für ihn, und ich wünschte nur, du könntest das sehen.«

»Zach …«

Aber er ignorierte mich, seine Stimme wurde lauter. »Du glaubst, dass er alles ist, was du willst, weil er sich anzieht wie ein Kerl aus dem 18. Jahrhundert und redet wie ein tyrannischer mittelalterlicher König. Aber er wird dich zermalmen.«

»Zach, im Ernst jetzt, das ist etwas arg dramatisch«, versuchte ich, die Stimmung aufzulockern. Ich spürte bereits, wie sich die Angst vor einer schwierigen, emotionalen Auseinandersetzung in mir ballte.

»Ich fliege Samstag weg, ich muss dramatisch sein! Hör zu, als ich dich das erste Mal traf, da dachte ich, du wärst der schrägste, verklemmteste Mensch, dem ich je begegnet bin.«

»Vielen Dank.«

»Gern geschehen. Aber dann habe ich dich kennengelernt, und mir ist klar geworden, dass du, unter dieser schrägen Oberfläche und deiner echt krassen Kaffeetassen-Besessenheit, auch der liebste, netteste und loyalste Mensch bist, dem ich je begegnet bin. Und er nutzt das schamlos aus.«

»Zach …«

»Du liebst ihn gar nicht, stimmt's?«

Ich richtete den Blick auf den Linoleumboden, der ganz klebrig war vor Kaffeeflecken, und nahm mir vor, ihn gleich Montag zu wischen. »Ich … ich bin nicht … Ich weiß nicht.«

Er schüttelte den Kopf. »Du liebst ihn nicht, ich weiß es.«

Ich spürte einen Anflug von Wut. »Warum sagst du mir das alles gerade?«

»Weil ich nicht mitansehen kann, wie er dich behandelt.«

»Er ist einfach nur beschäftigt. Immerhin hat er ein ernsthaftes Ziel vor Augen, anstatt …«

»Anstatt was? Fotos zu knipsen? Für seinen Onkel zu arbeiten?«

»Das wollte ich nicht sagen, ganz bestimmt nicht«, murmelte ich beschämt, als ich Zachs gekränkte Miene sah.

Wir wurden vom Vibrieren meines Handys in der Hosentasche unterbrochen. Eine Nachricht von Rory. Verlasse gerade das Büro und fahre zu mir. Hoffe, der Abend war ein voller Erfolg. Wir sehen uns morgen, mein Schatz. R

»Ich muss los.« Plötzlich wollte ich nur noch nach Hause und in mein eigenes Bett.

»Florence, bitte denk doch einmal nur an *dich*. An das, was *du* willst.« Er packte meinen Arm, seine Finger drückten sich in meine Haut.

»Ich muss los«, erwiderte ich und schüttelte seine Hand ab.

»Schön«, sagte er angespannt. »Dann sehen wir uns, wenn ich zurück bin.«

Ich drehte mich an der Tür um, erschüttert von der Vorstellung, dass Zach und ich uns so voneinander verabschieden sollten, aber auch ratlos, was ich sonst tun könnte.

»Hab eine gute Reise«, sagte ich mit einem jämmerlichen kleinen Wink, bevor ich nach oben rannte und mich von den anderen beiden verabschiedete, die sich lallend durch »Schneeflöckchen, Weißröckchen« sangen.

Ich stürmte aus dem Laden und sog die kalte Dezemberluft tief in meine Lunge ein. Es war dunkel, fast Mitternacht, und die Bürgersteige waren schwarz vom Regen, aber ich ging den ganzen Weg zu Fuß nach Hause, während ich einzelne Sätze unseres Gesprächs in meinem Kopf hin und her wälzte.

11

Früh am Samstagmorgen, in Zimmer Nummer 432, hörte ich, wie die Hoteltür leise zugezogen wurde, Ruby neben mir ins Bett kroch und sich dabei unter die Daunendecke wühlte wie ein zappeliges Kind. Es war noch dunkel. Es musste Stunden hin sein bis zur Morgendämmerung. Ich schloss wieder die Augen. Machte ja keinen Sinn, die Nacht im Claridge's Hotel zu verbringen, in einem Bett so weich wie Zuckerwatte mit gefühlt dreiundneunzig Kissen, nur um so früh geweckt zu werden.

»Flo«, zischte Ruby.

Ich ignorierte sie.

»FLO!«

»Hm.«

»Bist du wach?«

»Nein.«

»Ich muss dir was erzählen.«

Ich seufzte und rollte mich herum. »Was denn? Wo warst du überhaupt?«

»In Jeremys Zimmer.«

Jeremy war einer von Hugos Freunden, ein Amerikaner, der aussah wie der junge Arnold Schwarzenegger: große Stirn, breiter Mund. Nach dem gestrigen Probedurchlauf im Ballsaal hatte die engere Hochzeitsgesellschaft (meine Familie, Hugos Familie plus ausgewählte Gäste) sich an der Bar versammelt, um noch was zu trinken. Hugos Familie war daraufhin aufgebrochen, um zu Abend zu essen, während meine beim Trinken blieb. Es wurde nicht spät – wir hatten Snacks an der Bar bestellt und kurz nach zehn Uhr beschlossen, dass es an der Zeit war, ins Bett zu gehen. Alle bis auf Ruby, die da schon mit Jeremy, der ebenfalls im Hotel übernachtete, da er aus New York angereist war, an einem Ecktisch etwas abseits saß.

Ich schätzte, dass es vier Uhr morgens war, absolut nicht der richtige Zeitpunkt, um von Rubys Abenteuern mit besagtem Jeremy zu erfahren.

»Kann das nicht bis morgen warten?«

»Es ist schon morgen.«

Unmöglich. Im Zimmer war es dunkel wie in einer Kohlemine.

Ruby schaltete eine Lampe ein. Ich schlug mir die Hände über die Augen.

»Schau doch«, sagte sie.

Ich spähte durch meine Finger und sah auf ihrem Handydisplay, dass es 7.32 Uhr war. Ich schaute zu den Fenstern – die lichtundurchlässigen Jalousien hatten mich getäuscht.

»Hör zu«, sagte sie, »ich muss dir dringend was erzählen.«

Es war, als würde ich das Zimmer mit einer hyperaktiven Fünfjährigen teilen. »Was denn?«

Ruby sah plötzlich ganz ernst aus. »Ich habe letzte Nacht mit Jeremy geschlafen …«

»Hab ich mir gedacht.«

»Nein, aber das ist nicht, was ich dir erzählen muss.«

Ich runzelte die Stirn. »Was dann? Du machst mich noch irre.«

Sie verzog gequält das Gesicht. »Er hatte ein Video auf seinem Handy.«

»O-kaay …«

»Vom Junggesellenabschied. Ein Video, das einer von den Typen in Prag aufgenommen hat.«

»Hugos Junggesellenabschied?«

Sie nickte.

»Von was denn?«

Sie verzog erneut das Gesicht. »Hiervon«, sagte sie und hielt mir ihr Handy hin.

Ich drückte auf Play und hörte Männergrölen und jemanden, der keuchte. Das Bild war ganz verwackelt, also hielt ich das Display näher vors Gesicht, zog dann aber eine angewiderte Grimasse und reichte es ihr zurück.

»Ruby, das ist ein Porno. Warum zeigst du mir morgens um sieben einen Porno?«

»Es ist kein Porno, schau doch!« Sie schob mir meine Hand mit ihrem Handy vor die Nase, und da wurde es mir klar: Das war Hugo, der auf einem Stuhl saß, während eine Frau in einem winzigen roten Paillettenslip ihren Po an seinem Schritt rieb.

»Was ist denn bloß mit ihren Nippeln los? Warum hat die Frau Heftpflaster auf ihren Brustwarzen? Ich kann mir das nicht ansehen.« Ich versuchte, ihr das Handy zurückzugeben.

»Du musst aber!«, befahl Ruby.

Widerwillig richtete ich meinen Blick auf das Display, als die Tänzerin sich zu Hugo umdrehte und ihm eine ihrer Brüste ins Gesicht drückte.

»Was tut sie da?«

»Schau's dir an!«, sagte Ruby mit einem bestimmten Nicken zum Handy.

Ich stieß die Luft aus, als Hugo eine Hand ausstreckte, um ihren Hintern zu packen und sie an sich zu ziehen; dann trat die Tänzerin unter prolligem Gejohle zurück.

»Das sind Marshmallows«, klärte Ruby mich auf. »Das auf ihren Nippeln. Schau, jetzt sind sie weg. Hugo hat sie abgebissen. Aber schau weiter.«

»Muss ich? Ich brauche echt einen Kaffee.«

Ich sah mich im Zimmer um, als könnte ein Kellner mit einer Kaffeekanne hinter irgendeinem Möbelstück hervorspringen. Das hier war nicht der Weckanruf, mit dem ich gerechnet hatte.

»Ja, schau hin.« Ruby reckte das Kinn wieder zum Display, als die Frau in dem paillettenbesetzten Slip zwischen Hugos Beinen auf ihre Knie fiel und seinen Hosenladen öffnete. Sie senkte den Mund hinab, und ich schleuderte das Handy auf die Bettdecke, als hätte ich mich daran verbrannt. »Rubes, ich schau mir das nicht an.«

Vom anderen Ende des Bettes konnte ich immer noch das kumpelhafte Gejohle hören, da das Video weiterlief.

Ruby griff nach dem Handy, drückte auf Stopp, und wir beide saßen wie erstarrt auf dem Bett.

»Um ehrlich zu sein, bin ich echt baff, dass Hugo zu so was in der Lage ist«, sagte ich nach einer kurzen Stille. »Aber … heißt das …? Ich meine, kommt er …?«

»Über die Zielgerade?«, sagte Ruby ungerührt, als würde sie über ein Pferderennen reden. »Ja, tut er. Und dann … na ja, tut mir leid, Flo, aber es kommt noch schlimmer.«

»Schlimmer? Wie bitte soll das noch schlimmer werden? Wie kann es was Schlimmeres geben, als ein Video von unserem Beinahe-Schwager zu entdecken, in dem er einen geblasen bekommt von einer Frau, die wie eine Löwenbändigerin aussieht? Und das an dem Tag, an dem er unsere Schwester heiraten soll?«

»Psssst«, zischte sie und neigte den Kopf zu der angrenzenden Tür, hinter der Mia, hoffentlich, tief und fest schlief. Sie hielt erneut ihr Smartphone hoch, aber ich schlug es runter.

»Ich schau mir das nicht mehr an.«

»Okay, aber …« Sie stockte.

»Was?«

»Rory ist auch drauf.«

»WAS?«

»Pssssst!« Sie tippte erneut auf ihr Handy. Kurz sah ich die Löwenbändigerin aufblitzen, wie sie sich an Rory rieb, doch dann drehte ich den Kopf weg.

»Rubes, ich kann wirklich nicht … Ich will es einfach nicht sehen.«

Im Zimmer wurde es wieder still.

»Wie schafft sie es, dass die Marshmallows dranbleiben?«, sinnierte ich.

»Echt jetzt? Das ist gerade deine wichtigste Frage?«

»Nein, nicht die wichtigste.« Ich sah sie an. »Ich nehme an, Rory, äh … schafft es auch über die Zielgerade?«

Sie nickte. »Und man kann ihn ›Cowabunga!‹ schreien hören. Willst du's sehen?«

»Nein, wirklich nicht«, sagte ich seufzend und lehnte mich gegen das satinbezogene Kopfende. »Okay, ich habe ein paar Fragen. Erstens, wie hast du es herausgefunden?«

»Jeremy war total betrunken, und er dachte, es wäre lustig, es mir zu zeigen.«

»Was für ein Witzbold. Aber wie hast du es auf dein Handy bekommen?«

»Von seinem Handy heute früh. Er war völlig weggetreten, also habe ich seinen Finger ans Display gehalten.«

»Spitzenarbeit, Agatha Christie. Okay, und meine zweite Frage ist: Zeigen wir es Mia?«

»Ja, natürlich.«

»An ihrem Hochzeitstag?«

»Wir müssen, oder etwa nicht? Du würdest es doch auch wissen wollen.«

Ich seufzte erneut. »Ja, ich schätze schon.«

»Und wirst du Rory irgendwas sagen?«, fragte sie sanfter. »Bist du okay?«

Ich presste die Lippen zusammen und dachte einen Moment nach. Ich wartete auf eine Woge des Zorns, der Trauer, angesichts der Erkenntnis, dass mein Freund Süßigkeiten von den Brüsten einer fremden Frau geknabbert hatte, bevor sie ihm einen geblasen hatte. Aber ich fühlte mich nicht besonders wütend. Stattdessen verspürte ich einen winzigen Hauch von Erleichterung. All die Sorgen, all die geradezu obsessiven Mühen der letzten Monate, ihn als meinen Freund zu halten, kamen mir mit einem Mal absurd vor. Ich hatte alles getan, was ich konnte – ich hatte eine Liebes-Coachin konsultiert, unbequeme Slips getragen, mir die Augen verbinden lassen, so getan, als würde ich mich bei seinen Eltern amüsieren, war zu diesem furchtbaren Ball gegangen, hatte ihm ein ums andere Mal zugehört, als er »Cowabunga!« schrie –, doch nichts von alldem war richtig gewesen. Das war die sehr simple, sehr offensichtliche Wahrheit, und alles, was es gebraucht hatte, damit ich das begriff, war eine nackte Frau mit Paillettenslip. Als mir das klar wurde, musste ich plötzlich lachen.

»Was ist so witzig?«, fragte Ruby stirnrunzelnd.

»Wirst du schon sehen.« Ich streckte mich nach meinem eigenen Handy, das auf dem Nachttisch lud, scrollte zu Rorys Namen und drückte den grünen Knopf.

Es klingelte ein paarmal, bevor er schlaftrunken antwortete. »Morgen, mein kleiner *chou-fleur*, du bist aber früh wach.«

»Bitte komm mir nicht mit *chou-fleur*«, erwiderte ich kühl. »Was ist in Prag geschehen?«

Ich hörte das Rascheln von Bettlaken im Hintergrund und Rory, der sich räusperte. »Was meinst du?«

»Hast du oder hast du nicht …« Ich hielt inne, da es mir unmöglich war, es laut auszusprechen. Was war die am wenigsten unangenehme Formulierung? »… orale Dienstleistungen von einer Stripperin angenommen?«

»Florence, Schatz. Wie kannst du überhaupt denken, dass ich so et…«

»Es gibt ein Video.«

Seine Stimme rutschte eine ganze Oktave höher. »Was für ein Video?«

»Von Hugos Freund Jeremy«, erwiderte ich und gab mir dabei Mühe, ruhig zu bleiben. »Ein Video von dir und Hugo, und ihr beide geht darauf ab wie zwei NOTGEILE TEENAGER!«

Jetzt hatte die Wut eingesetzt – Rorys Arroganz, die Unverschämtheit, es auch noch abzustreiten, und sein schwacher Protest, das alles war so schäbig, so erbärmlich.

Er schwieg am anderen Ende der Leitung. Ich konnte beinahe hören, wie sich seine Gedanken überschlugen: Wie komme ich da raus? Wie beruhige ich sie?

»Florence, es tut mir leid«, sagte er schließlich. »Es war wirklich dämlich von mir, das zu tun. Jungs unter sich, du weißt schon. Kannst du mir vergeben?«

»Ich denke wohl nicht.«

Seine Stimme wurde nun ernster. »Florence, es war ein Junggesellenabschied. Solche Dinge passieren.«

»Oh, solche Dinge passieren also, ja? Das ist aber interessant. Denn was ich nicht verstehe, ist, wie jemand, der unbedingt Premierminister werden will, sich erlauben kann, sich filmen zu lassen, während er sich von einer Professionellen in einem billigen Höschen oral verwöhnen lässt?«

Ruby neben mir stieß triumphierend die Faust in die Luft.

Rorys Stimme rutschte nun noch eine Oktave höher. »Florence, bitte, mach jetzt keine Dummheiten. Ich meine es ernst!«

»Ist das eine Drohung?«

»Ich … Könntest … Würdest du bitte nur das Video löschen? Es tut mir leid, es war ein Fehler. Ein dummer, ganz dummer Fehler. Hugo hat mich dazu genötigt.«

»Oh, Hugo hat dich genötigt, wirklich?«

»Ja, ja! Ich wollte es nicht tun, ehrlich.«

»Rory Dundee«, begann ich, »du bist ein rückgratloses, egomanes, selbstsüchtiges *ARSCHLOCH*.«

»Florence …«

»Ich hasse deine schnöseligen Klamotten.«

»Florence, bitte …«

»Ich hasse deinen Snobismus und deine prätentiösen Freunde.«

»Florence, komm schon, ich denke ni…«

»Und *ich* denke, dass du arrogant und anmaßend bist, und ich würde niemals für dich als Premierminister stimmen. Und ich kapiere immer noch nicht ernsthaft, was der Innenminister so treibt! Denk nicht mal dran, zur Hochzeit zu kommen. COWABUNGA DICH SELBST!«

Ich legte auf und schleuderte mein Handy aufs Bett; mein Herz hämmerte unter meinem T-Shirt wie eine Kriegstrommel.

Ruby jubelte. »Flo! So habe ich dich ja noch nie gesehen. Ich bin stolz auf dich.«

Ich lachte und legte mir die Hand auf die Brust, um meinen Herzschlag zu beruhigen. »Ja, ich bin auch ziemlich stolz auf mich. Das hat sich gut angefühlt. *Ich* fühle mich gut.«

»Das solltest du auch.«

»Ja, oder?« Ich hielt kurz inne, während ich versuchte, die Gedanken zu ordnen, die durch meinen Kopf rasten. »Ich schätze mal, alles, was ich ihm gerade gesagt habe, hat sich schon länger in mir aufgestaut – er war so aufgeblasen und egoistisch, und dann diese affigen Klamotten –, aber ich war zu versessen darauf, endlich jemanden zu haben.« Ich blickte Rat suchend zu ihr auf. »Ich glaube, mir war es einfach zu wichtig, überhaupt einen Freund zu haben, stimmt's?«

Sie nickte und wollte gerade antworten, als die Flügeltüren zwischen unserem Zimmer und dem von Mia krachend aufflogen.

»Was soll dieses Geschrei an meinem Hochzeitstag?«, fragte sie und streckte sich in der Tür, die Claridge's-Schlafmaske über die Stirn hochgeschoben.

Ruby sah mich panikerfüllt an.

»Es ist mein Hochzeitstag!«, rief Mia erneut, die Arme immer noch in der Luft, als erwartete sie, dass wir ihr applaudierten.

»Hurra«, rief ich matt. Ruby blieb still.

Mia lachte und ließ die Arme sinken. »Danke für die Begeisterungsstürme, Leute. Oh, fast hätte ich es vergessen.« Sie kehrte in ihr Zimmer zurück und kam dann mit zwei Zellophanhüllen zu uns gehüpft. Sie setzte sich auf die Bettkante, schlug ein Bein unter und reichte sie uns. »Die habe ich für euch besorgt.«

Wir öffneten sie schweigend. Es waren rosa Morgenmäntel aus Seide, auf deren Rücken *Schwester der Braut* gestickt war.

»Gefallen sie euch?«

Wir nickten beide.

»Gut. Aber Jaz und die Visagistin kommen in etwa einer Stunde, falls ihr also frühstücken wollt, bestellt euch jetzt was. Ich kriege nichts runter, aber könnt ihr mir einen Kaffee mitbestellen?«

Ruby ließ ihren Morgenmantel sinken. »Mia, können wir mit dir über was reden?«

»Was?«

»Ich habe mich gestern Abend mit Jeremy unterhalten.«

Mia klatschte in die Hände. »Echt? Ich dachte mir schon, dass du ihn magst. Angeblich ist sein Apartment in New York der Hammer.«

»Da ist es sicher, aber …«

»Tatsächlich glaube ich sogar, dass er beim Essen später neben dir sitzt. Ich habe nicht mehr den genauen Tischplan im Kopf, aber ich glaube, es könnte hinkommen.«

»Mia, vergiss den Tischplan.«

»Ich könnte dich auch neben Dan setzen. Hast du gestern Abend Dan kennengelernt? Das ist der mit der ziemlich großen Nase, aber davon solltest du dich nicht abschrecken lassen, denn angeblich hat er einen unglaublich großen …«

»MIA! Würdest du mir bitte zuhören?«, rief Ruby.

»Was denn? Schrei mich bitte nicht an meinem Hochzeitstag an.«

Ruby holte tief Luft. »Ich habe mich mit Jeremy unterhalten, und er hat mir ein Video gezeigt.«

»Was für ein Video?«

»Vom Junggesellenabschied. Von Hugo.«

»Von was genau?«

Ruby sah Hilfe suchend zu mir.

»Aus einem Club«, fuhr ich fort. »Wenigstens glaube ich, dass es ein Club ist. Es ist nicht ganz klar, weil das Bild verschwommen ist. Es könnte auch eine Bar sein. Oder ein Restaurant. Oder vielleicht war es auch in einem Hotelzi…«

»Herrgott noch mal«, unterbrach Ruby. »Ich werde es dir einfach zeigen.«

Sie streckte ihr das Handy hin, und Mia schaute sich das Video schweigend an, während ich mich innerlich wand, als die Jubelrufe erneut ertönten.

»Mia …«, begann Ruby, als das Video geendet hatte. Aber Mia hielt eine Hand hoch.

»Ich möchte nichts hören.«

»Aber was …?«

Sie reichte Ruby das Handy wieder und sah auf die Uhr. »Flo, du solltest unter die Dusche.«

»WAS?«, schrie Ruby. »Wollen wir nicht darüber reden?«

»Ich will an meinem Hochzeitstag nicht darüber reden. Mach es mir nicht kaputt, Rubes. Flo, ab unter die Dusche.«

Widerspruchslos erhob ich mich, als es an der Tür summte.

»Ich gehe schon«, sagte ich, dankbar für die Ablenkung. *Irgend*eine Ablenkung.

»GUTEN MORGEN, MEINE SCHÄTZCHEN!«, trällerte Patricia und rauschte an mir vorbei ins Zimmer. Sie trug einen lila Jogginganzug und einen Turban. »Ich kann nicht glauben, dass eine meiner Töchter heiratet. Wie geht es uns denn? Habt ihr alle gut geschlafen? Mia, meine Süße, du siehst ganz blass aus. Hast du denn was gefrühstückt?«

»Nein«, erwiderte Mia matt. »Kann mir jemand einen Kaffee bestellen?«

»Das mache ich«, flötete Patricia. »Und solltet ihr nicht langsam unter die Dusche? Florence, steh doch nicht so rum. Warum gehst du nicht als Erste?«

»Ich gehe ja schon«, sagte ich, erpicht über die Aussicht, mich für ein paar Minuten allein im Bad einschließen zu können.

Die Knöpfe und Knäufe in der Dusche waren komplizierter als ein Raumschiff, aber irgendwann hatte ich die richtige Temperatur eingestellt und stand mit schwirrendem Kopf unter dem heißen prasselnden Wasser. Viel war geschehen in nur wenigen Minuten. Kein Rory mehr. Als ich mich vorbeugte, um die Beine zu rasieren, versuchte ich abzuschätzen, ob ich traurig darüber war. War mir nach Heulen zumute? Ich kniff die Augen zusammen und blinzelte, um mich zu testen. Nö, nicht eine einzige Träne. Meine vorherrschende Empfindung schien die einer Befreiung zu sein. Wochenlang hatte ich versucht, mich selbst davon zu überzeugen, dass ich verliebt war, obwohl sich in der Zwischenzeit herausstellte, dass es in Wirklichkeit komplizierter war, den falschen Freund zu haben als gar keinen Freund. Ich öffnete den Mund unter der Dusche, um zu lachen, doch dabei bekam ich Wasser in den Hals, woraufhin ich jedoch nur noch heftiger lachen musste. Ich lehnte mich gegen die Fliesen, um nicht umzufallen, und schüttelte mich vor lauter Erleichterung.

Dann fiel mir Mia wieder ein. Arme Mia. Ihre Situation war um einiges komplizierter. Aber sie wollte so unbedingt heiraten. Vielleicht war ein schmieriger Blowjob in Prag gar kein Ausschlusskriterium für sie? Sie musste Hugo wohl genug lieben, um darüber hinwegsehen zu können, überlegte ich, während ich mein Haar trocken rubbelte. Es schien seltsam, aber über Geschmack ließ sich bekanntlich streiten, nicht wahr? Selbst Piers Morgan war verheiratet.

Als ich in unser Zimmer zurückkehrte, war ein Kellner mit einem Rollwagen voller Frühstückssachen da gewesen. Samt zwei Kannen Kaffee und einer Flasche Champagner. Patricia wedelte mir mit einem Glas zu, als ich in ein Handtuch gewickelt aus dem Bad trat.

»Auch ein Gläschen, Florence, mein Schatz?«

»Jetzt schon?« Ich sah auf meine Armbanduhr, es war 8.02 Uhr.

»Es ist ein feierlicher Anlass. Hier«, sagte sie, während sie schon ein weiteres Glas einschenkte. »Nur ein Schlückchen.«

»Danke«, sagte ich und nahm es mit der Hand entgegen, die nicht das Handtuch zusammenhielt. »Was hat es mit dem Turban auf sich?«

»Eine tiefenpflegende Haarmaske. Oh, das ist ja so ein freudvoller Tag. Ein glücklicher Tag, so glücklich. Ruby, du bist so still. Geht es dir gut?«

»Alles gut, Mum, bloß kein Trara.«

»Wo ist Mia?«, fragte ich.

»Gönnt sich ein Bad mit ihrem Kaffee. Scheint etwas nervös. Sollen wir Musik anmachen? Das dürfte alle aufheitern.«

Während Patricia an der TV-Fernbedienung rumfummelte und versuchte, einen Radiosender zu finden, holte ich den nahtlosen Slip heraus, auf den ich mich nach harten Verhandlungen mit Mia geeinigt hatte; dann knotete ich meinen rosa Morgenmantel um die Taille zusammen.

Ich warf mich neben Ruby aufs Bett. »Hast du was erwähnt?«, fragte ich leise, da Patricia mit dem Rücken zu uns stand. Sie hatte ihren rosa Morgenmantel über ihren Jogginganzug gezogen. *Mutter der Braut* war auf den Rücken gestickt.

»Nein, natürlich nicht«, murmelte Ruby.

Ein paar Minuten später summte es wieder an der Tür, als Jaz, Dunc und Mel, die Visagistin, eintrafen.

Patricia öffnete die Tür. »Guten Morgen«, flötete sie, bevor sie mit dem Champagnerglas eine Pirouette vor ihnen vollführte. »Ich bin die Mutter der Braut. Kommen Sie herein.«

Sie trat beiseite, woraufhin Jaz und Mel ihre Rollkoffer mit Arbeitsutensilien hereinschleiften und Dunc hinter ihnen hertrottete.

»Hey, Süße«, sagte sie, als ich aufsprang, um sie zu umarmen. »Wie geht es uns?«

»Ganz gut, glaube ich.«

»Ist die Brautclique bereit?«, erkundigte sie sich und sah erwartungsfroh in die Runde, als Mia nach ihrem Bad aus dem Zimmer kam. Sie wirkte porentief rein und rosig, nicht im Entferntesten wie eine Braut, die gerade ein Video von ihrem Bräutigam gesehen hatte, in dem er einer anderen Frau in den Mund ejakulierte. Ich schloss kurz die Augen bei der Vorstellung.

»Wir sind bereit«, sagte Mia freundlich. »Kann ich euch einen Kaffee anbieten? Oder Tee? Croissants? Champagner?«

»Lieber keinen Alk, sonst siehst du nachher womöglich seltsam aus, wenn du den Mittelgang entlangschreitest«, witzelte Jaz. »Aber einen Kaffee hätte ich gerne, danke. Mel?«

Mel war gerade damit beschäftigt, Pinsel und diverse Fläschchen mit Foundation auf einem Beistelltisch auszulegen. »Hm, einen Kaffee, bitte.«

»Ich kümmere mich drum«, sagte Mia. »Flo, fang du doch schon mal mit den Haaren an. Lass uns hier das Make-up machen und die Frisuren nebenan.«

»Klar«, sagte ich und führte Jaz in Mias Zimmer. »Dunc, willst du mitkommen und nebenan Zeichentrickfilme gucken?«

Er nickte, rannte uns hinterher und sprang aufs Bett.

»O nein, so nicht, Schuhe aus, wenn ich bitten darf«, ermahnte ihn Jaz, bevor sie sich wieder mir zuwandte. »Also? Wie lief es denn bisher?«, erkundigte sie sich, bevor sie den Reißverschluss ihres Koffers öffnete und Rundbürsten, flache Bürsten, Kämme, Haarföhns, Lockenstäbe, Glätteisen, Fläschchen, Tuben und lange Sprühdosen mit Haarlack herausbeförderte. Ich setzte mich auf Mias Bett und schilderte leise die Enthüllungen des heutigen Morgens, während sie die Utensilien auf dem Schminktisch verteilte.

»Mein Gott, das ist ja wie eine Hochzeit in einer Seifenoper«, stieß sie aus, als ich geendet hatte.

»Ja, ein bisschen.«

Sie senkte die Stimme zu einem Flüstern. »Aber Mia geht es gut?«

Ich zuckte die Achseln. »The show must go on.«

»Und du bist wirklich okay?«, fragte sie besorgt, während sie das Kabel ihres Föhns entwirrte.

»Ja, komischerweise tatsächlich. Fast so, als sei das, wovor ich am meisten Angst hatte, gar nicht so schlimm. Ich fühle mich eigentlich geradezu befreit.«

Jaz beäugte mich aus den Augenwinkeln. »Wirklich?«

Ich nickte. »Wirklich. Ich warte darauf, dass ich traurig werde, dass es mich übermannt. Aber vielleicht kommt das ja gar nicht.«

»Na, da sage ich nur halleluja!«, erwiderte sie und streckte die Arme in die Luft. Das Kabel baumelte ihr dabei von einer Hand. »Versteh mich nicht falsch, er war ja ganz hübsch anzusehen. Aber er war nicht der Richtige für dich. Warum bitte hat er sich so angezogen? Und so gesprochen?« Jaz schielte von oben herab auf ihre Nase und äffte ihn mit arroganter Stimme nach. »Oh, hallo, ich heiße Rory, und ich bin so viel besser als Sie. Wissen Sie nicht, dass ich eines Tages Premierminister sein werde?«

»Aber warum hast du mir das nie gesagt?«, erwiderte ich lachend und warf ein Kissen nach ihr.

»Weil du so besessen von ihm warst, und dann diese komische Liste.« Sie formte mit ihrer Hand einen sich bewegenden Mund, indem sie die Finger und den Daumen auf- und zuklappte. »Die Liste hier, und die Liste da.« Sie senkte die Hand. »Ich hätte es dir davor unmöglich verklickern können, oder? Ich musste darauf warten, dass du es von selbst herausfindest.«

»Tja, das habe ich ja jetzt.«

»Nicht ganz, wenn du mich fragst.«

Ich runzelte die Stirn. »Wie meinst du das?«

»Nicht so wichtig. Setz dich, wir müssen uns ranhalten.« Sie nickte zu dem Stuhl vor ihr.

»Hat Mia dir Vorlagen geschickt?«, fragte ich.

»Ja, nur so ’ne Million. Wir stecken dein Haar halb hoch, die Längen gewellt, dazu ein paar Rosen.«

»Genau.«

Jaz machte sich an dem Föhn zu schaffen. Ich fragte mich, wie Harry mit seinem Babysitter klarkam. Eugene legte extrem großen Wert auf eine ordentliche Wohnung. Man musste sogar einen Untersetzer benutzen, wenn er einen Tee servierte. Und trotzdem war es mir gelungen, ihn dazu zu überreden, sich das Wochenende um Harry zu kümmern. Außerdem hatte ich ihn gebeten, ganz offiziell Harrys »Patenonkel« zu werden. Eugenes gesamter Kopf war daraufhin vor Freude knallrot angelaufen.

»Ich? Im Ernst?«, hatte er gefragt und sich dabei eine Hand an die Brust gelegt.

»Ja, du, unbedingt. Ich weiß, dass du das ganz hervorragend machen wirst.«

Ich hatte Harry am Vorabend zu Eugene getragen, der, sobald er die Tür geöffnet hatte, schon mit einem gehäkelten Spielzeugfisch herumwedelte, den er in der Tierhandlung besorgt hatte. Ich hoffte bloß, der frische Enthusiasmus über einen rotfelligen Patensohn hatte sich noch nicht gelegt.

Meine Gedanken schweiften zu Zach ab, und ich blickte auf meine Uhr – zwölf vor neun. Er befand sich nun wohl schon in der Luft, saß auf einem unbequemen Sitz und aß ein aufgebackenes Brötchen auf seinem Direktflug nach Buenos Aires. Bei der Vorstellung, wie er sich mit jeder Sekunde weiter von London entfernte, verspürte ich einen Stich des Bedauerns. Wir hatten seit der Weihnachtsfeier nichts mehr voneinander gehört. Kein Anruf, keine Nachricht, um uns noch mal zu verabschieden. Das Wissen, dass er nun fort war, dass ich ihn am Montag nicht sehen würde, nicht mit ihm schimpfen könnte, weil er seinen Kaffeebecher auf einem Buch abgestellt hatte, erfüllte mich mit Trübsinn. Ich könnte ihn in Patagonien anrufen und mich entschuldigen, ihm sagen, dass er recht gehabt hatte mit Rory, aber vielleicht käme das auch zu bedürftig rüber? Ich würde schon damit klarkommen, wieder allein zu sein. So wie immer schon. Reiß dich zusammen, Florence Fairfax, einem Mann hinterherzuheulen hat noch nie jemandem geholfen.

Ich wurde durch den stechenden Schmerz eines Rosenstängels, der sich in meine Kopfhaut bohrte, aus meinen Gedanken um Zach gerissen.

»Entschuldige«, sagte Jaz, als ich den Kopf einzog. »Aber das wäre geschafft. Schickst du Ruby rein?«

Ruby und ich tauschten die Plätze. Sie ließ sich vor Jaz nieder, ich streckte im anderen Hotelzimmer Mel mein Gesicht entgegen. Mia ließ sich gerade von Pierre, dem Hochzeitsfotografen, ablichten. Patricia war bei der zweiten Flasche Champagner angelangt.

Der Durchschnittsbrite benötigt siebenundvierzig Minuten, um sich morgens fertigzumachen, obwohl ich persönlich in meinem praktischen Schuhwerk innerhalb einer Viertelstunde aus der Tür sein kann. Aber, oh, das lange, qualvolle Prozedere eines Hochzeitsmorgens. Nichts wird in Eile vollzogen. Mel brauchte eine gute halbe Stunde, um mein Gesicht mit orangefarbener Schlacke und so vielen Schichten Mascara zuzukleistern, dass meine Wimpern sich anfühlten wie Schmetterlingsflügel.

Als Nächste war Patricia dran. Während Ruby und ich auf dem Bett lagen und mit Dunc *The World's Wildest Animals* anschauten, kommandierte sie Mel eine halbe Stunde herum, dann Jaz.

Währenddessen knipste Pierre Fotos von unseren Schuhen, unseren Sträußen, unseren Kleidern auf den Bügeln, von Patricia in Lockenwicklern. Er fotografierte sogar das Tablett mit den Lachs-Sandwiches, die als vorgezogenes Mittagessen geliefert worden waren. Ich überlegte mir, wen das wohl jucken würde. Würde einer von Mias Nachfahren mit Interesse auf diese Lachsschnittchen zurückblicken? »Schau! Das sind die Sandwiches, die deine Ururgroßmutter an ihrem Hochzeitsmorgen gegessen hat!« Das schien mir doch eher unwahrscheinlich.

Stunden später zogen wir uns unsere Kleider über und halfen Mia in ihres, während Patricia uns in einem fort anbrüllte. Sie trug ein pastellblaues Kleid mit Blazer von Catherine Walker, weil ihr Idol, Carole Middleton, ihr Brautmutter-Outfit ebenfalls dort gekauft hatte.

»VORSICHT! Du wirst noch Make-up auf den Halsausschnitt schmieren. Florence, pass besser auf, hilf ihr mit den Ärmeln. Nein, nicht *der* Ärmel, der andere!«

»Bist du okay, Mia?«, fragte Ruby, die zu ihren Füßen kniete und die Längen des Rocks auffächerte und glättete.

»Alles ist perfekt«, erwiderte sie mit einem Lächeln in den Spiegel.

Und das war absolut keine Übertreibung – sie sah unglaublich elegant aus. Das Kleid war aus floraler Spitze gefertigt und bestand aus einem eng anliegenden Mieder, das in einen breiten Rock überging und in einer Schleppe auslief. Winzige seidenbezogene Knöpfe zogen sich über ihren Rücken hoch und an den langen Ärmeln entlang. Jaz' Hände flatterten um ihr Gesicht herum, während sie dafür sorgte, dass der Schleier, der aus der gleichen elfenbeinfarbenen Spitze gefertigt war, an Ort und Stelle blieb. Mia stand ganz still und betrachtete sich weiterhin im Spiegel, während wir um sie herumwuselten. Das war der Moment, auf den sie ihr ganzes Leben gewartet hatte, und eins war klar: Nichts, nicht einmal eine tschechische Tänzerin in Glitzerhöschen, würde ihr das kaputtmachen.

Patricia fing an zu heulen, als Dad eintraf.

Er stand in unserem Zimmer und betrachtete Mia eine kleine Weile, dann ergriff er ihre beiden Hände. »Ich bin so unglaublich stolz auf dich.«

»Danke, Dad«, erwiderte Mia. Sie klang roboterhaft, aber ich nahm an, das lag an ihrer Nervosität.

»Ich glaube nicht, dass ich je eine schönere Braut gesehen habe«, sagte Patricia. »Und das werde ich wahrscheinlich auch nicht mehr.« Sie stieß einen weiteren leisen Schluchzer aus und presste sich das Taschentuch an die Augenwinkel.

Dads Blick wanderte von Patricias Champagnerglas zu den leeren Flaschen, die sich auf dem Nachttisch reihten. Mittlerweile waren es vier an der Zahl. »Patricia, Liebling, warum gehst du nicht schon mit den Mädchen nach unten? Mia und ich kommen dann nach.«

Sie nickte mit tränenfeuchten Augen, und Mel puderte rasch Patricias Gesicht nach, während Ruby und ich unsere Sträußchen holten. Es waren cremefarbene Rosen in exakt dem gleichen Farbton wie die, die in unserem Haar steckten; sie waren mit kleinen roten Beeren gespickt und mit einem roten Band umwickelt.

»Bereit?«, fragte Ruby und sah von Patricia zu mir.

Ich nickte, Patricia schniefte.

»Okay, lasst uns gehen. Wir sehen uns unten, Leute«, sagte Ruby über die Schulter hinweg zu Mia und Dad.

Patricia und Ruby nahmen den Aufzug nach unten (ich ging zu Fuß und gab mir dabei Mühe, keine Flecken in den seidenen Stoff zu schwitzen), und wir trafen uns im Flur zum Ballsaal wieder. Über Patricias Schniefen hinweg konnte ich das Gemurmel der Gäste sowie das Streichquartett hören, das irgendwas Klassisches zum Besten gab.

»Mum, das hier ist eine Hochzeit, keine Beerdigung. Reiß dich zusammen«, befahl Ruby.

Der Gang war mit großen Vasen voller Amaryllis sowie schlanken weißen Kerzen geschmückt. Ich sah schon vor mir, wie Mias Schleppe Feuer fing, während Dad sie nach vorne führte, und sie in einem brennenden Brautkleid zu ihrer Trauung schreiten musste – das hätte uns gerade noch gefehlt.

Die Standesbeamtin, eine rundliche Dame namens Mary, kam aus dem Saal zu uns hinübergeeilt. »Hallihallo, sehen Sie nicht reizend aus? Sie könnten Schwestern sein!«

Das ließ kurzzeitig Patricias Geschniefe verstummen. »Oh, Mary, Sie sind ja lustig«, sagte sie offensichtlich entzückt.

»Sind die anderen unterwegs?«, fragte Mary.

»Ich hoffe doch«, murmelte Ruby,

»Wunderbar. Ich warte an der Tür, geben Sie mir einfach einen Wink, wenn wir so weit sind.«

Mary watschelte zum Eingang des Ballsaals zurück, als

gerade die Fahrstuhltür hinter uns aufging und den Blick auf Mia am Arm unseres Vaters freigab. Dad quollen nun ebenfalls die Tränen aus den Augen.

»Henry«, schluchzte Patricia, »hier, nimm mein Taschentuch.«

»Herrjemine«, seufzte Ruby. »Schwesterherz, du siehst sensationell aus. Bist du bereit?«

Mia lächelte nervös und nickte. Wir warteten, bis unsere Eltern ihre Tränen getrocknet hatten. Patricia sollte als Erste hineingehen und allein den Brautzug eröffnen. Ich kam als Nächste, dann Ruby, gefolgt von Dad und Mia.

»Also gut«, sagte Patricia und holte tief Luft. »Ich bin bereit.«

Ruby gab Mary an der Tür einen Wink, die gleich darauf im Ballsaal verschwand, woraufhin das Streichquartett »Ave Maria« anstimmte.

»Geh schon, Pat«, drängte Ruby.

Patricia schritt so weit aus, dass es aussah, als würde man einem Dressurpferd bei seiner Kür zuschauen.

»Toi, toi, toi«, flüsterte ich Mia zu, bevor ich meiner trabenden Schwiegermutter folgte.

Ich zählte die Fensterscheiben an der Vorderseite des Ballsaals, während ich den Gang entlangschritt und mir Mühe gab, mich von den auf mir ruhenden Augenpaaren nicht einschüchtern zu lassen. Kinn hoch, Bauch rein. Hugo zwinkerte mir von vorne zu, und ich tat so, als würde ich zurücklächeln, aber ich fürchtete, es war mehr eine Grimasse. Unter dem Kronleuchter glänzte sein Haar ölig.

Nachdem wir die erste Reihe erreicht hatten, drehten Patricia, Ruby und ich uns um und sahen Dad und Mia zu, die nach uns kamen. Da stiegen selbst mir die Tränen in die Augen, auch wenn ich nicht sicher war, ob sie Mia galten oder mir. Ihr Gesicht strahlte ein solches Glück aus, dass ich mich unwillkürlich fragte, ob ich je etwas Ähnliches erleben würde.

Patricia neben mir heulte jetzt laut und hemmungslos.

Vorne eingetroffen, schlang Mia ihre Arme feste um Dad, bevor sie sich trennten und er sich zu uns in die erste Reihe gesellte.

Mary ließ mit breitem Lächeln den Blick über die Anwesenden schweifen. »Herzlich willkommen, alle miteinander, liebe Familie und Freunde von Mia und Hugo. Was für ein besonderer Tag dies doch ist, in diesem wunderschönen Hotel, wo wir uns versammelt haben, um gemeinsam diesen ganz besonderen Moment zu feiern. Noch ein paar kleine Hausregeln vorab, und dann fahren wir fort, da einige von Ihnen schon sehr durstig aussehen.«

Ein höfliches Lachen ging leise durch den Raum.

»Erstens haben Braut und Bräutigam gebeten, von Fotos während des Ehegelübdes abzusehen, um dem Moment seine Heiligkeit nicht zu nehmen. Aber ansonsten dürfen Sie so viele Fotos machen, wie Sie wollen, und posten Sie diese gerne. Es gibt einen Hashtag, und der lautet … Moment …« Mary hielt inne, um einen Blick in ihre Notizen zu werfen, und räusperte sich. »Er lautet #MiahatHugogesagt, und Sie sind alle herzlich eingeladen, ihn zu benutzen. Nun denn«, fuhr sie in ernsterem Tonfall fort,

»der Raum, in dem wir uns eingefunden haben, wurde offiziell für die Trauzeremonie genehmigt. Sie sind heute hier, um die Eheschließung zwischen Mia und Hugo zu bezeugen.« An dieser Stelle legte Mary eine Pause ein, um auf die Braut und den Bräutigam zu zeigen, für den Fall, dass jemand nicht wusste, wer die beiden war. »Falls es unter den Anwesenden jemanden gibt, dem ein rechtmäßiger Hinderungsgrund für diese Ehe vorliegt, soll er oder sie jetzt sprechen.«

Mary legte eine Pause ein und ließ den Blick durch den Raum gleiten.

Sie lächelte. »Wunderbar. Nun, da das erledigt wäre, möch…«

»Ich«, sagte da Mia.

Marys Lächeln fiel in sich zusammen. Sie beugte sich zu Mia vor. »Entschuldigung?«

»Ich habe einen Hinderungsgrund.«

»Sie, die Braut, haben einen Einspruch?«, entgegnete Mary sichtlich verwirrt.

Patricia neben mir war vor Entsetzen erstarrt. »Schätzchen, geht es dir auch gut?« Sie beugte sich zu ihrer Tochter vor und zischte etwas leiser: »Das sind sicher nur deine Nerven, so kurz vor dem Ziel.«

»Klappe, Mum«, sagte Mia, bevor sie sich zu Hugo umdrehte.

Er sah aus, als würde er sich jeden Moment in die Hose machen.

»Du Bastard!«, rief sie laut und deutlich, sodass alle sie hören konnten. »Du mieser, dreckiger BASTARD!« Sie schlug mit dem Brautstrauß auf seine Brust ein. »Keine Stripperin, hast du gesagt. KEINE STRIPPERIN! Und dann sehe ich ein VERSCHISSENES Video, in dem du mit deinem Pimmel durch die Gegend wedelst, als wäre er ein VERSCHISSENER LUTSCHER.«

Hinter uns wurde laut nach Luft geschnappt, während Mary mit weit aufgeklapptem Mund zwischen Mia und Hugo hin und her schaute wie ein machtloser Ringrichter.

»Mia, warte, ich kann es dir erklären«, winselte er. »Autsch! Mia, es tut mir leid, hör mir zu.«

»Ich werde dir nie wieder zuhören, du erbärmlicher JAMMERLAPPEN«, fuhr sie fort. Noch ein Klatscher, als der Brautstrauß einen Volltreffer auf Hugos Brust landete.

»Henry, steh doch nicht so da, tu etwas!«, flehte Patricia.

»Du winseliger FLACHWICHSER!« Cremefarbene Blüten segelten auf den Teppich, während Mias Schleier ihr hinten über den Kopf rutschte.

»Mia, Liebling, bitte hör mir zu. AUA! Das tut weh.«

»Henry!«, fuhr Patricia erneut Dad an, der das Drama vor sich mit gerunzelter Stirn betrachtete, als würde er innerlich abwägen, was die diplomatischste Art wäre, dem ein Ende zu bereiten.

»O Herrgott noch mal, komm schon, Flo«, sagte Ruby, zog mich mit sich nach vorne und trat zwischen das glückliche Paar. »Okay, Zeit ist um!«, verkündete sie, während sie gleichzeitig versuchte, Mia die Rosen zu entwenden. »Mia, lass das. Hör auf. Gib sie mir.« Ruby schlang die

Arme um Mias Taille, um sie von Hugo fortzuziehen. »Flo, schnapp dir die Blumen.«

»DU ABSOLUTER VOLLPFOSTEN!«, schrie Mia nun und pfefferte ihren Strauß zu Boden. Ruby zog sie mit sich, und ich stellte mich wie ein Bodyguard schützend vor sie und hielt abwehrend eine Hand Richtung Hugo.

»Lass mich LOS, Rubes«, keuchte Mia. »Ist schon gut. Lass mich los.«

Ruby löste ihren Griff. Mia bedachte Hugo mit einem letzten vernichtenden Blick, bevor sie mit einer Hand ihren Spitzenrock raffte und aus dem Saal rauschte. Ruby folgte. Ich eilte hinterher, während das verblüffte Schweigen unter den Gästen einem aufgeregten Raunen wich.

»Henry, warum tust du denn nichts?«, hörte ich Patricia jammern, als die Türen des Fahrstuhls aufgingen und ich Mia und Ruby in die Kabine folgte. Es war nicht der Moment, um auf die Treppe zu bestehen.

Mia sagte nichts, bis die Türen zugegangen waren; dann erst brach sie in Tränen aus, und Ruby schloss sie in die Arme. »Ist schon gut«, sagte sie immer wieder. »Schon gut. Gleich geht es wieder.«

Wir eilten über den Flur in unser Zimmer, wo Ruby auf eine Flasche Champagner in einem Eiskübel deutete. Ich nickte und füllte ein Glas.

»Da, schau her. Trink das«, sagte Ruby, wich ein Stück zurück und reichte es Mia.

»Ich will nach Hause«, sagte unsere Schwester. Ihre Wimperntusche zerlief allmählich, und ich konnte zusehen, wie eine einzelne Träne über ihre Wange Richtung Kleid kullerte.

»Okay, wir können heim. Trink das, ich packe solange zusammen«, sagte Ruby gerade, als es an der Tür summte.

Ich öffnete und sah Dad und Patricia vor mir. Meine Stiefmutter schoss direkt an mir vorbei und baute sich vor Mia auf, die manikürten Finger in die Hüften gestemmt. »Schätzchen, das ist doch albern. Es bringt nichts, wegen einem kleinen Zwist alles zu ruinieren.«

Mia schüttelte stumm den Kopf, die Augen vor Zorn zusammengekniffen. »Das ist kein Zwist. Er ist ein Lügner, ein Betrüger und tatsächlich ein unfassbar langweiliges Arschloch.« Sie hob die Champagnerflöte an die Lippen.

»Ein kleiner Fehltritt auf einem Junggesellenabschied hat noch niemanden umgebracht«, erwiderte Patricia abwinkend. »Henry, steh mir doch bei.«

Dad blieb still.

»Alle Leute sind hier, mein Schatz«, beharrte Patricia. »Alle schauen zu. Und dein Vater hat so viel Geld ausgegeben. Ich bin nicht sicher, ob wir den Champagner zurückgeben können.«

Mia leerte das Glas und ließ es sinken. »Es tut mir leid, Dad«, sagte sie ruhig, »aber ich kann ihn nicht heiraten.«

»Das ist wirklich in Ordnung, mein Scha...«

»Henry«, quietschte Patricia. »Es ist nicht in Ordnung! Was für eine Szene!«

»EINE SZENE?«, schrie Mia. »Das ist alles, was für dich eine Rolle spielt, nicht wahr? Bloß keine Szene machen. Bloß nicht peinlich sein. Immer das Richtige tun. Nun, tut mir leid, Mum, aber nicht heute. Scheiß auf den Champagner.« Sie wirbelte herum und stolzierte in ihr Zimmer.

»Henry!«, quengelte Patricia, während Ruby und ich rasch damit begannen, unsere Sachen zusammenzupacken.

»Dad, was hältst du davon, wenn Flo und ich sie heimbringen?«, schlug Ruby vor und ließ zwei ungeöffnete Flaschen Champagner in ihre Tasche gleiten.

»Geht ruhig«, sagte er. »Das ist gut. Macht euch keine Sorgen. Eure Mutter und ich werden uns um alles hier kümmern.« Dann seufzte er. »Tatsächlich habe ich ihn nie besonders gut leiden können. Traue nie einem Mann, der zu viel Haargel benutzt.«

Wir verließen das Hotel über einen Seitenausgang, sodass wir keinen Gästen begegneten, und hüpften direkt in das bestellte Taxi. Keine von uns hatte sich umgezogen, also saßen wir da in unseren festlichen Kleidern und ließen die Champagnerflasche zwischen uns rumgehen.

»Ich dachte mir ja schon, dass du seltsam ruhig warst, aber ich habe es auf die Aufregung geschoben«, bemerkte Ruby. »Wusstest du schon heute früh, dass du das machen wirst?«

Mia wischte sich mit dem Handrücken über die Lippen. Den Verlobungsring hatte sie bereits abgenommen. »Nicht sofort. Ich lag da in der Badewanne wie Dr. Evil und habe mir die schmachvollste Rache überlegt, die ich mir vorstellen konnte.« Sie sah mich fragend an. »Hast du was zu Rory gesagt?«

Ich nickte. »Ich hab mich nur für den traditionelleren Weg entschieden und ihn angerufen, um am Telefon Schluss zu machen.«

Mia kicherte, woraufhin ich lachen musste, und da stimmte auch Ruby mit ein, bis wir uns alle auf dem Rücksitz des Taxis vor Lachen schüttelten. Während wir durch Mayfair fuhren, warf der Fahrer immer wieder nervöse Blicke über den Rückspiegel nach hinten.

»Es tut mir leid«, sagte Mia, nach Luft schnappend. »Es tut mir leid, Flo, ich lache nicht über dich. Es ist nur alles so absurd. Ich habe diese verfluchte Hochzeit monatelang geplant, und jetzt schau mich nur an. Uns!«

Wenn jemand von der Straße in das Auto hineingeschaut hätte, hätte sich ihm ein verwirrender Anblick geboten. Eine durchgebrannte Braut mit Mascara-Schlieren und verschmiertem Lippenstift, flankiert von zwei Frauen in seidenen Abendkleidern, allesamt gackernd vor Lachen.

»Aber geht es dir denn gut?«, fragte ich.

Sie seufzte und lehnte den Kopf gegen die Nackenstütze. »Ich weiß es nicht. Nein. Ja. Vielleicht.« Sie seufzte erneut. »Das wird schon wieder.«

»Das alles hat auch eine positive Seite, wisst ihr«, sagte Ruby und sah von Mia zu mir.

»Welche denn?«, fragten wir einstimmig.

»Du musst nie wieder hören, wie er ›Wer ist hier ein hungriges Mädchen?‹ in dein Ohr grunzt.«

»Stimmt.«

»Und der Rest von uns muss nicht mehr mit anhören,

wie Rory ›Cowabunga!‹ schreit«, sagte sie und drehte sich zu mir.

Ich schlug mir die Hände an die Wangen. »Ihr habt es gehört?«

»Manchmal«, sagte sie achselzuckend. »Ich hab mir einfach meine Ohrstöpsel reingemacht.«

Und da mussten wir schon wieder losprusten.

Zum vielleicht ersten Mal überhaupt bot Ruby an, das Taxi zu bezahlen, als wir daheim eintrafen, sodass Mia schnell ungesehen ins Haus laufen konnte. Ich schob mir die diversen Taschenriemen über die Schultern und trottete über den Gartenpfad wie ein Packesel.

In dem Moment, als Mia die Tür öffnete und sich runterbeugte, um die Post aufzuheben, tat sie mir unfassbar leid. Am eigenen Hochzeitstag heimzukommen, in Begleitung der Schwestern, und erst mal die Pizzaflyer und Reklamezettel für Kanalreinigungsfirmen aufzusammeln ist wohl kaum der Traum einer Braut. Ziemlich genau jetzt, so wurde mir klar, als ich auf meine Armbanduhr schaute, hätten wir uns eigentlich die Tempura-Garnelen und Hummer-Tacos einverleiben sollen.

»Flo, was für dich«, sagte Mia und hielt mir einen dicken braunen Umschlag hin.

Ich ließ die Taschen in der Diele auf den Boden gleiten und nahm ihn entgegen. Da stand keine Adresse, nur mein Name, also musste er persönlich eingeworfen worden sein. Ich schob den Finger unter die Lasche und kippte den Inhalt in meine geöffnete Hand. Ein USB-Stick und mehrere Schwarz-Weiß-Fotos glitten heraus, dann noch eine Karte, die vor meine Füße segelte.

Ich ignorierte die Karte und konzentrierte mich auf die Fotos. Sie waren allesamt von mir: ich hinter dem Verkaufstresen mit einem dicken Stapel Bücher in den Händen; ich, wie ich lachend einen Kunden berate; ich vor dem Schaufenster stehend und auf die Straße hinausblickend; ich auf Zehenspitzen, während ich mich strecke, um ein Kochbuch an seinen Platz zu schieben; ich neben Fumi auf der Bühne. Und schließlich eine Nahaufnahme von mir auf der Weihnachtsfeier, breit grinsend in meinem Lebkuchenkostüm.

Ich bückte mich, um die Karte aufzuheben.

Ich wollte nicht, dass wir auseinandergehen, wie wir es Donnerstagabend getan haben. Ich hoffe, du findest die hier nicht irgendwie gruselig, aber wenn du erst Bestsellerautorin bist, wirst du ein paar Publicity-Fotos brauchen, also sind hier ein paar Schnappschüsse, die ich gemacht habe, als du gerade nicht geguckt hast. Wir sehen uns in ein paar Monaten.

Alles Liebe, Zach

»O mein Gott«, murmelte ich.

Die Leute sagen gerne, dass es einen wie ein Blitz trifft, aber das stimmt nicht. Ich stand da, Zachs Fotografien in den Händen, und die Erkenntnis darüber, wie tief ich für ihn empfand, fühlte sich mehr wie eine Erinnerung an, so vertraut und geborgen. Und dieses Gefühl war nur logisch. Ich mochte Zach. Ich mochte ihn so gerne, dass ich am liebsten darüber gelacht hätte, wie lange ich gebraucht hatte, um das zu kapieren. Zach, der freundlichste, aufmerksamste, emotional scharfsinnigste, hilfsbereiteste Mensch überhaupt, war monatelang an meiner Seite gewesen, während ich mich wegen Rory und dieser dummen, *dummen* Liste verrückt gemacht hatte. Ich kam mir vor wie einer dieser Menschen, die auf der Suche nach ihrem Schlüssel das ganze Haus auf den Kopf stellen, nur um am Ende zu bemerken, dass sie ihn die ganze Zeit in der Tasche hatten. Das hier war einfach nur die etwas romantischere Version davon.

»Was ist das?«, wollte Ruby wissen, die hinter mir in der Haustür stehen geblieben war.

»Fotos«, sagte ich und reichte sie ihr.

Sie blätterte sie durch. »Flo, die sind ja irre schön. Schau dich nur an! Schau, was für einen Ausdruck du auf dem hier hast.« Sie hielt mir das Foto hin, auf dem ich durch das Schaufenster blickte. »Und das hier mit der Mütze!«

Ich lachte. »Rubes, ich sehe total bescheuert aus.«

Sie schüttelte den Kopf. »Er hat dich richtig gut eingefangen, etwas trottelig und verlegen gleichzeitig.«

»Oh, danke aber auch.«

»Die sind von Zach, stimmt's?«

»Ja«, sagte ich und senkte den Blick wieder auf den Stapel.

»Was schreibt er?«

Ich las die Karte laut vor, und sie hob stumm eine Augenbraue.

»Was ist?«

»Ich weiß einfach nicht, warum du immer noch hier rumstehst in diesem Pseudo-Negligé. Wenn Zach mir die geschickt hätte, bevor er auf den Mond geflogen wäre, würde ich mir eine Rakete mieten und ihm nachsetzen.«

»Rubes, sei doch mal ernst. Ich kann ihm nicht hinterherfliegen. Ich habe einen Job. Und Harry. Das ist vollkommen irre.«

»IRRE? Flo, unsere Schwester hat gerade ihre arschteure Hochzeit in den Wind geschossen, was womöglich unserer Mutter einen Herzinfarkt bescheren wird, und du machst hier rum wegen dem relativ minimalen Aufwand, einen Flug nach Panama zu buchen?«

»Patagonien.«

»Von mir aus. Die Sache ist doch die, dass der Typ total verliebt in dich ist.«

»Meinst du?« Auf einmal, nun da ich erkannt hatte, was ich fühlte, schien mir die Antwort darauf überlebenswichtig.

»O bitte! Den ganzen Abend, als er die Porträts von mir geschossen hat, hat er nur von dir geredet und wie viel du für den Laden leistest. Ich kann dir gar nicht sagen, wie unerotisch das ist, wenn du versuchst, einen Mann zu verführen, während der nur von deiner Schwester labert. Florence Fairfax, ernsthaft, kannst du einmal in deinem Leben etwas Spontanes tun?«

»Was ist denn hier los?«, fragte Mia, die oben auf der Treppe aufgetaucht war. »Heute wurde schon genug gebrüllt, selbst für diese Familie.«

»Zach ist in Florence verliebt, das ist los, und sie weigert sich, ihm hinterherzufliegen.«

»Zach aus dem Laden?«

»Ja, genau, Zach aus dem Laden. Er hat ihr diese Fotos eingeworfen, und er ist ganz offenbar verrückt nach ihr, aber sie will nicht die Initiative ergreifen.«

»Warum denn nicht?«, fragte Mia stirnrunzelnd. »Bitte, Flo, wir könnten heute wenigstens *ein* Happy End gebrauchen.«

»Ja, nur dass ich nicht viel unternehmen kann. Er sitzt in einem Flieger nach Südamerika. Ich werde ihm wohl eine Nachricht schicken müssen.« Es klang nach einer müden Ausrede, aber was hätte ich sonst tun sollen.

»Oh, eine Nachricht! Schweige still, mein heißes Herz«, spottete Ruby. »Tja, dein Pech. Er wird sich in Südamerika wahrscheinlich eine richtig heiße Schnitte angeln.«

»Ich kann doch nichts tun«, wiederholte ich, über die Schulter blickend, während ich mit unserem Gepäck nach oben schlurfte. »Hier, das ist deine.« Ich reichte Mia ihre Tasche und stieg die Stufen zu meinem Zimmer weiter.

Ich legte mich aufs Bett und schrieb Eugene, um ihm Bescheid zu geben, dass es eine Planänderung gegeben hatte und ich am Nachmittag vorbeikommen könnte, um Harry abzuholen. Dann verbrachte ich eine halbe Stunde damit, eine Nachricht an Zach zu formulieren, sodass er sie gleich lesen konnte, wenn er gelandet war.

Willkommen am Boden! Danke für die Fotos, du Stalker. Und danke für, na ja, eigentlich alles. Mailst du mir mal? Ich schicke dir auch Fotos von Harry. Mega Hochzeitsdrama hier, aber das erzähle ich dir ein anderes Mal. Gute Reise xxx

Ich drückte auf Senden und ließ mich wieder aufs Bett plumpsen. Dann hörte ich Dad und Patricia, die aus dem Hotel kamen; sie diskutierten so laut, dass ich es bis hier oben hören konnte. Ich war nicht sicher, wie lange ich mich noch vor ihnen verstecken könnte.

Mein Handy vibrierte auf meinem Bauch. War bestimmt Eugene. Wenigstens konnte ich Harry abholen und das als Ausrede vorschieben, um hier wegzukommen.

Aber es war nicht Eugene. Es war Zach.

Ich fliege doch erst heute Abend! Bin gerade auf dem Weg nach Heathrow. Und gern geschehen. Drama? Hoffe, allen geht es gut. X

Ich dachte, du fliegst um sieben Uhr morgens?, tippte ich.

Sieben Uhr abends!

Rubys Vorwurf hallte in meinem Kopf nach: *Florence Fairfax, kannst du einmal in deinem Leben etwas Spontanes tun?*

Ich rannte nach unten, wo alle im Wohnzimmer saßen und einander wütend anfunkelten.

»Ah, Florence, da bist du ja«, sagte Patricia. »Ich höre, du hast deine Beziehung mit Rory ebenfalls beendet? Ich weiß nicht, was heutzutage in euch Mädchen gefahren ist – durch die Gegend zu laufen und einfach so mit absolut tadellosen jungen Männern Schluss zu machen.«

Ich ignorierte sie und wandte mich an meinen Vater. »Dad, wie lange würde es dauern, um nach Heathrow zu kommen?«

»Jetzt?«

Ich nickte.

Er sah auf seine Uhr und plusterte die Backen auf. »Eine Stunde, kommt auf den Verkehr an.«

»Okay, kannst du mich fahren?«

»Was, *jetzt*?«, fragte er erneut.

»Ja, du bist der Einzige, der noch nüchtern ist.«

»Florence, Schätzchen, hast du den Verstand verloren?«, fragte Patricia.

»Wir haben keine Zeit für Diskussionen!«, rief ich und steuerte die Diele an, wo ich meine Arbeitsschuhe abgestellt hatte. Ich trug immer noch mein Brautjungfernkleid, daher war es kein ideales Outfit, aber es gab Schlimmeres. »Ich erkläre es dir im Auto.« Ich schnappte mir eine alte Fleecejacke vom Garderobenständer und streckte den Kopf ins Wohnzimmer, um Dad zu mir zu winken.

»Geht es um Zach?«, fragte Ruby.

Ich nickte.

»Juchhuuuuuuu!« Sie stieß die Faust in die Luft. »Dann komme ich mit.«

»Ich auch.« Mia stand vom Sofa auf. »Ein bisschen Ablenkung ist jetzt genau das, was ich brauche.«

»Nun, ich weiß ja nicht, was vor sich geht, aber ich werde ganz sicher nicht allein hierbleiben«, verkündete Patricia, stellte ihr Glas ab und stand auf.

»Kommt schon!«, drängte ich und wedelte mit den Armen Richtung Haustür, um die Dringlichkeit der Situation zu unterstreichen. Das hier war irre. Noch irrer als Gwendolyn und alle ihre Zauberrituale zusammen. Aber ich musste rechtzeitig am Flughafen sein.

Es brauchte noch ein paar Minuten, aber schließlich saß meine Familie gesammelt im Wagen: Dad am Steuer, Patricia daneben, Ruby, Mia und ich auf dem Rücksitz, zusammengequetscht wie kleine Kinder.

»Heathrow, bitte, Herr Chauffeur«, sagte ich. »Und zwar zackig.«

»Kann mir bitte jemand erklären, was hier vor sich geht?«, verlangte Patricia zu wissen, als Dad auf die Straße zurücksetzte.

»Ich übernehme das«, sagte Ruby und lehnte sich vor in die Lücke zwischen den zwei Vordersitzen. »Okay, liebe Eltern, hört gut zu. Florence war ja mit diesem Rory zusammen, ja?«

»Der, der fürs Außenministerium arbeitet?«, fragte Dad.

»Ja.«

»Ich mag ihn.«

»Nein, wir mögen ihn eben nicht mehr.«

»Oh, warum denn nicht?«

»Weil er mit Hugo auf dem Junggesellenabschied war und ebenfalls, äh, sehr enge Bekanntschaft mit dieser armen Stripperin geschlossen hat.«

»Ruby, bitte«, sagte Patricia und schürzte angeekelt den Mund.

»Tja, hat er aber«, fuhr Ruby fort, »also ist Rory weg vom Fenster. Aber erinnert ihr euch, wie ich euch von Zach erzählt habe, der mit Florence im Buchladen gearbeitet hat?«

»War das nicht der, auf den du ein Auge geworfen hattest?«, fragte Patricia. »Der Kommunist?«

»Herr, gib mir Kraft«, murmelte Ruby. »Ja, ich stand ganz kurz ein kleines bisschen auf ihn, aber wie sich herausgestellt hat, ist er in Wirklichkeit in Florence verliebt. Und nun fliegt er nach Patagonien, und sie muss ihm sagen, dass sie ebenfalls in ihn verliebt ist.«

»Moment mal«, sagte ich, »ich bin mir nicht sicher, ob schon in ihn verlie…«

»Klappe, Flo!«, sagte Ruby und hob die Hand, um mich zum Schweigen zu bringen. »Du wirst sie nur verwirren.«

»Jetzt fällt es mir ein!« Dad klopfte mit den Fingern aufs Lenkrad. »Er ist kein Kommunist, er ist der Fotograf. Ich habe ihn an dem Tag getroffen, als du die Petition gestartet hast, stimmt's?«

Ich nickte ihm über den Rückspiegel zu.

»Aber wir wissen doch kaum etwas über diesen Zach«, schniefte Patricia. »Welche Schule hat er denn überhaupt besucht?«

»PAT, HERRGOTT NOCH MAL, REISS DICH AM RIEMEN!«, schrie Ruby nun. »Es ist egal. Das ganze Drama kam überhaupt erst durch dich zustande. Wenn du nicht Florence angestachelt hättest, zu dieser durchgeknallten Liebes-Coachin zu gehen …«

»Sie ist nicht durchgeknallt. Sie war im *Posh!*-Magazin.«

»Von mir aus. Aber wenn du Florence nicht zu ihr geschickt hättest und wenn sie Florence nicht dazu gebracht hätte, diese bescheuerte Liste zu schreiben, dann wäre nichts von alldem passiert.«

»Aber ohne Rory hätte sie womöglich nie erkannt, dass sie Zach liebt«, gab Mia zu bedenken.

»Stimmt auch wieder«, bestätigte Ruby, dann drehte sie sich zu mir. »Um wie viel Uhr geht der Flieger?«

»Um sieben«, sagte ich mit einem Blick auf meine Uhr. »Er hat vor zwanzig Minuten geschrieben, er sei auf dem Weg. Aber was, wenn wir ihn verpassen und er schon durch die Security ist?«

Sie schüttelte den Kopf. »Ist er nicht, mach dir keinen Kopf.« Dann lehnte sie sich wieder nach vorne. »Dad, du kannst doch bestimmt ein paar Strippen ziehen? Ihn zurückrufen lassen oder so was?«

»Ich weiß nicht, ob das so eine gute Idee ist, mein Schatz.«

»Ach, komm schon, Dad. Wir reden hier vom Lebensglück deiner Tochter. Du kannst doch bestimmt was tun?«

Dad suchte erneut meinen Blick im Rückspiegel. »Mit welcher Fluggesellschaft fliegt er, Liebes, weißt du das zufällig?«

»British Airways, Direktflug nach Buenos Aires.«

»Also gut. Patricia, nimmst du das bitte mal«, sagte Dad, griff in seine Anzugjacke und zog sein Handy hervor, »und suchst einen gewissen Garry Stevens raus?«

»Wer ist das?«

»VIP-Kontakt bei der British Airways«, erwiderte Dad mit einem Zwinkern, bevor er wieder zu Patricia sah. »Gefunden?«

Sie nickte und drückte den grünen Knopf.

Nach mehrmaligem Klingeln ertönte eine Männerstimme über die Freisprechanlage. »Hallo?«

»Garry? Hallo. Hier ist Henry Fairfax.«

»Henry! Schön, dich zu hören. Wie läuft es so?«

»Alles großartig, aber ich habe mich gefragt, ob du mir wohl einen Gefallen tun könntest?«

»Jederzeit. Tu dir keinen Zwang an.«

»Ich glaube, ihr habt einen Passagier namens Zach, äh …«

»Taylor!«, warf ich ein.

»Ein Passagier namens Zach Taylor, der heute Abend mit dem Sieben-Uhr-Flieger nach Buenos Aires fliegt. Aber ich muss ihm etwas geben, bevor er an Bord geht. Offizielle Angelegenheiten, du verstehst schon. Ich bin bereits auf dem Weg, aber würde es dir was ausmachen, ihn an den Info-Schalter in der Abflughalle rufen zu lassen?«

»Keineswegs. Ich lasse ihn gleich von einem meiner Mitarbeiter ausrufen.«

»Meinen besten Dank.«

»Betrachte es als erledigt.«

Dad verabschiedete sich, und Patricia legte auf.

Ruby jubelte erneut. »Dad, das ist so verdammt cool!«

»Ist das was Gutes?«

Sie nickte. »Was sehr Gutes sogar.«

Als wir auf die Autobahn fuhren und der Verkehr ins Stocken geriet, hörte ich hinter uns Sirenen.

Ich sah nicht hin. Ich versuchte herauszuhören, was für eine Sirene es war. Wenn es ein Polizeiauto war, sagte ich mir, dann würde ich rechtzeitig in Heathrow ankommen. Aber wenn es ein Notarzt war, würde das Ganze in einer Katastrophe enden und ich würde die größte Schmach erleben, seit ich mit Percy dem Mops die Bühne betreten hatte.

Ruby schaute nach hinten und schnaubte entnervt. »Ein Notarzt, das hat uns gerade noch gefehlt.«

Ich sog tief die Luft ein.

»Rubes?«, sagte ich, als wir zu einem Kriechtempo verlangsamten.

»Hm.«

»Wie sehen südamerikanische Frauen aus?«

»Richtig heiß«, sagte sie. »Denk nur an Salma Hayek.«

»Salma ist eigentlich Mexikanerin«, meldete sich Mia von der anderen Site.

»Oh, stimmt. Dann eben Shakira.«

Ich starrte düster die Reihe roter Bremslichter an, die sich vor uns staute, während ich über Shakiras Hintern nachdachte und alle zwei Minuten die Uhrzeit checkte. Ich fragte mich, was ich ihm sagen sollte, wenn ich es zum Flughafen schaffte. *Falls* wir es dorthin schafften.

»VERZEIHUNG!«, schrie ich einen Mann mit Klemmbrett an, der direkt hinter den Glastüren von Terminal fünf stand. Dad hatte draußen gehalten, und Ruby hatte mich buchstäblich aus dem Wagen gestoßen.

»Ja, Madam, wie kann ich Ihnen helfen?«, fragte er mit einem überraschten Blick auf mein Brautjungfernkleid. Und meine Fleecejacke. Und meine Schuhe. Meine Frisur befand sich mittlerweile wahrscheinlich ebenfalls in einem desolaten Zustand.

»Wo ist der Info-Schalter? Der von der British Airways?«

»Könnte ich Ihnen denn auch irgendwie weiterhelfen, Madam?«

»NEIN!«, schrie ich, dann dämpfte ich meine Stimme. »Entschuldigung, nein, es ist nur so, dass ich jemanden an dem Schalter treffen muss, ziemlich dringend.«

»Oh, ich verstehe, das geht in diesem Fall natürlich in Ordnung. Er befindet sich direkt da drüben«, sagte er, drehte sich um und zeigte zu einer Ecke des Gebäudes, »gleich rechts von Bereich G, neben der Erste-Kla…«

»Florence!«

Ich drehte mich um und sah Dad ums Auto herumeilen.

»Dad? Was ist?«

Er blieb vor mir stehen.

»Ich wollte nur sagen …« Er stockte.

Er blickte so ernst, dass ich ihn nicht anbrüllen wollte, sich zu beeilen, aber andererseits musste er sich beeilen. »Dad, was ist denn?«

»Ich wollte nur sagen, dass es mir leidtut, dass ich die letzten Jahre nicht oft für dich da war. Und nach alldem hier …« Er vollführte eine ausladende Handbewegung um den Wagen und das Abflugterminal. Ich schaute zu dem Mann mit dem Klemmbrett; er hatte offensichtlich zugehört, machte sich jedoch ganz plötzlich an einem Kofferkuli zu schaffen. »Nach der ganzen Sache heute wurde mir klar, wie wenig ich darüber weiß, was in deinem Leben vor sich geht.«

»Ist schon okay, Dad«, sagte ich rasch, da ich den Moment nicht kaputtmachen wollte, indem ich auf meine Uhr schaute, aber gleichzeitig jede einzelne Sekunde verstreichen spürte.

Er schüttelte den Kopf. »Es ist nicht okay. Es ist unverzeihlich, und ich werde mich in Zukunft bessern.«

»Okay, Dad, vielen Dank, aber ich muss jetzt echt los und …«

»Ich möchte mich mehr engagieren und an eurem Leben teilhaben«, sagte er und schaute zum Wagen zurück, wo Ruby aus dem Wagenfenster hing und hektisch auf ihre Uhr tippte.

»Schlechtes Timing, Dad!«, brüllte sie. »Geh schon, Flo, schnell!«

»Entschuldige«, sagte Dad und drückte meine Hand. »Aber ich liebe dich sehr. Und jetzt geh und such diesen Kommunisten.«

Ich streckte mich vor und umarmte ihn, dann rannte ich auf die Tür zu und brüllte über meine Schulter zurück: »Er ist kein Kommunist!«

Ich musste die Fleecejacke mit einem Arm festhalten, damit sie nicht aufklappte und versehentlich eine meiner Brüste enthüllte. Ich hatte nun wirklich nicht die Zeit, wegen Erregung öffentlichen Ärgernisses verhaftet zu werden.

»Entschuldigung, verzeihen Sie, Entschuldigung!«, rief ich, während ich an Gepäckwagen und Familien vorbeiflitzte und einem Kind auswich, das einen Rollkoffer in Form eines Tigers hinter sich herzog.

Ich sah ihn mit dem Rucksack zu seinen Füßen am Schalter lehnen, und mein Herz vollführte einen Purzelbaum. Es war Zach. Einfach nur Zach. Der alte Zach in seinem üblichen schwarzen Trauer-Outfit. Aber plötzlich bedeutete er so viel mehr. Das hier war nicht einfach nur so, wie ihn jeden Morgen im Laden zu sehen. Das hier war größer. So viel größer. Das hier war alles – und wie aufs Stichwort spürte ich, wie mir der Schweiß ausbrach. Oje, in diesem Kleid würde man die feuchten Flecken definitiv sehen.

»Zach!«, stieß ich hervor und zog die Fleecejacke enger um mich.

Er sah auf und starrte mich ein paar Sekunden an, bevor er laut auflachte und den Kopf schüttelte. »Was tust du denn hier?«

»Ich wollte nur sichergehen, dass du alle deine Impfungen hast«, erwiderte ich mit einem Grinsen.

»Echt jetzt?«

»Nein! Natürlich nicht. Ich wollte nur kommen und dir sa…«

»Was, um Himmels willen, hast du da an?«

Ich sah hinab auf die grässlichen Schuhe und glättete mit einer Hand mein Kleid. »Könntest du das einfach übersehen? Hatte nicht viel Zeit.«

»Für was?«

Ich holte tief Luft, bevor die Worte herauspurzelten. »Um hierherzukommen und dir zu sagen, dass es mir leidtut. Es tut mir so leid, Zach. Du hattest recht. Du hattest mit allem recht, und Rory ist ein Arsch, aber ich habe es nicht bemerkt. Ich habe mich da reingestürzt, weil ich es unbedingt wollte. Ich wollte so unbedingt, dass er der Richtige ist, dass ich nicht gemerkt habe, dass er das absolut nicht ist.«

Er runzelte die Stirn. »Warte, mach mal langsam. Was ist zwischen dir und Rory passiert?«

»Lange Geschichte, die eine Stripperin und, äh, ein paar Marshmallows beinhaltet, aber um es kurz zu machen: Es ist vorbei.«

Seine Miene verdüsterte sich kurz. »Also bist du direkt zu mir gerannt, weil du sonst niemanden mehr hast?«

»Ja! Ich meine, nein! Ich weiß, das klingt mies. Aber es ist nicht nur wegen ihm. Es ist, weil mir dadurch erst bewusst geworden ist, was ich für dich empfinde. Dass ich mehr empfinde, als mir selbst klar war – viel mehr –, deswegen bin ich jetzt auch hier. Weil ich Angst hatte, dass, wenn ich dich nicht erwische und dir das alles sage, bevor du abfliegst, du am Ende womöglich mit Shakira zusammenkommst.«

»Wa…?«

»Na gut, nicht zwingend sie, weil sie ja verheiratet ist, oder? Aber irgendeine, die aussieht wie sie. Und ich glaube, das würde mich dann doch ein bisschen wurmen, weil, na ja, weil ich dich sehr mag, wie mir klar geworden ist.«

Er ließ den Kopf sinken und schüttelte ihn erneut, während ich vor Anspannung bloß wie gelähmt dastand und ihn ansah. Falls er zu dem Schluss kam, dass ich verrückt war, war das in Ordnung. Ich würde wieder heimfahren, Harry von Eugene abholen und vergessen, dass die letzten Monate überhaupt passiert waren. Ich würde traurig sein und weinen, aber nach einer Phase der Trauer würde ich wieder Mut fassen und den Rest meines Lebens Katzen und Büchern widmen. Keine Männer mehr. Keine weiteren Versuche, mich zu verlieben. Es war, wie ich schon immer vermutet hatte, mit zu viel Ärger verbunden.

Ich zählte die Bodenfliesen vor dem British-Airways-Schalter, während ich darauf wartete, dass Zach antwortete, aber ich wurde von einer lächelnden Frau mittleren Alters abgelenkt, die dahinter saß und ihre Fäuste mit den gedrückten Daumen in die Höhe reckte.

Ich versuchte, das Lächeln zu erwidern, als Zach den Kopf hob.

»Du bist echt irre, weißt du das?«

»Ich weiß.«

»Und durchgeknallt.«

»Jupp, das auch.«

»Und ich werde das hier wahrscheinlich bereu…«

»Was bereuen?«

»FLORENCE! Würdest du mir einfach nur zuhören?«

Ich nickte stumm.

»Komm mit mir. Komm mit mir nach Südamerika.«

»Was? Jetzt? So?«

»Na ja, nicht unbedingt so. Ich schätze mal nicht, dass du deinen Pass dabeihast?«

Ich schüttelte den Kopf.

»Aber komm morgen nach, oder übermorgen, oder danach. Komm einfach nur mit.«

»Was ist mit dem Laden?«

»Der Laden kommt klar. Norris und Eugene schaffen das allein.«

»Okay, aber was ist mit Harry?«

»Dem wird's auch gut gehen. Ruby kann sich kümmern.«

Ich war nicht sicher, ob mir die Idee gefiel, aber darüber könnte ich später noch nachdenken. »Okay, aber was ist mit Zelda? Ich habe nächste Woche das Treffen mit der Agentin, und das möchte ich nicht verpassen.«

»Dann geh zu dem Treffen und komm danach. Die haben sogar Internet in Südamerika«, sagte Zach, »und wahrscheinlich haben sie sogar Käse-Tomaten-Sandwiches. Was bedeutet, dass dir keine Ausreden mehr bleiben.«

Er trat nach vorne und nahm meine Hände, was komisch war, weil sie in Fleece gehüllt waren, also musste ich sie erst von den Ärmeln befreien, bevor er meine Finger umfassen konnte. »Hör zu, du Spinnerin, warum denn nicht? London läuft dir nicht weg. Was hast du zu verlieren?«

Und ich öffnete schon den Mund, um zu protestieren, aber er hatte recht: Ich hatte keine Ausflüchte mehr, und es gab nichts zu verlieren, aber dafür viel – wenn nicht sogar alles – zu gewinnen. Ich könnte einmal etwas Impulsives tun, etwas Abenteuerliches, und das Ergebnis müsste gar nicht katastrophal sein. Diese Fahrt zum Flughafen hatte es bereits bewiesen.

»Okay«, sagte ich mit einem scheuen Lächeln. »In Ordnung, ich komme nach.«

»Im Ernst?«, fragte er, die Finger immer noch um meine geschlossen.

Ich nickte, doch dann rutschte mir das Lächeln wieder aus dem Gesicht. »Obwohl …«

»Ojemine, was ist denn jetzt?«

»Was für Impfungen brauche ich für Südamerika?«

Drei Monate später …

»Wie viele Stufen?«, rief Zach von der Terrasse über mir.

»Weiß nicht«, sagte ich und flitzte hinterher, um ihn einzuholen. Der Gedanke, sie zu zählen, war mir gar nicht gekommen.

»Na los, die Sonne ist fast untergegangen.« Er streckte eine Hand aus, um mich die letzten zwei Stufen hochzuziehen.

Ich blickte über die weitläufige Dachterrasse. Er hatte recht. Eine letzte Spur Gelb versickerte gerade hinter den Kuppeln der Stadt, und ein rosarotes Laken hatte sich über den Himmel geworfen. Unterhalb von uns schwebten die Gitarrenakkorde eines Straßenmusikanten empor. Ich wollte ein kühles Bier. Nach der trockenen Kälte des Südens war die Luft in Buenos Aires feuchtschwül und hinterließ einen klebrigen Film auf meiner Haut.

Ein Kellner führte uns zu einem Tisch in der Ecke.

»Wir sind früh dran«, sagte Zach mit einem Blick auf seine Uhr.

»Du bist nervös«, neckte ich ihn und klappte die Getränkekarte auf.

»Nein, bin ich nicht.«

Seine Antwort kam zu schnell, zu defensiv. »Doch, bist du! Ich kann's nicht glauben. Du bist aufgeregt.«

Er hatte sich während unserer Reise einen Bart wachsen lassen, aber ich sah seine Mundwinkel darunter zucken. »Na schön.« Sein Lächeln wurde breiter. »Vielleicht. Aber er ist nun mal dein Dad. Und ich weiß, wie viel dir das bedeutet, also …«

Er verstummte, und ich sah ihn fragend an.

»Also bedeutet es mir auch viel.«

Ich lächelte, während er beim Kellner bestellte. *Dos cervezas.*

Ich hatte zwei Wochen gebraucht, um in London alles zu klären. Als Erstes hatte ich Norris mitgeteilt, dass ich fortging. »Aber nur vorübergehend, nur für ein paar Monate, falls du mich danach wiederhaben willst?«, hatte ich gesagt. Wir saßen in seinem Büro, und er schlug daraufhin mit der Faust auf den Schreibtisch, sodass mehrere Ketchup-Tütchen in die Luft flogen, meckerte los, was für ein denkbar schlechter Zeitpunkt diese Reise wäre. Ich erwiderte, er würde Unsinn reden. Das mit der Miete sei geregelt, und ich würde mit Zach verreisen. Das veränderte die Sachlage radikal. Ich dachte schon, Norris würde gleich losheulen. Sein Gesicht lief rot an, er packte mich in eine Umarmung und sagte mir, ich solle mir so viel Zeit nehmen, wie ich wollte.

Eugene hatte sich bereit erklärt, Harry zu sich zu nehmen (und mir seitdem so viele Fotos geschickt, dass ich seine Benachrichtigungen stummschalten musste).

Ich traf mich mit Jacinta, der Literaturagentin, die mir erklärte, dass ihr Zelda, die zählende Raupe, ausnehmend gut gefiel und sie sich, mit meinem Segen, auf die Suche nach einem Illustrator machen wolle.

Ich ging zu einem letzten NOMAD-Treffen und verkündete der Gruppe, dass ich zu einem verlängerten Urlaub nach Südamerika aufbrechen würde. Es hatte diesbezüglich natürlich diverse Bedenken gegeben (Mary wollte wissen, wie schlimm es dort mit der Malaria war; Lenka hatte Sorge, dass man mich in eine Drogengang zwingen würde; Elijah warnte mich, dass ich dort Meerschweinchen würde essen müssen. Jaz bat sie, gefälligst die Klappe zu halten, drückte mich zum Abschied und versprach, mich in Sachen George auf dem Laufenden zu halten. In seiner letzten Mail hatte er wohl geschrieben, er sei »glücklich wie ein Honigkuchenpony«).

Mia und Ruby hatten mir beim Packen geholfen. Quasi. Mia hatte mir mehrere winzig kleine Höschen in die Tasche gestopft – die, die sie auf dem Junggesellinnenabschied geschenkt bekommen hatte. »Die sind alle sauber«, beharrte sie, »schnüffel ruhig dran, falls du mir nicht glaubst.« Ich hatte trotzdem dankend abgelehnt, sie wieder aussortiert und erklärt, dass Zach mich gebeten hatte, nicht so viel einzupacken.

Warum das so war, wurde mir schlagartig klar, als wir in Santiago eintrafen und Zach dort ein Motorrad abholte: eine alte Honda, die aussah, als ob sie im Krieg gedient hätte. Es war unser erster angespannter Moment. Wie bitte sollte ich die nächsten zwei Monate auf dem Ding verbringen, und das an Zachs Rücken geklammert wie eine Baby-Beutelratte? Er versprach, dass alles gut werden würde. Und das wurde es auch. Bis auf ein paar kniffflige Sekunden in einem Wald, als Zach ausscheren musste, um ein Gürteltier nicht zu überrollen, waren es die aufregendsten, inspirierendsten, sorgenfreisten Monate meines Lebens.

Von Santiago aus waren wir die Pazifikküste entlang Richtung Süden aufgebrochen, waren an Seen und knallbunten Häusern vorbeigedüst. Wir hielten abends, wo und wann immer wir wollten. Manchmal zelteten wir, manchmal mieteten wir auch eine kleine Hütte, wenn ich darauf bestand, dass ich auf einer richtigen Matratze schlafen wollte (hat irgendwer schon mal probiert, leisen Sex in einem Zelt zu haben? Es ist noch unentspannter als Sex, während Prue Leith im Fernsehen eine Backsendung moderiert).

Zach gab mir sogar ein paar Tage lang Surfunterricht in einem kleinen Küstenort, wo wir jeden Tag köstliche Ceviche bei den Fischern holten. Er nahm mich mit zum Wandern und zum Kajakfahren und lockte mich mehrmals in aller Herrgottsfrühe aus dem Bett, um mir »einen atemberaubenden Sonnenaufgang« zu zeigen. Und normalerweise waren sie das auch. Ganz unten, am äußersten Zipfel Argentiniens, sahen wir dann seine schwarz-weißen Delfine und auch einen Buckelwal, der sich unweit von unserem Boot in die Luft warf wie ein Akrobat. Bei dem Anblick musste ich weinen.

An den meisten Abenden blieben wir bis spät auf, das Flackern des Lagerfeuers auf unseren Gesichtern, und tranken Rotwein aus Pappbechern, während wir uns unterhielten. Wir redeten viel abends, da wir den Tag über so lange auf dem Motorrad verbrachten und den Wechsel der Landschaften um uns herum in uns aufsogen. Doch ich war dankbar für diese Zeit, denn sie erlaubte es mir nachzudenken und mich, Stück für Stück, in ihn zu verlieben. Es war nicht wie mit Rory. Es gab keine Eile, und ich befürchtete auch nicht, dass Zach verschwinden würde. Es gab keine Zweifel und Sorgen wegen meines Verhaltens, keine Ängste, dass ich etwas Falsches sagen könnte. Zach war da, direkt vor mir, meine Arme um seine Lederjacke geschlungen.

Ich fühlte mich sicherer im Sattel dieses Motorrads, als ich mich je irgendwo gefühlt hatte. So wie es aussieht, kann man sich eben kein Rezept schreiben, das dabei hilft, den einen Menschen zu finden – *deinen* Menschen. Womöglich glaubt man, dass man blondes Haar und blaue Augen will, aber so funktioniert es glücklicherweise nicht. Es bleibt ein Rest Magie im Leben, der sich unserer Kontrolle entzieht. Ich hatte geglaubt, ich wüsste ganz genau, was ich will, doch ich wurde eines Besseren belehrt. Zach war das, was ich brauchte, und ich verspürte jeden Tag Dankbarkeit, weil ich es gemerkt hatte, bevor es zu spät war.

Als der Kellner die Flaschen vor uns abstellte, wurde der letzte Sonnenstrahl vom Horizont verschluckt, und ich schaute zu Zach rüber.

»Was?«, fragte er und sah mich blinzelnd von der Seite an. Er hatte sich die letzten Wochen an mein unablässiges Bombardement von Fragen gewöhnt, meistens jedoch: »Was gibt es zum Mittagessen?« In Patagonien war meine tiefe Hingabe für Käse-Tomaten-Sandwiches von meiner neu gewonnenen Liebe für argentinische heiße Schokolade verdrängt worden, dick und zäh wie Zuckersirup. Ich trank jeden Tag eine, und der Bund meiner Jeans grub sich schon in meinen Bauch, wenn ich mich hinter Zach aufs Motorrad setzte. Nun, entweder war es die heiße Schokolade, oder ich war schwanger. Patricia wäre sicher entsetzt, wenn ich ein Kind bekommen würde, ohne verheiratet zu sein. Anscheinend trauerte sie immer noch Mias Hochzeit hinterher, doch so wie Rubys Mails klangen, bestand in nächster Zeit keine allzu große Aussicht auf eine weitere Familienhochzeit: Sie und Mia gingen fast jeden Abend aus, und das Haus wimmelte wieder nur so von Jeremys.

»Nichts«, erwiderte ich kopfschüttelnd und griff nach meinem Bier. »Bin nur glücklich.«

Er lächelte, als sein Blick an mir vorbeiglitt und seine Augen sich weiteten. »Er ist da«, sagte er und schob seinen Stuhl zurück, um aufzustehen und zu winken.

Ich schaute über meine Schulter und sah Dad näher kommen, also stand ich auch auf und stellte mich neben ihn. »Du schaffst das schon.«

»Klar«, sagte er, ließ seine Hand sinken und griff nach meiner. »Ich habe ja dich.«

Danksagung

Dummerweise kann ich mich nicht mehr an den Namen der Person erinnern, der ich am meisten für dieses Buch zu danken habe. Die Idee kam mir nämlich, als meine Freundin Jackie mich zu einem »IT-SEX«-Dinner in London einlud. Jackie arbeitet für ein trendiges Start-up, das erst kürzlich eine Reihe »hübscher« und »eleganter« pastellfarbener Vibratoren auf den Markt gebracht hat, so skulpturartige Objekte, die sich auch auf einem Kaminsims nicht schlecht machen würden. Alle, die zu dem Dinner kamen, würden einen Vibrator bekommen, versprach Jackie. Gratis-Essen und Gratis-Sexspielzeug? Ich sagte natürlich sofort zu.

Bei besagtem Abendessen saß ich neben einer Frau, die mir eine Geschichte erzählte, bei der ich die Vibratoren fast vergaß. Vor einigen Jahren war sie von ihrem Freund schwanger geworden, der sich jedoch mitten in der Schwangerschaft aus dem Staub machte. Sie war am Boden zerstört: mutterseelenallein, kurz davor, ein Baby zu bekommen, krank vor Liebeskummer. Als eine Art Bewältigungsstrategie beschloss sie, eine Liste zu schreiben, was sie sich von einem Mann wünschte. Es war eine äußerst spezifische Liste, in der sie detailliert sowohl körperliche Merkmale als auch Charakterzüge und seine Hoffnungen fürs Leben ausführte. »Und dann habe ich ihn getroffen«, schloss sie mit einem verlegenen Lächeln. Dieser Frau zufolge, deren Name mir nicht mehr einfällt, trat daraufhin ein Mann in ihr Leben, der über alle Qualitäten ihrer Liste verfügte; er nahm ihren Sohn als seinen eigenen an, und seither war sie dankbar, dass ihre vorangegangene Beziehung in die Brüche gegangen war.

Tja, nennt mich sentimental, aber ich war hin und weg von dieser romantischen Wendung und beschloss, eine Geschichte zu schreiben, in der ebenfalls eine Art von Liste eine Rolle spielen sollte. Das Ergebnis halten Sie in diesem Moment in Ihren Händen, und ich bin sowohl Jackie als auch der anonymen Frau dankbar, dass sie mich auf diese Idee gebracht haben.

Nach ihnen gilt mein großer Dank dem Team, das geholfen hat, dieses Buch auf die Beine zu stellen. Meine Agentin, Becky Ritchie, ist nach wie vor eine Riesenunterstützung für mich. Emily Kitchin, meine Lektorin, ist nicht nur eine sehr talentierte, unerschütterliche und erstaunlich ermunternde Person, sie ist auch auf Twitter immer unglaublich gut gelaunt, und daher bin ich großer Fan. Das gesamte Team bei HQ ist und bleibt ein Traum für jede Zusammenarbeit. Auf redaktioneller Seite geht ein besonderer Dank an Lisa Milton, Joe Thomas, Katrina Smedley, Mel Hayes und Jo Rose, die eigentlich buchstäblich nie aufhören zu arbeiten. Ich salutiere hiermit auch vor den Herstellungs-Skills von Angie Dobbs, Halema Begum und Tom Keane sowie vor Charlotte Phillips, die das Cover gestaltet hat *salutiert tatsächlich von ihrem Platz hinter dem Laptop aus*. Während ich das hier schreibe und höre, wie die Corona-Krise immer mehr an Fahrt aufnimmt, verspüre ich Ehrfurcht vor den Anstrengungen, die alle unternehmen, damit weiterhin Bücher veröffentlicht werden können. Vielen Dank.

Einen großen Teil dieses Buches habe ich geschrieben, als ich in Norfolk wohnte, in einem Haus, das mir die außerordentlich großzügige Familie de Stacpoole zur Verfügung gestellt hat. Jeden Morgen stand ich auf und schrieb ein paar Stunden, bevor ich über das Marschland und die Strände von North Norfolk spazierte und über Florence, Rory und Zach nachdachte. In dieser Zeit besuchte ich dort auch dreimal Sandringham House, daher möchte ich der Queen für die Ablenkung sowie auch für das vorzügliche Shortbread danken, das in der Geschenkboutique von Sandringham verkauft wird. Allein das ist einen Ausflug wert.

Meine Familie und Freunde – zu sagen, »ich wäre verloren ohne euch«, ist so ein Klischee. Es ist zudem nicht wahr. Tatsächlich wäre ich gar nichts ohne euch. Besonders in Momenten, die nicht so schön sind, an schlechten Tagen und in den Wochen, wenn das Leben schwer erscheinen kann, seid ihr alles für mich, und obwohl ich oft über die WhatsApp-Gruppen meckere, so will ich doch keinen Moment mehr auf sie verzichten. Danke euch allen.

Lesen Sie weiter >>

Prolog

Ich war mir nicht sicher, ob ich genug Pipi für das Stäbchen hatte. Ich drückte mit den Fingerspitzen durch den Jeansstoff gegen meine Blase, während ich in der anderen Hand den Schwangerschaftstest hielt. Nicht gerade berstend voll, aber es würde reichen müssen. Ich zog die Folie von der Verpackung, legte das Stäbchen vorsichtig auf der Klopapierrolle ab und öffnete den Reißverschluss meiner Jeans. Dann setzte ich mich hin und griff nach dem Stäbchen.

Als ich auf meine Schenkel runterblickte, wurde mir klar, dass ich zu weit vorne auf der Klobrille saß, also rutschte ich mit meinem Po nach hinten und öffnete die Knie so weit, dass ich genug Platz hatte, meine Hand unter mich zu schieben, wobei ich mein Möglichstes tat, mit den Knöcheln die Kloschüssel nicht zu streifen. Jesus, war das unhygienisch. Es musste doch bessere Methoden geben.

Ich beäugte die Badewanne vor mir und fragte mich, ob es einfacher wäre, da reinzuklettern, mich hinzuhocken, in der Wanne aufs Stäbchen zu machen und das Pipi den Abfluss runterrinnen zu lassen. Eigentlich nicht schlimmer, als in die Dusche zu pullern, oder?

Ich schüttelte den Kopf. Ich befand mich hier im Badezimmer meiner Eltern. Ich konnte doch unmöglich einen Schwangerschaftstest in der Badewanne meiner Mum machen. Sie liebte diese Wanne. Sie verbrachte Stunden darin, setzte ihre gerüschte Duschhaube auf und beschimpfte inbrünstig Radio Norfolk.

Ich spähte erneut zu dem dunklen Spalt zwischen meinen Beinen hinab, wo das Stäbchen einsatzbereit in der Luft schwebte. Welch schnödes Stück Plastik, um solch potenziell lebensverändernde Neuigkeiten zu überbringen. Es hatte die Form dieser E-Zigarette, die mein Kumpel Clem ständig mit sich rumtrug – gefüllt mit Liquid mit Zitronenbrausearoma. »Warum denn Zitronenbrause?«, hatte ich ihn mal gefragt. Er hatte nur die Schultern gezuckt und gemeint, er möge halt Süßigkeiten.

Ich schüttelte den Kopf, wie um die Gedanken an Clem und seine Zitronenbrause physisch zu zerstreuen. Konzentrier dich, Lil. Das Stäbchen. Pinkel auf das Stäbchen. Los, brings hinter dich. Aber ich konnte nicht. Genau jetzt, im bisher wichtigsten Moment ihres Lebens, bekam meine Blase Muffensausen. Schon witzig, dass man, wenn man sich richtig aufs Pinkeln konzentriert, meistens nicht kann. Dabei kommt Pipi doch normalerweise, wenn man sich seine sechs-, sieben-, achtmal täglich hinhockt, problemlos raus.

Ich seufzte. Das andere Problem war, dass ich mir nicht ganz sicher war, wie ich das Stäbchen halten sollte, um das Maximum an Urin aufzufangen. Ich zog die Hand ein wenig nach vorne. War das eine gute Stelle? Vielleicht. Aber falls es eher als Rinnsal rauskam denn als Strahl, müsste ich es mehr mittig halten

»He!«, ertönte Jess' Stimme vor der Badezimmertür. Ich hatte wohlweislich abgeschlossen, da ich wusste, dass sie sonst hereingeplatzt käme. »Hast du's schon getan?«

»Schhhh«, zischte ich zurück. »Nein. Hab ich nicht. Und mich unter Druck zu setzen, bringt gar nichts.«

Jess verstummte für ein paar Sekunden, dann hörte ich sie vor der Tür pfeifen.

»Warum pfeifst du?«

Sie hielt inne. »Das bringt beim Reiten die Pferde auch zum Pinkeln.«

»Ich bin aber kein Pferd.« Obwohl … das brachte mich auf eine Idee. Ich streckte den linken Arm zum Waschbecken aus, drehte den Hahn auf und hielt meine Hand unter das warme Wasser.

Es funktionierte augenblicklich. Ich begann zu pinkeln und rückte das Stäbchen in die Topposition, irgendwo zwischen vorne und in der Mitte. Bitte, mach, dass ich nicht schwanger bin, dachte ich, den Blick auf das Stäbchen gerichtet, als ich warme Nässe auf meinen Fingern spürte. Genial, jetzt hatte ich mir auch noch auf die Hand gepullert. Bitte, bitte, mach, dass der Test nicht positiv ist. Ich war einunddreißig, Single, kaum in der Lage, meine Miete zu bezahlen. Ich hatte einen Plan fürs Leben. Na ja, zumindest einen vagen. Und das hier gehörte nicht dazu.

Als ich geendet hatte, tropfte ich wippend über der Klobrille ab, wobei ich achtgab, das Stäbchen nicht fallen zu lassen. Dann drehte ich den Wasserhahn mit der linken Hand wieder zu und riss ein paar Blätter Klopapier von der Rolle ab. Ich zog das Stäbchen hervor und unterdrückte den albernen Drang, damit gegen den Rand der Kloschüssel zu klimpern wie mit einem Löffelchen gegen eine Teetasse – *ting, ting, ting!* –, und tupfte mich ab.

Ich warf einen kurzen Blick auf den Test in meiner rechten Hand, wobei ich das Gefühl hatte, ein Glas voller Schmetterlinge verschluckt zu haben, bevor ich ihn behutsam auf einem Stapel von Mums *History Today*-Zeitschriften ablegte und meine Jeans hochzog. Dann griff ich nach dem Stäbchen, ohne noch mal draufzuschauen, und schloss die Badezimmertür auf.

Jess stand da und zupfte an ihrer Nagelhaut wie ein nervöser Vater vor dem Kreißsaal. »Zeig her«, verlangte sie sofort und hielt die Hand auf. »Was sagt er?«

Komm schon, Lil, redete ich mir gut zu, wobei mein Magen immer noch rumorte, schau runter. Bring es hinter dich, dann kannst du mit Jess in den Pub gehen und dir zur Feier des Tages einen Drink gönnen. Und danach – keinen Sex mehr. Nie wieder. Ist es nicht wert. Weder den Ärger, noch das Drama, noch diese Panikattacke wegen der ultraklitzekleinen Wahrscheinlichkeit, dass du schwanger sein könntest. Ich würde ein Enthaltsamkeitsgelübde ablegen und mir eine Katze zulegen. Ich würde Priester werden. Ich würde irgendwohin in den Fernen Osten ziehen, Buddhistin werden und allen weltlichen Freuden und Gelüsten entsagen. Ich würde zum Asexualismus konvertieren. Aber, bitte, bitte, bitte, lieber Gott – falls es einen gibt, falls du da bist –, ich weiß, ich bitte dich ständig um irgendwelche Dinge und schwöre dabei, dass ich dich nie wieder um was bitten werde, aber dieses eine Mal meine ich es wirklich ernst. Ich verspreche, ich werde dich nie wieder mit irgendwas Banalem behelligen, wenn du mir diesen einen kleinen Wunsch gewährst: Bitte, mach, dass ich nicht schwanger bin.

Ich blickte auf das Stäbchen runter.

»Fuuuuuuuuck«, entfuhr es mir, als ich den Test anstarrte und dann Jess hinhielt. Es gab nichts dran zu rütteln – da prangten ganz klar zwei kleine violette Streifen. »Ich bin schwanger.«

1

Eigentlich hätte ich ja lieber einen Besen gefressen, als an diesem Abend auf ein Date zu gehen. Die ganze Sache war auf Jess' Mist gewachsen. Sie meinte, ich müsse mich wieder »in den Sattel schwingen«. Abartiger Ausdruck. Mir war nicht nach Reiten zumute, egal in welcher Form, vielen Dank auch. Aber sie hatte darauf bestanden, dass ich mir eine Dating-App namens Kindling runterlud, weswegen ich gerade im Bus saß – so nervös, dass selbst meine Ohrläppchen schwitzten –, auf dem Weg zu irgendeinem Pub in Vauxhall, um irgendeinen Typen namens Max zu treffen. Wir hatten nicht lange miteinander gechattet, daher wusste ich so gut wie nichts über ihn. Nur dass er vierunddreißig war, dunkles lockiges Haar hatte und weniger besorgniserregend wirkte als einige der anderen Kreaturen, die ich durchgescrollt hatte – nein, nein, nein, vielleicht, nein, nein, definitiv nicht, du bist einer dieser Perverslinge, der bestimmt einen Fußfetisch hat, nein, nein … JA! Hallo, schöner stoppelbärtiger Mann, der aussieht wie die Kreuzung zwischen einem Jane-Austen-Helden und einem Jack-Sparrow-Piraten. Das war Max.

Er hatte mich zwei Tage nach unserem Match gefragt, ob wir nicht miteinander ausgehen wollten, und gemeint, er glaube nicht an »Lange-um-den-heißen-Brei-herummachen«. Mir gefiel seine Direktheit. Kein Herumdrucksen. Keine Spielchen. Keine Pimmelfotos. Einfach nur ein: »Lust, was trinken zu gehen?« Ich überlegte mir, dass es besser war, sich gleich zu treffen und zu sehen, ob man miteinander klarkam, als wochenlang zu chatten und sich im Kopf ein irre romantisches Bild von dem anderen auszumalen, sich dann zu treffen und zu merken, dass man sich geirrt hatte und der Typ in echt ein Psychopath war.

Und daher – obwohl ich mich bei Max' Einladung vor Aufregung am liebsten übergeben hätte – hatte ich zugesagt. Ein klitzekleiner, winziger Teil von mir wusste, dass Jess recht hatte, wusste, dass ich über meinen Schatten springen musste. Sonst würde ich nie über Jake hinwegkommen – den Mann, den ich für meine große Liebe gehalten hatte, bevor er mein Herz in grob geschätzt siebzigtausend Teile zerbrach und mich in diese Zynikerin verwandelte, die ständig in bittere, selbstmitleidige Gedanken verfiel, wenn sie in der U-Bahn ein Pärchen Händchen halten sah.

Jake und ich hatten uns sechs Monate zuvor getrennt. Um ganz korrekt zu sein, sollte ich wohl eher sagen, er hatte sich von mir getrennt. Und das nach acht gemeinsamen Jahren, die ihren Anfang an der Uni genommen hatten. Diverse Freunde von uns gingen allmählich dazu über, sich zu verloben, und ja, okay, ich hatte mir gelegentlich erlaubt, darüber zu fantasieren, welche Diamantform Jake wohl für einen Verlobungsring wählen würde. Aber nur ein-, zweimal, allerhöchstens. Erbärmlich, ich weiß, aber trotz Ermangelung eines Rings war ich glücklich mit Jake. Ich wollte einfach nur *uns* – verheiratet oder nicht. Und ich war überzeugt davon, dass es ihm genauso ging. Jeden Abend schliefen wir so ein, dass wir einander auf jeden Fall berührten: mein Arm über seiner Brust, unsere Füße aneinandergeschmiegt. Oder Händchen haltend. Und wenn einer von uns nachts aufwachte und wir uns voneinander wegbewegt hatten, streckten wir die Hand nach dem anderen aus, um ihn wieder zu spüren. Es war echt. Ich war mir sicher.

Tja, wie überaus hellsichtig ich doch war. Vor sechs Monaten dann kam Jake nach der Arbeit heim, in unsere Wohnung in Angel, und erklärte, dass er sich »zu gesettelt« fühlte. Dass er mehr Spannung und Abenteuer wollte. Und wie ich da so weinend am Küchentisch saß und mich fragte, ob ich anbieten sollte, mich als sexy Nonne zu verkleiden, oder ob ich mehr Begeisterung für Analsex an den Tag legen könnte, verkündete er mir einfach, dass er ausziehen und fortan mit seinem Kumpel Dave zusammenwohnen würde. Das Ganze kam so plötzlich, dass ich nur heulend am Küchentisch sitzen konnte, während Jake seine Sachen packte und zehn Minuten später mit seiner Reisetasche, die ich ihm zu seinem letzten Geburtstag bei John Lewis gekauft hatte, ging. Rückblickend nicht die sexyeste Geschenkwahl. Aber er hatte gesagt, dass er sie total toll fand. Sie hatte ein Extrafach für den Kulturbeutel. Praktisch, oder?

Der Plan mit Dave entpuppte sich als Verschleierungsaktion für die Tatsache, dass Jake schon seit einer Weile eine vierundzwanzigjährige Kollegin namens India vögelte. Jess und ich verwendeten Stunden (ganze Tage, wahrscheinlich) damit, sie auf allen möglichen Social-Media-Kanälen zu stalken. Auf Instagram war sie das blonde Partymädchen, das anscheinend nie einen BH trug; auf LinkedIn zeigte ihr Profilfoto eine seriösere India, lächelnd, in einer schicken Bluse, das blonde Haar zu einem glatten Pferdeschwanz zusammengebunden. Auf LinkedIn fanden Jess und ich schließlich heraus, dass sie keine zwei Monate in Jakes Kanzlei angestellt gewesen war, als er mich verließ.

»Schnell eingearbeitet«, hatte ich betrunken, auf dem Boden von Jess' Schlafzimmer liegend, gelallt, wo wir sie eines Abends auf meinem Laptop stalkten.

Am nächsten Tag erhielt ich prompt eine E-Mail von Jake.

Lil, man kann sehen, wenn jemand ein Profil auf LinkedIn anschaut. Ich glaube nicht, dass das gesund ist. Bitte lass Indy da raus.

Indy, soso. In einem Wutanfall hatte ich mein Handy auf den Boden geschleudert und das Display geschrottet. Doch mein Zorn erwies sich durchaus als hilfreich. Wut war so viel motivierender als Traurigkeit. Die Traurigkeit hockte in meinem Magen wie ein Felsbrocken und brachte mich zum Weinen; die Wut hingegen weckte in mir den

Wunsch, aufzustehen und etwas zu tun. Ich beschloss, dass ich aus der Wohnung, die ich mir mit Jake geteilt hatte, ausziehen und mir irgendwo anders ein Zimmer suchen müsse. Ich würde von vorne anfangen. In meinem Optimismus kaufte ich mir ein Buch über Buddhismus und versuchte es mit einer Meditation, die ich auf Spotify gefunden hatte, halb hoffend, schon am nächsten Tag geheilt aufzuwachen.

Ich wachte nicht geheilt auf. Aber mir wurde klar, dass ich der Sache Zeit geben musste – das älteste Klischee, das es gibt, und der nervigste, deprimierendste Spruch, den dir jemand sagen kann, wenn du dich gerade in den Untiefen einer Trennung befindest, permanent dein Handy anstarrst und dich danach verzehrst, dem anderen zu schreiben. Oder danach, dass der andere dir schreibt. Doch die Sache mit der Zeit stimmte. Ärgerlicherweise.

Sechs Monate später wohnte ich in einer WG in Brixton in einer Straße direkt hinter einem McDonald's. Meine zwei Mitbewohner waren ein australisches Pärchen namens Riley und Grace – er war Personal Trainer, sie Yogalehrerin –, die beim Sex wahrhaft außergewöhnliche Laute von sich gaben. Ich riss Jess gegenüber zwar Witze, dass der berühmte Tierfilmer Attenborough mal die beiden studieren sollte (»Und nun besteigt das Männchen das Weibchen«), aber wenn die beiden ihre Klamotten anhatten, waren sie wirklich reizend, und mein Zimmer war billig. Außerdem hatte India ihr Insta-Profil mittlerweile auf privat gestellt, was bedeutete, dass ich sie nicht mehr stalken konnte. Was wahrscheinlich besser für alle Beteiligten war.

Und so saß ich nun hier, im zuckelnden Bus nach Vauxhall, auf dem Weg zu dieser Verabredung mit dem mysteriösen Max, während Schweißflecken in den Achselhöhlen meiner Zara-Bluse erblühten. Ich war am Nachmittag noch shoppen gewesen, da in meinem Kleiderschrank ausschließlich öde, praktische Arbeitsklamotten hingen und ich das Gefühl hatte, dass bei meinem letzten ersten Rendezvous Frauen noch Hauben und bodenlange Gewänder getragen hatten. Und obwohl die Läden ausschließlich auf superdürre Hippies zugeschnittene Klamotten zu führen schienen – irgendwer Lust auf paillettenbesetzte Schlaghosen Größe 36? –, hatte ich schließlich eine schwarze Jeans gefunden, in der meine Beine nicht ganz so nach Hähnchenkeulen aussahen, sowie eine schwarze Satinbluse, die mir zu genau der richtigen Menge Dekolleté verhalf. Also, nicht bis zum Bauchnabel, nur ein Ansatz – zumindest solange ich meinen alten gepolsterten BH trug, der meine eher unterdurchschnittlich großen Brüste so weit hochhievte, dass ich theoretisch meine eigenen Nippel hätte ablecken können.

Beim Duschen hatte ich noch einen kurzen Gewissenskonflikt ausgefochten, ob ich mir nun die Beine rasieren sollte oder nicht. Ich wollte zwar nicht auf dieses Date gehen und mich dabei wie ein haariger Rugbyspieler fühlen, doch andererseits war es ausgeschlossen, dass es zu Sex kommen würde, da allein der Gedanke, mit irgendwem anders als Jake zu schlafen, mir immer noch eine Heidenangst einjagte. Was also wäre der Sinn der Sache? Außerdem hatte ich mich so lange nicht darum gekümmert, dass mein Rasierer gerostet war. Konnte man von einem rostigen Rasierer Tetanus bekommen? Mein Google-Suchverlauf war mit lauter so heiklen Fragen zugemüllt: *Scharfer stechender Schmerz unter Rippe Krebs?* Oder: *Jeden Tag 20 000 Schritte gehen abnehmen?*

Letzten Endes hatte ich mir Grace' hübschen neuen rosa Rasierer geschnappt und mich an die Arbeit gemacht, da ich fand, dass alles andere schlampig und unvorbereitet wäre – ungefähr so, wie ohne Waffen in eine Schlacht zu ziehen. Ich verspürte einen Stich des schlechten Gewissens, dass ich ihre nagelneue Klinge an meinen Beinen abstumpfte – das war, als würde man sich mit einer Machete durch den Dschungel schlagen –, aber ich befand, dass man gewisse Haushaltsgegenstände in Notfällen wie diesem durchaus zweckentfremden durfte. Dasselbe hatte ich mir schon am Morgen gesagt, als ich mir die Batterien aus der WG-eigenen Sky-Fernbedienung für meinen Vibrator borgte. Das hier war ein Notfall, beschloss ich, als ich mich auf mein Bett setzte und feierlich die kleinen AAAs aus einem Gerät entfernte, um sie ins andere gleiten zu lassen. Aber mir war auch klar geworden, dass dies ein neuer Tiefpunkt in meinem Leben war und ich wahrscheinlich dringend ausgehen und wenigstens wieder mit einem menschlichen Lebewesen *flirten* sollte. Ich konnte schließlich nicht die ganze Zeit auf meinen Vibrator zurückgreifen. Was, wenn ich mich so sehr daran gewöhnte, dass mich ein Mann nie wieder zum Höhepunkt bringen könnte? So was passierte. Ich hatte mal in einer Frauenzeitschrift was darüber gelesen.

[...]

Während ich Richtung Pub ging, redete ich mir weiter gut zu. Du wirst das schon hinkriegen. Wie hieß es doch in dieser Spotify-Meditation? Atme. Lächle. Imaginiere dein höheres Selbst … was auch immer das war. Ignoriere deinen Magen, die Wirkung vom Imodium wird schon bald einsetzen. Ich schob die Tür zum Pub auf, und sofort schlug mir der Lärm der Menschen entgegen, die sich zum Bestellen in Grüppchen um die Bar scharten oder an den Tischen zusammensaßen und lachten. Zum millionsten Mal an diesem Tag fragte ich mich, ob es irgendwas Schlimmeres gab als ein erstes Date. Waterboarding vielleicht?

Dann sah ich ihn von einem Fenstertisch aus winken. Max.

Oh.

Mein.

Gott.

War das ein Witz? Irgend so eine Verarsche?